GUY DE MAUPASSANT

WEITERE FÜNFZIG NOVELLEN

Ausgewählt und übersetzt
von N. O. Scarpi

MANESSE VERLAG

ISBN 3-7175-1270-6 (Leinen)
ISBN 3-7175-1271-4 (Leder)

Die zwölf Mittagsschläge waren verklungen. Die Türe der Schule öffnete sich, und die Knaben stürzten ins Freie, stießen einander, um nur recht rasch hinauszukommen. Doch statt sich nun zu zerstreuen und zum Essen heimzugehn, wie sie es Tag für Tag taten, blieben sie nach einigen Schritten stehn, bildeten Gruppen und flüsterten untereinander.

An diesem Morgen war nämlich Simon, der Sohn der Blanchotte, zum erstenmal in die Schule gekommen.

Alle hatten in ihren Familien von der Blanchotte reden gehört; und obgleich man sie in der Öffentlichkeit gut aufnahm, behandelten die Mütter sie dennoch untereinander mit einem gewissen verächtlichen Mitleid, das sich auch auf die Kinder übertragen hatte, ohne daß sie gewußt hätten, warum.

Simon aber kannten sie nicht, denn er ging nie aus, er tummelte sich nicht mit ihnen in den Gassen des Dorfes oder an den Ufern des Flusses. Auch machten sie sich nichts aus ihm; und gleichsam mit einem Vergnügen, darein sich auch beträchtliches Erstaunen mischte, hatten sie ihn empfangen und hatten, einer dem andern, immer wieder das Wort zugeflüstert, das ein Junge von vierzehn oder fünfzehn Jahren ausgesprochen hatte, der, seinem bedeutsamen Zwinkern nach zu schließen, sehr eingeweiht war:

«Wißt ihr... Simon... na ja, er hat keinen Papa!»

Dann erschien der Sohn der Blanchotte auf der Schwelle der Schule.

Er war sieben oder acht Jahre alt. Er war ein wenig blaß, aber sehr sauber, und sein Wesen war schüchtern, beinahe linkisch.

Er wollte zu seiner Mutter zurück, als die Gruppen seiner Kameraden, immer noch tuschelnd und ihn mit den boshaften, grausamen Blicken von Kindern musternd, die einen schlimmen Streich aushecken, ihn nach und nach umringten und am Ende völlig einschlossen. Er blieb in ihrer Mitte stehn, überrascht, verlegen, ohne zu begreifen, was man mit ihm vorhatte. Doch der Bursche, der die große Neuigkeit gebracht hatte, fragte ihn jetzt, von dem errungenen Erfolg gebläht:

«Wie heißt du denn?»

«Simon», antwortete er.

«Simon..., wie?» fuhr der andere Junge fort.

Ganz verwirrt wiederholte das Kind: «Simon.»

Der Junge schrie ihm zu: «Man heißt doch Simon und noch irgendwie... das ist ja kein Name... Simon!»

Den Tränen nahe, erwiderte der Kleine zum drittenmal: «Ich heiße Simon.»

Die Lausbuben begannen zu lachen. Der triumphierende Rädelsführer erhob die Stimme: «Jetzt seht ihr doch, daß er keinen Papa hat!»

Da wurde es ganz still. Die Kinder waren verblüfft vor diesem außerordentlichen, unmöglichen, ungeheuerlichen Tatbestand – ein Junge, der keinen Papa hat! Und sie betrachteten ihn wie ein Phänomen, wie ein unnatürliches Geschöpf, und in sich spürten sie die bis zu diesem Tag unerklärliche Verachtung ihrer Mütter für die Blanchotte wachsen.

Simon hatte sich an einen Baum gelehnt, um nicht zu fallen; und da blieb er stehn, als hätte eine nicht wieder gutzumachende Katastrophe ihn festgenagelt. Doch er fand nichts, was er ihnen antworten konnte, womit er die schreckliche Tatsache ableugnen würde, daß er keinen Papa hatte. Endlich schrie er, ganz bleich, aufs Geratewohl:

«Doch, ich habe einen!»

«Wo ist er?» fragte der Bursche.

Simon verstummte; er wußte es nicht. Die Kinder lachten in großer Aufregung; und diese Söhne der Felder, den Tieren nahe, empfanden jenes grausame Bedürfnis, das die Hennen eines Hühnerhofs dazu treibt, mit einer von ihnen, die verwundet ist, ein Ende zu machen. Simon gewahrte plötzlich einen kleinen Buben, den Sohn einer Witwe, den er immer nur mit dessen Mutter gesehen hatte, so wie er selbst nur mit seiner Mutter lebte.

«Und du», sagte er, «du hast auch keinen Papa.»

«Doch, ich habe einen», war die Antwort.

«Wo ist er?» fragte Simon.

«Er ist tot», erklärte das Kind, von Stolz geschwellt. «Er ist auf dem Friedhof, mein Papa.»

Ein beifälliges Murmeln durchlief die Reihen der Knaben, als hätte der Umstand, daß er seinen Vater tot auf dem Friedhof hatte, ihrem Kameraden ein Ansehen verliehen, mit dem er den andern an die Wand drücken konnte, der überhaupt keinen Vater hatte.

Und diese Taugenichtse, deren Väter zumeist Lumpen, Saufbolde, Diebe waren und ihre Frauen schlecht behandelten, drängten sich immer mehr zusammen, als wollten sie mit ihrem Druck jenen ersticken, der außerhalb des Gesetzes stand.

Der eine, der just Simon gegenüber war, streckte ihm plötzlich die Zunge heraus und schrie höhnisch: «Kein Papa! Kein Papa!»

Da packte ihn Simon mit beiden Händen bei den Haaren, versetzte ihm Fußtritte in die Beine, biß ihn heftig in die Wange. Daraus entstand eine gewaltige Rauferei. Die beiden Kämpfenden wurden voneinander getrennt, und Simon lag verprügelt, mit zerfetzten Kleidern, von Schrammen bedeckt auf dem Boden inmitten des Kreises der Buben, die beifällig in die Hände klatschten. Als er sich erhob und mit der Hand mechanisch seinen kleinen Kittel putzte, schrie ihm einer zu:

«Sag's doch deinem Papa!»

Da fühlte er in seinem Herzen einen mächtigen Zusammenbruch. Sie waren stärker als er, sie hatten ihn geschlagen, und er konnte ihnen keine passende Antwort erteilen, denn er spürte sehr wohl, daß es wahr war, daß er keinen Papa hatte. In seinem Stolz versuchte er sekundenlang gegen die Tränen anzukämpfen, die ihn würgten. Dann war es ihm, als müßte er ersticken, und, ohne zu schreien, begann er zu schluchzen, ein heftiges Schluchzen, das ihn jäh schüttelte.

Dann brach bei seinen Feinden eine unbändige Freude aus, und ganz natürlich, wie die Wilden bei ihren greulichen Feiern, nahmen sie sich bei den Händen, tanzten rund um ihn herum und wiederholten dazu beständig: «Keinen Papa! Keinen Papa!»

Doch im Nu hörte Simon auf zu weinen. Eine tolle Wut ergriff ihn. Zu seinen Füßen lagen Steine. Er nahm sie auf und schleuderte sie mit aller Kraft gegen seine Quäler. Zwei oder drei wurden getroffen und liefen heulend davon; und er wirkte so furchterregend, daß unter den andern eine Panik ausbrach. Feige, wie die Menge es vor einem Erbitterten immer ist, nahmen sie Reißaus und verschwanden.

Allein geblieben, begann das kleine Kind ohne Vater nach den Feldern zu laufen, denn nun war eine Erinnerung in ihm erwacht, die in seinem Geist einen großen Entschluß auslöste. Er wollte sich im Fluß ertränken.

Ja, es war ihm in den Sinn gekommen, daß vor acht Tagen ein armer Teufel, der sein Leben erbettelte, sich ins Wasser geworfen hatte, weil er kein Geld besaß. Simon war dabei gewesen, als man ihn herausfischte; und der traurige Taugenichts, den er sonst kläglich, schmutzig und häßlich gefunden hatte, war dem Knaben jetzt plötzlich ganz anders erschienen, so ruhig, mit den blassen Wangen, dem langen, nassen Bart, den offenen, stillen Augen. Rund um Simon hatte man gesagt: «Er ist tot.» Irgendwer hatte hinzugesetzt: «Jetzt ist er glücklich!» Und Simon wollte sich auch ertränken, weil er keinen Vater hatte, so wie jener arme Teufel, weil er kein Geld hatte.

Er kam ans Wasser und sah es fließen. Ein paar Fische flitzten flink durch die klare Strömung und machten von Zeit zu Zeit einen Sprung, um die Fliegen zu erhaschen, die über der Oberfläche tanzten. Er weinte nicht mehr, er beobachtete sie, denn ihre Künste interessierten ihn sehr. Manchmal aber, wie während der kurzen Windstillen eines Sturmes plötzlich mächtige Böen sich erheben, die Bäume krachen lassen und sich am Horizont verlieren, kam es ihm mit jähem Schmerz wieder zum Bewußtsein: «Ich werde mich ertränken, weil ich keinen Papa habe.»

Es war sehr warm, sehr angenehm. Die milde Sonne wärmte das Gras, das Wasser glänzte wie ein Spiegel. Und Simon empfand Minuten des Glücks, jener Erschlaffung, die den Tränen folgt, und da ihn das Verlangen packte, hier, auf dem Gras, in der Wärme einzuschlafen.

Ein kleiner Laubfrosch hüpfte zu seinen Füßen. Er versuchte ihn zu fangen. Doch der Frosch entwischte ihm. Simon verfolgte ihn, konnte ihn aber dreimal nicht fassen. Endlich packte er ihn beim Ende der Hinterbeine und lachte über die Anstrengungen, die das Tierchen machte, um sich ihm zu entziehen. Es straffte sich auf seinen langen Hinterbeinchen, und dann streckte es sie plötzlich, steif wie zwei Stangen; und währenddessen schlug es, die Augen rund, in ihrem goldenen Kreis, mit den Vorderbeinen, die sich bewegten wie Hände. Das erinnerte ihn an ein Spielzeug mit schmalen Brettchen, im Zickzack aneinandergenagelt, und darauf kleine Soldaten, die man exerzieren lassen konnte. Und da dachte er an sein Haus, dann an seine Mutter, und von großem Gram gepackt, begann er wieder zu weinen. Ein Zittern lief durch seine Glieder, er kniete nieder und sagte sein Gebet wie vor dem Schlafengehn. Doch er konnte es nicht beenden, denn das Schluchzen bedrängte ihn so heftig, so stürmisch, daß es ihn ganz und gar übermannte. Er sah nichts mehr um sich und war nur damit beschäftigt, zu weinen.

Plötzlich legte sich eine schwere Hand auf seine Schulter, und eine kräftige Stimme fragte ihn: «Weswegen bist du denn so traurig, mein Junge?»

Simon wandte sich um. Ein großer Arbeiter,

Haar und Bart schwarz und kraus, sah ihn gutmütig an. Und er antwortete, Augen und Kehle voll von Tränen:

«Sie haben mich geschlagen... weil... weil ich keinen... Papa habe... keinen Papa.»

«Wie denn nicht?» sagte der Mann lächelnd. «Jeder Mensch hat doch einen!»

Mühsam, in krampfhaftem Jammer erklärte das Kind: «Ich... ich... ich habe keinen.»

Da wurde der Arbeiter ernst; er hatte den Sohn der Blanchotte erkannt, und, obgleich noch neu in der Gegend, hatte er etwas von ihrer Geschichte läuten gehört.

«Schon gut», sagte er, «nimm dich zusammen und komm mit mir zu deiner Mama. Du wirst... einen Papa kriegen.»

Sie machten sich auf den Weg; der Große hielt den Kleinen bei der Hand, und der Mann lächelte wieder, denn er war durchaus nicht böse darüber, daß er die Blanchotte sehen sollte, die, wie es hieß, eines der hübschesten Mädchen des Dorfes war; und er sagte sich vielleicht ganz im geheimen, daß ein junges Ding, das nun einmal einen Fehltritt begangen hatte, wohl auch einen zweiten begehen könnte.

Sie kamen vor ein kleines, weißes, sehr sauber gehaltenes Haus.

«Hier ist's», sagte das Kind, und dann rief es: «Mama!»

Eine Frau zeigte sich, und der Arbeiter hörte sofort auf zu lächeln, denn er begriff im Nu, daß man mit diesem großen, blassen Mädchen keinen Spaß treiben durfte, das zurückhaltend in der Türe stehn blieb, als wollte sie einem Mann die Schwelle dieses Hauses verweigern, darin sie schon von einem andern Mann betrogen worden war. Eingeschüchtert, die Mütze in der Hand, stotterte er:

«Hier, Madame, bringe ich Ihnen Ihren Buben, der sich beim Fluß verirrt hatte.»

Doch Simon sprang seiner Mutter an den Hals, und während ihm wieder die Tränen über die Wangen strömten, sagte er:

«Nein, Mama, ich habe mich ins Wasser werfen wollen, weil die andern... mich geschlagen... mich geschlagen haben... weil ich keinen Papa habe.»

Ein heißes Rot bedeckte die Wangen der jungen Frau, und, zutiefst in der Seele verletzt, umarmte sie ihr Kind inbrünstig, während auch ihr die Tränen über das Gesicht rollten. Der Mann stand bewegt da und wußte nicht, wie er sich zurückziehen sollte. Doch plötzlich lief Simon auf ihn zu und sagte:

«Wollen Sie mein Papa sein?»

Es wurde totenstill. Die Blanchotte, stumm und von Scham gefoltert, lehnte sich, beide Hände auf das Herz gepreßt, an die Mauer. Als das Kind merkte, daß ihm nicht geantwortet wurde, begann es abermals:

«Wenn Sie nicht wollen, gehe ich doch ins Wasser!»

Der Arbeiter nahm die Sache scherzhaft und sagte lachend:

«Aber ja, ich will gern.»

«Wie heißt du denn?» fragte nun der Kleine. «Damit ich den andern antworten kann, wenn sie deinen Namen wissen wollen.»

«Philippe», erwiderte der Mann.

Simon schwieg sekundenlang, damit der Name sich in seinem Hirn festsetzen konnte, dann streckte er getröstet die Arme aus und rief: «Gut, Philippe, du bist mein Papa!»

Der Arbeiter hob ihn auf, küßte ihn brüsk auf beide Wangen, und dann verzog er sich rasch mit großen Schritten.

Als das Kind am nächsten Morgen in die Schule kam, empfing ihn ein boshaftes Lachen; doch beim Ausgang, als der große Junge wieder anfangen wollte, warf ihm Simon, wie er es mit einem Stein getan hätte, die Worte an den Kopf: «Er heißt Philippe, mein Papa.»

Von allen Seiten erscholl ein Freudengeheul. «Philippe wie? Philippe was? Was ist das für ein Philippe? Wo hast du ihn hergenommen, deinen Philippe?»

Simon antwortete nicht; und, unerschütterlich in seinem Glauben, hielt er ihnen mit trotzigem Blick stand, bereit, sich lieber quälen zu lassen als davonzulaufen. Der Schullehrer erlöste ihn, und er ging heim zu seiner Mutter.

Drei Monate lang schlenderte der große Arbeiter Philippe häufig an dem Haus der Blanchotte vorüber, und manchmal wagte er sogar zu ihr zu reden, wenn er sie bei ihrer Näharbeit am Fenster sitzen sah. Sie antwortete ihm höflich, immer ernst, ohne ihm zuzulächeln, ohne ihn ins Haus eintreten zu lassen. Dennoch, ein wenig eingebildet, wie alle Männer, hatte er den Eindruck, daß sie häufig röter war als gewöhnlich, wenn sie mit ihm plauderte.

Doch ein beschädigter Ruf ist so schwer wieder zu heilen und bleibt immer so empfindlich, daß im Dorf, trotz der strengen Zurückhaltung der Blanchotte, schon geklatscht wurde.

Simon allerdings hatte seinen neuen Papa sehr lieb und ging, wenn der Tag endete, fast jeden Abend mit ihm spazieren. Auch in die Schule ging er pünktlich und hielt sich im Kreise seiner Kameraden mit großer Würde, ohne ihnen jemals zu antworten.

Dennoch sagte eines Tages der Bursche, der sein erster Angreifer gewesen war, zu ihm:

«Du hast gelogen; du hast keinen Papa, der Philippe heißt.»

«Warum nicht?» fragte Simon sehr beunruhigt.

Der Bursche rieb sich die Hände, und dann fuhr er fort:

«Wenn du einen hättest, wäre er doch der Mann deiner Mama!»

Die Richtigkeit dieser Überlegung verwirrte Simon, aber er brachte trotzdem die Antwort auf:

«Und er ist doch mein Papa!»

«Das kann schon sein», höhnte der Bursche. «Aber ganz und gar ist er eben nicht dein Papa.»

Der Sohn der Blanchotte senkte den Kopf und ging nachdenklich zu der Schmiede des Vaters Loizon, wo Philippe arbeitete.

Diese Schmiede war gleichsam unter den Bäumen begraben. Es war dort sehr dunkel; nur die rote Glut einer mächtigen Esse beleuchtete mit starkem Widerschein fünf Schmiede, die mit ihren nackten Armen dröhnend auf ihre Ambosse schlugen. Sie standen aufrecht, umlodert wie böse Geister, die Augen auf das glühende Eisen geheftet, das sie marterten; und ihr schwerfälliges Denken stieg und fiel mit ihren Hämmern.

Ohne gesehen zu werden, trat Simon ein und zupfte seinen Freund sacht am Ärmel. Philippe wandte sich um. Und im Nu wurde die Arbeit unterbrochen, und alle Männer spähten mit großer Aufmerksamkeit. Und da, inmitten des ungewohnten Schweigens, erhob sich die kleine, schwache Stimme Simons.

«Hör doch, Philippe, der Junge von der Michaude hat mir gerade gesagt, daß du doch nicht ganz und gar mein Papa bist.»

«Warum nicht?» fragte der Arbeiter.

«Weil du nicht Mamas Mann bist.»

Keiner lachte. Philippe stand da, die Stirne auf den Rücken seiner kräftigen Hände gestützt, die auf dem Stiel seines Hammers ruhten, der vom Amboß aufragte. Er war nachdenklich. Seine vier Kameraden beobachteten ihn, und ganz klein, zwischen diesen Riesen, wartete Simon angstvoll. Plötzlich sagte einer der

Schmiede, als spräche er die Gedanken aller aus, zu Philippe:

«Es ist doch am Ende ein gutes, braves Mädchen, die Blanchotte. Und tapfer und ordentlich trotz ihrem Unglück. Und für einen anständigen Mann wäre sie eine passende Frau.»

«Ja, ja, das ist wahr!» fanden auch die drei andern.

Der Arbeiter aber fuhr fort:

«Ist's denn ihre Schuld, daß sie das Pech gehabt hat? Man hatte ihr die Heirat versprochen, und ich kenne mehr als eine, die heute von allen geachtet wird, und die genau dasselbe getan hat.»

«Ja, ja, das ist wahr», tönte der Chor der andern.

Er fuhr fort: «Was sie sich Mühe gegeben hat, die Arme, um ganz allein ihren Buben aufzuziehen, und was sie geweint hat, seit sie nur noch ihr Haus verläßt, um in die Kirche zu gehn, das weiß der liebe Gott allein.»

«Ja, ja, das ist auch wahr», bestätigten die andern.

Und da hörte man nichts als den Blasebalg, der das Feuer der Esse anfachte. Plötzlich beugte Philippe sich zu Simon:

«Sag deiner Mama, daß ich heute abend mit ihr sprechen möchte.»

Dann schob er den Kleinen bei den Schultern hinaus.

Er aber kehrte zu seiner Arbeit zurück, und wie mit einem Schlag fielen die fünf Hämmer wieder auf die Ambosse. Bis zum Abend schlugen sie so auf das Eisen, stark, kraftvoll, froh wie zufriedene Männer. Doch wie die mächtige Glocke des Domes an Festtagen das Geklingel der andern Glocken übertönt, so fiel Philippes Hammer, den Lärm der andern übertönend, von Sekunde zu Sekunde mit betäubendem Gedröhn herab. Und er, Funken in den Augen, schmiedete leidenschaftlich inmitten der Funken des Feuers.

Der Himmel war voll mit Sternen, als Philippe an die Türe der Blanchotte klopfen kam. Er hatte seinen Sonntagskittel angezogen, ein sauberes Hemd, und hatte auch seinen Bart gestutzt. Die junge Frau erschien auf der Schwelle und sagte, sichtlich unangenehm berührt:

«Es ist nicht recht, Monsieur Philippe, daß Sie so spät am Abend herkommen!»

Er wollte antworten, stammelte und blieb verwirrt vor ihr stehn.

Sie aber fuhr fort: «Sie begreifen doch, daß man nicht mehr über mich klatschen soll!»

Und da brach es aus ihm heraus:

«Was liegt daran, wenn Sie meine Frau sein wollen!»

Keine Stimme antwortete ihm, aber er glaubte im Dunkel des Zimmers das Geräusch eines Körpers zu hören, der zusammensank. Rasch trat er ein; und Simon, der in seinem Bett lag, hörte deutlich einen Kuß und ein paar Worte, die seine Mutter flüsterte. Und dann fühlte er sich plötzlich von den Händen seines Freundes in die Höhe gehoben, der ihn jetzt in den gewaltigen Armen hielt und ihm zuschrie:

«Sag nur deinen Kameraden, daß dein Papa Philippe Remy, der Schmied, ist, und daß er alle bei den Ohren nehmen wird, die dir etwas antun!»

Am nächsten Morgen, als die Schule voll war und der Unterricht beginnen sollte, stand der kleine Simon auf, ganz blaß und mit zitternden Lippen: «Mein Papa», sagte er mit heller Stimme, «ist Philippe Remy, der Schmied, und er hat versprochen, daß er alle bei den Ohren nehmen wird, die mir was antun wollen!»

Diesmal lachte keiner mehr, denn diesen Philippe Remy, den Schmied, kannte man gut, und das war ein Papa, auf den jeder stolz gewesen wäre.

Das Schloß im alten Stil erhebt sich auf einem bewaldeten Hügel; hohe Bäume gürten es mit dunklem Grün, und der endlose Park erstreckt seine Ausblicke bald auf die Tiefen des Waldes, bald auf das Land ringsherum. Wenige Meter von der Fassade entfernt höhlt sich ein Becken, darin marmorne Damen baden, und andere Becken folgen einander stufenweise bis zum Fuß des Hügels. Und eine gezähmte Quelle läßt ihren Schwall von einem Becken ins nächste rollen.

Vom Herrenhaus angefangen, das sich spreizt wie eine altgewordene Kokette, bis zu den mit Muscheln ausgelegten Grotten, darin Liebschaften eines früheren Jahrhunderts schlummern, hat alles in diesem alten Besitz das Antlitz vergangener Zeiten bewahrt; alles scheint noch von gewesenen Bräuchen, von den Sitten von einst zu sprechen, von der erstorbenen Galanterie, von der mühelosen Eleganz, darin unsere Vorfahren sich übten.

In einem kleinen Louis-XV-Salon, dessen Wände von Schäfern, mit Schäferinnen schäkernd, von schönen Damen mit Körben und galanten Herren mit gekräuseltem Haar bedeckt waren, sitzt oder liegt beinahe in einem Lehnstuhl eine uralte Frau, die man für tot halten konnte, wenn sie sich nicht regte, und läßt zu jeder Seite ihre knochigen Mumienhände herabhängen.

Ihr verschleierter Blick verliert sich in der Ferne der Landschaft, als wollte sie über den Park hinaus Visionen ihrer Jugend verfolgen. Ein Windhauch weht manchmal durch das offene Fenster, bringt herbstliche Gerüche und Blumendüfte. Er läßt die weißen Haare um ihre Stirne tanzen und die alten Erinnerungen in ihren Gedanken.

Zu ihrer Seite, auf einem Gobelinhocker, stickt ein junges Mädchen mit langem, blondem, auf dem Rücken geflochtenem Haar eine Altardecke. Sie hat träumerische Augen, und während ihre flinken Hände sich rühren, merkt man, daß sie sinnt.

Doch die alte Frau hat den Kopf gewandt.

«Berthe», sagt sie, «lies mir doch ein wenig aus den Zeitungen vor, damit ich mancherlei erfahre, was in dieser Welt vorgeht.»

Das junge Mädchen greift nach einer Zeitung und überfliegt sie mit einem Blick.

«Sehr viel Politik gibt es, Großmutter. Soll ich sie weglassen?»

«Ja, ja, mein Kind. Und gibt es denn keine Liebesgeschichten? Ist in Frankreich die Galanterie tot, daß man nicht mehr wie einst von Entführungen und Abenteuern spricht?»

Das junge Mädchen suchte lange.

«Da ist etwas», sagte sie. «Liebesdrama steht darüber.»

Die alte Frau lächelte in ihren Runzeln.

«Lies mir das!»

Und Berthe begann. Es war ein Vitriolattentat. Eine Frau hatte, um sich an einer Geliebten ihres Mannes zu rächen, ihr Gesicht und Augen verbrannt. Sie war vom Schwurgericht freigesprochen worden, schuldlos erkannt, und die Menge jubelte ihr zu.

Die alte Frau rührte sich in ihrem Fauteuil und sagte immer wieder: «Das ist ja schrecklich! Das ist ja schrecklich! Finde mir doch etwas anderes, Kind!»

Berthe suchte wieder; und, abermals in der Rubrik «Aus dem Gerichtssaal», las sie: «Düsteres Drama. Eine Verkäuferin, schon reiferen Alters, hatte sich mit einem jungen Mann eingelassen; dann, um sich an ihrem Liebhaber zu rächen, dessen Herz flatterhaft war, hatte sie ihn angeschossen. Der Unglückliche wird sein Leben lang ein Krüppel bleiben. Die Geschworenen aber, moralische Leute, nahmen Partei für die illegitime Liebe der Mörderin und hatten sie ehrenvoll freigesprochen.»

Diesmal war die Entrüstung der alten Großmutter hemmungslos, und ihre Stimme zitterte:

«Ja, seid ihr heutzutage denn wahnsinnig? Seid ihr wahnsinnig? Der liebe Gott hat euch die Liebe geschenkt, die einzige Verführung des Lebens; der Mann hat ihr die Galanterie gesellt, die einzige Zerstreuung unserer Stunden, und da geht ihr hin und mischt Vitriol und Revolver hinein, als wollte man Schlamm in eine Flasche mit spanischem Wein schütten!»

Berthe begriff anscheinend die Empörung ihrer Großmutter nicht.

«Aber, Großmutter, diese Frau hat sich gerächt! Bedenk doch, daß sie verheiratet war und ihr Mann sie betrogen hat!»

Die Großmutter fuhr auf.

«Was für Ideen prägt man euch, jungen Mädchen von heute, ein!»

«Aber die Ehe», erwiderte Berthe, «die Ehe ist doch heilig, Großmutter!»

Die Großmutter erbebte in ihrem Frauenherzen, das noch dem großen, galanten Jahrhundert entstammte.

«Die Liebe ist es, die heilig ist!» sagte sie. «Hör, mein Kind, auf eine alte Frau, die drei Generationen gesehen hat und viel, sehr viel von den Männern und den Frauen weiß. Die Ehe und die Liebe haben nichts miteinander zu schaffen. Man heiratet, um eine Familie zu gründen, und man gründet Familien, um die Gesellschaft aufzubauen. Die Gesellschaft kann auf die Ehe nicht verzichten. Wenn die Gesellschaft eine Kette ist, so ist jede Familie ein Glied dieser Kette. Um diese Glieder miteinander zu verbinden, sucht man immer gleiche Metalle. Wenn man heiratet, so muß man Traditionen zusammenfügen, die Vermögenslage erwägen, zusammenpassende Familien miteinander vereinen, für das gemeinsame Interesse tätig sein, und das sind die Kinder und das Vermögen.

Man heiratet nur einmal, mein Kind, weil die Gesellschaft es so verlangt; man kann aber zwanzigmal in seinem Leben lieben, weil die Natur uns so geschaffen hat. Die Ehe, verstehst du, ist ein Gesetz, und die Liebe ist ein Instinkt, der uns bald nach rechts, bald nach links treibt. Man hat Gesetze geschaffen, die unsere Instinkte bekämpfen. Das war notwendig; doch die Instinkte sind immer die stärkeren, und man sollte ihnen nicht gar zu heftig Widerstand leisten, denn sie kommen von Gott, während die Gesetze nur von den Menschen kommen.

Wenn man das Leben nicht mit der Liebe durchduftete, mit so viel Liebe wie nur möglich, mein Kind, wie man Zucker auf die Medikamente für die Kinder streut, würde kein Mensch das Leben so hinnehmen wollen, wie es ist.»

Berthe riß entsetzt die Augen weit auf. Sie flüsterte:

«O Großmutter, Großmutter, man kann doch nur ein einziges Mal lieben!»

Die alte Frau hob die zitternden Hände zum Himmel, als wollte sie noch einmal den dahingegangenen Gott der Galanterie beschwören. Entrüstet rief sie:

«Ihr seid ein Geschlecht von Sklaven geworden, ein Geschlecht von Spießern! Seit der Revolution ist die Welt nicht wiederzuerkennen! In alle eure Handlungen habt ihr große Worte gemischt und in alle Winkel des Daseins langweilige Pflichten. Ihr glaubt an die Gleichheit und an die ewige Leidenschaft. Da haben Leute

Verse gemacht, um euch beizubringen, daß man an Liebe stirbt. Zu meiner Zeit machte man Verse, um die Männer zu lehren, alle Frauen zu lieben. Und wir...? Wenn ein Edelmann uns gefiel, mein Kind, dann schickte man einen Pagen zu ihm. Und wenn in uns eine neue Laune erwachte, so hatte man den letzten Liebhaber rasch verabschiedet... es sei denn, daß man alle beide behielt...»

Die alte Frau lächelte ein spitzes Lächeln; und in ihrem grauen Auge blitzte der Spott, der geistvolle, skeptische Spott jener Menschen, die nicht glauben, sie seien aus dem gleichen Teig geschaffen wie die andern, die ein Herrenleben geführt hatten und für die allgemein anerkannte Vorstellungen nicht vorhanden sind.

Ganz blaß stammelte das junge Mädchen:

«Dann hatten diese Frauen keine Ehre!»

Die Großmutter lächelte nicht mehr. Wenn sie in der Seele etwas von der Ironie Voltaires bewahrt hatte, so besaß sie doch auch ein wenig von Jean-Jacques Rousseaus befeuernder Philosophie.

«Keine Ehre! Weil man liebte, weil man wagte, es zu sagen, ja, sich dessen zu rühmen? Aber, Kind, wenn eine von uns, unter den größten Damen Frankreichs, ohne Liebhaber geblieben wäre, hätte doch der ganze Hof darüber gelacht! Die Frauen, die anders leben wollten, brauchten ja nur ins Kloster zu gehn! Und ihr stellt euch vielleicht vor, daß eure Gatten ihr ganzes Leben lang nur euch lieben werden? Als ob das in

Wirklichkeit möglich wäre! Ich sage dir, ich, daß die Ehe notwendig ist, damit die Gesellschaft weiterleben kann, daß sie aber nicht in der Natur unseres Geschlechts ist. Begreifst du? Nur ein Gutes gibt es im Leben, und das ist die Liebe.

Und da ihr sie falsch versteht, da ihr sie verderbt, macht ihr daraus etwas Feierliches wie ein Sakrament, oder etwas, das man kauft wie ein Kleid.»

Mit zitternden Fingern faßte das junge Mädchen die faltigen Hände der alten Frau.

«Schweig, Großmutter! Ich flehe dich an!»

Und auf den Knien, Tränen in den Augen, bat sie den Himmel um eine große Liebe, eine einzige, ewige Liebe, wie die heutigen Dichter sie erträumten, während die alte Frau ihr die Stirne küßte und, noch immer durchdrungen von jener reizvollen, gesunden Vernunft, mit der die galanten Philosophen das achtzehnte Jahrhundert versüßten, flüsterte sie:

«Gib acht, armes Kind; wenn du an solche Torheiten glaubst, wirst du sehr unglücklich werden!»

EIN UNBEKANNTES BLATT WELTGESCHICHTE

Allgemein bekannt ist der berühmte Satz Pascals über das Sandkorn, das die Geschicke der Welt änderte, indem es Cromwells Glück hemmte. So hat, in dem großen Zufall der Geschehnisse, der die Menschen und die Welt lenkt, eine winzige Sache, die verzweifelte Geste einer Frau über das Schicksal Europas entschieden, indem sie das Leben des jungen Napoleon Bonaparte rettete, aus dem der große Napoleon werden sollte. Es ist ein unbekanntes Blatt Weltgeschichte – denn alles, was an das Dasein dieses außerordentlichen Mannes rührt, gehört der Weltgeschichte an – ein echtes korsisches Drama, das für den jungen Offizier, der seinen Urlaub im Vaterland verbrachte, verhängnisvoll werden konnte.

Die Darstellung, die nun folgt, ist Punkt für Punkt authentisch. Ich habe sie beinahe unter Diktat hingeschrieben, ohne etwas daran zu verändern, ohne etwas auszulassen, ohne zu versuchen, sie «literarischer» oder dramatischer zu machen, und bringe nur die Tatsachen ganz allein, ganz nackt, ganz schlicht, mit allen Namen, allen Handlungen der Personen und den Worten, die sie sprachen.

Eine besser aufgebaute Schilderung würde vielleicht mehr Gefallen finden, doch dies ist

Weltgeschichte, und an die Weltgeschichte rührt man nicht. Ich habe die Einzelheiten unmittelbar von dem einzigen Mann, der sie aus den Quellen schöpfen konnte, und dessen Zeugnis die Untersuchung gelenkt hat, die im Jahre 1853 über diese selben Tatsachen eingeleitet wurde, um die Auszahlung der Vermächtnisse zu sichern, die der sterbende Kaiser auf Sankt Helena festgesetzt hatte.

Drei Tage vor seinem Tode hatte nämlich Napoleon seinem Testament ein Kodizill hinzugefügt, das folgende Bestimmungen enthält:

Ich vermache, schrieb er, *20 000 Francs dem Bewohner von Bocognano, der mich aus den Händen der Banditen gerettet hat, die mich ermorden wollten.*

10 000 Francs Monsieur Vizzavona, dem einzigen aus dieser Familie, der mein Anhänger war.

100 000 Francs Monsieur Jérôme Lévy,

100 000 Francs Monsieur Costa de Bastelica,

20 000 Francs dem Abbé Reccho.

Das rührte daher, daß sich in jenen letzten Augenblicken eine alte Erinnerung aus seiner Jugend seines Geistes bemächtigte; nach so vielen Jahren, so viel großartigen Abenteuern blieb der Eindruck, den eines der ersten Erlebnisse seines Daseins in ihm hinterlassen hatte, noch immer stark genug, um ihn selbst in die Stunden des Todeskampfes zu begleiten, und dies ist die ferne Vision, die ihn beschäftigte, als er sich entschloß, diese letzten Legate dem ergebenen Anhänger, dessen Name seinem geschwächten Gedächtnis entfallen war, und den Freunden zu hinterlassen, die ihm in jener schrecklichen Lage Beistand geleistet hatten.

Ludwig XVI. war gerade dahingegangen. Korsika wurde damals von dem General Paoli beherrscht, einem heftigen, energischen Mann, entschiedenen Royalisten, der die Revolution haßte, während Napoleon Bonaparte, der junge Artillerieoffizier, eben auf Urlaub in Ajaccio, seinen und seiner Familie Einfluß zugunsten der neuen Ideen geltend machte.

Kaffeehäuser gab es in diesem immer noch wilden Land nicht, und Napoleon vereinte seine Anhänger abends in einem Zimmer, wo sie redeten, Pläne schmiedeten, Maßnahmen ergriffen, die Zukunft voraussagten und dazu Wein tranken und Feigen aßen.

Eine gewisse Feindseligkeit war zwischen dem jungen Bonaparte und dem General Paoli schon vorhanden. Und auf folgende Art hatte sie ihren Anfang genommen. Paoli hatte den Befehl erhalten, die Insel Madeleine zu erobern, und er vertraute diesen Auftrag dem Obersten Cesari an, dem er, wie es heißt, empfahl, das Unternehmen mißglücken zu lassen. Napoleon, zum Oberstleutnant der Nationalgarde in dem Regiment ernannt, das Oberst Quenza befehligte, nahm an dieser Expedition teil, wandte sich heftig gegen die Art, wie sie ausgeführt wurde, und beschuldigte ganz unverhohlen die Kommandierenden, daß sie sie mit voller Absicht zum Scheitern gebracht hätten.

Das geschah, kurz nachdem Kommissäre der Republik, unter ihnen Saliceti, nach Bastia entsandt worden waren. Als Napoleon die Nachricht von ihrer Ankunft erfuhr, wollte er sich mit ihnen treffen, und um diese Reise zu unternehmen, ließ er aus Bocognano seinen Vertrauensmann, einen seiner treuesten Anhänger, Santo-Bonelli, genannt Riccio, kommen, der ihm als Führer dienen sollte.

Die beiden brachen zu Pferd auf, wandten sich gegen Corte, wo General Paoli sich aufhielt, den Bonaparte auf dem Weg besuchen wollte; denn er wußte damals nichts von der Teilnahme seines Chefs an der gegen Frankreich gesponnenen Verschwörung und nahm ihn sogar gegen jeglichen geflüsterten Verdacht in Schutz. Und die zwischen ihnen entstandene Gegnerschaft war zwar schon recht lebhaft, doch noch nicht zum Ausbruch gekommen.

Der junge Napoleon stieg im Hof des von Paoli bewohnten Hauses vom Pferd und ließ das Tier in der Hut Santo-Riccios zurück; er selber wollte sogleich zum General gehn. Doch als er die Treppe hinaufstieg, teilte ein Mann, dem er begegnete, ihm mit, eben finde eine Art Ratssitzung der wichtigsten korsischen Führer statt, die durchwegs Feinde der republikanischen Ideen waren. Napoleon war beunruhigt und wollte erkunden, wann einer der Verschwörer von der Beratung käme.

Dann trat er ihm entgegen und fragte ihn: «Nun?»

Der andere, der Bonaparte für einen Verbündeten hielt, erwiderte: «Es ist beschlossen. Wir rufen die Unabhängigkeit aus und trennen uns mit Englands Hilfe von Frankreich.»

Napoleon stampfte empört auf und rief erregt: «Das ist ein Verrat! Das ist eine Schmach!» Von dem Lärm herbeigelockt, kamen einige Männer hinzu. Es waren just entfernte Verwandte der Familie Bonaparte. Sie begriffen die Gefahr, in die der junge Offizier sich begab, denn Paoli war sehr wohl der Mann, der sich dieses Gegners sofort und für alle Zeiten entledigen konnte. So umringten sie Bonaparte, schleppten ihn gewaltsam die Treppe hinunter und zwangen ihn, sein Pferd zu besteigen.

Er brach sogleich auf, machte sich auf den Weg nach Ajaccio, von Santo-Riccio begleitet. Bei Einbruch der Nacht kamen sie in den Weiler Arca-de-Vivario und übernachteten bei dem Pfarrer Arrighi, einem Verwandten Napoleons, der ihn von den Ereignissen unterrichtete und ihn um Rat bat, denn der Geistliche war ein aufrechter Mann von klarem Urteil und in ganz Korsika geschätzt.

Am frühen Morgen setzten sie ihren Ritt fort, waren den ganzen Tag unterwegs und erreichten gegen Abend die ersten Häuser des Dorfes Bocognano. Hier trennte sich Napoleon von seinem Führer und hieß ihn, sich am nächsten Morgen bei der Straßenkreuzung mit den Pferden einzufinden. Er selber begab sich in den Weiler Pagiola, um bei Felix Tusoli Gastfreundschaft zu erbitten, seinem Anhänger und Verwandten, dessen Haus ein wenig abseits lag.

Unterdessen aber hatte General Paoli von dem Besuch des jungen Bonaparte gehört und auch von dessen heftigen Worten nach der Entdeckung des Komplotts, und er beauftragte Mario Peraldi, ihn zu verfolgen und um jeden Preis zu verhindern, daß Bonaparte nach Ajaccio oder nach Bastia gelangte.

Mario Peraldi traf einige Stunden vor Bonaparte in Bocognano ein und ging zu Morellis, einer mächtigen Familie von Anhängern des Generals. Bald erfuhren sie, daß der junge Offizier im Dorf angekommen war und daß er die Nacht im Hause Tusolis verbrachte. Da versprach das Oberhaupt der Familie Morelli, ein energischer, gefürchteter Mann, von Paolis Befehlen in Kenntnis gesetzt, dessen Sendling, daß Napoleon nicht entkommen werde.

Vom Morgen an hatte er seine Leute abgeschickt, um alle Straßen, alle Ausgänge zu besetzen. Bonaparte, von seinem Gastfreund begleitet, verließ dessen Haus, um sich mit Santo-Riccio zu treffen; doch Tusoli war ein wenig kränklich, hatte ein Tuch um den Kopf gebunden und trennte sich beinahe sofort von Bonaparte.

Sobald der junge Offizier allein war, trat ein Mann auf ihn zu und verständigte ihn davon, daß in einem nahen Wirtshaus sich die Anhänger des Generals versammelt hatten, um in Corte zu ihm zu stoßen. Napoleon begab sich zu ihnen und fand sie beisammen.

«Geht nur», sagte er, «geht nur zu eurem Häuptling! Ihr vollbringt eine große, edle Tat!»

Doch in diesem Augenblick drangen Morellis in das Haus, warfen sich auf ihn, nahmen ihn gefangen und schleppten ihn fort.

Santo-Riccio, der an der Straßenkreuzung wartete, erfuhr sofort, daß Bonaparte festgenommen worden war, und eilte zu einem Anhänger Bonapartes, einem gewissen Vizzavona, von dem Santo-Riccio wußte, daß er imstande war, ihm zu helfen, und daß dessen Haus dem Haus der Morelli benachbart war, wo Napoleon gefangensaß.

Santo-Riccio hatte die außerordentliche Gefahr der Lage begriffen. «Wenn wir ihn nicht sofort retten können», sagte er, «ist er verloren. Vielleicht ist er binnen zweier Stunden ein toter Mann.»

Da ging Vizzavona zu Morellis, horchte sie listig aus, und da sie ihre wahren Absichten nicht merken ließen, brachte er sie mit Geschicklichkeit und Beredsamkeit dahin, zu erlauben, daß der junge Mann bei ihm etwas zu essen bekommen dürfe, während sie das Haus bewachten.

Morellis, zweifellos, um ihre Pläne besser zu verbergen, gaben ihre Zustimmung, und ihr Oberhaupt, der einzige, der den Willen des Generals kannte, vertraute ihnen die Bewachung des Hauses an und kehrte in das eigene Haus zurück, um die Vorbereitungen für seine Abreise zu treffen. Diese seine Abwesenheit war es, die einige Minuten später das Leben des Gefangenen rettete. Währenddessen hatte Santo-Riccio, mit der angeborenen Hingabe der Korsen, einer hervorragenden Kaltblütigkeit und einem unerschütterlichen Mut, die Befreiung seines Gefährten vorbereitet. Er gewann noch zwei junge Leute, die ebenso tapfer und treu waren wie er; dann, nachdem er sie insgeheim in einen Garten, der an das Haus Vizzavona anstieß, geführt und dort hinter einer Mauer versteckt hatte, ging er gelassen zu Morellis und bat um die Erlaubnis, sich von Napoleon verabschieden zu dürfen, da sie ihn ja doch mitnehmen würden. Diese Gunst wurde ihm zugestanden, und sobald er mit Bonaparte und mit Vizzavona beisammen war, entwickelte er ihnen seine Pläne; die Flucht müsse sogleich unternommen werden, denn die kleinste Verzögerung könnte für den jungen Mann verhängnisvoll sein. Zu dritt gingen sie in den Stall, und auf der Schwelle umarmte Vizzavona, Tränen in den Augen, seinen Gast und sagte:

«Gott rette Sie, mein armes Kind! Er allein vermag das!»

Napoleon und Santo-Riccio schlichen zu den beiden jungen Leuten, die hinter der Mauer versteckt waren, und dann liefen sie, so schnell sie konnten, auf einen nahen Brunnen zu, der unter den Bäumen verborgen lag. Doch da mußten sie an den Morellis vorüber, die sie bemerkten und sich mit großem Geschrei daran machten, sie zu verfolgen.

Jetzt hörte sie der Chef der Familie Morelli, der in sein Haus zurückgekehrt war; sofort erfaßte er alles und wollte mit so wutverzerrten Zügen an den Schauplatz eilen, daß seine Frau, die mit der Familie Tusoli verbunden war, bei denen Bonaparte die Nacht verbracht hatte, sich ihm zu Füßen stürzte und ihn anflehte, das Leben des jungen Mannes zu schonen.

Zornig stieß er sie zurück, um hinauszulaufen, doch sie, immer noch auf den Knien, umschlang mit verkrampften Armen seine Beine; dann, von ihm geschlagen, zu Boden geworfen, und doch leidenschaftlich an seine Beine geklammert, zog sie ihren Mann derart, daß er neben ihr hinfiel.

Ohne die Kraft und den Mut dieser Frau wäre es um Napoleon geschehen gewesen.

Die ganze moderne Geschichte wäre anders verlaufen. Das Gedächtnis der Menschen hätte nicht die Namen berühmter Schlachtorte behalten müssen! Millionen Menschen wären nicht unter Kanonenkugeln umgekommen! Die Landkarte Europas wäre nicht die selbe! Und wer weiß, unter welchem politischen Regime wir heute leben würden!

Denn die Morellis holten die Flüchtenden ein.

Unerschrocken lehnte Santo-Riccio sich an den Stamm eines Kastanienbaums und bot ihnen Trotz. Gleichzeitig rief er den beiden jungen Leuten zu, Bonaparte weiterzuführen, der sich aber weigerte, seinen Gefährten zu verlassen.

«Führt ihn doch fort, ihr zwei! Packt ihn, bindet ihm Hände und Füße!» schrie er und hielt den Feinden stand.

Doch da wurden sie umringt, ergriffen, und ein Anhänger der Morellis, ein gewisser Honorato, setzte die Mündung seiner Flinte an Napoleons Schläfe und schrie: «Tod den Verrätern des Vaterlandes!» Just in diesem Augenblick aber erschien, von einem Boten Santo-Riccios verständigt, Felix Tusoli, der Mann, der Bonaparte bei sich aufgenommen hatte, mit seinen bewaffneten Verwandten. Er sah die Gefahr, erkannte in dem Mann, der das Leben seines Gastes bedrohte, seinen Schwager und rief, das Gewehr im Anschlag:

«Honorato, Honorato! Das wird sich zwischen uns beiden abspielen!»

Überrascht, zauderte Honorato zu schießen, während Santo-Riccio sich die Verwirrung zunutze machte, es den beiden Parteien überließ, sich zu schlagen oder sich auseinanderzusetzen, Napoleon, der noch immer Widerstand leistete, mit beiden Armen packte, von den beiden jungen Leuten unterstützt, fortzog und mit ihm im Dickicht verschwand.

Eine Minute später war endlich Vater Morelli, der sich seiner Frau entledigt hatte, in furchtbarer Wut bei seinen Anhängern.

Unterdessen zogen die Flüchtlinge über das Gebirge, durch Schluchten und Buschwerk. Sobald sie in Sicherheit waren, schickte Santo-Riccio die beiden jungen Leute zurück, die sich am nächsten Tag mit den Pferden bei der Brücke von Ucciani einfinden sollten.

Als sie sich trennten, näherte sich ihnen Napoleon.

«Ich kehre nach Frankreich zurück», sagte er zu ihnen. «Wollt ihr mich begleiten? Was auch mein Schicksal sein wird, ihr würdet es teilen.»

Doch sie erwiderten:

«Unser Leben gehört Ihnen; machen Sie mit uns, was Sie wollen, aber unser Dorf verlassen wir nicht.»

Diese beiden schlichten, opferfreudigen Burschen kehrten dann nach Bocognano zurück, um die Pferde zu holen, während Bonaparte und Santo-Riccio ihre Wanderung inmitten all der Hindernisse fortsetzten, die das Reisen in wilden, gebirgigen Ländern so beschwerlich machen. Unterwegs hielten sie sich nur auf, um bei der Familie Mancini ein Stück Brot zu essen, und abends erreichten sie Ucciani und kamen zu Pozzolis, Anhängern Bonapartes.

Nun, am nächsten Morgen, als er erwachte, sah Napoleon das Haus von bewaffneten Männern umgeben. Das alles waren die Verwandten und Freunde seiner Gastfreunde und alle bereit, ihn zu begleiten und auch für ihn zu sterben.

Die Pferde warteten bei der Brücke, und die kleine Truppe machte sich auf den Weg und geleitete die Flüchtlinge bis in die Umgebung von Ajaccio. Bei Anbruch der Nacht begab

Napoleon sich in die Stadt und suchte bei Jean-Jérôme Lévy, dem Bürgermeister, Zuflucht, der ihn in einem Wandschrank versteckte. Eine nützliche Vorsichtsmaßregel, denn am Morgen erschien die Polizei. Sie durchstöberte alles, fand aber nichts und zog sich in aller Ruhe und durch die geschickten Angaben des Bürgermeisters irregeführt zurück, der eifrig seine Hilfe bei den Forschungen nach dem jungen Aufständischen anbot.

Noch am selben Abend schiffte Napoleon sich in einer Barke ein, wurde an das andere Ufer des Golfes geführt, der Familie Costa de Bastelica anvertraut und im Maquis versteckt.

Die Geschichte von einer Belagerung, die er im Turm von Capitello erduldet hätte, eine rührende Schilderung, welche die Führer veröffentlichten, ist reine dramatische Erfindung und ebenso ernst zu nehmen wie zahlreiche der Berichte, die von diesen eifrigen Phantasten herumgeboten wurden.

Einige Tage später wurde die Unabhängigkeit Korsikas verkündet, das Haus der Familie Bonaparte eingeäschert, die Schwestern des Flüchtlings der Hut des Abbé Reccho übergeben.

Dann nahm eine französische Fregatte, die längs der Küste die letzten Anhänger Frankreichs holte, auch Napoleon an Bord und brachte den verfolgten Parteigänger in das Mutterland, ihn, der später der Kaiser und der siegreiche Heerführer werden sollte, dessen Geschick die Erde erschütterte.

Die Tramway von Neuilly war gerade durch die Porte Maillot gefahren und rollte jetzt über die ganze lange Avenue, die bei der Seine endet. Die kleine Maschine, vor ihren Wagon gespannt, tutete, um die Hindernisse aus dem Weg zu räumen, spuckte ihren Rauch, keuchte wie ein Mensch, der atemlos läuft. Und ihre Zylinder verursachten einen überstürzten Lärm wie von eisernen Beinen, die sich bewegen. Die schwere Glut des Endes eines Sommertags senkte sich auf die Straße, von der, obgleich kein Lufthauch wehte, ein weißer, kreidiger, undurchsichtiger, erstickender, heißer Staub aufstieg, der an der feuchten Haut klebte, die Augen füllte, in die Lungen eindrang.

Die Leute traten, nach Luft hungernd, vor ihre Türen.

Die Fenster des Wagens waren herabgelassen, und alle Vorhänge flatterten, von der raschen Fahrt geschüttelt. Nur wenige Passagiere saßen im Innern, denn an diesen heißen Tagen zog man das Wagenverdeck oder die Plattformen vor. Es waren dicke Frauen in komischen Toiletten, jene Bürgerinnen der Vorstadt, welche die Vornehmheit, die ihnen abgeht, durch eine unzeitgemäße Würde ersetzen, Herren, müde von der Büroarbeit, die Gesichter vergilbt, zusammengesunken, eine Schulter von dem langen gekrümmten Sitzen vor ihren Akten ein wenig gehoben. Ihre beunruhigten, bekümmerten Gesichter berichteten zudem von häuslichen Sorgen, von dem beständigen Mangel an Geld, von den früheren, jetzt endgültig enttäuschten Hoffnungen. Denn sie alle gehörten zu der Armee der schäbigen armen Teufel, die in einem dürftigen, mit Gips beworfenen Haus vegetieren, mit einem schmalen Beet als Garten, inmitten jener Landschaft von Abfallgruben, die Paris umrandet.

Knapp bei der Türe unterhielt sich ein dicker kleiner Mann, dessen Gesicht aufgeschwemmt war und dem der Bauch zwischen die gespreizten Beine hing, ein Mann ganz in Schwarz, das Bändchen im Knopfloch, mit einem langen, magern, verwahrlosten Mann in sehr schmutzigem, weißem Zwillichanzug, einen alten Panama auf dem Kopf. Der erste Mann sprach langsam, mit einem Zaudern, das manchmal wirkte, als stotterte er. Das war Monsieur Caravan, Adjunkt im Marineministerium. Der andere Mann, früher Arzt auf einem Frachtdampfer, hatte sich schließlich auf dem Rondpoint von Courbevoie niedergelassen, wo er die kläglichen medizinischen Kenntnisse, die ihm nach einem abenteuerlichen Leben geblieben waren, bei der armseligen Bevölkerung dieser Gegend anwandte. Er hieß Chenet und ließ sich Doktor nennen. Über seine Moral waren allerlei Gerüchte in Umlauf.

Monsieur Caravan hatte stets das normale Leben des Büromenschen geführt. Seit dreißig Jahren kam er unabänderlich jeden Morgen auf dem selben Weg in sein Büro, begegnete zur gleichen Stunde an den gleichen Stellen den gleichen Gesichtern von Leuten, die ihren Geschäften nachgingen; und abends kehrte er auf dem gleichen Weg zurück, auf dem er den gleichen Gesichtern begegnete, die er altern gesehen hatte.

Alle Tage, nachdem er an der Ecke des Faubourg Saint-Honoré seine Zeitung für einen Sou gekauft hatte, holte er sich seine zwei Semmeln, und dann schlich er in das Ministerium wie ein Schuldiger, der sich der Behörde stellt. Und rasch verzog er sich in sein Büro, das Herz von Unruhe bebend, in der ewigen Erwartung eines Rüffels einer Nachlässigkeit wegen, die ihm unterlaufen sein konnte.

Nichts hatte jemals die eintönige Ordnung seines Daseins verändert; denn jenseits von Büroangelegenheiten, Beförderungen und Gratifikationen berührte ihn kein Ereignis. Ob er im Ministerium war, ob im Kreis seiner Familie – denn er hatte die mitgiftlose Tochter eines Kollegen geheiratet –, sprach er nie von etwas anderem als vom Dienst. Niemals hegte sein von der verblödenden alltäglichen Tätigkeit blutleer gewordener Geist andere Gedanken, andere Hoffnungen, andere Träume als jene, die sich auf sein Ministerium bezogen. Doch eine Bitterkeit verdarb ihm stets die Freuden seiner Stellung: Die Ernennung von Marinekommissären, den «Blechbonzen», wie man sie ihrer silbernen Litzen wegen nannte, zu Stellvertretern des Bürochefs oder zu Bürochefs. Und jeden Abend, bei Tisch, ließ er sich heftig vor seiner Frau darüber aus, die seine Abneigung teilte, um zu beweisen, daß es in jeder Beziehung ungerecht war, Leuten, die für die Schiffahrt bestimmt waren, Stellungen in Paris zu geben.

Er war jetzt alt und hatte nie gespürt, wie sein Leben ablief, denn das Gymnasium hatte sich ohne Übergang im Büro fortgesetzt, und an die Stelle der Aufseher, vor denen er einst gezittert hatte, traten jetzt die Chefs, vor denen er eine schreckliche Angst hatte. Die Schwelle zu diesen Zimmerdespoten ließ ihn von den Füßen bis zum Kopf erzittern; und von dieser ständigen Angst bewahrte er eine gewisse linkische Art aufzutreten, eine demütige Haltung und ein nervöses Stottern.

Er kannte Paris nicht besser, als ein Blinder es kennen kann, den sein Hund Tag für Tag durch die selbe Türe führt; und wenn er in seinem billigen Blättchen die Ereignisse und die Skandale las, sah er darin gleichsam phantastische Geschichten, nach Belieben erfunden, um den kleinen Beamten Spaß zu machen. Als Mann der Ordnung, reaktionär ohne bestimmte Parteizugehörigkeit, aber Feind der «Neuerungen», überlas er die politischen Nachrichten, die sein Blatt übrigens immer für die Bedürfnisse einer bezahlten Sache entstellte. Und wenn er Abend für Abend die Champs-Elysées hinaufging, betrachtete er die wogende Menge der Passanten und die rollende Flut der Equipagen wie ein landfremder Reisender, der ferne Gegenden durchquert.

Da er just in diesem Jahr seine dreißig vorgeschriebenen Dienstjahre hinter sich gebracht hatte, wurde ihm am 1. Januar das Kreuz der Ehrenlegion überreicht, das in diesen militarisierten Verwaltungen die lange, erbärmliche Knechtschaft – «treue Dienste» nennt man es – dieser traurigen, an ihre grünen Aktenmappen geketteten Galeerensträflinge belohnt. Diese unerwartete Würde verlieh ihm eine erhöhte, eine neue Vorstellung von seinen Fähigkeiten und hatte eine völlige Veränderung seines Benehmens bewirkt. Von da an hatte er die farbigen Hosen und die bunten Röcke abgeschafft, trug nur noch schwarze Hosen und lange Gehröcke, auf denen sein sehr breites Band sich besser ausnahm. Er rasierte sich jeden Morgen, er pflegte seine Nägel sorgfältiger, wechselte alle zwei Tage die Wäsche, das alles aus einem berechtigten Gefühl für die Schicklichkeit und aus Respekt für den nationalen «Orden», dem er nun angehörte, und so war er von heute auf morgen ein anderer Caravan geworden, sauber gewaschen, majestätisch und leutselig.

Bei jeder Gelegenheit hieß es bei ihm «mein Kreuz». So hochfahrend war er geworden, daß er in den Knopflöchern anderer Leute kein Band dulden wollte, was es auch sein mochte.

Vor allem empörte er sich beim Anblick ausländischer Orden – «deren Tragen man in Frankreich nicht erlauben sollte». Und ganz besonders verübelte er es dem Doktor Chenet, den er jeden Abend in der Tramway, mit irgendeiner weißen, blauen, orangefarbenen oder grünen Auszeichnung geschmückt, erblickte.

Die Unterhaltung der beiden Männer, vom Arc de Triomphe bis nach Neuilly, war übrigens immer dieselbe. Und an diesem wie an den vorangegangenen Tagen beschäftigten sie sich zunächst mit den verschiedenen lokalen Mißbräuchen, über die sich die beiden aufregten, während der Bürgermeister von Neuilly sie leicht nahm. Dann, wie das in Gesellschaft eines Arztes unvermeidlich geschieht, wandte Caravan sich zu dem Kapitel der Krankheiten, denn er hoffte auf diese Art einige kleine Ratschläge umsonst zu erhalten oder sogar eine richtige Konsultation, wenn er es geschickt anstellte und die Absicht nicht merken ließ. Seine Mutter machte ihm übrigens seit einiger Zeit Sorgen. Sie hatte häufige, langdauernde Ohnmachtsanfälle; und wenn die alte Frau auch neunzig Jahre war, wollte sie sich dennoch nicht behandeln lassen.

Ihr hohes Alter stimmte Caravan weich, und er sagte immer wieder zu «Doktor» Chenet: «Sehen Sie häufig Leute, die es so weit bringen?» Und er rieb sich frohlockend die Hände, nicht weil ihm vielleicht viel daran gelegen gewesen wäre, die gute Frau in alle Ewigkeit auf dieser Erde zu sehen, sondern weil die lange Dauer des mütterlichen Lebens gleichsam eine Verheißung für ihn selber war.

Er fuhr fort: «Ja, ja, in meiner Familie ist man dauerhaft! Ich, zum Beispiel, ich bin gewiß, daß ich – falls mir kein Unglück zustößt – sehr alt werde.» Der Arzt warf ihm einen mitleidigen Blick zu; sekundenlang musterte er das rötliche Gesicht seines Nachbarn, dessen fetten Hals, den Bauch, der zwischen zwei schlaffe, dicke Beine herabsank, die ganze schlagflüssige Rundlichkeit des aufgeschwemmten alten Beamten. Mit einem Griff hob er den schmutzigen Panama, der ihm den Kopf bedeckte, und erwiderte spöttisch: «So sicher ist das nicht, mein Lieber; Ihre Mutter ist eine Aztekin» – daß er Asketin meinte, entging Monsieur Caravan –, «und Sie sind nichts als ein Suppenschlucker.» Caravan verstummte unbehaglich.

Doch die Tramway erreichte die Haltestelle. Die beiden Gefährten stiegen aus, und Chenet zahlte den Vermouth im «Café du Globe» gegenüber, wo der eine wie der andere Stammgast war. Der Wirt, ein Freund, streckte ihnen zwei Finger entgegen, die sie über die Flaschen auf dem Schanktisch hinweg schüttelten. Und dann gesellten sie sich drei Dominospielern, die schon seit Mittag hier hockten. Herzliche Grüße wurden gewechselt, dazu das unvermeidliche: «Was gibt's Neues?» Dann widmeten sich die Spieler wieder ihrer Partie, und dann wünschte man ihnen einen guten Abend. Sie hielten die

Hände hin, ohne den Kopf zu heben, und dann ging man heim zum Essen.

Caravan wohnte in der Nähe des Rond-point von Courbevoie in einem kleinen, zweistöckigen Haus, dessen Erdgeschoß ein Friseur bezogen hatte.

Zwei Zimmer, ein Eßzimmer und eine Küche, wo mühsam geleimte Stühle je nach Bedarf von Zimmer zu Zimmer geschleppt wurden, bildeten die ganze Wohnung, mit deren Reinigung Madame Caravan ihre Zeit verbrachte, während ihre Tochter, die zwölfjährige Marie-Louise, und ihr Sohn, der neunjährige Philippe-Auguste, sich mit sämtlichen Taugenichtsen in den Gossen des Viertels herumtrieben.

Im Oberstock hatte Caravan seine Mutter untergebracht, deren Geiz in der ganzen Gegend berühmt war und deren Magerkeit die Leute sagen ließ, der liebe Gott habe an ihr selbst ihre eigenen Grundsätze der Sparsamkeit angewendet. Immer in übler Laune, ließ sie keinen Tag ohne Zank und Wutanfälle vergehn. Sie beschimpfte von ihrem Fenster aus die Nachbarn vor den Türen, die Gemüsehändlerinnen, die Straßenkehrer und die Gassenbuben, die ihr, wenn sie ausging, zur Rache nachriefen: «Alte Bettscheißerfratze!»

Ein kleines normannisches, unglaublich beschränktes Dienstmädchen besorgte den Haushalt und schlief im zweiten Stock bei der alten Frau, weil man doch ein plötzliches Unwohlsein fürchtete.

Als Caravan eintrat, ließ seine Frau, von der chronischen Räumkrankheit befallen, in der Leere der Zimmer das Mahagoni der vereinzelten Stühle mit einem Stück Flanell zu Hochglanz aufleuchten. Sie trug stets Zwirnhandschuhe, schmückte ihren Kopf mit einem vielfarbig bebänderten Häubchen, das beständig auf eines der Ohren hinunterrutschte, und wiederholte, wenn man sie beim Wachsen, Bürsten, Putzen, Waschen überraschte, immer: «Ich bin nicht reich, bei mir ist alles einfach, aber die Sauberkeit ist mein Luxus, und der ist ebensoviel wert wie ein anderer.»

Mit einem zähen, praktischen Verstand begabt, war sie in allem die Lenkerin ihres Mannes. Jeden Abend, bei Tisch, und dann in ihrem Bett, sprachen sie lange von den Angelegenheiten in seinem Amt, und obgleich sie um zwanzig Jahre jünger war als er, vertraute er sich ihr an wie einem Beichtvater und folgte in allen Dingen ihren Ratschlägen.

Sie war nie hübsch gewesen; jetzt war sie häßlich, klein, dürr. Ihre ungeschickte Art sich anzuziehen, ließ ihre geringen weiblichen Attribute verschwinden, während sie doch, unter der Kleidung natürlich, mit einiger Kunst betont werden sollten. Ihre Röcke schienen beständig nach einer Seite hin verdreht zu hängen; und sie kratzte sich häufig, wo es gerade nötig war, ohne Rücksicht auf das Publikum, und das war bei ihr eine Gewohnheit, die einer Manie sehr nahe kam. Der einzige Schmuck, den sie sich erlaubte, war ein Überfluß an Seidenbändern, vermischt mit gezierten Hauben, die sie gern bei sich in der Wohnung trug.

Sobald sie ihren Mann erblickte, stand sie auf und küßte ihn auf den Backenbart. «Hast du an Potin gedacht, mein Lieber?» Dabei handelte es sich um eine Besorgung, die er zu erledigen versprochen hatte. Doch er sank entsetzt auf einen Stuhl; zum vierten Mal hatte er es vergessen! «Es ist ein Verhängnis», sagte er, «es ist ein Verhängnis. Ich kann noch so lang den ganzen Tag daran denken. Kaum kommt der Abend, vergesse ich es immer wieder.» Doch da er völlig verzweifelt zu sein schien, tröstete sie ihn: «Morgen wirst du eben daran denken, das ist alles. Nichts Neues im Ministerium?»

«Doch, eine große Neuigkeit. Wieder ein Blechbonze zum Chef-Stellvertreter ernannt!»

Sie wurde sehr ernst.

«In welchem Büro?»

«Bei der Einkaufsstelle.»

Sie erboste sich.

«Auf Ramons Platz also! Just auf den Platz, den ich mir für dich gewünscht hatte! Und er, Ramon? Geht er in Pension?»

«In Pension», stotterte er.

Da wurde sie wütend, und das Häubchen fiel auf die Schulter.

«Es ist aus mit dieser Bude! Nichts zu machen mehr! Und wie heißt er denn, dein Kommissär?»

«Bonassot.»

Sie griff nach dem Jahrbuch der Marine, das

sie immer bei der Hand hatte, und suchte: «Bonassot – Toulon – geboren 1851 – Kommissar-Assistent 1871, Unter-Kommissar 1875. Ist der zur See gefahren?»

Bei dieser Frage verklärte sich Caravans Miene. Eine Heiterkeit überkam ihn, die seinen Bauch schüttelte. «Wie Balin, genau wie Balin, sein Chef.» Und mit noch lauterem Lachen setzte er einen alten Scherz hinzu, den das ganze Ministerium köstlich fand: «Man soll sie nicht ans Wasser schicken, um die Schiffstation zu inspizieren. Sie würden auf den ‹Seinefliegen› seekrank werden.»

Doch sie blieb ernst, als hätte sie ihm nicht zugehört, und dann kratzte sie sich langsam das Kinn und flüsterte: «Wenn man nur einen Deputierten zur Verfügung hätte! Sobald die Kammer alles weiß, was sich dort drin abspielt, fliegt der Minister auf der Stelle...»

Auf der Treppe erhob sich ein Geschrei und schnitt ihr das Wort ab. Marie-Louise und Philippe-Auguste, die von der Straße heimkamen, versetzten einander von einer Stufe zur andern Ohrfeigen und Fußtritte. Ihre Mutter stürzte wütend hinzu, packte jedes Kind bei einem Arm, stieß sie in die Wohnung und rüttelte sie kräftig.

Als sie ihren Vater erblickten, warfen sie sich auf ihn, und er umarmte sie lange und zärtlich. Dann setzte er sich, nahm sie auf die Knie und schwatzte mit ihnen.

Philippe-Auguste war ein abscheulicher

Knirps, zerrauft, schmutzig von den Füßen bis zum Kopf und mit dem Gesicht eines Idioten. Marie-Louise glich ihrer Mutter, redete wie sie, wiederholte ihre Worte, ahmte sogar ihre Gesten nach. Auch sie sagte: «Was gibt's Neues im Ministerium?» Und er antwortete heiter: «Dein Freund Ramon, der alle Monat einmal zu uns zum Essen kommt, wird uns verlassen, mein Kind. Es gibt einen neuen Chef-Stellvertreter an seiner Stelle.» Sie hob die Augen zu ihrem Vater und sagte mit dem Mitgefühl eines frühreifen Kindes: «Wieder einer, der über deinen Rücken Karriere macht!»

Sein Lachen verstummte, und er gab keine Antwort; dann aber, um abzulenken, wandte er sich zu seiner Frau, die jetzt die Scheiben putzte: «Der Mama, oben, geht's gut?»

Madame Caravan hörte auf, die Fenster zu reiben, drehte sich um, schob das Häubchen, das bis auf den Rücken gerutscht war, wieder an seinen Platz und sagte mit zitternden Lippen: «Ja, ja, reden wir nur einmal von ihr, von deiner Mutter! Sie hat mir was Schönes angerichtet! Stell dir nur vor! Madame Lebaudin, die Frau des Friseurs, war vorhin hier, um sich von mir ein Päckchen Stärke auszuleihen; und da ich gerade fort war, hat deine Mutter sie hinausgeworfen, hat sie wie eine Bettlerin behandelt! Na, ich hab's ihr gegeben, der Alten! Sie hat getan, als hörte sie nichts, wie immer, wenn man ihr die Wahrheit sagt, aber sie ist nicht tauber als ich, verstehst du? Das sind so ihre Schliche!

Der beste Beweis, daß sie nachher gleich in ihr Zimmer hinaufgestiegen ist, ohne ein Wort zu sagen.»

Caravan schwieg verwirrt, und das kleine Dienstmädchen kam ins Zimmer gestürzt, um zu melden, das Abendessen sei bereit. Er wollte seine Mutter verständigen, nahm einen langstieligen Besen, der immer in einer Ecke versteckt war, und klopfte dreimal an die Zimmerdecke. Dann übersiedelte man ins Eßzimmer, und die jüngere Madame Caravan schenkte die Suppe aus. Man wartete noch auf die Alte. Doch sie kam nicht, und die Suppe wurde kalt. So begann man denn langsam zu essen; und dann, als die Teller leer waren, wartete man. Wütend hielt Madame Caravan sich an ihren Mann: «Das macht sie absichtlich, hörst du? Und du gibst ihr immer noch recht.» Er, zwischen zwei Feuern, war sehr beunruhigt und schickte Marie-Louise, sie solle die Großmama holen. Er selber blieb reglos, die Augen gesenkt, während seine Frau erbost mit dem Ende ihres Messers auf den Fuß ihres Glases klopfte.

Plötzlich öffnete sich die Türe, das Kind erschien allein, ganz außer Atem und kreidebleich. Sehr schnell sagte die Kleine: «Großmama ist auf den Boden gefallen.»

Mit einem Satz war Caravan auf, warf die Serviette auf den Tisch, eilte in das Treppenhaus, wo sein schwerer, hastiger Schritt widerhallte; seine Frau dagegen hielt das alles für einen boshaften Streich ihrer Schwiegermutter, zuckte verächtlich die Achseln und folgte ihm langsam.

Die Alte lag der Länge nach auf dem Gesicht in der Mitte des Zimmers, und als ihr Sohn sie umdrehte, war sie bewegungslos, eingetrocknet mit der vergilbten, faltigen, lohfarbigen Haut, den geschlossenen Augen, den zusammengepreßten Zähnen, dem ganzen magern, starren Körper.

Caravan kniete neben ihr und stöhnte: «Meine arme Mutter, meine arme Mutter!» Doch die andere Madame Caravan musterte die Alte einen Augenblick lang und erklärte: «Ach was, sie hat wieder einmal einen Ohnmachtsanfall, das ist alles; das tut sie nur, um uns beim Essen zu stören, das kannst du mir glauben!»

Man trug den Körper auf das Bett, man entkleidete ihn vollständig; und alle, Caravan, seine Frau und das Dienstmädchen, begannen ihn zu massieren. Doch allen Anstrengungen zum Trotz kam die Alte nicht wieder zur Besinnung. Da schickte man denn Rosalie zum «Doktor» Chenet. Er wohnte auf dem Quai in der Richtung nach Suresne. Das war weit, und so mußte man lange warten. Schließlich kam er, betrachtete die alte Frau, tastete sie ab, horchte sie ab und erklärte: «Das ist das Ende!»

Caravan warf sich über den Körper, ein überstürztes Schluchzen erschütterte ihn, krampfhaft küßte er das starre Gesicht seiner Mutter und weinte so heftig, daß große Tränen wie Wassertropfen auf das Gesicht der Toten fielen.

Die jüngere Madame Caravan zeigte sich auch gebührend bekümmert, stieß hinter dem Rücken ihres Mannes ein leises Stöhnen aus und rieb sich hartnäckig die Augen.

Caravan, das Gesicht aufgequollen, die spärlichen Haare in Unordnung, ungemein häßlich in seiner echten Trauer, richtete sich plötzlich auf: «Aber... sind Sie auch sicher, Doktor... sind Sie wirklich sicher...?» Der Arzt trat rasch näher, behandelte die Leiche mit berufsmäßiger Gewandtheit etwa wie ein Kaufmann, der seine Ware zur Geltung bringen will. «Passen Sie auf, mein Lieber! Sehen Sie das Auge!» Er hob das Lid, und unter seinem Finger wurde der Blick der alten Frau sichtbar, keineswegs verändert, höchstens, daß die Pupille größer war. Für Caravan war das ein Schlag auf das Herz, und das Entsetzen drang ihm durch Mark und Bein. Chenet ergriff den verkrampften Arm, bemühte sich mit aller Kraft, die Finger zu öffnen, und wütend, als wollte ihm jemand widersprechen, erklärte er: «Sehen Sie doch diese Hand! Nein, nein, ich irre mich nicht. Da können Sie unbesorgt sein!»

Caravan sank über die Leiche; er brüllte beinahe. Seine Frau quetschte noch einige Tränen heraus, aber unterdessen tat sie, was eben getan werden mußte. Sie schob den Nachttisch zurecht, auf den sie eine Decke legte, darauf stellte sie vier Kerzen, die sie anzündete, nahm einen Buchszweig, der hinter dem Spiegel auf dem Kamin steckte, legte ihn zwischen die Kerzen in einen Teller, den sie, in Ermangelung von Weihwasser, mit gewöhnlichem Wasser füllte. Doch nach kurzer Überlegung warf sie eine Prise Salz in das Wasser und meinte zweifellos, daß sie auf diese Art gewissermaßen eine heilige Handlung vollzöge.

Sobald sie so die Zeremonien beendet hatte, die den Tod begleiten müssen, blieb sie reglos stehn. Da flüsterte der Arzt, der bei diesen Anstalten geholfen hatte, ihr zu: «Wir müssen Caravan fortbringen!» Sie nickte, näherte sich ihrem Mann, der immer noch auf den Knien lag und schluchzte, ergriff den einen Arm, Chenet den andern, und so hoben sie ihn auf.

Zunächst setzten sie ihn auf einen Stuhl, und seine Frau küßte ihn auf die Stirne und redete ihm gut zu. Der Arzt unterstützte ihre Worte, empfahl Festigkeit, Mut, Ergebung, kurz, alles, was man bei so jähen Unglücksfällen nicht bewahren kann. Dann nahmen die beiden ihn wieder unter den Armen und führten ihn fort.

Er weinte wie ein großes Kind, mit krampfhaftem Schlucken, schlaff, die Arme hinunterhängend, die Beine kraftlos; und ohne zu wissen, was er tat, stieg er, mit automatischen Bewegungen der Füße, die Treppe hinunter.

Er wurde in den Fauteuil gesetzt, auf dem er bei Tisch immer saß, vor seinen fast leeren Teller, auf dem der Löffel noch immer in einem Rest der Suppe lag. Und da blieb er, ohne sich zu regen, den Blick auf sein Glas geheftet, derart fassungslos, daß er nicht einmal einen Gedanken aufbrachte.

Madame Caravan sprach in einer Ecke mit dem Arzt, erkundigte sich nach den nötigen Formalitäten, ließ sich alle Auskünfte geben. Schließlich nahm Chenet, der anscheinend auf etwas gewartet hatte, seinen Hut, erklärte, er habe noch nicht zu Abend gegessen, grüßte und wandte sich zur Türe.

«Was? Sie haben noch nicht zu Abend gegessen? Aber bleiben Sie doch, Doktor! Bleiben Sie doch! Sie bekommen vorgesetzt, was wir selber haben; Sie verstehen wohl, daß es bei uns nichts Besonderes gibt!»

Er lehnte ab, wollte gehn, doch sie blieb hartnäckig.

«Aber was! Bleiben Sie nur! In solchen Stunden ist man ja froh, wenn man Freunde bei sich hat. Und dann – Sie werden vielleicht meinen Mann dazu bringen, sich ein wenig zu trösten. Es ist so dringend, daß er wieder zu Kräften kommt!»

Der Doktor fügte sich, legte den Hut auf ein Möbelstück. «Wenn es so steht, bleibe ich, Madame.»

Sie erteilte der aufgeregten Rosalie die nötigen Befehle, dann setzte sie sich selber zu Tisch; sie wolle tun, als könnte sie essen, und wolle dem Doktor Gesellschaft leisten, sagte sie.

Die kaltgewordene Suppe wurde ausgeschenkt, und Chenet nahm zweimal davon. Dann wurde eine Schüssel mit fettem Lyoneser

Schweinshals aufgetragen, der einen Duft von Zwiebeln ausstrahlte und von dem auch Madame Caravan sich entschloß zu kosten. «Ausgezeichnet», sagte der Doktor. Sie lächelte: «Nicht wahr?» Dann wandte sie sich zu ihrem Mann. «Nimm doch auch ein Stück, mein armer Alfred; gerade nur, damit du etwas im Magen hast! Denk doch daran, wie du die Nacht verbringen wirst.»

Fügsam streckte er ihr den Teller hin, wie er sich auch ins Bett gelegt hätte, wenn man es ihm befehlen würde, gehorsam und ohne Widerstand, ohne Besinnung. Und er aß.

Der Doktor bediente sich selber, füllte sich den Teller dreimal, während Madame Caravan von Zeit zu Zeit ein Stück auf die Gabel spießte und es, gleichsam mit wohleinstudierter Achtlosigkeit, schluckte.

Als eine Schüssel mit Makkaroni auf dem Tisch erschien, murmelte der Doktor: «Donnerwetter! Das ist was Gutes! «Und diesmal teilte Madame Caravan aus, sie füllte auch die Untertassen, von denen die Kinder sich fütterten, die, unbeaufsichtigt, reinen Wein tranken und sich unter dem Tisch mit Fußtritten traktierten.

Chenet erinnerte daran, wie sehr Rossini diese italienische Speise geliebt hatte, und dann rief er plötzlich: «Ach, das reimt sich ja! Man könnte ein Gedicht beginnen:

Maestro Rossini
liebte die Makkaroni!»

Man hörte ihm gar nicht zu. Madame Caravan war plötzlich nachdenklich geworden. Sie dachte an all die wahrscheinlichen Folgen des Ereignisses. Ihr Mann beschäftigte sich damit, Brotkugeln zu rollen, auf dem Tischtuch anzureihen und sie völlig verblödet zu betrachten. Da ein brennender Durst ihm die Kehle peinigte, führte er ununterbrochen das volle Weinglas zum Mund; und sein Verstand, schon von der Erschütterung und dem Kummer ins Wanken gebracht, begann zu schweben, schien ihm in der jähen Benommenheit der angefangenen und peinlichen Verdauung zu tanzen.

Der Doktor trank übrigens wie ein Loch und berauschte sich ganz offenbar; und selbst Madame Caravan erlebte die Reaktion, die jedem nervösen Schock folgt, und war aufgeregt und verstört, obgleich sie nur Wasser trank. Aber auch sie spürte, wie es in ihrem Kopf ein wenig durcheinanderging.

Chenet hatte begonnen, Geschichten zu erzählen, die er für komisch hielt – Geschichten von Todesfällen! Denn in dieser Pariser Bannmeile, die von Provinzlern bewohnt wird, findet man jene Gleichgültigkeit des Bauern für den Tod wieder, sei es auch ein Vater oder eine Mutter, jene Respektlosigkeit, jene unbewußte Roheit, die auf dem Land so verbreitet und in Paris so selten ist. Er sagte: «Hören Sie nur! Vorige Woche ruft man mich in die Rue de Puteaux, ich eile hin, finde den Kranken schon tot, und neben dem Bett die Familie, die in aller

Ruhe eine Flasche Anisette austrank. Am Abend vorher hatte man die Flasche gekauft, um eine Laune des Sterbenden zu befriedigen!»

Doch Madame Caravan hörte nicht, sie dachte dauernd an die Erbschaft. Und Caravan mit seinem leeren Hirn verstand gar nichts.

Der Kaffee wurde eingegossen. Man hatte ihn sehr stark gemacht, um der Stimmung nachzuhelfen. Jede Tasse, mit Cognac bereichert, ließ im Nu eine Röte in die Wangen steigen, brachte die letzten Ideen dieser schon nicht mehr sichern Geister durcheinander.

Dann bemächtigte sich der Doktor plötzlich der Cognacflasche und goß allen reichlich ein. Und ohne zu reden, von der angenehmen Wärme der Verdauung benommen, wider Willen von jenem tierischen Behagen gepackt, das der Alkohol nach dem Essen verleiht, schlürften sie langsam den gezuckerten Cognac, der auf dem Grund der Tassen einen gelblichen Sirup bildete.

Die Kinder waren eingeschlafen, und Rosalie brachte sie zu Bett.

Da griff Caravan, mechanisch dem Bedürfnis gehorchend, sich zu benebeln, das alle Unglücklichen treibt, mehrmals nach dem Cognac; und sein stumpfes Auge glänzte auf.

Endlich erhob sich der Doktor, um zu gehn; er nahm seinen Freund beim Arm.

«Kommen Sie mit mir», sagte er. «Ein wenig frische Luft wird Ihnen guttun. Wenn man einen Kummer hat, soll man nur ja nicht auf demselben Fleck bleiben.»

Der andere gehorchte ohne Widerrede, griff nach seinem Hut, nahm seinen Stock und ging; und so wanderten die beiden, Arm in Arm, unter den hellen Sternen zur Seine hinunter.

Ein duftender Hauch schwebte durch die warme Nacht, denn alle Gärten der Nachbarschaft waren in dieser Jahreszeit voll von Blumen, deren Gerüche tagsüber schlummerten, beim Nahen des Abends aber zu erwachen schienen und, mit den leichten Brisen gemischt, aufstiegen, die in den Schatten wehten.

Die breite Straße lag verlassen und schweigend mit ihren zwei Reihen von Gaslaternen, die sich bis zum Arc de Triomphe erstreckten. Dort unten aber rauschte Paris in rotem Brodem. Es war wie ein ständiges Dröhnen, dem manchmal in der Ferne, von der Ebene her, das Pfeifen eines Zugs zu antworten schien, der mit aller Kraft heranrollte oder durch die Provinz zum Ozean entfloh.

Die frische Luft traf die beiden Männer ins Gesicht, überraschte sie zunächst, dann aber erschütterte sie das Gleichgewicht des Doktors und erhöhte bei Caravan die Benommenheit, die ihn nach dem Essen ergriffen hatte. Er ging wie in einem Traum, sein Geist war dumpf, gelähmt, ohne heftigen Kummer, von einer Art moralischer Erschlaffung gepackt, die kein Leiden aufkommen ließ, ja, er empfand sogar eine Erleichterung, die von den lauen Ausstrahlungen der Nacht noch gesteigert wurde.

Als sie bei der Brücke waren, wandten sie sich

nach rechts, und der Fluß warf ihnen einen kühlen Windhauch ins Gesicht. Schwermütig und still floß der Fluß vor einem Vorhang von hohen Pappeln; und die Sterne schienen, von der Strömung bewegt, auf dem Wasser zu schwimmen. Ein feiner, weißlicher Dunst, der über der Böschung des andern Ufers lag, brachte den Lungen einen feuchten Wohlgeruch. Und Caravan blieb plötzlich stehn, von diesem Geruch des Flusses beeindruckt, der in seinem Herzen uralte Erinnerungen aufrührte.

Und er sah mit einem Mal seine Mutter wieder, in seiner Kinderzeit, auf den Knien, vor der Türe, dort unten in der Picardie, einen Haufen Wäsche neben sich. Er hörte ihren Waschbleuel in dem tiefen Schweigen des Landes, hörte ihre Stimme, die schrie: «Alfred, bring mir die Seife!» Und er spürte den gleichen Geruch des fließenden Wassers, jenen gleichen Dunst, der aus tropfnassem Boden aufsteigt, jene sumpfige Ausdünstung, deren Geschmack unvergeßlich in ihm geblieben war und die er just an diesem Abend, da seine Mutter eben dahingeschieden war, wiederfand.

Er blieb stehn, erstarrt in einem neuen Aufflammen wilder Verzweiflung. Es war wie ein Aufblitzen eines Lichts, das mit einem Schlag die ganze Weite seines Unglücks erhellte; und die Begegnung mit jenem schweifenden Windhauch schleuderte ihn in den schwarzen Abgrund unheilbaren Schmerzes. Er fühlte sein Herz, durch diese Trennung ohne Ende, zerrissen. Sein Leben war inmitten entzweigeschnitten; und seine ganze Jugend verschwand, mit diesem Tod untergegangen. All das «früher» war zu Ende; all die Erinnerungen an die Jugend verflüchtigten sich, kein Mensch konnte mehr zu ihm von den gewesenen Dingen sprechen, von den Menschen, die er einst gekannt, von seinem Dorf, von ihm selber, von der Vertrautheit seines verflossenen Lebens. Es war ein Teil seines eigenen Wesens, das aufgehört hatte zu bestehn; und jetzt war der andere Teil an der Reihe zu sterben.

Und nun begann der Zug der Bilder von einst. Er sah «die Mama» wieder, jünger, in Kleidern, die verbraucht waren, so lange getragen, daß sie sozusagen von ihrer Person untrennbar waren; und er fand sie in tausend vergessenen Umständen wieder. Mit den verblaßten Gesichtsausdrücken, mit ihren Gesten, ihrem Tonfall, ihren Gewohnheiten, ihren Eigenheiten, ihren Wutausbrüchen, den Falten ihres Gesichts, den Bewegungen ihrer magern Finger, all die vertrauten Haltungen, die er nie wieder an ihr bemerken würde.

Und an den Doktor geklammert, stieß er ein Stöhnen aus. Seine schlaffen Beine zitterten, seine ganze rundliche Gestalt war vom Schluchzen geschüttelt, und er stammelte: «Meine Mutter, meine arme Mutter, meine arme Mutter ... !»

Doch sein Gefährte, der noch immer berauscht war und davon träumte, den Abend an Orten zu beenden, die er insgeheim aufsuchte, den überdies diese heftige Krise des Grams ungeduldig machte, setzte Caravan auf das Gras des Ufers, und fast sogleich verließ er ihn unter dem Vorwand, er habe noch einen Kranken zu besuchen.

Caravan weinte lange; dann, als er keine Träne mehr hatte, als all sein Leid sozusagen davongeflossen war, empfand er abermals eine Erleichterung, eine Stille, einen plötzlichen Frieden.

Der Mond war aufgegangen; er badete den Horizont mit seinem sanften Licht. Die hohen Pappeln ragten mit silbernen Reflexen auf, und der Dunst über der Ebene war wie schwebender Schnee; der Fluß, darin keine Sterne mehr schwammen, der aber wie mit Perlmutter bedeckt wirkte, floß noch immer dahin, von leuchtenden Schauern gerippt. Die Luft war lind, die Brise duftig. In den Schlummer der Erde zog eine Weichheit ein, und Caravan trank diese Milde der Nacht. Er holte tief Atem, glaubte, bis in die Enden seiner Glieder eine Frische, eine Ruhe, eine übermenschliche Tröstung eindringen zu spüren.

Immerhin leistete er diesem Behagen, das ihn übermannte, Widerstand. Er wiederholte sich beständig: «Meine Mutter, meine arme Mutter!» Es war gleichsam sein Gewissen, das Gewissen eines braven Mannes, mit dem er sich zum Weinen zwingen wollte. Doch er konnte nicht mehr. Und keine Trauer bedrängte ihn bei den Gedanken, die ihm eben noch so unstillbare Tränen entlockt hatten.

So stand er denn auf, um heimzukehren, ging

mit kleinen Schritten, umhüllt von der stillen Gleichgültigkeit einer gelassenen Natur und mit einem Herzen, das gegen seinen Willen befriedet war.

Als er die Brücke erreichte, sah er das Licht der letzten Tramway, die gerade bereit war, ihre Fahrt zu beginnen, und die erleuchteten Fenster des «Café du Globe».

Da überkam ihn das Bedürfnis, irgendwem die Katastrophe zu berichten, Mitleid zu erregen, sich interessant zu machen. Er zog ein klägliches Gesicht, stieß die Türe des Lokals auf und ging zu dem Schanktisch, wo der Wirt noch immer thronte. Er rechnete auf einen großen Effekt, alle Leute würden aufstehn, mit ausgestreckter Hand auf ihn zukommen: «Ach, was haben Sie denn?» Doch kein Mensch bemerkte seine Jammermiene. Da stützte er sich denn auf den Schanktisch, preßte mit beiden Händen seine Stirne und flüsterte: «Mein Gott, mein Gott!»

Der Wirt musterte ihn: «Sind Sie krank, Monsieur Caravan?»

«Nein, mein armer Freund», erwiderte er. «Aber meine Mutter ist eben gestorben.» Der andere ließ ein zerstreutes «Ah!» hören. Und da gerade ein Gast aus dem Grunde des Lokals rief: «Ein Bock, bitte!» antwortete er sofort mit dröhnender Stimme: «Bumm, bumm – gleich kommt's!» bediente den Gast und ließ den verdutzten Caravan stehn.

An dem selben Tisch wie vor dem Abendessen, völlig vertieft und reglos, saßen noch immer die drei Dominospieler bei ihrer Partie. Caravan näherte sich ihnen auf seiner Suche nach mitfühlenden Herzen. Da anscheinend keiner ihn sah, entschied er sich zu sprechen: «Seither ist mir ein großes Unglück zugestoßen.»

Sie hoben, alle drei zur gleichen Sekunde, ein wenig den Kopf, hefteten aber dennoch die Augen nach wie vor auf das Spiel, das gerade in Gang war. «Ja? Was denn?» «Meine Mutter ist soeben gestorben.» Einer der drei murmelte: «Nein, so was!» mit jenem unechten Mitleid, das die Gleichgültigen äußern. Ein anderer, der gar nichts zu sagen wußte, faltete die Stirne und ließ ein trauriges Pfeifen hören. Der dritte wandte sich wieder dem Spiel zu, als dächte er: Wenn's weiter nichts ist!

Caravan erwartete eines jener Worte, die, wie man sagt, aus dem Herzen kommen. Doch als er merkte, wie er empfangen wurde, entfernte er sich, empört über die Friedfertigkeit der Spieler angesichts des Leids eines Freundes, wenn auch dieses Leid gerade jetzt so dumpf geworden war, daß er es kaum mehr spürte.

Und er ging.

Seine Frau erwartete ihn im Nachthemd, auf einem niedrigen Stuhl am offenen Fenster sitzend, die Gedanken noch immer auf die Erbschaft gerichtet.

«Zieh dich aus», sagte sie. «Wir werden miteinander reden, wenn wir im Bett sind.»

Er hob den Kopf, wies mit dem Blick auf die

Zimmerdecke: «Aber... da oben... ist niemand!» «Doch, Rosalie ist bei ihr. Um drei Uhr morgens, wenn du dich ausgeschlafen hast, wirst du sie ablösen.»

Nichtsdestoweniger blieb er in Unterhosen, um für alles bereit zu sein, schlang ein Tuch um den Kopf, und dann gesellte er sich seiner Frau, die eben unter die Decke geglitten war.

Eine Weile blieben sie Seite an Seite. Sie überlegte.

Ihre Frisur war selbst in dieser Stunde mit einem rosenfarbenen Band geziert und rutschte ein wenig zu dem einen Ohr hinunter, gleichsam eine Folge der unüberwindlichen Gewohnheit aller Häubchen, die sie trug.

Plötzlich wandte sie sich zu ihm: «Weißt du, ob deine Mutter ein Testament gemacht hat?» fragte sie. Er zauderte: «Ich... ich... glaube nicht. Nein, kein Zweifel, sie hat kein Testament gemacht.» Madame Caravan schaute ihrem Mann in die Augen, und dann stieß sie leise, wütend hervor: «Das ist eine Schande, verstehst du? Denn schließlich schinden wir uns jetzt seit zehn Jahren damit, sie zu pflegen, bei uns unterzubringen, zu ernähren! Deine Schwester ist's nicht, die so viel für sie getan hätte, und ich auch nicht, wenn ich gewußt hätte, welchen Lohn ich dafür finden würde! Ja, es ist eine Schande für das Andenken an sie! Du wirst mir sagen, daß sie eine gute Pension bezahlt hat, und das stimmt auch. Aber all die Fürsorge seiner Kinder, das kann man nicht mit Geld bezahlen. Man erkennt es nach dem Tode in seinem Testament an. So also benehmen sich die ehrenwerten Leute! Das also habe ich für all meine Mühe, meine Plackerei! Das ist mir was Rechtes! Das ist mir was Rechtes!»

Caravan wiederholte ganz benommen: «Aber, meine Liebe, meine Liebe, ich bitte dich, ich flehe dich...»

Mit der Zeit beruhigte sie sich und schlug wieder ihren Alltagston an: «Morgen früh muß deine Schwester verständigt werden.»

Er fuhr auf. «Ja, natürlich; ich hatte nicht daran gedacht. Gleich am Morgen schicke ich ihr eine Depesche.» Doch sie, als Frau, die alles vorgesehen hat, besänftigte ihn. «Nein, schick die Depesche erst zwischen zehn und elf, damit wir Zeit haben, uns vor ihrer Ankunft ein wenig in Ordnung zu bringen. Von Charenton bis hierher braucht sie höchstens zwei Stunden. Wir werden sagen, daß du den Kopf verloren hast. Wenn man sie am Vormittag verständigt, gibt man sich keine Blöße.»

Doch Caravan schlug sich auf die Stirne, und in dem schüchternen Tonfall, den er immer annahm, wenn er von seinem Chef sprach, vor dem er selbst in Gedanken erzitterte: «Ich muß ja auch das Ministerium verständigen!» «Wozu verständigen?» meinte sie. «Bei solchen Gelegenheiten ist es immer verzeihlich, wenn man das vergessen hat. Verständige niemanden, glaub mir. Dein Chef wird nichts sagen können, und du wirst ihn in große Verlegenheit bringen.»

«O ja, das schon», sagte er. «Und in eine Teufelswut, wenn er mich nicht kommen sieht. Ja, du hast recht! Das ist eine großartige Idee! Wenn ich ihm erkläre, daß meine Mutter gestorben ist, wird er wohl den Mund halten müssen.»

Und entzückt über diesen Streich, rieb der Ministerialbeamte sich die Hände und sah schon das Gesicht seines Chefs vor sich, während über ihm die Leiche der alten Frau neben dem eingeschlafenen Dienstmädchen lag.

Madame Caravan sah besorgt drein, als plagte sie ein Gedanke, der sich schwer in Worte fassen ließ. Endlich entschloß sie sich: «Deine Mutter hat dir doch ihre Stutzuhr geschenkt, nicht wahr, das junge Mädchen mit dem Fangstock?» Er suchte in seiner Erinnerung und erwiderte: «Ja, ja, sie hat mir gesagt – aber das ist schon lange her, das war, als sie zu uns übersiedelte –, sie hat mir gesagt: ‹Die wird dir gehören, die Stutzuhr, wenn du dich richtig um mich kümmerst.›»

Madame Caravan besänftigte sich. «Also, siehst du, wir müssen sie nehmen, denn wenn wir deine Schwester kommen lassen, wird sie uns daran hindern.» Er zögerte. «Du glaubst...?» Sie wurde zornig. «Natürlich glaube ich es. Ist sie einmal hier – was fort ist, ist fort! Und die Uhr gehört uns! Ganz genau wie die Kommode in ihrem Zimmer, die mit der Marmorplatte; sie hat sie mir geschenkt, eines Tages, als sie gutgelaunt war. Wir werden sie gleichzeitig herunterschaffen.»

Caravan schien nicht recht überzeugt zu sein. «Aber, meine Liebe, das ist eine große Verantwortung!» Wütend kehrte sie sich zu ihm. «Ja? Wirklich? Wirst du dich denn nie ändern? Du läßt eher deine Kinder vor Hunger sterben, als daß du dich rührst! Von dem Augenblick an, da sie sie mir gegeben hat, diese Kommode, gehört sie uns! Oder nicht? Und wenn deine Schwester nicht zufrieden ist, kann sie mir's sagen. Ich pfeif' auf deine Schwester! Und jetzt steh auf, damit wir auf der Stelle heruntertragen, was deine Mutter uns gegeben hat.»

Zitternd, besiegt, stieg er aus dem Bett, und als er die Hose anziehen wollte, hinderte sie ihn daran. «Es lohnt nicht, sich anzuziehen. Bleib nur in Unterhosen, das genügt. Ich gehe auch so, wie ich bin.»

Und die beiden machten sich in Nachthemden auf den Weg, stiegen geräuschlos die Treppe hinauf, öffneten behutsam die Türe und traten in das Zimmer, wo die vier brennenden Kerzen rund um den Teller mit dem gesegneten Buchszweig allein die Alte in ihrer starren Ruhe zu hüten schienen; denn Rosalie, auf ihrem Lehnstuhl, die Beine ausgestreckt, die Hände über dem Rock gefaltet, den Kopf zur Seite gelegt, ebenfalls regungslos, schlief mit offenem Mund und schnarchte leise.

Caravan nahm die Stutzuhr. Es war einer jener grotesken Gegenstände, wie man sie in der Kaiserzeit in Menge produziert hatte. Ein junges Mädchen aus vergoldeter Bronze, den Kopf mit verschiedenen Blumen geschmückt, hielt in der Hand einen Fangstock, dessen Kugel als Pendel diente. «Gib mir das», sagte seine Frau, «und nimm die Marmorplatte von der Kommode.»

Er gehorchte keuchend und lud mit einiger Anstrengung die Marmorplatte auf die Schulter.

Und das Paar entfernte sich wieder. Caravan bückte sich unter der Türe, begann zitternd die Treppe hinunterzusteigen, während seine Frau, rückwärts gehend, ihm mit einer Hand leuchtete, unter dem andern Arm die Stutzuhr trug.

Sobald sie wieder unten waren, stieß sie einen großen Seufzer aus. «Das Schwerste wäre erledigt», sagte sie. «Holen wir jetzt den Rest!»

Doch die Schubladen des Möbelstücks waren mit den Sachen der Alten gefüllt; das alles mußte irgendwo versteckt werden.

Madame Caravan hatte einen Einfall. «Hol doch die Tannenholztruhe im Vorzimmer; sie ist keine vierzig Sous wert, die könnte man ganz gut hierher stellen.» Und als die Truhe oben war, begannen sie umzuräumen.

Sie nahmen, eines nach dem andern, die Manschetten, die Halskrausen, die Hemden, die Häubchen, all die armseligen Kleinigkeiten der guten Frau, die dort hinter ihnen ausgestreckt lag, und versorgten die Dinge methodisch in der Holztruhe, um Madame Braux hinters Licht zu führen, die Tochter, die morgen kommen würde.

Als sie damit fertig waren, trugen sie zuerst die Schubladen, dann die Kommode selbst zu zweit hinunter, und beide suchten längere Zeit eine Stelle, wo sie am besten untergebracht wäre. Schließlich entschieden sie sich für das Schlafzimmer, gegenüber vom Bett, zwischen den beiden Fenstern.

Kaum war die Kommode an ihrem Platz, als Madame Caravan sie auch schon mit ihrer eigenen Wäsche füllte. Die Stutzuhr stellten sie auf den Kamin im Eßzimmer, und dann betrachtete das Paar die Wirkung, die damit erreicht wurde. Sie waren im Nu entzückt. «Das macht sich hier ausgezeichnet», sagte sie. «Ja, sehr gut», erwiderte er. Dann legten sie sich ins Bett. Sie blies die Kerze aus, und bald schliefen in den beiden Stockwerken des Hauses alle.

Es war schon voller Tag, als Caravan die Augen öffnete. Er war beim Erwachen verwirrt, und erst nach einigen Minuten entsann er sich dessen, was geschehen war. Diese Erinnerung war wie ein harter Schlag auf die Brust. Und er sprang aus dem Bett, abermals zutiefst gerührt und bereit zu weinen.

Schnell stieg er in das obere Zimmer, wo Rosalie, noch immer in der selben Stellung wie am Abend vorher, die ganze Nacht geschlafen hatte. Er schickte sie an ihre Arbeit, ersetzte die abgebrannten Kerzen, und dann betrachtete er seine Mutter. In seinem Hirn rollte er jene scheinbar tiefen Gedanken, jene frommen, philosophischen Banalitäten, welche mittelmäßige Köpfe angesichts des Todes bedrängen.

Doch als seine Frau ihn rief, stieg er hinunter.

Sie hatte eine Liste der Dinge aufgestellt, die im Lauf des Vormittags zu erledigen waren, und diese Liste, über die er in Entsetzen geriet, reichte sie ihm. Er las:

1. *Anzeige beim Bürgermeisteramt erstatten.*
2. *Den Totenbeschauer kommen lassen.*
3. *Den Sarg bestellen.*
4. *Zur Kirche gehn.*
5. *Zum Leichenbestatter.*
6. *Zur Druckerei wegen der Anzeigen.*
7. *Zum Notar.*
8. *Zum Telegraphenamt, um die Familie zu verständigen.*

Dann noch eine Menge kleiner Besorgungen. So nahm er denn seinen Hut und ging.

Nun, da die Neuigkeit sich verbreitet hatte, begannen die Nachbarinnen herbeizuströmen und wollten die Tote sehen.

Beim Friseur im Erdgeschoß spielte sich, aus diesem Grunde, sogar zwischen Mann und Frau eine Szene ab, während er einen Kunden rasierte.

Die Frau brummte beim Strumpfstricken: «Wieder eine weniger, und diesmal ein geiziges Frauenzimmer, wie es ihrer nicht viele gibt. Ich hab' sie nicht ausstehn können, das ist schon wahr. Aber ich muß sie mir trotzdem ansehen gehn.»

Der Mann seifte dem Kunden das Kinn ein. Er murrte: «Was das für Geschichten sind! Das kann wirklich nur mit den Frauen passieren.

Genügt's nicht, einen das ganze Leben zu ärgern, nein, auch nach dem Tod können sie einem keine Ruhe geben!» Doch seine Gattin fuhr fort, ohne sich stören zu lassen: «Es ist stärker als ich. Ich muß hingehn. Das plagt mich schon den ganzen Morgen. Wenn ich sie nicht anschauen gehe, so würde mich das mein ganzes Leben lang verfolgen. Aber wenn ich sie mir gut angesehen habe, um ihr Gesicht in der Erinnerung zu behalten, so werde ich nachher zufrieden sein.»

Der Mann mit dem Rasiermesser zuckte die Achseln und vertraute dem Kunden, dem er die Wange kitzelte, an: «Ich bitte Sie! Was haben diese verdammten Weibsbilder nur für Ideen? Mein Fall ist das nicht, mich damit zu amüsieren, daß ich mir einen Toten ansehe.» Doch die Frau hatte ihn gehört, und ganz friedlich antwortete sie: «So ist's nun mal! So ist's nun mal!» Dann legte sie ihre Strickerei auf den Ladentisch und stieg in den ersten Stock hinauf.

Zwei Nachbarinnen waren bereits erschienen, unterhielten sich mit Madame Caravan über den Vorfall, und sie berichtete ihnen alle Einzelheiten.

So begaben sie sich in das Sterbezimmer. Die vier Frauen traten auf den Fußspitzen ein, benetzten, eine nach der andern, das Linnen mit dem Salzwasser, knieten nieder, bekreuzigten sich und murmelten ein Gebet; dann richteten sie sich auf und betrachteten, die Augen aufgerissen, den Mund halb offen, die Leiche lange Zeit, während die Schwiegertochter der Toten, ein Taschentuch vor dem Gesicht, ein kunstvoll verzweifeltes Aufschluchzen hören ließ.

Als sie sich umdrehte, um das Zimmer zu verlassen, erblickte sie neben der Türe Marie-Louise und Philippe-Auguste, beide im Hemd, die neugierig starrten. Da vergaß sie den wohleinstudierten Gram, stürzte sich auf sie und schrie, die Hand erhoben, wütend: «Wollt ihr gleich machen, daß ihr weiterkommt, ihr miserablen Taugenichtse!»

Zehn Minuten später stieg sie mit einer Ladung anderer Nachbarinnen hinauf, und nachdem sie abermals den Buchszweig über ihre Schwiegermutter geschüttelt, gebetet, Tränen geheuchelt, alle ihre Pflichten erfüllt hatte, fand sie die beiden Kinder, die abermals hinter ihr hergekommen waren. Wieder schalt sie sie gewissenhaft, doch beim nächsten Mal beachtete sie sie nicht mehr. Und bei jedem Erscheinen neuer Besucherinnen folgten die beiden Gören, knieten in einer Ecke nieder und machten unabänderlich alles nach, was sie ihre Mutter tun sahen.

Zu Beginn des Nachmittags nahm die Fülle der Neugierigen ab. Und bald kam überhaupt niemand mehr. Madame Caravan blieb in ihrer Wohnung und bereitete alles für die Trauerzeremonie vor, und die Tote lag einsam oben.

Das Fenster des Zimmers war offen. Mit Staubwolken drang eine glühende Hitze ein. Die Flammen der vier Kerzen flackerten neben dem reglosen Körper. Und auf der Decke, auf dem Gesicht mit den geschlossenen Augen, auf den beiden ausgestreckten Händen krochen kleine Fliegen, kamen, gingen, spazierten unermüdlich, besuchten die Alte und warteten auf die nächste Stunde.

Marie-Louise und Philippe-Auguste aber trieben sich wieder auf der Straße herum. Und bald waren sie von Kameraden umringt, vor allem von kleinen, aufgeweckteren Mädchen, die rascher alle Geheimnisse des Lebens wittern. Und sie fragten sie aus wie die Großen. «Deine Großmama ist gestorben?» «Ja, gestern abend.» «Wie ist das, ein Toter?» Und Marie-Louise erklärte, erzählte von den Kerzen, dem Buchszweig, dem Gesicht. Und da erwachte in allen Kindern eine heftige Neugier, und sie baten, auch zu der Hingeschiedenen hinaufgehn zu dürfen.

Sogleich organisierte Marie-Louise eine erste Gruppe, fünf Mädchen und zwei Knaben, die größten, die mutigsten. Sie zwang sie, die Schuhe auszuziehen, um ja nicht entdeckt zu werden. Und die kleine Schar schlich ins Haus und stieg flink hinauf wie eine Armee von Mäusen.

Einmal oben im Zimmer, imitierte die Kleine ihre Mutter und ordnete das Zeremoniell. Feierlich führte sie ihre Kameraden an, kniete nieder, bekreuzigte sich, bewegte die Lippen, stand auf, besprengte das Bett, und während die Kinder sich dicht zusammengedrängt, erschrocken, neugierig und entzückt näherten, um das Gesicht und die Hände zu betrachten, begann sie plötzlich ein Schluchzen zu heucheln und bedeckte die Augen mit dem kleinen Taschentuch. Dann, rasch getröstet, denn sie dachte an jene, die noch vor der Türe warteten, zog sie hastig ihre Gruppe aus dem Zimmer, um eine andere Gruppe hineinzuführen, und dann eine dritte. Denn alle die Taugenichtse der Gegend bis zu den Bettelkindern in Lumpen eilten zu diesem neuen Vergnügen herbei. Und jedesmal spielte sie mit letzter Vollendung die Komödie ihrer Mutter.

Mit der Zeit hatte sie es satt. Ein anderes Spiel lockte die Kinder anderswohin, und die alte Großmutter blieb allein, völlig vergessen von allen.

Der Schatten füllte das Zimmer, und auf ihrem trockenen, runzligen Gesicht ließ die flackernde Flamme der Kerzen Lichter tanzen.

Gegen acht Uhr stieg Caravan hinauf, schloß das Fenster und ersetzte die Kerzen. Jetzt trat er ganz gelassen ein, hatte sich schon daran gewöhnt, die Leiche zu betrachten, als läge sie seit einem Monat da. Er stellte sogar fest, daß noch keine Zersetzung zu merken war, und das teilte er auch seiner Frau mit, als sie zu Tisch gingen. Sie erwiderte: «Ach was, sie ist aus Holz! Die würde sich ein Jahr lang halten!»

Die Suppe wurde gegessen, ohne daß jemand ein Wort sprach. Die Kinder hatten den ganzen Tag frei, sie waren todmüde, dösten auf ihren Stühlen, und alle waren stumm.

Plötzlich wurde das Licht der Lampe schwächer.

Madame Caravan drehte sie höher, doch der Apparat ließ nur einen hohlen Ton hören, ein längeres Gurgeln, und dann erlosch das Licht ganz. Man hatte vergessen, Öl zu kaufen! Zum Krämer zu gehn, hieße das Essen zu verschieben, und so suchte man Kerzen. Doch es gab keine mehr als jene, die oben auf dem Nachttisch brannten.

Rasch entschlossen schickte Madame Caravan Marie-Louise, um zwei zu holen, und man wartete im Dunkeln.

Deutlich hörte man die Schritte der Kleinen, die die Treppe hinaufstieg. Dann folgte Stille, und dann kam das Kind hastig heruntergesprungen. Erschrocken riß sie die Türe auf, erregter als am Vortag, da sie die Katastrophe gemeldet hatte, und flüsterte halberstickt: «O Papa! Die Großmama zieht sich an!»

Caravan sprang mit einem solchen Ruck auf, daß sein Stuhl gegen die Wand rollte. Er stammelte: «Was sagst du... was sagst du da?»

Marie-Louise aber, von der Aufregung erstickt, wiederholte: «Die Groß... Groß... Großmama zieht sich an... sie kommt herunter.»

Er sprang wie von Sinnen ins Treppenhaus, gefolgt von seiner völlig verdatterten Frau; doch vor der Türe des zweiten Stocks blieb er stehn, so sehr schüttelte ihn das Grauen, und er wagte nicht einzutreten. Was würde er erblicken? Madame Caravan, mutiger als er, drehte den Schlüssel und trat ein.

Das Zimmer wirkte düsterer; und in der Mitte

bewegte sich eine lange, magere Gestalt. Sie stand aufrecht, die Alte. Als sie aus ihrem lethargischen Schlummer erwacht war, bevor sie noch das volle Bewußtsein wiedererlangt, hatte sie sich zur Seite gedreht, auf einen Ellbogen gestützt und drei der Kerzen ausgeblasen, die neben dem Totenbett brannten. Dann war sie zu Kräften gekommen, war aufgestanden, um ihre Sachen zu nehmen. Daß ihre Kommode fort war, hatte sie zunächst gestört, doch nach und nach hatte sie ihre Kleidungsstücke auf dem Grund der Holztruhe gefunden und sich langsam angezogen. Nachdem sie noch den mit Wasser gefüllten Teller geleert, den Buchszweig hinter den Spiegel gesteckt und die Stühle an ihre Plätze gestellt hatte, war sie bereit, hinunterzugehn, als jetzt vor ihren Augen ihr Sohn und ihre Schwiegertochter auftauchten.

Caravan stürzte auf sie zu, faßte ihre Hände, küßte sie mit Tränen in den Augen; seine Frau, hinter ihm, wiederholte beständig ihr verheucheltes: «Was für ein Glück! Was für ein Glück!»

Die Alte aber, ohne jegliche Milde, ja, anscheinend ohne zu begreifen, starr wie ein Standbild und mit eisigem Blick, fragte nur: «Ist das Essen bald fertig?» Er verlor den Kopf und stammelte: «Ja, ja, Mama, wir haben nur auf dich gewartet.» Und mit ungewohnter Zärtlichkeit nahm er ihren Arm, während die jüngere Madame Caravan nach einer Kerze griff und ihnen leuchtete; sie ging vor ihnen rückwärts die Treppe hinunter, wie sie in der vorigen Nacht vor ihrem Mann gegangen war, der die Marmorplatte getragen hatte.

Als sie im ersten Stock ankam, wäre sie beinahe gegen Leute gestoßen, die hinaufgingen. Das war die Familie aus Charenton, Madame Braux, gefolgt von ihrem Gatten.

Die Frau, groß, dick, mit dem Bauch einer Wassersüchtigen, der ihr den Rumpf nach hinten zog, riß entsetzte Augen auf und wollte fliehen. Der Gatte, ein sozialistischer Schuster, ein kleiner Mann, behaart bis zur Nase und einem Affen sehr ähnlich, murmelte, ohne sich weiter aufzuregen: «Heh, was denn? Sie ist wieder auferstanden?»

Kaum hatte Madame Caravan die beiden erkannt, als sie ihnen auch schon verzweifelt Zeichen machte. Und dann sagte sie laut: «Ach, ihr seid's? Das ist ja eine angenehme Überraschung!»

Aber Madame Braux begriff in ihrer Verblüfftheit nicht; sie antwortete halblaut: «Eurer Depesche wegen sind wir gekommen! Wir hatten geglaubt, es sei zu Ende.»

Ihr Mann, hinter ihr, zwickte sie, um sie verstummen zu machen. Und mit einem boshaften Lächeln, das sein dichter Bart verbarg, setzte er hinzu: «Es war sehr nett von euch, uns einzuladen. Wir sind auch gleich gekommen.» Das war eine Anspielung auf die Feindseligkeit, die seit langem zwischen den beiden Ehepaaren herrschte. Dann, als die alte Frau auf den letzten Stufen war, trat er lebhaft hinzu, rieb die

Haare, die sein Gesicht bedeckten, an den Wangen der Alten und schrie ihr, die schwerhörig war, ins Ohr: «Geht's gut, Mutter? Immer rüstig beisammen, was?»

Madame Braux war so benommen davon, die Frau lebendig vor sich zu sehen, die sie tot anzutreffen geglaubt hatte, daß sie nicht einmal wagte, ihre Mutter zu umarmen; und ihr riesiger Bauch füllte die Treppe derart, daß die andern gar nicht weiter konnten.

Die Alte, unruhig, mißtrauisch, doch ohne ein Wort zu reden, musterte all die Leute rund um sie; und ihr kleines, hartes, prüfendes Auge heftete sich bald auf den einen, bald auf den andern, und die Gedanken, die sich darin erkennen ließen, waren ihren Kindern sehr peinlich.

Um die Sache zu erklären, sagte Caravan: «Sie war ein wenig leidend, aber jetzt geht's ihr wieder ganz gut, nicht wahr, Mutter?»

Da setzte die gute Frau sich wieder in Bewegung und antwortete mit ihrer gebrochenen, wie aus der Ferne klingenden Stimme: «Es war eine Ohnmacht. Ich habe euch die ganze Zeit gehört.»

Ein verlegenes Schweigen folgte. Man ging ins Eßzimmer, und dann setzte man sich zu einem binnen weniger Minuten improvisierten Abendessen.

Nur Braux hatte seine Unverfrorenheit bewahrt. Sein Gesicht, das Gesicht eines bösartigen Gorillas, verzog sich zu einer Grimasse, und er ließ doppelsinnige Wendungen fallen, die allen andern sichtlich unangenehm waren.

Doch immer wieder läutete die Türglocke; und Rosalie kam, völlig verloren, Caravan holen, der die Serviette hinwarf und hinauseilte. Sein Schwager fragte ihn sogar, ob er heute seinen Empfangstag habe. Er stotterte: «Ach nein, Besorgungen, nichts Besonderes.»

Dann, als ein Paket gebracht wurde, öffnete er es, ohne zu überlegen, und die schwarzgerahmten Todesanzeigen kamen zum Vorschein. Da errötete er bis zu den Augen, machte das Paket wieder zu und steckte es unter seine Weste.

Seine Mutter hatte das nicht gesehen; sie betrachtete hartnäckig ihre Stutzuhr, deren vergoldete Kugel auf dem Kaminsims hin und her schwang. Und inmitten eines eisigen Schweigens wuchs die Verlegenheit.

Da wandte die Alte ihr faltiges Hexengesicht ihrer Tochter zu, in den Augen blitzte es boshaft, und sie sagte: «Montag bringst du mir deine Kleine, ich will sie sehen.» Madame Braux schrie mit strahlendem Gesicht: «Ja, Mama!» während Madame Caravan, die jüngere, blaß wurde und vor Angst fast in Ohnmacht fiel.

Unterdessen hatten die beiden Männer nach und nach miteinander zu reden begonnen; und sie verwickelten sich, ganz ohne rechten Anlaß, in ein politisches Gespräch. Braux, ein Vertreter der revolutionären und kommunistischen Ideen, erregte sich, die Augen entzündeten sich in dem haarigen Gesicht, und er schrie: «Das Eigentum,

Herr, ist ein Diebstahl am Arbeiter. Die Erde gehört allen. Die Erbschaft ist eine Schmach, eine Schande.» Doch jäh hielt er ein wie ein Mensch, der eine Dummheit gesagt hat und nun verwirrt ist. Und sanfter fügte er hinzu: «Aber es ist nicht der richtige Augenblick, um sich über diese Dinge zu unterhalten.»

Die Türe öffnete sich: der «Doktor» Chenet erschien. Sekundenlang erschrak er, dann aber hatte er seine Haltung wieder und ging auf die alte Frau zu: «Ach, da ist sie ja, die Mama! Und heute geht's gut! Ich hatte es mir gedacht, müssen Sie wissen. Und gerade jetzt, als ich die Treppe heraufkam, sagte ich mir: Ich wette, daß sie wieder auf ist, unsere Ahnfrau!» Und er klopfte ihr sanft auf den Rücken. «Sie ist gebaut wie der Pont-Neuf. Sie wird uns noch alle begraben. Das werdet ihr sehen!»

Er setzte sich, nahm den Kaffee, den man ihm anbot, und mischte sich gleich in das Gespräch der beiden Männer. Und er war auf der Seite Braux', denn er hatte sich zur Zeit der Commune selber kompromittiert.

Jetzt wollte die Alte, die müde geworden war, aufstehn. Caravan eilte auf sie zu. Da schaute sie ihm fest in die Augen und sagte: «Du wirst mir auf der Stelle meine Kommode und meine Stutzuhr wieder hinauftragen!» Und als er stotterte: «Ja, Mama», nahm sie den Arm ihrer Tochter und verzog sich mit ihr.

Die beiden Caravans blieben bestürzt, stumm, von einer schrecklichen Katastrophe überwältigt, während Braux sich die Hände rieb und seinen Kaffee schlürfte.

Plötzlich stürzte sich Madame Caravan, von der Wut gepackt, auf ihn zu und schrie: «Sie sind ein Dieb, ein Gauner, eine Canaille... ich spucke Ihnen ins Gesicht... ich... ich...» Sie fand keine Worte mehr, es verschlug ihr den Atem, er aber lachte und trank gelassen weiter.

Dann, da gerade seine Frau zurückkam, fiel Madame Caravan über ihre Schwägerin her; und die beiden, die eine, enorm mit ihrem drohenden Bauch, die andere epileptisch und mager, mit völlig veränderter Stimme und zitternden Händen, überschütteten einander mit einem Schwall von Beschimpfungen.

Chenet und Braux griffen ein, und Braux packte seine Ehehälfte bei den Schultern, schob sie hinaus und schrie: «Mach, daß du weiterkommst, du nichtsnutzige Eselin! Wer soll dein Gebrüll aushalten!»

Und man hörte, wie sie sich noch auf der Straße zankten, als sie den Heimweg antraten.

Chenet nahm Abschied.

Die beiden Caravans blieben allein.

Da sank der Mann, kalten Schweiß an den Schläfen, auf einen Stuhl und flüsterte: «Was soll ich jetzt meinem Chef sagen?»

Sobald die ersten schönen Tage kommen, sobald die Erde erwacht und wieder ergrünt, sobald die duftende Lauheit der Luft uns die Haut liebkost, den Weg in die Brust findet, ja, ins Herz selbst einzudringen scheint, melden sich in uns vage Wünsche nach unbestimmtem Glück, ein Verlangen zu laufen, ziellos umherzustreifen, Abenteuer zu suchen, den Frühling zu trinken.

Da der Winter in diesem Jahr sehr hart gewesen war, wirkte das Bedürfnis nach neuen Freuden im Monat Mai wie ein Rausch, der sich meiner bemächtigte, ein jähes Überschäumen der Säfte.

Nun, als ich eines Morgens erwachte, sah ich durch mein Fenster oberhalb der Häuser gegenüber das breite blaue Band des Himmels von der Sonne entflammt. Die Vögel vor den Fenstern zwitscherten aus Leibeskräften, die Dienstmädchen sangen in allen Stockwerken, ein fröhlicher Lärm stieg von der Straße auf. Und ich ging aus, festlich gestimmt, ohne zu wissen wohin.

Die Leute, denen man begegnete, lächelten; ein Hauch von Glück schwebte überall im warmen Licht des wiedergekehrten Frühlings. Man hätte sagen können, über die Stadt habe sich eine Brise von Liebe ausgebreitet; und die jungen Frauen, die in Morgentoilette vorüberkamen, hatten in ihren Augen gleichsam eine heimliche Zärtlichkeit, in ihrem Gang eine weichere Anmut, und sie erfüllten mein Herz mit Wirrungen.

Ohne zu wissen, wie, ohne zu wissen, warum, gelangte ich an das Ufer der Seine. Dampfschiffe fuhren nach Suresnes, und mit einem Mal wandelte mich übermächtig die Lust an, durch die Wälder zu streichen.

Das Verdeck des kleinen Schiffs, der «Fliege», war mit Passagieren bedeckt, denn die erste Sonne reißt einen, auch wider Willen, aus dem Zimmer, und alle Welt regt sich, kommt, geht, schwatzt mit dem Nachbarn.

Bei mir war es eine Nachbarin; ohne Zweifel eine kleine Arbeiterin mit echt Pariser Anmut, ein blondes Köpfchen unter den an den Schläfen gekrausten Haaren. Haare, die wie lockiges Licht waren, senkten sich zum Ohr, eilten bis zum Nacken hinunter, tanzten im Wind, wurden, weiter unten, zu einem so zarten, so lockern, so blonden Flaum, daß man ihn kaum sah, doch man spürte ein unwiderstehliches Bedürfnis, just dorthin Küsse in Menge zu drücken.

Unter dem Drängen meines Blicks wandte sie mir den Kopf zu, senkte dann rasch die Augen, während ein leichtes Fältchen, wie ein zum Aufblühen bereites Lächeln, sich sachte in den Mundwinkel grub und auch dort den seidigen, hellen Flaum erscheinen ließ, den die Sonne ein wenig vergoldete.

Der stille Fluß weitete sich. Ein warmer Friede

lag in der Atmosphäre, und ein Geflüster des Lebens schien den Raum zu füllen. Meine Nachbarin hob die Augen, und diesmal, da ich sie noch immer ansah, lächelte sie ganz deutlich. Sie war entzückt, und in ihrem flüchtigen Blick gewahrte ich tausend bisher ungekannte Dinge. Ungekannte Tiefen erschaute ich, den ganzen Reiz der Zärtlichkeiten, all die Poesie, die wir träumen, all das Glück, das wir ohne Ende suchen. Und ich empfand ein tolles Verlangen, die Arme zu öffnen, das Mädchen irgendwohin zu entführen, um ihr die süße Musik von Liebesworten ins Ohr zu flüstern.

Schon wollte ich den Mund öffnen und sie ansprechen, als jemand meine Schulter berührte. Ich wandte mich überrascht um, und ich sah einen Mann von völlig durchschnittlichem Äußern, nicht jung, nicht alt, der mich gewissermaßen bekümmert musterte.

«Ich möchte mit Ihnen reden», sagte er.

Ich zog eine Grimasse, die ihm offenbar nicht entging, denn er setzte hinzu: «Es ist wichtig!»

Ich stand auf und folgte ihm ans andere Ende des Schiffes.

«Monsieur», begann er, «wenn der Winter naht, mit seinen Frösten, mit Regen und Schnee, dann sagt Ihnen Ihr Arzt täglich: ‹Halten Sie die Füße gut warm, hüten Sie sich vor Erkältungen, vor Schnupfen, vor Bronchitis, vor Rippenfellentzündung!› Und Sie ergreifen tausend Vorsichtsmaßnahmen, Sie tragen Flanell, schwere Mäntel, dickbesohlte Schuhe, was Sie dennoch nicht immer hindert, zwei Monate im Bett zu verbringen. Wenn aber der Frühling wiederkommt mit seinen Blättern und Blüten, seinen warmen, erschlaffenden Lüften, den Ausstrahlungen von Feld und Wiese, die Ihnen unbestimmte Unruhe bringen, eine Rührung ohne rechten Grund, dann ist niemand da, der Ihnen sagen würde: ‹Monsieur, hüten Sie sich vor der Liebe! Sie liegt überall im Hinterhalt, sie belauert Sie in allen Ecken, alle ihre Fallen sind gestellt, alle ihre Waffen geschliffen, all ihr Trug in Bereitschaft. Hüten Sie sich vor der Liebe! Hüten Sie sich vor der Liebe! Sie ist gefährlicher als der Schnupfen, die Bronchitis, die Rippenfellentzündung! Sie kennt keine Schonung, sie läßt alle Menschen nicht wieder gutzumachende Torheiten begehn.› Ja, Monsieur, ich sage, daß die Regierung alljährlich an die Mauern Plakate mit der Warnung anschlagen lassen sollte: ‹Wiederkehr des Frühlings. Französische Bürger, hütet euch vor der Liebe!› So wie man an die Haustüren schreibt: ‹Achtung auf die Farbe!› Nun, da die Regierung es nicht tut, trete ich an ihre Stelle, und ich sage Ihnen: ‹Hüten Sie sich vor der Liebe! Sie ist just im Begriff, Sie zu zwicken, und ich habe die Pflicht, Sie zu warnen, wie man in Rußland einen Passanten warnt, dem die Nase erfroren ist.›»

Ich stand verblüfft vor diesem sonderbaren Fremden, dann wappnete ich mich mit Würde.

«Nun, Monsieur, Sie mischen sich anscheinend in Dinge, die Sie nichts angehn!»

Er machte eine jähe Bewegung und antwortete: «Ach, Monsieur, Monsieur, wenn ich sehe, daß ein Mensch an einer gefährlichen Stelle am Ertrinken ist, muß ich ihn also untergehn lassen? Ich bitte Sie, hören Sie meine Geschichte an, und Sie werden begreifen, warum ich es wage, so zu Ihnen zu sprechen.

Im vorigen Jahr war es, zur gleichen Zeit. Zunächst muß ich Ihnen mitteilen, Monsieur, daß ich Beamter im Marineministerium bin, wo unsere Chefs, die Kommissäre, ihre Offiziersgalons als Schreiberlinge sehr ernst nehmen, um uns wie gemeine Matrosen zu behandeln. Ach, wenn diese Chefs Zivilisten wären – aber lassen wir das! Von meinem Schreibtisch aus also sah ich ein winziges Stückchen Himmel, vor dem die Schwalben flitzten; und da überkam mich die Lust, inmitten meiner schwarzen Aktenmappen zu tanzen.

Mein Verlangen nach Freiheit wuchs dermaßen, daß ich, trotz meinem Widerwillen, zu meinem Chef, diesem Affen, ging. Er war klein, mürrisch, immer zu Wutanfällen bereit. Ich meldete mich krank. Er sah mich scharf an und schrie: ‹Ich glaube nichts von alldem. Aber machen Sie, daß Sie weiterkommen. Nur – meinen Sie, daß man mit solchen Beamten die Geschäfte führen kann?›

Doch schon war ich fort und an der Seine. Das Wetter war wie heute. Und ich nahm die ‹Fliege›, um nach Saint-Cloud zu fahren.

Ach, Monsieur, wie gut, wenn mein Chef mich

abgewiesen hätte! Mir war es, als weitete sich mein Herz unter der Sonne! Alles liebte ich, das Schiff, den Fluß, die Bäume, die Häuser, meine Nachbarn, alles. Ich hatte Lust, irgendwas zu umarmen; es war die Liebe, die ihre Fallstricke auslegte.

Plötzlich, beim Trocadero, stieg ein junges Mädchen, in der Hand ein Päckchen, ein und setzte sich mir gegenüber.

Sie war hübsch, ja, Monsieur, aber es ist erstaunlich, um wieviel hübscher uns die Frauen vorkommen, wenn zu Beginn des Frühlings das Wetter schön ist. Sie haben etwas Berauschendes, einen Charme, etwas Besonderes, Unerklärliches. Es ist ganz wie der Wein, den man nach dem Käse trinkt.

Ich betrachtete sie, und sie betrachtete mich auch – aber nur von Zeit zu Zeit, ganz wie vorhin auch Ihre Nachbarin. Schließlich betrachteten wir einander so lange, daß wir den Eindruck hatten, nun seien wir schon hinreichend bekannt, um ein Gespräch anzuknüpfen, und so redete ich sie denn an. Sie antwortete. Sie war entschieden ganz reizend. Ja, sie berauschte mich, mein lieber Herr!

In Saint-Cloud stieg sie aus – ich folgte ihr. Sie hatte etwas abzuliefern. Als sie wieder erschien, fuhr das Schiff gerade fort. Ich ging neben ihr her, und die Milde der Luft entriß uns, allen beiden, Seufzer.

‹Schön wäre es jetzt im Wald›, sagte ich zu ihr.

‹Ach ja›, meinte sie auch.

‹Wie wär's mit einem kleinen Spaziergang? Wollen Sie, Mademoiselle?›

Mit raschem Blick musterte sie mich verstohlen, als wollte sie abschätzen, was ich wert war, und dann, nach kurzem Zaudern, nahm sie an. Und schon waren wir, Seite an Seite, inmitten der Bäume. Unter dem noch ein wenig spärlichen Blattwerk war das Gras hoch, dicht, von leuchtendem Grün, wie lackiert, von der Sonne überschwemmt und voll von Tierchen, die einander auch liebten. Überall hörte man die Vögel singen. Und da begann meine Gefährtin zu laufen, zu hüpfen, die Luft, die Ausströmungen von Wald und Gras waren ihr zu Kopf gestiegen. Und ich, Monsieur, ich lief hinter ihr her, ich hüpfte wie sie. Wie dumm man manchmal sein kann, Monsieur!

Dann sang sie hingebungsvoll tausend Melodien, Opernarien, das Lied der Musette! Das Lied der Musette! Wie poetisch ich sie damals fand! Ich weinte beinahe. Ach, es sind all diese Läppereien, die uns den Kopf verdrehen. Nehmen Sie nie, glauben Sie mir, eine Frau, die auf dem Lande zu singen anfängt, zumal wenn sie das Lied der Musette singt!

Bald war sie müde, und da setzte sie sich auf eine grüne Böschung. Ich setzte mich zu ihren Füßen und griff nach ihren Händen, ihren kleinen, von Nadelstichen übersäten Händen, und das rührte mich. Ich sagte mir: Das sind die heiligen Merkmale der Arbeit... Ach, Monsieur, Monsieur, wissen Sie, was sie bedeuten, diese heiligen Merkmale der Arbeit? Sie verraten all den Klatsch der Werkstätten, die geflüsterten Zoten, das von all dem wiedergegebenen Schmutz besudelte Denken, die verlorene Keuschheit, die ganze Albernheit des Geschwätzes, die ganze Jämmerlichkeit der Alltagsgewohnheiten, die ganze den Frauen im allgemeinen eigene Geistesenge, und das alles in jener herrschend vereint, welche an den Fingerspitzen die heiligen Merkmale der Arbeit trägt.

Und dann schauten wir einander lange in die Augen.

O dieses Auge einer Frau! Welche Macht hat es! Wie es aufwühlt, erobert, besitzt, beherrscht! Wie tief es wirkt, wie erfüllt von Verheißungen, von Ewigkeiten! Man nennt das, einander in die Seele blicken. Ach, Monsieur, was für ein dummer Witz! Wenn man in die Seele blicken könnte, wäre man, weiß Gott, klüger!

Am Ende war ich verliebt, war ich toll. Ich wollte sie in die Arme nehmen. Aber sie sagte: ‹Hände weg!›

Da kniete ich vor ihr nieder und öffnete ihr mein Herz. Auf ihre Knie ergoß ich all die Zärtlichkeit, die mich erstickte. Sie war über meine Veränderung anscheinend erstaunt und musterte mich von der Seite her, als sagte sie zu sich selber: So also muß man dich behandeln, mein Guter! Nun, wir werden ja sehen!

In der Liebe, Monsieur, sind wir immer die Naiven, und die Frauen die Geschäftstüchtigen.

Bestimmt hätte ich sie besitzen können; erst später erkannte ich meine Torheit, doch was ich suchte, war kein Körper, es war die Zärtlichkeit, das Ideal. Ich machte in Gefühl, statt meine Zeit besser zu verwenden.

Sobald sie meine Erklärungen satt hatte, stand sie auf, und wir kehrten nach Saint-Cloud zurück. Erst in Paris trennte ich mich von ihr. Sobald wir angekommen waren, sah sie so traurig drein, daß ich sie fragte. Und sie erwiderte: ‹Ich meine, daß man solche Tage nicht viele im Leben hat.› Mein Herz schlug, als wollte es mir die Brust zersprengen.

Am nächsten Sonntag sah ich sie wieder und am übernächsten auch und an sämtlichen Sonntagen. Ich führte sie nach Bougival, nach Saint-Germain, nach Maisons-Laffitte, nach Poissy. Überall dorthin, wo sich die Vorstadtliebeleien abspielen.

Die kleine Spitzbübin gaukelte mir allerlei Leidenschaft vor. Und am Ende verlor ich den Kopf, und drei Monate später heiratete ich sie.

Was wollen Sie, Monsieur, man ist Beamter, man ist allein, ohne Familie, ohne Berater. Man sagt sich, das Leben wäre doch süß mit einer Frau! Und man heiratet sie, diese Frau!

Und nun schilt sie Sie vom Morgen bis zum Abend, versteht nichts, weiß nichts, plappert ohne Ende, singt aus voller Kehle das Lied der Musette – o dieses Lied der Musette, was ist das für eine Plage! –, zankt sich mit dem Kohlenträger, erzählt der Hausbesorgerin alle Intimitäten ihrer Ehe, vertraut dem Dienstmädchen des Nachbarn alle Geheimnisse des Schlafzimmers an, betratscht ihren Mann bei den Lieferanten, hat den Kopf gespickt mit so blöden Geschichten, so idiotischem Aberglauben, so grotesken Ansichten, so phantastischen Vorurteilen, daß ich vor Entmutigung heule, Monsieur; jedesmal, wenn ich mit ihr rede.»

Er verstummte, ein wenig außer Atem und sehr aufgewühlt. Ich betrachtete ihn, das Mitleid packte mich mit diesem naiven armen Teufel, und ich wollte ihm eine Antwort geben, als das Schiff hielt. Wir waren in Saint-Cloud angekommen.

Das kleine Frauenzimmer, das mich in Verwirrung gebracht hatte, stand auf, um auszusteigen. Sie ging an mir vorbei und warf mir von der Seite her ein flüchtiges Lächeln zu, eines jener Lächeln, die einen toll machen; und dann sprang sie auf die Landebrücke.

Schon wollte ich ihr folgen, doch mein Nachbar erwischte mich am Ärmel. Mit einer brüsken Geste befreite ich mich; da packte er mich bei den Rockschößen und zog mich zurück. «Sie werden nicht gehn, Sie werden nicht gehn», wiederholte er so laut, daß alle Leute sich umdrehten.

Rund um uns wurde gelacht, und ich blieb regungslos, wütend, doch vor Lächerlichkeit und Skandal verging mir der Wagemut.

Und das Schiff fuhr weiter.

Das Frauenzimmerchen war auf der Landebrücke stehn geblieben und sah, offenbar enttäuscht, wie ich mich entfernte, während mein Verfolger sich die Hände rieb und mir ins Ohr flüsterte:

«Da habe ich Ihnen, weiß Gott, einen großen Dienst erwiesen!»

Gibt es ein heftigeres Gefühl als die Neugier bei der Frau? Oh! Erleben, kennen, tasten, was man geträumt hat! Was täte sie nicht alles dafür? Eine Frau, wenn ihre ungeduldige Neugier erwacht ist, begeht alle Torheiten, alle Unvorsichtigkeiten, rafft sich zu allen Kühnheiten auf, schreckt vor nichts zurück. Ich spreche von Frauen, die wirklich Frauen sind, mit jenem dreibödigen Geist begabt, dessen Oberfläche vernünftig und kühl ist, dessen drei geheime Fächer aber erfüllt sind: das eine von der stets erregten weiblichen Unruhe, das andere von der zu Gutgläubigkeit gefärbten Verschlagenheit, jener verstiegenen, bedrohlichen Verschlagenheit der Frommen; und das letzte schließlich von einer reizenden Niedertracht, einer köstlichen Lust zur Täuschung, einer erlesenen Treulosigkeit, von all den perversen Eigenschaften, welche die töricht leichtgläubigen Liebhaber zum Selbstmord treiben, die andern aber entzücken.

Jene, deren Abenteuer ich erzählen will, war eine kleine Provinzlerin, bis anhin einfach ehrbar. Ihr dem Anschein nach ruhiges Leben verlief in ihrem Haushalt, zwischen einem sehr beschäftigten Gatten und zwei Kindern, die sie, als makellose Frau, großzog. Ihr Herz aber erbebte von ungesättigter Neugier, von einem Kitzel nach dem Unbekannten. Ununterbrochen dachte sie an Paris und las gierig die Zeitungen der Großen Welt. Die Schilderung der Feste, der Toiletten, der Freuden ließ ihre Wünsche aufschäumen. Vor allem war sie mysteriös verwirrt durch die mit Anspielungen gespickten Notizen, durch die in geschickten Phrasen halbgehobenen Schleier, hinter denen man Horizonte von schuldhaften, verzehrenden Genüssen ahnte.

Von dorther erblickte sie Paris in einer Apotheose des prachtvollen, verderbten Luxus.

Und während der langen, durchträumten Nächte, von dem regelmäßigen Schnarchen ihres Mannes gewiegt, der, ein Tuch um den Kopf, neben ihr auf dem Rücken lag und schlief, dachte sie an jene bekannten Männer, deren Namen auf der ersten Seite der Zeitungen erschienen wie große Sterne auf einem dunklen Himmel. Und sie malte sich ihr tolles Leben aus, mit den ständigen Schwelgereien, den entsetzlich wollüstigen Orgien in antikem Stil und den Verfeinerungen der Sinnlichkeit, die so kompliziert waren, daß sie sich sie gar nicht vorstellen konnte.

Die Boulevards waren in ihren Augen gleichsam Abgründe der menschlichen Leidenschaften; und alle ihre Häuser bargen bestimmt unerhörte Geheimnisse der Liebe.

Unterdessen spürte sie, wie sie alterte. Sie alterte, ohne etwas vom Leben gekannt zu haben, abgesehen von den regelmäßigen, greulich eintönigen und banalen Beschäftigungen, die, wie man sagt, das Glück des häuslichen Herdes ausmachen. Sie war noch immer hübsch, hatte sich in diesem ruhigen Dasein gut erhalten wie Winterobst in einem geschlossenen Schrank; doch sie wurde von geheimer Glut benagt, verzehrt, überwältigt. Sie fragte sich, ob sie sterben würde, ohne all diese verderbliche Berauschung gekannt, ohne sich einmal, ein einziges Mal, ganz und gar in diese Flut der Pariser Lüste gestürzt zu haben.

Mit langer Beharrlichkeit bereitete sie eine Reise nach Paris vor, erfand einen Vorwand, ließ sich von Verwandten einladen, und da ihr Mann sie nicht begleiten konnte, reiste sie allein.

Kaum angekommen, wußte sie Gründe zu ersinnen, die ihr erlauben würden, im Bedarfsfall zwei Tage oder vielmehr zwei Nächte fortzubleiben, wenn es denn sein müßte, weil sie, wie sie sagte, Freunde gefunden hatte, die in der Vorstadt wohnten.

Und sie suchte. Sie streifte über die Boulevards, ohne etwas zu finden bis auf das wandernde, numerierte Laster. Sie spähte in die großen Kaffeehäuser, las aufmerksam die kleine Korrespondenz des «Figaro», die ihr jeden Morgen wie eine Glocke, wie ein Ruf der Liebe tönte.

Und nichts brachte sie je auf die Spur jener großen Orgien der Maler und Schauspielerinnen; nichts offenbarte ihr die Tempel jener Ausschweifungen, die Tempel, die, in ihrer Vorstellung, durch ein Zauberwort verschlossen waren wie die Höhle in «Tausendundeiner Nacht» und wie die Katakomben in Rom, wo sich insgeheim die Mysterien einer verfolgten Religion abspielten.

Ihre Verwandten, schlichte Kleinbürger, konnten sie mit keinem jener allbekannten Männer zusammenbringen, deren Namen in ihrem Kopf summten; und verzweifelt dachte sie schon an die Rückkehr, als der Zufall ihr zu Hilfe kam.

Eines Tages, als sie durch die Rue de la Chaussée-d'Antin ging, blieb sie stehen, um ein mit jenen japanischen Nippsachen, deren Farbigkeit die Augen gleichsam erheitert, gefülltes Schaufenster zu betrachten. Sie beschaute die kleinen elfenbeinernen Figuren, die großen Vasen mit schimmerndem Email, die seltsamen Bronzen, als sie im Innern des Ladens den Händler hörte, der mit zahlreichen Bücklingen einem dicken, kleinen, kahlköpfigen Mann mit grauem Bart einen riesigen, bauchigen Götzen zeigte, ein einzigartiges Stück, wie er sagte.

Und bei jedem Satz des Händlers ertönte der Name des Liebhabers, ein berühmter Name, wie der Ruf der Trompete. Die andern Kunden, junge Frauen, elegante Herren, schauten mit einem heimlichen, schnellen Blick, einem der Situation entsprechenden und offenkundig respektvollen Blick auf den berühmten Schriftsteller, der wiederum leidenschaftlich den Götzen aus Porzellan beschaute. Sie waren häßlich, einer wie der andere, häßlich wie zwei Brüder, den selben Lenden entsprossen.

Der Händler sagte: «Für Sie, Monsieur Jean Varin, würde ich ihn für tausend Francs lassen; das ist genau das, was er mich selber kostet. Von allen andern Kunden würde ich fünfzehnhundert Francs verlangen. Gestern noch hat Monsieur Busnach eine große antike Schale bei mir gekauft. Unlängst habe ich zwei Leuchter wie diese hier – sind sie nicht schön, was? – Monsieur Alexandre Dumas verkauft. Und dieses Stück, das Sie da in Händen haben, wenn Monsieur Zola es erblickte, wäre es schon verkauft, Monsieur Varin.»

Der Schriftsteller zauderte, sehr unsicher, von dem Objekt verlockt, doch er dachte an den Preis und kümmerte sich um die Blicke der andern nicht mehr, wie wenn er allein in einer Wüste gewesen wäre.

Sie war zitternd eingetreten, das Auge unverhohlen auf ihn gerichtet, und sie fragte sich nicht einmal, ob er schön, elegant oder jung war. Es war Jean Varin selber, Jean Varin!

Nach langem Kampf, nach schmerzlichem Zaudern stellte er den Götzen auf den Tisch. «Nein, er ist zu teuer», sagte er.

Der Händler verdoppelte seine Beredsamkeit. «O Monsieur Jean Varin, zu teuer? Er ist alle Tage zweitausend Francs wert.»

Der Schriftsteller betrachtete noch immer den Götzen mit den Emailaugen und erwiderte bekümmert: «Das bestreite ich gar nicht. Aber für mich ist er zu teuer.»

Da, im Taumel einer tollen Verwegenheit,

trat sie hinzu: «Und für mich? Was kostet er denn?»

Der Händler antwortete überrascht: «Fünfzehnhundert Francs, Madame.»

«Ich nehme ihn.»

Der Schriftsteller, der sie bis dahin gar nicht bemerkt hatte, wandte sich brüsk um und musterte sie, das Auge zugekniffen, von Kopf zu Fuß. Und dann prüfte er sie mit Kennerblick.

Sie war reizend, belebt, jäh von jener Flamme erhellt, die bisher in ihr geschlummert hatte. Und am Ende, eine Frau, die eine Nippsache für fünfzehnhundert Francs kauft, ist nicht die erste beste!

Und da fand sie eine Geste von hinreißendem Zartgefühl; sie drehte sich zu ihm um und sagte mit zitternder Stimme: «Verzeihung, Monsieur, ich bin gewiß voreilig gewesen; Sie hatten vielleicht noch nicht Ihr letztes Wort gesprochen.»

Er verbeugte sich. «Doch, das habe ich, Madame.»

Sie aber sagte in tiefer Erregung: «Nun, Monsieur, heute oder später, wann immer Sie Ihre Meinung ändern sollten, gehört dieser Götze Ihnen. Ich habe ihn nur gekauft, weil er Ihnen gefiel.»

Sichtlich geschmeichelt lächelte er: «Woher kennen Sie mich denn?»

Da sprach sie von ihrer Verehrung, nannte seine Werke, wurde beredt.

Um mit ihr zu plaudern, hatte er sich an ein

Möbelstück gelehnt, senkte seine scharfen Augen in ihre und versuchte, sie zu enträtseln.

Dann und wann rief der Händler, begeistert, eine so lebendige Reklame zu besitzen, als neue Kunden eintraten, vom andern Ende des Ladens her: «Sehen Sie doch das hier an, Monsieur Jean Varin! Ist es nicht schön?» Und da hoben sich alle Köpfe, und sie erbebte vor Freude darüber, in vertraulichem Gespräch mit einer Berühmtheit gesehen zu werden.

In ihrem Rausch erhob sie sich zu höchster Kühnheit, wie Generäle, die den Befehl zum Angriff geben: «Monsieur», sagte sie, «machen Sie mir ein großes, ein sehr großes Vergnügen. Erlauben Sie mir, Ihnen diesen Götzen zur Erinnerung an eine Frau anzubieten, die Sie leidenschaftlich verehrt, und die Sie zehn Minuten gesehen haben werden.»

Er lehnte ab. Sie drängte. Das amüsierte ihn, er lachte laut, widerstand aber noch immer.

Verstockt erklärte sie: «Nun, ich werde ihn auf der Stelle zu Ihnen bringen. Wo wohnen Sie?»

Er weigerte sich, ihr seine Adresse zu geben. Doch sie fragte den Händler, erfuhr sie auf diese Art, bezahlte ihren Schatz und eilte auf einen Fiaker zu. Der Schriftsteller lief hinter ihr her, um sie einzuholen, denn er wollte sich nicht damit bloßstellen, daß er dieses Geschenk empfing, ohne zu wissen, von wem. Er erreichte sie, als sie gerade in den Wagen sprang, sprang ihr nach, fiel beinahe auf sie, denn der Wagen hatte sich rüttelnd in Bewegung gesetzt. Dann fand er, sehr verärgert, seinen Platz neben ihr.

Doch so sehr er auch drängte, sie erwies sich als unzugänglich. Als sie vor seiner Türe ankamen, stellte sie ihre Bedingungen.

«Ich bin bereit, Ihnen das Ding nicht zu schenken, wenn Sie heute alle meine Wünsche erfüllen.»

Jetzt fand er die Sache so komisch, daß er annahm.

«Was tun Sie gewöhnlich zu dieser Zeit?» fragte sie.

Nach kurzem Zaudern erwiderte er: «Ich gehe spazieren.»

Mit entschlossener Stimme befahl sie: «In den Bois!»

Sie fuhren.

Er mußte ihr all die bekannten Frauen nennen, vor allem die fragwürdigen, mit intimen Einzelheiten von ihnen, ihrem Leben, ihren Gewohnheiten, ihren Wohnungen, ihren Lastern.

Es dämmerte. «Was tun Sie um diese Stunde?» fragte sie.

Lachend sagte er: «Ich trinke meinen Absinth.»

Da erklärte sie gewichtig: «Gut, Monsieur, gehen wir unsern Absinth trinken.»

Sie traten in ein großes Kaffeehaus auf dem Boulevard, wo er verkehrte und wo er Kollegen traf. Er stellte sie ihr alle vor. Sie war ganz verrückt vor Freude. Und beständig tönte in ihrem Kopf das Wort: ‹Endlich, endlich!›

Die Zeit verstrich. «Ist das die Stunde, da Sie zu Abend essen?»

«Ja, Madame», sagte er.

«Gut, Monsieur, gehen wir zu Abend essen.»

Als sie aus dem Café Bignon kamen, fragte sie:

«Und was machen Sie nach dem Abendessen?»

Er beobachtete sie scharf. «Das hängt davon ab; manchmal gehe ich ins Theater.»

«Schön, Monsieur, gehen wir ins Theater.»

Sie gingen ins Vaudeville, wo er Freiplätze bekam, und, höchste Herrlichkeit, sie wurde an seiner Seite, auf Balkonfauteuils, vom ganzen Saal gesehen.

Sobald die Vorstellung zu Ende war, küßte er ihr galant die Hand. «Nun bleibt mir nur übrig, Ihnen für diesen entzückenden Tag zu danken...» Sie unterbrach ihn: «Was machen Sie denn nachts um diese Zeit?»

«Ich... ich... gehe nach Hause.»

Da begann sie zu lachen, ein zittriges Lachen.

«Schön, Monsieur, gehen wir nach Hause!»

Und weiter wurde kein Wort gesprochen. Von Zeit zu Zeit erbebte sie, wurde von den Füßen bis zum Kopf durchschauert, hatte Lust zu fliehen und Lust zu bleiben, und ganz im Grunde des Herzens war ein fester Entschluß, bis ans Ende zu gehn.

Auf der Treppe klammerte sie sich ans Geländer, so heftig wurde ihre Erregung; und er stieg, atemlos, vor ihr hinauf, ein brennendes Wachszündholz in der Hand.

Kaum waren sie im Zimmer, als sie sich schon sehr schnell auszog und ins Bett glitt, ohne ein Wort zu sagen; und gegen die Wand gepreßt, wartete sie.

Doch sie war ungekünstelt, wie es die legitime Gattin eines Provinznotars sein kann, und er war anspruchsvoller als ein Pascha mit drei Roßschweifen. Sie verstanden einander nicht, aber auch gar nicht.

Dann schlief er ein. Die Nacht verstrich, nur durch das Ticken der Wanduhr gestört, und die Frau dachte reglos an die ehelichen Nächte; und unter den gelben Strahlen einer chinesischen Lampe betrachtete sie bekümmert an ihrer Seite den rundlichen kleinen Mann, der auf dem Rücken lag und dessen kugliger Bauch die Decke schwellte wie ein mit Gas gefüllter Ballon. Er schnarchte mit dem Geräusch einer Orgelpfeife, mit einem langen Wiehern, mit komischem Geräusper. Seine zwanzig Haare nützten seinen Schlummer aus, um sich seltsam zu sträuben, denn sie hatten es satt, dauernd auf dem kahlen Schädel zu kleben, dessen Verheerungen sie bedecken sollten. Und ein dünner Speichelfaden sickerte aus einem Winkel des halbgeöffneten Mundes.

Endlich ließ die Morgenröte ein wenig Tageslicht zwischen den geschlossenen Vorhängen hereinrieseln. Sie stand auf, zog sich geräuschlos an und hatte schon die Türe zur Hälfte aufgemacht, als das Schloß knarrte und er erwachte und sich die Augen rieb.

Sekundenlang blieb er liegen, bevor er völlig wach war, und dann, als das ganze Abenteuer ihm wieder bewußt wurde, fragte er: «Nun, Sie gehen?»

Verwirrt stand sie da. Sie stotterte: «Ja, ja, doch! Es ist ja schon Tag.»

Er setzte sich auf. «Hören Sie», sagte er, «jetzt muß ich Sie etwas fragen.»

Sie antwortete nicht, und er fuhr fort: «Seit gestern haben Sie mich, weiß Gott, in Staunen versetzt. Seien Sie aufrichtig, gestehen Sie, warum Sie all das getan haben; denn ich begreife nichts.»

Da näherte sie sich sachte, errötend wie eine Jungfrau. «Ich wollte... ich wollte... das... das Laster kennenlernen... und... und... es ist nicht heiter.»

Damit floh sie, eilte die Treppe hinunter und stürzte sich auf die Straße.

Das Heer der Straßenkehrer war an der Arbeit. Sie kehrten die Trottoire, die Fahrbahn, fegten den ganzen Schmutz in den Rinnstein. Mit der gleichen regelmäßigen Bewegung, mit der Bewegung eines Schnitters auf den Wiesen, schoben sie den Schlamm im Halbkreis vor sich her; und von Straße zu Straße sah sie sie wie aufrechte Puppen, die automatisch alle mit der gleichen Feder vom Fleck kamen.

Und ihr war es, als fegte man auch in ihr etwas

fort, schöbe ihre überschwenglichen Träume in den Rinnstein, in den Kanal.

Sie kehrte erschöpft, fröstelnd zurück und bewahrte in ihrem Kopf nur den Eindruck jener Bewegung der Besen, die am Morgen Paris säuberten.

Und sobald sie in ihrem Zimmer war, schluchzte sie.

I

Abend für Abend ging man hin, gegen elf Uhr, ganz einfach, wie ins Kaffeehaus.

Dort traf man sich, zu sechst, zu acht, immer die selben, keine Nachtvögel, sondern respektable Männer, Kaufleute, junge Leute vom Ort, und man trank seinen Chartreuse, man scherzte ein wenig mit den Mädchen oder führte ernste Gespräche mit Madame, die von aller Welt geachtet wurde.

Dann kehrte man vor Mitternacht heim und ging schlafen. Die jungen Leute blieben manchmal noch.

Das Haus war von gutbürgerlichem Ansehen, ganz klein, gelb getüncht, und lag an der Ecke einer Gasse hinter der Saint-Etienne-Kirche; und durch die Fenster sah man das Hafenbecken, voll mit Schiffen, deren Ladung gelöscht wurde, sah man den großen Salzteich, genannt «die Schleusenkammer», und dahinter den Hügel der Jungfrau mit seiner altersgrauen Kapelle.

Madame, einer guten Bauernfamilie des Departements Eure entstammend, hatte diesen Beruf auf sich genommen ganz so, wie wenn sie Modistin oder Wäschenäherin geworden wäre.

Das Vorurteil der Schande, das der Prostitution in den Städten so heftig, so stark anhaftet, ist in der Normandie, auf dem Land nicht vorhanden. Der Bauer sagt: «Das ist ein gutes Handwerk!» Und er schickt seine Tochter aus, die einen Harem von Dirnen halten sollte, wie sie ein Mädchenpensionat leiten würde.

Das Haus war übrigens durch den Nachlaß eines alten Onkels, dem es gehört hatte, an sie gekommen. Monsieur und Madame, früher Gastwirte bei Yvetot, hatten auf der Stelle liquidiert, weil das Geschäft in Fécamp ihnen als vorteilhafter erschien. Und eines schönen Morgens waren sie angekommen und hatten die Leitung des Unternehmens in die Hände genommen, mit dem es bergab gegangen war, weil eben die Führung gefehlt hatte.

Es waren wackere Leute, die sich sofort bei ihrem Personal und bei den Nachbarn beliebt machten.

Monsieur starb zwei Jahre später an einem Schlaganfall. Sein neuer Beruf hatte ihn schlaff gemacht, er rührte sich kaum, und so war er sehr dick geworden, und das gute Leben hatte ihn umgebracht.

Kaum Witwe geworden, wurde Madame von allen Stammgästen des Etablissements umworben; doch sie galt für unbedingt makellos, und selbst ihre Pensionärinnen hatten nichts zu entdecken vermocht.

Sie war groß, fleischig, umgänglich. Ihre Gesichtsfarbe, in dem Halbdunkel dieser ständig geschlossenen Wohnstatt blaß geworden, glänzte dennoch wie unter frischem Lack. Ein dünner Schmuck von falschen, gekräuselten Locken umgab ihre Stirne und verlieh ihr ein jugendliches Aussehen, das gegen die Reife ihrer Formen abstach. Jederzeit heiter, mit offenen Zügen, scherzte sie gern, doch mit einer leichten Zurückhaltung, die auch ihr neuer Beruf ihr nicht völlig auszutreiben vermocht hatte. Grobe Worte stießen sie immer ein wenig ab; und wenn ein schlechterzogener junger Mensch die Anstalt, die sie leitete, beim richtigen Namen nannte, war sie verärgert, ja, entrüstet. Sie hatte immerhin eine zarte Seele, und wenn sie ihre Mädchen auch als Freundinnen behandelte, so wiederholte sie doch gern, daß sie «nicht aus dem gleichen Korb stammten».

Manchmal, während der Woche, unternahm sie mit einem Teil ihrer Truppe einen Ausflug in einem Mietwagen; da fuhr man denn aus, um sich am Ufer des kleinen Flusses, der durch das Tal von Valmont fließt, im Gras die Zeit zu vertreiben. Das waren gewissermaßen die Ergötzungen durchgegangener Pensionärinnen, sie jagten einander, sie spielten kindliche Spiele, die frische Luft berauschte die sonst so strenggehüteten Mädchen. Auf dem Rasen aß man Wurst, trank Apfelmost und kehrte bei Abendanbruch mit einer köstlichen Müdigkeit, einer süßen Erschlaffung heim. Und im Wagen umarmte man Madame wie eine sehr gütige Mutter, die voller Duldsamkeit und Nachgiebigkeit war.

Das Haus hatte zwei Eingänge. An der Ecke öffnete sich ein gewissermaßen zweideutiges Kaffeehaus abends für die kleinen Leute und die Matrosen. Zwei der Damen, mit dem besondern Dienst in diesem Lokal betraut, waren ausschließlich zur Befriedigung der Bedürfnisse dieses Teils der Kundschaft bestimmt. Sie setzten, mit Hilfe des Kellners, namens Frédéric, eines bartlosen, kleinen Burschen mit den Kräften eines Ochsen, die Schoppen Wein und die Maßkrüge auf die Tische, und, die Arme um den Hals der Gäste geschlungen, saßen sie quer auf deren Beinen und animierten sie zum Trinken.

Die drei andern Damen – es waren alles in allem nur fünf – bildeten eine Art Aristokratie und blieben der Kundschaft des ersten Stocks vorbehalten, wenn man sie unten nicht gerade dringend benötigte und der erste Stock leer war.

Der Jupitersalon, wo sich die Bürger des Ortes trafen, war blau tapeziert und mit einem großen Bild geschmückt, das Leda, unter einem Schwan ausgestreckt, darstellte. Zu diesem Lokal gelangte man über eine Wendeltreppe, die vor einer schmalen, sehr bescheiden wirkenden Türe endete. Durch diese Türe kam man auf die Straße, und über ihr, hinter einem Gitter, glänzte die ganze Nacht eine kleine Laterne wie jene, die man noch immer in manchen Orten zu Füßen einer in die Mauer eingelassenen Madonna anzündet.

Das Haus war feucht und alt und roch leicht nach Moder. Dann und wann wehte ein Duft von Kölnisch Wasser durch die Gänge, oder eine halboffene Türe im untern Lokal ließ im ganzen Gebäude wie ein Donnerschlag das ordinäre Geschrei der Gäste im Erdgeschoß widerhallen, und in die Gesichter der Herren im ersten Stock trat ein beunruhigter und ablehnender Zug.

Madame, vertraut mit ihren Kunden, ihren Freunden, verließ niemals den Salon und interessierte sich für die Gerüchte des Ortes, die auf diesem Weg zu ihr drangen. Ihre seriöse Unterhaltung lenkte von dem belanglosen Gerede der drei Mädchen ab; sie war gleichsam ein ruhender Pol in dem zotigen Geschwätz der dickbäuchigen Philister, die sich Abend für Abend dieser ehrbaren und sensationslosen Ausschweifung ergaben, in Gesellschaft öffentlicher Mädchen ein Glas Likör zu trinken.

Die drei Damen im ersten Stock hießen Fernande, Raphaele und Lilli das Luder.

Da das Personal nicht zahlreich war, hatte man versucht, aus jedem Mädchen gleichsam ein Muster, eine Zusammenfassung eines weiblichen Typus zu machen, damit jeder Konsument hier ungefähr die Verwirklichung seines Ideals finden könnte.

Fernande stellte «die schöne Blonde» dar, war sehr groß, beinahe dick, schlaff, ein Bauernmädchen, dessen Sommersprossen nicht verschwinden wollten und dessen halblanges, helles, farbloses Haar, gekämmtem Flachs ähnlich, den Schädel nur unzureichend bedeckte.

Raphaele, eine Marseillerin, eine richtige

Hafenhure, spielte die unerläßliche Rolle der «schönen Jüdin», war mager und hatte ihre vorspringenden Backenknochen rot geschminkt. Ihre schwarzen, mit Ochsenmark zu Hochglanz polierten Haare bildeten an den Schläfen Häkchen. Ihre Augen wären schön gewesen, wenn das rechte nicht einen kleinen weißen Fleck auf der Hornhaut gehabt hätte. Ihre gebogene Nase senkte sich über einen kräftig betonten Kiefer, darin zwei neue Zähne oben sich gegen die untern Zähne abhoben, die mit den Jahren eine dunklere Farbe angenommen hatten wie altes Holz.

Lilli das Luder, eine kleine Fleischkugel, nichts als Bauch mit winzigen Beinen, sang vom Morgen bis zum Abend mit heiserer Stimme abwechselnd unanständige oder gefühlvolle Lieder, erzählte endlose, öde Geschichten, hörte nur auf zu reden, um zu essen, und zu essen, um zu reden, und war, trotz ihrem Fett und der Kümmerlichkeit ihrer Beine, geschmeidig wie ein Eichhörnchen; und ihr Lachen, ein Wasserfall von spitzen Schreien, sprudelte ununterbrochen, bald da, bald dort, in einem Zimmer, auf dem Dachboden, im Kaffeehaus, überall und nur wegen Nichtigkeiten.

Die beiden Damen im Erdgeschoß, Louise, genannt Kasserolle, und Flora, genannt die Schaukel, weil sie ein wenig hinkte, die eine stets als «Freiheit» die dreifarbige Binde um den Bauch, die andere als Phantasie-Spanierin mit Kupfermünzen, die bei jedem ihrer ungleichmäßigen Schritte in ihrem gelben Haar tanzten, sahen aus wie Küchenmägde, die man für den Karneval angezogen hatte. Allen Frauen aus dem Volke ähnlich, weder häßlicher noch schöner, richtige Wirtshauskellnerinnen, wurden sie im Hafen mit dem Spitznamen die «beiden Pumpen» belegt.

Ein eifersüchtiger, aber nur selten gestörter Friede herrschte dank der verbindlichen Klugheit der Madame und ihrer unerschütterlichen guten Laune unter den fünf Frauen.

Das Etablissement, das einzige der kleinen Stadt, war immer gut besucht. Madame hatte ihm ein gewisses Ansehen zu verleihen gewußt; sie zeigte sich so liebenswürdig, so entgegenkommend gegen alle Welt, ihr gutes Herz war so bekannt, daß ein gewisser Respekt sie umgab. Die Stammgäste bemühten sich um sie, triumphierten, wenn sie sich ihnen gegenüber besonders freundlich erwies; und wenn sie einander tagsüber geschäftlich trafen, sagten sie: «Also heute abend, Sie wissen schon, wo», wie man sagt: «Also nach dem Abendessen im Kaffeehaus!»

Kurz, das Haus Tellier war ein Zufluchtsort, und nur selten fehlte jemand bei dem täglichen Zusammentreffen.

Nun, eines Abends, gegen Ende Mai, fand der erste Kömmling, der Holzhändler und frühere Bürgermeister Poulin, die Türe geschlossen. Die kleine Laterne hinter dem Gitter brannte nicht; nicht das leiseste Geräusch drang aus dem Haus, das wie tot dalag. Er klopfte erst sachte, dann kräftiger; niemand antwortete. Da ging er mit kurzen Schritten die Straße entlang, und als er auf den Marktplatz kam, begegnete er dem Reeder Duvert, der dem gleichen Ziel zustrebte. Sie kehrten miteinander zu dem Haus zurück, doch der Erfolg war nicht größer. Plötzlich aber erscholl lauter Lärm ganz in ihrer Nähe, und als sie um das Haus bogen, bemerkten sie eine Ansammlung von englischen und französischen Matrosen, die mit den Fäusten an die geschlossenen Läden des Kaffeehauses schlugen.

Die beiden Bürger flüchteten sogleich, um sich nicht bloßgestellt zu sehen; doch ein leises «Psst!» hemmte sie. Das war der Fischeinsalzer Tourneveau, der sie erkannt hatte und anrief. Sie berichteten ihm den Stand der Dinge, und das traf ihn um so härter, als er, verheiratet, Familienvater und streng überwacht, nur am Samstag kam, securitatis causa, sagte er mit Anspielung auf die Praxis der Gesundheitspolizei, von deren regelmäßiger Überwachung sein Freund, der Doktor Borde, ihn unterrichtet hatte. Es war nun just sein Abend, und so sah er sich für eine ganze Woche benachteiligt.

Die drei Männer machten einen großen Umweg bis zum Hafen, trafen unterwegs den jungen Philippe, den Sohn des Bankiers, gleichfalls ein Stammgast, und den Steuereinnehmer Pimpesse. Alle miteinander kehrten denn durch die «Judengasse» zurück, um einen letzten Versuch zu wagen. Doch die erbitterten Matrosen belagerten das Haus, warfen Steine, brüllten; und die fünf Kunden des ersten Stocks traten einen überstürzten Rückzug an und begannen durch die Gassen zu irren.

Sie stießen noch auf den Versicherungsagenten Dupuis, dann auf den Richter beim Handelsgericht, Vasse. Und nun unternahmen sie einen langen Spaziergang, der sie zuerst zur Mole führte. Sie setzten sich nebeneinander auf die Granitmauer und sahen die Wellen heranträuseln. Der Schaum auf den Wellenkämmen warf in den Schatten leuchtende weiße Flecke, die fast ebenso rasch erloschen, wie sie erschienen, und das eintönige Rauschen des Meeres, das sich an den Klippen brach, dehnte sich längs der Felsenküste in die Nacht. Nachdem die bekümmerten Spaziergänger sich eine Zeitlang hier aufgehalten hatten, erklärte Tourneveau: «Lustig ist das nicht.» «Nein, wahrhaftig nicht», meinte auch Pimpesse, und sie entfernten sich mit kurzen Schritten.

Nachdem sie noch die Straße durchwandert hatten, die die Küste beherrscht und die man «Unterholz» nennt, wandten sie sich zur Holzbrücke über die Schleusenkammer, gingen am Bahnhof vorüber und kamen schließlich auf den neuen Marktplatz, wo plötzlich ein Streit zwischen dem Steuereinnehmer Pimpesse und dem Einsalzer Tourneveau entbrannte. Der Grund war ein eßbarer Pilz, den einer von beiden in der Umgebung gefunden zu haben behauptete.

Der Ärger hatte die Geister derart in Wallung

gebracht, daß es vielleicht zu einer Schlägerei gekommen wäre, wenn die andern Herren sich nicht eingemischt hätten. Wütend verzog sich Monsieur Pimpesse; und alsbald entspann sich eine neue Auseinandersetzung zwischen dem früheren Bürgermeister Poulin und dem Versicherungsagenten Dupuis über die Bezüge des Steuereinnehmers und die Nebeneinnahmen, die er sich verschaffen konnte. Von beiden Seiten regnete es beleidigende Worte, als plötzlich ein Sturm von wüstem Geschrei sich entfesselte und die Matrosenhorde, des vergeblichen Wartens vor einem geschlossenen Hause überdrüssig, auf den Platz strömte. Sie hielten sich zu zweit bei den Armen, bildeten eine lange Prozession und brüllten erbost. Die Gruppe der Bürger verbarg sich unter einem Türbogen, und die grölende Schar verschwand in die Richtung auf die Abtei. Noch lange hörte man den Lärm, der abnahm wie ein Gewitter, das sich verzieht; und dann wurde es wieder still.

Die Herren Poulin und Dupuis, noch immer in heftigem Zorn, entfernten sich, jeder nach seiner Seite, ohne einander zu grüßen.

Die vier andern setzten sich wieder in Bewegung, gingen instinktiv abermals nach dem Haus Tellier. Es war noch immer geschlossen, stumm, undurchdringlich. Ein harmloser, aber hartnäckiger Betrunkener klopfte mit kleinen Schlägen an den Laden des Kaffeehauses, dann hielt er inne, um halblaut den Kellner Frédéric zu rufen. Als er merkte, daß er keine Antwort erhielt, entschloß er sich, auf den Stufen des Kaffeehauses Platz zu nehmen und den weitern Verlauf der Ereignisse abzuwarten.

Die Bürger wollten sich eben zurückziehen, als die lärmende Bande der Kerle vom Hafen am Ende der Straße erschien. Die französischen Matrosen grölten die Marseillaise, die englischen das Rule Britannia. Es war ein allgemeiner Ansturm gegen die Mauern, dann setzten die Taugenichtse ihren Weg nach dem Quai fort, wo zwischen den Matrosen der beiden Nationen der Kampf entbrannte. In dieser Schlacht wurde einem Engländer ein Arm gebrochen und einem Franzosen das Nasenbein.

Der Betrunkene, der vor der Türe geblieben war, plärrte jetzt, wie eben Betrunkene und auch ungezogene Kinder plärren.

Endlich zerstreuten sich die Bürger.

Nach und nach senkte sich die Ruhe wieder über die erregte Stadt. Noch erhoben sich von Ort zu Ort dann und wann Stimmen; doch bald erloschen sie in der Ferne.

Nur ein Mann irrte noch umher, der Einsalzer Tourneveau, verzweifelt, weil er nun bis zum nächsten Samstag warten mußte. Und er hoffte noch immer auf irgendeine Fügung, begriff nicht, war erbittert darüber, daß die Polizei die Schließung einer Anstalt von öffentlicher Nützlichkeit erlaubte, einer Anstalt, die ja behördlich überwacht und beschützt wurde.

Er kehrte zum Haus zurück, beschnupperte die Mauern, suchte nach dem Grund, und dann bemerkte er, daß an die Türe ein Zettel geklebt war. Schnell zündete er ein Wachskerzchen an und las die mit großer, ungleichmäßiger Schrift geschriebenen Worte: «Geschlossen wegen erster Kommunion.»

Da entfernte er sich; er erfaßte, daß alles zu Ende war.

Der Betrunkene aber hatte sich längelang vor die ungastliche Pforte ausgestreckt und schlief jetzt.

Und am nächsten Tag fanden sämtliche Stammgäste, einer nach dem andern, ein Mittel, durch die Straße zu streichen, Akten unter dem Arm, um sich ein solides Ansehen zu geben; und mit verstohlenem Blick las ein jeder die geheimnisvolle Mitteilung: «Geschlossen wegen erster Kommunion.»

II

Madame hatte nämlich einen Bruder, der in ihrem Heimatort Virville im Departement Eure sein Handwerk als Schreiner betrieb. Zu der Zeit, da Madame noch Wirtin in Yvetot gewesen war, hatte sie die Tochter dieses Bruders über das Taufbecken gehalten und ihr den Namen Constance, Constance Rivet gegeben, weil sie selber vom Vater her eine Rivet war. Der Schreiner, der wußte, daß seine Schwester sich in guten Verhältnissen befand, verlor sie nicht aus den Augen, wenn sie einander auch nicht oft begegneten; schließlich hatten sie ja beide ihre Berufe, und überdies wohnten sie weit voneinander. Doch da die Kleine zwölf Jahre alt wurde und dieses Jahr ihre erste Kommunion feiern sollte, ergriff er die Gelegenheit zu einer Annäherung und schrieb seiner Schwester, daß er mit ihrer Anwesenheit bei der Zeremonie rechnete. Die Eltern waren tot, und so konnte sie das der Kleinen nicht versagen; sie nahm an. Ihr Bruder, mit Namen Joseph, hoffte, er werde dank seiner höflichen Geste vielleicht erreichen, daß ein Testament zugunsten der Kleinen gemacht würde. Madame hatte ja keine Kinder.

Der Beruf seiner Schwester störte sein Gewissen durchaus nicht, und übrigens wußten die Leute im Dorf nichts davon. Wenn man von ihr sprach, sagte man nur: «Madame Tellier ist eine Bürgersfrau in Fécamp», was die Annahme gestattete, daß sie von ihren Renten lebte. Von Fécamp bis Virville waren es mindestens zwanzig Meilen, und zwanzig Meilen Erdboden sind für Bauern schwerer zu überqueren als der Ozean für den Zivilisierten. Die Leute von Virville waren nie über Rouen hinausgekommen; nichts zog die Leute von Fécamp in ein kleines Dorf von fünfhundert Feuerstellen, inmitten der Ebenen verloren und zu einem andern Departement gehörig. Kurz, man wußte nichts.

Doch als die Kommunion nahte, empfand Madame eine peinliche Verlegenheit. Sie hatte keine Stellvertreterin und legte gar keinen Wert darauf, ihr Haus, sei es auch nur für einen Tag, zu verlassen. Alle Rivalitäten zwischen den Damen von oben und von unten würden unfehlbar ausbrechen; dann würde Frédéric sich ganz bestimmt betrinken, und wenn er betrunken war, konnte er die Leute für ein Ja oder ein Nein niederschlagen. So entschloß sie sich denn am Ende, ihr ganzes Personal mitzunehmen, mit Ausnahme des Kellners, dem sie bis zum übernächsten Tag frei gab. Der Bruder setzte dem, befragt, keinen Widerstand entgegen und nahm es auf sich, die ganze Gesellschaft für eine Nacht zu beherbergen. So trug denn der Acht-Uhr-Schnellzug Madame und ihre Gefährtinnen in einem Wagon Zweiter Klasse davon.

Bis Beuzeville waren sie allein und plapperten wie Elstern. An dieser Station aber stieg ein Ehepaar ein. Der Mann, ein alter Bauer, in blauem Kittel mit gefälteltem Kragen, breiten, an den Gelenken zusammengeschnürten und mit einer kleinen weißen Stickerei verzierten Ärmeln, auf dem Kopf einen uralten hohen Hut, dessen gelbes Haar sich zu sträuben schien, trug in einer Hand einen riesigen grünen Regenschirm und in der andern einen großen Korb, daraus die erschrockenen Köpfe von drei Enten hervorgucken durften. Die Frau, steif in ihrer ländlichen Tracht, hatte ein Gesicht wie eine Henne, aus dem die Nase wie ein Schnabel vorsprang. Sie setzte sich ihrem Mann gegenüber und rührte sich nicht, so sehr beeindruckte es sie, inmitten einer so eleganten Gesellschaft zu sein.

Und tatsächlich, der Wagon strahlte in leuchtenden Farben. Madame ganz in Blau, in blauer

Seide von Kopf zu Fuß, trug darüber einen Shawl aus falschem, französischem Kaschmir, rot, blendend, blitzend. Fernande keuchte in einem schottischen Kleid, dessen Oberteil, von ihren Gefährtinnen mit aller Kraft zugezogen, die sinkende Brust wie eine doppelte, stets wallende Kuppel hob, die unter dem Stoff geradezu flüssig zu sein schien.

Raphaele, die Frisur mit Federn geschmückt, die gleichsam ein Nest voller Vögel darstellen sollten, trug ein lila Kleid mit Goldflitter besetzt, etwas Orientalisches, das gut zu ihrem jüdischen Typus paßte. Lilli das Luder, in einem rosafarbenen Kleid mit breiten Volants, wirkte wie ein allzu fettes Kind, wie eine dickbäuchige Zwergin; und die beiden Pumpen hatten sich offenbar aus alten Fenstervorhängen, jenen alten Vorhängen mit Vögeln darauf, eine Erbschaft aus der Restauration, eigenartige Kleidungen zurechtgeschneidert.

Sobald die Damen nicht mehr allein im Abteil waren, befleißigten sie sich einer seriösen Haltung und begannen von bedeutsamen Dingen zu reden, um guten Eindruck zu machen. In Bolbec aber tauchte ein Herr mit blondem Backenbart, mit Ringen und einer goldenen Uhrkette auf, der etliche in Wachstuch gehüllte Pakete im Gepäcknetz unterbrachte. Er war sichtlich ein gutmütiger Spaßvogel. Er grüßte, lächelte und fragte ungezwungen: «Die Damen wechseln die Garnison?» Diese Frage schuf unter der Schar der Mädchen Verwirrung und Verlegenheit.

Madame faßte sich und erwiderte trocken, um die Ehre des Regiments zu retten: «Sie könnten wohl höflicher sein!» Er entschuldigte sich: «Verzeihung, ich wollte sagen das Kloster.» Da fiel Madame keine Antwort ein, oder aber sie hielt vielleicht die Richtigstellung für zureichend, sie preßte die Lippen zusammen und nickte würdig.

Da aber begann der Herr, der zwischen Lilli dem Luder und dem alten Bauern saß, den drei Enten zuzuzwinkern, deren Köpfe aus dem großen Korb aufragten; dann, als er spürte, daß er sein Publikum schon sturmreif gemacht hatte, kitzelte er die Tiere unter den Schnäbeln und hielt ihnen, um die Gesellschaft heiter zu stimmen, drollige Ansprachen. «Wir haben also unsern kleinen Tei-Teich verlassen – kwakwakwa –, um mit einem Bratspießlein Bekanntschaft zu machen – kwakwakwa!» Die unglücklichen Tiere wandten den Kopf hin und her, um sich seinen Liebkosungen zu entziehen, und unternahmen die größten Anstrengungen, um ihrem Gefängnis aus Stroh zu entfliehen; und dann stießen alle drei ein klägliches Wehegeschrei «Kwakwakwa!» aus. Das hatte bei den Frauen einen Ausbruch von schallendem Gelächter zur Folge. Sie beugten sich vor, sie drängten sich, um zu sehen, auf einmal galt alles Interesse den Enten. Und der Herr versprühte doppelte Ladungen von Geist, Witz und Schalkhaftigkeit.

Lilli mischte sich ein, beugte sich über die Beine ihres Nachbarn und küßte die drei Vögel auf die Schnäbel. Sogleich wollte jede Dame das nachmachen. Und der Herr zog die Damen auf seine Knie, ließ sie hopsen, zwickte sie; und mit einem Mal duzte er sie auch.

Die beiden Bauersleute, noch verängstigter als ihr Geflügel, rollten die Augen wie Wahnsinnige, wagten nicht, sich zu rühren, und ihre alten, runzligen Gesichter verzogen sich zu keinem Lächeln.

Da hatte der Herr, der Geschäftsreisender war, den köstlichen Einfall, den Damen Hosenträger anzubieten; und er holte eines seiner Pakete herunter, öffnete es – natürlich war es nur ein Scherz gewesen, denn das Paket enthielt Strumpfbänder.

Er hatte welche in blauer Seide, in rosa Seide, in rötlicher Seide, in violetter Seide, in malvenfarbener Seide, in feuerroter Seide mit Metallschnallen, geformt aus zwei verschlungenen, vergoldeten Liebesgöttern. Die Mädchen stießen Freudenschreie aus, dann prüften sie die Muster mit dem naturgemäßen Ernst, der jede Frau überkommt, die sich mit Toiletteartikeln zu schaffen macht. Mit einem Blick, einem geflüsterten Wort befragten sie einander, antworteten einander, und Madame betastete neidvoll ein Paar orangefarbene Strumpfbänder, breiter, eindrucksvoller als die andern, richtige Strumpfbänder einer Hausherrin.

Der Herr wartete, ihm war eine Idee aufgeblitzt. «Nun, meine Kätzchen», sagte er. «Ihr müßt sie anprobieren!» Ein Sturm erregter Rufe brach aus; und sie klemmten die Röcke zwischen die Beine, als hätten sie eine Vergewaltigung zu befürchten. Er aber ließ sich Zeit, bis seine Stunde gekommen war. Dann erklärte er: «Ihr wollt nicht? Schön, dann packe ich sie wieder ein.» Und schließlich: «Allen, die sie anprobieren, schenke ich ein Paar ganz in ihrer Wahl!» Doch sie wollten nicht, hielten sich straff und mit großer Würde. Die beiden Pumpen aber sahen so unglücklich drein, daß er sein Angebot wiederholte. Flora die Schaukel vor allem, vom Verlangen geplagt, zauderte sichtlich. Er drängte sie: «Nur zu, mein Kind, ein wenig Mut! Da diese lila hier, die passen gut zu deinem Kleid.» Und da entschloß sie sich, hob das Kleid, ließ ein kräftiges, in einen groben Strumpf gezwängtes Kuhmagdbein sehen. Der Herr bückte sich, befestigte das Strumpfband erst unter dem Knie, dann über dem Knie und kitzelte das Mädchen ganz sachte, so daß sie zusammenfuhr und halblaute Schreie ausstieß. Als er fertig war, gab er ihr das Paar und rief: «Wer ist jetzt an der Reihe?» Und alle schrien: «Ich, ich, ich!» Er begann mit Lilli dem Luder, die etwas Formloses, vollkommen Rundes, ohne Knöchel zeigte, eine wahre «Blutwurst von einem Bein», wie Raphaele sagte. Fernande durfte von dem Geschäftsreisenden, den ihre mächtigen Säulen begeisterten, Komplimente einstecken. Die knochige Magerkeit der schönen Jüdin hatte weniger Erfolg. Louise die Kasserolle machte sich den Spaß, ihren Rock über den Kopf des

Herrn zu schlagen, und Madame war gezwungen, einzuschreiten, um diesem ungehörigen Streich ein Ende zu machen. Schließlich aber streckte Madame selbst ihr Bein aus, ein schönes normannisches Bein, rund und kräftig; und der Geschäftsreisende war überrascht und entzückt und hob galant den Hut, um als echter französischer Kavalier diese Prachtwade zu begrüßen.

Die beiden Bauersleute waren starr vor Bestürzung und schielten zur Seite; und sie glichen dermaßen Hühnern, daß der Mann mit dem blonden Backenbart sich aufrichtete und ihnen ein «Kikeriki» unter die Nase krähte, was abermals einen Orkan von Gelächter entfesselte.

Die alten Leute stiegen mit ihrem Korb, ihren Enten und ihrem Regenschirm in Motteville aus, und man hörte, wie die Frau, als sie sich entfernten, zu ihrem Mann sagte: «Das sind richtige Schlampen, die auch noch in diese Teufelsstadt von Paris fahren!»

Der unterhaltsame Geschäftsreisende stieg selber in Rouen aus; er hatte so grobe Reden geführt, daß Madame abermals gezwungen gewesen war, ihn an seinen Platz zu verweisen. Und dann fügte sie gleichsam als Moral hinzu: «Das wird uns lehren, mit dem ersten besten zu reden!»

In Oissel stiegen sie um und fanden bei der nächsten Station Joseph Rivet, der sie mit einem großen Wagen, voller Stühle und mit einem Schimmel bespannt, empfing.

Höflich umarmte der Schreiner alle Damen und half ihnen, in den Wagen zu steigen. Drei setzten sich auf die drei Stühle im Rücksitz, Raphaele, Madame und ihr Bruder saßen auf den drei vordern Stühlen, und Rosa, für die kein Sitzplatz übrig war, machte es sich, so gut es eben ging, auf den Knien der großen Fernande bequem. Und nun setzte sich das Fahrzeug in Bewegung. Bald aber schüttelte der harte Trab des Kleppers den Wagen so schrecklich, daß die Stühle zu tanzen begannen, die Reisenden nach links und rechts hopsen ließen, mit Bewegungen eines Hanswursts, mit verängstigten Grimassen, mit Entsetzensgeschrei, das nur durch ein noch kräftigeres Gerüttel unterbrochen wurde. Sie klammerten sich an die Seitenwände des Vehikels, die Hüte rutschten auf den Rücken, über die Nase, auf die Schulter. Und der Schimmel trabte immer weiter, streckte den Kopf und den Schwanz, ein haarloses Rattenschwänzchen, mit dem er sich von Zeit zu Zeit über die Hinterbacken schlug. Joseph Rivet, einen Fuß auf die Deichsel gestemmt, den andern unter sich gebogen, die Ellbogen hoch gehoben, hielt die Zügel, und seiner Kehle entrang sich jeden Augenblick eine Art Glucksen, bei dem sich die Ohren der Mähre spitzten und ihr Trab sich beschleunigte.

Zu beiden Seiten der Straße entrollte sich das grüne Land. Der blühende Raps bildete da und dort ein breites, wogendes, gelbes Band, daraus sich ein gesunder, kräftiger Geruch erhob, ein süßer, durchdringender Geruch, den der Wind sehr weit mit sich trug. Das Korn stand schon hoch, und die Kornblumen zeigten ihre blauen Köpfchen; die Frauen hätten sie gern gepflückt, doch Rivet wollte nicht anhalten. Dann war manchmal ein ganzes Feld gleichsam mit Blut übergossen, so sehr hatten die Mohnblumen es bevölkert. Und inmitten dieser von den Blumen des Bodens gefärbten Ebene rollte der Wagen, selber einem Strauß mit noch kräftigeren Farben ähnlich, im Trab des Schimmels, verschwand hinter den hohen Bäumen eines Gehöfts, um wieder aufzutauchen, wenn das Blattwerk zu Ende war, und abermals zwischen den gelben und grünen, rot oder blau gespickten Feldern seine schimmernde Last von Frauen zu tragen, die unter der Sonne dahinfloh.

Ein Uhr tönte es, als man vor der Türe des Schreiners ankam.

Sie waren zerschlagen vor Müdigkeit und blaß vor Hunger, denn sie hatten seit der Abreise nichts gegessen. Madame Rivet stürzte aus dem Haus, half einer nach der andern beim Aussteigen, umarmte sie, sobald sie nur den Boden berührt hatten, und konnte gar nicht aufhören, ihre Schwägerin zu küssen, als ob sie sie völlig in Beschlag nehmen wollte. Gegessen wurde in der Werkstatt, die schon für das Festmahl des nächsten Tages ausgeräumt war.

Eine gute Omelette, der eine gebratene Leberwurst, mit süffigem Apfelmost begossen, folgte, versetzte alle Welt wieder in heitere Stimmung. Rivet hatte ein Glas genommen, um anzustoßen, und seine Frau trug auf, besorgte die Küche, brachte die Schüsseln, räumte sie wieder ab und flüsterte jeder ins Ohr: «Haben Sie auch genug gehabt?» Bretter standen in Menge an die Mauern gelehnt, und die in die Winkel gefegten Haufen von Hobelspänen verbreiteten einen Duft von gehobeltem Holz, den Geruch einer Schreinerei, jene harzige Luft, die bis in die Tiefe der Lungen dringt.

Man wollte die Kleine sehen, doch sie war in der Kirche und durfte erst abends heimkehren.

Da machte sich denn die ganze Gesellschaft auf den Weg, um einen Spaziergang im Dorf zu unternehmen.

Es war ein sehr kleines Dorf, von einer Hauptstraße durchquert. Etwa ein Dutzend Häuser, längs dieser einzigen Straße angereiht, beherbergten die Kaufleute des Ortes, den Metzger, den Krämer, den Schreiner, das Kaffeehaus, den Schuster und den Bäcker. Die Kirche, am Ende dieser Straße, war von einem schmalen Friedhof umgeben; und vier mächtige Linden, vor ihr Portal gepflanzt, beschatteten sie völlig. Sie war aus behauenen Steinen gebaut, ohne irgendeinen Stil, und über sie ragte ein mit Schiefer gedeckter Glockenturm. Hinter ihr begann wieder das offene Land, da und dort von Gehölzen unterbrochen, hinter denen sich die Bauernhöfe verbargen.

Rivet hatte, obgleich in seinem Arbeitskittel, zeremoniell den Arm seiner Schwester genommen, um sich mit ihr zu brüsten. Seine Frau, geradezu erschüttert über das goldbestickte Kleid Raphaeles, hatte ihren Platz zwischen Raphaele und Fernande gefunden; hinter ihnen trottete die runde Lilli mit Louise der Kasserolle und Flora der Schaukel, die erschöpft hinkte.

Die Dörfler traten vor die Türen, die Kinder unterbrachen ihre Spiele, ein gehobener Vorhang ließ einen mit einem Häubchen aus farbigem Kattun geschmückten Kopf sehen; eine alte Frau mit Krücken und beinahe blind bekreuzigte sich wie vor einer Prozession. Und jedermann folgte noch lange mit den Blicken all diesen schönen Damen aus der Stadt, die von so weit her zu der ersten Kommunion von Joseph Rivets Kleiner gekommen waren. Das bewirkte, daß der Schreiner sich in den Strahlen einer unermeßlichen Hochachtung sonnen konnte.

Als sie an der Kirche vorübergingen, hörten sie Kinderstimmen singen: ein Kirchenlied von spitzen kleinen Stimmen zum Himmel hinauf gekräht. Doch Madame erlaubte nicht, daß man eintrat, denn sie wollte die kleinen Engel nicht stören lassen.

Nach einem Spaziergang über Land und der Aufzählung der bedeutendsten Besitzungen, des Bodenertrags und der Viehproduktion führte Joseph Rivet seine Frauenherde wieder heim und brachte sie in seinem Haus unter.

Der Raum war sehr beschränkt, und so hatte man sie immer zu zweit in den Zimmern verteilt.

Rivet würde diesmal in der Werkstatt auf den

Hobelspänen schlafen; seine Frau würde ihr Bett mit ihrer Schwägerin teilen, und in dem Nebenzimmer könnten Fernande und Raphaele miteinander schlafen. Louise und Flora fanden sich in der Küche auf einer Matratze, die auf den Boden gelegt worden war, untergebracht, und Lilli bewohnte allein ein dunkles Kämmerchen oberhalb der Treppe, neben der Türe zum engen Hängeboden, auf dem in dieser Nacht die Kommunikantin schlafen sollte.

Sobald die Kleine heimkehrte, ergoß sich ein Regen von Küssen über sie; alle Frauen wollten sie umarmen, es war jenes Bedürfnis nach zärtlichem Überschwang, jene berufsmäßige Gewohnheit der Liebkosung, die alle im Zug veranlaßt hatte, die Enten zu küssen. Jede zog das Mädchen auf die Knie, fingerte in dem feinen blonden Haar, umschlang sie in einem Ausbruch heftiger, ungekünstelter Neigung. Die Kleine, brav, durchdrungen von Frömmigkeit, gleichsam verschlossen durch die Absolution, ließ geduldig und gesammelt alles mit sich geschehen.

Da der Tag für alle anstrengend gewesen war, ging man nach dem Abendessen rasch schlafen. Das grenzenlose Schweigen der Felder, das beinahe religiös wirkte, umhüllte das kleine Dorf, ein ruhiges, eindringliches Schweigen und bis zu den Sternen reichend. Die Mädchen, an geräuschvolle Abende in dem öffentlichen Haus gewöhnt, waren gerührt von dieser stummen Ruhe der schlummernden Landschaft. Schauer überliefen ihre Haut, nicht aber Schauer der

Kälte, sondern Schauer der Einsamkeit, aus einem unruhigen, verstörten Herzen aufsteigend.

Sobald sie, immer zwei zu zwei, im Bett waren, umschlangen sie einander, als wollten sie sich gegen die Gewalt dieses ruhigen, tiefen Schlafs der Erde verteidigen. Doch Lilli das Luder, allein in ihrer schwarzen Kammer und wenig gewöhnt, mit leeren Armen zu schlafen, spürte, wie eine unbestimmte, unangenehme Erregung sie ergriff. Sie wälzte sich auf ihrem Lager und konnte keinen Schlaf finden; da hörte sie hinter der Holzwand an ihrem Kopf ein schwaches Schluchzen wie von einem weinenden Kind.

Erschrocken rief sie halblaut, und eine kleine, abgehackte Stimme antwortete ihr. Es war das Mädchen, das sonst immer im Zimmer ihrer Mutter schlief und sich jetzt in ihrem engen Hängeboden fürchtete.

Entzückt stand Lilli auf und ging leise, um keinen Menschen zu wecken, das Kind holen. Sie brachte es in ihr eigenes warmes Bett, drückte es gegen ihre Brust, wiegte es in ihren Armen in den Schlaf, umhüllte es mit ihrer Zärtlichkeit, die sich übertrieben äußerte, und dann, selber beruhigt, schlief sie ein. Und bis zum Tagesanbruch ruhte die Stirn der Kommunikantin an dem nackten Busen der Prostituierten.

Von fünf Uhr an, mit dem Angelus, weckte das Glöckchen der Kirche, das all seine Kraft aufbot, die Damen, die sonst den ganzen Vormittag verschliefen; die einzige Möglichkeit, sich nach der Nachtarbeit auszuruhen. Die Bauern im Dorf waren schon wach. Die Frauen des Ortes eilten geschäftig von Tür zu Türe, schwatzten lebhaft, brachten behutsam die kurzen Musselinkleidchen, gestärkt wie Pappendeckel, oder riesige Kerzen mit einer goldfransenverzierten Schleife in der Mitte und Einkerbungen im Wachs für die haltende Hand. Die Sonne strahlte schon von einem völlig blauen Himmel, der am Horizont noch leicht rosig gefärbt war, gleichsam eine verlöschende Spur der Morgenröte. Hühnersippen spazierten vor ihren Häuschen, und da und dort hob ein Hahn mit schwarzem Fleck auf dem leuchtenden Hals den mit Purpur geschmückten Kopf, schlug die Flügel und schmetterte sein kupferntönendes Kikeriki in den Wind, das die andern Hähne übernahmen.

Aus den andern Gemeinden kamen Wagen an und setzten vor den Türschwellen hochgewachsene Normanninnen in dunklen Kleidern ab, das Tuch über der Brust gekreuzt und mit einer uralten silbernen Spange festgehalten. Die Männer hatten den blauen Kittel über den neuen langen Rock gezogen oder über den alten Frack aus grünem Tuch, den Frack, dessen Schöße unten vorguckten.

Als die Pferde im Stall waren, standen längs der Hauptstraße in doppelter Reihe ländliche Wagen, Karren, Kabrioletts, Tilburys, leichte Wagen mit Bänken, Wagen jeder Form und jeden Alters, auf die Nase gebückt oder mit dem Hinterteil auf dem Boden und den Deichseln hoch in der Luft.

Im Haus des Schreiners wimmelte es wie in einem Bienenstock. Die Damen in Mieder und Unterrock, die Haare über dem Nacken gebreitet, spärliche, kurze Haare, als wären sie von der Abnützung glanzlos und benagt, waren damit beschäftigt, das Kind anzukleiden.

Die Kleine stand auf einem Tisch, rührte sich nicht, während Madame Tellier die Bewegungen ihres fliegenden Bataillons leitete. Man wusch ihr das Gesicht, man kämmte sie, man frisierte sie, man kleidete sie an, und mit Hilfe zahlloser Nadeln verteilte man die Falten des Kleides, nahm die allzu breite Taille ein, kurz, man organisierte die Eleganz ihrer Toilette. Dann, als das beendet war, mußte das geduldige Kind sich setzen, und es wurde ihm eingeschärft, sich nicht mehr zu rühren. Und dann machte die aufgeregte weibliche Truppe sich daran, auf die eigene Ausschmückung bedacht zu sein.

Die kleine Kirche begann zu läuten. Ihr dünnes, armseliges Gebimmel stieg auf und verlor sich im Himmel wie eine allzu schwache Stimme, die in der blauen Unendlichkeit rasch ertrinkt.

Aus allen Türen kamen die Kommunikanten, gingen auf das Gemeindehaus zu, darin die beiden Schulen und das Bürgermeisteramt untergebracht waren und das am Ende des Dorfes lag, wie das «Haus des Herrn» am andern Ende.

Die Eltern in Festkleidern, mit verlegenen Gesichtern und den ungeschickten Bewegungen von Körpern, die immer über ihre Arbeit gebeugt sind, folgten ihren Kindern. Die kleinen Mädchen verschwanden in einer Wolke von schneeweißem Tüll, der an Schlagsahne erinnerte, während die kleinen Knaben, wie Embryone von Kaffeehauskellnern, den Kopf mit Pomade beschmiert, die Beine gespreizt, marschierten, um die schwarze Hose nicht schmutzig zu machen.

Es war ein Stolz für eine Familie, wenn eine große Zahl von Verwandten, die von weit her gekommen waren, das Kind umgaben; und so war auch der Triumph des Schreiners vollkommen. Das Regiment Tellier, die Kommandantin an der Spitze, folgte Constance; und der Vater, der seiner Schwester den Arm gab, die Mutter neben Raphaele, Fernande mit Lilli, und die beiden Pumpen nebeneinander, so entwickelte die Truppe sich majestätisch wie ein Generalstab in großer Gala.

Die Wirkung im Dorf war überwältigend.

In der Schule ordneten sich die Mädchen unter der Haube der Nonne, die Knaben unter dem Hut des Lehrers, eines schönen Mannes, der sich gut ausnahm. Und unter Anstimmen eines frommen Liedes brach man auf.

Die Knaben an der Spitze führten ihre beiden Reihen zwischen den beiden Reihen der ausgespannten Wagen, die Mädchen folgten in der gleichen Ordnung. Und da alle Einwohner respektvoll den Damen aus der Stadt den Vortritt gewährt hatten, kamen die Pensionärinnen der Madame Tellier gleich hinter den Mädchen und verlängerten so die Doppelreihe der Prozession, drei links, drei rechts, in ihren blendenden Toiletten einem Strauß von Feuerwerk gleichend.

Ihr Eintritt in die Kirche brachte das Publikum völlig außer Rand und Band. Man drängte sich, man drehte sich um, man stieß sich, um sie zu sehen. Und fromme Leute redeten ganz laut, so sehr beeindruckte sie das Schauspiel dieser Damen, die prunkvoller ausstaffiert waren als die Chorknaben in ihren Meßgewändern. Der Bürgermeister überließ ihnen seine Bank, die erste Bank rechts neben dem Chor, und dort nahmen Madame Tellier und ihre Schwägerin Platz, neben ihnen Fernande und Raphaele. Lilli das Luder und die beiden Pumpen begnügten sich in Gesellschaft des Schreiners mit der zweiten Bank.

Der Kirchenchor war gefüllt mit knienden Kindern, auf der einen Seite die Mädchen, auf der andern die Knaben, und die langen Kerzen, die sie in den Händen hielten, sahen wie Lanzen aus, die sich nach allen Seiten neigten.

Vor dem Gesangspult standen drei Männer und sangen aus voller Kehle. Sie dehnten die Silben des klingenden Latein unendlich, und die gar nicht aufhörenden a-a des Amen unterstützten das Schlangenhorn mit seiner eintönigen, unermüdlichen Stimme, dem Gebrüll des kupfernen Instruments mit dem breiten Mundstück. Die spitze Stimme eines Knaben gab die Antwort, und von Zeit zu Zeit erhob sich ein Priester, der in seinem Chorstuhl saß und ein viereckiges Barett auf dem Kopf trug, brummte etwas und setzte sich wieder, indes die drei Chorknaben wieder einsetzten, das Auge auf das dicke Gesangbuch vor ihnen geheftet, das von den entfalteten Schwingen eines hölzernen, auf einem Zapfen befestigten Adlers getragen wurde.

Dann verstummte alles. Alle Anwesenden knieten mit einem Mal nieder, und der Priester erschien, alt, ehrwürdig, weißhaarig, über den Kelch gebeugt, den er in der linken Hand trug. Vor ihm gingen die beiden Diener in roten Gewändern, und hinter ihm kam eine Schar von Knaben in groben Stiefeln und reihte sich zu beiden Seiten des Chors an.

Inmitten tiefer Stille tönte ein Glöckchen. Die Messe begann. Langsam ging der Geistliche vor dem goldenen Tabernakel hin und her, beugte die Knie, psalmodierte mit seiner gebrochenen, vor Alter meckernden Stimme die ersten Gebete. Kaum verstummte er, so ertönten mit einem Schlag die Stimmen aller Chorknaben und das Schlangenhorn, und auch in der Kirche sangen die Männer mit weniger starker, demütigerer Stimme, wie das dem Publikum geziemt.

Plötzlich schallte das Kyrie Eleison zum Himmel, aus jeder Brust, aus jedem Herzen aufklingend. Staubkörner und Splitterchen von wurmstichigem Holz fielen, von diesem Ausbruch der Stimmen erschüttert, aus der uralten Wölbung. Die Sonne, die auf das Schieferdach brannte, verwandelte die kleine Kirche in einen

Hochofen; und eine tiefe Erregung, eine angstvolle Spannung, das Nahen des unnennbaren Mysteriums schnürte die Herzen der Kinder ein, würgte ihren Müttern die Kehlen.

Der Priester, der einige Zeit gesessen war, stieg jetzt zu dem Altar hinauf und, den entblößten Kopf nur mit seinem Silberhaar bedeckt, mit zitternden Gesten, war im Begriff, die heilige Handlung zu vollziehen.

Er wandte sich zu den Gläubigen und sagte, die Hände nach ihnen ausgestreckt: «Orate, fratres», «betet, meine Brüder!» Und sie alle beteten. Der alte Geistliche stammelte jetzt ganz leise die geheimnisträchtigen, die erhabensten Worte; das Glöckchen tönte Schlag auf Schlag, die Menge auf den Knien rief Gott, die Kinder erlagen fast einer maßlosen Angst.

Da geschah es, daß Lilli, die Stirne in den Händen, sich mit einem Mal an ihre Mutter erinnerte, an die Kirche in ihrem Dorf, an ihre erste Kommunion. Sie glaubte sich an jenen Tag zurückversetzt, da sie so klein, in ihrem weißen Kleid ganz versunken war, und sie begann zu weinen. Sie weinte zuerst leise; langsam rollten die Tränen unter ihren Lidern hervor, dann aber wuchs mit den Erinnerungen ihre Aufregung, und den Hals geschwellt, mit pochender Brust, schluchzte sie. Sie hatte ihr Schnupftuch gezogen, trocknete die Augen, verstopfte Nase und Mund, um nicht laut zu weinen. Es war umsonst. Ein Röcheln entrang sich ihrer Kehle, und zwei andere Seufzer antworteten ihr herzzerreißend. Denn ihre beiden Nachbarinnen, neben ihr kniend, Louise und Flora, von der gleichen, fernen Erinnerung aufgewühlt, stöhnten auch in einer Sturzflut von Tränen.

Doch da Tränen ansteckend sind, spürte Madame ihrerseits bald, wie sich ihre Lider feuchteten, und als sie sich zu ihrer Schwägerin wandte, sah sie, daß die ganze Bank bereits weinte.

Der Priester hob den Leib des Herrn. Die Kinder hatten, durch eine Art frommer Scheu auf die Fliesen geworfen, keine Gedanken mehr; und in der Kirche, da und dort, benetzte eine Frau, eine Mutter, eine Schwester, von dem eigentümlichen Mitempfinden heftiger Erregungen gepackt, überwältigt auch durch die schönen Damen, die knieten und von Schauern und Schluchzen geschüttelt wurden, ihr kariertes Schnupftuch und preßte die linke Hand fest an das pochende Herz.

Wie der Funke, der das Feuer über ein reifes Feld schleudert, so eroberten die Tränen Lillis und ihrer Gefährtinnen im Nu die ganze Menge. Männer, Frauen, Greise, junge Burschen in neuen Kitteln, sie alle schluchzten bald, und über ihren Köpfen schien etwas Übermenschliches zu schweben, eine Seele, die sich ergießt, der wunderbare Hauch eines unsichtbaren, allmächtigen Wesens.

Da tönte im Chor der Kirche ein leiser, trockener Schlag; die Nonne, die auf ihr Buch klopfte, gab das Zeichen zur Kommunion. Und die Kinder, in überirdischem Fieber schlotternd, näherten sich dem heiligen Tisch.

Eine ganze Reihe kniete nieder. Der alte Pfarrer, in der Hand den vergoldeten Silberkelch, ging vor ihnen vorüber, reichte ihnen zwischen zwei Fingern die heilige Hostie, den Leib Christi, die Erlösung der Welt. In Krämpfen, in nervösen Grimassen, die Augen geschlossen, das Gesicht totenbleich, öffneten sie den Mund. Und das lange Tischtuch unter ihrem Kinn zitterte wie fließendes Wasser.

Plötzlich durcheilte es die Kirche wie ein Wahn, das Geräusch einer rasenden Menge, ein Sturm von Schluchzen mit erstickten Schreien. Das zog vorüber wie jene Windstöße, die die Wälder beugen; und der Priester blieb aufrecht, reglos, eine Hostie in der Hand, gelähmt von der Erregung, und sagte sich: «Es ist Gott, es ist Gott, der zwischen uns ist, der seine Gegenwart kundgibt, der auf meinen Ruf zu seinem knienden Volk herabsteigt.» Und er stammelte wirre Gebete, ohne die rechten Worte zu finden, Gebete der Seele, die in hemmungslosem Schwung zum Himmel aufstiegen.

Mit solch überreizter Gläubigkeit reichte er die letzten Hostien, daß die Beine unter ihm versagten, und als er selber das Blut seines Herrn getrunken hatte, versank er in einen Zustand glühender Dankbarkeit.

Die Leute hinter ihm beruhigten sich nach und nach. Die Chorknaben richteten sich in der Würde ihrer weißen Chorhemden wieder auf und begannen mit weniger sicheren, noch feuchten Stimmen; und auch das Schlangenhorn tönte verrostet, als hätte sogar das Instrument geweint.

Da hob der Priester die Hände, hieß sie schweigen, ging durch die zwei Reihen der Kommunikanten, die noch völlig in der Ekstase der Beglückung verloren waren, und trat bis zum Gitter des Chors.

Die Gläubigen hatten sich unter Stuhlrücken gesetzt, und jetzt schneuzten alle sich kräftig. Sobald man den Pfarrer erblickte, wurde es still, und er begann mit sehr leiser, zaudernder, verschleierter Stimme zu sprechen. «Meine lieben Brüder, meine lieben Schwestern, ich danke euch vom Grunde meines Herzens. Ihr habt mir soeben die größte Freude meines Lebens geschenkt. Ich habe Gott gespürt, der auf meinen Ruf zu uns herniederstieg. Er ist gekommen, er war da, anwesend, erfüllte eure Seelen, ließ eure Augen überquellen. Ich bin der älteste Priester der Diözese, und heute bin ich auch ihr glücklichster. Ein Wunder hat sich zwischen uns begeben, ein wahres, ein großes, ein erhabenes Wunder. Während Jesus Christus zum erstenmal in die Körper dieser Kinder eindrang, hat der Heilige Geist, der himmlische Vogel, der Hauch Gottes sich über euch herabgesenkt, hat sich eurer bemächtigt, hat euch ergriffen, die ihr gebeugt wart wie das Schilfrohr im Winde.»

Dann, mit hellerer Stimme und zu den beiden Bänken gewandt, auf denen die Gäste des Schreiners saßen, fuhr er fort: «Euch vor allem Dank, meine lieben Schwestern, die ihr von so weit hierhergekommen seid, und deren Anwesenheit unter uns, deren sichtbarer Glaube, deren lebendige Frömmigkeit für alle ein heilsames Beispiel waren. Ihr seid die Erbauung meines Sprengels; eure Rührung hat die Herzen erwärmt, ohne euch hätte dieser große Tag vielleicht nicht sein wahrhaft göttliches Wesen gehabt. Manchmal genügt ein einziges erlesenes Lamm, um den Herrn dazu zu bestimmen, zu der Herde herabzusteigen.»

Die Stimme versagte ihm. Er setzte hinzu: «Die Gnade ist es, die ich euch wünsche. So geschehe es!» Und er stieg zum Altar, um den Gottesdienst zu beenden.

Jetzt hasteten alle zum Aufbruch. Auch die Kinder rührten sich, der langen geistigen Spannung müde. Sie hatten zudem Hunger, und die Eltern verzogen sich nach und nach, ohne das letzte Evangelium abzuwarten, um die Vorbereitungen für die Mahlzeit zu treffen.

Beim Ausgang gab es ein Gedränge, ein geräuschvolles Gedränge, ein Durcheinander schriller Stimmen, darin der normannische Tonfall sich geltend machte. Die Kirchgänger bildeten ein Spalier, und sobald die Kinder erschienen, stürzte jede Familie sich auf ihres.

Constance wurde gepackt, umringt, umarmt, und das von der ganzen Frauenschar. Lilli vor allem wurde nicht müde, sie abzuküssen.

Schließlich nahm sie sie bei der einen Hand, und Madame Tellier bemächtigte sich der andern. Raphaele und Fernande hoben das lange Musselinkleid der Kleinen, damit es nicht durch den Staub geschleift wurde. Louise und Flora gingen mit Madame Rivet am Ende des Zuges, und das Kind, in sich gesammelt, völlig von Gott durchdrungen, den es in sich trug, trat inmitten seines Ehrengeleites den Weg an.

Das Festmahl wurde in der Werkstatt auf langen Brettern aufgetragen, die auf Stützen gelegt worden waren.

Die nach der Straße offene Türe ließ die ganze Freude des Dorfes eindringen. Überall wurde getafelt. Durch jedes Fenster erblickte man eine Gesellschaft in sonntäglichem Putz, und heiterer Lärm erscholl aus den Häusern. Die Bauern, in Hemdärmeln, tranken ungemischten Apfelmost aus vollen Gläsern, und inmitten jedes Kreises zwei Kinder, da zwei Mädchen, dort zwei Knaben, die in einer der beiden Familien zu Tisch saßen.

Manchmal durchquerte, unter der lastenden Mittagshitze, ein leichter Wagen im hüpfenden Trott einer alten Mähre das Dorf, und der Mann im Kittel, der die Zügel hielt, warf einen neidischen Blick auf diese ganze öffentliche Schlemmerei.

In der Wohnung des Schreiners bewahrte die Fröhlichkeit noch eine gewisse Zurückhaltung, einen Rest der Erschütterung des Morgens. Nur Rivet war in großer Stimmung und trank hemmungslos. Madame Tellier schaute immer wieder nach der Uhr, denn um nicht gleich zwei Arbeitstage zu verlieren, mußten die Damen den Zug um drei Uhr fünfundfünfzig nehmen, der sie gegen Abend nach Fécamp brachte.

Der Schreiner gab sich die größte Mühe, die Aufmerksamkeit von der Uhr abzulenken, um seine Gäste bis zum nächsten Tag bei sich zu behalten, doch Madame ließ sich nicht beirren. Und wenn es um das Geschäft ging, hörte jeder Spaß auf.

Sobald man den Kaffee getrunken hatte, befahl sie ihren Pensionärinnen, sich recht rasch vorzubereiten; dann wandte sie sich zu ihrem Bruder: «Spann nur gleich an!» Und nun ging sie selber, um sich für die Heimreise zurechtzumachen.

Als sie herunterkam, war ihre Schwägerin schon auf der Lauer, um mit ihr über die Kleine zu reden; und es kam zu einer langen Unterhaltung, bei der aber nichts entschieden wurde. Die Schreinersfrau gebrauchte allerlei Kniffe, heuchelte Rührung, und Madame Tellier, das Kind auf den Knien, verpflichtete sich zu gar nichts, gab nur sehr unbestimmte Versprechungen; man würde sich schon um sie kümmern, man hatte ja noch Zeit, man würde sich übrigens wiedersehen.

Unterdessen rührte sich der Wagen nicht, und die Frauen kamen nicht herunter. Man hörte von oben her lautes Gelächter, Getrampel, Geschrei, Händeklatschen. Und während die Frau des Schreiners in den Stall ging, um nach dem Wagen zu schauen, stieg Madame schließlich noch einmal die Treppe hinauf.

Rivet, angetrunken, halb ausgezogen, versuchte, aber vergeblich, Lilli Gewalt anzutun, die sich vor Lachen nicht halten konnte. Die beiden Pumpen hielten ihn bei den Armen und bemühten sich, ihn zu beruhigen, denn nach der Zeremonie des Vormittags fanden sie diese Szene empörend. Raphaele und Fernande aber feuerten ihn an, stemmten die Arme in die Seiten und krümmten sich vor Heiterkeit. Und bei jeder zwecklosen Anstrengung des Betrunkenen stießen sie laute Schreie aus. Der Mann war wütend, kannte keine Hemmung, sein Gesicht war dunkelrot, er versuchte heftig, die beiden Frauen abzuschütteln, die sich an ihn klammerten, riß mit aller Kraft an Lillis Rock und stammelte: «Was! Du willst nicht, du Schlampe?» Doch da trat Madame entrüstet und energisch dazwischen, packte ihren Bruder bei den Schultern und stieß ihn so kräftig zurück, daß er gegen die Wand flog.

Eine Minute später hörte man ihn im Hof, wie er sich Wasser über den Kopf pumpte; und als er mit dem Wagen wiederkam, war er völlig beruhigt.

Wie am Vortag trat man die Reise an, und das Schimmelchen setzte sich in seinen lebhaften, tänzelnden Trab.

Unter der glühenden Sonne löste sich die während der Mahlzeit gedämpfte heitere Stimmung.

Die Mädchen amüsierten sich jetzt über das Gerumpel des Vehikels, stießen die Stühle ihrer Nachbarinnen, lachten bei jeder Gelegenheit laut auf, zumal die vergeblichen Bemühungen Rivets sie in gute Laune versetzt hatten.

Ein wildes Licht erfüllte die Felder, ein Licht, das sich in den Augen spiegelte. Und die Räder rührten zwei Staubwolken auf, die auf der Hauptstraße noch lange hinter dem Wagen schwebten.

Plötzlich bat Fernande, die eine große Liebhaberin der Musik war, Lilli zu singen; und Lilli stimmte bereitwillig den «Dicken Pfarrer von Meudon» an. Doch da gebot Madame ihr Schweigen, denn sie fand just dieses Lied an diesem Tag wenig angemessen. «Sing uns lieber etwas von Béranger», setzte sie hinzu. Und nachdem Lilli einige Sekunden gezaudert hatte, traf sie ihre Wahl und begann mit ihrer verbrauchten Stimme die «Großmama»:

«Beim Wiegenfest die Großmama
Ein wenig angetrunken war,
kopfschüttelnd sagte sie uns da:
‹An Liebhabern hatt' ich eine Schar!
Wie traure ich, daß Gott erbarm',
um die schönsten Beine weit und breit,
um meinen Arm, den runden Arm
und um die verlorene Zeit!›»

Und der Chor der Mädchen, von Madame selbst angeführt, wiederholte:

«Wie traure ich, daß Gott erbarm',
um die schönsten Beine weit und breit,
um meinen Arm, den runden Arm
und um die verlorene Zeit!»

«Das ist aber fein!» erklärte Rivet, vom Rhythmus angesteckt. Und Rosa sang sogleich weiter:

«Ihr wart nicht brav? Mögt ihr's erfahren:
Was man mit seinen Reizen macht,
erlernte ich mit fünfzehn Jahren,
denn niemals schlief ich in der Nacht!»

Die ganze Gesellschaft brüllte den Endreim mit; und Rivet klopfte mit dem Fuß auf seine Deichsel und schlug mit den Zügeln den Takt auf dem Rücken des weißen Kleppers, der sich, als wäre ihm der Schwung des Rhythmus auch in die Beine gefahren, in Galopp setzte, in einen stürmischen Galopp, bis die Damen im Grunde des Wagens übereinanderpurzelten.

Sie richteten sich wieder auf und lachten wie närrisch. Und das Lied ging weiter, laut gegrölt über das flache Land, unter dem brennenden Himmel, inmitten der reifenden Ernten, im tollen Lauf des kleinen Pferdes, das jetzt bei jeder Wiederkehr des Refrains recht im Zuge war und jedesmal hundert Meter im Galopp zurücklegte. Zur großen Erheiterung der Reisenden. Da und dort richtete ein Steinklopfer sich auf und schaute durch seine Drahtmaske auf dieses tolle, lärmende Fahrzeug, das im Staub vorüberraste.

Als man vor dem Bahnhof ausstieg, wurde der Schreiner weich.

«Wie schade, daß ihr wegfahrt! Man hätte noch so viel Spaß gehabt!»

Madame aber erwiderte vernünftig: «Alles zu seiner Zeit! Man kann sich nicht ununterbrochen amüsieren.» Da erleuchtete ein Einfall Rivets Hirn. «Ach was», sagte er, «nächsten Monat komme ich euch in Fécamp besuchen!» Und er musterte Lilli verschmitzt, und sein Auge glänzte schalkhaft. «Nun, nun», schloß Madame, «man muß brav sein; du kannst kommen, wenn du willst, aber du wirst mir keine Dummheiten machen.»

Er antwortete nicht, und da man schon den Zug pfeifen hörte, begann er unverzüglich alle seine Gäste zu umarmen. Als Lilli an der Reihe war, bemühte er sich, ihren Mund zu erwischen, den sie ihm, hinter den geschlossenen Lippen lachend, jedesmal mit einer schnellen Bewegung entzog. Er hielt sie in den Armen, konnte aber sein Ziel nicht erreichen, denn ihn behinderte seine große Peitsche, die er in der Hand behalten hatte und die er verzweifelt hinter dem Rücken des Mädchens schwenkte.

«Die Reisenden nach Rouen einsteigen!» rief der Bahnbeamte. Und sie stiegen ein.

Ein dünner Pfiff tönte, sogleich wiederholt von dem kräftigen Pfeifen der Lokomotive, die geräuschvoll ihre erste Dampfwolke ausstieß, während die Räder begannen, sich mit sichtlicher Anstrengung zu drehen.

Rivet blieb nicht im Bahnhofgebäude, sondern lief bis zu den Schranken, um Lilli noch einmal zu sehen. Und als der Wagen, mit dieser menschlichen Ware gefüllt, an ihm vorüberrollte, begann er mit seiner Peitsche zu knallen, zu hüpfen und aus voller Brust zu singen:

«*Wie traure ich, daß Gott erbarm',*
um die schönsten Beine weit und breit,
um meinen Arm, den runden Arm
und um die verlorene Zeit!»

Dann sah er noch ein weißes Taschentuch, das geschwenkt wurde und sich entfernte.

III

Sie schliefen bis zur Ankunft den ruhigen Schlaf eines befriedeten Gewissens; und als sie frisch, ausgeruht für die allabendliche Arbeit heimkehrten, konnte Madame sich nicht enthalten zu sagen: «Na ja, ich habe mich schon nach dem Haus gesehnt!»

Rasch wurde zu Abend gegessen, dann legte man die Schlachtgewänder an und erwartete die gewohnten Kunden; und die kleine, brennende Laterne, die Madonnenlampe, ließ die Vorübergehenden wissen, daß die Herde wieder in den Pferch zurückgekehrt war.

Im Nu verbreitete sich die Nachricht, man weiß nicht wie, man weiß nicht durch wen.

Philippe, der Sohn des Bankiers, trieb die Liebenswürdigkeit so weit, daß er Tourneveau, der bei seiner Familie gefangensaß, mit einem Expreßbrief verständigte.

Der Einsalzer hatte gerade jeden Sonntag etliche Cousins zum Abendessen, und man saß beim Kaffee, als ein Mann mit einem Brief in der Hand sich einstellte. Tourneveau brach, sehr erregt, den Umschlag auf und erblaßte. Nur wenige Worte waren mit Bleistift hingekritzelt: *Dorschladung wiedergefunden; Schiff in den Hafen eingelaufen. Gutes Geschäft für Sie. Kommen Sie schnell!*

Er stöberte in seinen Taschen, gab dem Überbringer zwanzig Centimes und errötete plötzlich bis zu den Ohren. «Ich muß noch ausgehn», sagte er. Und er hielt seiner Frau die lakonische und mysteriöse Botschaft hin. Er läutete und dann, als das Dienstmädchen auftauchte, rief er: «Meinen Mantel, schnell, schnell, und meinen Hut!» Kaum auf der Straße, begann er zu laufen, pfiff ein Liedchen vor sich hin, und der Weg dünkte ihn doppelt so lang, so ungeduldig war er.

Im Haus Tellier herrschte Feststimmung. Im Erdgeschoß machten die grölenden Stimmen der Kerle vom Hafen einen betäubenden Lärm. Louise und Flora wußten nicht, wem sie antworten sollten, tranken mit dem einen, tranken mit dem andern, verdienten ihren Spitznamen «die beiden Pumpen» mehr als je. Man rief sie von allen Seiten gleichzeitig, sie konnten den Wünschen bereits nicht nachkommen, und es bereitete sich für sie offensichtlich eine arbeitsame Nacht vor.

Von neun Uhr an war die Tafelrunde im ersten Stock vollzählig versammelt. Der Handelsrichter Vasse, anerkannter, aber platonischer Verehrer von Madame, plauderte ganz leise mit ihr in einer Ecke. Und sie lächelten alle beide, als stünde ein Einverständnis nahe bevor. Der frühere Bürgermeister Poulin hielt Lilli rittlings auf seinen Knien; und sie, Nase an Nase mit ihm, ließ ihre kurzen Hände durch den weißen Backenbart des würdigen Mannes gleiten. Unter dem hinaufgeschobenen gelbseidenen Rock zeigte sich ein Stück nackter Schenkel, hob sich von dem schwarzen Tuch der Hose ab, und die roten Strümpfe waren von blauen Strumpfbändern, dem Geschenk des Geschäftsreisenden, umschlungen.

Die große Fernande, auf dem Diwan ausgestreckt, hatte beide Füße auf den Bauch des Steuereinnehmers Pimpesse gelegt und den Rumpf auf die Weste des jungen Philippe, dessen Hals sie mit der rechten Hand liebkoste, während die linke eine Zigarette hielt.

Raphaele war anscheinend in Unterhandlungen mit dem Versicherungsagenten Dupuis, und sie beendete das Palaver mit den Worten: «Ja, Schatz, heute abend gern!» Dann walzte sie allein eine Runde durch den Salon und rief dazu: «Heute abend alles, was man will!»

Die Türe öffnete sich jäh, und Tourneveau erschien. Begeisterte Rufe begrüßten ihn: «Hoch,

Tourneveau!» Und Raphaele, die sich noch immer drehte, fiel ihm ans Herz. Er packte sie mit starken Händen, und ohne ein Wort zu sagen, hob er sie wie eine Feder vom Boden auf, durcheilte den Salon, war schon an der Türe und verschwand mit seiner lebenden Last unter heftigem Applaus, im Treppenhaus, wo es zu den Zimmern führte.

Lilli, die in dem früheren Bürgermeister Gefühle weckte, küßte ihn immer wieder und zog gleichzeitig seinen Backenbart auf beiden Seiten, um den Kopf gerade zu halten. Sie profitierte von dem Beispiel: «Los! Mach's doch wie er!» sagte sie. Und da erhob sich der würdige Mann, zog seine Weste zurecht, tastete in die Tasche, darin sein Geld schlummerte, und folgte dem Mädchen.

Fernande und Madame blieben allein mit den vier Herren, und Philippe rief: «Ich zahle Champagner! Madame Tellier, lassen Sie drei Flaschen holen!» Da umarmte ihn Fernande und flüsterte ihm zu: «Spiel uns doch zum Tanzen auf, nicht?» Er erhob sich, setzte sich an das uralte, verschlafene Spinett in der Ecke und entlockte dem stöhnenden Bauch des Instruments einen Walzer, einen eingerosteten, sentimentalen Walzer. Das große Mädchen legte die Arme um den Steuereinnehmer, Madame überließ sich den Armen des Handelsrichters, und die beiden Paare drehten sich, küßten sich. Monsieur Vasse, einst in Gesellschaft ein beliebter Tänzer, war bezaubernd, und Madame betrachtete ihn mit hingebungsvollem Blick, jenem Blick, der ein «Ja» erwidert, ein «Ja», diskreter, köstlicher als jedes Wort!

Frédéric brachte den Champagner. Der erste Pfropfen knallte, und Philippe spielte die Aufforderung zu einer Quadrille.

Die vier Tänzer bewegten sich in vornehmstem Stil, schicklich, würdig, mit Gesten, Verbeugungen, Begrüßungen.

Dann begann man zu trinken. Und Tourneveau tauchte wieder auf, befriedigt, erleichtert, strahlend. «Ich weiß nicht, was sie hat, Raphaele», rief er, «aber heute abend ist sie tadellos!» Dann, als man ihm ein Glas reichte, leerte er es auf einen Zug und brummte: «Zum Teufel! So ein Luxus!»

Sofort stimmte Philippe eine muntere Polka an, und Tourneveau drehte sich mit der schönen Jüdin, die er in die Luft hob, so daß ihre Füße den Boden nicht berührten. Pimpesse und Vasse waren gleichfalls neu belebt. Von Zeit zu Zeit hielt ein Paar beim Kamin an, um ein Glas des schäumenden Weins zu leeren, und der Tanz drohte kein Ende zu nehmen, als Lilli plötzlich die Türe öffnete, einen Leuchter in der Hand, die Haare offen, in Hemd und Pantoffeln, sehr aufgekratzt, sehr gerötet. «Ich will tanzen!» schrie sie. «Und dein Alter?» fragte Raphaele. Da lachte Lilli laut auf: «Der? Der schläft schon. Er schläft immer gleich ein.» Sie packte Dupuis, der beschäftigungslos auf dem Diwan saß, und die Polka ging weiter.

Doch die Flaschen waren leer. «Ich lasse eine springen», erklärte Tourneveau. «Ich auch», verkündete der Handelsrichter. «Und ich auch!» schloß Dupuis. Und da wurde begeistert Beifall geklatscht.

So wurde ein richtiger Ball organisiert. Von Zeit zu Zeit kamen auch Louise und Flora auf einen Sprung herauf, drehten rasch eine Walzerrunde, während ihre Kunden unten ungeduldig wurden. Dann kehrten sie eiligst in ihr Kaffeehaus zurück, das Herz von Bedauern geschwellt.

Um Mitternacht wurde noch getanzt. Manchmal verschwand eines der Mädchen, und wenn man es suchte, weil man ein Gegenüber brauchte, erwies sich, daß auch einer der Herren verschwunden war.

«Wo kommt ihr denn her?» fragte Philippe scherzhaft, als Pimpesse mit Fernande wieder auftauchte. «Wir haben Poulin schlafen gesehen», erwiderte der Steuereinnehmer. Dieses Wort hatte einen riesigen Erfolg. Und nacheinander stiegen alle hinauf, um Poulin mit einer oder der andern der Damen schlafen zu sehen, die sich in dieser Nacht geradezu unglaublich zugänglich zeigten. Madame schloß die Augen, und sie führte in den Ecken lange, leise Gespräche mit Monsieur Vasse, gewissermaßen um die letzten Einzelheiten eines bereits abgeschlossenen Handels zu regeln.

Endlich, um ein Uhr, erklärten die beiden Ehemänner, Tourneveau und Pimpesse, sie müßten jetzt gehn. Vorher aber wollten sie ihre

Schulden bezahlen. Es wurde ihnen nur der Champagner aufgerechnet und auch nur zu sechs Francs die Flasche statt zu zehn Francs, dem gewöhnlichen Preis. Und als sie über diese Großzügigkeit staunten, erwiderte ihnen Madame strahlend:

«Es ist ja nicht jeden Tag Festtag!»

Sonntag

Mein süßer Herzensgockel,

Du schreibst mir nicht, ich sehe Dich nicht mehr, Du kommst nie. Liebst Du mich denn nicht mehr? Warum nicht? Was habe ich getan? Sag es mir, ich flehe Dich an, mein teurer Schatz! Ich liebe Dich doch so sehr, so sehr, so sehr! Immer möchte ich Dich bei mir haben und Dich den ganzen Tag umarmen, möchte Dir, mein Herzblatt, mein geliebtes Katerchen, alle Kosenamen geben, die mir einfallen. Ich bete Dich an, ich bete Dich an, ich bete Dich an, Du mein schöner Gockel.

Dein Hühnchen Sophie

Montag

Meine liebe Freundin,

Du wirst nichts, nicht das Geringste von dem begreifen, was ich Dir jetzt sagen werde. Das tut nichts. Wenn mein Brief zufällig einer andern Frau vor Augen kommt, wird er ihr vielleicht von Nutzen sein.

Wärst Du taub und stumm gewesen, hätte ich Dich zweifellos lange, lange geliebt. Das Unglück rührt daher, daß Du redest, das ist alles. Ein Dichter hat gesagt:

«Du warst nichts als ein Holz auch in den besten Stunden,
Dem meines Bogens Kraft die Töne hat entwunden,
Und wie die Laute formt ein Lied in hohlem Raum,
So widerhallt Dein Herz, Dein leeres, meinen Traum!»

In der Liebe, siehst Du, läßt man immer Träume singen; doch damit die Träume singen, darf man sie nicht unterbrechen. Nun, wenn man zwischen zwei Küssen redet, so unterbricht man immer den glühenden Traum, den die Seelen träumen, es sei denn, man spreche erhabene Worte; und die erhabenen Worte erblühen nicht in den Köpfchen netter hübscher Mädchen.

Du begreifst nichts, nicht wahr? Auch gut. Ich fahre fort. Du bist ganz gewiß eine der reizendsten, eine der anbetungswürdigsten Frauen, die ich je gesehen habe.

Gibt es Augen auf Erden, die mehr Träume in sich bergen als die Deinen, mehr ungekannte Verheißungen, mehr von der Unendlichkeit der Liebe? Das glaube ich nicht. Und wenn Dein Mund mit seinen zwei runden Lippen lächelt, die Deine schimmernden Zähne zeigen, so möchte man erwarten, daß diesem entzückenden Mund eine überirdische Musik entströmen wird, etwas unwahrscheinlich Süßes, Liebliches, das einem Tränen entlockt.

Und dann nennst Du mich in aller Ruhe «Mein angebetetes Häslein!» Und da ist es mir mit einem Mal, als träte ich in Deinen Kopf ein, als sähe ich seine Seele funktionieren, die kleine

Seele einer kleinen Frau, einer reizenden, reizenden, aber... und das stört mich, weißt Du, das stört mich schrecklich. Und ich möchte Dich lieber gar nicht sehen.

Du begreifst noch immer nichts, nicht wahr? Darauf war ich gefaßt.

Erinnerst Du Dich daran, wie Du zum erstenmal zu mir gekommen bist? Plötzlich warst Du da, von dem Veilchenduft Deiner Röcke umschwebt; wir sahen einander lange an, ohne ein Wort zu sprechen, dann umarmten wir einander wie Wahnsinnige... dann... dann... haben wir bis zum nächsten Morgen nicht gesprochen.

Doch als wir voneinander schieden, zitterten unsere Hände, und unsere Augen sagten einander Dinge, Dinge... die man in keiner Sprache ausdrücken kann. Das wenigstens habe ich geglaubt. Und als Du gingst, hast Du nur geflüstert: «Auf bald!» Das war alles, was Du gesagt hast; und Du kannst Dir nicht vorstellen, in welch schwelgerischen Träumen Du mich zurückgelassen hast, nicht, was ich mir alles ausmalte, nicht, was ich alles in Deinen Gedanken zu ahnen glaubte.

Siehst Du, mein armes Kind, für die Männer, die nicht dumm sind, sondern ein wenig verfeinert, ein wenig überlegen, ist die Liebe ein so kompliziertes Instrument, daß ein Nichts es verstimmen kann. Ihr Frauen, Ihr begreift, wenn Ihr liebt, nie die Lächerlichkeit mancher Dinge, und das Groteske mancher Ausdrücke entgeht Euch.

Warum ist ein Wort im Mund einer kleinen Brünetten richtig, völlig falsch aber und komisch im Mund einer üppigen Blondine? Warum ist die schmeichelnde Geste der einen bei der andern fehl am Ort? Warum sind gewisse charmante Liebkosungen der einen bei der andern störend? Warum? Weil es in allem, zumal aber in der Liebe, einer vollendeten Harmonie bedarf, eines unbedingten Zusammenklangs von Stimme, Wort, zärtlicher Offenbarung mit der Frau, die handelt, spricht, sich offenbart, mit ihrem Alter, mit dem Umfang ihrer Hüften, mit der Farbe ihrer Haare und der besondern Art ihrer Schönheit.

Eine Frau von fünfunddreißig, im Alter der großen, stürmischen Leidenschaften, die auch nur einen Hauch der schmeichelnden Schalkhaftigkeit ihrer zwanzig Jahre bewahrt hätte, die nicht begriffe, daß sie sich anders ausdrücken, anders blicken, anders umarmen, daß sie eine Dido sein muß und keine Julia mehr, sie würde unfehlbar neun Liebhabern von zehn auf die Nerven gehn, auch wenn sie sich über die Gründe dieser Abstoßung keine Rechenschaft geben könnten.

Begreifst Du das? Nein. Damit habe ich gerechnet.

Von dem Tag an, da Du die Schleusen Deiner Kosenamen geöffnet hast, war es für mich zu Ende, mein Kind.

Manchmal umarmten wir uns fünf Minuten lang mit einem einzigen, endlosen, hingegebenen Kuß, mit einem jener Küsse, bei denen die Augen sich schließen, als vermöchten diese Küsse mit Hilfe des Blicks zu entfliehen, als könnte man sie ganz und gar im Dunkel der Seele bewahren, die sie aufwühlen. Dann, als unsere Lippen sich trennten, konntest Du hell auflachen und sagen: «Fein war's, mein dickes Pudelchen!» Damals hätte ich Dich schlagen können.

Denn Du hast mir nach und nach sämtliche Namen von Tieren und Gemüsen gegeben, die Du gewiß in der «Bürgerlichen Küche», dem «Perfekten Gärtner» und den «Elementen der Naturgeschichte zum Gebrauch der untern Stände» gefunden hast. Doch das ist noch nichts.

Die Umarmung ist brutal, bestialisch und mehr noch, wenn man es recht bedenkt. Musset hat gesagt:

«*Ich fühle sie noch heut, furchtbarer Krämpfe Wut,*
Die Küsse ohne Laut, der Muskeln jähe Glut,
Den Leib in Lust geballt, die Lippen straff und fahl!
Wenn er nicht göttlich ist, wird der Moment zur Qual.»

Oder grotesk! Ach, mein armes Kind, welcher böse Geist des Spottes, welcher verderbliche Dämon konnte Dir nur Deine Worte einflüstern – die Worte für das Ende?

Ich habe sie gesammelt, aber aus Liebe zu Dir werde ich sie nicht zeigen.

Und dann fehlt es Dir wirklich an dem Gefühl

für die passende Stunde, und Du vermochtest bei so unmöglichen Gelegenheiten ein überschwengliches «Ich liebe Dich!» von Dir zu geben, daß ich die Lachlust unterdrücken mußte, die mich heftig anwandelte. Es gibt Augenblicke, da dieses «Ich liebe Dich!» so falsch am Platz ist, daß es dadurch unanständig wird. Laß Dir das sagen!

Doch Du verstehst mich nicht.

Viele andere Frauen werden mich ebenso wenig verstehn; sie werden mich albern finden. Das ist mir gleichgültig. Die Ausgehungerten schlingen wie ein Vielfraß, doch Feinfühlige sind abgestoßen, und sie empfinden häufig aus geringen Anlässen einen unüberwindlichen Widerstand. Das gilt für die Liebe ebenso wie für die Küche.

Was ich nicht begreife, ist, daß zum Beispiel bestimmte Frauen, die doch die unwiderstehliche Verführung feiner, gestickter Seidenstrümpfe kennen, den köstlichen Reiz der Farbtöne, den Zauber wertvoller Spitzen, in der Tiefe der intimeren Kleidungsstücke verborgen, die verwirrende Üppigkeit des geheimen Luxus, der raffinierten Wäsche, all diese subtilen Verfeinerungen weiblicher Eleganz, und doch niemals den unwiderstehlichen Abscheu begreifen, den in uns falsch gebrauchte Worte oder kindische Zärtlichkeiten wecken.

Ein brutales Wort tut manchmal Wunder, peitscht das Fleisch auf, rüttelt das Herz wach. In den Stunden des Kampfes sind solche Worte erlaubt. Ist Cambronnes Wort nicht erhaben?

Nichts wirkt anstößig, das zur rechten Zeit kommt. Doch man muß auch zu schweigen wissen und in bestimmten Stunden die Gemeinplätze der Kolportageromane vermeiden.

Ich umarme Dich leidenschaftlich unter der Bedingung, daß Du nichts sagst. René

Sainte-Agnès, 6. Mai

Liebe Freundin,

Sie haben mich aufgefordert, Ihnen häufig zu schreiben und Ihnen vor allem von den Dingen zu erzählen, die ich gesehen habe. Sie haben mich auch ersucht, in meinen Reiseerinnerungen zu stöbern, um darin jene kurzen Anekdoten zu finden, die man von einem Bauern gehört hat, dem man gerade begegnet ist, von einem Hotelbesitzer, von einem Unbekannten, der einem in den Weg kam, und die im Gedächtnis gleichsam ein Wahrzeichen des betreffenden Ortes hinterlassen. Mit einer in wenigen Zeilen geschilderten Landschaft und einem in wenigen Worten wiedererzählten Geschichtchen kann man, Ihrer Meinung nach, den wahren Charakter einer Gegend zeigen, sie lebendig, sichtbar, ja, dramatisch machen. Ich werde es, Ihrem Wunsch entsprechend, versuchen. Ich werde Ihnen also von Zeit zu Zeit Briefe schreiben, in denen ich weder von Ihnen noch von mir spreche, sondern nur vom Horizont und von den Menschen, die sich davor bewegen. Und ich beginne.

Der Frühling ist eine Jahreszeit, darin man, wie mir scheint, die Landschaft essen und trinken muß. Es ist die Jahreszeit des Erschauerns, wie der Herbst die Jahreszeit der Gedanken ist. Im Frühling erregt die Landschaft das Fleisch, im Herbst durchdringt sie den Geist.

Dieses Jahr wollte ich die Orangenblüte einatmen, und so bin ich zu einer Zeit in den Süden gefahren, da alle Welt von dort zurückkehrt. Ich durchquerte Monaco, die Stadt der Pilger, die Rivalin von Mekka und Jerusalem, ohne in den Taschen anderer Gold zu lassen; und unter einem Dach von Zitronen-, Orangen- und Olivenbäumen habe ich das hohe Gebirge erstiegen.

Haben Sie, liebe Freundin, schon je in einem Hain blühender Orangenbäume geschlafen? Die Luft, die man dort köstlich einatmet, ist die Essenz der Düfte. Dieser heftige, süße Geruch, würzig wie ein Leckerbissen, scheint sich mit uns zu vermählen, dringt in uns ein, berauscht uns, erschlafft uns, versetzt uns in schläfrige, träumerische Betäubung. Man könnte es ein Opium nennen, zubereitet von Feenhänden und nicht von den Händen der Apotheker.

Dies ist das Land der Schluchten. Die Rücken der Berge sind überall aufgeschlitzt, aufgerissen, und in diesen gewundenen Falten wachsen wahre Wälder von Zitronenbäumen. Von Ort zu Ort, wenn das jähe Tal bei einer Art Stufe stockt, haben die Menschen einen Behälter gebaut, der das Wasser der Unwetter aufbewahrt. Das sind große Löcher mit glatten Mauern, an denen nichts sich der Hand dessen darbietet, der hineinfallen sollte.

Langsam wanderte ich durch eines der Bergtäler und erblickte durch das Blattwerk hindurch die schimmernden Früchte, die noch an den Ästen hingen. Die eingekesselte Schlucht ließ die schweren Düfte der Blüten noch stärker aufsteigen; die Luft darin verdichtete sich gleichsam. Mich erfaßte eine Müdigkeit, und ich suchte einen Sitzplatz. Einige Wassertropfen glitzerten im Gras; ich glaubte, eine Quelle müsse in der Nähe sein, und ich stieg ein wenig höher, um sie zu finden. Doch ich gelangte an den Rand eines jener großen, tiefen Becken.

Mit untergeschlagenen Beinen setzte ich mich, und so blieb ich verträumt vor diesem Loch, das mit Tinte gefüllt zu sein schien, so schwarz und reglos war die Flüssigkeit darin. Dort unten sah ich durch die Zweige das Mittelmeer in blendendem Glanz. Doch mein Blick fiel immer wieder auf die breite, düstere Grube, die kein Wassertier zu bewohnen schien, so unbeweglich blieb die Oberfläche.

Plötzlich ließ eine Stimme mich auffahren. Ein alter Herr, der Blumen suchte – denn für Botaniker ist dies die reichste Gegend von Europa –, fragte mich:

«Sind Sie ein Verwandter der armen Jungen?»

Ich sah ihn verdutzt an.

«Welcher Jungen?»

Da geriet er in Verlegenheit, grüßte und fuhr fort:

«Ich bitte Sie um Verzeihung. Als ich Sie vor diesem Wasserbehälter so versonnen sitzen sah, glaubte ich, Sie dächten an das furchtbare Drama, das sich hier abgespielt hat.»

Diesmal wollte ich mehr wissen, und so bat ich ihn, mir die Geschichte zu erzählen.

Sie ist recht traurig, sie ist herzzerreißend, liebe Freundin, und gleichzeitig recht banal. Es ist ein einfacher Fall für die Rubrik «Unglücksfälle und Verbrechen». Ich weiß nicht, ob ich meine Erschütterung der dramatischen Art zuschreiben muß, in der die Geschichte mir erzählt wurde, der Felsendekoration, dem Gegensatz zwischen der Heiterkeit von Sonne und Blumen und dem schwarzen, mörderischen Loch, aber mein Herz verkrampfte sich, alle Nerven wurden durch die Schilderung angespannt, die Ihnen vielleicht nicht so furchtbar ergreifend erscheinen wird, wenn Sie sie in Ihrem Zimmer lesen, ohne den Schauplatz des Dramas vor Augen zu haben.

Es war im Frühling eines dieser letzten Jahre. Zwei kleine Buben kamen häufig, um am Rand der Zisterne zu spielen, während ihr Lehrer unter einem Baum ein Buch las. Nun, an einem heißen Nachmittag weckte ein durchdringender Schrei den Dösenden, und ein Geräusch von Wasser, das bei einem Sturz aufspritzte, ließ ihn jäh zusammenfahren. Der jüngere der beiden Knaben, ein Kind von elf Jahren, schrie am Rande des Beckens, dessen aufgewühlte Oberfläche Kreise warf und sich über dem ältern

Knaben schloß, der auf dem steinernen Rand gelaufen und in das Becken gefallen war.

Entsetzt, ohne zu warten, ohne die Rettungsmöglichkeiten zu bedenken, sprang der Lehrer in die Tiefe und kam nicht wieder zum Vorschein. Er hatte sich auf dem Boden des Beckens den Kopf zerschmettert.

Im gleichen Augenblick hob der Knabe, der wieder aufgetaucht war, die Arme zu seinem Bruder. Und da legte der am Ufer gebliebene Knabe sich längelang hin, während sein Bruder versuchte, zu schwimmen, sich der Mauer zu nähern, und bald packten die vier kleinen Hände einander, hielten sich, verschmolzen miteinander. Beide Knaben genossen die heftige Freude, sich gerettet zu wissen, das Glück überstandener Gefahr.

Und der ältere bemühte sich hinaufzusteigen, vermochte es aber nicht, denn die Mauer fiel senkrecht ab; und der allzu schwache jüngere Bruder glitt langsam auf die Zisterne zu.

Und da verharrten sie reglos, vom Entsetzen gepackt; und sie warteten.

Der kleinere hielt mit seiner ganzen Kraft die Hände des größeren, und er weinte nervös und wiederholte immer wieder: «Ich kann dich nicht herausziehen, ich kann dich nicht herausziehen!» Und plötzlich begann er zu schreien: «Zu Hilfe! Zu Hilfe!» Doch seine zarte Stimme durchdrang kaum die Kuppel des Blattwerks über ihren Köpfen.

Lange blieben sie so, Stunden und Stunden,

die Gesichter einander zugewendet, diese beiden Kinder, mit dem gleichen Gedanken, der gleichen Angst, der gleichen entsetzlichen Furcht, eines von beiden könnte die schwachen Hände öffnen. Und sie schrien; aber immer vergebens.

Schließlich sagte der größere, der vor Kälte zitterte, zum kleineren: «Ich kann nicht mehr. Ich werde sinken. Leb wohl, Bruder.» Und der andere wiederholte keuchend: «Noch nicht, noch nicht! Warte doch!» Der Abend brach herein, der stille Abend mit seinen Sternen, die sich im Wasser spiegelten.

Der andere, dessen Kräfte versagten, begann abermals: «Laß eine Hand los, ich will dir meine Uhr geben.» Er hatte sie wenige Tage vorher als Geschenk bekommen, und seither war das die größte Freude seines Herzens gewesen. Er konnte sie fassen, hob sie, und der kleinere legte sie schluchzend auf das Gras neben sich.

Jetzt war es Nacht geworden. Die beiden bejammernswerten Geschöpfe konnten einander kaum noch halten. Und schließlich flüsterte der große, der fühlte, daß er verloren war: «Leb wohl, mein kleiner Bruder. Küsse Mama und Papa.» Und seine gelähmten Finger öffneten sich. Er versank und kam nicht wieder zum Vorschein.

Der kleinere Knabe begann, allein geblieben, ihn mit aller Kraft zu rufen: «Paul! Paul!» Doch Paul kam nicht wieder.

Da rannte der Knabe durch die Schlucht, stolperte über Steine, zutiefst aufgewühlt durch die entsetzlichste Angst, die ein Kinderherz zu umschnüren vermag, und leichenblaß stürzte er in den Salon, wo seine Eltern warteten. Und auf dem Weg zu dem düsteren Becken verirrte er sich, konnte die Stelle nicht erkennen. Doch endlich fand er sich zurecht. «Hier ist's! Ja, hier ist's!»

Doch man hätte die Zisterne leeren müssen, und das wollte der Besitzer nicht erlauben, denn er brauchte das Wasser für seine Zitronenbäume.

Schließlich, am andern Morgen erst, fand man die beiden Leichen.

Sie verstehen, liebe Freundin, daß es sich um einen einfachen Unglücksfall handelt. Hätten Sie selbst aber das Becken gesehen, so hätte Ihnen, wie mir, das Herz bei dem Gedanken an diesen Todeskampf eines Kindes geblutet, das an den Händen seines Bruders hing, an das endlose Ringen zweier Knaben, die nur gewöhnt waren, zu lachen und zu spielen, und an diese simple kleine Einzelheit: die geschenkte Uhr.

Und ich sagte mir: «Möge das Geschick mich davor bewahren, je so eine Reliquie zu empfangen!» Ich kenne nichts Entsetzlicheres als diese Erinnerung, die an dem vertrauten Gegenstand haftet, von dem man sich nicht trennen kann. Stellen Sie sich vor, daß der Überlebende jedesmal, wenn er diese geheiligte Uhr berührt, die grausige Szene wiedersehen wird, das Loch, die Mauer, das stille Wasser, das verzerrte Gesicht seines Bruders, der noch lebt und dennoch verloren ist, als wäre er schon tot. Und sein ganzes Leben lang, zu jeder Stunde wird dieses Bild vor ihm sein, erweckt, sobald er nur mit dem Finger an die Uhrtasche rührt.

Und bis zum Abend war ich traurig. Ich verließ in ständigem Anstieg das Gebiet der Orangenbäume, bis ich in das Gebiet der Olivenbäume kam und von dort in das Gebiet der Pinien; dann wanderte ich durch ein steiniges Tal, und dann erreichte ich die Trümmer einer alten Burg, die, wie man behauptet, im zehnten Jahrhundert von einem Sarazenenhäuptling gebaut worden war, einem braven Mann, der sich aus Liebe zu einem jungen Mädchen taufen ließ.

Rund um mich die Berge und vor mir das Meer, das Meer mit einem fast undeutlichen Fleck – Korsika, oder vielmehr der Schatten Korsikas.

Doch auf den vom Sonnenuntergang blutrot gefärbten Gipfeln, in dem weiten Himmel und auf dem Meer, vor diesem ganzen herrlichen Panorama, das ich zu betrachten gekommen war, sah ich nur zwei arme Kinder, das eine am Rand eines mit schwarzem Wasser gefüllten Beckens, das andere bis zum Hals versunken, mit den Händen aneinander gebunden, die Gesichter von Tränen überströmt, verloren; und ich glaubte ohne Unterlaß eine schwache, erschöpfte Stimme zu hören, die wiederholte: «Leb wohl, mein kleiner Bruder! Ich gebe dir meine Uhr.»

Diesen Brief, liebe Freundin, werden Sie recht grausig finden. Ein andres Mal werde ich versuchen, heiterer zu sein.

Es war während der Jagdsaison im Schloß Banneville. Der Herbst war regnerisch und traurig. Die roten Blätter knisterten in den schweren Regengüssen nicht unter den Füßen, sondern faulten auf den Wegen.

Der Wald, fast schon entblättert, war naß wie ein Badezimmer. Betrat man ihn, unter den großen, von Unwetter gepeitschten Bäumen, so umhüllte einen ein Modergeruch, eine Ausdünstung der Regengüsse, der feuchten Gräser, der durchweichten Erde, und die Jäger, unter dieser ständigen Überschwemmung gebeugt, und die Hunde, verdrossen, die Rute zwischen den Beinen, das Haar an den Flanken klebend, und die jungen Jägerinnen in ihren anliegenden, vom Regen durchnäßten Stoffkleidern, kehrten jeden Abend an Geist und Körper müde zurück.

Nach dem Abendessen spielte man in dem großen Salon ohne rechtes Vergnügen Lotto, während der Wind gegen die Läden anbrandete und die alten Wetterfahnen zu wahren Kreiseln verwandelte. Man wollte Geschichten erzählen, wie das in den Büchern steht, doch keinem Menschen fiel etwas Heiteres ein. Die Jäger berichteten von Jagdabenteuern, von Hasengemetzeln, und die Frauen zerbrachen sich den Kopf, ohne doch darin je die Erfindungskraft der Scheherazade zu entdecken.

Schon wollte man auf diese Unterhaltung verzichten, als eine junge Frau, die gedankenlos mit der Hand einer Tante spielte, die eine alte Jungfer geblieben war, daran einen kleinen Ring aus blonden Haaren bemerkte, den sie häufig gesehen hatte, ohne ihm einen Gedanken zu schenken.

Sie drehte den Ring sachte um den Finger und fragte:

«Sag einmal, Tante, was hat dieser Ring für eine Bedeutung? Es sieht aus wie Kinderhaar...»

Das alte Fräulein errötete, dann erblaßte sie, und schließlich sagte sie mit zitternder Stimme:

«Es ist so traurig, so traurig, daß ich nie davon sprechen will. Alles Unglück meines Lebens stammt daher. Ich war damals noch ganz jung, und die Erinnerung ist mir so schmerzlich, daß ich jedesmal, wenn ich daran denke, weinen muß.»

Sogleich wollten alle die Geschichte hören, doch die Tante weigerte sich. Erst als man mit Bitten in sie drang, gab sie nach.

Ihr habt mich häufig von der Familie Santèze sprechen gehört, die heute ausgestorben ist. Ich habe die letzten drei Männer des Hauses gekannt. Sie sind, alle drei, auf die gleiche Art gestorben; dies sind die Haare des letzten. Er war dreizehn Jahre alt, als er sich meinetwegen umbrachte. Das findet ihr seltsam, nicht wahr?

Ach, es war eine eigenartige Rasse von Narren, wenn man will, aber charmante Narren, Narren aus Liebe. Alle, vom Vater auf den Sohn, waren von heftigen Leidenschaften besessen, von einem mächtigen Aufschwung ihres ganzen Wesens, der sie zu den überspanntesten Dingen, zu fanatischer Hingabe, ja bis zum Verbrechen trieb. Das war nun einmal in ihnen, wie die glühende Frömmigkeit in manchen Seelen wohnt. Männer, die Trappisten werden, sind nun einmal anders geartet als Salonlöwen. In der Verwandtschaft sagte man: «Verliebt wie ein Santèze.» Man mußte sie nur sehen, um es zu ahnen. Sie alle hatten gelocktes Haar, das sich tief über die Stirne ringelte, einen krausen Bart, große, große Augen, deren Strahl in einen eindrang und einen verwirrte, ohne daß man wußte, warum.

Der Großvater dessen, von dem ich hier das einzige Andenken bewahre, verliebte sich, nach zahlreichen Abenteuern, Duellen, Frauenentführungen, mit fünfundsechzig Jahren leidenschaftlich in die Tochter seines Pächters. Ich habe die beiden gekannt. Sie war blond, blaß, vornehm, hatte eine langsame Sprechweise, eine weiche Stimme und einen so sanften Blick, daß man sie für eine Madonna gehalten hätte. Der alte Herr nahm sie zu sich und war bald derart hörig, daß er sie keine Minute entbehren konnte. Seine Tochter und seine Schwiegertochter, die im Schloß wohnten, fanden das alles ganz natürlich, so sehr war die Liebe die Tradition des

Hauses. Wenn die Leidenschaft im Spiel war, dann staunten sie über nichts, und wenn man vor ihnen von nicht erwiderten Neigungen, uneinigen Liebenden, ja von Rache nach einem Verrat sprach, so sagten sie beide mit dem gleichen verzweifelten Ton:

«Ach, wie muß er – oder sie – gelitten haben, um so weit zu kommen!»

Sonst nichts. Für Liebesdramen hatten sie nur Mitleid, und sie waren nie entrüstet, auch wenn ein Verbrechen im Spiel war.

Nun, eines Herbstes entführte ein junger Mann, Monsieur de Gradelle, ein Jagdgast, das junge Mädchen.

Monsieur de Santèze blieb ruhig, als wäre nichts geschehen; doch eines Morgens fand man ihn im Hundezwinger, mitten zwischen den Hunden, erhängt.

Sein Sohn starb auf die gleiche Art in einem Hotel in Paris, während einer Reise, die er im Jahre 1841 unternahm, nachdem eine Sängerin der Oper ihn betrogen hatte.

Er hinterließ einen zwölfjährigen Knaben und eine Witwe, die Schwester meiner Mutter. Sie übersiedelte mit dem Knaben zu meinem Vater auf unser Gut Bertillon. Ich war damals siebzehn Jahre.

Sie können sich nicht vorstellen, was für ein erstaunliches, frühreifes Kind dieser kleine Santèze war. Man hätte meinen können, daß alle Kräfte der Zärtlichkeit, aller Überschwang seines Geschlechts sich in ihm, dem Letzten, vereint hätten. Er war immer verträumt und wanderte stundenlang allein durch eine große Ulmenallee, die vom Schloß in den Wald führte. Ich beobachtete von meinem Fenster aus diesen gefühlsseligen Knaben, der, die Hände auf dem Rücken, die Stirne gesenkt, mit langsamen Schritten daherging und manchmal stehn blieb, um die Augen zu heben, als sähe und begriffe und spürte er die Dinge, die seinem Alter keineswegs gemäß waren.

Häufig, nach dem Abendessen, bei klaren Nächten, sagte er zu mir: «Gehen wir träumen, Cousine...» Und wir gingen zusammen in den Park. Plötzlich machte er auf einer Lichtung halt, wo jener weiße Dunst schwebte, jene Watte, mit der der Mond diese Lichtungen schmückt; und er preßte meine Hand und sagte zu mir: «Sieh doch! Sieh doch! Aber du verstehst mich nicht, das fühle ich. Wenn du mich verstündest, wären wir glücklich. Man muß lieben, um zu wissen.» Ich lachte und umarmte diesen Knaben, der sterblich in mich verliebt war.

Häufig setzte er sich nach dem Abendessen auch meiner Mutter auf die Knie. «Nun, Tante», sagte er, «erzähl uns Liebesgeschichten!» Und zum Scherz erzählte ihm meine Mutter alle Geschichten seiner Familie, all die leidenschaftlichen Abenteuer seiner Ahnen. Denn man erzählte dergleichen Geschichten zu Tausenden, wahre und falsche. Es war ihr Ruf, der all diese Männer ins Unglück gestürzt hatte; das stieg ihnen zu Kopf, und sie machten sich eine Ehre daraus, was von ihrem Haus erzählt wurde, niemals Lügen zu strafen.

Wie regte er sich da auf, der Kleine, bei diesen zärtlichen oder schrecklichen Geschichten, und manchmal klatschte er in die Hände und rief immer wieder: «Ich auch! Ich auch! Ich weiß besser zu lieben als sie alle!»

Und so machte er mir den Hof, mit einer Schüchternheit und tiefen Zärtlichkeit, über die man lachte, so drollig war es. Jeden Morgen fand ich von ihm gepflückte Blumen, und jeden Abend, bevor er in sein Zimmer ging, küßte er mir die Hand und flüsterte:

«Ich liebe dich!»

Ich war schuldig, ja, ich war sehr schuldig, und darüber weine ich noch immer ohne Unterlaß; ich habe mein ganzes Leben lang gebüßt und bin eine alte Jungfer geworden – oder vielmehr, nein – ich war gleichsam Verlobte und Witwe, seine Witwe. Diese kindliche Zärtlichkeit machte mir Spaß, und ich steigerte sie sogar; ich war kokett, verführerisch wie einem Mann gegenüber, einschmeichelnd und niederträchtig. Ich machte das arme Kind toll. Für mich war das ein Spiel und für seine und meine Mutter eine amüsante Unterhaltung. Er war zwölf Jahre alt! Bedenken Sie doch! Wer hätte diese Kinderleidenschaft ernst genommen? Ich umarmte ihn, soviel er wollte; ich schrieb ihm sogar Liebesbriefchen, die unsere Mütter lasen. Und er antwortete mir mit Briefen, mit feurigen Briefen, die ich noch heute aufbewahrt habe. Er glaubte, unsere Beziehung sei ein Geheimnis, sah sich schon als Mann. Wir hatten vergessen, daß er ein Santèze war.

Das dauerte beinahe ein Jahr. Eines Abends, im Park, fiel er auf die Knie vor mir, küßte mit wütender Begier den Saum meines Kleides und wiederholte: «Ich liebe dich, ich liebe dich, ich liebe dich zum Sterben! Wenn du mich je betrügst, hörst du? Wenn du mich um eines andern willen verläßt, mache ich's wie mein Vater...» Und mit einer Stimme, bei deren Klang es einen überlaufen konnte, setzte er hinzu: «Du weißt, was er getan hat!»

Und dann, als ich bestürzt stehn blieb, richtete er sich auf, hob sich auf die Fußspitzen, weil ich größer war als er, und flüsterte mir meinen Vornamen «Geneviève!» so süß, so zärtlich, so reizend ins Ohr, daß ich bis zu den Füßen erschauerte.

«Gehen wir heim», stotterte ich. «Gehen wir heim!» Er sagte nichts mehr und folgte mir. Doch als wir die Stufen der Anfahrt hinaufstiegen, hielt er mich an:

«Du weißt! Wenn du mich verläßt, töte ich mich!»

Diesmal begriff ich, daß ich zu weit gegangen war, und von da an war ich zurückhaltender. Als er mir eines Tages deswegen Vorwürfe machte, erwiderte ich:

«Du bist jetzt zu groß, um zu scherzen, und zu jung für eine ernste Liebe. Ich werde warten.»

Und damit glaubte ich mich freigemacht zu haben.

Im Herbst schickte man ihn in ein Pensionat. Als er im Sommer wiederkam, hatte ich einen Bräutigam. Er verstand im Nu und war acht Tage lang so in sich gekehrt, daß ich besorgt wurde.

Am neunten Tag, morgens, gewahrte ich, als ich aufstand, einen Zettel, der unter meine Türe geschoben worden war. Ich hob ihn auf, öffnete, las:

Du hast mich verlassen, und du weißt, was ich dir gesagt habe. Es ist mein Tod, den du befohlen hast. Da ich von keinem andern als von dir gefunden werden möchte, komm in den Park, genau an die Stelle, wo ich dir voriges Jahr gesagt habe, daß ich dich liebe, und schau in die Höhe.

Ich glaubte wahnsinnig zu werden. Schleunigst zog ich mich an und lief, lief, daß ich fast erschöpft hingefallen wäre, bis zu der Stelle, die er angegeben hatte. Seine kleine Pensionatsmütze lag im Schlamm auf dem Boden. Es hatte die ganze Nacht geregnet. Ich hob die Augen, und da gewahrte ich etwas, das sich in den Blättern wiegte, denn es wehte ein Wind, ein starker Wind.

Ich weiß nicht, was ich nachher tat. Ich muß zunächst laut aufgeschrien haben, wurde vielleicht ohnmächtig, und dann lief ich ins Schloß. In meinem Bett, meine Mutter an meiner Seite, kam ich wieder zur Besinnung.

Ich glaubte das alles in einem entsetzlichen Fiebertraum gesehen zu haben. Ich stammelte: «Und er, er, Gontran?»

Man antwortete mir nicht. Es war wahr.

Ich wagte nicht, ihn zu sehen; aber ich erbat mir eine lange Locke seiner blonden Haare. Da... da... das ist sie...

Und die alte Dame streckte mit einer verzweifelten Geste die zitternde Hand aus.

Dann schneuzte sie sich mehrmals, trocknete sich die Augen und fuhr fort:

«Ich habe meine Verlobung gelöst, ohne zu sagen, warum... Und ich... ich bin immer... die... die Witwe dieses Kindes von dreizehn Jahren geblieben.»

Dann fiel ihr Kopf auf die Brust, und sie weinte lange die Tränen der Erinnerung.

Und als die Gäste in die Schlafzimmer hinaufgingen, flüsterte ein dicker Jäger, dessen Ruhe sie aufgestört hatte, seinem Nachbarn ins Ohr:

«Ist's nicht ein Unglück, derart sentimental zu sein?»

Wir wollen sie Madame Anserre nennen, damit man ihren wirklichen Namen nicht entdecken kann.

Sie war einer jener Pariser Kometen, die gleichsam eine Schleppe von Feuer hinter sich lassen. Sie schrieb Verse und Novellen, hatte ein poetisches Herz und war zum Entzücken schön. Sie empfing nur wenig, ausschließlich Leute von besonderem Rang, Leute, die man allgemein Fürsten von irgendwas nennt. Von ihr empfangen zu werden, war gewissermaßen ein Diplom, ein Diplom der Intelligenz; so wenigstens schätzte man ihre Einladungen ein.

Ihr Gatte spielte die Rolle eines obskuren Satelliten. Der Gatte eines weiblichen Kometen sein, ist keine ganz leichte Aufgabe. Dieser Gatte hatte immerhin eine ausgezeichnete Idee, die Idee, einen Staat im Staat zu schaffen, sein eigenes Verdienst zu haben, zugegebenermaßen ein zweitklassiges Verdienst. Aber schließlich empfing er an den Empfangstagen seiner Frau auch; er hatte sein spezielles Publikum, das ihn schätzte, ihm lauschte, ihm mehr Aufmerksamkeit schenkte als seiner strahlenden Ehegefährtin.

Er hatte sich dem Ackerbau gewidmet; dem Ackerbau im Zimmer. Auf gleiche Art gibt es

Generäle im Zimmer; alle jene, die auf den runden Lederkissen des Kriegsministeriums geboren werden, leben und sterben, gehören sie nicht dazu? Seeleute im Zimmer – siehe Marineministerium, Kolonisatoren im Zimmer und so weiter, und so weiter. Er hatte also Ackerbau studiert, aber er hatte ihm ein vertieftes Studium geweiht mit den Beziehungen des Ackerbaus zu den andern Wissenschaften, zur Nationalökonomie, zu den Künsten – Künste streut man in jede Sauce, da man doch die abscheulichen eisernen Eisenbahnbrücken «Kunstbauten» nennt. Man gelangte schließlich dazu, von ihm als einem «bedeutenden Mann» zu reden. Man zitierte ihn sogar in den technischen Zeitschriften. Und seine Frau hatte durchgesetzt, daß er im Ackerbauministerium zum Mitglied irgendeiner Kommission ernannt wurde.

Dieser bescheidene Ruhm genügte ihm.

Unter dem Vorwand, die Kosten zu verringern, lud er seine Freunde am selben Tag, an dem seine Frau ihre Freunde empfing, so daß eine Mischung zustande kam oder nein, vielmehr, so daß sich zwei Gruppen bildeten. Madame, mit ihrem Gefolge von Künstlern, Akademikern, Ministern, ließ sich in einer im Stil der Kaiserzeit eingerichteten und geschmückten Art Galerie nieder. Monsieur dagegen zog sich mit seinen «Bauern» in einen kleineren Raum zurück, der als Rauchzimmer diente und den Madame Anserre ironisch den Ackerbausalon nannte.

Die beiden Lager waren gut voneinander abgesondert. Monsieur kam manchmal, ohne jegliche Eifersucht übrigens, in die Akademie, und es wurde ein herzlicher Händedruck gewechselt; doch die Akademie hegte tiefste Verachtung für den Ackerbausalon, und nur selten geschah es, daß einer der Fürsten der Wissenschaft, des Gedankens oder irgendwelcher anderer Dinge sich den «Bauern» gesellte.

Diese Empfänge waren nicht kostspielig: ein Tee, ein Kuchen, das war alles. Anfangs hatte Monsieur zwei Kuchen verlangt, einen für die Akademie und einen für den Ackerbau; doch Madame hatte sehr richtig bemerkt, ein solches Vorgehn schiene anzudeuten, daß zwei Lager, zwei Empfänge, zwei Gesellschaften vorhanden wären, und so hatte Monsieur nicht darauf bestanden. Da gab es denn nur einen einzigen Kuchen, mit dem Madame zuerst die Akademie sättigte und der nachher in dem Ackerbausalon angeboten wurde.

Nun, dieser Kuchen wurde bald für die Akademie ein Gegenstand der seltsamsten Beobachtungen. Madame Anserre schnitt ihn niemals selber auf. Diese Rolle fiel stets dem einen oder andern der illustren Gäste zu. Und dieses eigenartige, höchst ehrenvolle und begehrte Amt dauerte für einen jeden mehr oder weniger lang. Manchmal drei Monate, selten länger, und man stellte fest, daß das Privilegium, «den Kuchen aufzuschneiden», anscheinend eine ganze Menge anderer Privilegien nach sich zog, gleichsam eine sehr betonte königliche oder eher vizekönigliche Würde mit sich brachte.

Der Kuchenaufschneider sprach mit größerer Autorität, in einem wahren Kommandoton. Und jede Gunst der Hausfrau war ihm vorbehalten – jede!

Vertraulich, halblaut und hinter den Türen nannte man diese Günstlinge die «Favoriten des Kuchens», und jeder Wechsel des Günstlings führte in der Akademie zu einer kleinen Revolution. Das Messer war ein Zepter, der Kuchen ein Wappen, man beglückwünschte die Erkorenen. Die «Bauern» dagegen kamen nie dazu, den Kuchen aufzuschneiden. Selbst Monsieur war immer davon ausgeschlossen, obgleich er natürlich auch sein Stück essen durfte.

Der Kuchen wurde nacheinander von Dichtern, von Malern, von Romanschriftstellern aufgeschnitten. Einige Zeit hindurch maß ein großer Musiker die Portionen zu, ihm folgte ein Botschafter. Manchmal kam auch ein weniger bekannter, aber eleganter und beliebter Herr, einer von jenen, die man je nach der Epoche einen echten Gentleman, einen vollendeten Kavalier, einen Dandy oder sonstwie nannte, zu der Ehre, seinen Platz vor dem symbolischen Kuchen einnehmen zu dürfen. Jeder von ihnen bezeigte, solange seine ephemere Herrschaft dauerte, dem Gatten eine besondere Rücksicht; dann, wenn die Stunde seines Sturzes gekommen war, trat er das Messer einem Nachfolger ab und mischte sich wieder unter die Schar der

Verehrer und Bewunderer der «schönen Madame Anserre».

Dieser Zustand dauerte lange, lange; doch auch die Kometen leuchten nicht immer mit dem gleichen Glanz. Alles hienieden altert. Man hätte feststellen können, daß der Eifer der Kuchenzerschneider nachließ; manchmal schienen sie zu zaudern, wenn man ihnen die Schüssel reichte, dieses einst vielbeneidete Amt wurde weniger begehrt, man bewahrte es weniger lang, man war sichtlich weniger stolz darauf. Madame Anserre sparte nicht mit ihrem Lächeln, nicht mit ihrer Liebenswürdigkeit; doch ach, man schnitt nicht mehr gern den Kuchen auf! Die neuen Gäste wollten offenbar nicht recht mitmachen. Die «früheren Favoriten» tauchten, einer nach dem andern, wieder auf wie entthronte Könige, denen man für einen Tag ihre Macht zurückgibt. Dann aber wurden die Erkorenen rar, sehr, sehr rar. Einen Monat lang, o Wunder, schnitt Monsieur Anserre den Kuchen auf; dann hatte er es wohl auch satt, und eines Abends sah man, wie Madame Anserre, die schöne Madame Anserre, den Kuchen selber aufschnitt.

Doch das war ihr anscheinend sehr zuwider, und am nächsten Empfangstag setzte sie einem Gast so beharrlich zu, daß er nicht abzulehnen wagte.

Das Symbol war unterdessen nur allzusehr bekannt; man warf einander heimlich besorgte, angstvolle Blicke zu. Den Kuchen aufzuschneiden, das war weiter nichts; doch die Privilegien, auf die diese Gunst jederzeit das Recht gegeben hatte, schreckten jetzt; und so drängten die Akademiker sich, sobald der Kuchen aufgetragen wurde, in hellen Haufen in den Ackerbausalon, als wollten sie hinter dem Gatten Schutz suchen, der stets eine lächelnde Miene zeigte. Und wenn Madame Anserre beunruhigt, den Kuchen in der einen, das Messer in der andern Hand, auf der Schwelle erschien, sammelten sich alle offenbar um ihren Gatten, um bei ihm Zuflucht zu finden.

Abermals vergingen Jahre. Niemand schnitt mehr den Kuchen auf, aber, aus alter, eingewurzelter Gewohnheit, suchte jeden Abend sie, die man noch immer galant «die schöne Madame Anserre» nannte, mit ihrem Blick einen Verehrer, der nach dem Messer greifen würde, und jedesmal entstand rund um sie die gleiche Unruhe; eine allgemeine, geschickte, mit Kniffen und Schlichen verschnörkelte Flucht, um der Aufforderung zu entgehn, die ihre Lippen formen wollten.

Nun, eines Abends wurde bei ihr ein ganz junger, unschuldiger, ahnungsloser Jüngling eingeführt. Ihm war das Mysterium des Kuchens unbekannt. Und so, als der Kuchen gebracht wurde und die Flucht einsetzte, sobald Madame Anserre die Schüssel aus den Händen des Dieners Baptiste nahm, blieb er ganz gelassen neben ihr sitzen.

Vielleicht glaubte sie, daß er eingeweiht

war; sie lächelte, und mit bewegter Stimme sagte sie:

«Wollen Sie, mein lieber junger Herr, so freundlich sein, diesen Kuchen aufzuschneiden?»

Er war sogleich bereit, zog die Handschuhe aus. Soviel Ehre beglückte ihn.

«Aber selbstverständlich, Madame! Mit dem größten Vergnügen!»

Von weitem, in den Ecken der Galerie, im Rahmen der offenen Türe zum Ackerbausalon schauten verdutzte Gesichter heraus. Dann, als man merkte, daß der neue Gast ohne Zaudern den Kuchen zerschnitt, näherte man sich rasch.

Ein alter, wohlgelaunter Dichter klopfte dem uneingeweihten Jünger auf die Schulter.

«Bravo, junger Mann!» flüsterte er ihm ins Ohr.

Neugierig musterte man ihn. Selbst der Gatte schien überrascht zu sein. Der junge Mann aber staunte über die Hochachtung, mit der man ihn plötzlich behandelte, er verstand vor allem die betonte Bevorzugung, die offenkundige Gunst, die unverkennbare stumme Dankbarkeit nicht, welche die Frau des Hauses ihm bezeigte.

Am Ende aber begriff er anscheinend doch.

Wann und wo ihm die Offenbarung zuteil wurde? Man weiß es nicht; doch als er am nächsten Abend wieder auftauchte, sah er besorgt, fast beschämt drein und schaute sich unruhig um. Die Stunde des Tees schlug. Baptiste trat ein. Madame Anserre nahm lächelnd die Schüssel, und ihre Augen suchten den jungen Freund. Er aber war so schnell entflohen, daß er einfach nicht mehr da war. Da ging sie auf die Suche und entdeckte ihn bald im Grunde des Ackerbausalons. Er hatte den Arm unter den Arm des Gatten gelegt und befragte ihn mit größtem Interesse über die Mittel zur Vernichtung der Phylloxera.

«Mein lieber Herr», sagte sie, «würden Sie so freundlich sein, unsern Kuchen zu zerschneiden?»

Da errötete er bis zu den Ohren, stammelte, verlor den Kopf. Doch Monsieur Anserre hatte Mitleid mit ihm und wandte sich zu seiner Frau:

«Ach, meine Liebe, es wäre sehr nett von dir, wenn du uns nicht gerade jetzt stören würdest; wir sprechen über wichtige Fragen des Ackerbaus. Laß ihn doch von Baptiste aufschneiden, deinen Kuchen!»

Und seit jenem Tag schnitt niemals mehr ein Gast den Kuchen der Madame Anserre auf.

«Wenn ich Ihnen doch sage, daß man's nicht glauben wird!»

«Erzählen Sie's trotzdem!

«Meinetwegen. Aber zunächst habe ich das Bedürfnis, Ihnen zu versichern, daß meine Geschichte Punkt für Punkt wahr ist, so unwahrscheinlich sie auch klingen mag. Nur die Maler werden nicht erstaunt sein, zumal die alten, die jene Zeit noch gekannt haben, da die Freude an einem guten Spaß noch derart blühte, daß sie uns auch in den ernstesten Augenblicken nicht verließ.»

Und der alte Maler setzte sich rittlings auf einen Stuhl.

Das alles spielte sich im Speisesaal eines Hotels in Barbizon ab.

Und er begann.

Wir hatten an jenem Abend bei dem armen Sorieul gegessen. Heute ist er tot, aber er war der tollste von uns allen. Wir waren nur zu dritt: Sorieul, ich und Le Poittevin, glaube ich. Doch ich kann nicht beschwören, daß er es war. Ich spreche natürlich von dem Marinemaler Eugène Le Poittevin, der auch gestorben ist, und nicht von dem Landschafter, der noch lebt und hochbegabt ist.

Wenn ich sage, daß wir bei Sorieul gegessen haben, so bedeutet das, daß wir angetrunken waren. Le Poittevin hatte als einziger noch seine fünf Sinne beisammen, auch er war ein wenig beschwipst, aber dennoch einigermaßen klar. Wir waren damals jung. Auf den Teppichen ausgestreckt, führten wir in dem kleinen Zimmer, das neben dem Atelier lag, überspannte Gespräche. Sorieul, auf dem Rücken liegend, die Beine auf einem Stuhl, redete von Schlachten, über die Uniformen des Kaiserreichs, und plötzlich stand er auf und holte aus seinem großen Schrank mit allerlei Requisiten eine vollständige Husarenuniform hervor und zog sie an. Dann zwang er Le Poittevin, sich als Grenadier anzuziehen. Und da Le Poittevin Widerstand leistete, packten wir ihn, rissen ihm die Kleider vom Leibe und steckten ihn in eine umfangreiche Uniform, die ihn geradezu verschlang.

Ich selber verkleidete mich als Kürassier. Und Sorieul ließ uns eine komplizierte Exerzierübung ausführen. Und dann schrie er:

«Da wir heute abend alte Haudegen sind, wollen wir auch trinken wie alte Haudegen!»

Ein Punsch wurde angezündet, getrunken, dann erhob sich zum zweitenmal die Flamme über die mit Rum gefüllte Bowle. Und wir sangen aus vollen Kehlen die alten Lieder, jene Lieder, die seinerzeit schon die Soldaten der Großen Armee gegrölt hatten.

Plötzlich gebot Le Poittevin, der sich trotz allem noch zu beherrschen vermochte, uns

Schweigen, und nach einigen Sekunden flüsterte er: «Ich bin überzeugt, daß ich im Atelier Schritte gehört habe!»

Sorieul richtete sich auf, so gut er konnte, und schrie:

«Ein Dieb! Was für ein Glücksfall!»

Und plötzlich stimmte er die Marseillaise an:

«Zu den Waffen, Bürger!»

Und er stürzte sich auf eine Waffensammlung und stattete uns, unseren Uniformen entsprechend, aus. Ich bekam eine Art Muskete und einen Säbel, Le Poittevin eine riesige Flinte mit aufgepflanztem Bajonett, und da Sorieul nichts Passendes fand, bemächtigte er sich einer Sattelpistole, die er in den Gürtel steckte, und eines Enterbeils, das er schwang. Dann öffnete er behutsam die Türe zum Atelier, und die Armee drang in das verdächtige Gebiet ein.

Sobald wir in der Mitte des großen Raumes waren, den mächtige Bilder, Möbel, seltsame, erstaunliche Gegenstände anfüllten, erklärte Sorieul:

«Ich ernenne mich zum General. Halten wir Kriegsrat. Du, das Kürassierregiment, wirst dem Feind den Rückzug abschneiden, das heißt, die Türe zusperren. Du, das Grenadierregiment, bildest meine Eskorte.»

Ich tat, wie mir befohlen, und dann schloß ich mich der Hauptmacht des Heeres an, das mit der Aufklärung beschäftigt war.

Gerade als ich mich mit den Truppen hinter

einem großen Wandschirm vereinigen wollte, erscholl ein Höllenlärm. Ich, eine Kerze in der Hand, stürzte hinzu. Le Poittevin hatte eben mit einem Bajonettstoß eine Modellpuppe durchbohrt, der Sorieul mit einem Hieb seines Enterbeils den Kopf spaltete. Als der Irrtum erkannt wurde, kommandierte der General: «Seien wir vorsichtig!» Und die Operationen begannen von neuem.

Zwanzig Minuten lang durchstöberte man alle Winkel und Ecken des Ateliers, alles ohne Erfolg, als Le Poittevin den Einfall hatte, einen riesigen Wandschrank zu öffnen; er war dunkel und tief, ich schob den Arm mit der Kerze hinein und wich verdutzt zurück. Da war ein Mann, ein lebendiger Mann, der mich ansah.

Sogleich schloß ich den Schrank wieder, drehte den Schlüssel zweimal im Schloß, und abermals wurde Kriegsrat gehalten.

Die Meinungen waren sehr geteilt. Sorieul wollte den Dieb ausräuchern. Le Poittevin sprach davon, ihn auszuhungern. Und ich schlug vor, den Schrank mit Pulver in die Luft zu sprengen.

Le Poittevins Ansicht setzte sich durch; und während er mit seiner großen Flinte Wache hielt, holten wir den Rest des Punschs und unsere Pfeifen, und dann machte man es sich vor der versperrten Türe bequem und trank auf das Wohl des Gefangenen.

Nach einer halben Stunde sagte Sorieul:

«Ach was, ich möchte ihn doch in der Nähe

besichtigen. Wie, wenn wir uns seiner mit Gewalt bemächtigten?»

«Bravo!» schrie ich. Jeder schwang seine Waffen, die Türe des Schranks wurde geöffnet, und Sorieul, die ungeladene Pistole in der Hand, drang als erster in den Schrank.

Wir folgten ihm mit kriegerischem Gebrüll. Es gab einen schrecklichen Wirrwarr im Dunkel, und nach fünf Minuten eines unwahrscheinlichen Kampfes brachten wir einen alten, schmutzigen, zerlumpten Gauner mit weißen Haaren zum Vorschein.

Wir fesselten ihm Füße und Hände, und dann setzte man ihn auf einen Stuhl. Er sagte kein Wort.

Und da wandte sich Sorieul, in feierlichem Rausch, zu uns:

«Jetzt wollen wir über den Schuft zu Gericht sitzen!»

Ich war derart betrunken, daß dieser Vorschlag mir ganz natürlich schien.

Le Poittevin wurde mit der Verteidigung betraut, und mir fiel die Rolle des Anklägers zu.

Er wurde einstimmig, bis auf die Stimme seines Verteidigers, zum Tode verurteilt.

«Wir wollen ihn hinrichten», erklärte Sorieul. Doch da machte sich ein Gewissensbiß geltend: «Der Mann soll doch nicht ohne die Tröstungen der Religion sterben. Wie wär's, wenn man einen Geistlichen holte?»

Ich wandte ein, es sei schon zu spät. Und da schlug Sorieul mir vor, dieses Amt zu übernehmen; und er ermahnte den Verbrecher, an meinem Busen seine Beichte abzulegen.

Seit fünf Minuten rollte der Mann entsetzte Augen und fragte sich, mit was für Menschen er es zu tun haben mochte. Und dann stammelte er mit hohler, alkoholverbrannter Stimme: «Sie wollen sich doch nur einen Spaß machen!»

Aber Sorieul zwang ihn, niederzuknien, und in der Besorgnis, die Eltern des Lumpen hätten versäumt, ihn taufen zu lassen, goß er ihm ein Glas Rum über den Schädel.

Und dann sagte er:

«Beichte diesem Herrn! Deine letzte Stunde hat geschlagen.»

Ganz fassungslos begann der alte Halunke zu schreien:

«Zu Hilfe!»

Und er brüllte so laut, daß wir ihn knebeln mußten, um die Nachbarn nicht zu wecken. Und nun rollte er sich auf dem Boden, wälzte sich, wand sich, warf die Möbel um, zerriß die Bilder. Schließlich rief Sorieul ungeduldig:

«Machen wir ein Ende mit ihm!»

Er richtete die Pistole auf den armseligen Gauner und drückte den Hahn. Ein kurzes, trockenes Geräusch! Durch das Beispiel hingerissen, schoß auch ich nun. Mein Gewehr, eine Steinschloßflinte, ließ einen Funken aufspringen, worüber ich sehr erstaunt war.

Da aber sprach Le Poittevin mit Grabesstimme:

«Haben wir denn das Recht, diesen Menschen zu töten?»

Sorieul erwiderte verdutzt:

«Da wir ihn doch zum Tode verurteilt haben!»

Aber Le Poittevin fuhr fort:

«Man erschießt keine Zivilisten. Der da muß dem Henker überliefert werden. Führen wir ihn zur Polizei!»

Dieses Argument fanden wir überzeugend. Wir packten den Kerl, und da er nicht gehn konnte, wurde er auf ein Brett des Modelltischs gelegt, fest angebunden, und ich trug ihn mit Le Poittevin, während Sorieul, bis zu den Zähnen bewaffnet, die Nachhut bildete.

Vor dem Polizeikommissariat hielt der Posten uns an. Der Kommissär wurde gerufen, erkannte uns, und da er Tag für Tag Zeuge unserer Streiche, unserer Possen, unserer unwahrscheinlichen Erfindungen war, begnügte er sich damit, zu lachen und die Übernahme unseres Gefangenen zu verweigern.

Sorieul drängte; doch da forderte der Kommissär uns streng auf, in aller Stille heimzugehn.

Die Armee setzte sich in Bewegung und kehrte ins Atelier zurück.

«Was machen wir jetzt mit dem Dieb?» fragte ich.

Le Poittevin wurde weich und meinte, der Mann müsse schon sehr müde sein. Und wie er da gebunden und geknebelt auf dem Brett lag, sah er wirklich aus, als wäre er schon im Sterben.

Da wurde auch ich von heftigem Mitleid gepackt, dem Mitleid des Betrunkenen, ich nahm ihm den Knebel aus dem Mund und fragte:

«Na? Du armer Alter, wie geht's denn?»

Er stöhnte: «Zum Teufel, ich hab's satt.»

Da geriet Sorieul in geradezu väterliche Stimmung. Er löste alle Fesseln, so daß der Mann sich setzen konnte, duzte ihn, und um ihn aufzupulvern, machten wir drei uns daran, einen frischen Punsch zu mischen. Der Dieb saß gelassen in seinem Lehnstuhl und schaute uns zu. Als das Getränk bereit war, reichten wir ihm ein Glas; wir hätten ihm auch gern den Kopf gehalten, und nun stieß man an.

Der Gefangene trank wie ein ganzes Regiment. Doch da es langsam Tag wurde, erhob er sich und sagte in aller Ruhe:

«Ich bin genötigt, Sie jetzt zu verlassen, weil ich heimkehren muß.»

Wir waren verzweifelt; wir wollten ihn zurückhalten, doch er lehnte es ab, noch länger zu bleiben.

Da schüttelten wir einander denn die Hände, und Sorieul leuchtete ihm ins Vorzimmer und rief ihm nach:

«Passen Sie auf die Stufe bei der Haustüre auf!»

Rund um den Erzähler wurde laut gelacht. Er stand auf, zündete seine Pfeife an, und dann blieb er uns gegenüber stehn und fügte hinzu:

«Aber das Komischste an der Geschichte ist, daß sie sich wirklich zugetragen hat.»

Madame Julie Roubère erwartete ihre ältere Schwester, Madame Henriette Létoré, die von einer Reise durch die Schweiz zurückkam.

Das Ehepaar Létoré war seit etwa fünf Wochen unterwegs. Madame Henriette hatte ihren Mann allein auf ihren Besitz in Calvados fahren lassen, wohin ihn seine Geschäfte riefen, und wollte einige Tage in Paris bei ihrer Schwester verbringen.

Es wurde Abend. In dem kleinen, bürgerlichen, von der Dämmerung verdunkelten Salon las Madame Roubère zerstreut, und bei jedem Geräusch hob sie die Augen.

Endlich tönte die Glocke, und ihre Schwester erschien, in den weiten Reisemantel gehüllt. Und sogleich, statt jeder andern Begrüßung, umarmten sie einander stürmisch und hielten nur ein, um im Nu von neuem zu beginnen.

Und dann redeten sie, erkundigten sich nach Gesundheit, Familie und tausend andern Dingen, schwatzten, warfen einander rasche Worte zu, die sich überstürzten, während Madame Henriette sich des Huts und des Schleiers entledigte.

Es war dunkel geworden. Madame Roubère läutete, ließ eine Lampe bringen, und sobald es im Zimmer hell war, betrachtete sie ihre Schwester, bereit, sie abermals zu umarmen. Doch mit einem Mal fuhr sie erschrocken auf und brachte kein Wort heraus. An den Schläfen Madame Létorés ringelten sich zwei große weiße Locken. Sonst war der Kopf von tiefschwarzem, leuchtendem Haar bedeckt; doch da, zu beiden Seiten, hingen sie wie zwei silberne Bäche, die sich alsbald in der dunklen Flut der Frisur verloren. Sie war doch kaum vierundzwanzig Jahre alt, und diese Veränderung mußte ganz plötzlich seit ihrer Abreise nach der Schweiz eingetreten sein. Reglos betrachtete Madame Roubère sie, verblüfft, dem Weinen nahe, wie wenn irgendein geheimnisvolles, furchtbares Unheil über ihre Schwester hereingebrochen wäre. Und sie fragte:

«Was hast du, Henriette?»

Die Schwester lächelte ein trauriges, ein verlorenes Lächeln.

«Nichts, nichts, wirklich nichts! Du hast meine weißen Haare bemerkt?»

Doch da packte Madame Roubère sie stürmisch bei den Schultern, sah ihr eindringlich in die Augen und wiederholte:

«Was hast du? Sag mir, was du hast! Und wenn du lügst, werde ich es schon merken.»

So verharrten sie einander gegenüber, und Madame Henriette, blaß, als wäre sie einer Ohnmacht nahe, hatte Tränen in den Winkeln ihrer gesenkten Augen.

Noch einmal fragte die Schwester:

«Was ist dir zugestoßen? Was hast du? Antworte doch!»

Und da flüsterte, besiegt, die andere junge Frau:

«Ich habe... ich habe einen Geliebten.»

Damit preßte sie die Stirne an die Schulter der jüngern Schwester und schluchzte.

Dann, nachdem sie sich ein wenig beruhigt, nachdem das Schluchzen aufgehört hatte, begann sie plötzlich zu sprechen, als wollte sie dieses Geheimnis von sich werfen, als wollte sie dieses Leid in ein befreundetes Herz leeren.

Die beiden Frauen hielten sich bei den Händen, mit festem Druck, und dann ließen sie sich auf einem Diwan im dunklen Grunde des Salons nieder, die jüngere Frau legte den Arm um den Hals der älteren, preßte sie an ihr Herz und lauschte.

Oh, ich gebe zu, daß ich keine Entschuldigung habe; ich begreife mich selber nicht, und seit jenem Tag bin ich wie wahnsinnig. Gib acht, kleine Schwester, gib acht auf dich! Wenn du wüßtest, wie schwach wir sind, wie wir nachgeben, wie rasch wir fallen! Ein Nichts genügt, so wenig, so wenig, eine weiche Regung, eine jener schwermütigen Stimmungen, die jäh durch die Seele ziehen, das Bedürfnis, die Arme zu öffnen, zu liebkosen, zu küssen, dieses Bedürfnis, das zu bestimmten Stunden wir alle empfinden.

Du kennst meinen Mann, und du weißt, wie ich ihn liebe. Aber er ist ein reifer, vernünftiger Mann und versteht nichts von all den zarten

Schwingungen eines Frauenherzens. Er ist immer, immer der selbe, immer gütig, immer heiter, immer gefällig, immer tadellos. Ach, wie hätte ich manchmal gewünscht, er würde mich plötzlich in die Arme nehmen und mich küssen! Mit jenen süßen, langen Küssen, die zwei Wesen verschmelzen lassen und wie stumme Geständnisse sind. Wie hätte ich gewünscht, daß auch er diese Hingabe, diese Schwäche empfände, daß er ein Bedürfnis nach mir, nach meinen Liebkosungen, nach meinen Tränen hätte!

Das alles ist töricht; aber so sind wir nun einmal! Was können wir dafür?

Und doch hätte niemals der Gedanke, ihn zu betrügen, mich auch nur gestreift. Heute ist es geschehen, ohne Liebe, ohne Sinn, ohne nichts! Weil es eine Mondnacht am Vierwaldstätter See war.

Seit einem Monat, während wir miteinander auf der Reise waren, lähmte mein Mann durch seine gelassene Gleichgültigkeit meine Begeisterung, dämpfte mein Entzücken. Wenn wir etwa bei Sonnenaufgang im Galopp der vier Pferde des Postwagens die Hänge hinunterfuhren, wenn ich im durchsichtigen Morgendunst die langen Täler, die Wälder, die Flüsse, die Dörfer sah, dann klatschte ich bezaubert in die Hände und rief ihm zu: «Wie schön das ist, Liebster! Umarme mich doch!» Und er zuckte die Achseln und erwiderte mir mit wohlwollendem, kühlem Lächeln: «Daß die Landschaft dir gefällt, ist doch kein Grund, sich zu umarmen!»

Und da wurde es mir eiskalt ums Herz. Ich meine doch, wenn man einander liebt, sollte man vor Schauspielen, die einen ergreifen, Lust haben, einander noch inniger zu lieben!

Nun, in mir herrschte eben sozusagen ein poetischer Überschwang, der sich, von ihm gehemmt, nicht ergießen durfte. Wie soll ich's dir erklären? Ich war ungefähr wie ein mit Dampf gefüllter und hermetisch geschlossener Kessel.

Eines Abends – wir waren seit vier Tagen in einem Hotel in Flüelen, zog sich Robert, den eine leichte Migräne plagte, gleich nach dem Abendessen zurück, und ich ging ganz allein am Ufer des Sees spazieren.

Es war eine Märchennacht. Der Mond breitete sich ganz rund in der Mitte des Himmels; die hohen Berge mit ihrem Schnee schienen Silberhauben zu tragen, und über das dunkle Wasser liefen kleine leuchtende Schauer. Die Luft war mild, es herrschte jene durchdringende Lauheit, die uns ohne Grund weich und schlaff macht. Doch wie empfindsam bebt die Seele in solchen Augenblicken! Wie rasch gerät sie ins Schwanken, wie stark fühlt sie!

Ich setzte mich ins Gras und betrachtete den großen, schwermütigen, wunderschönen See. Und in mir vollzog sich etwas Seltsames. Ein unersättlicher Drang nach Liebe stieg in mir auf, eine Empörung gegen die triste Plattheit meines Daseins. Wie? Sollte ich niemals am Arm eines geliebten Mannes an einem mondlicht-gebadeten Gestade entlanggehn? Sollte ich niemals jene tiefen, köstlichen, erregenden Küsse in mich hinabsinken spüren, die man in solchen milden, von Gott anscheinend eigens für die Zärtlichkeit geschaffenen Nächten tauscht? Würde ich nie im hellen Schatten eines Sommerabends von drängenden Armen fieberhaft umschlungen werden?

Und ich begann zu weinen wie verrückt!

Hinter mir hörte ich ein Geräusch. Ein Mann stand da und sah mich an. Als ich den Kopf drehte, erkannte er mich und trat näher.

«Sie weinen, Madame?»

Es war ein junger Advokat, der mit seiner Mutter reiste und dem wir mehrmals begegnet waren. Seine Augen waren mir häufig gefolgt.

Ich war so fassungslos, daß ich nicht wußte, was ich antworten, was ich denken sollte. Ich stand auf und sagte, ich fühle mich nicht ganz wohl.

Und er ging neben mir, völlig unbefangen, durchaus respektvoll und sprach von unserer Reise. Alles, was ich empfunden hatte, wußte er auszusprechen; alles, was ich mit Erschauern genossen hatte, begriff er wie ich, besser als ich. Und plötzlich zitierte er Verse, Verse von Musset. Mir stockte der Atem, so sehr hatte sich eine unaussprechliche Erregung meiner bemächtigt. Mir war es, als sängen die Berge selbst, der See, der Mondschein unsäglich süße Melodien...

Und so geschah es, ich weiß nicht, wie, ich weiß nicht, warum, gewissermaßen in einem Traumzustand...

Und er... ich habe ihn nur am nächsten Tag bei der Abreise wiedergesehen.

Er hat mir seine Karte gegeben!

Und Madame Létoré, kraftlos in den Armen ihrer Schwester, stöhnte laut, schrie beinahe...

Da sagte Madame Roubère, gesammelt, ernst, ganz sanft:

«Siehst du, große Schwester, häufig ist es nicht ein Mann, den wir lieben, es ist die Liebe! Und an jenem Abend war der Mondschein dein wirklicher Geliebter.»

Sie war in einer jener Familien aufgewachsen, die in sich abgeschlossen leben und immer von allem entfernt zu sein scheinen. Sie wissen nichts von den politischen Ereignissen, obgleich bei Tisch davon geredet wird. Doch die Regierungswechsel begeben sich so weit, so weit weg, daß man davon spricht wie von einem historischen Ereignis, wie vom Tod Ludwigs XVI. oder von der Landung Napoleons.

Die Sitten wandeln sich, die Moden folgen einander. In dieser stillen Familie, wo man immer den herkömmlichen Bräuchen folgt, wird man dessen kaum gewahr. Und wenn in der Umgebung irgendeine anstößige Geschichte vorkommt, erstirbt der Skandal auf der Schwelle des Hauses. Nur Vater und Mutter mögen abends ein paar Worte darüber wechseln, doch nur halblaut, der Mauern wegen, die überall Ohren haben. Und ganz verstohlen sagt der Vater:

«Hast du von der schrecklichen Geschichte bei Rivoils gehört?»

Und die Mutter erwidert:

«Wer hätte das gedacht? Das ist ja furchtbar!»

Die Kinder wissen nichts, und mit einer Binde um die Augen und den Geist kommen sie in die Jahre, da sie selber an der Reihe sind, das Leben kennenzulernen, ohne die Hintergründe des Daseins zu vermuten, ohne zu wissen, daß man nicht denkt, wie man spricht, daß man nicht so spricht, wie man handelt, ohne zu wissen, daß man mit aller Welt im Krieg leben muß oder wenigstens in einem bewaffneten Frieden, ohne zu ahnen, daß man ständig betrogen wird, wenn man naiv, übertölpelt, wenn man aufrichtig, mißhandelt, wenn man gut ist.

Die einen verharren bis zum Tod in dieser Verblendung von Redlichkeit, Anständigkeit, Ehrenhaftigkeit; und sie sind so rechtschaffen, daß nichts ihnen die Augen zu öffnen vermag.

Die andern, enttäuscht, ohne recht zu begreifen, straucheln, verloren, verzweifelt und sterben im Glauben, sie seien das Spielwerk eines außerordentlichen Verhängnisses, die kläglichen Opfer unheimlicher Geschehnisse und ganz besonders verbrecherischer Menschen.

Savignols verheirateten ihre Tochter Berthe mit achtzehn Jahren. Sie ehelichte einen jungen Pariser, Georges Baron, der Börsengeschäfte machte. Er war ein gutaussehender junger Mann, wußte gut zu reden und benahm sich durchaus nach allen Regeln der Schicklichkeit. Im Grunde seines Herzens allerdings machte er sich über seine altmodischen Schwiegereltern lustig und nannte sie im Kreis seiner Freunde: «Meine lieben Fossilien.»

Er war aus guter Familie, das junge Mädchen war reich, und sie ließen sich in Paris nieder.

Sie wurde eine jener Pariser Provinzlerinnen,

deren Schlag sehr zahlreich ist. Sie wußte nach wie vor nichts von der großen Stadt, von ihrer eleganten Welt, ihren Vergnügungen, ihren Moden, wie sie auch vom Leben nichts erfuhr, von seinen Fallstricken und seinen Mysterien.

In ihrem Haushalt eingeschlossen, kannte sie kaum mehr als ihre Straße, und wenn sie sich in ein anderes Viertel wagte, so war es ihr, als unternähme sie eine weite Reise in eine fremde, unbekannte Stadt. Abends sagte sie dann:

«Heute bin ich über die Boulevards gegangen.»

Zwei- oder dreimal im Jahr führte ihr Mann sie ins Theater. Das waren Feste, deren Erinnerung nicht mehr erlosch und von denen sie immer wieder sprach.

Manchmal bei Tisch, drei Monate später, begann sie laut zu lachen und rief:

«Weißt du noch – der Schauspieler, der als General verkleidet war und gekräht hat?»

Alle ihre Beziehungen beschränkten sich auf zwei befreundete Familien, die für sie die ganze Menschheit repräsentierten. Wenn sie von ihnen sprach, gebrauchte sie immer vor dem Namen den Artikel: die Martinets und die Michelints.

Ihr Mann lebte, wie es ihm paßte, kam heim, wann er wollte, manchmal erst bei Tagesgrauen, redete sich auf Geschäfte aus, ließ sich nicht stören, denn er war sicher, daß nie ein Argwohn diese unschuldige Seele streifen würde.

Eines Morgens aber erhielt sie einen anonymen Brief.

Sie war wie vor den Kopf geschlagen, denn sie war viel zu offenherzig, um die Infamie von Denunziationen zu begreifen, um diesen Brief mit Verachtung zu behandeln, dessen Verfasser behauptete, nur das Interesse an ihrem Glück, der Haß gegen das Böse und die Liebe zur Wahrheit hätten ihn zu seinem Schritt veranlaßt.

Man enthüllte ihr, daß ihr Mann seit zwei Jahren eine Geliebte hatte, eine junge Witwe, Madame Rosset, bei der er alle seine Abende verbrachte.

Sie wußte sich nicht zu verstellen, nicht zu heucheln, nicht zu bespitzeln, nicht irgendwelche Kniffe zu gebrauchen. Als er zum Mittagessen heimkam, warf sie ihm weinend den Brief zu und floh in ihr Zimmer.

So hatte er Zeit, sich klar zu werden, seine Antwort vorzubereiten, und er klopfte an die Türe seiner Frau. Sie öffnete sogleich und wagte nicht, ihn anzusehen. Er lächelte, er nahm sie auf die Knie, und mit sanfter, ein wenig spöttischer Stimme begann er:

«Ja, mein Schatz, ich bin wirklich mit Madame Rosset befreundet, ich kenne sie seit zehn Jahren und habe sie sehr gern; aber ich möchte hinzufügen, daß ich zwanzig andere Familien kenne, von denen ich dir nie erzählt habe, weil ich weiß, daß du dir nichts aus der Gesellschaft, aus Festlichkeiten, aus neuen Beziehungen machst. Doch um diesem abscheulichen Klatsch ein für allemal ein Ende zu machen, bitte ich dich – zieh dich nach Tisch an, und wir wollen dieser jungen Frau einen Besuch machen. Sie wird deine Freundin werden, daran zweifle ich nicht.»

Sie umarmte ihren Mann aus vollem Herzen; und mit jener weiblichen Neugier, die, einmal geweckt, nicht mehr einschläft, lehnte sie es nicht ab, diese Unbekannte zu besuchen, die ihr doch, trotz allem, ein wenig verdächtig blieb. Instinktiv spürte sie, daß eine bekannte Gefahr beinahe eine vermiedene Gefahr ist.

Sie trat in eine reizende kleine Wohnung im vierten Stock eines schönen Hauses, die geschmackvoll eingerichtet und mit zierlichen Kleinigkeiten angefüllt war. Nachdem sie fünf Minuten in einem durch die Wandbespannungen, die Portieren, die anmutig gerafften Vorhänge verdunkelten Salon gewartet hatte, öffnete sich eine Türe, und eine junge Frau erschien, sehr brünett, klein, ein wenig rundlich, erstaunt und lächelnd.

Georges übernahm die Vorstellung.

«Meine Frau – Madame Rosset.»

Die junge Witwe stieß einen leisen Schrei der Überraschung und der Freude aus und eilte mit ausgestreckten Händen auf ihre Besucherin zu. Sie habe nicht gehofft, sagte sie, dieses Vergnügen zu haben, da sie ja wisse, daß Madame Baron mit niemandem verkehre, aber sie sei so glücklich, so glücklich! Sie habe Georges doch so gern – sie sagte ganz einfach Georges gleichsam mit schwesterlicher Vertraulichkeit –, daß es sie ungeheuer gelockt habe, seine junge Frau kennen und auch lieben zu lernen.

Nach einem Monat verließen die beiden neuen Freundinnen einander überhaupt nicht mehr. Sie sahen sich Tag für Tag, manchmal auch zweimal und speisten abends miteinander, bald bei der einen, bald bei der andern. Georges ging jetzt nicht mehr aus, benützte seine Geschäfte nicht mehr als Vorwand, kannte, wie er sagte, nichts Schöneres als den häuslichen Herd.

Als schließlich eine Wohnung in dem Hause, darin Madame Rosset wohnte, frei wurde, mietete Madame Baron sie eiligst, um ihrer Freundin noch näher, mit ihr noch inniger vereint zu sein.

Und zwei lange Jahre war das eine Freundschaft ohne Wolken, eine Freundschaft von Herz und Seele, unbedingt, zärtlich, hingebungsvoll, köstlich. Berthe konnte den Mund nicht mehr auftun, ohne den Namen Julies zu nennen, die für sie der Inbegriff der Vollkommenheit war.

Sie war selig, genoß ein vollendetes, ruhiges, sanftes Glück.

Doch da erkrankte Madame Rosset. Berthe wich nicht von ihr. Sie verbrachte die Nächte bei ihr, war trostlos. Sogar ihr Mann war ganz verzweifelt.

Nun, eines Morgens nahm der Arzt Georges und Berthe nach dem Besuch bei der Kranken beiseite und eröffnete ihnen, daß er den Zustand ihrer Freundin sehr ernst fand.

Sobald er fort war, setzten die beiden jungen Leute sich fassungslos gegenüber. Und dann begannen sie plötzlich zu weinen. Sie wachten die ganze Nacht zu zweit an dem Krankenbett, und Berthe umarmte die Freundin immer wieder, während Georges am Fußende des Bettes stand und sie stumm, ohne den Blick von ihr zu wenden, ansah.

Am nächsten Tag verschlechterte sich ihr Befinden.

Gegen Abend erklärte sie, nun fühle sie sich besser, und sie zwang ihre Freunde zu gehn und in der eigenen Wohnung zu Abend zu essen.

Traurig saßen sie in ihrem Eßzimmer und rührten kaum eine Speise an, als plötzlich das Dienstmädchen eintrat und Georges einen Umschlag reichte. Er öffnete ihn, las, wurde bleich, stand auf und sagte mit seltsam veränderter Stimme zu seiner Frau:

«Warte auf mich, ich muß einen Augenblick fort, in zehn Minuten bin ich wieder hier. Vor allem aber geh nicht aus!»

Und ohne seinen Hut zu nehmen, eilte er aus dem Zimmer.

Berthe wartete, von einer neuen Unruhe gepeinigt. Doch in allen Dingen fügsam, wollte sie nicht zu ihrer Freundin hinaufgehn, bevor er zurück war.

Da er aber gar nicht mehr auftauchte, kam sie auf den Gedanken, in sein Zimmer zu gehn, um zu sehen, ob er seine Handschuhe genommen hatte; denn das hätte bewiesen, daß er wirklich einen Weg hatte.

Auf den ersten Blick sah sie sie. Neben ihnen lag, zerdrückt, ein Blatt Papier.

Sie erkannte es sogleich; es war der Brief, den man Georges gebracht hatte.

Da überkam sie eine brennende Versuchung, die erste ihres Lebens, zu lesen, zu erfahren. Wohl kämpfte ihr widerspenstiges Gewissen, doch das Gelüst einer aufgepeitschten, schmerzlichen Neugier lenkte ihr die Hand. Sie griff nach dem Blatt, entfaltete es, erkannte im Nu die Schrift, es war Julies Schrift, eine zittrige Schrift, mit Bleistift. Und sie las: «Komm allein, mich umarmen, mein armer Freund, ich sterbe!»

Zunächst erfaßte sie nicht, blieb verstört stehn, vor allem betroffen von dem Gedanken an den Tod. Dann aber, mit einem Mal, blitzte es in ihr auf, daß ihr Mann geduzt wurde. Und das war wie ein jähes Licht, das ihr ganzes Dasein beleuchtete, ihr die ganze schändliche Wahrheit zeigte, den ganzen Verrat, die ganze Niedertracht der beiden. Jetzt begriff sie ihre jahrelange Hinterlist, ihre Blicke, und auch die eigene überlistete Gutgläubigkeit, das betrogene Vertrauen. Jetzt sah sie die beiden, einander gegenüber, abends, unter dem Lampenschirm, das selbe Buch lesend und einander beim Ende der Seiten befragend.

Und ihr vor Empörung bebendes, von Gram gepeinigtes Herz versank in eine grenzenlose Verzweiflung.

Schritte hallten; sie flüchtete und sperrte sich in ihrem Zimmer ein.

Gleich darauf rief sie ihr Mann:

«Komm schnell, Madame Rosset liegt im Sterben!»

Berthe erschien auf der Schwelle und sagte mit zitternden Lippen:

«Kehren Sie nur allein zu ihr zurück; meiner bedarf sie nicht.»

Er starrte sie an wie ein Wahnsinniger, vom Kummer übermannt.

«Schnell, schnell», rief er. «Sie stirbt!»

«Ihnen wäre es lieber, wenn ich es wäre», erwiderte Berthe.

Da mochte er begriffen haben, und er wandte sich um und kehrte zu der Sterbenden zurück.

Er weinte um sie, ganz ohne Verstellung, ohne Scham, gleichgültig gegen den Kummer seiner Frau, die nicht mehr mit ihm redete, abgesondert lebte, ummauert von Ekel, von Aufruhr und Zorn und morgens und abends zu Gott betete.

Immerhin wohnten sie in der selben Wohnung, saßen bei Tisch einander gegenüber, stumm und verzweifelt.

Dann beruhigte er sich nach und nach; sie aber verzieh ihm nicht.

Und das Leben ging weiter, hart für alle beide.

Ein Jahr lang blieben sie einander so fremd, als wären sie Fremde. Berthe war dem Wahnsinn nahe. Dann, eines Morgens war sie in aller Frühe fortgegangen, kam gegen acht Uhr heim und trug in den Händen einen riesigen Strauß von Rosen, von lauter weißen, weißen Rosen.

Und sie ließ ihrem Mann sagen, daß sie ihn zu sprechen wünsche.

Unruhig, verstört kam er.

«Wir wollen miteinander ausgehn», sagte sie. «Nehmen Sie diese Blumen. Mir sind sie zu schwer.»

Er nahm den Strauß und folgte seiner Frau. Ein Wagen erwartete sie und setzte sich, sobald sie eingestiegen waren, in Trab.

Vor dem Gitter des Friedhofs machte er halt. Und da sagte Berthe, die Augen mit Tränen gefüllt, zu Georges:

«Führen Sie mich zu ihrem Grab!»

Er zitterte, ohne zu begreifen, und ging voraus, die Blumen immer in den Armen. Schließlich blieb er vor einem weißen Marmor stehn und wies darauf; er sagte kein Wort.

Da nahm sie den großen Strauß, kniete nieder und legte ihn auf das Fußende des Grabes. Dann versank sie in ein einsames, eigenartiges, flehentliches Gebet.

Ihr Mann, von Erinnerungen gepeinigt, stand hinter ihr und weinte. Sie erhob sich und streckte ihm die Hände entgegen.

«Wenn Sie wollen, werden wir Freunde sein», sagte sie.

Die Eröffnung der Jagd bei dem Marquis de Bertrans wurde durch ein festliches Abendessen gefeiert. Elf Jäger, acht junge Frauen und der Arzt des Ortes saßen um die große, erhellte, mit Obst und Blumen bedeckte Tafel.

Nach Tisch kam man auf die Liebe zu sprechen, und da erhob sich eine große Diskussion, die ewige Diskussion, um festzustellen, ob man nur einmal oder auch mehrere Male wirklich lieben kann. Man nannte Beispiele von Leuten, die nur ein einziges Mal wirklich geliebt hatten; man nannte aber auch Beispiele von Leuten, die häufig und heftig geliebt hatten. Im allgemeinen behaupteten die Männer, die Leidenschaft könne, wie die Krankheiten, ein und denselben Menschen häufig packen und ihn tödlich treffen, wenn sich ein Hindernis vor ihm erhebe. Obgleich dieser Gesichtspunkt sich nicht bestreiten ließ, behaupteten doch die Frauen, deren Meinung sich mehr auf die Poesie als auf die Beobachtung stützte, die große Liebe könne einen Sterblichen nur ein einziges Mal befallen, sie sei dem Blitz ähnlich, diese Liebe, und ein von ihr getroffenes Herz bleibe nachher derart geleert, verheert, verbrannt, daß kein anderes starkes Gefühl, nicht einmal ein Traum, darin von neuem aufkeimen könnte.

Der Marquis, der sehr viel geliebt hatte, bestritt diese Ansicht lebhaft.

«Ich sage Ihnen, ich, daß man mehrmals mit all seinen Kräften und mit seiner ganzen Seele lieben kann. Sie nennen mir Leute, die sich aus Liebe umgebracht haben, und das soll der Beweis für die Unmöglichkeit einer zweiten Leidenschaft sein. Ich erwidere Ihnen darauf: Wenn sie nicht die Dummheit des Selbstmords begangen hätten, was ihnen ja jede Möglichkeit eines Rückfalls geraubt hat, wären sie geheilt worden; und sie hätten von neuem begonnen und immer wieder bis zu ihrem natürlichen Tod. Es gibt Liebende, wie es Trinker gibt. Wer getrunken hat, wird trinken – wer geliebt hat, wird lieben. Das ist eine Frage des Temperaments.»

Man rief den Doktor als Schiedsrichter an, einen alten Pariser Arzt, der sich aufs Land zurückgezogen hatte, und man bat ihn, sein Urteil abzugeben.

Nun, er hatte kein Urteil über dieses Problem.

«Wie der Marquis gesagt hat – es ist eine Frage des Temperaments. Ich immerhin, ich wußte von einer Leidenschaft, die, ohne auch nur einen einzigen Rasttag, fünfundfünfzig Jahre gedauert hatte und nur mit dem Tod ihr Ende fand.»

Die Marquise klatschte in die Hände.

«Ist das schön! Und welch ein Traum, so geliebt zu werden! Welch ein Glück, fünfundfünfzig Jahre von so hartnäckiger, überwältigender Zärtlichkeit umhüllt zu sein! Wie glücklich mußte er sein, wie mußte er das Leben segnen, er, der so angebetet wurde!»

Der Arzt lächelte.

«In diesem Punkt, Madame, irren Sie sich tatsächlich nicht. Das geliebte Wesen war ein Mann. Sie kennen ihn, es ist Chouquet, der Apotheker des Dorfes. Und sie, die Frau, haben Sie auch gekannt. Es war die alte Strohflechterin, die alle Jahr aufs Schloß kam, um die Sessel zu flicken. Aber ich will mich besser verständlich machen.»

Die Begeisterung der Damen war gesunken; und ihre angewiderten Gesichter ließen ein verächtliches «Puh!» ahnen, als ob die Liebe nur feine und vornehme Geschöpfe treffen dürfte, die allein des Interesses der guten Gesellschaft würdig wären.

Der Arzt begann:

«Vor drei Monaten wurde ich an das Sterbebett dieser alten Frau gerufen. Sie war tags zuvor in dem Wagen angekommen, der ihr als Haus diente, von der alten Mähre gezogen, die Sie ja gesehen haben, und von großen, schwarzen Hunden begleitet, ihren Freunden und Beschützern. Der Pfarrer war schon da. Sie wählte uns zu ihren Testamentsvollstreckern, und um uns den Sinn hinter ihrem Letzten Willen begreiflich zu machen, erzählte sie uns ihr ganzes Leben. Ich kenne nichts Eigenartigeres, nichts Ergreifenderes.

Ihr Vater war Strohflechter, ihre Mutter war Strohflechterin. Sie hatte nie ein Heim auf festem Boden gekannt.

Als kleines Kind strich sie in Lumpen, mit Ungeziefer bedeckt, schmutzig umher. Vor dem Dorf wurde neben den Straßengräben haltgemacht. Das Pferd wurde ausgespannt und durfte weiden, der Hund schlief, die Schnauze auf den Pfoten, und die Kleine wälzte sich im Gras, während Vater und Mutter im Schatten der Ulmen längs der Straße alle alten Sitzgelegenheiten des Dorfes flickten. Gesprochen wurde in diesem rollenden Wohnsitz nur wenig. Nur die nötigsten Worte, um zu entscheiden, wer die Runde vor den Häusern machen und den wohlbekannten Ruf ausstoßen sollte: ‹Sesselflicker!› und dann machte man sich daran, das Stroh zu drehen. Man saß einander gegenüber oder nebeneinander. Wenn die Kleine sich allzuweit fortgewagt oder versucht hatte, sich mit einem der Gassenbuben des Dorfes zu verständigen, erscholl die wütende Stimme des Vaters: ‹Wirst du gleich zurückkommen, du Luder!› Das waren die einzigen zärtlichen Worte, die sie zu hören bekam.

Als sie größer wurde, schickten die Eltern sie aus, um die beschädigten Stühle abzuholen. Und da schloß sie hier und dort Bekanntschaft mit den Knaben. Doch dann waren es die Eltern ihrer neuen Freunde, die die Kinder heftig zurückriefen: Wirst du gleich herkommen, du Nichtsnutz! Daß ich dich nicht im Geschwätz mit diesen Zigeunern erwische!

Häufig warfen die Buben auch Steine nach ihr.

Manche Frauen gaben ihr ein paar Sous, die sie sorgfältig aufbewahrte.

Eines Tages – sie war damals elf Jahre alt –, als sie durch dieses Dorf kam, stieß sie hinter dem Friedhof auf den kleinen Chouquet, der weinte, weil ein Kamerad ihm zwei Liards gestohlen hatte. Diese Tränen eines kleinen Bürgersohns, eines jener Kinder, von denen sie, die Enterbte, sich in ihrem armen Kopf immer vorstellte, sie müßten zufrieden und glücklich sein, erschütterten sie. Sie trat näher, und als sie den Grund seines Jammers erfuhr, schüttelte sie alle ihre Ersparnisse, sieben Sous, in seine Hände, und er nahm das Geld, und seine Tränen waren getrocknet. Da hatte sie, wahnsinnig vor Freude, die Kühnheit, ihn zu umarmen. Da er damit beschäftigt war, das Geld sorgsam zu betrachten, ließ er es geschehen. Und sie merkte, daß sie weder zurückgestoßen noch geprügelt wurde, und fing von neuem an. Sie umarmte ihn und überschüttete ihn mit Küssen. Und dann lief sie davon.

Was ging in diesem kläglichen Kopf vor? Hatte sie sich an den Jungen angeschlossen, weil sie ihm ihr erbetteltes Vermögen geschenkt oder weil sie ihm ihren ersten zärtlichen Kuß gegeben hatte? Das Mysterium ist für die Kleinen nicht anders als für die Großen.

Monatelang träumte sie von jenem Winkel hinter dem Friedhof und von dem Jungen. In der Hoffnung, ihn wiederzusehen, bestahl sie ihre Eltern, ließ da und dort einen Sou in die eigene

Tasche gleiten, einmal wenn eine Flickarbeit bezahlt wurde, ein andres Mal, wenn sie Vorräte einkaufen ging.

Als sie wiederkam, hatte sie zwei Francs in Besitz, aber sie konnte den kleinen Apotheker, gepflegt und sauber, nur durch die Schaufenster des väterlichen Ladens zwischen einer roten Kugel und einem Schlangenstab erblicken.

Sie liebte ihn darum nur noch mehr, verführt, erschüttert, entzückt von der Herrlichkeit des gefärbten Wassers, dem Glanz der leuchtenden Kristalle.

In sich bewahrte sie ihre unauslöschliche Erinnerung, und als sie ihn im nächsten Jahr hinter der Schule wiedertraf, wo er mit seinen Kameraden Marmeln rollte, warf sie sich auf ihn, umschlang ihn und küßte ihn so leidenschaftlich, daß er vor Angst zu brüllen begann. Um ihn zu beruhigen, gab sie ihm da ihr Geld. Drei Francs zwanzig, ein wahrer Schatz, den er mit aufgerissenen Augen betrachtete.

Er nahm das Geld und ließ sich von ihr abküssen, soviel sie nur wollte.

Vier Jahre noch schüttete sie in seine Hände alle ihre Ersparnisse, die er gewissenhaft im Austausch gegen die zugestandenen Küsse einsteckte. Einmal waren es dreißig Sous, ein andres Mal zwei Francs, ein drittes Mal zwölf Sous – darüber weinte sie vor Kummer und Erniedrigung, aber das Jahr war schlecht gewesen – und zum letztenmal fünf Francs, ein großes, rundes Geldstück, über das er zufrieden lachte.

Sie dachte nur noch an ihn; und er erwartete ihre Wiederkehr mit einer gewissen Ungeduld, lief ihr entgegen, sobald er sie sah, und da hüpfte das Herz der Kleinen vor Glück.

Dann verschwand er. Man hatte ihn ins Gymnasium geschickt. Durch schlaue Nachforschungen erfuhr sie das. Und da ließ sie unendliche diplomatische Künste spielen, um die gewohnte Reiseroute ihrer Eltern so zu ändern, daß sie just zur Zeit der Ferien hierherkamen. Das gelang ihr, doch erst nach einem Jahr von allerlei Kniffen und Schlichen. So war sie denn zwei Jahre geblieben, ohne ihn zu sehen, und sie erkannte ihn kaum, so sehr hatte er sich verändert. Er war größer, stattlicher geworden und sah in seiner Jacke mit den Goldknöpfen sehr eindrucksvoll aus. Er tat, als sähe er sie nicht, und ging stolz an ihr vorüber.

Darüber weinte sie zwei Tage lang, und von da an litt sie unaufhörlich.

Jedes Jahr kam sie wieder, ging an ihm vorbei, wagte nicht, ihn zu grüßen, und er geruhte nicht einmal, ihr einen Blick zuzuwerfen. Sie liebte ihn grenzenlos. Sie sagte zu mir: ‹Er ist der einzige Mann, Herr Doktor, den ich auf Erden gesehen habe; ich weiß nicht, ob die andern Männer auch nur vorhanden waren.›

Ihre Eltern starben. Sie setzte das Handwerk fort, doch sie hielt sich zwei Hunde anstatt des einen, zwei schreckliche Bestien, an die man sich nicht herangetraut hätte.

Eines Tages, als sie wieder in unser Dorf kam,

wo ihr Herz geblieben war, sah sie eine junge Frau, die aus der Apotheke Chouquet trat, und zwar am Arm des Geliebten. Es war seine Frau. Er hatte geheiratet.

Noch am selben Abend warf sie sich in den Teich auf dem Platz vor dem Stadthaus. Ein verspäteter Betrunkener fischte sie heraus und trug sie in die Apotheke. Der junge Chouquet kam im Schlafrock herunter, um sich ihrer anzunehmen, und, scheinbar ohne sie zu erkennen, zog er sie aus, massierte sie, und sagte dann mit harter Stimme zu ihr: ‹Sie sind ja verrückt! So dumm darf man doch nicht sein!›

Das genügte, um sie gesund zu machen. Er hatte zu ihr gesprochen! Auf lange Zeit war sie glücklich.

Ein Honorar für seine Behandlung wollte er keinesfalls annehmen, obgleich sie sehr darauf drängte, ihn zu bezahlen.

Und so floß ihr Leben dahin. Sie flickte Stühle und dachte an Chouquet. Jahr für Jahr sah sie ihn hinter seinem Schaufenster. Sie gewöhnte sich daran, ihren Vorrat an verschiedenen Medikamenten bei ihm zu kaufen. So konnte sie ihn in der Nähe sehen, zu ihm sprechen und ihm auch noch Geld geben.

Wie ich Ihnen erzählte, ist sie in diesem Frühjahr gestorben. Nachdem sie mir diese ganze traurige Geschichte erzählt hatte, bat sie mich, ihm, den sie so geduldig geliebt hatte, die gesamten Ersparnisse ihres Daseins zu bringen, denn sie habe nur für ihn gearbeitet, sagte sie, habe sogar gefastet, um Geld auf die Seite zu legen und um gewiß zu sein, daß er wenigstens einmal, wenn sie tot wäre, an sie denken würde.

So gab sie mir denn zweitausenddreihundertsiebenundzwanzig Francs. Die siebenundzwanzig Francs ließ ich dem Pfarrer für die Kosten der Bestattung, und sobald sie ihren letzten Seufzer verhaucht hatte, ging ich mit dem Geld heim.

Am nächsten Tag begab ich mich zu Chouquets. Sie waren gerade mit dem Mittagessen fertig, saßen einander, dick und gerötet, gegenüber, rochen nach Medikamenten, fühlten sich wichtig und waren offenbar zufrieden.

Man bot mir einen Stuhl an, man schenkte mir einen Kirsch ein, den ich annahm; und dann begann ich mit bewegter Stimme meine Erzählung; ich war überzeugt, sie würden weinen.

Sobald er begriff, daß diese Zigeunerin, diese Stuhlflickerin, diese Herumtreiberin ihn geliebt hatte, sprang Chouquet empört auf, als hätte sie ihm seinen guten Ruf geraubt, die Achtung der ehrbaren Leute, sein privates Glück, etwas Kostbares, das ihm teurer war als das Leben.

Seine Frau, ebenso erbittert wie er, wiederholte: ‹Diese Bettlerin! Diese Bettlerin! Diese Bettlerin!› Ein anderes Wort fand sie nicht.

Er war aufgestanden; hinter dem Tisch ging er mit großen Schritten auf und ab, die griechische Mütze war ihm über ein Ohr gerutscht. Er stammelte: ‹Kann man so was begreifen, Doktor? Das sind ja schreckliche Geschichten für einen Mann! Was tun? Wenn ich das bei ihren Lebzeiten gewußt hätte, ich hätte sie von den Gendarmen verhaften und ins Loch stecken lassen! Und sie wäre nicht wieder herausgekommen, das kann ich Ihnen versichern!›

Vor dem Ergebnis meines frommen Dienstes stand ich verblüfft. Ich wußte nicht, was ich sagen, was ich tun sollte. Doch ich mußte meine Sendung ja bis zu Ende erfüllen. Und so fuhr ich fort: ‹Sie hat mich beauftragt, Ihnen ihre gesamten Ersparnisse zu bringen, die sich auf zweitausenddreihundert Francs belaufen. Da aber das, was ich Ihnen eben berichtet habe, Ihnen anscheinend sehr peinlich ist, wäre es vielleicht das beste, dieses Geld den Armen zu geben.›

Sie sahen mich an, der Mann und die Frau; vollkommen fassungslos.

Ich zog das Geld aus der Tasche, das armselige Geld aller Dörfer und Arten, Goldstücke und Sous durcheinandergemischt. Dann fragte ich: ‹Nun? Was beschließen Sie?›

Madame Chouquet war es, die zuerst das Wort ergriff: ‹Ja, da es doch der Letzte Wille dieser Frau war... es wäre wohl recht schwierig für uns, es abzulehnen.›

Der Gatte, einigermaßen verwirrt, meinte: ‹Wir könnten damit immerhin etwas für unsere Kinder kaufen.›

‹Ganz wie Sie wollen›, sagte ich trocken.

Und er erklärte: ‹Geben Sie es nur her, wenn sie Sie schon damit beauftragt hat. Wir finden sicher eine Möglichkeit, es für irgendein gutes Werk zu verwenden.›

Ich gab ihm das Geld, ich grüßte, und ich ging.

Am nächsten Morgen erschien Chouquet bei mir und platzte heraus: ‹Sie hat doch ihren Wagen hier gelassen, diese... diese Frau. Was machen Sie denn mit dem Wagen?›

‹Nichts. Nehmen Sie ihn, wenn Sie wollen.›

‹Ausgezeichnet! Das paßt mir sehr gut. Ich werde daraus eine Laube für meinen Gemüsegarten machen.›

Er wandte sich zum Gehn. Ich rief ihn zurück. ‹Sie hat auch ihren alten Gaul und ihre zwei Hunde dagelassen. Wollen Sie die Tiere haben?› Überrascht blieb er stehn. ‹Nein, nein. Was noch! Was soll ich damit anfangen? Verfügen Sie darüber, ganz wie Sie wollen.› Und er lachte. Und dann reichte er mir die Hand, die ich nahm. Was wollen Sie? In einem Dorf dürfen Arzt und Apotheker nicht Feinde sein.

Die Hunde habe ich bei mir behalten. Der Pfarrer, der einen großen Hof hat, konnte das Pferd übernehmen. Der Wagen dient Chouquet als Laube, und mit dem Geld hat er fünf Obligationen der Eisenbahngesellschaft gekauft.

Das ist die einzige wahre Liebe, der ich in meinem Leben begegnet bin.»

Der Arzt verstummte.

Und die Marquise seufzte, Tränen in den Augen: «Nur die Frauen sind es, die wirklich zu lieben wissen!»

Das Meer lag leuchtend und ruhig da, von der Flut kaum bewegt, und von der Mole aus sah ganz Le Havre zu, wie die Schiffe einliefen.

Man erblickte sie in der Ferne, zahlreich, die einen, die großen Dampfschiffe, vom Rauch umhüllt, die andern, die Segelschiffe, von fast unsichtbaren Schleppern gezogen, die nackten Maste zum Himmel gereckt wie entblätterte Bäume.

Von allen Seiten des Horizonts eilten sie heran, auf die schmale Mündung der Mole zu, die diese Ungeheuer verschlang; und sie ächzten, sie schrien, sie pfiffen und hauchten Dampfwolken aus wie erschöpfte Atemzüge.

Zwei junge Offiziere spazierten auf der von Menschen wimmelnden Mole, grüßten, wurden gegrüßt, blieben manchmal stehn, um ein Wort zu wechseln.

Plötzlich packte der eine von ihnen, der größere, Paul d'Henricel, den Arm seines Kameraden Jean Renoldi und flüsterte: «Ach, da ist ja Madame Poinçot. Sieh nur genau hin. Sie kokettiert mit dir, das kann ich dir versichern.»

Sie kam am Arm ihres Gatten, eines reichen Reeders. Es war eine Frau von etwa vierzig Jahren, noch sehr schön, ein wenig füllig, doch dank ihrer Rundlichkeit frisch geblieben wie mit zwanzig Jahren. Unter ihren Freunden nannte man sie, wegen ihrer stolzen Haltung, wegen ihrer großen, schwarzen Augen, wegen der ganzen Vornehmheit ihrer Erscheinung, die Göttin. Sie war untadelig geblieben; nie hatte auch nur ein Verdacht ihr Leben berührt. Man zitierte sie als Beispiel einer schlichten, ehrenwerten Frau, die so würdig war, daß kein Mann gewagt hatte, an sie zu denken.

Aber seit einem Monat behauptete Paul d'Henricel, daß Madame Poinçot seinem Freund Renoldi zärtliche Blicke zuwerfe; und darauf beharrte er: «Du kannst gewiß sein, daß ich mich nicht täusche. Ich sehe es deutlich, sie liebt dich, sie liebt dich leidenschaftlich wie eine keusche Frau, die nie geliebt hat. Vierzig Jahre, das ist für die Frauen, wenn sie Sinne haben, ein furchtbares Alter; sie werden verrückt und begehen Torheiten. Die da hat's erwischt, mein Lieber; wie ein verwundeter Vogel fällt sie, und sie wird dir in die Arme fallen... sieh doch nur hin!»

Die stattliche Frau, vor der ihre beiden Töchter, die zwölf- und die fünfzehnjährige, einhergingen, kam näher, plötzlich blaß, als sie den Offizier erblickte. Sie hatte glutvolle Augen auf ihn geheftet, die ihn anstarrten, und schien nichts mehr um sich zu sehen, weder ihre Kinder noch ihren Mann noch die Menge. Sie erwiderte den Gruß der jungen Leute, ohne den Blick zu senken, darin die Flamme so stark leuchtete, daß endlich ein Zweifel sich in den Geist Leutnant Renoldis stahl.

Sein Freund flüsterte: «Ich war dessen gewiß. Hast du es diesmal gesehen? Zum Teufel, das ist noch immer ein Prachtstück!»

Doch Jean Renoldi hatte gar kein Verlangen nach einem mondänen Abenteuer. Er jagte der Liebe nicht nach, sondern wünschte vor allem ein ruhiges Leben und hatte nur jene gelegentlichen Beziehungen, an denen es einem jungen Mann nie fehlt. Das ganze Drum und Dran von Gefühlsseligkeit, die Aufmerksamkeiten, die Zärtlichkeiten, die eine wohlerzogene Frau heischt, langweilten ihn. Die Kette, so leicht sie auch sein mag, die ein derartiges Abenteuer immer schlingt, flößte ihm Angst ein. Er sagte sich: Nach einem Monat wächst es mir zum Hals heraus, und aus Höflichkeit bin ich gezwungen, es sechs Monate auszuhalten. Und dann, ein Bruch war ihm greulich, mit all den Szenen, mit den Reden, mit der verlassenen Frau, die sich festklammert.

Er wich einer Begegnung mit Madame Poinçot aus.

Nun, eines Abends saß er bei einer Gesellschaft neben ihr bei Tisch; und unablässig hatte er auf der Haut, im Auge und bis in die Seele den glühenden Blick seiner Nachbarin; ihre Hände trafen sich und – fast unfreiwillig – preßten einander. Das war schon der Beginn einer Liebschaft.

Ohne es zu wollen, sah er sie wieder. Er fühlte sich geliebt, er wurde weich, ein gewisses eitles

Mitleid mit der heftigen Leidenschaft dieser Frau regte sich in ihm. So ließ er sich denn vergöttern, war einfach galant und hoffte, es würde beim bloßen Gefühl bleiben.

Doch eines Tages gab sie ihm ein Stelldichein; um einander zu sehen, frei miteinander zu reden, sagte sie. Sie fiel ihm hingegeben in die Arme, und er sah sich genötigt, ihr Liebhaber zu sein.

Und das dauerte sechs Monate. Sie liebte ihn mit einer verheerenden, entfesselten Liebe. Eingemauert in diese Leidenschaft, dachte sie an nichts mehr; sie hatte sich ihm ganz und gar preisgegeben; ihren Körper, ihre Seele, ihren Ruf, ihre Stellung, ihr Glück, alles hatte sie in diese Flamme ihres Herzens geworfen, wie man, als Opfer, alle seine Wertsachen auf einen Scheiterhaufen wirft.

Er hatte es schon seit langem satt und bereute lebhaft die leichten Eroberungen eines schönen Offiziers. Doch er war gebunden, gefesselt, gefangen. Immer wieder sagte sie zu ihm: «Ich habe dir alles gegeben; was willst du noch mehr?» Er hatte nicht übel Lust, ihr zu antworten: Ich habe ja gar nichts von dir verlangt, und ich bitte dich, zurückzunehmen, was du mir gegeben hast. Ohne sich darum zu kümmern, daß sie gesehen, bloßgestellt, verloren sein konnte, kam sie zu ihm, Abend für Abend entflammter. Sie warf sich in seine Arme, umschlang ihn, ergoß sich in wütenden Küssen, die ihm schrecklich peinlich waren. Mit müder Stimme sagte er:

«Sei doch vernünftig», und sie erwiderte: «Ich liebe dich», fiel auf die Knie, um ihn lange anbetend zu betrachten. Unter diesem starren Blick wuchs seine Erbitterung, und er wollte sie aufheben. «Setz dich doch, plaudern wir!» Sie aber flüsterte: «Nein, laß mich», und verharrte, die Seele in Ekstase, wo sie war.

Zu seinem Freund d'Henricel sagte er: «Weißt du, ich werde sie prügeln. Ich will nicht mehr. Das muß ein Ende haben. Und sofort!» Und dann setzte er hinzu: «Was rätst du mir? Was soll ich tun?» Sein Freund entgegnete: «Brich!» Und Renoldi zuckte die Achseln: «Du sprichst so leichthin. Du glaubst, daß es einfach ist, mit einer Frau zu brechen, die einen mit Aufmerksamkeiten foltert, mit Schmeicheleien quält, mit ihrer Zärtlichkeit verfolgt, deren einzige Sorge es ist, einem zu gefallen, und deren einziges Unrecht, sich einem hingegeben zu haben, ohne daß man es gewollt hat.»

Doch da erfuhr man eines Morgens, daß das Regiment in eine andere Garnison versetzt werden sollte. Renoldi begann vor Freude zu tanzen. Er war gerettet, gerettet ohne Szenen, ohne Jammern. Gerettet... Jetzt handelte es sich nicht mehr darum, noch zwei Monate Geduld zu haben! Gerettet!

Abends kam sie zu ihm, erregter als gewöhnlich. Sie kannte die Schreckensnachricht schon, und ohne den Hut abzunehmen, griff sie nach seinen Händen, drückte sie nervös, ihre Augen in seine Augen getaucht, die Stimme zitternd und entschlossen: «Du gehst. Ich weiß es. Erst hat es mir das Herz gebrochen. Dann aber habe ich erfaßt, was ich zu tun habe. Ich will dir den größten Beweis der Liebe geben, den eine Frau geben kann – ich folge dir. Um deinetwillen verlasse ich meinen Mann, meine Kinder, meine Familie. Ich richte mich zugrunde. Mir ist, als schenkte ich mich dir von neuem. Es ist das letzte, das größte Opfer. Für immer bin ich dein!»

Ein kalter Schweiß rann ihm über den Rücken, eine dumpfe, erbitterte Wut packte ihn, der Zorn der Schwachen. Dennoch beruhigte er sich, und mit erheuchelter Uneigennützigkeit, mit schmeichelnder Stimme wies er ihr Opfer zurück, versuchte, sie zu besänftigen, ihr Vernunft beizubringen, sie ihren Wahnsinn erkennen zu lassen. Sie hörte ihm zu, die schwarzen Augen auf ihn geheftet, die Lippe verächtlich verzogen, ohne zu antworten. Und als er geendet hatte, sagte sie nur: «Bist du etwa ein Feigling? Gehörst du zu jenen, die eine Frau verführen und dann, wie ihre erste Laune es will, im Stich lassen?»

Er wurde blaß und begann abermals, ihr vernünftig zuzureden. Er wies auf die, bis zu ihrer beider Tod, unvermeidlichen Folgen solcher Handlungsweise hin. Das Leben zerbrochen, die Gesellschaft verschlossen. Hartnäckig erwiderte sie: «Was liegt daran, wenn man einander liebt?»

Und da, mit einem Male, brach er aus: «Nun denn, nein! Ich will nicht. Hörst du? Ich will nicht, ich verbiete es dir.» Und dann, vom lang verborgenen Groll hingerissen, schüttete er sein Herz aus: «Ach, zum Teufel, du liebst mich jetzt lang genug gegen meinen Willen. Es fehlte gerade noch, daß ich dich mitnehmen müßte. Schönen Dank dafür!»

Sie antwortete nicht, aber ihr totenbleiches Gesicht verzerrte sich langsam, leidenvoll, als ob all ihre Nerven und Muskeln sich verkrampften. Und sie ging, ohne ein Abschiedswort.

In derselben Nacht nahm sie Gift. Acht Tage lang gab man sie verloren. Und in der Stadt wurde geklatscht, man bedauerte sie, man entschuldigte ihren Fehltritt mit der Heftigkeit ihrer Leidenschaft; denn die übersteigerten Gefühle, durch ihre Stärke zur Heldenhaftigkeit erhoben, erreichen immer, daß man ihnen vergibt, was an ihnen verdammenswert ist. Eine Frau, die sich umbringt, ist sozusagen keine Ehebrecherin mehr. Und bald setzte sich eine allgemeine Mißbilligung gegen Leutnant Renoldi durch, der sie nicht sehen wollte, eine vollkommene Einstimmigkeit in Tadel und Vorwurf.

Man erzählte, er habe sie verlassen, verraten, geschlagen. Der Oberst, von Mitleid gerührt, ließ seinem Offizier gegenüber eine diskrete Anspielung fallen. Paul d'Henricel suchte seinen Freund auf. «Zum Teufel, man läßt doch eine Frau nicht sterben! Das ist nicht anständig!»

Renoldi befahl seinem Freund, der das Wort «Niedertracht» gebraucht hatte, zu schweigen. Die beiden schlugen sich, Renoldi wurde zur

Genugtuung der ganzen Stadt verwundet und mußte lange das Bett hüten.

Sie erfuhr es und liebte ihn darum nur noch mehr, denn sie glaubte, er habe sich ihretwegen geschlagen; doch sie selber durfte ihr Zimmer nicht verlassen, und so sah sie ihn vor der Versetzung des Regiments nicht wieder.

Seit drei Monaten war er in Lille, als er eines Morgens den Besuch einer jungen Frau empfing, der Schwester seiner früheren Geliebten.

Nach langem Leiden und einer Verzweiflung, die Madame Poinçot nicht zu überwinden vermochte, lag sie jetzt im Sterben. Es gab keine Hoffnung, sie zu retten. Sie wolle ihn noch eine Minute sehen, just nur eine Minute, bevor sie die Augen für immer schloß.

Die Ferne und die Zeit hatten die Übersättigung und den Groll des jungen Mannes gemildert; er war bewegt, weinte und fuhr nach Le Havre.

Anscheinend war sie dem Tode nahe. Man ließ die beiden allein. Und an dem Bett dieser Sterbenden, die er gegen seinen Willen getötet hatte, packte ihn eine Krise furchtbarsten Grams. Er schluchzte, küßte sie mit den sanften Lippen und mit einer Leidenschaft, die er nie für sie empfunden hatte. Er stammelte: «Nein, nein, du stirbst nicht, du wirst gesund, wir werden einander lieben... wir werden einander lieben... für ewig...»

«Ist es wahr?» flüsterte sie. «Du liebst mich?» Und er, in seiner Fassungslosigkeit, schwor, versprach, auf sie zu warten, bis sie genesen wäre, wurde weich, küßte die mageren Hände der Frau, deren Herz in unregelmäßigen Schlägen pochte.

Am nächsten Tag fuhr er in seine Garnison zurück.

Sechs Wochen später kam sie zu ihm, völlig gealtert, unerkennbar und noch liebestoller.

Verzweifelt nahm er sie zu sich. Und da sie wie ehelich getraute Gatten zusammenlebten, flammte die Empörung des selben Obersten, der sich darüber entrüstet hatte, daß der Leutnant die Frau verlassen, nun über diese illegitime Verbindung auf, die sich nicht mit dem guten Beispiel vertrug, das die Offiziere in einem Regiment zu geben hatten. Zuerst ermahnte er seinen Untergebenen, dann schritt er zu Strafmaßnahmen, und Renoldi mußte den Dienst quittieren.

Sie zogen in eine Villa am Gestade des Mittelländischen Meeres, des klassischen Meers der Liebenden.

Und abermals verstrichen drei Jahre. Renoldi, unter das Joch gebeugt, war besiegt, war an diese beharrliche Zärtlichkeit gewöhnt. Ihre Haare waren jetzt weiß.

Er war, in seinen eigenen Augen, erledigt, untergegangen. Jede Hoffnung, jede Karriere, jede Genugtuung, jede Freude waren ihm jetzt verschlossen.

Nun, eines Tages brachte man ihm eine Karte: Joseph Poinçot, Reeder, Le Havre. Der Gatte!

Der Gatte, der nichts gesagt, der begriffen hatte, daß man gegen die verzweifelte Hartnäckigkeit der Frauen nicht kämpft. Was wollte er?

Er wartete im Garten; in das Haus zu treten, hatte er abgelehnt. Er grüßte höflich, wollte sich nicht setzen, nicht einmal auf eine Bank in der Allee, und dann begann er klar und langsam zu sprechen.

«Monsieur, ich bin nicht gekommen, um Ihnen Vorwürfe zu machen; allzu gut weiß ich, wie die Dinge vor sich gegangen sind. Ich habe... wir haben... gleichsam unter einem Verhängnis gelitten. Ich hätte Sie nie in Ihrer Zurückgezogenheit gestört, wenn die Lage sich nicht geändert hätte. Ich habe zwei Töchter, Monsieur. Eine von ihnen, die ältere, liebt einen jungen Mann, der ihre Liebe erwidert. Doch seine Familie widersetzt sich der Heirat; als Grund führt sie die Situation der... der Mutter meiner Tochter an. Ich empfinde weder Zorn noch Groll, aber ich vergöttere meine Kinder. Und so komme ich denn, um von Ihnen, Monsieur, meine... meine Frau zu erbitten. Heute wird sie hoffentlich bereit sein, zu mir zurückzukehren... in ihr Heim. Was mich betrifft – nun, ich werde tun, als hätte ich vergessen. Um meiner Töchter willen...»

Renoldi spürte einen heftigen Stich im Herzen, und ein Taumel von Freude überflutete ihn wie einen Verurteilten, dem seine Begnadigung bekanntgegeben wird.

Er stotterte: «Aber ja... gewiß, Monsieur...

ich selber ... glauben Sie mir ... zweifellos ... das ist nur gerecht, zu gerecht.»

Und er hatte Lust, die Hände dieses Mannes zu ergreifen, ihn in die Arme zu schließen, ihn auf beide Wangen zu küssen.

Und er sagte: «Kommen Sie doch ins Haus. Im Salon wäre es besser für Sie. Ich hole sie.»

Diesmal leistete Poinçot keinen Widerstand mehr, und er setzte sich.

Renoldi hastete mit einigen Sprüngen die Treppe hinauf, und dann, vor der Türe seiner Mätresse, sammelte er sich und trat mit ernster Miene ein. «Unten ist jemand, der dich zu sprechen wünscht», sagte er. «Es handelt sich um deine Töchter.» Sie richtete sich auf. «Um meine Töchter? Was? Was gibt's denn? Sie sind doch nicht gestorben?»

«Nein, nein», erwiderte er. «Aber es ist eine wichtige Angelegenheit, die nur du erledigen kannst.» Sie hörte ihm nicht weiter zu, sondern eilte hinunter.

Da sank er auf einen Stuhl, völlig aufgelöst, und wartete. Er wartete lange, lange. Dann, als gereizte Stimmen durch den Plafond bis zu ihm drangen, entschloß er sich hinunterzugehn.

Madame Poinçot stand aufrecht da, erbittert, bereit, das Zimmer zu verlassen, während der Gatte sie am Kleid festhielt und wiederholte: «Aber begreifen Sie doch, daß Sie unsere Töchter zugrunde richten, Ihre Töchter, unsere Kinder!»

Verstockt gab sie zur Antwort: «Ich kehre

nicht zu Ihnen zurück.» Renoldi erfaßte alles, trat besorgt näher und stammelte: «Was? Sie weigert sich?» Sie wandte sich zu ihm, und aus einer gewissen Scham heraus duzte sie ihn vor ihrem gesetzlichen Gatten nicht mehr: «Wissen Sie, was er von mir verlangt? Er will, daß ich unter sein Dach zurückkehre!» Und mit tiefster Verachtung höhnte sie den Mann, der beinahe vor ihr niederkniete und sie anflehte.

Da begann Renoldi, mit der Entschlossenheit eines Verzweifelten, der seine letzte Partie spielt, zu reden, vertrat die Sache der armen Töchter, die Sache des Gatten, seine eigene Sache. Und als er sich unterbrach, um ein neues Argument zu suchen, flüsterte Poinçot mit allen Vernunftgründen zu Ende: «Ich bitte dich, Delphine, denk doch an deine Töchter.» Und die alte Gewohnheit stellte sich instinktiv wieder ein, und er duzte seine Frau.

Da umfaßte sie die beiden mit dem Blick einer überlegenen Verachtung, eilte zur Treppe und rief ihnen zu: «Ihr seid zwei Schufte!»

Allein geblieben, musterten sie einander sekundenlang, einer ebenso niedergeschlagen, ebenso verloren wie der andere; Poinçot hob seinen Hut auf, der neben ihm auf den Boden gefallen war, streifte mit der Hand über seine Knie, die auf dem Fußboden staubig geworden waren, und dann, während Renoldi ihn zur Türe geleitete, sagte er mit einer verzweifelten Geste: «Wir sind sehr unglücklich, Monsieur.» Dann entfernte er sich mit schleppendem Schritt.

Sie plauderten vor dem Kamin, der alte Arzt und die junge Kranke. Sie war nur ein wenig leidend; es war eines jener Leiden, die bei hübschen Frauen häufig vorkommen: eine kleine Blutarmut, die Nerven, eine ganz leichte Ermüdung, jene Ermüdung, welche die jungen Eheleute manchmal am Ende des ersten Monats ihrer Gemeinschaft empfinden, wenn sie eine Liebesheirat eingegangen waren.

Sie lag hingestreckt auf ihrem Diwan und schwatzte. «Nein, Doktor, ich werde nie begreifen, daß eine Frau ihren Mann betrügt. Ich will sogar zugestehn, daß sie ihn nicht liebt, daß sie nicht mehr an ihre Versprechen, ihre Schwüre denkt. Wie aber wagt sie, sich einem andern Mann hinzugeben? Wie will sie das vor aller Augen verbergen? Wie könnte sie in Lüge und Verrat lieben?»

Der Arzt lächelte.

«Was das betrifft – nun, das ist leicht. Ich versichere Ihnen, daß man gar nicht an all diese Feinheiten denkt, wenn die Lust eine Frau packt, untreu zu werden. Ich bin sogar sicher, daß eine Frau für die wahre Liebe erst reif ist, wenn sie all die Intimitäten, all die Widerwärtigkeiten der Ehe erlebt hat, die, nach dem Wort eines berühmten Mannes, nichts ist als ein Austausch von üblen Launen bei Tag und von üblen Gerüchen bei Nacht. Nichts ist wahrer! Eine Frau kann erst leidenschaftlich lieben, wenn sie verheiratet gewesen war. Wenn ich sie mit einem Haus vergleichen könnte, würde ich sagen, daß es nicht eher bewohnbar wird, bevor ein Gatte der Trockenmieter gewesen ist.

Und die Verstellung? Bei solchen Gelegenheiten haben alle Frauen davon noch abzugeben. Die allereinfachsten sind großartig und ziehen sich geradezu genial aus den schwierigsten Lagen.»

Doch die junge Frau blieb anscheinend ungläubig.

«Nein, Doktor, erst nachher fällt einem ein, was man in gefährlichen Situationen hätte tun sollen; und die Frauen sind noch leichter imstande, den Kopf zu verlieren, als die Männer.»

Der Arzt hob die Arme.

Erst nachher, sagen Sie? Wir, ja, wir sind es, denen erst nachher das Richtige einfällt. Ihr aber... hören Sie zu, ich will Ihnen eine kleine Geschichte erzählen, die einer meiner Patientinnen zugestoßen ist, einer, die ich, wie man so sagt, auch ohne Beichte absolviert hätte.

Das ereignete sich in einer Provinzstadt.

Eines Abends, als ich tief in jenen schweren Schlummer versunken war, den man nur so mühsam stören kann, schien es mir, in einem unklaren Traum, als läuteten die Glocken der Stadt Feuer.

Plötzlich erwachte ich; es war meine Glocke,

die Haustürglocke, die verzweifelt tönte. Da mein Diener anscheinend nicht antwortete, zog ich selber die Schnur, die an meinem Bett hing, und bald öffneten und schlossen sich Türen, Schritte rüttelten die Stille des schlafenden Hauses auf, und dann trat Jean ein, einen Brief in der Hand, darin es hieß: *Madame Lelièvre bittet Herrn Doktor Siméon dringend, sofort zu ihr zu kommen.*

Ich überlegte sekundenlang; ich dachte: eine Nervenkrise, Wallungen und was sonst noch. Und so erwiderte ich: *Doktor Siméon ist selber leidend und bittet Madame Lelièvre, sich an seinen Kollegen, Doktor Bonnet, wenden zu wollen.*

Dann steckte ich die Botschaft in einen Umschlag und schlief wieder ein.

Eine halbe Stunde später etwa läutete die Glocke an der Haustüre abermals, und Jean meldete mir: «Da ist wer draußen, ein Mann oder eine Frau, ich weiß es nicht genau, so hat er sich vermummt, und möchte schnell mit dem Herrn Doktor sprechen. Es gehe um das Leben von zwei Menschen, sagt er.»

Ich richtete mich auf. «Lassen Sie ihn eintreten.»

In meinem Bett sitzend, wartete ich.

Eine Art schwarzes Gespenst erschien, und sobald Jean gegangen war, enthüllte es sich. Es war Madame Berthe Lelièvre, eine ganz junge Frau, seit drei Jahren mit einem reichen Kaufmann der Stadt verheiratet, von dem es hieß, er habe das hübscheste Mädchen der Provinz geheiratet.

Sie war entsetzlich bleich, und ihr Gesicht verzerrte sich wie bei Menschen, die völlig aus der Fassung geraten sind. Zweimal versuchte sie zu reden, ohne daß doch auch nur ein Ton sich ihrem Mund entringen konnte. Endlich stammelte sie: «Schnell... schnell... schnell... Doktor... kommen Sie... mein... mein Liebhaber ist in meinem Zimmer gestorben...»

Keuchend hielt sie ein, dann redete sie weiter: «Mein Mann wird... wird aus dem Klub heimkommen...»

Ich sprang auf, bedachte nicht, daß ich im Nachthemd war, und binnen weniger Sekunden hatte ich mich angezogen. Dann fragte ich: «Waren Sie es selber, die vorhin hierher gekommen ist?» Sie stand wie eine Statue da, durch die Angst gleichsam versteinert, und flüsterte: «Nein... das ist mein Dienstmädchen... sie weiß...» Und nach kurzer Stille: «Ich... ich bin geblieben... bei ihm...» Und jetzt drang ein Schrei furchtbarsten Schmerzes von ihren Lippen, sie weinte völlig hemmungslos ein oder zwei Minuten lang ein krampfhaftes Schluchzen. Dann stockten plötzlich ihre Tränen, versiegten, wie von innen her durch die Glut getrocknet. Sie fand eine tragische Ruhe: «Gehen wir schnell!» sagte sie.

Ich war bereit, aber ich rief: «Zu dumm, ich habe nicht befohlen, meinen Wagen anzuspannen!» Doch sie erwiderte: «Ich habe einen. Es ist sein Wagen, der ihn erwartet hat.» Dann hüllte sie sich bis zu den Haaren ein, und wir gingen.

Als sie im Dunkel des Wagens neben mir saß, ergriff sie brüsk meine Hand, preßte sie mit ihren zarten Fingern und stammelte mit einem Zittern in der Stimme, einem Zittern, das aus einem zerrissenen Herzen kam: «Ach, wenn Sie wüßten, wie ich leide! Ich habe ihn geliebt, ich habe ihn über alles geliebt, wie eine Wahnsinnige. Seit sechs Monaten.»

«Ist man bei Ihnen wach?» fragte ich. Und sie erwiderte: «Nein – bis auf Rose, die alles weiß.»

Vor ihrer Haustüre hielt der Wagen; tatsächlich schlief alles im Hause. Mit einem Schlüssel traten wir geräuschlos ein, und dann stiegen wir auf den Fußspitzen hinauf. Das verstörte Dienstmädchen hockte auf dem obern Treppenabsatz, eine angezündete Kerze neben sich. Bei dem Toten zu bleiben, hatte sie nicht gewagt.

Ich ging in das Zimmer. Es herrschte ein Wirrwarr wie nach einem Kampf. Das Bett, verdrückt, in Unordnung, zerwühlt, war offen geblieben, schien zu warten. Eine Decke hing bis zum Teppich hinunter, nasse Handtücher, mit denen die Schläfen des jungen Mannes benetzt worden waren, lagen auf dem Boden neben einem Waschbecken und einem Glas. Und ein seltsamer Geruch von Küchenessig, gemischt mit Spuren von Toilettewasser, schlug einem schon bei der Türe widerlich entgegen.

Der Länge nach, auf dem Rücken, inmitten des Zimmers lag die Leiche.

Ich näherte mich, ich betrachtete sie, ich betastete sie, ich öffnete die Augen, ich strich über die Hände, dann wandte ich mich zu den beiden Frauen, die schlotterten, als würden sie erfrieren, und sagte: «Helfen Sie mir, ihn auf das Bett zu legen.» Und sachte geschah das. Nun horchte ich das Herz ab, führte einen Spiegel vor den Mund, und schließlich flüsterte ich: «Es ist zu Ende. Ziehen wir ihn schnell an.» Das war ein greuliches Schauspiel!

Ich nahm seine Gliedmaßen, eine nach der anderen, wie die einer riesigen Puppe, und streckte sie den Kleidungsstücken entgegen, welche die Frauen herbeitrugen. Wir zogen ihm die Socken an, die Unterhose, die Hose, die Weste, dann den Rock. Wir hatten große Mühe, die Arme in die Ärmel zu stecken.

Als die Schuhe zugeknöpft werden mußten, knieten die beiden Frauen auf den Boden, während ich die Kerze hielt. Doch da die Füße ein wenig geschwollen waren, erwies sich diese Arbeit als entsetzlich schwierig. Sie hatten keinen Schuhknöpfler gefunden, und so benützten sie ihre Haarnadeln.

Sobald der grausige Vorgang beendet war, besah ich unser Werk und sagte: «Er muß auch ein wenig gekämmt werden.» Das Dienstmädchen ging Kamm und Bürste ihrer Herrin holen, da sie aber zitterte und mit ungeschickten Bewegungen die langen, wirren Haare ausriß, bemächtigte Madame Lelièvre sich heftig des Kamms und richtete sanft das Haar zurecht, als wollte sie es streicheln. Sie zog den Scheitel, bürstete auch den Bart, dann rollte sie langsam die Enden des Schnurrbarts über ihren Finger, wie sie es zweifellos in den Vertraulichkeiten der Liebe zu tun gewohnt war.

Und plötzlich ließ sie alles fallen, was sie in den Händen hatte, griff nach dem reglosen Kopf ihres Liebhabers und sah lange, verzweifelt diese toten Züge an, die ihr niemals mehr lächeln würden; dann umschlang sie ihn mit beiden Armen und küßte ihn wild. Wie Schläge fielen ihre Küsse auf den geschlossenen Mund, auf die erloschenen Augen, auf die Schläfen, auf die Stirne. Dann näherte sie sich dem Ohr, als könnte er sie noch hören, als wollte sie das Wort stammeln, durch das die Umarmung noch glühender wurde, und wiederholte zehnmal hintereinander mit herzzerreißender Stimme: «Adieu, Liebster!»

Doch da schlug die Wanduhr Mitternacht.

Ich fuhr auf. «Herrgott, Mitternacht! Jetzt schließt der Klub. Mut, Madame, Energie!»

Sie richtete sich auf. Ich befahl: «Tragen wir ihn in den Salon.» Wir nahmen ihn zu dritt auf, trugen ihn hinüber, ich setzte ihn auf einen Diwan, und dann zündete ich die Kerzen an.

Die Türe nach der Straße öffnete und schloß sich wuchtig. Das war schon er! «Rose», rief ich, «rasch, bringen Sie mir das Waschbecken und die Servietten und räumen Sie das Zimmer auf. Beeilen Sie sich, Herrgott noch einmal. Monsieur Lelièvre kommt ja gerade.»

Ich hörte die Schritte auf der Treppe, sie näherten sich. Hände tasteten im Dunkel an den

Wänden entlang. Da rief ich: «Hierher, mein Lieber! Es hat einen Unfall gegeben!»

Und der Gatte erschien verdutzt, eine Zigarre im Mund, auf der Schwelle. «Was?» fragte er. «Was gibt's denn? Was ist da los?»

Ich ging auf ihn zu: «Ach, mein Bester, Sie sehen uns da in einer schlimmen Lage. Ich habe mich hier bei Ihrer Frau und unserem Freund verplaudert, der mich in seinem Wagen mitgenommen hatte. Und plötzlich ist er zusammengebrochen, und trotz aller unserer Mühe ist er seit zwei Stunden ohne Bewußtsein. Ich wollte keine Fremden rufen. Helfen Sie mir, ihn hinunterzubringen. Bei ihm daheim werde ich ihn besser behandeln können.»

Erstaunt, aber ohne jeden Argwohn nahm der Gatte den Hut ab; dann packte er seinen von nun an harmlosen Nebenbuhler unter den Armen. Ich spannte mich zwischen den Beinen ein wie ein Pferd zwischen zwei Deichseln. Und so stiegen wir die Treppe hinunter. Die Frau hatte unterdessen Licht gemacht.

Sobald wir vor der Türe waren, richtete ich die Leiche auf, sprach ihr zu, ermutigte sie, um den Kutscher zu täuschen: «Nun, nun, mein Freund, keine Angst, es wird nichts sein. Sie fühlen sich schon besser, nicht wahr? Mut, mein Lieber, ein wenig Mut! Eine kleine Anstrengung, und es ist vorüber.»

Da ich spürte, daß er zusammensinken wollte, daß er mir zwischen den Händen entglitt, versetzte ich ihm einen kräftigen Stoß mit der

Schulter, so daß er in den Wagen fiel, und dann stieg ich hinter ihm ein.

Besorgt fragte der Gatte: «Glauben Sie, daß es etwas Ernstes ist?» Lächelnd erwiderte ich: «Nein», und ich beobachtete die Frau. Sie hatte den Arm des gesetzlichen Gatten genommen, und ihr starrer Blick war in die dunkle Tiefe des Wagens geheftet.

Ich schüttelte den beiden die Hand und ließ den Kutscher anfahren. Während der ganzen Fahrt lehnte der Tote sich an mein rechtes Ohr.

Als wir bei ihm angekommen waren, erklärte ich, er habe unterwegs die Besinnung verloren. Ich half ihn in sein Zimmer tragen, und dann stellte ich den Tod fest. Vor seiner entsetzten Familie spielte ich eine neue Komödie. Und endlich konnte ich mich ins Bett legen, nicht ohne die Liebenden zu verwünschen.

Der Doktor verstummte, immer noch lächelnd. Gezwungen fragte die junge Frau: «Warum haben Sie mir diese gräßliche Geschichte erzählt?» Er neigte sich galant.

«Um Ihnen, bei Gelegenheit, meine Dienste anzubieten.»

Mein lieber Abbé,

Nun wird es nichts aus meiner Heirat mit Deiner Cousine, und zwar auf die albernste Art, eines schlechten Streichs wegen, den ich, beinahe unfreiwillig, meiner Verlobten gespielt habe.

In der Verlegenheit, in der ich mich befinde, wende ich mich an Dich, mein alter Kamerad, denn Du könntest mich aus der Affäre ziehen. Ich werde Dir dafür bis zum Tod dankbar sein.

Du kennst Gilberte, oder vielmehr Du glaubst sie zu kennen; kennt man aber jemals die Frauen? Alle ihre Ansichten, ihre Vorstellungen, ihre Ideen sind Überraschungen. All das ist voll von Umwegen, von Rückwegen, von Unvorhergesehenem, von ungreifbaren Erwägungen, von verdrehter Logik, von Verstocktheit, und all das ist scheinbar endgültig und schlägt um, weil ein Vögelchen sich auf das Fenstersims gesetzt hat.

Dir brauche ich nicht erst beizubringen, daß Deine Cousine, von den weißen oder schwarzen Damen von Nancy erzogen, übertrieben fromm ist.

Das weißt Du besser als ich. Was Du aber zweifellos nicht weißt, ist, daß sie in allem andern ebenso übertrieben ist wie in der Frömmigkeit.

Ihr Kopf dreht und wendet sich wie ein Blatt, das sich im Wind überschlägt; und sie ist mehr als andere ein Weibchen oder richtiger ein junges Mädchen, im Nu erweicht oder erbost, im Galopp auf die Neigung wie auf den Haß zustürmend und auf die gleiche Art zurückkehrend; und hübsch... wie Du weißt; und entzückend, mehr, als man beschreiben kann... und wie Du es nie wissen wirst.

Wir waren also verlobt; ich vergötterte sie, wie ich sie noch immer vergöttere. Und anscheinend liebte sie mich.

Eines Tages erhielt ich ein Telegramm, das mich zu einer Konsultation, der vielleicht eine ernste, heikle Operation folgen sollte, nach Köln rief. Da ich am nächsten Tag reisen mußte, eilte ich, um von Gilberte Abschied zu nehmen und ihr zu sagen, warum ich Mittwoch nicht bei meinen künftigen Schwiegereltern speisen könnte, sondern erst Freitag, dem Tag meiner Rückkehr. Ach, hüte Dich vor den Freitagen; ich versichere Dir, daß sie unheilvoll sind.

Als ich von meiner Abreise sprach, sah ich eine Träne in ihren Augen; doch als ich meine baldige Heimkehr anzeigte, klatschte sie in die Hände und rief: «Wie schön! Da werden Sie mir etwas mitbringen; eine Winzigkeit, ein einfaches Andenken, aber ein ausdrücklich für mich gewähltes Andenken. Sie müssen herausfinden, was mir am meisten Freude bereiten würde, hören Sie? Ich werde sehen, ob Sie Phantasie haben.»

Sekundenlang dachte sie nach, und dann fuhr sie fort: «Ich verbiete Ihnen, mehr als zwanzig Francs dafür auszulegen. Die Absicht, die Erfindungsgabe soll mich rühren, Monsieur, nicht der Preis.» Und dann, abermals nach kurzem Schweigen, sagte sie mit niedergeschlagenen Augen: «Wenn es Sie nichts kostet, an Geldwert, und wenn es besonders einfallsreich ist... dann... dann werde ich Sie umarmen.»

Am nächsten Tag war ich in Köln. Es handelte sich um einen furchtbaren Unfall, der eine ganze Familie zur Verzweiflung trieb. Eine Amputation war dringend nötig. Man quartierte mich ein, man hielt mich beinahe gefangen, ich sah nur weinende Menschen, die mir dauernd in den Ohren lagen. Ich operierte einen Sterbenden, der mir beinahe unter den Händen blieb. Ich hielt zwei Nächte bei ihm aus, und dann, als ich eine Aussicht auf Rettung erblickte, ließ ich mich an den Bahnhof führen.

Nun, ich hatte mich verrechnet, ich hatte noch eine Stunde vor mir. Ich schlenderte durch die Straßen und dachte noch an meinen armen Kranken, als ein Individuum mich anhielt.

Ich kann nicht Deutsch, er konnte nicht Französisch; endlich begriff ich, daß er mir Reliquien anbot. Die Erinnerung an Gilberte zuckte mir durch das Herz, ich kannte ihre fanatische Frömmigkeit. Da hatte ich doch mein Geschenk! Ich folgte dem Mann in einen Laden, wo heilige Dinge feilgehalten wurden, und ich kaufte «ein kleines Stück eines Knochens der elftausend Jungfrauen».

Die angebliche Reliquie lag in einem reizenden Medaillon aus altem Silber, und das entschied meine Wahl.

Ich steckte das Zeug in die Tasche, und ich stieg in meinen Zug.

Als ich daheim war, wollte ich meine Erwerbung noch einmal besichtigen. Ich nahm das Medaillon... es hatte sich geöffnet, die Reliquie war verlorengegangen! Ich konnte noch so lange in meiner Tasche wühlen, sie umdrehen; der kleine Knochen, nicht größer als die Hälfte einer Nadel, war verschwunden.

Mit meiner Gläubigkeit steht es, wie Du weißt, mein lieber Abbé, sehr mittelmäßig; Du hast die Freundschaft, die Seelengröße, meine Kälte zu dulden und mich, wie Du sagst, in Erwartung der Zukunft, in Ruhe zu lassen. Aber wenn es um Reliquien in den Läden der Händler mit dergleichen geht, bin ich völlig ungläubig. Und Du teilst ja in dieser Beziehung meine unbedingten Zweifel. Der Verlust dieses winzigen Stückchens eines Schafsknochens brachte mich denn auch nicht zur Verzweiflung. Und mühelos verschaffte ich mir ein ähnliches Stück, das ich sorgfältig im Innern meines kostbaren Medaillons verwahrte.

Und nun ging ich zu meiner Braut.

Kaum sah sie mich in der Türe, als sie sich auch schon aufgeregt und lächelnd auf mich stürzte. «Was haben Sie mir mitgebracht?»

Ich tat, als hätte ich es vergessen; doch sie glaubte mir nicht. Ich ließ mich bitten, ja anflehen. Und als ich merkte, daß sie ganz außer sich vor Neugier war, reichte ich ihr die heilige Gabe. Die Freude überwältigte sie. «Eine Reliquie! Oh, eine Reliquie!» Und leidenschaftlich küßte sie das Medaillon. Ich schämte mich meines Betrugs.

Doch da erwachte in ihr eine Besorgnis, die sich im Nu zu einer schrecklichen Angst steigerte. Sie heftete ihren Blick fest auf mich.

«Sind Sie auch sicher, daß sie echt ist?»

«Unbedingt sicher.»

«Wieso?»

Da war ich gefangen. Gestehen, daß ich das Knochenstück bei einem Straßenhändler gekauft hatte, wäre mein Verderben gewesen. Was sollte ich sagen? Eine irrsinnige Idee blitzte mir auf. Ich erwiderte leise, geheimnisvoll:

«Ich habe sie für Sie gestohlen.»

Mit ihren großen, entzückten, begeisterten Augen sah sie mich an. «Oh! Sie haben sie gestohlen! Und wo denn?» «Im Dom, in dem Schrein der elftausend Jungfrauen.» Ihr Herz pochte, sie war fast ohnmächtig vor Glück. Sie flüsterte:

«Das haben Sie getan... für mich! Erzählen Sie... sagen Sie mir alles!»

Nun war es heraus, ich konnte nicht mehr zurück. Ich erfand eine phantastische Geschichte mit sehr eingehenden, erstaunlichen Einzelheiten. Ich hatte dem Wächter hundert Mark gegeben, um den Dom allein besichtigen zu können. Der Schrein wurde gerade repariert, aber ich kam zur Stunde, da Arbeiter und Geistliche beim Mittagessen waren. Dadurch daß ich eine Seite herausnahm, die ich nachher sorgsam wieder einklebte, hatte ich einen kleinen Knochen – ach, einen ganz winzigen – inmitten einer Menge anderer – ich sagte eine Menge, weil ich mir vorstellte, was die Überreste von elftausend Jungfrauen ausmachen müßten – nehmen können. Dann war ich zu einem Goldschmied gegangen und hatte ein Medaillon gekauft, das der Reliquie würdig war.

Es war mir durchaus nicht unlieb, sie wissen zu lassen, daß das Geschenk mich fünfhundert Francs gekostet hatte.

Doch daran dachte sie kaum; bebend, in Ekstase lauschte sie mir. Sie flüsterte: «Wie ich Sie liebe!» und ließ sich in meine Arme fallen.

Bedenke wohl: Ich hatte für sie eine Heiligtumsschändung begangen. Ich hatte gestohlen, ich hatte eine Kirche beraubt, einen Reliquienschrein erbrochen, heilige Reliquien geschändet und gestohlen. Und um dessentwillen verehrte sie mich, fand mich zärtlich, fand mich vollkommen göttlich. Das ist die Frau, mein lieber Abbé, die ganze Frau.

Zwei Monate lang war ich der bewunderungswürdigste aller Bräutigame. In ihrem Zimmer hatte sie eine Art prächtiger Kapelle eingerichtet, um dort jenes Kotelettknöchelchen unterzubringen, für das ich, so glaubte sie, dies göttliche Verbrechen der Liebe begangen hatte. Und morgens und abends entzückte sie sich davor.

Ich hatte sie gebeten, das Geheimnis zu wahren, aus Angst, sagte ich, verhaftet, verurteilt, an Deutschland ausgeliefert zu werden. Und sie hatte ihr Wort gehalten.

Nun, zu Beginn des Sommers überkam sie das tolle Verlangen, den Ort meiner Tat zu besichtigen. So sehr, so nachdrücklich bat sie ihren Vater – ohne ihm den geheimen Grund zu gestehn –, bis er, dem Wunsch seiner Tochter gehorchend, mit ihr nach Köln fuhr. Vor mir wurde diese Reise verheimlicht.

Dir brauche ich nicht zu sagen, daß ich das Innere des Doms gar nicht gesehen hatte. Ich habe keine Ahnung, wo das Grab – wenn es ein Grab gibt – der elftausend Jungfrauen sich befindet. Es scheint jedenfalls, daß diese Gruft leider unzugänglich ist.

Acht Tage später erhielt ich einen Brief, mit dem unsere Verlobung aufgelöst wurde; dazu einen aufklärenden Brief des Vaters, der verspätet ins Vertrauen gezogen worden war.

Beim Anblick des Reliquienschreins hatte sie mit einem Mal meinen Betrug erkannt, meine Lüge und gleichzeitig meine ehrliche Unschuld. Sie hatte den Wächter der Reliquien gefragt, ob kein Diebstahl sich ereignet habe, und da hatte der Mann gelacht und ihr bewiesen, daß ein solches Verbrechen völlig unmöglich war.

Doch von dem Augenblick an, da ich keinen

heiligen Ort erbrochen und meine profane Hand nicht in die Mitte ehrwürdiger Überreste gestreckt hatte, war ich meiner blonden, feinfühligen Braut nicht mehr würdig.

Man verbot mir das Haus. Ich konnte lange bitten und betteln, nichts konnte die schöne Fromme erweichen.

Ich wurde krank vor Kummer.

Nun, vorige Woche ließ ihre Cousine, Madame d'Arville, die auch Deine Cousine ist, mich zu sich bitten.

Die Bedingungen meiner Begnadigung wären: ich muß eine Reliquie, eine wirkliche, echte, vom Heiligen Vater, dem Papst, beglaubigte, von irgendeiner Jungfrau und Märtyrerin bringen.

Die Verlegenheit, die Unruhe machen mich toll.

Ich werde nach Rom fahren, wenn es denn sein muß. Aber ich kann doch nicht so ohne weiteres vor den Papst treten und ihm mein albernes Abenteuer erzählen. Und dann bezweifle ich, daß man Privatleuten wirkliche Reliquien anvertraut.

Könntest Du mich nicht an irgendeinen Monsignore oder auch bloß an einen französischen Prälaten empfehlen, der Reste einer Heiligen besitzt? Du selber, hast Du nicht in Deinen Sammlungen das kostbare Stück, das man von mir verlangt?

Rette mich, mein lieber Abbé, und ich verspreche Dir, mich zehn Jahre früher zu bekehren.

Madame d'Arville, die die Sache ernst nimmt, hat mir gesagt: «Die arme Gilberte wird nie heiraten!»

Mein lieber Kamerad, wirst Du Deine Cousine als Opfer eines blödsinnigen Schwindels sterben lassen? Ich flehe Dich an, tu etwas, damit sie nicht zur elftausendundersten wird.

Verzeih mir, ich bin unwürdig, aber ich umarme Dich und habe Dich von ganzem Herzen lieb.

Dein alter Freund Henri Pontal

Der Salon war klein, die Wände mit schweren Bespannungen verkleidet, und in der Luft schwebte ein zarter Duft. In einem breiten Kamin loderte ein mächtiges Feuer; während eine einzige Lampe auf der Ecke des Kaminsimses ein weiches, von einem Schirm aus alten Spitzen gedämpftes Licht auf die beiden Menschen warf, die sich unterhielten.

Sie, die Hausfrau, eine alte Dame mit weißem Haar, doch eine jener bewunderungswürdigen alten Damen, deren faltenlose Haut glatt ist wie ein feines Papier und durchduftet, völlig von Düften gesättigt, bis auf das lebendige Fleisch durchtränkt von den köstlichen Essenzen, darin es seit langem seine Oberfläche badet. Eine alte Dame, die, wenn man ihr die Hand küßt, jenen leichten Duft ausstrahlt, den man wittert, sobald man eine Büchse mit Florentiner Irispuder öffnet.

Er war ein alter Freund, Junggeselle geblieben, ein Freund, der pünktlich jede Woche erschien, ein Gefährte auf der Reise durch das Dasein. Sonst nichts.

Seit etwa einer Minute war ihre Unterhaltung verstummt, und sie blickten ins Feuer, träumten von irgend etwas, und es herrschte jenes freundliche Schweigen von Menschen, die nicht andauernd reden müssen, um einander nahe zu sein. Und plötzlich brach ein mächtiges Scheit, ein Holzstück mit flammenden Wurzeln, zusammen, sprang über den Kaminbock in das Zimmer und rollte, rund um sich feurige Blitze werfend, auf den Teppich.

Die alte Frau fuhr mit einem leisen Schrei auf, als wollte sie fliehen, der Mann dagegen stieß mit den Füßen das riesige Scheit in den Kamin zurück und trat die glühenden Spuren auf dem Teppich aus.

Nachdem alles wieder in Ordnung war, verbreitete sich ein starker Brandgeruch; der Mann setzte sich der Frau gegenüber und betrachtete sie lächelnd. Dann wies er auf das Scheit, das seinen Platz im Kamin wieder eingenommen hatte, und sagte:

«Eines solchen Scheits wegen habe ich nie geheiratet.»

Sie musterte ihn sehr erstaunt, mit dem neugierigen Blick der Frauen, die etwas wissen wollen, dem Blick der Frauen, die nicht mehr ganz jung sind und bei denen die Neugier wohlbedacht, kompliziert und manchmal spöttisch ist. Und sie fragte:

«Wie kam das?»

«Ach, das ist eine richtige Geschichte, eine recht traurige, häßliche Geschichte!»

Meine früheren Kameraden haben sich oft darüber gewundert, daß zwischen einem meiner besten Freunde – mit dem Vornamen hieß er

Julien – und mir plötzlich eine Abkühlung eingetreten war. Sie begriffen nicht, wie zwei vertraute, zwei unzertrennliche Freunde unseres Schlags mit einem Mal beinahe völlig einander entfremdet sein konnten. Nun, hören Sie das Geheimnis dieser Entwicklung.

Er und ich wohnten früher zusammen. Wir verließen einander nie. Und die Freundschaft, die uns verband, war scheinbar so fest, daß nichts sie zerbrechen könnte.

Eines Abends, als er heimkam, zeigte er mir seine bevorstehende Hochzeit an.

Für mich war das wie ein Schlag gegen die Brust; als hätte er mich bestohlen oder verraten. Wenn ein Freund heiratet, ist es zu Ende, völlig zu Ende. Die eifersüchtige Liebe einer Frau, jene düstere, unruhige, fleischliche Liebe duldet nicht die starke, ehrliche Neigung, die Bindung von Geist, Herz und Vertrauen, die zwischen zwei Männern besteht.

Ja, Madame, wie groß auch die Liebe sein mag, die sie aneinanderschweißt, der Mann und die Frau sind sich in der Seele, im Geist immer fremd; sie bleiben zwei Kriegführende, sie sind nun einmal von verschiedenem Stamm, es muß immer einer der Bezwinger, der andere der Bezwungene, einer der Herr, der andere der Sklave sein. Sie fassen einander bei den Händen, bei den glutzitternden Händen; niemals aber reichen sie sie einander mit einem kräftigen, redlichen Druck, jenem Druck, der gleichsam die Herzen öffnet, sie in einem Aufschwung von aufrichtiger, männlicher Neigung entblößt. Die Weisen sollten, statt zu heiraten und, zum Trost für ihre alten Tage, Kinder zu zeugen, von denen sie verlassen werden, lieber einen guten, sichern Freund suchen und mit ihm in jener Verbindung der Gedanken alt werden, die eben nur zwischen zwei Männern bestehn kann.

Nun, mein Freund Julien heiratete. Sie war hübsch, seine Frau, reizend, eine kleine, kraushaarige, lebhafte, rundliche Blondine, die ihn anscheinend vergötterte.

Anfangs kam ich nur selten zu ihnen, denn ich fürchtete, ihre Zärtlichkeit zu stören, und hatte die Empfindung, als wäre ich zwischen den beiden zu viel. Sie aber wollten sichtlich mit mir verkehren, riefen mich beständig zu sich ins Haus und hatten mich offenbar gern.

Nach und nach ließ ich mich von dem sanften Zauber dieses gemeinsamen Lebens betören; und ich speiste häufig bei ihnen. Und ebenso häufig dachte ich, wenn ich dann nachts heimkam, es meinem Freund nachzumachen, eine Frau zu nehmen, denn mein leeres Haus dünkte mich damals recht traurig.

Sie wiederum liebten einander offenbar sehr zärtlich; keinen Augenblick trennten sie sich. Nun, eines Abends schrieb mir Julien, ich solle doch zum Essen zu ihnen kommen. Ich ging. «Mein Lieber», sagte er, «ich werde mich nach Tisch einer geschäftlichen Angelegenheit halber entschuldigen müssen. Vor elf Uhr bin ich nicht wieder zurück. Dann aber komme ich bestimmt.

Und ich rechne damit, daß du Berthe unterdessen Gesellschaft leistest.»

Die junge Frau lächelte. «Ich selber», sagte sie, «hatte den Einfall, Sie zu uns zu bitten.»

Ich schüttelte ihr die Hand.

«Sie sind zu liebenswürdig!»

Und ich spürte in meinen Fingern einen freundschaftlichen, langen Druck. Das beachtete ich nicht. Wir setzten uns zu Tisch, und um acht Uhr verließ uns Julien.

Kaum war er fort, als plötzlich zwischen seiner Frau und mir sich eine seltsame Verlegenheit einstellte. Wir waren noch nie miteinander allein gewesen, und trotz unserer täglich wachsenden Zutraulichkeit versetzte diese Zweisamkeit uns in eine neue Lage. Zunächst redete ich allerlei gleichgültige Dinge, mit denen man ein solches peinliches Schweigen füllt. Sie antwortete nicht, sondern blieb mir gegenüber, an der andern Seite des Kamins, den Kopf gesenkt, den Blick unentschlossen, einen Fuß nach der Flamme gestreckt, als wäre sie in ein schwieriges Problem vertieft. Als ich mit meinem Alltagsgerede fertig war, verstummte ich. Es ist erstaunlich, wie schwer es manchmal ist, Gesprächsstoff zu finden. Und dann spürte ich abermals in der Luft, spürte ich etwas Unsichtbares, etwas Unbestimmtes, das sich unmöglich ausdrücken läßt, jene mysteriöse Ahnung, die einen vor geheimen, guten oder bösen Absichten warnt, den Absichten eines anderen Menschen uns gegenüber.

Dieses peinliche Schweigen dauerte einige

Zeit. Dann sagte Berthe: «Legen Sie doch noch ein Scheit ins Feuer, mein Lieber. Sie sehen ja, daß es ausgehn will.»

Ich öffnete die Holztruhe, die genau so neben dem Kamin stand wie Ihre, ich nahm ein Scheit, das größte Scheit, und ich stellte es senkrecht auf die andern zu drei Vierteln schon verzehrten Holzstücke.

Und dann wurde es wieder still.

Nach einigen Minuten flammte das Scheit derart, daß es uns das Gesicht fast versengte. Die junge Frau hob die Augen zu mir, Augen, die mir jetzt fremd waren.

«Es ist zu heiß», sagte sie. «Gehen wir doch hinüber auf das Sofa!»

Und so setzten wir uns auf das Sofa.

Dann, mit einem Mal, sah sie mir voll ins Gesicht.

«Was täten Sie, wenn eine Frau Ihnen sagen würde, daß sie Sie liebt?»

Sehr verwirrt erwiderte ich: «Mein Gott, so ein Fall ist nicht vorgesehen, und dann – das hinge von der Frau ab.»

Da begann sie zu lachen, ein trockenes, nervöses, zitterndes Lachen, ein falsches Lachen, wie es ein feines Glas zum Zerspringen bringen könnte. Und sie fuhr fort:

«Die Männer sind niemals kühn und gar nicht schlau.» Sie schwieg. Doch dann begann sie abermals:

«Sind Sie schon manchmal verliebt gewesen, Monsieur Paul?»

Das gab ich zu; ja, ich war schon manchmal verliebt gewesen.

«Erzählen Sie mir doch davon», bat sie.

Ich erzählte ihr eine gleichgültige Geschichte. Sie hörte mir aufmerksam zu, ließ aber häufig ihre Mißbilligung, ja ihre Verachtung merken; und dann plötzlich: «Nein, ihr versteht nichts! Damit eine Liebe wirklich stark ist, müßte sie – so stelle ich's mir vor – das Herz umstürzen, die Nerven verkrampfen, den Kopf verheeren. Sie müßte – wie soll ich es sagen? – gefährlich, ja schrecklich, beinahe verbrecherisch, beinahe lästerlich, gewissermaßen ein Verrat sein; ich will damit sagen, daß sie die heiligen Hindernisse, die Gesetze, die brüderlichen Bande vernichten müßte. Wenn eine Liebe gelassen ist, unbeschwert, gefahrlos, gesetzlich, ist das dann noch eine Liebe?»

Ich wußte nicht, was ich antworten sollte, und in meinem Innern bewahrte ich die philosophische Erkenntnis: «O Frauenhirn, so bist du ganz und gar!»

Beim Sprechen hatte sie sich eine gewisse Gleichgültigkeit zurechtgelegt, eine Art Rührmich-nicht-an-Miene; aber gleichzeitig hatte sie sich auf den Kissen ausgestreckt, den Kopf an meine Schulter gelehnt, und der ein wenig verschobene Rock ließ einen roten Seidenstrumpf sehen, der hin und wieder im Feuerschein auf dem Kamin stärker aufleuchtete.

Eine Minute später sagte sie: «Ich mache Ihnen wohl Angst?» Ich widersprach. Da schmiegte sie sich ganz an meine Brust und flüsterte, ohne mich anzusehen: «Wenn ich Ihnen sagen würde, daß ich Sie liebe – was täten Sie?» Und bevor ich noch eine Antwort finden konnte, hatte sie ihre Arme um meinen Hals gelegt, hatte meinen Kopf brüsk an sich gezogen, und ihre Lippen preßten sich an die meinen.

Ach, verehrte Freundin, ich kann Ihnen schwören, daß ich das gar nicht heiter fand. Was! Julien betrügen? Der Geliebte dieser kleinen, verdrehten, verschlagenen Närrin werden, deren zweifellos überhitzter Sinnlichkeit ihr Gatte schon nicht mehr genügte? Ununterbrochen verraten, unablässig betrügen, mit der Liebe spielen und nur um der Lockung der verbotenen Frucht, der Gefahr, der man trotzt, der verratenen Freundschaft wegen? Nein, das paßte mir durchaus nicht. Was aber tun? Den Joseph spielen? Eine sehr törichte und überdies sehr schwierige Rolle, denn in ihrer Niedertracht war sie betörend, diese kleine Person, war entflammt in ihrer Verwegenheit, entbrannt in leidenschaftlicher Gier. Wer nie auf seinem Mund den drängenden Kuß einer Frau gespürt hat, die bereit ist, sich hinzugeben, der werfe den ersten Stein auf mich...

Kurz, noch eine Minute... Sie begreifen, nicht wahr? Eine Minute noch und... ich war... nein... sie war... Verzeihung, er ist es, der war... Oder der es vielmehr gewesen wäre, wenn nicht just in diesem Augenblick ein schrecklicher Lärm uns aufgeschreckt hätte.

Das Scheit, ja, das Scheit, Madame, stürzte in den Salon, warf die Schaufel, den Kaminvorsatz um, rollte wie ein flammender Orkan, entzündete den Teppich und wälzte sich unter einen Fauteuil, den es unweigerlich in Brand gesteckt hätte.

Wie ein Wahnsinniger sprang ich hinzu, und während ich das rettende Scheit in den Kamin zurückstieß, öffnete sich jäh die Türe! Julien kam strahlend ins Zimmer. «Ich habe mich frei gemacht!» rief er. «Die Angelegenheit war um zwei Stunden früher erledigt.»

Ja, meine Liebe, ohne das Scheit wäre ich auf frischer Tat ertappt worden. Und die Folgen können Sie sich ausmalen.

Nun, ich tat das Nötige, um nie, nie wieder in so eine Lage zu kommen. Dann bemerkte ich, daß Julien mir, wie man sagt, die kalte Schulter zeigte. Seine Frau untergrub ganz offenbar unsere Freundschaft; und nach und nach hielt er mich von seinem Hause fern. Schließlich sahen wir einander überhaupt nicht mehr.

Ich habe nie geheiratet. Darüber werden Sie sich jetzt wohl nicht mehr wundern.

EINE ÜBERRASCHUNG

Wir waren, mein Bruder und ich, von unserem Onkel, dem Abbé Loisel, erzogen worden, dem «Pfarrer Loisel», wie wir ihn nannten. Unsere Eltern waren schon in unserer frühesten Kindheit gestorben, und so nahm er uns in sein Pfarrhaus und behielt uns dort.

Seit achtzehn Jahren betreute er das Dorf Join-le-Sault, unweit von Yvetot. Das war eine kleine Gemeinde, mitten auf der schönen Hochebene von Caux, übersät mit Bauernhöfen, die da und dort, von Bäumen umstanden, in den Feldern lagen.

Von den über die Ebene verstreuten Strohhütten abgesehen, zählte das Dorf nicht mehr als sechs Häuser, die sich zu beiden Seiten der Hauptstraße reihten. Am einen Ende stand die Kirche, am andern das neue Bürgermeisteramt.

Unsere Kindheit hatten mein Bruder und ich damit verbracht, auf dem Kirchhof zu spielen. Da er windgeschützt lag, gab mein Onkel uns dort Unterricht. Wir saßen zu dritt auf dem einzigen Grabstein, dem von meines Onkels Vorgänger, dessen wohlhabende Familie ihm ein üppiges Grab gestiftet hatte.

Um unser Gedächtnis zu üben, ließ der Pfarrer Loisel uns die auf die schwarzen Holzkreuze gemalten Namen der Toten auswendig lernen;

und um gleichzeitig unser Unterscheidungsvermögen zu entwickeln, mußten wir diese seltsame Aufzählung bald bei dem einen, bald bei dem andern Ende, bald in der Mitte beginnen, und plötzlich bei irgendeinem Grab, das er bezeichnete. «Dort das in der dritten Reihe, mit dem Kreuz, das nach links überhängt.» War eine neue Beerdigung in Sicht, so waren wir schleunigst darauf bedacht, in Erfahrung zu bringen, was man auf das Holzkreuz schreiben würde, und häufig gingen wir sogar zum Schreiner, um die Grabschrift zu lesen, bevor sie auf dem Erdhügel prangte. Der Onkel fragte: «Kennt ihr schon die neue?» Und wir antworteten wie aus einem Munde: «Ja, Onkel», und dann begannen wir sogleich herunterzustottern: «Hier ruht Joséphine, Rosalie, Gertrude Malaudain, Witwe des Théodore Magloire Césaire, dahingeschieden mit zweiundsechzig Jahren, betrauert von ihrer Familie, ein braves Mädchen, eine brave Gattin und eine brave Mutter. Ihre Seele weilt in den himmlischen Gefilden.»

Mein Onkel war ein langer, knochiger Priester, und sein Geist war ebenso kantig wie sein Körper. Selbst seine Seele schien hart und genau zu sein wie eine Antwort des Katechismus. Häufig sprach er zu uns mit Donnerstimme von Gott. Aus seinem Mund klang das Wort heftig, als hätte er einen Pistolenschuß abgefeuert. Sein Gott war übrigens nicht «der liebe Gott», sondern ganz kurz «Gott». An ihn mußte er wohl denken, wie ein Nachzügler an den Gendarmen, ein Gefangener an den Untersuchungsrichter denkt.

Er gab uns, meinem Bruder und mir, eine rauhe Erziehung und lehrte uns eher zu zittern als zu lieben.

Als wir, der eine vierzehn, der andere fünfzehn Jahre alt waren, steckte er uns zu ermäßigtem Preis ins Pensionat, eine kirchliche Schule in Yvetot. Das war ein großes, düsteres Gebäude, bewohnt von Geistlichen und von Schülern, die fast durchwegs zum Priesteramt bestimmt waren. Noch heute kann ich nicht ohne Bedrückung und Erschauern daran denken. Man roch dort das Gebet, wie man auf dem Markt an einem Tag der Hochflut den Fisch riecht. Ach, diese triste Schule mit ihren ewigen religiösen Zeremonien, der frostigen Messe an jedem Morgen, der stillen Andacht, dem Aufsagen der Evangelien, Vorlesungen aus frommen Büchern bei den Mahlzeiten! Ach, die traurige, vergangene Zeit, die wir hinter diesen Klostermauern verbrachten, wo man von nichts reden hörte als von Gott, dem Donnergott meines Onkels.

Wir lebten da in enger, wiederkäuender, erzwungener Frömmigkeit und auch in einem wahrhaftig verdienstlichen Schmutz, denn ich erinnere mich, daß sich die Kinder nur dreimal im Jahr, zu Beginn der Ferien, die Füße waschen durften. Bäder aber kannte man ebenso wenig wie den Namen Victor Hugos. Für beides mußten unsere Lehrer tiefste Verachtung empfinden.

Nach der Maturitätsprüfung verließ ich, im selben Jahr wie mein Bruder, das Institut, und eines Morgens erwachten wir, mit wenigen Sous ausgestattet, dank der Protektion des Erzbischofs von Rouen, als Angestellte der Staatsverwaltung mit achtzehnhundert Francs jährlich, in Paris.

Einige Zeit verhielten wir uns recht brav, mein Bruder und ich, bewohnten zusammen die kleine Wohnung, die wir gemietet hatten, Nachtvögeln gleich, die man aus ihrem Bau zieht, um die Verblüfften, Erschreckten in die volle Sonne zu werfen.

Doch nach und nach hatte die Pariser Luft, hatten die Kameraden, die Theater uns ein wenig auftauen lassen. Neue Begierden, die nichts mit den himmlischen Freuden gemein hatten, begannen in uns einzudringen, und, weiß Gott, eines Abends, den selben Abend ließen wir uns nach langem Zögern, nach heftigen Beklemmungen und Ängsten wie Soldaten vor der ersten Schlacht... wie soll ich es sagen? ...nun, ließen wir uns von zwei kleinen Nachbarinnen verführen, zwei Freundinnen, die im selben Geschäft angestellt waren und miteinander wohnten.

Bald vollzog sich zwischen den beiden Haushalten ein Austausch. Mein Bruder übersiedelte in die Wohnung der beiden Mädchen und behielt das eine Mädchen bei sich; das andere übernahm ich, und sie zog in unsere Wohnung.

Die meine hieß Louise; sie mochte zweiundzwanzig Jahre alt sein, ein frisches, liebes Mädchen, lustig und überall wohlgerundet, an manchem Ort sogar sehr gerundet. Sie richtete sich bei mir ein wie eine kleine Frau, die von einem Mann Besitz ergreift und gleichzeitig von allem, was mit diesem Mann zusammenhängt. Sie organisierte, ordnete, besorgte die Küche, führte den Haushalt sparsam und verschaffte mir darüber hinaus noch zahlreiche für mich völlig neue Vergnügungen.

Auch mein Bruder war sehr zufrieden. Wir aßen zu viert, den einen Tag bei dem einen, den andern Tag beim andern, ohne Wolke in der Seele, ohne Sorgen im Herzen.

Von Zeit zu Zeit erhielt ich einen Brief meines Onkels, der immer noch glaubte, daß ich mit meinem Bruder zusammenwohnte, und der mir die Neuigkeiten des Dorfs mitteilte, von seiner Haushälterin, den jüngsten Todesfällen, vom Ackerbau, von den Ernten schrieb und gleichzeitig viele Ratschläge über die Gefahren des Lebens und die Niedertracht der Welt einmischte.

Diese Briefe kamen morgens mit der Acht-Uhr-Post. Der Hausbesorger schob sie unter die Türe und zeigte uns das mit einem Besenschlag an die Mauer an. Louise stand auf, holte den blauen Umschlag und setzte sich auf den Bettrand, um mir die «Epistel des Pfarrers Loisel» vorzulesen, wie auch sie ihn nannte.

Sechs Monate lang waren wir glücklich.

Dann aber, eines Nachts, gegen ein Uhr morgens ließ uns ein heftiger Zug an der Glocke auffahren, denn gerade in diesem Augenblick schliefen wir nicht, nein, ganz und gar nicht. Louise sagte:

«Was mag das sein?»

Und ich erwiderte: «Ich weiß nicht. Sicher hat man sich im Stockwerk geirrt.»

Und wir rührten uns nicht, wenn wir auch... nun, wenn wir auch dicht aneinandergeschmiegt, gespannt und sehr nervös lauschten.

Und plötzlich erfüllte ein zweites Läuten, dann ein drittes und schließlich ein viertes die kleine Wohnung mit seinem Lärm. Wir erschraken und setzten uns im Bett auf. Nein, das war kein Irrtum; wir waren es, zu denen jemand kommen wollte. Ich zog rasch die Hose und die Pantoffel an und eilte, ein Unglück befürchtend, zur Wohnungstüre. Doch bevor ich öffnete, fragte ich:

«Wer ist da? Was will man von mir?»

Eine Stimme, eine mächtige Stimme, die meines Onkels, erwiderte:

«Ich bin's, Jean, mach mir rasch auf, im Namen des Himmels; ich habe keine Lust, auf der Treppe zu schlafen.»

Ich glaubte verrückt zu werden. Doch was tun? Ich lief ins Zimmer und sagte keuchend zu Louise:

«Es ist mein Onkel! Versteck dich!»

Und dann ging ich und öffnete die Wohnungstüre. Beinahe hätte der Pfarrer Loisel mit seiner bestickten Reisetasche mich umgeworfen.

«Was treibst du denn, du Lump?» brüllte er. «Warum hast du mir nicht gleich aufgemacht?»

Ich stammelte: «Ich habe geschlafen, Onkel.»

«Schön, du hast geschlafen», erwiderte er. «Doch nachher, als du hinter der Türe zu mir gesprochen hast?»

«Ich hatte den Schlüssel in der Hosentasche gelassen, Onkel», brachte ich mühsam hervor. Und dann, um weiteren Auseinandersetzungen zu entrinnen, sprang ich ihm an den Hals und umarmte ihn heftig.

Er besänftigte sich und erklärte: «Ich bin für vier Tage gekommen, du Spitzbub! Ich wollte einmal einen Blick auf diese Hölle von Paris werfen, um mir eine Vorstellung von der andern zu machen.»

Und er lachte ein schallendes Lachen. Dann fuhr er fort:

«Du kannst mich unterbringen, wo du willst. Wir werden eine Matratze aus deinem Bett nehmen. Aber wo ist denn dein Bruder? Weck ihn doch!»

Ich verlor den Kopf; schließlich murmelte ich: «Jacques ist noch nicht zu Hause; im Büro gibt es heute abend eine große Arbeit zu erledigen.»

Ohne Argwohn rieb mein Onkel sich die Hände und fragte:

«Na? Geht's gut in eurem Amt?»

Und er wandte sich zu meinem Schlafzimmer.

Beinahe packte ich ihn beim Kragen. «Nein... nein... hierher, Onkel!» Eine Idee war in mir aufgeblitzt; ich setzte hinzu: «Sie müssen ja nach dieser Reise Hunger haben; kommen Sie doch und essen Sie einen Bissen.»

Er lächelte.

«Ja, das ist wahr. Ich habe Hunger. Ich hätte nichts dagegen, eine Kleinigkeit zu essen.»

So schob ich ihn denn in unser Eßzimmer.

Wir hatten diesmal gerade bei uns zu Abend gegessen, und so war der Schrank recht gut besetzt. Ich brachte ein Stück gedünstetes Rindfleisch zum Vorschein, das der Pfarrer wohlgelaunt in Angriff nahm. Ich regte ihn zum Essen an, schenkte ihm Wein ein, erinnerte ihn, um seinen Appetit zu reizen, an die guten normannischen Mahlzeiten.

Nachdem er fertig war, schob er den Teller zurück und erklärte: «So, das wäre getan; ich bin satt.» Doch noch hatte ich meine Reserven nicht erschöpft. Ich kannte die Schwächen des braven Mannes, und ich tischte ihm eine Hühnerpastete, einen Kartoffelsalat, ein Töpfchen mit Rahm und eine Flasche sehr guten Wein auf, den wir nicht ausgetrunken hatten.

Beinahe wäre er rückwärts gefallen. «In Himmels Namen!» rief er. «Das ist mir eine Speisekammer!»

Und er nahm seinen Teller und begann von neuem. Die Nacht schritt fort, und er aß noch immer; und ich zerbrach mir den Kopf um ein Mittel, das mich aus der Patsche ziehen könnte, fand aber kein einziges, das ich für brauchbar hielt.

Schließlich erhob sich mein Onkel. Ich war einer Ohnmacht nahe. Ich wollte ihn noch immer aufhalten. «Nun, Onkel, ein Schnäpschen! Ein Glas vom Alten! Er ist hervorragend!»

Er aber erklärte: «Nein, jetzt bin ich wirklich satt. Sehen wir uns einmal dein Schlafzimmer an!»

Meinem Onkel konnte man keinen Widerstand leisten, das wußte ich, und Schauer eilten mir über den Rücken hinunter. Was würde geschehen? Was für eine Szene? Was für ein Skandal? Welcher Gewaltakt am Ende?

Ich folgte ihm mit dem wahnsinnigen Verlangen, das Fenster zu öffnen und mich auf die Straße zu stürzen. Ich folgte ihm völlig verblödet und wagte nicht, ein Wort zu sagen, um ihn zurückzuhalten. Ich folgte ihm mit dem Gefühl, daß ich erledigt war, bereit, vor Angst den Verstand zu verlieren und dennoch mit der Hoffnung auf irgendeinen rettenden Zufall.

Er trat in mein Zimmer. Eine letzte Hoffnung hob mir das Herz. Das brave Mädchen hatte die Bettvorhänge geschlossen. Und nirgends ein Stückchen weiblicher Garderobe! Die Kleider, die Kragen, die Manschetten, die feinen Strümpfe, die Schuhe, die Handschuhe, die Brosche, die Ringe, alles war verschwunden.

Ich stotterte. «Wir werden uns doch jetzt nicht schlafen legen, Onkel; es ist ja fast heller Tag.»

«Du bist gut, mein Junge», erwiderte der

Pfarrer Loisel. «Aber ich kann sehr wohl noch ein, zwei Stunden schlafen.»

Und die Kerze in der Hand näherte er sich dem Bett. Ich wartete, schwer atmend, in tiefster Bestürzung. Mit einem einzigen Ruck hatte er die Vorhänge fortgezogen... Es war warm – wir waren im Juni – und wir hatten alle Decken weggetan, nur das Leintuch blieb übrig, das Louise in ihrer Angst über den Kopf gezogen hatte. Wahrscheinlich um sich besser zu verstecken, hatte sie sich zusammengerollt, und man sah... man sah... ihre Umrisse unter dem Leintuch gerundet.

Jetzt spürte ich, daß ich im Nu zu Boden sinken würde.

Mein Onkel wandte sich zu mir, mit einem breiten Lachen vom einen Ohr zum andern, und mir war, als müßte ich vor Entsetzen vergehn.

«Haha», schrie er, «du Spaßvogel! Du hast deinen Bruder nicht wecken wollen! Nun, jetzt sollst du sehen, wie ich ihn wecken werde!»

Und ich sah, wie seine Hand, seine schwere Bauernhand sich hob; und während er vor Lachen beinahe erstickte, ließ er sie mit lautem Klatschen auf... auf die Umrisse fallen, die sich ihm darboten.

Aus dem Bett drang ein furchtbarer Aufschrei; und dann entwickelte sich unter dem Leintuch ein schrecklicher Sturm. Es hob sich, hob sich, wogte, zappelte. Sie war so darin eingerollt, daß sie sich gar nicht befreien konnte.

Endlich tauchte am einen Ende ein Bein, am

andern ein Arm auf, und dann der Kopf und dann die Brust, nackt und heftig bewegt; und eine erboste Louise setzte sich auf und musterte uns mit Augen, die brannten wie Laternen.

Mein Onkel verstummte, wich rückwärts, den Mund aufgerissen, als hätte er den Teufel gesehen, und keuchend wie ein Ochs.

Ich fand die Lage zu bedenklich, als daß ich ihr standhalten konnte, und ergriff überstürzt die Flucht.

Erst zwei Tage später kehrte ich zurück. Louise war verschwunden; den Schlüssel hatte sie beim Hausbesorger gelassen. Ich habe sie nie wiedergesehen.

Und mein Onkel? Er hat mich zugunsten meines Bruders enterbt, der, von meiner Geliebten rechtzeitig gewarnt, schwor, er habe sich von mir, meines ausschweifenden Lebens wegen, getrennt, das er nicht länger mitanzusehen vermochte.

Ich werde nie heiraten, die Frauen sind zu gefährlich.

Als ich den Wartesaal des Bahnhofs von Loubain betrat, galt mein erster Blick der Uhr. Zwei Stunden und zehn Minuten hatte ich noch auf den Pariser Expreß zu warten.

Plötzlich fühlte ich mich müde wie nach einem Marsch von zehn Meilen; dann schaute ich mich um, als könnte ich an den Wänden ein Mittel entdecken, die Zeit totzuschlagen. Und dann verließ ich den Saal wieder, blieb vor dem Tor des Bahnhofs stehn, und mich plagte das Verlangen, irgendeine Beschäftigung zu ersinnen.

Die Straße, gleichsam ein von magern Akazien gesäumter Boulevard, hob sich zwischen zwei Reihen ungleicher Kleinstadthäuser, einen Hügel hinauf, und ganz am Ende gewahrte man Bäume, als schlösse dort ein Park die Straße ab.

Von Zeit zu Zeit überquerte eine Katze die Fahrbahn und setzte behutsam über die Rinnsteine. Ein eiliger Köter beschnupperte die Füße aller Bäume und suchte nach Küchenabfällen. Menschen sah ich nicht.

Eine dumpfe Entmutigung überkam mich. Was tun? Was tun? Schon dachte ich an ein endloses, unvermeidliches Hocken in dem kleinen Bahnhofcafé, vor einem untrinkbaren Bier und der unlesbaren Ortszeitung, als ich einen

Trauerzug erblickte, der aus einer Seitenstraße in die Straße einbog, in der ich stand.

Der Anblick des Leichenwagens war eine Erleichterung für mich. So hatte ich doch mindestens zehn Minuten gewonnen.

Doch mit einem Mal verdoppelte sich meine Aufmerksamkeit. Dem Toten folgten nur acht Herren, von denen einer weinte. Die andern unterhielten sich freundschaftlich. Kein Geistlicher begleitete den Zug. Ich dachte: Nun, das ist ein ziviles Begräbnis. Dann erwog ich, daß eine Stadt wie Loubain mindestens hundert Freidenker unter seinen Bewohnern zählen mußte, die sich verpflichtet fühlten, das auf diese Art kundzutun. Und was weiter? Das rasche Tempo des Zuges wies deutlich darauf hin, daß man diesen Toten ohne Zeremonie und somit ohne religiösen Zuspruch begrub.

Meine müßige Neugier lenkte sich auf die kompliziertesten Hypothesen; doch als der Leichenwagen vor mir vorüberfuhr, kam mir ein barocker Einfall – ihm mit den acht Herren zu folgen. So hatte ich doch mindestens für eine Stunde eine Beschäftigung. Und ich ging mit bekümmerter Miene hinter den andern her.

Die letzten zwei Herren wandten sich erstaunt um, und dann sprachen sie leise miteinander. Bestimmt fragten sie sich, ob ich ein Bewohner der Stadt war. Dann richteten sie ihre Frage an die vor ihnen gehenden Herren, die mich nun auch musterten. Diese prüfenden Blicke störten mich, und, um dem ein Ende zu machen, näherte ich mich meinen Nachbarn. Ich grüßte sie und sagte: «Ich bitte Sie um Entschuldigung, meine Herren, wenn ich Ihr Gespräch unterbreche. Als ich aber dieses Begräbnis ohne kirchliche Zeremonie erblickte, bin ich ihm sogleich gefolgt, ohne doch den Toten zu kennen, den Sie da begleiten.» Einer der Herren erklärte: «Es ist eine Tote.» Ich war sehr erstaunt und fragte: «Aber es ist doch ein ziviles Begräbnis, nicht wahr?»

Der andere Herr, der offenbar den Wunsch hatte, mich aufzuklären, ergriff das Wort: «Ja und nein. Die Geistlichkeit hat uns den Eintritt in die Kirche verwehrt.» Diesmal stieß ich ein verblüfftes «Ah!» aus. Nun begriff ich gar nichts mehr.

Mein freundlicher Nachbar vertraute mir leise an: «Ach, das ist eine ganze Geschichte! Diese junge Frau hat sich selbst getötet, und darum hat man sie nicht kirchlich bestatten können. Der Herr, den Sie dort als ersten sehen, der Herr, der weint, war ihr Gatte.»

Da sagte ich zögernd: «Sie setzen mich in Erstaunen, Monsieur, und die Sache interessiert mich. Wäre es indiskret, wenn ich Sie bitte, mir die Geschichte zu erzählen? Wenn es Ihnen unangenehm ist, so will ich nichts gesagt haben.»

Der Herr nahm mich vertraulich beim Arm. «Aber keineswegs! Keineswegs! Bleiben wir ein wenig zurück. Und ich will es Ihnen erzählen. Es ist sehr traurig. Wir haben Zeit, bevor wir zum

Friedhof kommen, dessen Bäume Sie dort oben sehen. Denn die Steigung ist steil genug.»

Und er begann.

Stellen Sie sich vor, daß diese junge Frau, Madame Paul Hamot, die Tochter eines reichen Kaufmanns hier am Ort war, Monsieur Fontanelles. Als Kind von elf Jahren hatte sie ein entsetzliches Erlebnis. Ein Diener vergewaltigte sie. Sie wäre beinahe daran gestorben, so hatte der Schuft sie zugerichtet, dessen Bestialität ihn verriet. Ein widerlicher Prozeß folgte, und da erwies sich, daß die arme Märtyrerin schon seit drei Monaten das Opfer der schändlichen Praktiken dieses Scheusals war. Der Mann wurde zu lebenslänglichem Zuchthaus verurteilt.

Das Kind wuchs heran, gebrandmarkt, einsam, ohne Freundinnen, kaum daß die Erwachsenen ihr einen Kuß gaben, denn sie fürchteten, sich die Lippen zu besudeln, wenn sie die Stirne der Kleinen berührten.

Für die Stadt war sie gewissermaßen ein Schaubudenstück geworden, ein Ungeheuer. Ganz leise sagte man: «Sie wissen doch, die kleine Fontanelle!» Auf der Straße drehten alle Leute sich um, wenn sie vorüberging. Man konnte nicht einmal eine Gouvernante finden, die mit dem Kind spazierengegangen wäre, denn die Dienstmädchen der anderen Familien hielten sich abseits, als litte das Kind an einer Krankheit, die ansteckend sein könnte, wenn man ihm nur in die Nähe kam.

Es war ein Jammer, die arme Kleine auf den Spielplätzen zu sehen, auf denen die andern Kinder sich immer nachmittags herumtrieben. Sie blieb ganz allein neben dem Dienstmädchen stehn und beobachtete traurig die Spiele der andern Kinder. Manchmal gehorchte sie dem unwiderstehlichen Verlangen, sich den andern Kindern zu gesellen; schüchtern, mit ängstlichen Gebärden trat sie näher, schloß sich mit hastigen Schritten einer Gruppe an, als wäre sie sich ihrer Unwürdigkeit bewußt. Und sogleich eilten von allen Bänken die Mütter, die Kindermädchen, die Tanten herbei, packten ihre Schutzbefohlenen bei der Hand und zogen sie heftig fort. Die kleine Fontanelle blieb allein, verloren, ohne zu begreifen. Und sie begann, das Herz von Kummer geschwellt, zu weinen. Dann lief sie und verbarg schluchzend das Gesicht in der Schürze ihrer Begleiterin.

Sie wurde ein junges Mädchen, und da war es noch schlimmer. Wie von einer Pestkranken hielt man die andern jungen Mädchen von ihr fern. Bedenken Sie doch – dieses junge Geschöpf hatte nichts mehr zu lernen, sie hatte kein Recht mehr auf die symbolische Orangenblüte. Fast noch bevor sie lesen konnte, war sie in jenes furchtbare Mysterium eingedrungen, das die Mütter ihre Töchter kaum ahnen lassen und ihnen erst am Hochzeitsabend zitternd enthüllen.

Ging sie über die Straße, immer begleitet von ihrer Gouvernante, als müßte man sie, in der ständigen Angst vor irgendeinem neuen, gräßlichen Abenteuer, dauernd im Auge behalten –, ging sie über die Straße, die Augen gesenkt unter der geheimnisvollen Schmach, die sie auf sich lasten fühlte, so flüsterten die andern jungen Mädchen, die weniger naiv waren, als man annahm, miteinander, musterten sie heimlich, machten ihre höhnischen Bemerkungen und wandten sehr schnell, in geheuchelter Harmlosigkeit, den Kopf, wenn das Mädchen ihnen zufällig einen Blick zuwarf.

Man grüßte sie kaum. Nur einige Männer zogen den Hut. Die Mütter taten, als sähen sie sie nicht. Einige kleine Halunken hatten ihr den Spitznamen «Madame Baptiste» gegeben, nach dem Namen des Dieners, der sie mißbraucht und zugrunde gerichtet hatte.

Kein Mensch kannte die geheimen Qualen ihrer Seele; denn sie redete kaum und lachte nie. Selbst ihre Eltern schienen vor ihr in Verlegenheit zu sein, als hätten sie ihr in alle Ewigkeit eine nicht wieder gutzumachende Sünde vorzuwerfen.

Ein ehrenwerter Mann würde nicht gern einem entlassenen Zuchthäusler die Hand reichen, nicht wahr? Auch wenn dieser Zuchthäusler sein Sohn wäre. Die Eltern Fontanelle betrachteten ihre Tochter, wie sie einen aus dem Zuchthaus heimkehrenden Sohn betrachtet hätten.

Sie war hübsch, blaß, groß, schlank, vornehm. Ohne diese Geschichte hätte sie mir sehr gut gefallen, Monsieur!

Nun, als wir vor achtzehn Monaten einen neuen Unterpräfekten bekamen, brachte er seinen Sekretär mit, einen merkwürdigen jungen Menschen, der anscheinend im Quartier Latin das dort übliche Leben geführt hatte.

Er sah die junge Fontanelle und verliebte sich in sie. Man berichtete ihm alles. Er erwiderte nur: «Ach was, gerade das ist eine Bürgschaft für die Zukunft. Mir ist lieber, wenn's vorher passiert als nachher. Mit dieser Frau werde ich ruhig schlafen.»

Er bewarb sich um sie, bat um ihre Hand und heiratete sie. Und da er die nötige Unverfrorenheit besaß, machte er Besuche, als ob nichts geschehen wäre. Manche Leute erwiderten diese Besuche, andere blieben zurückhaltend. Doch schließlich begann man zu vergessen, und sie konnte ihren Platz in der Gesellschaft einnehmen.

Sie müssen wissen, daß sie ihren Mann anbetete wie einen Gott. Bedenken Sie – er hatte ihr die Ehre wiedergegeben, er hatte ihr den Weg in die Gemeinschaft geöffnet, er hatte der öffentlichen Meinung getrotzt, sie besiegt, allen Kränkungen die Stirne geboten, kurz, vollbracht, wozu nur wenige Männer den Mut hätten. Und so hegte sie für ihn eine übertriebene, scheue Leidenschaft.

Sie wurde schwanger, und als man das vernahm, öffneten auch die anspruchsvollsten Familien ihr das Haus, als wäre sie durch die Mutterschaft endgültig gereinigt. Es ist seltsam, aber es ist so.

So ging denn alles ausgezeichnet, bis wir unlängst das Kirchweihfest der Gegend feierten. Der Präfekt, von seinen Beamten und den Behörden umgeben, war Vorsitzender bei dem Wettbewerb der Gesangvereine, und er hatte seine Ansprache beendet, als die Verteilung der Medaillen begann, die sein Sekretär, Paul Hamot, den Siegern überreichte.

Nun, Sie wissen ja, daß es bei solchen Gelegenheiten immer Eifersüchteleien und Rivalitäten gibt, bei denen die Beteiligten jedes Maß verlieren.

Auf der Estrade waren alle Damen der Stadt versammelt.

Der Präsident des Gesangvereins des Dorfes Mormillon trat vor. Seine Sänger hatten nur eine Medaille zweiter Klasse errungen. Man kann ja schließlich nicht aller Welt die Medaille erster Klasse verleihen.

Als der Sekretär ihm die Medaille gab, da warf der Kerl sie ihm ins Gesicht und brüllte: «Du kannst sie für Baptiste aufheben, deine Medaille. Ihm bist du ohnehin ebensogut eine Medaille erster Klasse schuldig wie mir!»

Es gab Leute, die anfingen zu lachen. Die Menschen sind ja weder barmherzig noch zartfühlend, und alle Blicke hatten sich auf die arme Frau gerichtet.

Haben Sie schon je eine Frau wahnsinnig werden gesehen, Monsieur? Nein? Nun, das ist das Schauspiel, das wir jetzt erleben mußten. Sie stand auf, fiel auf ihren Stuhl zurück. Dreimal hintereinander, als hätte sie fliehen wollen und begriffen, daß sie durch die Menge, die sie umringte, nicht hindurch konnte.

Irgendwo im Gedränge schrie noch eine Stimme: «Ohè, Madame Baptiste!» Und dann brach der Lärm los, gemischt aus Spaßhaftigkeit und Entrüstung.

Es war ein Durcheinander, ein Tumult; alle Köpfe wandten sich, man wiederholte einander das Wort, man hob sich auf die Fußspitzen, um zu sehen, wie die Unglückliche dreinschaute, die Ehemänner nahmen ihre Frauen auf die Arme, um ihnen das Bild zu zeigen. Die Leute fragten: «Welche ist es? Die in Blau?» Die Gassenbuben krähten, und überall erscholl lautes Grölen.

Sie rührte sich nicht mehr, sie lag verloren in ihrem Fauteuil, als hätte man sie dort untergebracht, um sie der Menge zu zeigen. Ihre Lider zwinkerten krampfhaft, als hätte ein heftiges Licht ihr die Augen verbrannt. Und sie keuchte wie ein Pferd, das einen steilen Hang hinaufsteigt.

Sie zu sehen, konnte einem das Herz zerreißen.

Paul Hamot hatte den groben Kerl an der Gurgel gepackt, und inmitten eines furchtbaren Wirrwarrs wälzten sie sich auf dem Boden.

Die Zeremonie wurde unterbrochen.

Eine Stunde später, als das Ehepaar Hamot heimkehrte, sprang die junge Frau, die seit der Kränkung kein Wort gesprochen hatte, die aber zitterte, als wären ihre Nerven durch eine Feder in Bewegung gesetzt worden, plötzlich auf das Brückengeländer und stürzte sich, ohne daß ihr Mann Zeit gehabt hätte, sie zurückzuhalten, in den Fluß.

Unter den Bögen ist das Wasser tief. Zwei Stunden dauerte es, bis man sie herausfischen konnte. Natürlich war sie tot.

Der Erzähler verstummte. Dann fügte er hinzu: «Vielleicht war es das Beste, was sie in ihrer Lage tun konnte. Es gibt nun einmal Dinge, die man nicht auslöschen kann.

Jetzt verstehen Sie, warum die Geistlichkeit das Tor der Kirche verschlossen hatte. Wäre es ein kirchliches Begräbnis gewesen, ja, dann hätte die ganze Stadt daran teilgenommen. Aber Sie begreifen – nun kam der Selbstmord noch zu der andern Geschichte, und da haben die Familien sich ferngehalten. Und dann, es ist hier gar nicht einfach, zu einem Begräbnis ohne Geistliche zu gehn.»

Wir traten durch das Tor des Friedhofs. Und ich wartete, tief bewegt, bis der Sarg in das Grab hinuntergelassen worden war, und nun näherte ich mich dem armen, schluchzenden Mann und drückte ihm kräftig die Hand.

Durch seine Tränen hindurch sah er mich überrascht an, und dann sagte er: «Danke, Monsieur.» Und es tat mir nicht leid, daß ich dem Leichenzug gefolgt war.

Mein liebes Herzchen,

Du weinst also vom Morgen bis zum Abend und vom Abend bis zum Morgen, weil Dein Mann Dich verläßt; Du weißt nicht, was tun, und Du flehst Deine alte Tante um Rat an, die Du offenbar für sehr sachverständig hältst. Gar so viel, wie Du glaubst, weiß ich nun nicht davon, und doch bin ich wohl nicht ganz unwissend in dieser Kunst zu lieben oder vielmehr die Liebe zu wecken, dieser Kunst, die Dir ein wenig fehlte. In meinem Alter darf ich das doch gestehn.

Du hast für ihn, wie Du sagst, nichts als Aufmerksamkeiten, nichts als Freundlichkeiten, nichts als Liebkosungen, nichts als Küsse. Vielleicht kommt daher das Übel; ich glaube, daß Du ihn zu viel küßt.

Mein Kind, wir haben die furchtbarste Macht in den Händen, die es gibt – die Liebe.

Der Mann, mit seiner physischen Kraft begabt, übt sie gewalttätig, die Frau, mit Charme begabt, herrscht durch die Liebkosung. Das ist unsere Waffe, eine gefährliche, unbesiegbare Waffe, aber man muß sie zu handhaben wissen.

Wir sind, das muß Dir klar sein, die Herrinnen der Erde. Die Geschichte der Liebe seit Urbeginn der Welt zu erzählen, hieße den Menschen selbst zu erzählen. Alles rührt daher, die

Künste, die großen Ereignisse, die Sitten, die Gebräuche, die Kriege, die Umstürze der Weltreiche.

In der Bibel findest Du Delila, Judith, in der Sage Omphale, Helena, in der Geschichte die Sabinerinnen, Kleopatra und viele andere.

Wir herrschen also unbeschränkt, allmächtig. Doch, wie die Könige, müssen wir uns einer behutsamen Diplomatie bedienen.

Die Liebe, mein gutes Kind, setzt sich aus Kunstgriffen, aus unmerklichen Gefühlen zusammen.

Wir wissen, daß sie stark ist wie der Tod; aber sie ist auch zerbrechlich wie das Glas. Der leiseste Stoß zerschlägt sie, und unsere Herrschaft stürzt zusammen, ohne daß wir sie wieder aufbauen könnten. Wir besitzen die Fähigkeit, uns anbeten zu machen, doch es fehlt uns ein ganz kleines Ding: die Unterscheidung der Nuancen in der Liebkosung, die verfeinerte Witterung des Zuviel in der Kundgebung unserer Zärtlichkeit. In den Stunden der Umarmung verlieren wir das Gefühl für Schwingungen, während der Mann, den wir beherrschen, Herr seiner selbst bleibt und imstande ist, die Lächerlichkeit bestimmter Worte, den Mangel an der Richtigkeit bestimmter Gesten zu beurteilen.

Darauf mußt Du wohl achten, mein Kind; das ist die Lücke in unserer Rüstung, das ist unsere Achillesferse.

Weißt Du, woher unsere wirkliche Macht rührt? Vom Kuß, vom Kuß allein! Wenn wir zärtlich unsere Lippen hinzugeben wissen, können wir Königinnen werden.

Dennoch ist der Kuß nur ein Vorwort. Aber ein entzückendes Vorwort, köstlicher als das Werk selbst, ein Vorwort, das man beständig wieder liest, während man das Werk nicht immer ... wieder lesen kann.

Ja, die Begegnung der Münder ist das vollkommenste, das göttlichste Gefühl, das den Menschen gegeben ist, die letzte, die oberste Grenze des Glücks.

Der Kuß ist es, der Kuß allein, er ist es, in dem man manchmal jene unmögliche Einheit der Seelen empfinden kann, die wir anstreben, diese Verwirrung hinschmelzender Herzen.

Erinnerst Du Dich an die Verse Sully-Prudhommes:

> *«Umarmung ist nichts als unstetes Mühen,*
> *Des armen Amor unfruchtbares Streben,*
> *Das Unmögliche will er möglich machen –*
> *Vereinigung der Seelen durch den Leib.»*

Eine einzige Liebkosung verleiht jenes tiefe, entstofflichte Gefühl, daß zwei Wesen nur noch eines sind, und das ist der Kuß. All der gewaltige Rausch des vollendeten Besitzes wiegt nicht die zitternde Näherung der Lippen, diesen ersten, frischen, feuchten Kontakt auf, dann dieses reglose, glühende, lange, so lange Hingegebensein des einen zum andern.

Drum, meine Liebste, ist der Kuß unsere

stärkste Waffe, doch man muß sich davor hüten, sie stumpf werden zu lassen. Sein Wert, vergiß das nicht, ist relativ, kann reine Konvention sein. Dieser Wert wechselt ununterbrochen, je nach den Umständen, den Stimmungen des Augenblicks, dem Zustand der Erwartung und des geistigen Überschwangs. Ich will mich auf ein Beispiel berufen.

Ein anderer Dichter, François Coppée, hat einen Vers gedichtet, den wir alle in Erinnerung haben, einen Vers, den wir wunderbar finden, der uns bis ins Herz erbeben läßt.

Nachdem er die Erwartung des Liebenden in einem geschlossenen Zimmer, an einem Winterabend geschildert hat, seine Unruhe, seine nervöse Ungeduld, seine furchtbare Angst, er könnte *sie* nicht kommen sehen, beschreibt der Dichter nun die Ankunft der geliebten Frau, eilig, atemlos, Kälte in ihren Röcken mitbringend, und er ruft:

«O diese ersten Küsse durch den Schleier!»

Ist das nicht ein Vers von einem köstlichen Empfinden, von einer feinfühligen, charmanten Beobachtungsgabe, von einer vollendeten Wahrheit? Alle, die zu einem heimlichen Stelldichein geeilt sind, die von der Leidenschaft in die Arme eines Mannes geworfen wurden, kennen sie genau, diese ersten Küsse durch den Schleier, und zittern noch, wenn sie daran denken. Und dennoch beziehen diese Küsse ihren Reiz nur von den Umständen, von der Verspätung, von der angstvollen Erwartung. In Wahrheit aber, vom rein oder, wenn Du willst, unrein Sinnlichen her, sind sie abscheulich.

Bedenke doch! Draußen ist es kalt. Die junge Frau ist schnell gegangen, der Schleier ist von ihrem erkaltenden Atemhauch ganz durchfeuchtet. Wassertropfen glitzern in den Maschen der schwarzen Spitzen. Der Liebende stürzt ihr entgegen, heftet seine glühenden Lippen auf diesen Dunst flüssig gewordenen Atems. Der feuchte Schleier, der sich entfärbt und den ekelhaften Geschmack chemischer Farben in sich trägt, dringt in den Mund des jungen Mannes, benetzt seinen Schnurrbart. Die Lippen der Geliebten bekommt er überhaupt nicht zu spüren, er spürt nur die Farbe dieser in kalten Hauch getauchten Spitzen.

Und dennoch rufen wir alle wie der Dichter: «O diese ersten Küsse durch den Schleier!»

Der Wert dieser Liebkosung ist also reine Konvention, und man muß fürchten, ihn zu schmälern.

Nun, mein Kind, ich habe Dich bei mehreren Anlässen sehr ungeschickt gesehen. Du bist übrigens nicht die einzige: Die Mehrzahl der Frauen verliert ihre Herrschaft durch den bloßen Mißbrauch der Küsse, unzeitiger Küsse. Wenn sie fühlen, daß ihr Gatte oder ihr Liebhaber ein wenig matt ist, in jenen Stunden der Erschlaffung, da das Herz ebenso der Ruhe bedarf wie der Körper, statt zu begreifen, was in ihm vorgeht, verfolgen sie ihn mit unzeitigen Liebkosungen, ermüden ihn mit der Hartnäckigkeit der hungrigen Lippen, erschöpfen ihn dadurch, daß sie ihn ohne Sinn und Zweck umschlingen.

Glaube meiner Erfahrung. Zunächst küsse Deinen Mann nie in der Öffentlichkeit, im Zug, im Restaurant. Das ist schlechtester Geschmack. Bezwinge Deine Lust. Er würde sich lächerlich fühlen und Dir das immer übelnehmen.

Vor allem hüte Dich vor unnützen, in der Vertraulichkeit gegebenen Küssen. Du hast ihrer, dessen bin ich gewiß, einen erschreckenden Verbrauch!

So habe ich Dich eines Tages gesehen, als Du höchst aufreizend gewesen bist. Du erinnerst Dich dessen ganz gewiß nicht.

Wir waren zu dritt in Deinem kleinen Salon, und da Ihr Euch vor mir keinen Zwang auferlegtet, hielt Dein Mann Dich auf seinen Knien und küßte lange Deinen Nacken, den Mund in dem Gekräusel der Haare des Halses verloren. Plötzlich hast Du gerufen: «Ach, das Feuer!» Ihr hattet es nicht beachtet, und es wollte erlöschen. Einige verkohlte, verglimmende Scheite röteten kaum mehr den Kamin. Da sprang er auf, trat an die Holztruhe, packte zwei mächtige Scheite, die er nur mühsam tragen konnte, und da bist Du mit bettelnden Lippen auf ihn zugegangen und hast geflüstert: «Küß mich!» Mit einiger Anstrengung wandte er den Kopf und konnte die Scheite kaum in den Händen halten. Und da hast Du sachte, langsam Deinen Mund auf den Mund des Unglücklichen gepreßt, der mit verdrehtem Hals, schmerzenden Seiten, verkrampften Armen, zitternd vor Ermüdung und verzweifelter Mühe dastand. Und Du hast diesen qualvollen Kuß eine Ewigkeit dauern lassen, ohne zu sehen, ohne zu begreifen. Und dann, als Du ihn frei gabst, hast Du noch ärgerlich geflüstert: «Wie schlecht Du mich küßt!» Ja, wahrhaftig, mein Kind...

O hüte Dich davor! Wir alle haben diese törichte Manie, dieses dumme, unbewußte Bedürfnis, uns in den schlechtest gewählten Augenblicken auf ihn zu stürzen. Wenn er ein volles Wasserglas trägt, wenn er die Schuhe anzieht, wenn er die Krawatte bindet, kurz, wenn er sich in einer unbequemen Stellung befindet, und ihn durch eine störende Liebkosung anzunageln, so daß er eine Minute lang in einer begonnenen Geste verharren muß und mit dem einzigen Wunsch, von uns befreit zu sein.

Vor allem halte diese Kritik nicht für bedeutungslos und kleinlich. Die Liebe ist heikel, mein Kind; ein Nichts kann sie abkühlen. Alles hängt, merk Dir das gut, vom Takt unserer Liebkosungen ab. Ein ungeschickter Kuß kann großes Unheil anrichten.

Versuch es nur mit meinen Ratschlägen!

Deine alte Tante Collette

Ich war mit dem hochgewachsenen jungen Mann, der sich René de Bourneval nannte, bekannt. Er war umgänglich, wenn auch ein wenig schwermütig, hatte anscheinend keine Illusionen mehr, war sehr skeptisch, und zwar von einer scharfen, beißenden Skepsis, vor allem sehr geschickt darin, die Heuchelei der großen Welt mit einem Wort zu entlarven. Häufig sagte er: «Es gibt keine anständigen Menschen; oder sie sind es höchstens, wenn man sie mit den Lumpen vergleicht.»

Er hatte zwei Brüder, mit denen er aber nicht verkehrte; sie hießen de Courcils, und da sie einen andern Namen trugen, vermutete ich, daß Bourneval einer andern Ehe entstammen müsse. Mehrmals hatte man mich wissen lassen, daß sich in dieser Familie eine seltsame Geschichte zugetragen hatte, doch man gab mir keine Einzelheiten.

Dieser Mann gefiel mir so sehr, daß wir bald Freunde wurden. Eines Abends, als ich allein bei ihm zu Tisch war, fragte ich ihn zufällig: «Stammen Sie eigentlich aus der ersten oder aus der zweiten Ehe Ihrer Mutter?» Ich sah, wie er ein wenig blaß und dann rot wurde; und sekundenlang blieb er sichtlich verlegen, ohne ein Wort zu sagen. Dann lächelte er mild und wehmütig, wie das seine Art war, und begann: «Mein lieber Freund, wenn es Sie nicht langweilt, will ich Ihnen recht eigenartige Einzelheiten über meine Herkunft verraten. Ich weiß, daß Sie ein intelligenter Mensch sind; ich befürchte also nicht, daß Ihre Freundschaft darunter leiden könnte, und sollte sie doch darunter leiden, so wäre es mir kein Bedürfnis mehr, in Ihnen einen Freund zu sehen.

Meine Mutter, Madame de Courcils, war eine arme, schüchterne kleine Frau, die ihr Gatte nur ihres Vermögens wegen geheiratet hatte. Ihr ganzes Leben war ein Martyrium. Sie, mit ihrer liebevollen, scheuen, zarten Seele, wurde ohne Unterlaß von ihm, der mein Vater gewesen sein sollte, rücksichtslos behandelt; er war einer jener Rüpel, die man Landedelmänner nennt. Einen Monat nach der Hochzeit lebte er mit einer Magd. Überdies wurden die Frauen und Töchter seiner Pächter seine Mätressen; das hinderte ihn nicht, von seiner Frau zwei Kinder zu haben. Mich inbegriffen, hätte man drei anführen müssen.

Meine Mutter sagte nichts; sie lebte in diesem immer lärmenden Haus wie die kleinen Mäuse, die unter die Möbel flitzen. Im Schatten, kaum sichtbar, zitternd beobachtete sie die Menschen mit ihren hellen, unruhigen, immer beweglichen Augen, mit den Augen eines eingeschüchterten Wesens, das seine Angst nie los wird. Und doch war sie hübsch, sehr hübsch, ganz blond, von einem grauen Blond, einem zurückhaltenden Blond; als hätte ihr Haar sich in der ständigen Beängstigung entfärbt.

Unter den Bekannten Monsieur de Courcils, die ständig in das Schloß kamen, war auch ein früherer Kavallerieoffizier, verwitwet, ein gefürchteter Mann, der zärtlich, aber auch heftig sein konnte und zu den energischsten Entschlüssen fähig war. Das war Monsieur de Bourneval, dessen Namen ich trage. Er war hochgewachsen, mager und hatte einen mächtigen schwarzen Schnurrbart. Ich sehe ihm sehr ähnlich. Dieser Mann nun war belesen und dachte keineswegs wie seine Standesgenossen. Seine Urgroßmutter war eine Freundin Jean-Jacques Rousseaus gewesen, und man hätte meinen können, daß er von dieser Verbindung seiner Ahnfrau etwas geerbt hatte. Er kannte den *Contrat social,* die *Nouvelle Héloïse* und all diese philosophierenden Bücher auswendig, die aus der Ferne den kommenden Umsturz unserer alten Gebräuche, unserer veralteten Gesetze, unserer albernen Moral vorbereitet haben.

Anscheinend liebte er meine Mutter und wurde wiedergeliebt. Diese Beziehung blieb so geheim, daß kein Mensch sie ahnte. Die arme, verlassene, bedrückte Frau muß sich verzweifelt an ihn geklammert haben, und im Umgang mit ihm hatte sie wohl auch seine Art zu denken, seine Theorien von der Freiheit des Gefühls übernommen und die Kühnheit einer unabhängigen Liebe. Doch da sie so verängstigt war, daß sie niemals laut zu sprechen wagte, wurde das alles verdrängt, in ihrem Herzen gestaut, eingepreßt, das sich nie öffnete.

Meine beiden Brüder waren zu ihr hart wie mein Vater, hatten nie eine Liebkosung für sie, waren gewohnt, daß sie im Haus nicht zählte, und behandelten sie ein wenig wie eine Magd.

Ich war der einzige ihrer Söhne, der sie wirklich liebte, und den auch sie liebte.

Sie starb. Ich war damals achtzehn. Damit Sie begreifen, was ich Ihnen jetzt erzählen werde, muß ich hinzufügen, daß ihr Gatte einem gerichtlichen Vormund unterstellt, daß eine Gütertrennung zugunsten meiner Mutter ausgesprochen worden war und daß sie dank den Schlingen des Gesetzes und der Klugheit eines ihr ergebenen Notars das Recht bewahrt hatte, ein Testament ganz nach ihrem Belieben aufzusetzen.

Wir wurden daher verständigt, daß bei dem Notar ein Testament lag, und aufgefordert, der Verlesung beizuwohnen.

Daran erinnere ich mich, als wäre es gestern gewesen. Es war eine gewaltige, dramatische, burleske, erstaunliche Szene, herbeigeführt durch den posthumen Aufruhr der Toten, durch den Ruf der Freiheit, durch diesen Wiedergutmachungsanspruch aus der Tiefe des Grabes einer ihr Leben lang ins Dunkel gedrängten Märtyrerin, die jetzt aus dem geschlossenen Sarg einen verzweifelten Schrei nach Unabhängigkeit erschallen ließ.

Der Mann, der sich für meinen Vater hielt, ein

schwerer, vollblütiger Mensch, den man sich gut als Metzger vorstellen konnte, und meine Brüder, zwei kräftige Burschen von zwanzig und zweiundzwanzig Jahren, warteten gelassen auf ihren Plätzen. Monsieur de Bourneval, gleichfalls eingeladen, trat ein und setzte sich hinter mich. Er war in seinen langen Rock eingezwängt, sehr blaß, und häufig nagte er an seinem schon ergrauten Schnurrbart. Zweifellos war er auf das, was kommen sollte, gefaßt.

Der Notar verriegelte sorgsam die Türe, löste vor unseren Augen das rote Siegel von dem Umschlag, dessen Inhalt er nicht kannte, und begann.»

Plötzlich verstummte mein Freund, stand auf und holte aus seinem Schreibtisch ein altes Blatt Papier, entfaltete es, küßte es, und dann sagte er: «Das ist das Testament meiner geliebten Mutter.»

Ich, unterzeichnete Anne-Catherine-Geneviève-Mathilde de Croixluce, gesetzliche Gattin von Jean-Léopold-Joseph-Gontran de Courcils, lege hier, bei voller körperlicher und geistiger Gesundheit, meinen Letzten Willen nieder.

Zunächst bitte ich Gott und dann meinen lieben Sohn René um Vergebung für das, was ich hier tue. Ich glaube, daß mein Kind großherzig genug ist, um mich zu begreifen und mir zu verzeihen. Ich habe mein ganzes Leben lang gelitten. Ich wurde von meinem Gatten aus Berechnung geheiratet, dann verachtet, verkannt, unterdrückt, ständig betrogen.

Ich verzeihe ihm, aber ich schulde ihm nichts.

Meine älteren Söhne haben mich nicht geliebt, nicht umhegt, kaum als Mutter behandelt.

Für sie war ich mein ganzes Leben lang, was ich sein sollte; nach meinem Tode schulde ich ihnen nichts. Die Bande des Blutes sind ohne die dauernde, heilige Zuneigung jedes Tages nicht vorhanden. Ein undankbarer Sohn ist weniger als ein Fremder; er ist ein Schuldiger, denn er hat nicht das Recht, seiner Mutter gegenüber gleichgültig zu sein.

Ich habe immer vor den Menschen gezittert, vor ihren ungerechten Gesetzen, ihren unmenschlichen Bräuchen, ihren abscheulichen Vorurteilen. Vor Gott zittere ich nicht mehr. Als Tote werfe ich die schmähliche Heuchelei von mir ab; ich wage meine Gedanken auszusprechen, das Geheimnis meines Herzens zu gestehn und zu unterzeichnen.

So hinterlasse ich denn zur Aufbewahrung den gesamten Teil meines Vermögens, über den das Gesetz mir zu verfügen erlaubt, meinem Geliebten Pierre Germer-Simon de Bourneval, damit dieser Teil später unserem lieben Sohn René zufällt.

(Dieser Letzte Wille ist überdies noch in einem Notariatsakt genauer formuliert.)

Und vor dem höchsten Richter, der mich hört, erkläre ich, daß ich den Himmel und das Dasein verflucht hätte, wenn ich nicht der tiefen, hingebungsvollen, zärtlichen, unerschütterlichen Neigung meines Geliebten begegnet wäre, wenn ich nicht in seinen Armen verstanden hätte, daß der Schöpfer die Wesen geschaffen hat, damit sie einander lieben, einander stützen, einander trösten und in den Stunden der Bitterkeit miteinander weinen.

Der Vater meiner beiden älteren Söhne ist Monsieur de Courcils; René allein verdankt Monsieur de Bourneval sein Leben. Ich bitte den Herrn über die Menschen und ihre Geschicke, den Vater und den Sohn über die gesellschaftlichen Vorurteile zu erheben, ihnen die Liebe zueinander bis zu ihrem Tod einzugeben und mich noch in meinem Sarg zu lieben.

Das ist mein letzter Gedanke und mein letzter Wunsch

Mathilde de Croixluce

«Monsieur de Courcils sprang auf. Er schrie: ‹Das ist das Testament einer Wahnsinnigen!› Da aber trat Monsieur de Bourneval einen Schritt näher und erklärte mit lauter, mit schneidender Stimme: ‹Ich, Simon de Bourneval, ich erkläre, daß dieses Schriftstück nichts als die reine Wahrheit enthält. Das bin ich bereit, vor wem immer aufrechtzuhalten und es auch durch Briefe, die ich besitze, zu beweisen.›

Monsieur de Courcils ging auf ihn zu. Ich glaubte schon, sie würden übereinander herfallen. Da standen sie, beide groß, der eine dick, der andere mager, und bebten. Der Gatte meiner Mutter stammelte: ‹Sie sind ein Schuft!› Sein Gegenüber aber sagte kräftig und trocken: ‹Wir werden uns an einem andern Ort begegnen. Ich hätte Sie schon längst gezüchtigt und herausgefordert, wenn mir nicht, solange sie lebte, die Ruhe der armen Frau vor allem wichtig gewesen wäre, der Sie so viel Leid angetan haben.›

Dann wandte er sich zu mir: ‹Sie sind mein Sohn. Wollen Sie mir folgen? Ich habe nicht das

Recht, Sie wegzuführen, aber ich nehme es mir, wenn Sie mich begleiten wollen.›

Ohne ein Wort drückte ich ihm die Hand. Und miteinander gingen wir. Ich war in diesem Augenblick ganz gewiß zu drei Vierteln wahnsinnig.

Zwei Tage später tötete Monsieur de Bourneval Monsieur de Courcils im Duell. Meine Brüder, aus Angst vor einem furchtbaren Skandal, blieben stumm. Die Hälfte des von meiner Mutter ererbten Vermögens bot ich ihnen an, und sie haben es angenommen.

Ich trug von da an den Namen meines wirklichen Vaters und verzichtete auf den Namen, den das Gesetz mir gab und der nicht der meine war.

Vor fünf Jahren ist Monsieur de Bourneval gestorben. Ich habe mich noch nicht darüber getröstet.»

Er erhob sich, ging auf und ab und trat dann vor mich hin:

«Nun, ich finde, daß das Testament meiner Mutter eine der schönsten, der redlichsten, der größten Taten ist, die eine Frau vollbringen kann. Ist das nicht auch Ihre Ansicht?»

Ich streckte ihm beide Hände entgegen: «Ja, gewiß, mein Freund!»

Mein Onkel Sosthène war ein Freidenker, wie es ihrer viele gibt, ein Freidenker aus Dummheit. Manchmal ist man auf die gleiche Art fromm. Der bloße Anblick eines Geistlichen versetzte ihn in unfaßbare Wut; er schüttelte die Faust gegen ihn, krümmte die Finger zu Hörnern, berührte hinter seinem Rücken Eisen, was immerhin schon auf eine gewisse Gläubigkeit hinweist, auf den Glauben an den bösen Blick. Nun, wenn es sich um unvernünftige Glaubenslehren handelt, muß man alle haben oder gar keine. Ich, der ich auch Freidenker bin, das heißt, widerspenstig gegen alle die Dogmen, welche die Todesangst erfunden hat, ich habe keinen Zorn gegen die Tempel, seien sie nun katholisch, apostolisch, römisch, protestantisch, russisch, griechisch, buddhistisch, jüdisch, muselmanisch. Und dann habe ich meine Methode, sie zu betrachten, sie zu deuten. Ein Tempel, das ist eine Ehrenbezeigung vor dem Unbekannten. Je weiter das Denken sich dehnt, desto mehr verringert sich das Unbekannte, desto mehr Tempel brechen zusammen. Doch statt Weihrauchfässer darin unterzubringen, würde ich Teleskope und Mikroskope und elektrische Maschinen aufstellen. Das ist alles.

Mein Onkel und ich waren fast in allen Dingen verschiedener Ansicht. Er war Patriot, ich bin es nicht, weil auch der Patriotismus eine Religion ist. Er ist der Keim der Kriege.

Mein Onkel war Freimaurer. Ich wiederum, ich halte die Freimaurer für dümmer als die frommen alten Weiber. Das ist meine Meinung, und ich trete für sie ein. Wenn man schon eine Religion hat, genügt mir die alte.

Diese Tölpel tun am Ende nichts, als die Priester nachahmen. Als Symbol haben sie ein Winkelmaß statt eines Kreuzes. Sie haben Kirchen, die sie Logen nennen, und einen Haufen verschiedene Kulte: den schottischen Ritus, den französischen Ritus, den Groß-Orient, eine Serie von Albernheiten, über die man sich zu Tod lachen kann.

Und schließlich, was wollen sie denn? Einander unterstützen, indem sie einander in der hohlen Hand kitzeln. Darin sehe ich nichts Böses. Sie haben die christliche Vorschrift in die Praxis umgesetzt: «Helft einander!» Der einzige Unterschied besteht im Kitzeln. Lohnt es sich aber, so viele Zeremonien zu machen, um einem armen Teufel fünf Francs zu leihen? Die Frommen, denen das Almosen und die Unterstützung eine Pflicht und ein Beruf ist, setzen an den Kopf ihrer Episteln drei Buchstaben: J. M. J. Die Freimaurer setzen drei Punkte hinter ihren Namen. Jacke wie Hose, Gevatter.

Mein Onkel erwiderte mir: «Ja, wir erheben Religion gegen Religion. Aus dem freien Gedanken machen wir die Waffe, die den Klerikalismus umbringen wird. Die Freimaurerei ist das Bollwerk, wo alle Zerstörer der Gottheiten sich anwerben lassen.»

Ich meinte: «Aber, mein guter Onkel – bei mir sagte ich: Alter Schwätzer! –, gerade das ist es, was ich euch vorwerfe. Statt zu zerstören, organisiert ihr die Konkurrenz. Damit sinken die Preise, das ist alles. Und dann, wenn ihr nur Freidenker bei euch aufnehmen würdet, verstünde ich es. Aber ihr nehmt alle Welt auf. Ihr habt Katholiken in Menge, sogar Parteiführer. Pius IX. gehörte zu euch, bevor er Papst wurde. Wenn ihr eine derart aufgebaute Gesellschaft ein Bollwerk gegen den Klerikalismus nennt, dann finde ich euer Bollwerk recht schwach.»

Da zwinkerte mein Onkel und setzte hinzu: «Unsere wirkliche Tätigkeit, unsere stärkste Tätigkeit entfalten wir in der Politik. Unablässig und sicher untergraben wir den monarchischen Geist.»

Diesmal platzte ich heraus. «Ach ja, ihr seid Schlauköpfe! Wenn Sie mir sagen, daß die Freimaurerei eine Wahlfabrik ist, so gestehe ich Ihnen das zu; daß sie als Maschine dient, um für die Kandidaten aller Nuancen stimmen zu lassen, werde ich nie in Abrede stellen. Daß sie keine andere Funktion hat, als die guten Leute zu prellen, sie in Reih und Glied einzuordnen, damit sie zur Urne gehen, wie man die Soldaten ins Feuer schickt, da bin ich Ihrer Ansicht. Daß sie nützlich, ja sogar unentbehrlich für jede politische Streberei ist, weil sie jedes Mitglied zu einem Wahlagenten macht, dann rufe ich: ‹ Das ist klar wie die Sonne!› Wenn Sie aber behaupten, sie diene dazu, den monarchischen Geist zu untergraben, so lache ich Ihnen ins Gesicht.

Mustern Sie doch einmal die weitläufige, mysteriöse demokratische Gesellschaft, die in Frankreich unter dem Kaiserreich den Prinzen Napoleon zum Großmeister gehabt hat; die in Deutschland den Kronprinzen zum Großmeister hat, in Rußland den Bruder des Zaren, zu der König Humbert und der Prinz von Wales gehören. Und all die gekrönten Schädel der Erdkugel!»

Diesmal flüsterte mein Onkel mir ins Ohr: «Das stimmt, aber all diese Fürstlichkeiten dienen nur, ohne es zu ahnen, unsern Zwecken.»

«Und gegenseitig, nicht wahr?»

Zu mir selber sagte ich: «Trottel miteinander!»

Und man mußte meinen Onkel Sosthène sehen, wenn er einem Freimaurer ein Essen spendierte.

Zunächst begegneten sie sich, und ihre Hände berührten einander mit einer höchst drolligen, mysteriösen Geste. Man merkte, daß sie eine Reihe geheimer Händedrucke feierten. Wenn ich meinen Onkel in Wut versetzen wollte, brauchte ich ihn nur daran zu erinnern, daß die Hunde auch eine durchaus freimaurerische Art haben, einander zu erkennen.

Dann führte mein Onkel seinen Freund in die Winkel, als wollte er ihm bedeutsame Dinge anvertrauen; dann, bei Tisch, einander gegenüber, hatten sie eine gewisse Art, einander zu betrachten, die Blicke zu kreuzen, mit einem Augenaufschlag zu trinken, als wollten sie einander unablässig wiederholen: «Wir gehören dazu, was?»

Und sich vorzustellen, daß es Millionen solcher Leute auf Erden gibt, die sich mit derartigem Hokuspokus amüsieren! Da wäre ich noch lieber Jesuit!

Nun, in unserer Stadt gab es einen alten Jesuiten, der das schwarze Schaf meines Onkels Sosthène war. Jedesmal, wenn er ihm begegnete oder ihn auch nur von weitem sah, murmelte er: «Fort mit dir, du Halunke!» Dann nahm er mich beim Arm und vertraute mir leise an: «Du wirst sehen, daß dieser Spitzbub mir eines Tages etwas Böses anrichten wird. Das spüre ich!»

Mein Onkel hatte die Wahrheit gesagt. Und folgendermaßen ereignete sich, durch meine Schuld, der Vorfall.

Wir näherten uns der Karwoche. Da hatte mein Onkel die Idee, für den Freitag ein recht fettes Essen zu organisieren, aber ein wirkliches Essen mit Leberwürsten und Cervelats. Ich leistete Widerstand, so gut ich konnte: «Ich esse an diesem Tag Fleisch wie immer, aber ganz allein, bei mir zu Hause. So eine Kundgebung ist doch blödsinnig. Warum großtun? Wobei stört es Sie, daß manche Leute kein Fleisch essen?»

Aber mein Onkel gab nicht nach. Er lud drei Freunde in das erste Restaurant der Stadt ein;

und da er es war, der zahlte, weigerte ich mich auch nicht, an der Kundgebung teilzunehmen.

Von vier Uhr an besetzten wir im Café Penelope, dem meistbesuchten, einen Platz, der allen Blicken ausgesetzt war. Und mit schallender Stimme zählte mein Onkel Sosthène sein Menu auf.

Um sechs Uhr ging man zu Tisch. Um zehn Uhr aß man noch immer; und wir hatten zu fünft achtzehn Flaschen guten Wein und überdies vier Flaschen Champagner getrunken. Da schlug mein Onkel vor, was er «die Runde des Erzbischofs» nannte. Man stellte in einer Reihe vor sich sechs kleine Gläser auf, die man mit verschiedenen Likören füllte; und dann mußte man sie Schlag auf Schlag leeren, während einer der Tischgenossen bis zwanzig zählte. Es war stupid, aber mein Onkel Sosthène fand, «es gehöre dazu».

Um elf Uhr war er stockbesoffen. Wir mußten ihn im Wagen heimschaffen und ins Bett legen; und schon ließ sich voraussehen, daß sich seine antiklerikale Kundgebung zu einer schrecklichen Verdauungsstörung entwickeln würde.

Als ich, selber berauscht, aber mit einem heitern Rausch, in meine Wohnung kam, blitzte mir eine machiavellistische Idee, die alle meine skeptischen Instinkte befriedigte, durch den Kopf.

Ich richtete meine Krawatte, ich schnitt ein verzweifeltes Gesicht, und ich läutete wie ein

Rasender an der Türe des alten Jesuiten. Er war taub; er ließ mich warten. Doch da ich das ganze Haus mit Fußtritten ins Wackeln brachte, erschien er endlich, die Nachtmütze auf dem Kopf, im Fenster und fragte: «Was will man denn von mir?»

Ich schrie: «Schnell, schnell, ehrwürdiger Vater! Öffnen Sie mir! Es ist ein Kranker in den letzten Zügen, der Ihrer heiligen Dienste bedarf!»

Der brave Mann zog rasch die Hose an und kam ohne Soutane herunter. Ich erzählte ihm scheinbar atemlos, mein Onkel, der Freidenker, sei plötzlich von einer schrecklichen Krankheit befallen, eine große Angst vor dem Tode habe ihn gepackt und er wünsche den Priester zu sehen, mit ihm zu reden, seine Ratschläge zu hören, die Glaubensartikel besser kennenzulernen, sich der Kirche zu nähern, zweifellos zu beichten, dann die Kommunion zu empfangen, um in Frieden mit sich selber den bedrohlichen Weg anzutreten.

In leichtfertigem Tone setzte ich hinzu: «Nun, er will es so haben, und wenn es ihm nicht nützt, wird's ihm immerhin auch nicht schaden.»

Der alte Jesuit, verstört, entzückt, am ganzen Leibe zitternd, sagte zu mir: «Warten Sie eine Minute auf mich, mein Kind. Ich komme.» Doch ich entgegnete: «Verzeihung, mein Vater, aber ich begleite Sie nicht; das verbieten mir meine Überzeugungen. Ich habe mich sogar geweigert, Sie zu holen. Und darum bitte ich Sie, nicht zuzugeben, daß Sie mich gesehen haben, sondern zu erklären, eine Art Offenbarung habe Sie von der Erkrankung meines Onkels in Kenntnis gesetzt.»

Damit war der gute Mann einverstanden, und er eilte, um an der Türe meines Onkels Sosthène zu läuten. Die Magd, die den Kranken pflegte, schloß bald die Türe auf, und ich sah die schwarze Soutane in diesem Bollwerk des freien Gedankens verschwinden.

Ich versteckte mich unter einem Türbogen in der Nachbarschaft, um abzuwarten, was sich ereignen würde. Bei voller Gesundheit hätte mein Onkel den Jesuiten erschlagen, doch ich wußte, daß er nicht den Arm rühren konnte, und so fragte ich mich mit überschäumender Ergötzung, welche unwahrscheinliche Szene sich zwischen den beiden Gegnern abspielen würde. Was für ein Kampf. Was für eine Auseinandersetzung. Was für eine Verblüffung. Was für ein Wirrwarr. Und wie würde sich diese ausweglose Situation lösen, die sich durch die Entrüstung meines Onkels gewiß noch tragischer gestalten würde?

Ich lachte ganz allein so, daß ich mir den Bauch halten mußte; und immer wieder summte ich vor mich hin: «Ist das ein Spaß! Ist das ein Spaß!»

Doch es wurde kalt, und ich stellte fest, daß der Jesuit recht lange blieb. Ich sagte mir: Sie haben eine Auseinandersetzung.

Eine Stunde verging, dann zwei, dann drei.

Der Geistliche kam nicht. Was war geschehen? War mein Onkel, als er ihn erblickt hatte, vom Schlag getroffen worden? Oder hatte er den Mann in der Soutane umgebracht? Oder hatten sie einander aufgefressen? Diese letzte Möglichkeit fand ich wenig wahrscheinlich, denn mein Onkel war, meines Erachtens, derzeit nicht imstande, auch nur noch ein Gramm Nahrung zu sich zu nehmen. Der Tag begann zu dämmern.

Besorgt, ohne daß ich gewagt hätte, einzutreten, erinnerte ich mich, daß einer meiner Freunde just gegenüber wohnte. Ich ging zu ihm; ich erzählte ihm alles, er staunte und lachte, und ich lauerte an seinem Fenster.

Um neun Uhr nahm er meinen Platz ein, und ich schlief ein wenig. Um zwei Uhr trat ich wieder an seine Stelle. Wir waren zutiefst beunruhigt.

Um sechs Uhr erschien der Jesuit sichtlich gelassen und zufrieden, und wir sahen, wie er sich mit ruhigen Schritten entfernte.

Da läutete ich beschämt und ängstlich an der Türe meines Onkels. Die Magd öffnete, ich wagte nicht, sie zu fragen, sondern stieg stumm die Treppe hinauf.

Mein Onkel Sosthène lag blaß, verstört, niedergeschlagen, düster blickend, die Arme reglos, in seinem Bett. Ein kleines Heiligenbild war mit einer Stecknadel an dem Vorhang befestigt.

Im Zimmer konnte man die Verdauungsstörung sehr kräftig wittern.

«Nun, Onkel», sagte ich, «Sie sind noch zu Bett? Geht's also nicht gut?»

Er erwiderte mit matter Stimme: «Ach, mein armes Kind, ich bin sehr krank gewesen. Beinahe wäre ich gestorben.»

«Wie das, Onkel?»

«Ich weiß es selber nicht; es ist wahrhaftig erstaunlich. Aber das Merkwürdigste ist, daß der Jesuitenpater, der eben fortgegangen ist, weißt du, der brave Mann, den ich nicht ausstehn konnte, nun, da ihm mein Zustand offenbart wurde, mich aufgesucht hat.»

Mich überkam ein schreckliches Verlangen, laut aufzulachen.

«Was? Wirklich?»

«Ja, er ist gekommen. Er hat eine Stimme gehört, die ihm auftrug, sich zu erheben und zu kommen, weil ich im Sterben läge. Das war eine Offenbarung!»

Ich tat, als müßte ich niesen, um nicht herauszuplatzen. Ich hatte Lust, mich auf dem Boden zu wälzen.

Nach einer Minute begann ich, trotz meiner überströmend heitern Stimmung, in entrüstetem Ton: «Und Sie haben ihn empfangen, Onkel? Sie? Ein Freidenker? Ein Freimaurer? Sie haben ihn nicht hinausgeworfen?»

Er war sichtlich verwirrt und stammelte: «Hör doch, es war so erstaunlich! So sehr von der Vorsehung gewollt! Und dann hat er zu mir von meinem Vater geredet. Er hatte seinerzeit meinen Vater gekannt.»

«Ihren Vater, Onkel?»

«Ja, es scheint, daß er meinen Vater gekannt hat.»

«Das ist doch kein Grund, um einen Jesuiten zu empfangen!»

«Ich weiß wohl, aber ich war krank, so krank! Und er hat mich die ganze Nacht mit solcher Hingabe gepflegt. Er war prachtvoll. Er ist's, der mich gerettet hat. Sie sind ja auch ein wenig Ärzte, diese Leute.»

«Ah! Er hat Sie also die ganze Nacht gepflegt. Mir haben Sie doch gesagt, er sei eben erst fortgegangen.»

«Ja, das ist richtig. Da er sich mir gegenüber so wunderbar benommen hat, habe ich ihn zum Essen dabehalten. Er hat auf einem Tischchen neben meinem Bett gegessen, und ich habe eine Tasse Tee getrunken.»

«Und... er hat nicht nur Fastenspeisen zu sich genommen?»

Mein Onkel machte eine abwehrende Bewegung, als hätte ich eine grobe Unschicklichkeit begangen. Und er sagte:

«Spotte nicht, Gaston! Es gibt sehr unpassende Scherze. Dieser Mann hat diesmal mehr für mich getan als irgendein Verwandter. Und ich wünsche, daß man seine Überzeugung achtet!»

Jetzt war ich verblüfft; dennoch erwiderte ich: «Sehr wohl, Onkel. Und was habt ihr nach Tisch gemacht?»

«Wir haben eine Partie Bézigue gespielt, dann hat er sein Brevier gelesen, während ich in einem kleinen Buch las, das er bei sich hatte, und es ist wirklich gar nicht schlecht geschrieben.»

«Ein frommes Buch, Onkel?»

«Ja und nein; oder vielmehr nein. Es ist die Geschichte ihrer Missionen in Zentralafrika. Es ist mehr ein Buch von Reisen und Abenteuern. Was diese Leute dort tun, ist sehr schön!»

Ich fand nach und nach, daß die Geschichte eine schlimme Wendung nahm. Und so stand ich auf.

«Nun, so leben Sie wohl, Onkel. Ich sehe, daß Sie die Freimaurerei um der Religion willen verlassen. Sie sind ein Abtrünniger!»

Er war noch immer ein wenig verwirrt und murmelte: «Aber die Religion ist ja eine Art Freimaurerei.»

«Und wann kommt er wieder, Ihr Jesuit?» fragte ich.

Mein Onkel stotterte: «Ich... ich weiß nicht... vielleicht morgen... das ist nicht sicher.»

Und da ging ich denn, völlig verdattert.

Mein Streich hat eine böse Wendung genommen. Mein Onkel hat sich radikal bekehrt. Bis dahin war mir das nicht weiter wichtig. Ob klerikal oder Freimaurer, das ist in meinen Augen gehupft wie gesprungen. Aber das Schlimmste ist, daß er eben ein Testament gemacht hat, ja, ein Testament zugunsten des Jesuitenpaters. Und mich enterbt!

Monsieur und Madame Lerebour waren gleichaltrig. Monsieur aber wirkte jünger, obwohl er von den beiden der verbrauchtere war. Sie wohnten bei Mantes auf einem hübschen Landsitz, den sie sich eingerichtet hatten, nachdem sie durch den Handel mit Stoffen zu Vermögen gekommen waren.

Das Haus war von einem schönen Garten umgeben, darin ein Hühnerhof, chinesische Kioske und, ganz am Ende des Besitzes, ein kleines Treibhaus Platz fanden. Monsieur Lerebour war klein, rundlich und umgänglich, von der Umgänglichkeit des Krämers, der sich's wohl gehn läßt. Seine Frau, mager, eigenwillig und immer verdrossen, war nicht imstande gewesen, die gute Laune ihres Mannes zu besiegen. Sie färbte sich die Haare, las manchmal Romane, die ihrer Seele Träume vorgaukelten, wenn sie auch so tat, als hätte sie für solches Geschreibsel nur Verachtung. Man hielt sie für leidenschaftlich, ohne daß sie je etwas getan hatte, um diese Meinung zu bekräftigen. Ihr Gatte sagte aber manchmal: «Meine Frau, das ist ein Weibsstück!» Und das sagte er mit einem gewissen Zwinkern, das allerlei Vermutungen weckte.

Seit einigen Jahren erwies sie sich immerhin Monsieur Lerebour gegenüber heftig, immer gereizt, hart, als nagte ein geheimer, uneingestandener Kummer an ihr. Daraus erwuchs eine gewisse Mißhelligkeit. Sie redeten kaum miteinander, und Madame, die Palmyre hieß, überhäufte Monsieur, der Gustave hieß, beständig mit unfreundlichen Redensarten, kränkenden Anspielungen, scharfen Worten, und das alles ohne sichtbaren Grund.

Er unterwarf sich verärgert, aber dennoch wohlgelaunt, denn er besaß einen solchen Vorrat an Zufriedenheit, daß er sich eben mit diesen Quälereien abfand. Trotzdem fragte er sich, welcher unbekannte Grund seine Gefährtin immer stärker verbittern konnte, denn er spürte wohl, daß ihre Gereiztheit eine verborgene Ursache hatte, die aber so schwer zu erkunden war, daß all seine Mühe erfolglos blieb.

Häufig fragte er sie: «Ich bitte dich, mein Kind, sag mir doch, was du gegen mich hast! Ich fühle, daß du mir irgendwas verheimlichst.»

Unabänderlich gab sie zur Antwort: «Gar nichts habe ich, absolut nichts. Und übrigens, wenn ich irgendeinen Anlaß zur Unzufriedenheit hätte, wäre es doch deine Sache, das zu erraten. Ich mache mir nichts aus den Männern, die nichts verstehen, die so gleichgültig und unfähig sind, daß man ihnen zu Hilfe kommen muß, damit sie auch nur die einfachsten Dinge begreifen.»

Entmutigt brummte er: «Ich sehe schon, daß du nicht reden willst.» Und er ging und zerbrach sich den Kopf über das Mysterium.

Vor allem die Nächte wurden für ihn sehr peinlich; denn sie teilten immer noch das selbe Bett, wie man das in den guten, einfachen Ehen tut. Und da gab es keine Bosheit, die sie ihm erspart hätte. Sie wählte den Augenblick, da sie sich nebeneinander ausstreckten, um ihn mit ihren heftigsten Verhöhnungen zu überschütten. So warf sie ihm insbesondere vor, daß er dick wurde. «Du nimmst ja den ganzen Platz ein, so fett wirst du. Und du schwitzt mir den Rücken voll wie ausgelassener Speck. Wenn du glaubst, daß das ein Vergnügen für mich ist!»

Unter dem geringsten Vorwand zwang sie ihn aufzustehn, schickte ihn hinunter, um eine Zeitung zu holen, die sie vergessen hatte, oder die Flasche mit Orangenblütenwasser, die er nicht fand, weil sie sie versteckt hatte. Und dann rief sie wütend und mit scharfem Spott: «Du müßtest doch wissen, wo man das findet, du dicker Tölpel!» Wenn er dann eine Stunde lang in dem schlafenden Haus umhergeirrt und mit leeren Händen wiedergekommen war, beschränkte ihre Dankbarkeit sich auf die Worte: «Na, leg dich eben wieder nieder, da wirst du etwas von deinem Fett loswerden, wenn du ein wenig spazierengehst. Du wirst ja schlaff wie ein Schwamm!»

Immer wieder weckte sie ihn, behauptete, sie leide an Magenkrämpfen, und verlangte, er solle ihr mit einem in Kölnisch Wasser getauchten Tuch den Bauch einreiben. Er gab sich alle Mühe, ihr zu helfen, denn sie krank zu sehen, brachte ihn zur Verzweiflung. Und er schlug vor, Céleste zu wecken, das Dienstmädchen. Da aber geriet sie ganz außer sich und schrie: «Was muß das für ein Trottel sein, dieser dicke Puter! Genug. Es ist vorüber, ich habe keine Schmerzen mehr, schlaf nur wieder ein, du Jammerlappen!»

«Bist du auch ganz sicher, daß es nicht mehr weh tut?» fragte er.

Und sie warf ihm hart die Antwort ins Gesicht: «Ja, schweig! Laß mich schlafen! Langweil mich nicht! Du kannst überhaupt nichts tun! Nicht einmal eine Frau einreiben!»

«Aber... mein Schatz...», stotterte er unglücklich.

«Kein Aber!» rief sie erbittert. «Genug! Verstanden? Laß mich in Frieden, jetzt...»

Und sie drehte sich zur Wand.

Eines Nachts aber schüttelte sie ihn so heftig, daß er erschrak und mit einer bei ihm ungewöhnlichen Schnelligkeit auffuhr.

«Was... was gibt's denn...?» stotterte er.

Sie hielt ihn beim Arm und kniff ihn, daß er beinahe aufschrie. Und dann flüsterte sie ihm ins Ohr: «Ich habe ein Geräusch im Haus gehört!»

An die häufigen Störungen gewöhnt, regte er sich nicht besonders auf und fragte gelassen: «Was für ein Geräusch, meine Liebe?»

Sie zitterte wie von Sinnen. «Geräusch... ein Geräusch... ein Geräusch von Schritten... es muß jemand da sein.»

Er blieb ungläubig. «Jemand? Glaubst du wirklich? Aber nein, du mußt dich irren. Wer sollte es denn sein?»

Sie bebte. «Wer? Wer? Diebe natürlich, du Dummkopf!»

Er ließ sich behaglich ins Bett sinken. «Aber nein, mein Schatz, es ist niemand da. Das mußt du bestimmt geträumt haben.»

Da warf sie die Decke zurück und sprang empört aus dem Bett. «Du bist also ebenso feig, wie du unfähig bist! Ich werde mich jedenfalls deiner erbärmlichen Verzagtheit wegen nicht abmurksen lassen.»

Damit ergriff sie die Feuerzange vom Kamin und stellte sich kampfbereit hinter die verriegelte Türe.

Dieses Beispiel von Tapferkeit rührte ihn, beschämte ihn vielleicht, auch er stand verdrossen auf, griff, ohne die Nachtmütze abzunehmen, nach der Schaufel und stellte sich seiner Frau gegenüber auf.

So warteten sie zwanzig Minuten in tiefstem Schweigen. Kein neues Geräusch störte den Frieden des Hauses. Dann stieg Madame erbost wieder ins Bett und erklärte: «Ich bin trotzdem überzeugt, daß irgendwer dagewesen war.»

Um jeden Zank zu vermeiden, unterließ er tagsüber alle Anspielungen auf ihre Angst.

Doch in der nächsten Nacht weckte Madame Lerebour ihren Mann noch heftiger als in der Nacht zuvor und keuchte: «Gustave, Gustave, eben ist die Gartentüre geöffnet worden!»

Diese Beharrlichkeit überraschte ihn, schon glaubte er, seine Frau sei zur Nachtwandlerin geworden, schon wollte er sie aus diesem gefährlichen Schlummer aufrütteln, als er selber tatsächlich ein leises Geräusch an der Mauer des Hauses zu hören glaubte.

Er stand auf, eilte ans Fenster und sah, ja, er sah einen weißen Schatten, der schnell über einen Gartenweg lief.

Halb ohnmächtig flüsterte er: «Ja, es ist jemand!» Dann aber faßte er sich, raffte sich auf, und mit einem Mal von dem jähen Zorn des Hausherrn gepackt, in dessen Besitz man eindringt, erklärte er: «Wartet nur, wartet nur! Ihr sollt was erleben!»

Er stürzte zu seinem Schreibtisch, öffnete ihn, nahm den Revolver heraus und hastete ins Treppenhaus.

Seine Frau folgte ihm entsetzt und schrie: «Gustave, Gustave, verlaß mich nicht, laß mich nicht allein! Gustave! Gustave!»

Doch er hörte nicht mehr; er hatte schon die Gartentüre erreicht.

Da stieg sie schnell wieder hinauf und verbarrikadierte sich im ehelichen Schlafgemach.

Sie wartete fünf Minuten, zehn Minuten, eine Viertelstunde. Eine tolle Angst überwältigte sie. Zweifellos hatten sie ihn gepackt, geknebelt, erdrosselt. Lieber wäre es ihr gewesen, wenn sie die sechs Schüsse des Revolvers gehört, gewußt hätte, daß er kämpfte, daß er sich wehrte. Doch dieses tiefe Schweigen, diese furchtbare Stille des Landes brachte sie völlig aus der Fassung.

Sie läutete Céleste. Céleste kam nicht, antwortete nicht. Sie läutete noch einmal, ihr Herzschlag setzte aus, sie fühlte, wie ihr Bewußtsein schwand. Doch das ganze Haus blieb stumm.

Sie heftete die brennende Stirne an die Fensterscheibe, bemühte sich, die Finsternis draußen mit ihrem Blick zu durchdringen. Doch sie unterschied nichts als die schwarzen Schatten des Buschwerks neben den grauen Spuren der Wege.

Es schlug halb zwölf. Seit fünfundvierzig Minuten war ihr Mann jetzt fort! Sie würde ihn nie wiedersehen! Nein, bestimmt würde sie ihn nie wiedersehen! Schluchzend sank sie auf die Knie.

Zwei leichte Schläge an die Zimmertüre ließen sie jäh auffahren. Monsieur Lerebour rief: «Mach doch auf, Palmyre, ich bin's.» Sie sprang zur Türe, öffnete sie und stand, die Fäuste in die Hüften gestemmt, die Augen noch voller Tränen, vor ihm: «Wo kommst du her, du miserabler Schuft! Du läßt mich da allein, damit ich vor Angst krepiere, ja? Du machst dir gar keine Sorgen um mich? Als ob ich nicht vorhanden wäre...?»

Er hatte die Türe geschlossen; und er lachte, er lachte wie ein Verrückter, die beiden Wangen waren von seinem Mund gespalten, die Hände hatte er auf dem Bauch, und seine Augen waren feucht.

Madame Lerebour verstummte benommen.

Er stammelte: «Es war... es war... Céleste, die ein... ein Rendezvous im Treibhaus hatte... wenn du wüßtest, was ich... was ich... was ich gesehen habe...»

Sie war blaß geworden, erstickte fast vor Entrüstung. «Was? Was sagst du da? Céleste? Bei mir? In meinem... meinem... meinem Hause... in meinem... meinem... meinem Treibhaus? Und du hast den Mann nicht getötet, den Mitschuldigen? Du hattest einen Revolver, und du hast ihn nicht erschossen... bei mir... bei mir...»

Sie setzte sich, ihre Kräfte versagten.

Er hopste hoch auf, seine Finger klapperten wie Kastagnetten, er schnalzte mit der Zunge und lachte noch immer: «Wenn du wüßtest... wenn du wüßtest...»

Mit einem Male umarmte er sie.

Sie entzog sich ihm. Und stockend vor Wut stieß sie hervor: «Ich will nicht, daß dieses Frauenzimmer auch nur einen Tag länger bei mir bleibt, hörst du? Nicht einen Tag... nicht eine Stunde. Sobald sie kommt, werfen wir sie hinaus!»

Monsieur Lerebour hatte seine Frau umfangen und pflanzte ihr eine Reihe von Küssen auf den Hals, schmatzende Küsse wie einst. Und sie verstummte, die Überraschung lähmte sie. Er aber hielt sie mit beiden Armen an sich gepreßt und schob sie sachte zum Bett...

Am nächsten Morgen, um halb zehn, kam Céleste, erstaunt, weil sie das Ehepaar noch nicht gehört hatte, das sonst immer sehr früh aufstand, und klopfte leise an die Türe.

Sie lagen da, Seite an Seite, und unterhielten sich in bester Stimmung. Das Dienstmädchen blieb wie angewurzelt stehn. «Madame, der Kaffee ist fertig.»

Mit sanfter, sehr sanfter Stimme erwiderte Madame Lerebour: «Bring ihn nur her, mein Kind. Wir sind ein wenig müde, wir haben sehr schlecht geschlafen.»

Kaum war das Dienstmädchen fort, als Monsieur Lerebour wieder zu lachen begann, seine Frau kitzelte und immer wieder sagte: «Wenn du wüßtest! Ach, wenn du wüßtest!» Aber sie nahm seine Hände. «Bleib doch ruhig, mein Schatz. Wenn du so lachst, könnte es dir schaden.»

Und sie küßte ihn sacht auf die Augen.

Madame Lerebour ist nicht mehr übellaunig. In klaren Nächten schleichen die beiden Gatten manchmal heimlich an Gebüsch und Beeten entlang bis zu dem kleinen Treibhaus am Ende des Gartens. Und da bleiben sie, aneinandergedrückt, die Gesichter an den Scheiben, als gäbe es dort drin etwas Seltsames, etwas sehr Interessantes zu sehen.

Sie haben Célestes Lohn erhöht.

Monsieur Lerebour ist magerer geworden.

Nachdem Jacques Bourdillère lange Zeit geschworen hatte, er werde nie heiraten, änderte er plötzlich seine Ansicht. Das begab sich ganz unerwartet eines Sommers in einem Seebad.

Eines Morgens, als er auf dem Sand ausgestreckt lag, einzig und allein damit beschäftigt, die Frauen aus dem Wasser steigen zu sehen, war ein kleiner Fuß ihm aufgefallen, ein reizender, zierlicher Fuß. Da hob er denn die Blicke höher, und die ganze Erscheinung bezauberte ihn. Er sah allerdings nichts als die Knöchel und den Kopf, die aus einem sorgfältig geschlossenen weißen Flanellschlafrock auftauchten. Man nannte ihn sinnlich, er galt für einen Lebemann. Er wurde darum durch die bloße Anmut der Gestalt gefesselt, dann aber bezwang ihn der Charme des sanften Wesens eines jungen Mädchens, das schlicht und gütig war und frisch wie ihre Wangen und ihre Lippen.

Er wurde der Familie vorgestellt, machte guten Eindruck, und bald war er vor Liebe verrückt. Wenn er Berthe Lannis auf dem langen, gelben Sandstrand von weitem sah, erbebte er bis zu den Haaren. In ihrer Nähe wurde er stumm, vermochte nichts zu sagen, nichts zu denken, in seinem Herzen siedete es, in seinen

Ohren summte es, und sein Geist war verstört. War das also die Liebe?

Er wußte es nicht, begriff nichts, blieb aber jedenfalls fest entschlossen, dieses Kind zu seiner Frau zu machen.

Die Eltern zögerten lange, denn der schlechte Ruf des jungen Mannes schreckte sie ab. Er habe eine Mätresse, hieß es, eine alte Mätresse, eine langjährige, starke Bindung, eine jener Ketten, von denen man glaubt, nun seien sie gebrochen, und die immer noch fest halten.

Überdies liebte er während mehr oder weniger langer Zeiträume alle Frauen, die in der Reichweite seiner Lippen vorüberkamen.

Da schuf er denn Ordnung und weigerte sich sogar, jene Frau, mit der er lange gelebt hatte, auch nur ein einziges Mal wiederzusehen. Ein Freund regelte die Abfindung der Frau, sicherte ihr ein Einkommen, Jacques bezahlte, wollte aber nichts mehr von ihr hören, tat von nun an, als wäre selbst ihr Name ihm unbekannt. Sie schrieb ihm Briefe, die er nicht öffnete. Jede Woche erkannte er die unbeholfene Schrift der Verlassenen, und jede Woche wuchs seine Wut gegen sie. Brüsk zerriß er Umschlag und Brief, ungeöffnet, ohne auch nur eine Zeile zu lesen, denn er kannte ja im voraus die Vorwürfe und Klagen, die darin enthalten waren.

Da man nicht recht an seine Standhaftigkeit glaubte, ließ man diese Prüfung den ganzen Winter dauern, und erst im Frühjahr wurde seine Werbung angenommen.

In den ersten Tagen des Mai fand in Paris die Hochzeit statt.

Es wurde beschlossen, daß sie nicht die klassische Hochzeitsreise unternehmen wollten. Nach einem kleinen Ball, einem Lämmerhüpfen der jungen Cousinen, das nicht länger als bis elf Uhr dauerte, sollten die jungen Gatten ihre erste gemeinsame Nacht im Elternhaus verbringen und dann, am nächsten Morgen, nach dem ihren Herzen teuren Seebad fahren, wo sie einander kennen und lieben gelernt hatten.

Die Nacht war gekommen, im großen Salon wurde getanzt. Die beiden hatten sich in das kleine japanische, mit leuchtender Seide bespannte Boudoir zurückgezogen, das an diesem Abend nur von den schmeichelnden Strahlen einer großen, farbigen Laterne gedämpft erhellt war, die wie ein riesiges Ei von der Decke herabhing. Das halboffene Fenster ließ dann und wann die frische Brise von draußen herein, eine Liebkosung der Luft, die über die Gesichter wehte, denn der Abend war lau und still, von Frühlingsdüften gesättigt.

Sie sprachen nicht; sie hielten sich bei den Händen, die sie manchmal mit aller Kraft drückten. Sie war, die Blicke ziellos, ein wenig verloren durch die große Veränderung in ihrem Leben, doch sie lächelte, war aufgewühlt, den Tränen nahe, häufig aber auch bereit, vor Freude ohnmächtig zu werden, denn die ganze Welt schien ihr durch das, was ihr geschah, umgewandelt, sie war ruhelos, ohne zu wissen warum, und fühlte, wie ihr ganzer Körper, ihre ganze Seele von einer unbeschreiblichen, köstlichen Erschlaffung erfüllt waren.

Sein Blick war fest auf sie gerichtet, sein Lächeln wich nicht von seinen Zügen. Er wollte reden, fand aber nichts und legte seine ganze Glut nur in den Druck seiner Hände. Von Zeit zu Zeit flüsterte er: «Berthe!» Und jedesmal hob sie die Augen mit sanftem, zärtlichem Blick zu ihm; sie sahen einander an, und dann, von seinem Blick durchdrungen, bestrickt, senkte sich ihr Blick wieder.

Keinen Gedanken entdeckten sie, den sie wechseln konnten. Man ließ sie allein; doch manchmal warf ein Tänzerpaar im Vorüberhuschen einen flüchtigen Blick nach ihnen, gleichsam einen verschwiegenen, vertraulichen Zeugen eines Mysteriums.

Eine Seitentüre öffnete sich, ein Diener trat ein, einen dringenden Brief auf einem Tablett, den eben ein Bote gebracht hatte. Zitternd griff Jacques nach dem Brief, ihn packte eine unbestimmte Angst, die geheimnisvolle Angst vor einem jähen Unglück.

Er betrachtete lange den Umschlag, die Schrift war ihm unbekannt, er wagte nicht, ihn zu öffnen, hatte nur das eine wahnsinnige Verlangen, nichts zu lesen, nichts zu wissen, den Brief in die Tasche zu stecken und sich zu sagen: Auf morgen! Morgen bin ich weit fort! Was liegt mir dann daran? Doch die beiden großen, unterstrichenen Worte «Sehr dringend» in einer Ecke ließen ihn nicht los, erschreckten ihn. Er fragte: «Sie erlauben, Liebste?» riß den Umschlag auf und las. Er las den Brief, wurde leichenblaß, überlas ihn mit einem Blick, und dann war es, als buchstabierte er ihn langsam.

Als er den Kopf hob, waren seine Züge völlig außer Fassung. Er stammelte: «Meine Liebste, es ist ... es ist mein bester Freund, dem ein großes, ein sehr großes Unglück zugestoßen ist. Er bedarf meiner auf der Stelle ... auf der Stelle ... es geht um Leben und Tod. Erlauben Sie mir, mich für zwanzig Minuten zu entfernen? Ich bin dann gleich wieder hier.»

Auch sie stammelte zitternd, erschrocken: «Gehen Sie nur, Lieber.» Sie war doch noch nicht so sehr seine Frau, daß sie gewagt hätte, ihn zu fragen, daß sie verlangt hätte zu wissen. Und er verzog sich. Sie blieb allein und hörte, wie im Salon daneben getanzt wurde.

Er hatte einen Hut genommen, den ersten besten, einen Mantel, der ihm gerade in die Hand kam, und eilte die Treppe hinunter. Just als er auf die Straße hinausspringen wollte, machte er noch unter der Gaslampe im Vorzimmer halt, um den Brief noch einmal zu lesen.

Und da stand denn:

Monsieur,

eine gewisse Frau Ravet, anscheinend Ihre frühere Mätresse, hat soeben ein Kind geboren, als dessen Vater sie Sie bezeichnet. Die Mutter liegt im Sterben und bittet flehentlich, daß Sie zu ihr kommen mögen. Ich nehme mir die Freiheit, Ihnen zu schreiben und Sie zu fragen, ob Sie dieser Frau, die anscheinend sehr unglücklich und jedes Mitgefühls würdig ist, diese letzte Begegnung zugestehn könnten.

Ihr ergebener *Dr. Bonnard*

Als er in das Zimmer der Sterbenden trat, war sie schon in den letzten Zügen. Anfangs erkannte er sie gar nicht. Der Arzt und zwei Pflegerinnen waren um sie, und überall auf dem Boden standen eisgefüllte Eimer und lag blutige Wäsche.

Das vergossene Wasser überschwemmte das Parkett; zwei Kerzen brannten auf einer Kommode. Hinter dem Bett, in einer kleinen, geflochtenen Wiege schrie das Kind. Und bei jedem Laut des Kindes versuchte die gequälte Mutter, unter den Eisumschlägen schlotternd, eine Bewegung.

Sie blutete; sie blutete, zu Tode getroffen, getötet durch diese Geburt. Ihr ganzes Leben floß dahin, und trotz dem Eis, trotz aller Pflege dauerte die Blutung unbesiegbar an, beschleunigte ihre letzte Stunde.

Sie erkannte Jacques, wollte die Arme heben; sie konnte nicht, so schwach waren sie, doch über die bleichen Wangen begannen die Tränen zu rollen.

Er fiel neben dem Bett auf die Knie, griff nach einer herunterhängenden Hand und küßte sie inbrünstig. Dann näherte er sich behutsam dem magern Gesicht, das bei der Berührung erbebte. Eine der Pflegerinnen, eine Kerze in der Hand, beleuchtete die beiden, und der Arzt, der zur

Seite getreten war, sah vom Ende des Zimmers die Szene.

Dann, mit ferner Stimme, sagte sie keuchend: «Ich sterbe, mein Liebster. Versprich mir, daß du bis zum Ende hierbleibst. Ach, verlaß mich jetzt nicht, verlaß mich nicht im letzten Augenblick!»

Er küßte ihre Stirne, ihr Haar und schluchzte. «Sei ruhig, ich bleibe», flüsterte er.

Einige Minuten verstrichen, bevor sie wieder sprechen konnte, so rasch ging es mit ihr zu Ende. Und dann sagte sie: «Der Kleine ist dein Kind. Ich schwöre es dir vor Gott, ich schwöre es dir auf meine Seele, ich schwöre es dir in meiner Todesstunde. Ich habe keinen andern Mann geliebt, nur dich... versprich mir, daß du ihn nicht verläßt.» Noch einmal versuchte Jacques diesen armen, zerrissenen, entbluteten Körper in die Arme zu nehmen. Von Gewissensbissen und Kummer überwältigt, stammelte er: «Ich schwöre es dir, ich werde ihn aufziehen, ich werde ihn lieben. Er wird immer bei mir sein.» Da versuchte sie, ihn zu umarmen; außerstande, den erschöpften Kopf zu heben, reichte sie ihm die weißen Lippen im Verlangen nach einem Kuß. Er näherte seinen Mund, um diese klägliche, flehende Liebkosung zu empfangen.

Ein wenig beruhigt, murmelte sie: «Bring mir ihn, damit ich sehe, ob du ihn lieb hast.»

Und er holte das Kind.

Er legte es vorsichtig auf das Bett zwischen ihnen, und das kleine Geschöpf hörte auf zu weinen. Sie flüsterte: «Rühr dich nicht!» Und er rührte sich nicht. Er blieb da, hielt in seiner heißen Hand jene Hand, die vom Schauder des Todeskampfes durchschüttelt wurde, wie er eben noch eine andere Hand gehalten hatte, welche die Schauder der Liebe durchzuckt hatten. Von Zeit zu Zeit sah er heimlich nach der Wanduhr, beobachtete den Zeiger, der über die Mitternacht hinwegrückte, dann über ein Uhr, über zwei Uhr.

Der Arzt hatte sich zurückgezogen; die beiden Pflegerinnen waren noch eine Weile mit leichten Schritten durch das Zimmer geglitten und dösten jetzt auf ihren Stühlen. Das Kind schlief, und die Mutter schien sich, die Augen geschlossen, auch auszuruhen.

Plötzlich, als der fahle Tag zwischen den Vorhängen hereinrieselte, streckte sie die Arme so brüsk, so heftig aus, daß sie beinahe das Kind auf den Boden geworfen hätte. Ein Röcheln entrang sich der Kehle. Dann lag sie auf dem Rücken, reglos, tot.

Die Pflegerinnen eilten herbei: «Es ist zu Ende», erklärten sie.

Ein letztes Mal betrachtete er diese Frau, die er geliebt hatte, dann die Wanduhr, die vier zeigte, und dann floh er, ohne Mantel, im Frack, das Kind in den Armen.

Nachdem er sie allein gelassen hatte, war die junge Frau zuerst ruhig im kleinen japanischen Boudoir geblieben und hatte gewartet. Dann, als er nicht wieder erschien, war sie in den Salon zurückgekehrt, äußerlich gelassen und gleichgültig, doch in ihrem Innern furchtbar beunruhigt. Ihre Mutter hatte sie allein gesehen und gefragt: «Wo ist denn dein Mann?» Und sie hatte erwidert: «In seinem Zimmer; er kommt gleich.»

Nach einer Stunde, von allen Seiten befragt, hatte sie gestanden, daß ein Brief gekommen, daß Jacques außer Fassung gewesen war und daß er ein Unglück befürchtet hatte.

Man wartete. Die Gäste verschwanden, nur die nächsten Verwandten blieben. Um Mitternacht wurde die schluchzende, erschütterte junge Frau zu Bett gebracht. Ihre Mutter und zwei Tanten saßen bei ihr und mußten stumm und verzweifelt zuhören, wie sie weinte. Der Vater war zur Polizei gegangen, um Nachforschungen anstellen zu lassen.

Um fünf Uhr ein leises Geräusch im Korridor eine Türe öffnete und schloß sich sachte. Dann plötzlich durchlief ein leiser Schrei, dem Miauen einer Katze ähnlich, das schweigende Haus.

Alle Frauen waren im Nu auf, und als erste sprang Berthe, in ihrem Schlafrock, trotz Mutter und Tanten, aus dem Bett.

In der Mitte des Zimmers stand Jacques bleich, mühsam atmend, ein Kind in den Armen.

Entsetzt sahen die vier Frauen ihn an; doch Berthe, mit einem Schlag kühn geworden, das Herz von Angst bedrängt, lief auf ihn zu: «Was gibt es? Sagen Sie doch – was bedeutet das?»

Wie ein Wahnsinniger sah er drein, und seine Stimme war abgehackt, als er erwiderte: «E bedeutet... es bedeutet... daß ich ein Kind habe... und daß die Mutter gestorben ist.»

Und mit seinen ungeschickten Händen hielt er ihr das Kind hin.

Ohne ein Wort zu sagen, nahm Berthe das Kind, küßte es, drückte es an sich; dann hob sie die tränennassen Augen zu ihrem Mann: «Die Mutter ist tot, sagen Sie?»

«Ja», erwiderte er, «eben jetzt ist sie gestorben... in meinen Armen... ich hatte seit dem Sommer mit ihr gebrochen... ich hatte nichts gewußt... der Arzt war es, der mich kommen ließ...»

Da flüsterte Berthe: «Nun... wir werden ihn aufziehen, den Kleinen!»

Maître Saval, Notar in Vernon, liebte die Musik leidenschaftlich. Noch jung, schon kahl, stets sorgfältig rasiert, ein wenig rundlich, wie es sich gehört, einen goldenen Kneifer anstatt der altmodischen Brille auf der Nase, geschäftig, galant, heiter, galt er in Vernon als Künstler. Er hatte eine Ahnung vom Klavier, spielte Geige und veranstaltete musikalische Abende, bei denen die neuen Opern dargeboten wurden.

Er hatte sogar, was man eine Zwirnfadenstimme nennt, nichts als einen Zwirnfaden; doch er wußte sie mit so viel Geschmack zu behandeln, daß, kaum hatte er die letzte Note hingehaucht, die «Bravo! Ausgezeichnet! Erstaunlich! Wunderbar!» aus allen Mündern aufstiegen.

Er war bei einem Musikverleger in Paris abonniert, der ihm die Neuheiten schickte, und er wiederum sandte von Zeit zu Zeit den vornehmen Kreisen der Stadt folgendermaßen abgefaßte Kärtchen:

Sie werden gebeten, Montag abend bei dem Notar, Maître Saval, der Erstaufführung in Vernon von «Sais» beizuwohnen.

Einige mit hübschen Stimmen begabte Offiziere bildeten den Chor. Zwei oder drei Damen der guten Gesellschaft sangen auch. Der Notar übernahm mit solcher Sicherheit das Amt des Dirigenten, daß der Kapellmeister des 190. Linienregiments eines Tages im «Café de l'Europe» von ihm sagte:

«Oh! Maître Saval, das ist ein wahrer Meister! Ein Jammer, daß er nicht die künstlerische Laufbahn eingeschlagen hat!»

Wurde in einem Salon sein Name genannt, so fand sich immer irgendwer, der erklärte:

«Er ist kein Dilettant, er ist ein Künstler, ein echter Künstler!»

Und gleich wiederholten zwei oder drei Anwesende mit tiefer Überzeugung: «Ja, ja, ein echter Künstler!» Und dem Wort «echter» verliehen sie besondern Nachdruck.

Jedesmal, wenn in einem der großen Pariser Theater ein neues Werk aufgeführt wurde, unternahm Maître Saval die Reise in die Hauptstadt.

Nun, im vergangenen Jahr wollte er, seiner Gewohnheit entsprechend, «Heinrich VIII.» hören. Er nahm denn den Schnellzug, der um vier Uhr dreißig in Paris ankommt, und war entschlossen, mit dem Zug um halb eins nachts zurückzufahren, um keine Nacht im Hotel verbringen zu müssen. Er hatte schon daheim den Abendanzug angezogen, den schwarzen Frack mit der weißen Krawatte, doch das verbarg der Mantel mit dem hochgeklappten Kragen.

Sobald er die Rue d'Amsterdam betreten hatte, fühlte er sich ganz glücklich. Er sagte sich:

Die Luft von Paris hat entschieden keine Ähnlichkeit mit irgendeiner andern Luft. Sie besitzt ein gewisses Ich-weiß-nicht-was, etwas Steigerndes, Erregendes, Berauschendes, das in einem die seltsame Lust weckt, allerlei Streiche zu spielen oder sonstwas zu beginnen. Kaum daß ich hier aussteige, habe ich im Nu den Eindruck, als hätte ich eben eine Flasche Champagner getrunken. Welch ein Leben könnte man in dieser Stadt inmitten von Künstlern führen! Glücklich die Erwählten, die großen Männer, die in solch einer Stadt berühmt sind! Was führen sie für ein Dasein!

Und er schmiedete Pläne, er hätte gern einige dieser berühmten Männer kennengelernt, um in Vernon von ihnen zu erzählen und von Zeit zu Zeit, wenn er nach Paris kam, einen Abend bei ihnen zu verleben.

Doch plötzlich kam ihm ein Gedanke. Er hatte von kleinen Kaffeehäusern auf den Außenboulevards gehört, wo sich die bereits bekannten Maler, die Literaten, ja sogar die Musiker trafen, und so begann er denn mit langsamem Schritt nach Montmartre hinaufzugehn.

Er hatte zwei Stunden vor sich. Er wollte einmal sehen. Er ging an zwei von den letzten Bohémiens besuchten Wirtshäusern vorüber, musterte die Köpfe, versuchte zu erraten, welche darunter Künstlern gehörten. Und schließlich trat er, vom Namen angelockt, in den «Rat-Mort», das Wirtshaus «Zur toten Ratte».

Fünf oder sechs Frauen hockten an den Marmortischen, unterhielten sich halblaut von ihren

Liebesgeschichten, von dem Zank zwischen Lucie und Hortense, von Octaves Lumperei. Sie waren reif, zu dick oder zu mager, müde, verbraucht. Beinahe konnte man sie sich kahl vorstellen; und sie tranken Bier wie die Männer.

Maître Saval setzte sich in einiger Entfernung von ihnen und wartete, denn nun nahte die Stunde des Absinth.

Bald kam ein hochgewachsener junger Mann und setzte sich an den Tisch neben ihm. Die Wirtin nannte ihn «Monsieur Romantin». Der Notar erbebte. War es jener Romantin, der im letzten Salon eine goldene Medaille errungen hatte?

Der junge Mann winkte den Kellner herbei. «Du bringst mir sofort etwas zu essen, und dann trägst du in mein neues Atelier, Boulevard de Clichy 15, dreißig Flaschen Bier und den Schinken, den ich heute morgen bestellt habe. Wir wollen ein Einweihungsfest veranstalten.»

Auch Maître Saval ließ sich eine Mahlzeit auftragen. Dann zog er den Mantel aus, und man sah Frack und weiße Krawatte.

Sein Nachbar schien ihn gar nicht zur Kenntnis zu nehmen. Er hatte nach einer Zeitung gegriffen und las. Maître Saval betrachtete ihn von der Seite her und brannte vor Begierde, mit ihm zu reden.

Jetzt erschienen zwei junge Leute in roten Samtjacken und mit Spitzbärten wie Heinrich III. Sie setzten sich Romantin gegenüber. Der eine sagte:

«Heute abend also!»

Romantin schüttelte ihm die Hand.

«Das glaub' ich, mein Lieber, und alles wird dasein. Bonnat, Guillemet, Gervex, Béraud, Hébert, Duez, Clairin, Jean-Paul Laurens. Das wird ein großartiges Fest geben. Und Frauen! Da wirst du was erleben! Alle Schauspielerinnen, ohne Ausnahme. Das heißt natürlich, alle, die heute abend nicht beschäftigt sind.»

Der Wirt hatte sich dem Tisch genähert.

«Sie feiern sie ziemlich häufig, diese Einweihung?»

Und der Maler erwiderte:

«Das können Sie sich vorstellen. Alle drei Monate. Beim Zinstermin.»

Maître Saval konnte sich nicht länger beherrschen und sagte mit zaudernder Stimme:

«Verzeihung, wenn ich Sie störe, Monsieur, aber ich habe Ihren Namen nennen gehört und wüßte gern, ob Sie am Ende Meister Romantin sind, dessen Werk ich im letzten Salon so sehr bewundert habe.»

«Er selbst, in Fleisch und Blut, Monsieur.»

Da machte ihm der Notar ein wohlgedrechseltes Kompliment, um zu zeigen, daß er ein gebildeter Mann war.

Der Maler antwortete, geschmeichelt, gleichfalls mit höflichen Redensarten, und so kam man ins Gespräch.

Romantin redete wieder von seinem Einweihungsfest und schilderte im einzelnen, wie prachtvoll es sein werde.

Maître Saval befragte ihn nach allen Männern, die dabeisein würden, und fügte hinzu:

«Für einen Fremden wäre es ein außerordentlicher Glücksfall, mit einem Mal bei einem Künstler Ihres Ranges so vielen Berühmtheiten vereint zu begegnen.»

Romantin war gewonnen und sagte:

«Wenn es Ihnen Vergnügen macht, so kommen Sie doch auch!»

Begeistert nahm Maître Saval an.

«Heinrich VIII.» kann ich auch später einmal sehen, dachte er.

Beide hatten ihre Mahlzeit beendet. Der Notar bestand darauf, beide Zechen zu bezahlen, um mit der Liebenswürdigkeit seines Nachbarn Schritt zu halten. Und er bezahlte auch, was die jungen Leute in den roten Samtjacken verzehrt hatten. Dann machte er sich mit seinem Maler auf den Weg.

Sie blieben vor einem sehr langen, nicht sehr hohen Haus stehen, dessen erster Stock einem unendlichen Glashaus glich. Sechs Ateliers reihten sich hier aneinander und blickten auf den Boulevard.

Romantin trat zuerst ein, stieg die Treppe hinauf, öffnete eine Türe, zündete ein Streichholz an und dann eine Kerze.

Sie befanden sich in einem übergroßen Raum, dessen Einrichtung aus drei Stühlen, zwei Staffeleien und etlichen Skizzen bestand, die längs den Wänden lehnten. Verdutzt blieb Maître Saval reglos in der Türe stehn.

Der Maler verkündete:

«Nun, Platz haben wir! Aber jetzt muß alles erst angefangen werden.»

Dann musterte er den hohen, nackten Raum, dessen Decke sich im Schatten verlor, und sagte:

«Aus diesem Atelier könnte man eine Menge machen.»

Mit scharfem Blick unternahm er einen Rundgang, und dann fuhr er fort:

«Ich habe wohl eine Mätresse, die uns helfen könnte. Um Stoffe in die richtigen Falten zu legen, sind die Frauen unvergleichlich. Ich habe sie heute aber aufs Land geschickt, um mich ihrer für diesen Abend zu entledigen. Nicht daß sie mich stört, aber es fehlt ihr zu sehr an Umgangsformen. Und das wäre mir vor meinen Gästen peinlich gewesen.»

Er überlegte sekundenlang, und dann setzte er hinzu:

«Sie ist ein braves Mädchen, aber gar nicht bequem. Wenn sie wüßte, daß ich Leute bei mir empfange, würde sie mir die Augen auskratzen.»

Maître Saval hatte sich noch nicht gerührt. Er begriff von alldem gar nichts.

Der Maler kam auf ihn zu.

«Wenn ich Sie schon eingeladen habe, werden Sie mir doch ein wenig helfen?»

«Verwenden Sie mich ganz nach Ihrem Gutdünken», erklärte der Notar. «Ich bin völlig zu Ihrer Verfügung.»

Romantin zog die Jacke aus.

«Schön, Bürger, ans Werk also! Wir werden zunächst saubermachen.»

Er trat hinter die Staffelei, auf der ein Bild zu sehen war, das eine Katze darstellte, und nahm einen sehr verbrauchten Besen.

«Da! Kehren Sie den Boden, und ich werde mich unterdessen um die Beleuchtung kümmern.»

Maître Saval griff nach dem Besen, betrachtete ihn und begann ungeschickt, den Boden zu fegen. Dabei wirbelte er einen wahren Sturm von Staub auf.

Romantin war entrüstet.

«Können Sie denn nicht fegen, zum Teufel? Warten Sie! Sehen Sie mir einmal zu!»

Und er machte sich daran, ganze Haufen von grauem Schmutz vor sich herzuschieben, als hätte er sein Leben lang nichts anderes getan; dann gab er den Besen dem Notar, der dem Beispiel des Malers folgte.

Binnen fünf Minuten füllte eine derartige Staubwolke das Atelier, daß Romantin fragte:

«Wo sind Sie denn? Ich sehe Sie nicht mehr.»

Maître Saval kam hustend näher, und der Maler sagte:

«Wie würden Sie es anstellen, einen Lüster zu verfertigen?»

Verblüfft fragte der Notar:

«Was für einen Lüster?»

«Aber einen Lüster, um den Raum zu beleuchten! Einen Lüster mit Kerzen!»

Maître Saval verstand gar nichts.

«Ich weiß nicht», sagte er schließlich.

Der Maler begann sich zu drehen und mit den Fingern Kastagnetten zu schlagen.

«Nun, ich hab's gefunden, Herr!»

Und dann fuhr er ruhiger fort:

«Sie haben doch wohl fünf Francs bei sich?»

«Ja, ja, gewiß...»

«Schön», sagte der Maler. «Dann gehen Sie und kaufen Sie für fünf Francs Kerzen. Und ich werde unterdessen zum Faßbinder gehn.»

Und er schob den befrackten Notar hinaus. Fünf Minuten später waren sie beide wieder da, der eine mit den Kerzen, der andere mit einem Faßreifen. Dann griff Romantin in einen Wandschrank und brachte etwa zwanzig Flaschen zum Vorschein, die er rund um den Reifen befestigte. Dann ging er die Treppe hinunter, um sich bei der Hausbesorgerin eine Leiter auszuborgen. Vorher hatte er dem Notar erklärt, daß er sich die Gunst der alten Frau durch das Porträt ihrer Katze dort auf der Staffelei erkauft hatte.

Sobald er mit der Leiter ankam, fragte er Maître Saval:

«Sind Sie geschickt?»

Noch immer verständnislos erwiderte der Notar:

«Aber ja, gewiß.»

«Dann klettern Sie da hinauf und hängen Sie diesen Lüster an den Ring an der Decke. Und dann stecken Sie in jede Flasche eine Kerze und zünden sie an. Ich sage Ihnen ja, daß ich in Beleuchtungsfragen ein Genie bin. Ziehen Sie aber

Ihren Frack aus, verflucht nochmal! Sie sehen ja aus wie ein Lakai!»

Plötzlich wurde die Türe aufgerissen; eine Frau wurde sichtbar, die Augen in Flammen. Sie blieb auf der Schwelle stehn.

Romantin sah sie mit entsetzten Blicken an.

Sie wartete einige Sekunden, kreuzte die Arme über der Brust, und dann rief sie mit spitzer, zitternder, erbitterter Stimme:

«Ach, du nichtsnutziger Lump! So willst du mich hinausschmeißen?»

Romantin fand keine Antwort, und sie redete weiter:

«O du Halunke! Und da spielst du noch den guten Mann und schickst mich aufs Land hinaus. Du sollst einmal sehen, wie ich dir dein Fest zurichten werde. Ja, ja, ich werde dasein und sie empfangen, deine Freundchen!»

Sie wurde immer lebhafter.

«Die Flaschen und die Kerzen werde ich ihnen an den Kopf werfen.»

Mit sanfter Stimme flötete Romantin:

«Mathilde...»

Doch sie hörte nicht auf ihn, sie tobte weiter.

«Warte nur ein wenig, mein Junge! Warte nur!»

Romantin näherte sich ihr, versuchte, ihre Hände zu ergreifen. «Mathilde...»

Doch nun war sie im Zuge; sie leerte ihren Korb mit Flüchen, ihren Sack mit Vorwürfen. Das rollte ihr aus dem Mund wie ein Gießbach, der Schlamm mit sich schleppt. Die Worte überstürzten sich, schienen gleichsam um den Vortritt zu kämpfen. Sie stammelte, sie verhaspelte sich, sie stotterte, fand dann mit einem Mal die Stimme wieder, um desto kräftiger zu schimpfen.

Er hatte ihre Hände ergriffen, ohne daß sie sich dessen bewußt wurde. Es war, als sähe sie ihn überhaupt nicht, so beschäftigt war sie damit, ihr Herz zu erleichtern. Und plötzlich weinte sie. Die Tränen kullerten ihr aus den Augen, ohne daß sie darum den Strom ihrer Klagen gehemmt hätte. Doch die Worte begannen keifend und falsch und weinerlich zu tönen, und das Schluchzen unterbrach sie. Noch zwei- oder dreimal fing sie von neuem an, dann aber würgte es sie, und schließlich verstummte sie in einer Sintflut von Tränen.

Da schloß er sie in die Arme und küßte ihr Haar; er war selber weich geworden.

«Mathilde, meine kleine Mathilde, hör mich an. Du wirst vernünftig sein, nicht wahr? Weißt du, wenn ich ein Fest veranstalte, so ist's nur, um mich bei den Herren vom Salon für meine Medaille zu bedanken. Da kann ich keine Damen empfangen. Das mußt du doch verstehn. Mit Malern ist's nicht so wie mit beliebigen andern Leuten.»

Unter Tränen stieß sie hervor:

«Warum hast du's mir nicht gesagt?»

«Ich wollte dich nicht kränken», erklärte er. «Dir nicht weh tun. Hör, jetzt bring ich dich nach Hause. Du wirst brav sein, du wirst nett sein und mich in aller Ruhe im Bett erwarten, und sobald es hier fertig ist, komme ich.»

«Aber du wirst nicht wieder anfangen», flüsterte sie.

«Nein. Das schwöre ich dir!»

Er wendete sich zu Maître Saval, dem es endlich gelungen war, den Lüster zu befestigen.

«Lieber Freund, in fünf Minuten bin ich wieder da. Wenn in meiner Abwesenheit irgendwer kommen sollte, empfangen Sie ihn an meiner Statt, nicht wahr?»

Und er zog Mathilde mit sich, die sich die Augen trocknete und sich mehrmals schneuzte.

Allein geblieben, machte Maître Saval rund um sich Ordnung. Dann zündete er die Kerzen an und wartete.

Er wartete eine Viertelstunde, eine halbe Stunde, eine ganze Stunde. Romantin kam nicht zurück. Dann gab es plötzlich auf der Treppe einen schrecklichen Lärm, ein Lied wurde von zwanzig Mündern im Chor gebrüllt, und dann hörte man einen Taktschritt wie von einem preußischen Regiment. Die regelmäßigen Tritte der Füße erschütterten das ganze Haus. Die Türe öffnete sich, eine Menschenmenge brach herein, Männer und Frauen hintereinander, immer zwei zu zwei, klopften, noch immer im Takt, mit den Absätzen auf den Boden und zogen ins Atelier ein wie eine Schlange, die sich entrollt. Und dazu brüllten sie:

«Hereinspaziert! Hereinspaziert!
Kindermädchen und Soldaten ...!»

Maître Saval blieb in großer Gala, bestürzt, unter dem Lüster stehn. Der Zug erblickte ihn und stieß ein Geschrei aus: «Ein Lakai! Ein Lakai!» und begann sich um ihn zu drehen, so daß er in einem Kreis von Tobenden eingeschlossen war. Und dann nahm man ihn bei der Hand und tanzte einen tollen Rundtanz mit ihm.

Er versuchte, die Sache aufzuklären.

«Meine Herren... meine Herren... meine Damen...»

Doch man hörte nicht auf ihn. Man drehte sich, man hüpfte, man grölte.

Endlich war der Tanz zu Ende.

Und da begann Maître Saval:

«Meine Herren...»

Ein großer, blonder Mensch, dem der Bart bis zur Nase reichte, schnitt ihm das Wort ab:

«Wie heißen Sie denn eigentlich, mein Freund?»

Fassungslos sagte der Notar:

«Ich bin Maître Saval.»

Eine Stimme rief:

«Baptiste willst du wohl sagen.»

Eine Frau meinte:

«Laßt ihn doch in Frieden, den Burschen. Am Ende wird er noch böse werden. Er ist bezahlt, um uns zu bedienen und nicht, um sich von uns verhöhnen zu lassen.»

Da bemerkte Maître Saval, daß jeder Gast seinen Mundvorrat mitgebracht hatte. Der eine hatte eine Flasche, der andere eine Pastete. Einer ein Brot, ein anderer einen Schinken.

Der große blonde junge Mensch steckte ihm

eine Wurst von erstaunlicher Länge unter den Arm.

«Los! Mach dort in der Ecke das Buffet zurecht. Die Flaschen zur Linken, die Eßwaren zur Rechten!»

Saval verlor den Kopf. «Ich bin Notar!» schrie er.

Sekundenlang wurde es still, dann erhob sich ein schallendes Gelächter. Einer der Herren fragte ihn argwöhnisch:

«Wie kommen Sie hierher?»

Er berichtete. Erzählte von seinem Vorhaben, in die Oper zu gehn, von seiner Abreise aus Vernon, von seiner Ankunft in Paris. Seinen ganzen Abend!

Man hatte sich rings um ihn gesetzt und lauschte; man warf ihm Scherzworte zu. Man nannte ihn Scheherezade.

Romantin kam nicht wieder. Dagegen erschienen andere Gäste. Man stellte ihnen Maître Saval vor, und er mußte seine Geschichte abermals erzählen. Er weigerte sich, doch man zwang ihn, man band ihn an einem der drei Stühle zwischen zwei Frauen fest, die ihm beständig das Glas füllten. Er trank, er lachte, er sang auch. Er wollte mit seinem Stuhl tanzen. Da fiel er aber hin.

Von diesem Augenblick an wußte er überhaupt nichts mehr. Immerhin hatte er den Eindruck, daß man ihn auszog, daß man ihn hinlegte und daß ihm nicht sehr wohl war.

Es war heller Tag, als er ausgestreckt, in einem

Alkoven, auf einem Bett erwachte, das er nicht kannte.

Eine alte Frau, den Besen in der Hand, musterte ihn wütend.

«Hinaus, Schweinskerl! So ein Lump! Ist's erlaubt, sich so zu besaufen?»

Er setzte sich auf seinem Lager auf. Er fühlte sich sehr unbehaglich. Er fragte:

«Wo bin ich denn?»

«Wo Sie sind, Sie Schweinskerl? Besoffen sind Sie. Machen Sie, daß Sie weiterkommen! Eins, zwei!»

Er wollte aufstehn. Er war splitternackt in dem Bett, seine Kleider waren verschwunden.

«Madame, ich...» stotterte er.

Dann entsann er sich... was tun? Er fragte:

«Ist Monsieur Romantin noch nicht zurück?»

Die Hausbesorgerin schrie ihn an:

«Wollen Sie wohl machen, daß Sie weiterkommen? Daß er Sie wenigstens nicht mehr hier findet!»

Verwirrt erklärte Maître Saval:

«Ich habe meine Kleider nicht mehr. Man hat sie mir weggenommen!»

Er mußte warten, mußte den Fall aufklären, Freunde verständigen, sich Geld ausborgen, um andere Kleider zu kaufen. Erst abends konnte er heimfahren.

Und wenn man bei ihm, in seinem schönen Salon in Vernon von Musik spricht, stellt er entschieden fest, die Malerei sei doch eine sehr untergeordnete Kunst.

Die Begegnungen sind der Reiz des Reisens. Wer kennt nicht die Freude, plötzlich, fünfhundert Meilen von der Heimat entfernt, einen Pariser wiederzutreffen, einen Schulkameraden, einen Nachbarn vom Land? Wer hat nicht die Nacht mit offenen Augen in dem kleinen, klingelnden Postwagen jener Gegenden verbracht, wo der Dampf noch unbekannt ist, neben einer fremden jungen Frau, die man gerade nur beim Schein einer Laterne erblickt hatte, als sie vor der Türe eines weißen Kleinstadthauses in den Wagen stieg?

Und wenn dann der Morgen kommt, wenn der Geist, die Ohren noch von dem ständigen Schellengeläute und dem Klirren der Scheiben abgestumpft sind, welch ein bezauberndes Gefühl, die reizende zerzauste Nachbarin die Augen öffnen zu sehen, zu sehen, wie sie mit den zierlichen Fingerspitzen die widerspenstigen Haare in Ordnung bringt, ihre Frisur richtet, mit sicherer Hand feststellt, ob das Mieder sich nicht verdreht hat, ob die Bluse sitzt und der Rock nicht allzusehr verdrückt ist.

Sie mustert auch dich, mit einem einzigen kalten, neugierigen Blick. Dann schmiegt sie sich in eine Ecke und hat scheinbar nur für die Landschaft Augen.

Ob man will oder nicht, man beobachtet sie unablässig, ob man will oder nicht, man denkt beständig an sie. Wer ist sie? Woher kommt sie? Wohin fährt sie? Instinktiv entwirft man in Gedanken einen kleinen Roman. Sie ist hübsch, sie muß bezaubernd sein! Glücklich der Mann, der... An ihrer Seite wäre das Leben vielleicht köstlich. Wer weiß? Sie ist vielleicht die Frau, die unser Herz, unser Traum, unsere Stimmung benötigt.

Und wie amüsant ist auch der kleine Verdruß, den man spürt, wenn man sie vor dem Tor eines Landhauses aussteigen sieht. Ein Mann steht da, der sie mit zwei Kindern, zwei Dienstboten erwartet. Er empfängt sie in seinen Armen, küßt sie, stellt sie auf den Boden. Sie bückt sich, faßt nach den Kindern, die ihr die Hände entgegenstrecken, streichelt sie zärtlich. Und dann schlagen sie den Weg in eine Allee ein, während die Dienstboten das Gepäck aufheben, das der Kutscher ihnen vom Dach des Wagens zuwirft.

Leb wohl! Es ist zu Ende. Man wird sie nie, nie wiedersehen. Leb wohl, junge Frau, die du die Nacht neben mir verbracht hast! Man kennt sie nicht mehr, man hat kein Wort mit ihr gesprochen, man ist immerhin doch ein wenig traurig über ihr Verschwinden. Leb wohl!

Solche Reiseerinnerungen habe ich, heitere, düstere, ich habe ihrer eine ganze Menge.

Ich war in der Auvergne, streifte zu Fuß über diese reizvollen französischen Berge, die nicht zu hoch, nicht zu steil sind, nein, vertraut, befreundet. Ich war auf den Sancy gestiegen, und ich trat in ein kleines Gasthaus neben der Wallfahrtskapelle, die man Notre-Dame-de-Vassivière nennt, als ich an einem Tisch am Ende des Eßzimmers eine alte, seltsame, lächerliche Frau erblickte, die allein vor ihrem Essen saß.

Sie war mindestens siebzig Jahre alt, groß, vertrocknet, eckig, die weißen Haare nach alter Mode an den Schläfen geringelt. Sie war wie eine reisende Engländerin gekleidet, ungeschickt und komisch, wie eine Frau, der ihre Toilette gleichgültig ist, und sie aß eine Omelette und trank Wasser dazu.

Sie bot einen eigenartigen Anblick, die Augen sahen unruhig drein, es war der Ausdruck eines Geschöpfs, das vom Dasein gemartert worden ist. Wider Willen beobachtete ich sie und fragte mich: Wer ist sie? Wie sieht das Leben dieser Frau aus? Warum wandert sie allein durch diese Berge?

Sie zahlte, dann stand sie auf, um zu gehn, zog einen merkwürdigen kleinen Shawl auf den Schultern zurecht, dessen beide Enden ihr über die Arme hingen. Sie griff nach einem langen Wanderstab, der mit eingebrannten Namen bedeckt war, und verließ aufrecht, steif das Zimmer mit den langen Schritten eines Briefträgers, der sich auf den Weg macht.

Vor der Türe erwartete sie ein Führer. Sie verzogen sich. Ich sah sie das Tal hinuntersteigen, längs des Weges, den eine Reihe hoher Holzkreuze bezeichnet. Sie war größer als ihr Gefährte und schien rascher zu gehn als er.

Zwei Stunden später erstieg ich den Rand des tiefen Trichters, der in einer riesigen, wunderbaren, von Bäumen, Busch, Felsen und Blumen ausgefüllten Höhlung den Pavin-See in sich birgt, rund, als wäre er mit dem Zirkel gezogen, so hell, so blau, daß man meinen könnte, es sei eine vom Himmel herabgestürzte azurne Flut, so entzückend, daß man in einer Hütte auf dem waldigen Hang wohnen möchte, der diesen Krater beherrscht, darin das Wasser still und kalt schlummert.

Sie war da, aufrecht, und betrachtete die durchschimmernde Decke auf dem Grund des erloschenen Vulkans. Sie schaute, als wollte sie in die Tiefe sehen, in die unbekannte Tiefe, die, wie es heißt, von ungeheuren Forellen bewohnt wird, denen alle andern Fische zum Opfer gefallen sind. Als ich an ihr vorüberging, hatte ich den Eindruck, daß ihr zwei Tränen aus den Augen rollten. Doch schon entfernte sie sich mit großen Schritten, um ihren Führer wiederzufinden, der in einem Wirtshaus am Fuß der Steigung geblieben war, die zum See führt.

An jenem Tage sah ich sie nicht wieder.

Am nächsten Tag, als es einnachtete, kam ich zur Burg Murol. Die alte Festung, ein gewaltiger Turm, inmitten eines weiten Tals, an der Kreuzung von drei Tälern, ragt auf ihrem Felsen in die Höhe, gebräunt, schrundig, verbeult, doch rund, von dem breiten, kreisförmigen Fuß bis zu den verfallenen Türmchen seiner Spitze.

Durch ihre schlichte Masse, ihre Majestät, ihr uraltes, mächtiges, ernstes Gestein wirkt diese Ruine überraschender als irgendeine andere. Sie ist da, allein, hoch wie ein Berg, eine tote Königin, aber immer noch die Königin der unter ihr gelagerten Täler. Über einen tannenbestandenen Hang steigt man zu ihr hinauf, tritt durch eine enge Türe ein, bleibt am Fuß der Mauer stehn, in der ersten Einfriedung oberhalb der ganzen Gegend.

Dort drin eingestürzte Säle, abgebröckelte Treppen, unbekannte Höhlungen, Keller, Verliese, Mauern, die mitten entzweigeschnitten sind, Wölbungen, die, wie, weiß man nicht, ein Netzwerk von Steinen und Rissen bergen, darin das Gras wächst, darin Tiere huschen.

Ich streifte allein durch die Ruine.

Plötzlich, hinter einem Mauerstück, gewahrte ich ein Geschöpf, gleichsam ein Gespenst, den Geist dieser alten, zerstörten Wohnstatt.

Überraschung, beinahe Angst packte mich, und ich fuhr auf. Dann erkannte ich die alte Frau, der ich schon zweimal begegnet war.

Sie weinte. Sie weinte große Tränen und hielt das Taschentuch in der Hand.

Ich wandte mich um, wollte mich verziehen, doch sie sprach mich an, schämte sich offenbar, weil ich sie ertappt hatte.

«Ja, Monsieur, ich weine... das geschieht mir nicht oft.»

Verwirrt stotterte ich, denn ich wußte nicht, was ich ihr antworten sollte: «Verzeihung, Madame, daß ich Sie gestört habe. Ihnen ist gewiß ein Unglück zugestoßen.»

Sie flüsterte: «Ja... nein... ich bin wie ein verlorener Hund.»

Sie führte das Taschentuch zu den Augen und schluchzte.

Ich nahm ihre Hände, suchte sie zu beruhigen; diese Tränen waren ansteckend, rührten mich. Und dann, mit einem Mal, begann sie, mir ihre Geschichte zu erzählen, als wollte sie nicht allein an ihrem Leid zu tragen haben.

«Ach... ach... Monsieur... wenn Sie wüßten, in welchem Elend ich lebe... in welchem Elend...

Ich war glücklich... ich habe ein Haus... ein Heim. Ich will nicht mehr zurückkehren, ich werde nicht mehr zurückkehren, es ist zu hart.

Ich habe einen Sohn... er ist es... er ist es! Die Kinder wissen nicht... Man hat ja so wenig Zeit zu leben. Wenn ich ihn jetzt erblickte, würde ich ihn vielleicht nicht wiedererkennen! Wie ich ihn liebte! Noch bevor er geboren war, als ich spürte, wie er sich in meinem Körper regte. Und dann. Wie habe ich ihn gehegt, geküßt, den süßen Kleinen! Wenn Sie wüßten, wie viele Nächte ich damit verbrachte, ihn schlafen zu sehen, wie viele Nächte mit dem Gedanken an ihn. Ich war wie verrückt. Acht Jahre war er, als sein Vater ihn ins Pensionat schickte. Da war es zu Ende. Er gehörte mir nicht mehr. Ach, mein Gott! Er kam alle Sonntage, das war alles.

Dann ging er nach Paris in die Schule. Er kam nur noch viermal im Jahr; und jedesmal staunte ich darüber, wie er sich verändert hatte, wie er groß geworden war, ohne daß ich ihn wachsen gesehen hätte. Man hatte mir seine Kindheit, sein Vertrauen, seine Zärtlichkeit gestohlen, die ich sonst nicht verloren hätte, meine ganze Freude, ihn heranwachsen, ein kleiner Mann werden zu spüren.

Ich sah ihn viermal im Jahr. Stellen Sie sich das vor! Bei jedem seiner Besuche waren sein Körper, sein Blick, seine Bewegungen, seine Stimme, sein Lachen nicht mehr die selben, gehörten nicht mehr mir. Wie rasch ändert es sich doch, ein Kind! Und wenn man nicht dabei ist und die Veränderungen beobachten kann, ist es so traurig! Man findet ihn nicht wieder!

Eines Jahres kam er mit einem Flaum auf den Wangen! Er! Mein Sohn! Ich war verblüfft... und traurig. Können Sie das glauben? Ich wagte kaum, ihn zu küssen. War er das? Mein kleines, winziges, blondlockiges Kind von einst, mein lieber, lieber Kleiner, den ich in seinen Windeln auf den Knien gehalten, der mit seinen schmatzenden Lippen meine Milch getrunken hatte? Dieser große, braune Junge, der mich nicht mehr umarmen konnte, der mich vor allem pflichtgemäß liebte, der mich aus Schicklichkeit ‹meine Mutter› nannte und mir einen Kuß auf die Stirne gab, während ich ihn am liebsten in meinen Armen erdrückt hätte?

Mein Mann starb. Dann waren meine Eltern an der Reihe, dann verlor ich meine beiden Schwestern. Wenn der Tod ein Haus betritt, so möchte man meinen, daß er sich beeilt, so viel wie möglich zu erledigen, um dann lange nicht wiederkommen zu müssen. Er läßt nur einen oder zwei Menschen am Leben, damit sie die andern beweinen können.

Ich blieb allein. Mein großer Sohn studierte damals Jus. Ich hoffte in seiner Nähe zu leben und zu sterben.

Ich fuhr zu ihm, wollte mit ihm zusammen wohnen. Doch er hatte die Gewohnheiten eines jungen Mannes angenommen und gab mir zu verstehn, daß ich ihn störe. Ich ging; ich hatte unrecht. Aber ich litt zu sehr darunter, daß ich mich lästig fühlte, ich, seine Mutter. Und so kehrte ich in mein Haus zurück.

Ich habe ihn nicht mehr wiedergesehen, beinahe nicht mehr.

Er heiratete. War das eine Freude! Nun würden wir endlich und für immer beisammen sein! Ich würde Enkel haben! Er hatte eine Engländerin geheiratet, die mich zu hassen begann. Warum? Vielleicht spürte sie, daß ich ihn zu sehr liebte.

Abermals wurde ich gezwungen, mich zu entfernen. Und so war ich allein. Ja, Monsieur!

Dann übersiedelte er nach England. Er sollte bei ihnen leben, bei den Eltern seiner Frau. Verstehen Sie? Jetzt haben sie ihn für sich, meinen Sohn! Sie haben ihn mir gestohlen! Er schreibt mir jeden Monat. Anfangs kam er noch mich besuchen. Jetzt kommt er nicht mehr.

Seit vier Jahren habe ich ihn nicht gesehen. Sein Gesicht war runzlig, sein Haar weiß. War das möglich? Dieser Mann beinahe alt! Mein Sohn! Mein kleines, rosiges Kind! Und gewiß werde ich ihn nicht mehr wiedersehen.

Und ich bin das ganze Jahr auf Reisen. Ich fahre nach rechts, ich fahre nach links, wie Sie sehen, und niemand ist bei mir.

Ich bin wie ein verlorener Hund. Leben Sie wohl, Monsieur. Bleiben Sie nicht bei mir, es tut mir weh, daß ich Ihnen all das erzählt habe.»

Und als ich den Hügel hinunterstieg und mich umdrehte, sah ich die alte Frau, aufrecht, auf einer zerbrochenen Mauer, den Blick auf die Berge gerichtet, auf das lange Tal und den Chambon-See in der Ferne.

Und der Wind schwenkte wie eine Fahne den Saum ihres Kleides und den seltsamen kleinen Shawl, den sie über den Schultern trug.

Wie eine Mondsichel gerundet lag die kleine Stadt Etretat mit ihren weißen Klippen, ihrem weißen Kies und ihrem blauen Meer ruhig in der Sonne eines prachtvollen Julitags. An den beiden Spitzen dieser Sichel strebten die beiden von der Natur geschaffenen Felsentore, das kleine zur Linken, das große zur Rechten, das eine mit seinem Zwergenfuß, das andere mit seinem Riesenbein in das stille Wasser hinaus; und die Felsnadel, beinahe so hoch wie die Klippen, unten breit, am Ende schlank, hob ihren spitzen Kopf zum Himmel.

Auf dem Strand, längs der Flut, saß eine Menschenmenge und beobachtete die Badenden. Auf der Terrasse des Kasinos saß oder erging sich eine andere Menschenmenge, breitete unter dem lichterfüllten Himmel einen Garten von Toiletten aus, darin rote und blaue Sonnenschirmchen, mit großen Seidenblumen bestickt, aufleuchteten.

Auf der Promenade, am Ende der Terrasse, schlenderten andere Leute, die ruhigen, die stillen, mit langsamem Schritt, fern von der eleganten Schar.

Ein junger Mann, bekannt, berühmt, ein Maler, Jean Summer, ging sichtlich verdrossen neben einem kleinen Rollstuhl, darin eine junge

Frau, seine Frau, ruhte. Ein Diener schob sachte diesen Rollstuhl, und die Gelähmte betrachtete mit traurigem Blick die Freude des Himmels, die Freude des Tages, die Freude der andern Menschen.

Sie redeten kein Wort. Sie sahen einander nicht an.

«Machen wir doch ein wenig Halt», sagte die Frau.

Sie hielten an, und der Maler setzte sich auf einen Klappstuhl, den der Diener ihm reichte.

Die Badegäste, die hinter dem reglosen, stummen Paar gingen, beobachteten es mitleidig. Um die Aufopferung des Malers hatte sich eine Legende gebildet. Er hatte sie, von ihrer Liebe gerührt, trotz ihrer Lähmung geheiratet. So hieß es.

Unweit von ihnen unterhielten sich zwei junge Leute, auf einer Schiffswinde sitzend und den Blick ziellos nach dem Horizont gerichtet.

«Nein, es ist nicht wahr; das sage ich dir, und ich kenne Jean Summer gut.»

«Ja, warum hat er sie dann geheiratet? Sie war doch schon vor ihrer Hochzeit gelähmt, nicht wahr?»

«Ja, gewiß. Er hat sie geheiratet... er hat sie geheiratet... wie man eben manchmal heiratet... aus Dummheit, zum Teufel!»

«Ja, aber...?»

«Ja, aber! Ja, aber, mein Lieber. Es gibt kein ‹ja aber›. Man ist dumm, weil man dumm ist. Und dann weißt du ja, daß bei Malern die lächerliche Heirat geradezu eine Spezialität ist; sie heiraten fast alle ihre Modelle, alte Mätressen, kurz, Frauen, die in jeder Hinsicht havariert sind. Warum? Weiß man's? Man sollte doch, im Gegenteil, meinen, daß der ständige Verkehr mit dieser Sorte Puten, die man Modelle nennt, ihnen für alle Zeit die Lust an solchen Weibchen vertreiben müßte. Keine Spur! Nachdem sie ihnen als Modell gedient haben, heiraten sie sie. Lies doch das kleine, so wahre, so grausame, so schöne Buch von Alphonse Daudet ‹Die Frauen der Maler›!

Bei dem Paar, das du dort siehst, hat sich die Geschichte auf ganz besondere und recht schreckliche Art ereignet. Die kleine Frau hat eine Komödie oder vielmehr ein grausiges Drama inszeniert. Sie hat einfach alles aufs Spiel gesetzt. War sie aufrichtig? Hat sie Jean geliebt? Kann man das je wissen? Wer kann völlig genau abgrenzen, was bei den Handlungen der Frauen gemacht und was ehrlich ist? In einer ewigen Beweglichkeit der Eindrücke sind sie immer aufrichtig. Sie sind immer jähzornig, verbrecherisch, hingebungsvoll, wunderbar und niederträchtig, um ungreifbaren Regungen zu gehorchen. Sie lügen ohne Unterlaß, ohne es zu wollen, ohne es zu wissen, ohne zu begreifen, und sie sind damit, trotz all dem, von einer unbedingten Freimütigkeit der Gefühle, der Sensationen, beweisen das durch heftige, unerwartete, unverständliche, törichte Entschlüsse, die unser Vernünfteln, unsere Gewohnheit abzuwägen und alle unsere egoistischen Überlegungen zu Fall bringen. Das Unvorhergesehene, Brüske ihrer Entscheidungen bewirkt, daß sie für uns unlösbare Rätsel bleiben. Wir fragen uns immer: Sind sie aufrichtig? Sind sie falsch?

Aber, mein Lieber, sie sind gleichzeitig aufrichtig und falsch, weil es ihrer Natur entspricht, beides bis zum Äußersten zu sein, doch weder das eine noch das andere.

Denke nur an die Mittel, deren sich auch die anständigsten bedienen, um von uns zu erreichen, was sie wollen. Sie sind kompliziert und simpel, diese Mittel. So kompliziert, daß wir sie nie im voraus ahnen, so simpel, daß wir nachher, wenn wir zum Opfer geworden sind, nicht umhin können, zu staunen und uns zu sagen: Was! Auf so alberne Art hat sie mich hineingelegt? Und es gelingt ihnen immer, mein Lieber, zumal wenn es sich darum handelt, daß sie geheiratet werden wollen.

Und nun zu der Geschichte von Jean Summer!

Die kleine Frau ist natürlich ein Modell. Sie ist sein Modell gewesen. Sie war reizend, elegant und besaß anscheinend eine göttliche Gestalt. Er verliebte sich in sie, wie man sich in jede Frau verliebt, die auch nur ein wenig verführerisch ist und die man häufig sieht. Er glaubte, daß er sie aus ganzer Seele liebte. Das ist eine eigenartige Erscheinung. Sobald man eine Frau begehrt, glaubt man aufrichtig, man könne sie für den Rest seines Lebens nicht entbehren. Man weiß sehr gut, daß einem dergleichen bereits zugestoßen ist; daß dem Besitz immer der Ekel gefolgt ist. Daß es, um sein ganzes Dasein neben einem andern Wesen zu verbringen, nicht bloß einer brutalen physischen Gier bedarf, die rasch erlischt, sondern einer Übereinstimmung der Seelen, der Temperamente, der Stimmungen. Man muß bei der Verlockung, die einen packt, zu unterscheiden wissen, ob sie von der bloßen körperlichen Form, von einem gewissen Sinnenrausch stammt oder von einem tiefen, geistigen Reiz.

Nun, er glaubte, daß er liebte, er schwor ihr Treue, und er lebte vollständig mit ihr zusammen.

Sie war wirklich sehr nett, mit jener eleganten Albernheit begabt, die man bei den kleinen Pariserinnen leicht findet. Sie schwatzte, sie plauderte, sie sagte Dummheiten, die geistreich wirkten, weil sie sie so drollig vorzubringen wußte. Sie hatte jederzeit die anmutigen Gesten, die sehr wohl imstande sind, ein Malerauge zu verführen. Wenn sie die Arme hob, wenn sie sich bückte, wenn sie in den Wagen stieg, wenn sie einem die Hand reichte, waren alle ihre Bewegungen einwandfrei und stilgerecht.

Drei Monate lang bemerkte Jean nicht, daß sie im Grunde nicht anders war als alle Modelle.

Für den Sommer mieteten sie ein kleines Haus in Andrésy.

Ich war eines Abends da, als die erste Unruhe im Geist meines Freundes keimte.

Es war eine strahlende Nacht, und wir wollten einen Spaziergang am Ufer des Flusses machen. Der Mond überschattete das zitternde Wasser mit einem Regen von Licht, verstreute seine gelben Reflexe über das Gekräusel, über die Strömung, über den ganzen breiten, trägen, dahinziehenden Fluß.

Wir gingen am Ufer entlang, ein wenig berauscht von jener unbestimmbaren Steigerung, die solche traumhaften Abende in uns erregen. Wir hätten übermenschliche Dinge vollbringen wollen, unbekannte, köstliche, poetische Geschöpfe lieben. Wir spürten in uns seltsame Ekstasen, Begehren, Verlangen. Und wir schwiegen, erfüllt von der heiteren, lebendigen Frische der bezaubernden Nacht, von jener Frische des Mondes, die scheinbar unseren Körper durchströmt, ihn durchdringt, den Geist badet, ihn mit Seligkeit umduftet, umrauscht.

Plötzlich stieß Josephine – sie heißt Josephine – einen Schrei aus.

‹Ach, hast du den großen Fisch gesehen, der dort aus dem Wasser gesprungen ist?›

Ohne zu schauen, ohne zu wissen, erwiderte er:

‹Ja, mein Kind.›

Sie ereiferte sich.

‹Nein, du hast ihn nicht gesehen; du hast ihm ja den Rücken gedreht!›

Er lächelte.

‹Ja, das ist schon wahr. Aber es ist so schön, daß ich an nichts denke!›

Sie schwieg. Doch nach einer Minute überkam sie das Bedürfnis zu reden, und sie fragte:

‹Fährst du morgen nach Paris?›

‹Ich weiß nicht›, sagte er.

Abermals erregte sie sich.

‹Wenn du glaubst, daß es amüsant ist, so spazierenzugehn, ohne den Mund aufzumachen! Man redet doch, wenn man nicht blöd ist!›

Er antwortete nicht. Und da spürte sie, dank ihrem perversen Weiberinstinkt, daß sie ihn reizte, und begann jenes greuliche Lied zu trällern, mit dem man uns seit zwei Jahren Ohren und Geist derart erschöpft hat:

‹Ich schaute in die Luft!›

‹Ich bitte dich, schweig doch›, flüsterte er.

Und sie rief wütend: ‹Warum willst du, daß ich schweigen soll?›

‹Du verdirbst uns die Landschaft›, entgegnete er.

Da kam es zu der Szene, der häßlichen, albernen Szene, mit unerwarteten Vorwürfen, unzeitigen Anschuldigungen und schließlich mit Tränen. Alles kam zutage. Sie kehrten zurück. Er hatte sie reden lassen, ohne zu antworten, berauscht von dem göttlichen Abend und niedergeschmettert von diesem Ungewitter an Gemeinheiten.

Drei Monate später zappelte er verzweifelt in diesen unlösbaren und unsichtbaren Banden, mit denen eine derartige Gewohnheit unser Leben umschlingt. Sie hielt ihn fest, unterdrückte ihn, quälte ihn. Sie stritten sich vom Morgen bis zum Abend, sie beschimpften, sie schlugen einander.

So wollte er denn ein Ende machen, um jeden Preis brechen. Er verkaufte alle seine Bilder, lieh sich bei Freunden Geld aus, brachte zwanzigtausend Francs zusammen – er war noch wenig bekannt – und ließ sie eines Morgens mit einem Abschiedsbrief auf dem Kaminsims.

Und dann flüchtete er zu mir.

Nachmittags, gegen drei, wurde geläutet. Ich öffnete. Eine Frau sprang mir ins Gesicht, stieß mich beiseite, trat ein und ging in mein Atelier. Das war sie!

Als er sie kommen sah, stand er auf.

Sie warf ihm den Brief mit den Banknoten mit einer wahrhaft edlen Geste vor die Füße und sagte kurz:

‹Da haben Sie Ihr Geld! Ich will es nicht.›

Sie war leichenblaß, zitterte, offenbar zu jeder Torheit bereit. Er aber wurde auch blaß, blaß vor Wut und Erbitterung, bereit, vielleicht, zu jeder Gewalttat.

‹Was wollen Sie?› fragte er.

Und sie erwiderte:

‹Ich will nicht wie eine Hure behandelt werden. Sie haben mich angefleht, Sie haben mich genommen. Ich habe nichts von Ihnen verlangt. Behalten Sie mich jetzt!›

Er stampfte auf den Boden.

‹Nein, das ist zu stark! Wenn du glaubst, daß du...›

Ich hatte seinen Arm gepackt.

‹Schweig, Jean! Laß mich machen!›

Ich näherte mich ihr, und sanft, nach und nach redete ich ihr vernünftig zu, leerte den ganzen Sack mit den Argumenten, die man bei solchen Gelegenheiten gebraucht. Sie hörte mir reglos zu, mit starrem Blick, eigensinnig und stumm.

Schließlich, als mir nichts mehr einfiel und ich merkte, daß die Sache eine üble Wendung nehmen wollte, benützte ich ein letztes Mittel und sagte:

‹Er liebt dich noch immer, mein Kind; aber seine Familie will ihn verheiraten, und du begreifst...›

Da fuhr sie auf.

‹Ah... ah! Jetzt verstehe ich!›

Sie wandte sich zu ihm.

‹Du... du... du willst heiraten?›

Er erwiderte kurz:

‹Ja.›

Sie machte einen Schritt.

‹Wenn du heiratest, bring' ich mich um! Hörst du?›

Er zuckte die Achseln.

‹Schön... bring dich um!›

Zwei- oder dreimal stieß sie, die Kehle von einer entsetzlichen Angst zusammengeschnürt, hervor:

‹Was... was... was sagst du? Wiederhol es!›

Er wiederholte:

‹Schön, bring dich um, wenn es dir Spaß macht.›

Sie war furchtbar blaß, als sie jetzt sagte:
‹Fordre mich nicht heraus! Ich könnte aus dem Fenster springen!›

Er begann zu lachen, ging ans Fenster, öffnete es, verbeugte sich, wie man das tut, wenn man jemandem zeremoniell den Vortritt lassen will.

‹Da ist der Weg. Nach Ihnen!›

Eine Sekunde lang sah sie ihn mit starrem, furchtbarem, wahnsinnigem Blick an; dann nahm sie einen Anlauf, als wollte sie über eine Hecke auf den Feldern setzen, lief an mir, an ihm vorüber, sprang auf das Fensterbrett und verschwand...

Ich werde nie den Eindruck vergessen, den dieses offene Fenster mir gemacht hat, nachdem ich den Körper hinausspringen gesehen hatte; sekundenlang war dieses Fenster groß wie der Himmel und leer wie der Weltraum. Und instinktiv wich ich zurück, wagte nicht hinzuschauen, als müßte ich selber hinunterfallen.

Jean stand fassungslos da und rührte sich nicht.

Man brachte das arme Mädchen. Beide Beine waren gebrochen. Sie wird nie mehr gehn können.

Ihr Geliebter, ganz wahnsinnig vor Gewissensbissen und vielleicht auch vor Dankbarkeit, nahm sie wieder zu sich und heiratete sie.

So hat sich die Geschichte abgespielt, mein Lieber.»

Es wurde Abend. Die junge Frau fröstelte und wollte heimkehren. Und der Diener begann den kleinen Rollstuhl nach dem Dorf zu rollen. Der Maler ging neben seiner Frau, ohne daß sie seit einer Stunde auch nur ein Wort gewechselt hätten.

Wir leben in einem Jahrhundert, in dem die Spaßmacher sich wie Leichenbitter benehmen und sich Politiker nennen. Den richtigen Spaß, den guten Spaß, den lustigen, gesunden, schlichten Spaß unserer Väter macht man bei uns nicht mehr. Und dennoch – was ist erheiternder, was ist komischer als ein guter Spaß? Was amüsanter, als leichtgläubige Seelen hinters Licht zu führen, Tröpfe zu verspotten, die Schlauesten hineinzulegen, die Gerissensten in harmlose, drollige Fallen stolpern zu lassen? Was ist köstlicher, als sich einfallsreich über die Leute lustig zu machen, sie zu zwingen, selber über ihre Einfalt zu lachen oder sich, wenn sie sich ärgern, mit einem neuen Spaß an ihnen zu rächen?

Ach ja, was habe ich in meinem Leben für Späße gemacht! Und weiß Gott auch mit mir hat man seinen Spaß getrieben, und recht gute Späße dazu. Zwerchfellerschütternde Späße habe ich gemacht, aber auch recht schlimme. Eines meiner Opfer ist an den Folgen gestorben. Das war für keinen Menschen ein Verlust. Eines Tages werde ich die Geschichte erzählen, aber es wird mir schwerfallen, das mit der nötigen Zurückhaltung zu tun, denn anständig war mein Spaß nicht, nein, wahrhaftig nicht. In einem kleinen Dorf in der Umgebung von Paris hat er sich abgespielt. Alle Zeugen weinen noch heute vor Lachen bei der Erinnerung daran, wenn der Gefoppte auch den Spaß nicht überlebt hat. Friede seiner Seele!

Heute will ich zwei Streiche erzählen, den letzten, den man mir gespielt hat, und den ersten, den ich selber gespielt habe.

Fangen wir mit dem letzten an, denn da ich das Opfer gewesen bin, finde ich ihn weniger heiter.

Im Herbst fuhr ich zu Freunden auf ein Schloß in der Picardie zur Jagd. Meine Freunde waren natürlich Spaßmacher. Andere Leute will ich gar nicht kennen.

Als ich ankam, bereitete man mir einen fürstlichen Empfang, der sofort mein Mißtrauen weckte. Man feuerte Schüsse ab, man umarmte mich, man umschmeichelte mich, als erwartete man sich von mir die größten Erheiterungen. Da sagte ich mir: Aufgepaßt, alte Spürnase! Da wird etwas ausgekocht!

Während der Mahlzeit war die Heiterkeit übertrieben, war viel zu groß. Und ich dachte: Die Leute amüsieren sich ausgezeichnet und eigentlich ohne rechten Grund. Da müssen sie irgendeinen Possen im Sinn haben. Und ich soll natürlich das Opfer sein. Aufgepaßt!

Den ganzen Abend lang wurde viel zu viel gelacht. Ich spürte einen Streich in der Luft, wie der Hund das Wild wittert. Nun und wenn schon! Ich war auf der Hut, ich war argwöhnisch. Kein Wort, keine Andeutung, keine Geste würde ich mir entgehn lassen. Alles wirkte auf mich verdächtig; selbst die Gesichter der Dienstleute.

Die Stunde der Nachtruhe schlug, und da geleitete man mich in festlichem Zug zu meinem Zimmer. Warum? Man schrie mir geradezu «gute Nacht!» in die Ohren. Ich trat ein, verschloß die Türe und blieb, meine Kerze in der Hand, stehn, ohne auch nur einen Schritt zu tun.

Draußen auf dem Gang hörte ich lachen und flüstern. Ohne Zweifel belauschte man mich. Und ich musterte die Wände, die Möbel, die Decke, die Bespannungen, den Fußboden. Aber ich konnte nichts Verdächtiges wahrnehmen. Hinter meiner Türe hörte ich gehn. Ganz bestimmt guckte man jetzt durch das Schlüsselloch.

Mir kam ein Gedanke: Mein Licht wird vielleicht plötzlich erlöschen, und ich werde im Dunkeln stehn. Daraufhin zündete ich sämtliche Kerzen auf dem Kaminsims an. Dann schaute ich mich nochmals um, doch ohne das geringste zu entdecken. Mit kleinen Schritten machte ich im Zimmer die Runde. Nichts! Alle Gegenstände, einen nach dem andern, unterwarf ich einer genauen Prüfung. Nichts. Ich näherte mich dem Fenster. Die Läden, die dicken Läden aus massivem Holz, waren offen geblieben. Sorgsam schloß ich sie, dann zog ich die Vorhänge zu, riesige Samtvorhänge, und stellte einen Stuhl davor, um von draußen nichts befürchten zu müssen.

Und nun setzte ich mich behutsam. Der Lehnstuhl gab nicht nach. Mich niederzulegen, wagte ich nicht. Doch die Zeit verstrich. Und schließlich merkte ich, daß ich einfach lächerlich war. Wenn man mich bespitzelte, wie ich annahm, so mußte man sich ja, in der Erwartung des Erfolgs meiner Irreführung, den Buckel voll lachen über meine Angst.

So entschloß ich mich denn, mich niederzulegen. Doch das Bett war mir ganz besonders verdächtig. Ich zog an seinen Vorhängen. Sie waren anscheinend gut befestigt. Und doch war hier die Gefahr. Vielleicht würde vom Betthimmel eine kalte Dusche auf mich niederprasseln, oder ich würde, kaum hätte ich mich hingelegt, samt dem Bett in die Tiefe versinken. In meiner Erinnerung stöberte ich nach allen derartigen gelungenen Späßen. Und ich wollte nicht hereinfallen. Nein, das nicht! Das wahrhaftig nicht!

Und da kam mir mit einem Mal eine Vorsichtsmaßnahme in den Sinn, die ich für ausschlaggebend hielt. Ich packte behutsam den Rand der Matratze, und ich zog sie langsam auf mich zu. Sie fügte sich, samt Leintuch und Dekken. Das alles zog ich in die Mitte des Zimmers nicht weit von der Türe. Und dort schlug ich, so gut ich konnte, fern von der verdächtigen Bettstatt und dem dazugehörigen Himmel, mein Lager auf. Dann löschte ich alle Kerzen aus und legte mich schlafen.

Ungefähr eine Stunde lang allerdings blieb ich noch wach und erbebte beim leisesten Geräusch.

Doch im Schloß schien alles still zu sein. Und so schlief ich denn ein.

Ich muß lange geschlafen haben und sehr tief dazu; doch plötzlich wurde ich jäh dadurch geweckt, daß ein schwerer Körper über mich fiel. Und gleichzeitig ergoß sich über Gesicht, Hals und Brust eine heiße Flüssigkeit. Ich stieß ein Schmerzensgebrüll aus. Und ein schrecklicher Lärm bohrte sich mir in die Ohren, als wäre ein mit Geschirr beladenes Buffet umgestürzt.

Ich erstickte unter der Masse, die über mich gefallen war und sich nicht mehr rührte. Ich streckte die Hände aus, wollte doch feststellen, um was es sich handelte. Und da tastete ich ein Gesicht, eine Nase, einen Backenbart. Und mit all meiner Kraft landete ich in diesem Gesicht einen Faustschlag. Doch im Nu regnete es Ohrfeigen über mich, und ich sprang mit einem Satz aus meiner durchnäßten Bettwäsche und rettete mich im Hemd auf den Gang, dessen Türe offen stand.

O Schreck! Es war heller Tag. Auf den Lärm kam man herbeigeeilt und fand, auf meinem Bett ausgestreckt, den Diener, der mir den Tee gebracht hatte, über mein improvisiertes Lager gestolpert und auf mich gefallen war. Und so hatte er mir, ganz ohne sein Verschulden, mein Frühstück über das Gesicht gegossen.

Meine Vorsichtsmaßnahmen, die Läden zu schließen, mein Lager inmitten des Zimmers aufzuschlagen, hatten einzig und allein dazu geführt, daß ich bei diesem Spaß der Hereingefallene war.

Ach, was wurde an jenem Tage gelacht!

Der andere Streich, den ich erzählen will, stammt aus meiner frühesten Jugend. Ich war fünfzehn Jahre alt und verbrachte die Ferien immer bei meinen Eltern, immer auf einem Schloß, immer in der Picardie.

Wir hatten häufig eine alte Dame aus Amiens zu Besuch, ein unerträgliches, frömmelndes, zänkisches, mürrisches, bösartiges, übelnehmerisches Frauenzimmer. Gegen mich nährte sie, warum, weiß ich nicht, einen besondern Groll, und sie hörte nicht auf, über mich zu klatschen und jedes meiner Worte, jede meiner Gesten gegen mich auszulegen. Ach, was war das für ein altes Lästermaul!

Sie hieß Madame Dufour, trug eine Perücke von schönstem Schwarz, obgleich sie mindestens sechzig Jahre alt war, und darüber lächerliche Häubchen mit rosa Bändern. Man hatte Respekt vor ihr, weil sie reich war. Ich aber, ich haßte sie aus tiefstem Herzen und beschloß, sie für ihre Bosheit zu bestrafen.

Ich hatte gerade in meiner Klasse Chemie gelernt, und da war ich vor allem verblüfft über die Eigenschaften einer Verbindung, die Kalziumphosphid heißt und, ins Wasser geworfen, sich entzündet, explodiert und ganze Girlanden von höchst übelriechendem weißem Dampf steigen läßt. Um mich während der Ferien zu amüsieren, hatte ich ein paar Handvoll von diesem Stoff gestiebitzt, der ungefähr ebenso aussieht wie Kristalle.

Ich hatte einen Cousin im gleichen Alter wie ich. Und ihm vertraute ich meinen Plan an. Er war entsetzt über meine Verwegenheit.

Nun, eines Abends, während die ganze Familie noch im Salon saß, schlich ich heimlich in Madame Dufours Zimmer und bemächtigte mich dort eines Gefäßes – Verzeihung, meine Damen! – von runder Form, das man gewöhnlich unweit vom Kopfende des Bettes verbirgt. Ich vergewisserte mich, daß das Geschirr vollkommen trocken war, und dann legte ich eine Handvoll, eine ausgiebige Handvoll von meinem Kalziumphosphid hinein.

Und dann versteckte ich mich auf dem Dachboden und wartete meine Stunde ab. Bald verkündete das Geräusch von Stimmen und Schritten, daß man sich in die Schlafzimmer begab; und dann wurde es still im Hause. Jetzt stieg ich barfuß, mit angehaltenem Atem hinunter, und mein Auge heftete sich an das Schlüsselloch.

Sorgfältig brachte sie alle ihre Kleinigkeiten in Ordnung. Dann zog sie nach und nach ihre Kleidungsstücke aus und hüllte sich in einen großen Schlafrock, der ihr an den Knochen zu kleben schien. Sie nahm ein Glas, füllte es mit Wasser, steckte eine Hand in den Mund, als wollte sie sich die Zunge ausreißen, und zog etwas Rosig-Weißes hervor, das sie alsbald in das Glas legte. Ich hatte Angst, als ob ich einem schändlichen, furchtbaren Mysterium beiwohnen müßte. Es war aber nur ihr Gebiß.

Nun nahm sie die dunkle Perücke ab und zeigte sich mir mit einem kahlen Schädel, der mit ein paar weißen Härchen bestreut war. Das war so komisch, daß ich diesmal hinter der Türe beinahe laut aufgelacht hätte. Dann sagte sie ihr Gebet, erhob sich, näherte sich dem Werkzeug meiner Rache, stellte es in der Mitte des Zimmers auf, bückte sich und ließ es völlig unter ihrem Schlafrock verschwinden.

Mit pochendem Herzen wartete ich. Sie war gelassen, zufrieden, glücklich. Ich wartete... auch ich glücklich, wie man es eben ist, wenn man Rache nehmen kann.

Zuerst hörte ich nur ein ganz leises Geräusch, ein Plätschern, dann aber sogleich eine ganze Reihe von Explosionen, als ob in der Ferne eine Schießerei losgegangen wäre.

Binnen einer Sekunde ging in den Zügen Madame Dufours etwas Erstaunliches und Gräßliches vor. Ihre Augen öffneten sich, schlossen sich, öffneten sich wieder, dann erhob sie sich mit einer Geschmeidigkeit, die ich ihr gar nicht zugetraut hätte. Und dann schaute sie...

Der weiße Stoff knatterte, explodierte, geschwinde Flammen schwammen darauf wie das griechische Feuer der Alten. Und ein dichter Rauch stieg auf, kreiste bis zur Zimmerdecke, ein geheimnisvoller Rauch, erschreckend wie ein böser Zauber.

Was mußte sie glauben, die arme Frau?

Glaubte sie an einen Schlich des Teufels? An eine furchtbare Krankheit? Glaubte sie, daß dieses Feuer, das ihr entzüngelt war, ihr Eingeweide verzehren, ausbrechen würde wie aus dem Krater eines Vulkans? Oder sie selber in die Luft sprengen würde wie eine allzu stark geladene Kanone?

Sie blieb stehn, ganz wahnsinnig vor Angst, den Blick gebannt auf das Phänomen gerichtet. Dann aber stieß sie einen Schrei aus, wie ich ihn noch nie gehört hatte, und fiel auf den Rücken.

Ich flüchtete, kroch in mein Bett und schloß die Augen fest, als wollte ich mir selber beweisen, daß ich nichts getan, nichts gesehen, mein Zimmer nicht verlassen hatte.

Ich sagte mir: Sie ist tot! Ich habe sie umgebracht! Und ich lauschte angstvoll auf die Geräusche im Haus.

Ein Kommen und Gehn! Ich hörte sprechen, dann hörte ich lachen, und dann empfing ich von väterlicher Hand ein Paar saftige Ohrfeigen.

Am nächsten Tag war Madame Dufour sehr blaß. Ununterbrochen trank sie Wasser. Vielleicht versuchte sie, trotz allen beruhigenden Worten des Arztes, den Brand zu löschen, den sie in ihrem Innern schwelen glaubte.

Seit jenem Tage, wenn man vor ihr von Krankheiten spricht, stößt sie einen tiefen Seufzer aus und flüstert:

«O Madame, wenn Sie wüßten! Es gibt da so merkwürdige Krankheiten...»

Mehr erzählt sie nie davon.

I

Seit fünfzehn Jahren war ich nicht mehr nach Virelogne zurückgekehrt. Im Herbst fuhr ich denn zu meinem Freund Serval zur Jagd, der endlich sein von den Preußen zerstörtes Schloß wiederaufgebaut hatte.

Ich liebte diese Gegend unendlich. Es gibt in der Welt köstliche Winkel, die für die Augen einen geradezu sinnlichen Reiz haben. Man liebt sie mit einer körperlichen Liebe. Wir, die wir uns von der Erde verführen lassen, wir bewahren zärtliche Erinnerungen an bestimmte Quellen, bestimmte Wälder, bestimmte Teiche, bestimmte Hügel, die wir oft gesehen haben, und die uns nahegehen wie glückliche Ereignisse. Manchmal kehrt der Gedanke zu einem Platz im Walde oder zu einem Fleckchen an einem Flußufer oder zu einem blütenbestaubten Obstgarten zurück, die man ein einziges Mal an einem heitern Tag gesehen hat, und die nun in unsern Herzen haften wie die Bilder jener Frauen, denen man eines Frühlingsmorgens auf der Straße in hellen, durchscheinenden Kleidern begegnet ist, und die in Seele und Fleisch ein ungestilltes, unvergeßliches Verlangen zurücklassen, das Gefühl eines Glücks, das man nur streifen durfte.

In Virelogne liebte ich die ganze Landschaft mit den Wäldchen und den Wasserläufen, die wie Adern in den Boden liefen und der Erde ihr Blut brachten. Man fischte darin Krebse und Forellen und Aale. Ach, ein göttliches Glück! Da und dort konnte man auch baden, und in dem hohen Gras, das die Ufer dieser kleinen Bäche umsäumte, fand man häufig Schnepfen.

Ich ging, leicht wie eine Ziege, und sah meinen beiden Hunden zu, die vor mir herliefen und Spuren suchten. Serval, hundert Meter von mir entfernt, durchstöberte ein Luzernenfeld. Ich bog um das Gebüsch, das die Grenze des Saudreswaldes bildet, und erblickte die Ruinen eines Bauernhauses.

Plötzlich erinnerte ich mich daran, wie ich dieses Haus zuletzt gesehen hatte; es war im Jahre 1869, damals war es sauber, mit Wein bewachsen, und vor der Türe pickten die Hühner. Was gibt es Traurigeres als ein totes Haus, dessen Skelett sich noch immer kahl und unheimlich aufreckt?

Ich erinnerte mich auch, daß eine brave Frau mir an einem sehr anstrengenden Tage in diesem Haus ein Glas Wein gereicht und daß Serval mir die Geschichte der Bewohner erzählt hatte. Der Vater, ein alter Wilddieb, war von den Gendarmen getötet worden, der Sohn, den ich auch einmal gesehen hatte, war ein großer, magerer Kerl und galt gleichfalls für einen fanatischen Liebhaber alles Jagdbaren. Man nannte sie die Sauvage.

War das nun ihr Name oder ihr Spitzname?

Ich rief Serval. Er kam mit seinem langen Stelzenschritt herbei.

Ich fragte ihn:

«Was ist aus diesen Leuten geworden?»

Und da erzählte er mir ihre Geschichte.

II

Als der Krieg erklärt wurde, meldete sich der Sohn Sauvage, der damals dreiunddreißig Jahre alt war, und ließ seine Mutter allein im Haus. Man hatte nicht viel Mitleid mit ihr, denn sie hatte Geld, die Alte, das wußte man.

So blieb sie also ganz allein in diesem Haus das fern vom Dorf, einsam am Waldrand lag. Sie hatte übrigens keine Angst, sie war von der gleichen Art wie ihre Männer, eine rauhe, lange, hagere alte Frau, die selten lachte und mit der nicht zu spaßen war. Die Frauen vom Lande lachen ja überhaupt kaum. Das ist Männersache. Ihre Seele ist traurig und unfrei, denn sie führen ja ein trübes, lichtloses Leben. Der Bauer lernt immerhin im Wirtshaus ein wenig lärmende Heiterkeit aber seine Gefährtin bleibt ernst, und ihre Züge bewahren dauernd eine gewisse Strenge. Die Muskeln ihres Gesichtes haben die Bewegungen des Lachens nie erlernt.

Mutter Sauvage lebte denn ihr normales Leben unter dem Strohdach weiter, das bald vom Schnee bedeckt war. Einmal in der Woche ging sie ins Dorf, Brot und ein wenig Fleisch holen; dann kehrte sie in ihr Haus zurück. Da von Wölfen geredet wurde, trug sie, wenn sie ausging, das Gewehr am Rücken, das Gewehr ihres Sohnes, eine verrostete, alte Waffe, deren Kolben vom vielen Gebrauch abgenützt war; und es war ein seltsames Schauspiel, die lange Mutter Sauvage, ein wenig gebückt, gemächlich durch den Schnee stapfen zu sehen. Der Lauf des Gewehrs ragte über die schwarze Haube hinaus, die ihren Kopf umspannte und ihre weißen Haare umschloß, die noch kein Mensch je gesehen hatte.

Eines Tages kamen die Preußen. Man verteilte sie unter den Einwohnern, je nach Vermögen und Möglichkeiten eines jeden. Die Alte, die für reich galt, bekam ihrer vier.

Es waren vier dicke Burschen mit blondem Fleisch, mit blondem Bart, mit blauen Augen. Trotz den ausgestandenen Strapazen waren sie ganz wohlgenährt geblieben, und dazu waren sie gemütliche Jungen, obgleich sie sich in besetztem Land befanden. Sie lebten allein mit der alten Frau, erwiesen sich als rücksichtsvoll gegen sie und ersparten ihr, soweit es ihnen nur möglich war, Arbeit und Kosten. Jeden Morgen sah man, wie sie am Brunnen ihre Toilette machten und in Hemdärmeln in dem harten Schneelicht ihre weißrosa Nordmännerhaut mit dem frischen Wasser wuschen, während Mutter Sauvage kam und ging und ihnen die Suppe kochte. Dann sah man die vier die Küche putzen, den Boden reiben, Holz spalten, Kartoffeln schälen, Wäsche waschen, kurz, alle Hausarbeiten verrichten, wie vier gute Söhne rund um ihre Mutter.

Doch sie dachte ohne Unterlaß an den ihren, die Alte, an ihren langen, magern Jungen mit der gebogenen Nase, den braunen Augen, dem starken Schnurrbart, der auf seiner Oberlippe ein kleines Polster aus schwarzem Haar bildete. Jeden Tag fragte sie jeden ihrer Soldaten:

«Wissen Sie, wo das dreiundzwanzigste französische Marschregiment hingekommen ist? Mein Junge ist dabei.»

Sie antworteten: «Nein, wissen nicht, gar nichts wissen.» Und da sie auch Mütter dort drüben hatten, verstanden sie ihren Kummer und ihre Unruhe und erwiesen ihr tausend kleine Aufmerksamkeiten. Sie hatte sie übrigens recht gern, ihre vier Feinde; denn die Bauern kennen keinen patriotischen Haß, das ist eine Sache der höheren Stände. Die kleinen Leute, sie, die am meisten zahlen, weil sie arm sind und weil jede neue Belastung ihnen auferlegt wird, sie, die man in Massen tötet, sie, die das wahre Kanonenfutter bilden, weil sie die Zahl sind, sie, die schließlich unter Grauen und Elend des Krieges am härtesten leiden, weil sie die Schwächsten und die wenigst Widerstandsfähigen sind, sie haben kein Verständnis für kriegerisches Feuer, für jenen ewig reizbaren Ehrenpunkt und für die angeblichen politischen Verflechtungen, die binnen sechs Monaten zwei Nationen zugrunde richten, die siegreiche wie die besiegte.

Wenn man in der Gegend von den Deutschen der Mutter Sauvage sprach, pflegte man zu sagen:

«Das sind einmal vier, die ein warmes Nest gefunden haben.»

Nun, eines Morgens, als die alte Frau allein im Haus war, bemerkte sie draußen auf der Ebene einen Mann, der näher kam. Bald erkannte sie ihn, es war der Botengänger, der die Post auszutragen hatte. Er reichte ihr ein zusammengefaltetes Papier, und sie zog die Brille aus dem Futteral, die sie zum Nähen brauchte. Und dann las sie:

Frau Sauvage, dieser Brief soll Ihnen eine traurige Nachricht bringen. Ihr Sohn Victor ist gestern von einer Kugel getötet worden, die ihn sozusagen in zwei Teile zerrissen hat. Ich war ganz in der Nähe, da wir in der Kompanie nebeneinander waren, und er hatte mir aufgetragen, Sie noch am selben Tag zu verständigen, wenn ihm ein Unglück zustoßen sollte.

Ich habe seine Uhr aus der Tasche genommen, um sie Ihnen zu bringen, wenn der Krieg einmal aus ist.

Mit freundlichen Grüßen

Césaire Rivot
Soldat zweiter Klasse im
23. Marschregiment

Der Brief war drei Wochen alt.

Sie weinte nicht. Sie blieb reglos und war so benommen, so verwirrt, daß sie nicht einmal litt. Sie dachte: Jetzt hat man also auch Victor getötet! Dann stiegen ihr langsam die Tränen in die Augen, und das Leid füllte ihr Herz. Einer nach dem andern kamen ihr jetzt die Gedanken, furchtbar, quälend. Sie würde ihn nun nie mehr umarmen, ihren Jungen, ihren großen, niemals! Die Gendarmen hatten den Vater getötet, die Preußen hatten den Sohn getötet... er war von einer Kugel in zwei Stücke gerissen worden. Und ihr war, als sähe sie es vor sich, das Gräßliche: der Kopf, der hinunterfiel, die Augen geöffnet, während er noch das Ende seines langen Schnurrbarts kaute, wie er es getan hatte, wenn er zornig war.

Und was hatte man nachher mit seiner Leiche angefangen? Wenn man ihr das Kind wenigstens so ins Haus gebracht hätte wie ihren Mann, mit der Kugel mitten in der Stirn!

Doch sie hörte ein Geräusch von Stimmen. Es waren die Preußen, die aus dem Dorf zurückkamen. Sie verbarg schnell den Brief in ihrer Tasche und empfing sie ruhig, mit dem gewohnten Gesicht, denn sie hatte gerade noch Zeit gehabt, ihre Tränen zu trocknen.

Sie lachten alle vier, ganz entzückt, denn sie brachten ein schönes Kaninchen mit nach Hause, das sie wahrscheinlich gestohlen hatten und machten der Alten Zeichen. Es gebe wa Gutes zu essen!

Sie ging sogleich daran, das Mittagessen vor zubereiten; doch als das Kaninchen getötet wer den sollte, fehlte ihr der Mut. Und dabei war e wahrhaftig nicht das erste. Einer der Soldaten tötete es mit einem Faustschlag hinter die Ohren

Das Tier war nun tot, und sie zog den roten Körper aus dem Fell; doch der Anblick des Blutes, mit dem sie zu tun hatte, das ihr die Hände bedeckte, des lauen Blutes, das sie kalt werden und gerinnen spürte, ließ sie vom Kopf bis zu den Füßen zittern; und immer sah sie ihren großen Jungen entzweigerissen und ebenso rot wie dieses Tier, das noch zuckte.

Sie setzte sich mit ihren Preußen an den Tisch, aber sie konnte nichts essen, nicht einmal einen einzigen Bissen. Die Soldaten verschlangen das Kaninchen, ohne sich um sie zu kümmern. Sie aber sah sie von der Seite an, ohne zu sprechen, während ein Gedanke in ihr reifte und ihr Gesicht trotzdem so gleichgültig blieb, daß sie nicht das geringste bemerkten.

Plötzlich fragte sie: «Ich weiß nicht einmal eure Namen, und jetzt sind wir doch schon einen Monat beisammen.» Sie verstanden nicht ganz ohne Mühe, was sie wollte, und nannten ihre Namen. Das genügte ihr nicht; sie ließ sie sich auf ein Papier aufschreiben und die Adressen der Familien dazu, und, die Brille auf der großen Nase, betrachtete sie diese unbekannte Schrift, dann faltete sie das Blatt zusammen und steckte es in die Tasche zu dem Brief, der ihr den Tod ihres Sohnes angezeigt hatte.

Nach dem Essen sagte sie zu den Männern: «Ich werde für euch arbeiten.»

Und sie trug Heu auf den Boden hinauf, wo sie schliefen.

Sie wunderten sich darüber, und da erklärte

sie ihnen, daß sie auf diese Art weniger frieren würden; und sie halfen ihr dabei. Sie häuften die Bündel bis zum Strohdach und richteten sich so gewissermaßen ein großes Zimmer her mit vier Wänden aus warmem, duftendem Heu, wo sie herrlich schlafen sollten!

Beim Abendessen fragte einer von ihnen besorgt, warum denn die Mutter Sauvage nichts essen wolle. Sie habe Krämpfe, erklärte sie. Dann zündete sie ein gutes Feuer an, um sich zu erwärmen, und die vier Deutschen kletterten über die Leiter hinauf in ihren Schlafraum, wie jeden Abend.

Sobald die Falltüre geschlossen war, entfernte die Alte die Leiter, dann öffnete sie geräuschlos die Haustüre und holte Strohbündel, mit denen sie die Küche füllte. Sie ging barfuß durch den Schnee und so leise, daß man nichts hörte. Von Zeit zu Zeit lauschte sie auf das dröhnende, ungleichmäßige Schnarchen der vier eingeschlafenen Soldaten.

Als sie fand, daß ihre Vorbereitungen fertig waren, warf sie eines der Bündel in den Kamin und sobald es Feuer gefangen hatte, verstreute sie das brennende Stroh auf die andern Bündel. Dann trat sie aus dem Hause und sah zu.

Eine heftige Helle beleuchtete wenige Sekunden später das ganze Innere des Hauses, dann war alles ein furchtbares Meer von Flammen, ein riesiger, glühender Backofen, dessen Schein durch das enge Fenster sprang und einen leuchtenden Strahl über den Schnee warf.

Dann aber erscholl ein großer Schrei vom Dach des Hauses, und dann ein Rufen und Heulen von Menschenstimmen, ein herzzerreißendes Jammern von Angst und Entsetzen. Die Falltüre war hinuntergestürzt, ein Feuerwirbel schwang sich in den Dachboden hinauf, durchstieß das Strohdach, stieg wie die ungeheure Flamme einer Fackel zum Himmel auf; und nun brannte das ganze Haus.

Aus dem Innern hörte man nichts als das Knistern des Brandes, das Krachen der Mauern, das Einstürzen des Gebälks. Plötzlich brach das Dach zusammen, und mitten aus einer Rauchwolke schleuderte das rotglühende Gerippe des Hauses ganze Garben von Funken hoch in die Luft.

Die weiße, vom Feuer erhellte Landschaft glänzte wie ein rotgeflecktes silbernes Tischtuch.

In der Ferne begann eine Glocke zu läuten.

Die alte Sauvage stand aufrecht vor ihrem zerstörten Heim, in der Hand hatte sie ihr Gewehr, das Gewehr ihres Sohnes, denn sie fürchtete, einer der Männer könnte entkommen.

Als sie sah, daß es zu Ende war, warf sie ihre Waffe in die Glut. Ein Knall ertönte.

Leute kamen eilig, Bauern, Preußen.

Man fand die Frau auf einem Baumstamm sitzend, sie war ruhig und zufrieden.

Ein deutscher Offizier, der französisch sprach wie ein Franzose, fragte sie:

«Wo sind Ihre Soldaten?»

Sie streckte ihren magern Arm nach dem roten

Schutthaufen, der langsam erlosch, und sie antwortete mit starker Stimme:

«Dort drinnen!»

Man drängte sich um sie. Der Preuße fragte: «Wie ist das Feuer entstanden?»

Sie sagte klar:

«Ich habe es gelegt.»

Man glaubte ihr nicht, man nahm an, das Unglück habe ihr plötzlich den Verstand geraubt. Doch als alle sie umstanden und zuhörten, erzählte sie das Ganze von Anfang bis zu Ende, von der Ankunft des Briefes bis zum letzten Schrei der Männer, die mit dem Hause verbrannten. Sie vergaß auch keine Einzelheit, von dem, was sie gefühlt, noch von dem, was sie getan hatte.

Als sie fertig war, zog sie zwei Blätter aus der Tasche und, um sie beim letzten Schein des Feuers zu unterscheiden, setzte sie sorgfältig die Brille auf. Sie hob das eine Blatt: «Das hier ist Victors Tod.» Dann hob sie das andere, wies mit dem Kopf nach den glühenden Trümmern und sagte: «Das da sind ihre Namen, damit man ihren Leuten schreiben kann.» Sie reichte das Blatt dem Offizier, der sie an den Schultern festhielt, und dann begann sie von neuem:

«Sie können ihnen schreiben, wie es geschehen ist, und Sie können auch ihren Eltern sagen, daß ich es bin, die das gemacht hat, Victoire Simon, die Sauvage! Vergessen Sie das nicht!»

Der Offizier brüllte deutsche Befehle. Man packte sie, warf sie gegen die immer noch heißen

Mauern ihres Hauses. Dann stellten sich zwanzig Mann rasch in zwanzig Meter Entfernung ihr gegenüber auf. Sie rührte sich nicht. Sie hatte verstanden; sie wartete.

Ein Befehl erscholl, dem sogleich eine Salve folgte. Ein verspäteter Schuß ging ganz allein nach den andern los.

Die Alte fiel nicht. Sie sank zusammen, als hätte man ihr die Beine abgeschnitten.

Der preußische Offizier trat heran. Sie war beinahe in zwei Stücke zerrissen, und in der verkrampften Hand hielt sie noch ihren blutgetränkten Brief.

Mein Freund Serval fügte hinzu:

«Als Vergeltungsmaßregel haben die Deutschen dann das Schloß zerstört, das mir gehörte...»

Ich aber dachte an die Mütter der vier gutmütigen Burschen, die da drinnen verbrannt waren, und an das wilde Heldentum jener andern Mutter, die an dieser Mauer füsiliert worden war.

Und ich hob einen kleinen Stein auf, der noch vom Feuer geschwärzt war.

Warum bin ich damals in jenes Wirtshaus gegangen? Ich weiß es nicht. Es war kalt. Ein dünner Regen, ein Wasserstaub schwebte in der Luft, verschleierte die Gaslaternen mit einem durchsichtigen Dunst, ließ die Trottoire schimmern, darüber die Lichter der Auslagen strahlten und den feuchten Schlamm und die schmutzigen Schuhe der Vorübergehenden beleuchteten.

Ich hatte kein Ziel. Ich ging einfach ein wenig nach dem Abendessen spazieren. Ich kam am Crédit Lyonnais vorbei, durch die rue Vivienne, durch andere Straßen. Plötzlich bemerkte ich ein großes, halb volles Wirtshaus. Ohne Grund trat ich ein. Ich hatte keinen Durst.

Mein Blick suchte einen Platz, wo ich nicht zu sehr eingezwängt wäre, und ich beschloß, mich neben einen Mann zu setzen, der anscheinend alt war und eine Tonpfeife für zwei Sous rauchte, die schwarz wie Kohle war. Sechs oder acht Untertassen von Gläsern, auf dem Tisch vor ihm aufgestapelt, zeigten die Zahl der Biergläser an, die er bereits geleert hatte. Es fiel mir nicht ein, meinen Nachbarn näher zu betrachten. Ich hatte sofort den Biertrinker erkannt, einen der Stammgäste von Wirtshäusern, einer der Leute, die am Morgen kommen, wenn geöffnet, und am Abend gehen, wenn geschlossen wird. Er war chmutzig, die Mitte des Schädels kahl, während ange, fette, pfeffer- und salzfarbene Haare ihm iber den Kragen seines Rocks fielen. Seine chlotternden Kleider waren anscheinend angefertigt, als er noch einen Bauch gehabt hatte. Man ahnte, daß die Hose nicht an ihrem Platz iielt, und daß der Mann keine zehn Schritte nachen konnte, ohne dieses schlecht befestigte Kleidungsstück zu richten und hinaufzuziehen. Hatte er eine Weste? Der bloße Gedanke an eine Schuhe und an das, was sie bargen, erchreckte mich. Die ausgefransten Manschetten iatten ebenso schwarze Ränder wie seine Fingerıägel.

Sobald ich mich neben ihn gesetzt hatte, prach dieser Kerl mich mit gelassener Stimme in: «Geht's dir gut?»

Ich wandte mich mit einem Ruck zu ihm und nusterte ihn. Er fuhr fort: «Du erkennst mich icht?»

«Nein.»

«Des Barrets.»

Ich war verblüfft. Es war der Graf Jean des Barrets, mein alter Kamerad aus dem Gymnaium.

Ich schüttelte ihm die Hand derart fassungsos, daß ich nicht sprechen konnte.

Schließlich stieß ich hervor: «Und du? Geht's lir gut?»

Friedlich gab er zur Antwort: «Ich? Nun, vie's eben geht.»

Er verstummte; ich wollte liebenswürdig sein,

ich suchte nach Worten: «Und... was treibst du denn?»

Er erwiderte resigniert: «Das siehst du ja.»

Ich spürte, wie ich errötete. Aber ich gab nich nach. «Alle Tage?»

Er atmete dichte Rauchwolken aus unc sagte:

«Alle Tage dasselbe.»

Dann klopfte er mit einem Sou, der vor ihn lag, auf den Marmortisch und rief: «Kellner zwei Bier!»

Eine ferne Stimme antwortete: «Zwei Bier fü den Vierer!» Eine andere Stimme, noch ferne als die erste, ein spitzes «Da!» Und dann erschie ein Mann mit weißer Schürze und brachte di zwei Gläser, daraus, während er lief, gelbe Trop fen sich auf dem sandbestreuten Boden verbrei teten.

Des Barrets leerte sein Glas mit einem Zug un stellte es wieder auf den Tisch. Den Schaum, de auf seinem Schnurrbart geblieben war, sog e ein.

Dann fragte er: «Und was gibt's Neues?»

Ich wußte tatsächlich nicht, was ich ihm a Neuigkeiten berichten sollte. Ich stammelte «Nichts, nichts, mein Lieber. Ich – ich bin Kau mann...»

Mit seiner völlig gleichmäßigen Stimme fragt er: «Und... das macht dir Spaß?»

«Nein; aber was willst du? Man muß doch i gendwas tun.»

«Warum denn?»

«Nun... um sich zu beschäftigen.»

«Was hat das für einen Zweck? Ich, ich tu' gar nichts, wie du siehst, ich tu' nie was. Wenn man kein Geld hat, versteh' ich, daß man arbeitet. Hat man aber zu leben, dann ist's unnütz. Wozu arbeiten? Machst du's für dich oder für die andern? Wenn du's für dich machst, dann tust du's, weil's dich freut, und dagegen ist nichts zu sagen. Wenn du's aber für die andern machst, bist du nur ein Tölpel.»

Dann legte er seine Pfeife auf den Marmor und rief abermals: «Kellner, ein Bier!» Und dann fuhr er fort: «Das macht mir Durst, das Reden. Ich bin's nicht gewöhnt. Ja, ich, ich tu' gar nichts, ich lasse mich gehn, ich werde alt. Wenn ich sterbe, werde ich nichts zu bereuen haben. Ich werde keine andere Erinnerung haben als dieses Wirtshaus. Keine Frau, keine Kinder, keine Sorgen, keinen Kummer, nichts. Das ist schon besser.»

Er leerte das Glas, das ihm gebracht worden war, ließ die Zunge über die Lippen gleiten und griff wieder nach seiner Pfeife.

Ich betrachtete ihn verständnislos. Dann fragte ich ihn:

«Aber du bist doch nicht immer so gewesen!»

«Doch, doch. Immer. Seit dem Gymnasium.»

«Das ist ja kein Leben, mein Lieber. Das ist ja furchtbar. Aber du machst doch irgendwas, du hast doch irgendwas gern, du hast Freunde!»

«Nein. Ich stehe um Mittag auf. Ich komme

hierher, ich esse zu Mittag, ich trinke Bier, ich warte auf den Abend, ich esse, ich trinke Bier; dann gegen halbzwei nachts gehe ich schlafen, weil hier geschlossen wird. Das ärgert mich am meisten. Seit zehn Jahren habe ich gewiß sechs Jahre auf dieser Bank, in meiner Ecke verbracht. Und die übrige Zeit in meinem Bett. Nie anderswo. Manchmal rede ich mit Stammgästen.»

«Aber als du nach Paris gekommen bist, was hast du denn zunächst getan?»

«Ich habe Jus studiert... im Café de Médicis.»

«Und dann?»

«Dann? Dann bin ich auf das andere Ufer übersiedelt und hierhergekommen.»

«Warum hast du dir diese Mühe genommen?»

«Was willst du? Man kann nicht sein ganzes Leben im Quartier Latin verbringen. Die Studenten machen zu viel Lärm. Jetzt rühre ich mich nicht mehr. Kellner, ein Bier!»

Ich hatte den Eindruck, daß er sich über mich lustig machte. Ich ließ nicht locker:

«Sei doch ganz ehrlich! Du hast irgendeinen großen Kummer gehabt, eine Enttäuschung in der Liebe wahrscheinlich. Du bist ganz gewiß ein Mensch, dem ein Unglück zugestoßen ist. Wie alt bist du denn?»

«Dreiunddreißig. Aber ich sehe mindestens aus wie fünfundvierzig.»

Ich sah ihm scharf ins Gesicht. Seine gefurchte, schlecht gepflegte Haut wirkte fast wie die eines Greises. Hoch oben auf dem Schädel tanzten ein paar Haare auf einer Glatze von fragwürdiger Sauberkeit. Er hatte mächtige Brauen, einen starken Schnurrbart und einen dichten Bart. Plötzlich sah ich, warum, weiß ich nicht, ein Waschbecken, gefüllt mit schwärzlichem Wasser vor mir, dem Wasser, darin all diese Haare gewaschen worden waren.

«Ja», sagte ich, «du siehst wirklich älter aus, als du bist. Du hast gewiß viel Leid erlebt.»

«Nein, wahrhaftig nicht», erwiderte er. «Das kann ich dir versichern. Es gibt nichts, was die Menschen so herunterkommen läßt wie das Leben im Kaffeehaus.»

Ich konnte es nicht glauben. «Dann hast du bestimmt ein wüstes Leben geführt. So kahl wird man nicht, wenn man sich nicht sehr viel herumgetrieben hat.»

Ruhig schüttelte er den Kopf, und auf seinen Rücken regneten die winzigen weißen Dinge, die noch von seinen letzten Haaren fielen. «Nein, ich bin immer solid gewesen.» Er hob die Augen zu dem Lüster, der uns den Kopf wärmte. «Wenn ich kahl bin, ist das Gas daran schuld. Das Gas ist der Feind des Haars. – Kellner, ein Bier! Hast du keinen Durst?»

«Nein, danke. Aber du interessierst mich wirklich. Seit wann ist dieser Fatalismus über dich gekommen? Das ist ja nicht normal, das ist nicht natürlich. Dahinter steckt etwas.»

«Ja; das hat in meiner Kindheit begonnen. Als ich klein war, empfing ich einen Schock, und der hat mich für das ganze Leben so zugerichtet.»

«Was war das?»

«Du willst es wissen? Schön; hör zu.

Du erinnerst dich an das Schloß, in dem ich aufgewachsen bin; du bist ja fünf- oder sechsmal in den Ferien dort gewesen. Du erinnerst dich an den mächtigen, grauen Bau inmitten eines großen Parks und an die langen Eichenalleen, die sich nach den vier Himmelsrichtungen öffneten. Du erinnerst dich an meinen Vater und an meine Mutter! Sie waren alle beide zeremoniell, feierlich und streng.

Meine Mutter vergötterte ich; vor meinem Vater hatte ich Angst, aber ich hatte vor beiden Respekt, denn ich war ja daran gewöhnt, zu sehen, wie alle Welt sich vor ihnen bückte. In der Gegend waren sie der Herr Graf und die Frau Gräfin; und auch unsere Nachbarn, die Tannemares, die Ravalets, die Brennevilles behandelten meine Eltern mit höchster Achtung.

Ich war damals dreizehn. Ich war heiter, mit allem zufrieden, wie man es in diesem Alter ist, ganz erfüllt von Lebensfreude.

Nun, gegen Ende September, einige Tage bevor ich in die Schule zurückkehren sollte, spielte ich im Gebüsch des Parkes den Wolf, lief zwischen den Zweigen und den Blättern hindurch; und da, als ich durch eine Allee sprang, erblickte ich Papa und Mama, die dort spazierengingen.

Ich sehe es vor mir, als wäre es gestern gewesen. Es war ein sehr windiger Tag. Die ganze

Reihe der Bäume beugte sich unter den Böen, ächzte, schien Schreie auszustoßen, jene dumpfen, tiefen Schreie, welche die Wälder bei Stürmen laut werden lassen.

Die abgerissenen, schon vergilbten Blätter flogen wie Vögel, wirbelten, fielen und liefen dann die ganze Allee entlang wie schnelle Tiere.

Es wurde Abend. Im Dickicht war es finster. Diese Belebtheit von Wind und Zweigen erregte mich, machte, daß ich galoppierte wie toll und heulte, um es den Wölfen gleichzutun.

Als ich meine Eltern erblickte, schlich ich mich verstohlen unter den Ästen auf sie zu, um sie zu überraschen, als ob ich ein richtiger Landstreicher wäre.

Doch da blieb ich, nur wenige Schritte von ihnen entfernt, von Angst ergriffen stehn. Mein Vater schrie in einem Anfall furchtbaren Zornes:

‹Deine Mutter ist eine dumme Gans! Und übrigens handelt es sich nicht um deine Mutter, sondern um dich. Ich sage dir, daß ich dieses Geld brauche, und ich verlange, daß du unterschreibst.›

Mit fester Stimme erwiderte meine Mutter:

‹Ich unterschreibe nicht. Das ist Jeans Vermögen. Ich bewahre es für ihn, und ich will nicht, daß du es auch mit Mägden und Huren vergeudest, wie du es mit deiner Erbschaft getan hast.›

Da wandte Papa sich, vor Wut zitternd, um, packte seine Frau beim Hals und begann, sie mit der andern Hand aus aller Kraft mitten ins Gesicht zu schlagen.

Mamas Hut fiel, ihre Haare lösten sich, sie versuchte, die Schläge abzuwehren, doch das gelang ihr nicht. Und Papa schlug, schlug wie ein Wahnsinniger. Sie wälzte sich auf dem Boden, verbarg das Gesicht hinter den beiden Armen. Da drehte er sie auf den Rücken, riß die Hände weg, mit denen sie das Gesicht bedeckte, und schlug noch immer auf sie ein.

Ich aber, mein Lieber, ich hatte den Eindruck, als wäre es mit der Welt zu Ende, als hätten die ewigen Gesetze sich geändert. Ich empfand jene Erschütterung, die man vor übernatürlichen Dingen empfindet, vor ungeheuerlichen Katastrophen, vor einem nicht wieder gutzumachenden Unglück. Mein Kinderkopf geriet in Verwirrung, war von Sinnen. Und ich begann zu schreien, so laut ich konnte, ohne zu wissen, warum, die Beute eines Entsetzens, eines Schmerzes, eines wilden Grauens. Mein Vater hörte mich, wandte sich um, erblickte mich, stand auf und kam auf mich zu. Ich glaubte, er wolle mich töten, und ich floh wie ein gehetztes Tier, lief immer geradeaus in den Wald.

Ich lief vielleicht eine Stunde, vielleicht zwei – das weiß ich nicht. Es war Nacht geworden, ich fiel ins Gras, und da blieb ich, verloren, von Angst zerfressen, von einem Kummer verheert, der ein armes Kinderherz für alle Zeiten brechen konnte. Ich fror, ich hatte vielleicht Hunger. Der Tag brach an. Ich wagte nicht, aufzustehn, nicht zu gehn, nicht heimzukehren, noch meine Flucht fortzusetzen, ich fürchtete meinem Vater zu begegnen, den ich nie wieder sehen wollte.

Vielleicht wäre ich vor Elend und Hunger am Fuß meines Baumes gestorben, wenn der Heger mich nicht gefunden und mit Gewalt heimgebracht hätte.

Ich fand meine Eltern mit unverändertem Gesichtsausdruck. Meine Mutter sagte nur: ‹Was hast du mir für eine Angst bereitet, du böser Junge! Ich habe die ganze Nacht nicht geschlafen!› Ich antwortete nicht, aber ich begann zu weinen. Mein Vater sagte kein Wort.

Acht Tage später fuhr ich in die Schule zurück.

Ja, mein Lieber, damit war es für mich aus. Ich hatte die andere Seite der Dinge gesehen, die schlechte; und seit jenem Tag habe ich die gute nicht mehr erblickt. Was ist in meinem Geist vorgegangen? Welch seltsames Phänomen hat mein ganzes Denken gewandelt? Ich weiß es nicht. Aber ich hatte an nichts mehr Freude, nach nichts mehr Verlangen, ich liebte keinen Menschen, ich hatte keinen Wunsch, keinen Ehrgeiz, keine Hoffnung. Und noch immer sehe ich meine Mutter, auf dem Boden, in der Allee, und meinen Vater, der auf sie einschlägt... Mama ist nach einigen Jahren gestorben, mein Vater lebt noch, ich habe ihn nicht wiedergesehen. – Kellner, ein Bier...!»

Der Kellner brachte ihm das Glas, das er auf einen Zug leertrank. Doch als er seine Pfeife ergreifen wollte, zitterte er, und sie zerbrach. Da machte er eine verzweifelte Geste. «Ach, das ist ja ein wirklicher Kummer, so etwas! Jetzt brauche ich Monate, um eine neue anzurauchen!»

Und durch das geräumige Lokal, das jetzt von Rauch und Trinkern voll war, tönte sein ewiger Ruf: «Kellner, ein Bier – und eine neue Pfeife!»

Der Zug hatte eben Genua verlassen, fuhr nach Marseille, folgte den langen Windungen der felsigen Küste, glitt wie eine eiserne Schlange zwischen Meer und Gebirge, kroch über gelben Strand, den die kleinen Wellen mit einem Silbernetz säumten, und verschwand jäh in dem schwarzen Schlund eines Tunnels wie ein Tier in seinem Bau.

Im letzten Wagon des Zuges saßen eine dicke Frau und ein junger Mann einander gegenüber, ohne zu reden, und sahen einander nur von Zeit zu Zeit an. Sie mochte fünfundzwanzig Jahre alt sein, und von ihrem Platz neben der Türe aus betrachtete sie die Landschaft. Es war eine kräftige piemontesische Bäuerin, mit schwarzen Augen, umfangreicher Brust und fleischigen Wangen. Sie hatte mehrere Päckchen unter die Holzbank geschoben und behielt auf ihren Knien nur einen Korb.

Er war ungefähr zwanzig Jahre alt; er war mager, sonnverbrannt, von der Hautfarbe jener Männer, die unter brennender Sonne den Boden bearbeiten. Neben ihm in einem Tuch seine gesamte Habe: ein Paar Schuhe, ein Hemd, eine Hose und eine Jacke. Unter der Bank hatte er auch etwas verborgen: eine Schaufel und eine

Hacke, mit einem Strick zusammengebunden. Er suchte in Frankreich Arbeit.

Die Sonne stieg am Himmel hoch und ergoß einen Feuerregen über die Küste; es war Ende Mai, und köstliche Düfte schwebten und drangen in die Wagons, deren Fenster offen standen. Die blühenden Orangen- und Zitronenbäume verströmten in den stillen Himmel ihre zuckrigen Gerüche, die so süß, so stark, so betörend sind, vermischten sie mit dem Duft der Rosen, die überall wie Unkraut wuchsen, längs der Geleise, in den üppigen Gärten, vor den Türen der Hütten und auch draußen auf dem Lande.

Sie sind hier daheim, an dieser Küste, die Rosen! Sie füllen das Land mit ihrem mächtigen, flüchtigen Aroma, verwandeln die Luft zu einem Leckerbissen, zu etwas, das noch würziger ist als der Wein und berauschend wie er.

Der Zug fuhr langsam, als wollte er in diesem Garten, in dieser weichen Milde verweilen. Jeden Augenblick hielt er an einem kleinen Bahnhof, vor ein paar weißen Häusern, und dann, nachdem er lange gepfiffen hatte, setzte er sich lässig wieder in Bewegung. Kein Mensch stieg ein. Man hätte meinen können, die ganze Welt schlummere und könne sich an diesem heißen Frühlingsmorgen nicht entschließen, den Platz zu wechseln.

Die dicke Frau schloß von Zeit zu Zeit die Augen, dann öffnete sie sie brüsk, wenn der Korb auf ihren Knien ins Rutschen kam und zu fallen drohte. Mit einer lebhaften Geste zog sie ihn wieder zurecht, schaute einige Minuten hinaus, und dann döste sie wieder vor sich hin. Schweißperlen tropften auf ihrer Stirne, und sie atmete kaum, als hätte sie unter einem schmerzhaften Druck zu leiden.

Der junge Mann hatte den Kopf geneigt und schlief den festen Schlaf der Landarbeiter.

Plötzlich, bei der Ausfahrt aus einer kleinen Station, schien die Bäuerin zu erwachen; sie öffnete ihren Korb und zog daraus ein Stück Brot, harte Eier, eine Flasche Wein und Pflaumen, schöne, rote Pflaumen hervor. Und nun begann sie zu essen.

Auch der junge Mann war mit einem Mal wach geworden, und er sah jedem Bissen nach, der den Weg von den Knien in den Mund fand. Die Arme gekreuzt, mit starren Blicken, hohlen Wangen, aufeinandergepreßten Lippen saß er da.

Sie aß, wie eben eine dicke, gierige Frau, trank dazu immer wieder einen Schluck Wein, um die Eier hinunterzuspülen, und dann hielt sie ein, um Atem zu schöpfen.

Alles ließ sie verschwinden, das Brot, die Eier, die Pflaumen, den Wein. Und sobald sie ihre Mahlzeit beendet hatte, schloß der junge Mensch die Augen. Und da lockerte sie, offenbar ein wenig bedrängt, ihre Bluse. Und abermals öffnete der junge Mann die Augen.

Das störte sie nicht weiter, sie fuhr fort, das Kleid aufzuknöpfen, und der starke Druck ihrer Brüste spreizte den Stoff und ließ zwischen den beiden in dem immer weiter werdenden Spalt ein wenig weiße Wäsche und ein wenig Haut sehen. Als die Bäuerin es sich bequemer gemacht hatte, sagte sie in italienischer Sprache:

«Es ist so heiß, daß man gar nicht mehr atmen kann.»

Der junge Mann erwiderte in der selben Sprache und mit dem selben Akzent: «Zum Reisen ist das Wetter schön.»

«Sie sind aus Piemont?» fragte sie.

«Ich bin aus Asti.»

«Und ich aus Casale.»

Sie waren Nachbarn. Sie begannen zu schwatzen.

Sie führten lange, gleichgültige Reden, wie sie das Volk ohne Unterlaß wiederholt und die dem schwerfälligen Geist und dem mangelnden Horizont genügen. Sie hatten gemeinsame Bekannte. Sie nannten Namen, freundeten sich immer mehr an, wenn von jemandem die Rede war, den sie beide kannten. Schnell, gedrängt, mit den klingenden Endsilben und dem italienischen Singsang strömten die Worte aus ihrem Munde. Und dann berichteten sie von sich selber.

Sie war verheiratet; sie hatte schon drei Kinder in der Obhut ihrer Schwester gelassen, denn sie hatte eine Stelle als Amme gefunden, eine gute Stelle bei einer französischen Dame in Marseille.

Und er, er suchte Arbeit. Man hatte ihm gesagt, in Frankreich werde er Arbeit finden, weil man dort viel baute.

Und dann verstummten sie.

Die Hitze wurde entsetzlich, stürzte wie ein Unwetter auf die Wagondächer. Eine Staubwolke tanzte hinter dem Zug einher, drang auch hinein. Und die Düfte der Orangenbäume und der Rosen wurden heftiger, schienen dichter, lastender zu werden.

Abermals schliefen die beiden Reisenden ein.

Fast zur gleichen Zeit öffneten sie die Augen wieder. Die Sonne senkte sich auf das Meer, beleuchtete seine blaue Fläche mit einer Flut von Klarheit. Die Luft wurde frischer, wurde gleichsam leichter.

Die Amme keuchte, das Kleid geöffnet, die Wangen schlaff, die Augen trübe; und mit bedrückter Stimme sagte sie:

«Seit gestern habe ich nicht die Brust gegeben; und jetzt bin ich benommen, als sollte ich ohnmächtig werden.»

Er wußte nicht, was er sagen sollte, und so schwieg er.

Sie fuhr fort: «Wenn man so viel Milch hat wie ich, muß man dreimal im Tag die Brust geben; sonst quält's einen. Es ist, als hätte man ein Gewicht auf dem Herzen; ein Gewicht, das einen verhindert zu atmen und das mir die Glieder zerbricht. Es ist schlimm, so viel Milch zu haben.»

«Ja, ja, das ist schlimm», sagte er. «Das muß Sie ja plagen.»

Sie wirkte tatsächlich krank, bedrückt, einer Ohnmacht nahe. Sie flüsterte: «Es genügt, drauf zu drücken, und die Milch schießt heraus wie aus einem Springbrunnen. Es ist wirklich merkwürdig anzuschauen. Man würde es gar nicht glauben. In Casale sind alle Nachbarn gekommen, um mich zu sehen.»

«Ja? Wahrhaftig?»

«Ja, ja, wahrhaftig. Ich würde es Ihnen schon zeigen, aber das nützt mir nichts. Auf diese Art kriegt man nicht genug heraus.»

Sie schwieg.

Der Zug hatte eine Haltestelle erreicht. Vor den Schranken stand eine Frau aufrecht, ein weinendes kleines Kind in den Armen. Sie war mager und zerlumpt.

Die Amme betrachtete sie. Und dann sagte sie mitleidig:

«Das ist wieder einmal eine, der ich helfen könnte. Und mir könnte der Kleine helfen. Sie müssen verstehen – ich bin nicht reich, ich verlasse schließlich mein Haus und meine Leute und meinen letzten Kleinen, um eine Stelle anzunehmen. Aber ich würde gern fünf Francs dafür bezahlen, um den Buben dort zehn Minuten zu halten und ihm die Brust zu geben. Das würde ihn beruhigen; und mich erst! Wie neugeboren wäre ich da!»

Abermals verstummte sie. Dann fuhr sie sich immer wieder mit der heißen Hand über die Stirne, von der der Schweiß perlte. «Ich halt's nicht länger aus. Mir ist, als müßte ich sterben.» Und mit einer unbewußten Geste öffnete sie das Kleid vollständig.

Die rechte Brust quoll hervor, riesengroß,

prallvoll, mit der bräunlichen Knospe. Und die arme Frau stöhnte: «Ach, mein Gott! Ach, mein Gott! Was soll ich nur anfangen?»

Der Zug hatte sich wieder in Bewegung gesetzt und fuhr inmitten der Blumen weiter, die den durchdringenden Duft lauer Abende ausstrahlten. Manchmal schien auf dem blauen Meer ein Fischerboot eingeschlummert zu sein mit seinem reglosen weißen Segel, das sich im Wasser spiegelte, als wäre ein zweites Boot, verkehrt, daneben.

Der junge Mann stammelte verstört: «Aber... Signora... ich könnte Sie... Sie erleichtern.»

Mit gebrochener Stimme antwortete sie: «Ja, wenn Sie wollen. Sie würden mir einen großen Dienst erweisen. Ich halt's nicht länger aus, ich halt's nicht länger aus!»

Er kniete vor ihr nieder; und sie neigte sich zu ihm, schob ihm mit der Geste einer Amme die dunkle Spitze ihrer Brust zum Mund. Bei der Bewegung, die sie machte, als sie die Brust mit beiden Händen nahm, um sie dem jungen Mann hinzuhalten, erschien ein Milchtropfen an der Öffnung. Er trank ihn herzhaft und packte die schwere Brust wie eine Frucht zwischen den Lippen. Und dann begann er wollüstig und regelmäßig zu saugen.

Er hatte die beiden Arme um die Frau geschlungen und hielt sie fest, um sie näher zu sich zu rücken; und er trank mit langsamen Schlukken, und sein Hals bewegte sich wie der eines Kindes.

Plötzlich sagte sie: «Für die da ist's genug. Nehmen Sie jetzt die andere.»

Und fügsam griff er nach der andern Brust.

Sie hatte beide Hände auf den Rücken des jungen Mannes gelegt, und jetzt atmete sie kräftig, glücklich, genoß die mit der Brise vermischten Blumendüfte, die durch die Fenster in den Wagon strömten.

«Gut riecht es hier», sagte sie.

Er antwortete nicht, noch immer trank er aus dieser Quelle aus Fleisch und schloß die Augen, als wollte er besser genießen.

Doch nun schob sie ihn sanft von sich.

«Das ist genug. Ich fühle mich wohler. Das hat mir die Seele wieder in den Leib gebracht!»

Er war aufgestanden und trocknete den Mund mit dem Handrücken.

Sie brachte die beiden lebenden Flaschen, die ihre Brust schwellten, wieder im Kleid unter.

«Sie haben mir da einen großen Dienst geleistet. Ich danke Ihnen von Herzen.»

Und er erwiderte demütig:

«Ich habe Ihnen zu danken, Signora. Zwei Tage lang hatte ich nichts mehr gegessen!»

Madame Oreille war sparsam. Sie kannte den Wert eines Sou und besaß ein Arsenal von strengen Grundsätzen über die Vermehrung des Geldes. Ihr Dienstmädchen hatte ganz gewiß große Schwierigkeiten, sie zu bemogeln, und Monsieur Oreille konnte nur mit schwerster Mühe zu seinem Taschengeld kommen. Und doch waren sie recht wohlgestellt und kinderlos. Aber Madame Oreille empfand es als wahren Schmerz, wenn sie mitansehen mußte, wie die blanken Geldstücke sich von ihr entfernten. Es war, als zerrisse es ihr das Herz. Und jedesmal wenn eine etwas größere, ob auch unerläßliche Ausgabe nötig wurde, schlief sie in der folgenden Nacht sehr schlecht.

Unablässig wiederholte Oreille seiner Frau: «Du solltest eine leichtere Hand haben. Wir können ja unser Einkommen nie verzehren!»

Aber sie erwiderte:

«Man kann nie wissen, was kommt. Besser, mehr zu haben als weniger!»

Sie war eine kleine Frau von vierzig Jahren, lebhaft, sauber, straff und häufig gereizt.

Ihr Gatte klagte immer wieder über die Entbehrungen, die sie ihn erdulden ließ. Darunter gab es etliche, die ihm ganz besonders peinlich waren, weil sie seine Eitelkeit trafen.

Er war Erster Adjunkt im Kriegsministerium und blieb auf diesem Posten nur, um seiner Frau zu gehorchen und die unverbrauchten Einnahmen des Hauses zu steigern.

Nun, zwei Jahre lang kam er mit dem selben geflickten Regenschirm ins Büro, über den seine Kollegen sich lustig machten. Ihres Spottes endlich müde, verlangte er, daß Madame Oreille ihm einen neuen Regenschirm kaufen müsse. Sie fand in einem Warenhaus einen Schirm, der dort als große Gelegenheit für acht Francs fünfzig abgegeben wurde. Als die andern Beamten im Ministerium diesen Schirm erblickten, der zu Tausenden über Paris verstreut worden war, begannen sie wieder mit ihren Scherzen, und darunter litt Oreille schrecklich. Der Regenschirm war nichts wert. Binnen drei Monaten war er unverwendbar, und im Ministerium verbreitete sich allgemeine Heiterkeit. Ja, man dichtete sogar ein Spottlied, das in dem riesigen Gebäude vom Morgen bis zum Abend, vom obersten bis zum untersten Stockwerk zu hören war.

Erbittert befahl Oreille seiner Frau, ihm einen neuen Schirm zu kaufen, einen seidenen, für zwanzig Francs. Und sie müsse ihm auch die Rechnung bringen, mit der er sich brüsten könnte.

Sie kaufte einen für achtzehn Francs, und als sie ihn ihrem Gatten reichte, erklärte sie, rot vor Ärger:

«An dem hast du mindestens fünf Jahre!»

Oreille triumphierte und hatte in seinem Büro großen Erfolg.

«Du solltest ihn nicht mit dem Gummiband zusammenschnüren; das ist das beste Mittel, die Seide zu zerschneiden. Gib nur gut acht auf ihn! Gar so bald kaufe ich dir keinen andern!»

Sie nahm ihn, löste das Gummiband und schüttelte die Falten aus. Doch da hielt sie entsetzt inne. Ein rundes Loch, von der Größe eines Centimes, wurde in der Mitte des Schirmes sichtbar. Das mußte eine Zigarre durchgebrannt haben!

Sie stammelte: «Was ist denn das da?»

Ihr Gatte fragte gelassen, ohne hinzuschauen: «Wie? Was denn? Was willst du?»

Jetzt würgte sie die Wut; sie konnte kaum mehr reden.

«Du... du... du... hast... deinen Schirm... verbrannt. Ja... aber... bist du... denn wahnsinnig? Willst... du uns... zugrunde richten?»

Er drehte sich um und spürte, wie er erblaßte.

«Was sagst du da?»

«Ich sage, daß du deinen Regenschirm verbrannt hast. Sieh doch her!»

Sie stürzte auf ihn zu, als wollte sie ihn schlagen, und hielt ihm heftig die kleine Brandstelle unter die Nase.

Ganz verloren betrachtete er diese Wunde. Er stotterte:

«Das... das... was soll das? Ich habe keine Ahnung! Ich habe nichts getan, gar nichts; das schwöre ich. Ich weiß nicht, was er hat, dieser Schirm!»

Jetzt schrie sie ihn an.

«Ich wette, daß du in deinem Büro Dummheiten mit ihm gemacht hast, daß du den Hanswurst gespielt hast, daß du ihn aufgespannt hast, um ihn zu zeigen.»

«Ich habe ihn ein einziges Mal aufgespannt», sagte der Gatte, «um zu zeigen, wie schön er ist. Das ist alles. Ich schwöre dir's.»

Doch sie zitterte vor Zorn und machte ihm eine jener ehelichen Szenen, die das häusliche Heim für einen friedliebenden Menschen abschreckender werden lassen als ein Schlachtfeld, wo es Kugeln regnet.

Sie flickte die Stelle mit einem Stückchen Seide, das sie aus dem alten Schirm herausschnitt, der allerdings eine andere Farbe hatte. Und am nächsten Tag brach Oreille, demütig dreinschauend, mit dem geflickten Prunkstück auf. Er stellte es in seinen Schrank und dachte daran nur, wie man etwa an eine unangenehme Erinnerung denkt.

Doch kaum war er abends zu Hause, als seine Frau schon nach dem Schirm griff und ihn öffnete, um zu prüfen, in welchem Zustand er war. Erstarrt blieb sie vor einer nicht wieder gutzumachenden Katastrophe stehn. Er war mit kleinen Löchern übersät, die offenbar von Verbrennungen herrührten, als hätte man die Asche einer brennenden Pfeife in ihn geleert. Der Schirm war erledigt, unheilbar erledigt!

Sie betrachtete das, ohne ein Wort zu sprechen, viel zu entrüstet, als daß sich auch nur ein Laut ihrer Kehle entringen konnte. Und auch er mußte den Schaden feststellen, und er stand verloren, bestürzt, entsetzt da.

Dann sahen sie einander an; dann senkte er die Augen, und dann spürte er den unseligen Schirm, den seine Frau auf ihn schleuderte, im Gesicht. Und dann hatte sie in entfesselter Wut die Stimme wiedergefunden und brüllte:

«Ah, du Lump! Du Lump! Das hast du absichtlich gemacht! Aber das wirst du mir bezahlen! Einen andern kriegst du nicht...»

Und die eheliche Szene begann von neuem. Nach einer durchtobten Stunde kam er endlich zu Wort. Er schwor, daß er die ganze Sache nicht begriff. Daß das nur ein Akt der Bosheit oder der Rache sein konnte.

Es wurde geläutet. Ein Freund, der zum Abendessen kam.

Madame Oreille unterbreitete ihm den Fall. Einen neuen Schirm zu kaufen, kam gar nicht in Frage. Ihr Mann würde eben keinen Schirm haben.

Der Freund setzte ihr vernünftig zu.

«Ja, dann, Madame, wird er seine Anzüge ruinieren, die doch gewiß mehr wert sind.»

Noch immer zornig erwiderte die kleine Frau:

«Dann wird er den Küchenschirm nehmen. Einen neuen aus Seide gebe ich ihm nicht mehr.»

Bei dieser Vorstellung empörte sich Oreille.

«Dann gehe ich in Pension. Aber im Ministerium lasse ich mich nicht mit einem Küchenschirm blicken.»

Der Freund meinte: «Lassen Sie den hier doch frisch beziehen. Das kostet nicht gar so viel.»

Außer sich stieß Madame Oreille mühsam hervor:

«Mindestens acht Francs kostet's, ihn zu beziehen! Acht Francs und achtzehn Francs, das macht sechsundzwanzig Francs. Sechsundzwanzig Francs für einen Schirm! Das ist ja toll! Das ist ja Wahnsinn!»

Der Freund, ein armer Teufel, hatte einen Einfall.

«Lassen Sie ihn doch von Ihrer Versicherung bezahlen. Verbrannte Gegenstände bezahlen die Gesellschaften, wenn der Schaden sich in Ihrer Wohnung ereignet hat.»

Bei diesem Rat beruhigte die kleine Frau sich sogleich; und dann, nach kurzer Überlegung, sagte sie zu ihrem Mann:

«Morgen, bevor du in dein Ministerium gehst, machst du einen Sprung zur ‹Maternelle›, läßt den Zustand deines Schirms feststellen und verlangst, daß man ihn dir bezahlt.»

Oreille fuhr auf.

«Nie im Leben würde ich das wagen! Wir haben eben achtzehn Francs verloren, das ist alles. Daran werden wir nicht sterben.»

Und er ging am nächsten Morgen mit einem Stock aus dem Haus. Zum Glück war das Wetter schön.

Madame Oreille, allein in der Wohnung, konnte sich über den Verlust ihrer achtzehn Francs nicht trösten. Sie hatte den Regenschirm auf den Tisch im Eßzimmer gelegt und kreiste um ihn, ohne zu einem Entschluß zu gelangen.

Immer wieder tauchte der Gedanke an die Versicherung auf, doch auch sie wagte nicht den spöttischen Blicken der Herren Trotz zu bieten, die sie empfangen würden; denn vor andern Leuten war sie schüchtern, errötete ganz grundlos, war verlegen, sobald sie zu Unbekannten sprechen mußte.

Andrerseits schmerzte der Verlust der achtzehn Francs sie wie eine Wunde. Sie wollte nicht daran denken, und doch hämmerte die Erinnerung an diesen Verlust quälend auf sie ein. Was tun? Die Stunden vergingen; sie entschloß sich zu nichts. Dann aber, mit einem Mal, wie Feiglinge, die plötzlich aufbrausen, traf sie ihre Entscheidung.

Ich gehe! Und wir werden ja sehen!

Doch vorher mußte sie den Regenschirm herrichten, damit die Katastrophe auch vollständig und der Anspruch leichter zu vertreten war. Vom Kamin nahm sie ein Zündholz und brannte zwischen den Fischbeinstützen ein handgroßes Loch. Dann rollte sie behutsam zusammen, was noch von der Seide blieb, befestigte es mit der Gummischnur, nahm Shawl und Hut und ging eilig in die Rue Rivoli, wo die Versicherungsgesellschaft ihren Sitz hatte.

Doch je näher sie kam, desto langsamer wurde ihr Schritt. Was sollte sie sagen? Was würde man ihr antworten?

Sie betrachtete die Hausnummern. Noch

achtundzwanzig hatte sie vor sich. Sehr gut! Da konnte sie überlegen. Immer weniger rasch ging sie. Und plötzlich erzitterte sie. Das war die Türe, darüber glänzte in Goldbuchstaben: «La Maternelle, Versicherung gegen Brandschäden.» Schon! Sie blieb sekundenlang ängstlich, verlegen stehn, ging vorüber, kehrte zurück, ging noch einmal vorüber, kam noch einmal zurück.

Schließlich sagte sie sich:

Ich muß ja doch gehn! Lieber früher als später!

Doch als sie in das Haus trat, spürte sie, wie ihr Herz pochte.

Sie kam in einen großen Raum mit Schaltern rundherum; und hinter jedem Schalter gewahrte man den Kopf eines Mannes, dessen Körper hinter einem Gitter verborgen war.

Ein Herr erschien, Papiere in der Hand. Sie blieb stehn und begann mit zaghafter, dünner Stimme:

«Verzeihung, Monsieur, könnten Sie mir sagen, wohin ich mich wegen eines Schadenersatzes für einen verbrannten Gegenstand wenden kann?»

Mit wohltönendem Brustton erwiderte er:

«Erster Stock, links, Abteilung für Brandschäden.»

Dieses Wort schüchterte sie noch mehr ein; und sie hatte große Lust, zu fliehen, nichts zu sagen, ihre achtzehn Francs zu opfern. Doch bei dem Gedanken an diesen Betrag kehrte ihr ein wenig Mut zurück, und sie stieg keuchend, auf jeder Stufe stehnbleibend, hinauf.

Im ersten Stock sah sie eine Türe und klopfte. Eine helle Stimme rief:

«Herein!»

Sie trat ein und sah sich in einem großen Raum, wo drei Herren, stehend, Bändchen im Knopfloch, feierlich miteinander diskutierten.

Einer von ihnen fragte:

«Was wünschen Sie, Madame?»

Sie fand keine Worte und stotterte nur:

«Ich... ich... komme... wegen eines Brandschadens.»

Der Herr wies höflich auf einen Stuhl.

«Wollen Sie, bitte, Platz nehmen. In einer Minute stehe ich Ihnen zur Verfügung.»

Dann wandte er sich zu den andern und nahm das Gespräch wieder auf.

«Die Gesellschaft, meine Herren, hält sich nicht für verpflichtet, Ihnen mehr als vierhunderttausend Francs zu bezahlen. Die Forderung von hunderttausend Francs, die Sie darüber hinaus an uns stellen, können wir nicht anerkennen. Überdies hat die Schätzung...»

Einer der beiden andern Herren unterbrach ihn.

«Das genügt, Herr Direktor. Die Gerichte werden entscheiden. Unsere Aufgabe hier ist damit beendet.»

Mit höchst zeremoniellen Grüßen verzogen sie sich. Ach, wenn sie gewagt hätte, mit ihnen zu gehn, sie hätte es getan; sie wäre geflohen, hätte alles im Stich gelassen. Konnte sie aber? Der Herr kam jetzt zurück und verbeugte sich.

«Was steht Ihnen zu Diensten, Madame?»

Stockend brachte sie heraus:

«Ich... ich komme... wegen dieses...»

Höchst erstaunt senkte der Direktor die Augen auf den Gegenstand, den sie ihm entgegenhielt.

Mit zitternder Hand versuchte sie, das Gummiband zu lösen. Nach einigen Bemühungen gelang es ihr, und sie öffnete brüsk das zerfetzte Skelett des Regenschirms.

Voller Mitleid meinte der Herr:

«Das Ding scheint in recht kümmerlichem Zustand zu sein!»

Zögernd erklärte sie:

«Er hat mich zwanzig Francs gekostet.»

Er war überrascht.

«Wirklich? So viel?»

«Ja, er war tadellos. Und ich wollte, daß Sie seinen Zustand feststellen sollten.»

«Gut, gut; ich sehe. Aber ich begreife nicht, inwiefern mich das angeht.»

Eine Unruhe packte sie. Vielleicht bezahlte diese Gesellschaft solche kleinen Schäden nicht. Und sie sagte:

«Ja... er ist doch verbrannt!»

Das leugnete der Direktor nicht.

«Ja, ich sehe.»

Sie saß mit offenem Mund da und wußte nicht mehr, was sie sagen sollte. Dann aber, plötzlich begriff sie ihr Versäumnis und brachte überstürzt hervor:

«Ich bin Madame Oreille. Wir sind bei der

‹Maternelle› versichert, und ich komme, um den Ersatz des Schadens zu beanspruchen.»

In der Angst vor einer glatten Ablehnung fügte sie eilig hinzu:

«Ich verlange nur, daß Sie ihn frisch beziehen lassen.»

Der Direktor erwiderte verlegen:

«Ja... aber... Madame... wir haben kein Geschäft mit Regenschirmen. Mit solchen Reparaturen können wir uns nicht befassen.»

Die kleine Frau spürte, wie all ihre Sicherheit sich wieder einstellte. Es mußte gekämpft werden. Nun, sie würde kämpfen. Sie hatte keine Angst mehr. Sie sagte:

«Ich verlange ja nur den Preis der Reparatur. Alles andere kann ich selber besorgen.»

Der Direktor war anscheinend verwirrt.

«Gewiß, Madame, das ist sehr wenig. Man verlangt nie von uns einen Schadenersatz für so geringfügige Dinge. Wir können doch, das werden Sie zugeben, nicht alle Taschentücher, Handschuhe, Besen, Pantoffel bezahlen, die alltäglich einem Brandschaden ausgesetzt sind.»

Sie wurde rot; schon übermannte sie der Zorn.

«Aber, Monsieur, wir haben im Dezember einen Kaminbrand gehabt, der uns mindestens fünfhundert Francs Schaden verursacht hat. Mein Mann hat von der Gesellschaft nichts beansprucht. Und so ist es doch nur gerecht, wenn sie mir heute meinen Schirm bezahlt!»

Der Direktor witterte die Lüge und sagte lächelnd:

«Sie werden zugestehn, Madame, daß es recht erstaunlich ist, wenn Monsieur Oreille für einen Schaden von fünfhundert Francs nichts verlangt, aber die Kosten einer Schirmreparatur von fünf oder sechs Francs ersetzt haben will.»

Sie war nicht aus der Fassung gebracht.

«Verzeihung, Herr Direktor, aber der Schaden von fünfhundert Francs war die Sache meines Mannes, während der Schaden von achtzehn Francs meine Sache ist. Und das ist nicht ein und dasselbe.»

Er merkte, daß er sie nicht loswurde, und daß er seinen ganzen Tag verlieren würde. Und so fragte er sie ergeben:

«Wollen Sie mir, bitte, schildern, wie sich der Unfall ereignet hat.»

Jetzt fühlte sie den Sieg und begann zu erzählen:

«Das war so, Herr Direktor. Ich habe in meinem Vorzimmer ein Zeug aus Bronze, wo man die Schirme und die Stöcke versorgt. Unlängst, als ich heimkam, stellte ich diesen Schirm hinein. Ich muß Sie noch darauf aufmerksam machen, daß just oberhalb ein Brett befestigt ist, wo wir Kerzen und Zündhölzchen hinlegen. Ich strecke den Arm aus, ich nehme vier Zündhölzchen. Ich versuche es mit dem ersten. Es versagt. Ich versuche es mit dem zweiten. Es entzündet sich, löscht aber sofort wieder aus. Ich versuche es mit dem dritten – genau dasselbe!»

Der Direktor unterbrach sie, um einen Witz zu machen.

«Das waren bestimmt Zündhölzchen der Regierung?»

Diese Anspielung verstand sie nicht; sie fuhr fort:

«Das kann schon sein. Jedenfalls hat das vierte funktioniert, und ich habe meine Kerze angezündet. Dann bin ich ins Zimmer gegangen, um mich niederzulegen. Nach einer Viertelstunde aber war mir's, als ob ich etwas Verbranntes riechen würde. Und ich, wissen Sie, ich habe immer Angst vor dem Feuer. Ja, wenn es jemals bei uns brennen sollte, meine Schuld wird's nicht sein! Vor allem seit dem Kaminbrand, von dem ich Ihnen erzählt habe, lebe ich kaum mehr. Ich stehe also auf, ich gehe hinaus, ich suche, ich wittere überall wie ein Jagdhund, und am Ende bemerke ich, daß mein Regenschirm brennt! Wahrscheinlich war es eins der Zündhölzchen, das hineingefallen ist. Sie sehen, wie es den Schirm zugerichtet hat!»

Der Direktor hatte sich abgefunden. Er fragte:

«Wie hoch schätzen Sie den Schaden?»

Das verschlug ihr die Rede. Sie wagte nicht, eine Ziffer zu nennen. Endlich sagte sie, im besten Willen großzügig zu sein:

«Lassen Sie ihn doch reparieren. Ich habe Vertrauen zu Ihnen.»

Da weigerte er sich.

«Nein, Madame, das kann ich nicht. Sagen Sie mir, wieviel Sie haben wollen.»

«Nun... mir scheint... daß... wissen Sie, Herr Direktor, ich will doch nichts an Ihnen verdienen... machen wir es so – ich trage den Schirm zum Fabrikanten; der soll ihn mit guter Seide, mit dauerhafter Seide beziehen lassen, und ich bringe Ihnen die Rechnung. Paßt Ihnen das?»

«Ausgezeichnet, Madame. Einverstanden. Und hier ein Wort für die Kasse. Ihre Ausgaben werden ersetzt werden.»

Er reichte Madame Oreille eine Karte, die sie nahm. Und dann stand sie auf, bedankte sich und verzog sich eiligst. Aus Angst, er könnte andern Sinnes werden.

Jetzt ging sie mit leichtem, fröhlichem Schritt durch die Straße und suchte ein Schirmgeschäft, das recht elegant sein sollte. Als sie eines gefunden hatte, das sehr vornehm aussah, trat sie ein und sagte mit fester Stimme:

«Da ist ein Regenschirm, der mit Seide bezogen werden sollte. Mit sehr guter Seide. Mit der besten, die Sie haben. Auf den Preis schaue ich nicht!»

DAS GLÜCK

Es war die Stunde des Tees, bevor man die Lampen hereinbrachte. Die Villa beherrschte das Meer; die entschwundene Sonne hatte den Himmel in ihrem Gang rosig, mit goldenem Puder besprenkelt zurückgelassen: und das Mittelländische Meer wirkte, ohne Falte, ohne Schauer, glatt, leuchtend noch unter dem sterbenden Tag, wie eine polierte, unermeßliche Metallplatte.

In der Ferne, zur rechten Seite, zeichneten die zackigen Berge ihr schwarzes Profil auf den erblassenden Purpur des Sonnenuntergangs.

Man sprach von der Liebe, man unterhielt sich über dieses alte Thema, man sagte Dinge, die man schon häufig gesagt hatte. Die süße Wehmut des Sonnenuntergangs sänftigte die Worte, ließ eine Milde in die Seelen fluten, und dieses Wort «Liebe», das ununterbrochen wiederkehrte, bald von starker Männerstimme ausgesprochen, bald von dem leichten Klang einer Frauenstimme, schien den kleinen Salon zu erfüllen, darin zu flattern wie ein Vogel, darin zu schweben wie ein Geist.

Kann man mehrere Jahre hintereinander lieben?

«Ja», meinten die einen.

«Nein», erklärten die andern.

Man prüfte die Fälle, man grenzte sie ab, man nannte Beispiele; und alle, Männer und Frauen, in denen eine Menge aufkommender verwirrender Erinnerungen wach wurde, die sie nicht erzählen konnten und die ihnen doch auf die Lippen stiegen, schienen gerührt zu sein, redeten von dieser banalen und übermächtigen Sache, dem zärtlichen, geheimnisvollen Einklang zweier Wesen, mit tiefer Bewegung und brennendem Interesse.

Doch plötzlich rief einer, der die Augen in die Ferne geheftet hatte:

«Ach, seht doch nur, dort drüben! Was ist das?»

Aus dem Meer, im Grunde des Horizonts, erhob sich, riesenhaft, undeutlich, eine graue Masse.

Die Frauen waren aufgestanden und betrachteten verständnislos diese erstaunliche Erscheinung, die sie noch nie gesehen hatten.

Irgendwer sagte:

«Das ist Korsika. Man erblickt es auf diese Art zwei- oder dreimal im Jahr unter gewissen besonderen atmosphärischen Bedingungen, wenn eine vollendete Durchsichtigkeit der Luft es nicht mehr hinter dem Wasserdunst verbirgt, der die Ferne immer verschleiert.»

Man unterschied undeutlich die Berge, man glaubte den Schnee der Gipfel zu erkennen. Und alle waren überrascht, verwirrt, beinahe erschrocken vor diesem jähen Auftauchen einer Welt, vor diesem Phantom, das dem Meer entstieg. Solche seltsamen Visionen mochten vielleicht jene Männer gehabt haben, die, wie Columbus, über unerforschte Ozeane fuhren.

Da sagte ein alter Herr, der bis dahin noch kein Wort gesprochen hatte:

«Ja, ja, auf dieser Insel, die sich vor uns erhebt, als wollte sie selber auf das antworten, wovon wir vorhin geredet haben, und als wollte sie eine merkwürdige Erinnerung in mir erwecken, habe ich ein wunderbares Beispiel einer dauerhaften Liebe, einer unwahrscheinlich glücklichen Liebe kennengelernt. Hören Sie denn:

Fünf Jahre sind es jetzt her, daß ich durch Korsika reiste. Diese wilde Insel ist uns unbekannter und ferner als Amerika, obwohl man sie manchmal, wie heute, von der Küste Frankreichs aus erblickt.

Stellen Sie sich eine Welt vor, die sich noch im Chaos befindet, einen Sturm von Bergen, welche enge Schluchten voneinander trennen, darin Wildbäche rauschen; keine Ebene, sondern riesige Weiten von Granit und gigantische Bodenwellen, von Buschwerk oder hohen Kastanien- und Pinienwäldern bedeckt. Es ist eine jungfräuliche, unbebaute, verlassene Erde, wenn man auch manchmal ein Dorf wahrnimmt, einem Felsgewimmel auf dem Gipfel eines Berges gleichend. Kein Ackerbau, keine Industrie, keine Kunst. Niemals stößt man auf ein Stück verarbeitetes Holz, auf eine Steinskulptur, nie auf ein Andenken eines kindlichen oder verfeinerten Geschmacks der Vorfahren an den anmutigen, den schönen Dingen. Das ist es, was einen in diesem herrlichen, harten Land am meisten in Erstaunen versetzt: die ererbte Gleichgültigkeit gegenüber jenem Suchen nach verführerischen Formen, das man Kunst nennt.

Italien, wo jeder Palast, voll mit Meisterwerken, selber ein Meisterwerk ist, wo der Marmor, das Holz, die Bronze, das Eisen, die Metalle und die Steine Zeugnis vom Genie des Menschen ablegen, wo die kleinsten Gegenstände aus der Vorzeit, die in den alten Häusern herumliegen, jene göttliche Bemühung um die Anmut enthüllen, ist für uns das heilige Vaterland, das man liebt, weil es uns die Anstrengung, die Größe, die Macht und den Triumph der schöpferischen Intelligenz erkennen läßt.

Und Italien gegenüber ist dieses wilde Korsika geblieben wie in seiner Urzeit. Das Geschöpf lebt dort in seinem rauhen Haus, gleichgültig gegen alles, was nicht sein Dasein selbst oder seine Familienzänkereien angeht. Und so ist es geblieben mit den Fehlern und Vorzügen unzivilisierter Stämme, heftig, voller Haß, unbefangen, blutdürstig, aber auch gastfreundlich, großherzig, hingebungsvoll, naiv, den Vorüberziehenden die Türe öffnend und für das geringste Zeichen von Verständnis seine treue Freundschaft spendend.

So streifte ich denn über diese großartige Insel, einen Monat lang, mit dem Gefühl, als wäre ich am Ende der Welt. Kein Wirtshaus, keine Schenke, keine Straßen. Auf Maultierpfaden erreicht man die an der Flanke des Gebirges hängenden Weiler, jenes Gebirges, das windungsreiche Klüfte beherrscht, daraus man abends das ständige Rauschen, die dumpfe, tiefe Stimme des Wildbachs hört. Man klopft an die Türen der Häuser. Man bittet um Unterkunft für die Nacht und um ein wenig Nahrung bis zum nächsten Tag. Und man setzt sich an den bescheidenen Tisch, und man schläft unter dem bescheidenen Dach. Und am Morgen schüttelt man dem Gastfreund die Hand, der einen bis an die Grenze des Dorfes begleitet.

Nun, eines Abends, nach einer Wanderung von zehn Stunden, kam ich zu einer kleinen Wohnstatt, die ganz einsam im Grunde eines schmalen Tales lag, das sich eine Meile weiter unten nach dem Meer öffnete. Die beiden jähen Hänge der Berge, mit Buschwerk, zerklüfteten Felsen und hohen Bäumen bedeckt, umschlossen wie zwei düstere Mauern die klägliche Tristheit dieser Schlucht.

Rund um die strohgedeckte Hütte ein wenig Reben, ein kleiner Garten und etwas weiter einige große Kastanienbäume, kurz, etwas, wovon man leben konnte, und für dieses arme Land ein Vermögen.

Die Frau, die mich empfing, war alt, gesammelt und – eine Ausnahme! – sauber. Der Mann, der auf einem Strohsessel saß, erhob sich, um mich zu begrüßen, dann setzte er sich wieder, ohne ein Wort zu sprechen. Seine Gefährtin sagte zu mir:

«Sie müssen ihn entschuldigen; er ist jetzt taub. Er ist zweiundachtzig Jahre alt.»

Sie sprach das Französisch Frankreichs. Ich war überrascht.

Ich fragte: «Sie sind nicht aus Korsika?»

«Nein», erwiderte sie. «Wir sind vom Festland. Aber wir wohnen schon fünfzig Jahre hier.»

Ein Gefühl des Unbehagens, der Angst packte mich bei dem Gedanken an die fünfzig in diesem düstern Loch verflossenen Jahre, so fern von den Städten, darin die Menschen wohnen. Ein alter Hirt trat ein, und wir setzten uns zu dem einzigen Gericht des Abends, einer dicken Suppe, darin Kartoffeln, Speck und Kohl zusammen eingekocht waren.

Als die Mahlzeit beendet war, setzte ich mich vor die Türe, das Herz beengt von der Schwermut der traurigen Landschaft, bedrängt von jener Niedergeschlagenheit, die den Reisenden an bestimmten bedrückten Abenden, an bestimmten trostlosen Orten ergreift. Man hat den Eindruck, alles sei dem Ende nahe, das Dasein, das Weltall. Plötzlich wird einem das entsetzliche Elend des Lebens bewußt, die Vereinsamung aller, die Nichtigkeit von allem, die schwarze Absonderung des Herzens, das sich bis zum Tod in Träumen wiegt und sich betrügt.

Die alte Frau gesellte sich mir, und von jener Neugier getrieben, die auch im Grunde der verschlossensten Seelen lebt, fragte sie:

«Sie kommen also aus Frankreich?»

«Ja. Ich reise zu meinem Vergnügen.»

«Sind Sie vielleicht aus Paris?»

«Nein, ich bin aus Nancy.»

Da schien es mir, als übermannte sie eine außerordentliche Erregung. Wie ich das erkannte oder vielmehr fühlte, davon weiß ich nichts.

Langsam wiederholte sie:

«Sie sind aus Nancy?»

Der Mann erschien in der Türe, undurchdringlich, wie es die Tauben sind.

«Das tut nichts», sagte sie. «Er hört nicht.»

Und dann, nach einigen Sekunden:

«Sie kennen also Leute in Nancy?»

«Ja, natürlich, fast alle Welt.»

«Die Familie de Sainte-Allaize?»

«Ja, sehr gut. Sie war mit meinem Vater befreundet.»

«Wie heißen Sie?»

Ich nannte meinen Namen. Sie sah mich starr an, und dann sagte sie mit jener leisen Stimme, die von Erinnerungen geweckt wird:

«Ja, ja, er ist mir bekannt. Und Brisemares, was ist aus ihnen geworden?»

«Sie sind alle gestorben.»

«Ah! Und Sirmonts, haben Sie sie gekannt?»

«Ja, der letzte ist General.»

Und da sagte sie, vor Erregung, vor Angst, ich weiß nicht, aus welchem wirren, mächtigen, heiligen Gefühl heraus, ich weiß nicht, aus welchem Bedürfnis, sich auszusprechen, alles zu sagen, von den Dingen zu reden, die sie bis jetzt im Grunde ihres Herzens verschlossen gehalten hatte, und von den Menschen, deren Namen ihre Seele überwältigte:

«Ja, Henri de Sirmont. Ich weiß wohl. Er is mein Bruder.»

Und ich hob, überrascht, verblüfft, die Augen zu ihr. Und mit einem Mal kam mir die Erinnerung.

Das war damals unter den vornehmen Lothringern ein großer Skandal gewesen. Ein junge Mädchen, schön, reich, Suzanne de Sirmont, wa von einem Unteroffizier des Husarenregiment entführt worden, dessen Kommandant ihr Vate war.

Er war ein schöner Bursche, ein Bauernsohn und wußte den blauen Dolman gut zu tragen dieser Soldat, der die Tochter seines Obersten verführt hatte. Sie hatte ihn zweifellos gesehen bemerkt, sich in ihn verliebt, wenn sie die Eskadronen ausrücken sah. Wie aber hatte sie mit ihm sprechen, wie hatten sie einander sehen, sich miteinander verständigen können? Wie hatte si gewagt, ihn verstehn zu lassen, daß sie ihn liebte Das hatte man nie erfahren.

Man hatte nichts erraten, nichts geahnt. Eine Abends, als der Soldat seinen Dienst beende hatte, verschwand er mit ihr. Man suchte sie man fand sie nicht wieder. Nie erhielt man Nachrichten von ihr, und so sah man sie als tot an.

Und ich entdeckte sie in diesem düstern Tal

Und nun antwortete ich ihr:

«Ja, ich erinnere mich. Sie sind Mademoisell Suzanne.»

Sie nickte. Tränen rollten ihr aus den Augen. Dann wies sie mit einem Blick nach dem reglosen Greis auf der Schwelle der Hütte und sagte: «Das ist er.»

Und ich begriff, daß sie ihn noch immer liebte, daß sie ihn immer noch mit ihren verliebten Augen sah.

«Sind Sie wenigstens glücklich gewesen?» fragte ich.

Mit einer Stimme, die aus dem Herzen kam, erwiderte sie:

«O ja! Sehr glücklich. Er hat mich sehr glücklich gemacht. Ich habe nie etwas zu bereuen gehabt.»

Ich betrachtete sie, traurig, erstaunt, hingerissen von der Macht der Liebe. Dieses reiche Mädchen war diesem Mann, diesem Bauern gefolgt. Sie war selber eine Bäuerin geworden. Sie hatte sich diesem Leben ohne Reiz, ohne Luxus, ohne irgendwelche Verfeinerung angepaßt, sie hatte sich seinen schlichten Gewohnheiten gefügt. Und sie liebte ihn noch immer. Sie war eine Dörflerin geworden, mit Haube und Leinenrock. Sie aß von einer irdenen Schüssel, an einem Tisch von Holz, auf einem Strohstuhl sitzend, ein zusammengekochtes Gericht aus Kohl und Kartoffeln und Speck. Sie schlief auf einem Strohsack neben ihm.

Sie hatte nie an etwas anderes gedacht als an ihn. Ihr hatten weder Schmuck noch Stoffe noch Eleganz noch weiche Stühle noch die duftende Wärme der Zimmer mit den Wandbespannungen noch die wohligen Daunen gefehlt, darein die Körper sich zur Ruhe betten. Nie hatte sie ein Bedürfnis nach etwas anderem als nach ihm, wenn er nur da war, hatte sie sonst nichts zu wünschen.

Ganz jung hatte sie das Leben und die Welt verlassen und jene, die sie erzogen und geliebt hatten. Allein mit ihm war sie in diese wilde Schlucht gegangen. Und er war alles für sie gewesen, alles, was man ersehnt, alles, wovon man träumt, alles, was man ohne Unterlaß erwartet, alles, was man in alle Ewigkeit ersehnt. Von einem Ende zum andern hatte er ihr Leben mit Glück erfüllt.

Sie hätte nicht glücklicher sein können.

Und die ganze Nacht lang, während ich den rauhen Atem des alten Soldaten hörte, der auf seinem Strohsack lag neben ihr, die ihm in diese Ferne gefolgt war, dachte ich an dieses seltsame schlichte Abenteuer, an dieses so vollkommene und aus so wenigem geschaffene Glück.

Und bei Sonnenaufgang schüttelte ich den beiden alten Gatten die Hand und wanderte weiter.

Der Erzähler verstummte. Eine Frau sagte:

«Dennoch – sie hatte ein gar zu billiges Ideal, allzu primitive Bedürfnisse, allzu simple Ansprüche. Das konnte nur eine dumme Gans sein.»

Eine andere aber entgegnete mit weicher Stimme:

«Was liegt daran? Sie war glücklich!»

Und drüben, auf dem Grunde des Horizontes, tauchte Korsika in die Nacht, kehrte langsam in das Meer zurück, ließ seinen mächtigen Schatten verblassen, der erschienen war, als wollte er selber die Geschichte der beiden demütigen Liebenden erzählen, die das Gestade der Insel barg.

Ich wohnte damals, erzählte Georges Kervelen, in einer Pension der Rue des Saints-Pères.

Als meine Eltern beschlossen, daß ich in Paris Jus studieren sollte, da fanden lange Erörterungen statt, um alle Dinge genau zu regeln. Meine Rente wurde auf zweitausendfünfhundert Francs festgesetzt, doch meine arme Mutter wurde von einer Besorgnis gepackt, die sie meinem Vater auseinandersetzte: «Wenn er sein ganzes Geld vergeuden und sich nicht ordentlich ernähren wird, so müßte seine Gesundheit sehr darunter leiden. Diese jungen Leute sind ja zu allem imstande!»

So wurde denn entschieden, daß man eine Pension für mich suchen würde, eine bescheidene, bequeme Pension, und daß meine Familie den Preis allmonatlich unmittelbar an diese Pension überweisen würde.

Ich hatte bis dahin Quimper nie verlassen. Ich ersehnte alles, was man in meinem Alter ersehnt, und ich war geneigt, ein in jeder Beziehung fröhliches Leben zu führen.

Nachbarn, deren Rat man einholte, wußten die Adresse einer Landsmännin zu nennen, einer Madame Kergaran, die Pensionäre bei sich aufnahm. Mein Vater verhandelte also schriftlich mit dieser achtenswerten Dame, bei der ich eines Abends, von einem Koffer begleitet, ankam.

Madame Kergaran war ungefähr vierzig Jahre alt. Sie war kräftig, sehr kräftig, sprach mit der Stimme eines Kasernenhofinstruktors und entschied alle Fragen mit einem klaren, endgültigen Wort. Ihr schmales Haus hatte nur je eine einzige Öffnung in jedem Stockwerk nach der Straße, sah infolgedessen aus wie eine Leiter von Fenstern oder auch wie ein zu einem Sandwich zurechtgeschnittenes Haus zwischen zwei andern Häusern.

Die Wirtin wohnte mit ihrem Dienstmädchen im ersten Stock. Im zweiten Stock wurde gekocht und gegessen, und im dritten und vierten Stock hausten vier bretonische Pensionäre. Ich hatte die zwei Zimmer im fünften Stock bezogen.

Eine schmale, dunkle Treppe, gewunden wie ein Korkzieher, führte zu diesen zwei Dachkammern. Tag für Tag, ohne Unterbrechung, stieg Madame Kergaran diese Spirale hinauf und hinunter und war in ihrem Korkzieherhaus ebenso geschäftig wie ein Kapitän an Bord seines Schiffes. Zehnmal hintereinander kam sie in jedes Zimmer, überwachte alles mit einem erstaunlichen Aufwand an Gerede, sah darauf, ob die Betten gut gemacht, die Anzüge sauber gebürstet waren, ob die Bedienung nichts zu wünschen übrig ließ. Kurz, sie sorgte für ihre Pensionäre wie eine Mutter; besser als eine Mutter.

Bald machte ich die Bekanntschaft meiner vier Landsleute. Zwei studierten Medizin und die beiden andern Jus, doch alle vier mußten sich unter das despotische Joch der Wirtin beugen. Sie hatten Angst vor ihr, wie ein Landstreicher vor dem Feldhüter Angst hat.

Ich allerdings verspürte sogleich das Verlangen nach Unabhängigkeit, denn ich bin von Natur aus widerspenstig. Zunächst erklärte ich, ich würde heimkommen, wann es mir gefiele, denn Madame Kergaran hatte die Mitternacht als äußersten Termin angesetzt. Bei dieser Anmaßung richtete sie ihre hellen Augen einige Sekunden lang auf mich, und dann sagte sie:

«Das geht nicht. Ich kann nicht dulden, daß man Annette die ganze Nacht weckt. Nach einer bestimmten Stunde haben Sie draußen nichts mehr zu suchen!»

Darauf erwiderte ich entschieden: «Nach dem Gesetz, Madame, sind Sie verpflichtet, mir zu jeder Stunde zu öffnen. Wenn Sie mir das verweigern, so werde ich die Sache von der Polizei feststellen lassen und auf Ihre Kosten in einem Hotel übernachten, wie das mein Recht ist. Sie müssen mir also die Türe öffnen oder kündigen. Die Türe oder der Abschied. Wählen Sie!»

Während ich ihr diese Bedingungen stellte, lachte ich sie aus. Nach einer letzten Verblüffung wollte sie verhandeln, aber ich blieb unnachgiebig, und so fügte sie sich. Wir kamen überein, daß ich einen Hausschlüssel haben sollte, doch davon dürfe kein Mensch etwas erfahren.

Meine Energie hatte eine heilsame Wirkung auf sie, und von da an behandelte sie mich mit betonter Gunst. Sie erwies mir allerlei Aufmerksamkeiten, zeigte sich feinfühlend besorgt, ja sogar eine gewisse brüske Zärtlichkeit überkam sie manchmal, die mir keineswegs mißfiel. Von Zeit zu Zeit, wenn ich besonders fröhlich gestimmt war, schloß ich sie unversehens in die Arme, nur gerade um die kräftige Ohrfeige über mich ergehn zu lassen, die sie mir im Nu verabreichte. Wenn es mir gelang, den Kopf schnell genug zu senken, so flitzte ihre Hand mit der Geschwindigkeit einer Kugel über mich hinweg, und ich lachte laut und lief davon, während sie mir nachrief: «Ach, der Lump! Das werden Sie mir büßen!»

Wir waren richtige Freunde geworden.

Doch da lernte ich auf der Straße ein Mädchen kennen, das Verkäuferin in einem Geschäft war.

Ihr wißt, wie sich diese Liebeleien in Paris entwickeln. Eines Tages, wenn man zur Universität geht, begegnet man einem jungen Ding, ohne Hut, das, Arm in Arm mit einer Freundin, daherschlendert, bevor es wieder Zeit zur Arbeit ist. Man wechselt einen Blick, und man spürt jenen leisen Schock in sich, den das Auge bestimmter Frauen verursacht. Das ist eine der reizvollen Freuden des Lebens, diese jähe physische Sympathie, die so einer Begegnung entsprießt, diese sachte, zarte Verführung, die man plötzlich erfährt, wenn man ein Wesen streift, geschaffen, uns zu gefallen, von uns geliebt zu werden. Es mag viel oder wenig geliebt werden, was liegt daran? In seiner Natur aber liegt es, das geheime Sehnen nach Liebe in eurer Natur zu erwidern. Sobald ihr auch nur einmal dieses Gesicht, diesen Mund, dieses Haar, dieses Lächeln erblickt habt, empfindet ihr, wie ihr Charme mit süßem, köstlichem Entzücken in euch einzieht, ihr spürt, wie Glück und Wohlbehagen euch durchdringen, ihr spürt das jähe Erwachen einer noch wirren Zärtlichkeit, die euch zu dieser unbekannten Frau treibt. Es ist, als hätte sie einen Anruf in sich, auf den ihr antwortet, eine Anziehungskraft, die euch lockt. Es ist, als kenne man sie seit langem, als hätte man sie schon gesehen, als wüßte man, was sie denkt.

Am nächsten Tag, zur gleichen Stunde, geht man durch die selbe Straße. Man sieht sie abermals. Dann kommt man am folgenden Tag und immer wieder. Endlich spricht man miteinander. Und die Liebelei nimmt ihren Verlauf, regelmäßig wie eine Krankheit.

So war ich denn, nach drei Wochen, mit Emma an dem Zeitpunkt angelangt, der dem Fall vorangeht. Der Fall selbst hätte schon früher stattgefunden, wenn ich nur gewußt hätte, wo ich es dazu bringen sollte. Meine Freundin wohnte bei ihrer Familie und weigerte sich mit aller Kraft, die Schwelle eines Stundenhotels zu übertreten. Ich zerbrach mir den Kopf, um ein Mittel, eine List, eine Gelegenheit zu ersinnen. Schließlich faßte ich einen verzweifelten Entschluß und entschied, sie eines Abends, gegen elf Uhr, unter dem Vorwand einer Tasse Tee, zu mir einzuladen. Madame Kergaran legte sich jeden Abend um zehn Uhr schlafen. Ich könnte also, dank meinem Schlüssel, geräuschlos, und ohne irgendwelche Aufmerksamkeit auf mich zu lenken, heimkommen. Und nach einer oder zwei Stunden würden wir dann auf die gleiche Art die Treppe hinuntersteigen.

Emma ließ sich ein wenig bitten, nahm aber am Ende meine Einladung an.

Ich verbrachte einen schlimmen Tag. Ich war durchaus nicht ruhig. Ich fürchtete Verwicklungen, eine Katastrophe, einen greulichen Skandal. Der Abend brach an. Ich ging aus und trat in ein Wirtshaus, wo ich zwei Tassen Kaffee und vier oder fünf Gläschen schluckte, um mir Mut zu machen. Dann strich ich über den Boulevard Saint-Michel. Ich hörte zehn, halb elf schlagen. Und mit langsamen Schritten wandte ich mich zu dem Ort unseres Stelldicheins. Sie erwartete mich bereits. Schmiegsam nahm sie meinen Arm, und nun wanderten wir ganz sachte zu meiner Pension. Je mehr ich mich der Türe näherte, desto mehr wuchs meine Angst. Wenn Madame Kergaran nur schon schläft! dachte ich.

Zwei- oder dreimal sagte ich zu Emma: «Machen Sie ja nur keinen Lärm auf der Treppe!»

Sie lachte. «Haben Sie denn solche Angst, man könnte Sie hören?»

«Nein, aber ich will meinen Nachbarn nicht wecken. Er ist ernstlich krank.»

Da war die Rue des Saints-Pères. Ich näherte mich meiner Behausung mit jenem Vorgefühl, mit dem man sich zum Zahnarzt begibt. Alle Fenster sind dunkel. Zweifellos schläft man schon. Ich atme auf. Mit der Behutsamkeit eines Diebes öffne ich die Türe. Ich lasse meine Gefährtin eintreten, dann schließe ich die Türe, steige auf den Fußspitzen die Treppe hinauf, halte den Atem zurück, zünde Streichhölzer an, damit das junge Mädchen nicht ausrutscht.

Als ich vor dem Zimmer der Wirtin vorübergehe, spüre ich, daß mein Herz mit beschleunigten Schlägen pocht. Endlich sind wir im zweiten Stock, dann im dritten, dann im fünften. Ich kann in mein Zimmer treten – Viktoria!

Dennoch wagte ich nur ganz leise zu sprechen und zog die Schuhe aus, um nur ja kein Geräusch zu machen. Der Tee, auf einer Spiritusflamme vorbereitet, wurde auf der Ecke meiner Kommode angerichtet. Dann begann ich zu drängen... zu drängen... und nach und nach, wie bei einem Spiel, entledige ich meine Freundin eines ihrer Kleidungsstücke nach dem andern, und sie widerstrebt, fügt sich, ist rot, verwirrt, schiebt den entscheidenden, den bezaubernden Augenblick hinaus.

Sie hatte schließlich nichts mehr an als Hemd und kurzes Unterröckchen, als meine Türe sich mit einem Ruck öffnete und, eine Kerze in der Hand, im gleichen Kostüm wie Emma, Madame Kergaran erschien.

Mit einem Satz sprang ich zur Seite, blieb

fassungslos stehn und betrachtete die beiden Frauen, die einander musterten. Was würde sich jetzt ereignen?

Mit einem hochmütigen Ton, den ich an ihr gar nicht kannte, sagte die Wirtin: «Ich dulde keine Frauenzimmer in meinem Haus, Monsieur Kervelen.»

Ich stammelte: «Aber, Madame Kergaran, Mademoiselle ist ja nur meine Freundin; sie ist gekommen, um eine Tasse Tee bei mir zu trinken.»

Die umfangreiche Frau entgegnete: «Man braucht sich nicht bis aufs Hemd auszuziehen, um eine Tasse Tee zu trinken. Sie werden diese Person sofort aus dem Haus entfernen.»

Emma, in ihrem Schrecken, begann zu weinen und verbarg das Gesicht im Rock. Ich verlor den Kopf, wußte nicht, was tun, was sagen. Die Wirtin fügte mit unwiderstehlicher Autorität hinzu: «Helfen Sie dem Fräulein, sich anzuziehen, und führen Sie sie auf der Stelle fort!»

Da blieb mir offenbar nichts anderes übrig, ich hob den Rock auf, der, wie ein geplatzter Ballon, gerundet auf dem Parkett lag, dann zog ich ihn dem Mädchen über den Kopf und bemühte mich, das Kleidungsstück zuzuhaken. Sie half mir, immer noch weinend, verängstigt, hastig, vergriff sich beständig, wußte weder Bänder noch Knöpfe zu finden; und unerschütterlich stand Madame Kergaran dabei, die Kerze in der Hand, und leuchtete uns in der strengen Haltung eines Richters.

Jetzt beschleunigte Emma ihre Bewegungen, umhüllte sich verzweifelt, knöpfte, steckte fest, schnürte, band gehetzt, gejagt von dem gebieterischen Bedürfnis, zu fliehen. Und ohne auch nur die Schuhe zuzuknöpfen, lief sie an der Wirtin vorüber und stürzte in das Treppenhaus. Ich folgte ihr in Pantoffeln, halb ausgezogen, und wiederholte dauernd: «Mademoiselle, hören Sie doch, Mademoiselle...»

Ich spürte, daß ich ihr etwas sagen müßte, doch mir fiel nichts ein. An der Haustüre erst holte ich sie ein, und ich wollte ihren Arm ergreifen, doch sie stieß mich heftig zurück und stotterte mit rauher, nervöser Stimme: «Lassen Sie mich... lassen Sie mich... rühren Sie mich nicht an!»

Und sie flüchtete auf die Straße und schlug die Türe hinter sich zu.

Ich machte kehrt. Madame Kergaran war im ersten Stock stehngeblieben, und ich stieg, auf alles gefaßt und zu allem bereit, langsam die Stufen hinauf.

Das Zimmer der Wirtin stand offen, sie ließ mich eintreten und sagte streng: «Ich habe mit Ihnen zu reden, Monsieur Kervelen.»

Mit gesenktem Kopf ging ich an ihr vorüber. Sie stellte ihre Kerze auf den Kamin, dann kreuzte sie die Arme über ihrer hochgewölbten Brust, die von einer feinen, weißen Unterjacke nicht sehr gründlich verdeckt wurde.

«Nein, so etwas, Monsieur Kervelen! Sie halten mein Haus also für ein Bordell?»

Ich war nicht gerade stolz. Ich murmelte: «Nein, nein, Madame Kergaran. Sie dürfen nicht böse sein, ich bitte Sie, Sie wissen doch, was das ist, ein junger Mensch.»

«Ich weiß, daß ich kein Weibsstück bei mir haben will», erwiderte sie. «Haben Sie gehört? Ich weiß, daß man mein Dach und den Ruf meines Hauses respektieren wird. Dafür werde ich sorgen; haben Sie gehört? Ich weiß...»

So redete sie noch mindestens zwanzig Minuten lang, häufte Gründe für ihre Entrüstung, erdrückte mich mit der Ehrbarkeit ihres Hauses, spickte mich mit beißenden Vorwürfen.

Ich aber – ein seltsames Tier ist der Mann! –, ich sah sie an, statt ihr zuzuhören. Kein Wort hörte ich mehr, nicht ein einziges Wort! Sie hatte eine prachtvolle Brust, das Frauenzimmer, fest, weiß, üppig, vielleicht ein wenig allzu üppig, aber so verführerisch, daß es einen überlief. Nie hätte ich vermutet, daß es unter ihrem wollenen Hauswirtinnenkleid solche Dinge gab. Halb entkleidet wirkte sie um zehn Jahre jünger. Und schon fühlte ich mich so merkwürdig, so... wie soll ich sagen? So aufgerüttelt. Vor ihr war ich gleichsam wieder in der... in der vor einer Viertelstunde in meinem Zimmer unterbrochenen Situation.

Und hinter ihr, dort, im Alkoven sah ich ihr Bett. Es war halb offen, aufgewühlt, ließ in der Höhlung des Leintuchs das Gewicht des Körpers erkennen, der dort geruht hatte. Und ich meinte, dort drin müsse es sehr wohlig und sehr warm sein, wärmer als in einem andern Bett. Warum wärmer? Das wußte ich nicht. Zweifellos dank der Fülle des Fleisches, das darin gelegen war.

Was gibt es Verwirrenderes, was gibt es Reizvolleres als ein aufgewühltes Bett? Schon von weitem berauschte es mich, jagte mir Schauder über den Rücken.

Sie redete noch immer, jetzt aber sanfter, sie sprach als rauhe, wohlmeinende Freundin, die nichts anderes mehr wünscht, als zu verzeihen.

Ich stammelte: «Aber ich bitte Sie... ich bitte Sie... Madame Kergaran... ich bitte Sie...» Und als sie verstummte, um meine Antwort zu hören, packte ich sie mit meinen zwei Armen und fing an, sie zu küssen, aber zu küssen wie ein Verhungerter, wie ein Mensch, der seit langem darauf wartet.

Sie wehrte sich, wandte den Kopf, ohne sich aber allzusehr zu ärgern, wiederholte nur mechanisch, wie sie es immer tat: «Ach, der Lump... der Lump... der...»

Das letzte Wort kam nicht mehr aus den Lippen. Ich hatte sie mit einem Schwung umfaßt, und, an mich gepreßt, aufgehoben. In manchen Augenblicken hat man eine verteufelte Kraft!

Ich stieß gegen den Rand des Bettes, und ich fiel darüber, ohne sie freizugeben.

Ja, man fühlte sich wirklich sehr wohlig, sehr warm in ihrem Bett.

Eine Stunde später, nachdem die Kerze erloschen war, stand die Wirtin auf, um eine andere anzuzünden. Und als sie wiederkam, an meine Seite glitt, ihr rundes, kräftiges Bein unter die Decke schob, da flüsterte sie mit schmeichelnder, befriedigter, vielleicht sogar dankbarer Stimme: «Ach... der Lump... der Lump...»

Ganz Véziers-le-Réthel nahm am Leichenzug und an der Beerdigung Monsieur Badon-Lereminces teil, und die letzten Worte des Vertreters der Präfektur gruben sich in die Erinnerung aller ein: «Nun gibt es einen redlichen Mann weniger!»

Ein redlicher Mann war er in allen kontrollierbaren Handlungen seines Lebens gewesen, in seinen Worten, in seinem Beispiel, in seiner Haltung, in seinem Benehmen, in seinem Vorgehn, in dem Schnitt seines Bartes, in der Form seiner Hüte. Nie hatte er ein Wort ausgesprochen, das nicht zugleich ein Beispiel war, nie ein Almosen gespendet, ohne es gewissermaßen mit seinem Segen zu begleiten.

Er hinterließ zwei Kinder, einen Sohn und eine Tochter; sein Sohn war Generalrat, und seine Tochter, als Gattin des Notars Poirel de la Voulte, war in Véziers tonangebend.

Sie waren untröstlich über den Tod ihres Vaters, denn sie hatten ihn aufrichtig geliebt.

Sobald die Zeremonie beendet war, kehrten sie in das Haus des Toten zurück, schlossen sich zu dritt, Sohn, Tochter und Schwiegersohn, ein und öffneten das Testament, das nur von ihnen entsiegelt werden durfte, und das erst, nachdem der Sarg in die Erde gesenkt worden war. Eine

Notiz auf dem Umschlag enthielt diese Bestimmung.

Der Notar Poirel de la Voulte war es, der, berufsmäßig an dergleichen gewöhnt, den Umschlag aufriß, und nachdem er die Brille fest vor die Augen gesetzt hatte, las er mit seiner tonlosen Stimme, die wie geschaffen war, Einzelheiten von Kontrakten zu lesen:

«Meine Kinder, meine lieben Kinder, ich könnte den ewigen Schlaf nicht ruhig schlafen, wenn ich euch nicht von jenseits des Grabes eine Beichte ablegte, die Beichte eines Verbrechens, das mir mit seinen Gewissensbissen das Leben zerstört hat. Ja, ich habe ein Verbrechen begangen, ein gräßliches, abscheuliches Verbrechen.

Ich war damals sechsundzwanzig Jahre alt und begann in Paris meine juristische Laufbahn; ich lebte, ohne Bekanntschaften, ohne Freunde, ohne Verwandte, das Leben der in dieser Stadt gestrandeten jungen Provinzler.

Ich fand eine Mätresse. Wieviele Leute geraten vor dem bloßen Wort ‚Mätresse' in Entrüstung, und dennoch gibt es Menschen, die nicht allein zu leben vermögen. Zu ihnen gehöre ich. Mich erfüllt die Einsamkeit mit entsetzlicher Angst, die Einsamkeit abends in einer Wohnung, die Einsamkeit vor dem Kamin. Dann habe ich den Eindruck, daß ich allein auf der Erde bin, furchtbar allein, doch von unbestimmten Gefahren umringt, von unbekannten, schrecklichen Dingen; und die Mauer, die mich von meinem

Nachbarn trennt, von meinem Nachbarn, den ich nicht kenne, rückt ihn mir in ebensolche Ferne wie die Sterne, die ich von meinem Fenster aus sehe. Ein gewisses Fieber packt mich, ein Fieber der Ungeduld, der Furcht; und die Stille der Mauern bedrängt mich. Sie ist so tief, so traurig, diese Stille des Zimmers, darin man allein lebt! Es ist nicht bloß eine Stille rund um die Seele, und wenn ein Möbel knarrt, erzittert man bis ins Herz, denn in dieser düstern Wohnstatt erwartet man kein Geräusch.

Wie oft habe ich entnervt, verängstigt durch diese stumme Reglosigkeit, begonnen zu sprechen, Wörter hervorzustoßen, zusammenhanglos, sinnlos, nur um Lärm zu machen. Doch da wirkte meine Stimme mir so fremd, daß ich auch vor ihr Angst hatte. Gibt es etwas Greulicheres, als allein in einem leeren Haus zu sprechen? Die Stimme klingt wie die eines andern, eine unbekannte Stimme, die ohne Ursache, zu keinem Menschen, in die leere Luft spricht, ohne daß ein Ohr sie hören würde, denn bevor sie in die Einsamkeit der Wohnung dringen, kennt man die Wörter, die dem Mund entgleiten werden. Und wenn sie düster in der Stille widerhallen, sind sie nur noch ein Echo, das seltsame Echo der ganz leise von den Gedanken ausgesprochenen Wörter.

Ich nahm eine Mätresse, ein junges Mädchen wie alle diese jungen Mädchen, die in Paris von einem Handwerk leben, das sie nicht ernähren kann. Sie war sanft, gut, einfach; ihre Eltern wohnten in Poissy. Von Zeit zu Zeit fuhr sie für einige Tage zu ihnen.

So lebte ich ein Jahr lang recht ruhig mit ihr, aber immerhin entschlossen, sie zu verlassen, sobald ich ein junges Mädchen gefunden hätte, das mir so gut gefiele, daß ich es zu heiraten wünschte. Der andern würde ich eine kleine Rente aussetzen, da es ja in unserer Gesellschaft zulässig ist, daß die Liebe einer Frau bezahlt wird; mit Geld, wenn sie arm, mit Geschenken, wenn sie reich ist.

Doch da erklärte sie mir eines Tages, sie sei schwanger! Ich war niedergeschmettert, und im Nu erfaßte ich die volle Katastrophe meines Daseins. Die Kette sah ich, die ich bis zu meinem Tode schleppen würde, überall, in meiner künftigen Familie, in meinem Alter, immer; die Kette der Frau, die durch das Kind an mein Leben gebunden war, die Kette des Kindes, das erzogen, überwacht, beschützt werden mußte; des Kindes, vor dem ich mich, das ich vor der Welt verbergen mußte. Mein ganzes Denken war durch diese Nachricht erschüttert; und ein wirres Verlangen, dem ich keinen Ausdruck gab, das ich aber in meinem Herzen spürte, bereit, sich zu zeigen, wie die Leute sich hinter Vorhängen verstecken und auf ihr Stichwort warten, ein verbrecherisches Verlangen sträubte in der Tiefe meines Geistes! Wenn ein Unglücksfall geschehen könnte? Es gibt doch so viele dieser kleinen Geschöpfe, die noch vor der Geburt sterben!

Nein, nein, den Tod meiner Mätresse

wünschte ich nicht. Das arme Mädchen, ich hatte es sehr gern. Doch vielleicht wünschte ich den Tod des Kindes, bevor ich es gesehen hätte.

Es kam auf die Welt. In meiner kleinen Junggesellenwohnung hatte ich einen Haushalt, einen unechten Haushalt mit dem Kind. Etwas Abscheuliches! Der Kleine sah aus wie alle Kinder. Ich hatte nichts für ihn übrig. Väter, das müßt ihr verstehn, lieben erst später. Sie kennen nicht die instinktive, hingebungsvolle Zärtlichkeit der Mütter; ihre Neigung wird erst nach und nach geweckt, wenn ihr Geist durch Bindungen gefesselt wird, die sich Tag für Tag zwischen Menschen knüpfen, wenn sie zusammenleben.

Noch ein Jahr verstrich; jetzt floh ich meine allzu kleine Wohnung, darin Wäsche, Windeln, Strümpfe, groß wie Handschuhe, herumlagen, tausend Dinge aller Art, die sich auf einem Möbelstück, auf den Armlehnen eines Stuhls breitmachten. Ich floh vor allem, um ihn nicht schreien zu hören; denn er schrie bei jeder Gelegenheit, wenn man die Windeln wechselte, wenn man ihn wusch, wenn man ihn berührte, wenn man ihn schlafen legte, wenn man ihn aufnahm; ununterbrochen!

Ich hatte unterdessen Menschen kennengelernt, und in einem Salon begegnete ich ihr, die eure Mutter werden sollte. Ich verliebte mich in sie, und der Wunsch, sie zu heiraten, erwachte in mir. Ich machte ihr den Hof, ich bat um ihre Hand, und mein Antrag wurde angenommen.

Und nun sah ich mich in dieser Falle gefangen. Das junge Mädchen, das ich vergötterte, zu heiraten, obgleich ich ein Kind hatte, oder die Wahrheit zu gestehn und auf sie zu verzichten, auf Glück, auf Zukunft, denn ihre Eltern waren sittenstrenge, auf die Moral bedachte Leute und hätten mir, wenn ihnen das bekanntgeworden wäre, ihre Tochter nicht gegeben.

So verbrachte ich einen Monat in furchtbaren Ängsten, in Foltern des Gewissens. Einen Monat, in dem tausend greuliche Gedanken mich quälten. Und in mir fühlte ich einen Haß gegen meinen Sohn wachsen, gegen dieses Stückchen lebendigen, schreienden Fleisches, das mich zu einem hoffnungslosen Dasein verdammte, ohne alle jene unbestimmten Wünsche, die der Jugend ihren Reiz verleihen.

Da erkrankte die Mutter meiner Gefährtin, und ich blieb mit dem Kind allein.

Wir waren im Dezember. Es war entsetzlich kalt. Welch eine Nacht! Meine Mätresse war fort. Ich hatte in meinem kleinen Eßzimmer allein zu Abend gegessen, und dann trat ich sachte in das Zimmer, darin der Kleine schlief.

Ich setzte mich auf einen Lehnstuhl vor dem Feuer. Der Wind pfiff, ließ die Scheiben klirren, ein trockener, eisiger Wind, und durch das Fenster sah ich die Sterne mit jenem spitzen Licht blitzen, das ihnen in frostigen Nächten eigen ist.

Und da bohrte sich die fixe Idee, die mich seit einem Monat plagte, von neuem in meinen Kopf. Sobald ich reglos blieb, senkte sie sich über mich herab, drang in mich ein und nagte an mir. Sie nagte an mir, wie eben fixe Ideen nagen, wie der Krebs am Fleisch nagt. Sie war da, war in meinem Kopf, in meinem Herzen, ja, anscheinend in meinem ganzen Körper. Und sie verzehrte mich, wie es ein Tier getan hätte. Ich wollte sie verjagen, zurückstoßen, mein Denken andern Dingen öffnen, neuen Hoffnungen, wie man morgens das Fenster dem frischen Wind öffnet, um die verbrauchte Luft der Nacht zu verscheuchen. Doch ich brachte sie nicht für eine Sekunde aus meinem Hirn. Ich weiß nicht, wie ich diese Marter schildern soll. Sie knabberte an meiner Seele, und ich empfand mit einem greulichen Schmerz, einem wirklichen körperlichen und moralischen Schmerz jeden ihrer Bisse.

Mein Dasein war zu Ende! Wie sollte ich mich dieser Lage entziehen? Wie zurückweichen und wie gestehen?

Und ich liebte sie, die eure Mutter werden sollte, mit einer tollen Leidenschaft, die durch das unüberwindliche Hindernis nur noch gesteigert wurde.

In mir wuchs ein abscheulicher Groll, der mir die Kehle zuschnürte, ein Groll, der dem Wahnsinn nahekam... dem Wahnsinn! Ja gewiß, an jenem Abend war ich wahnsinnig!

Das Kind schlief. Ich stand auf und sah es schlafen. Er war es, diese Mißgeburt, diese Larve, dieses Nichts, was mich zu einem Unglück verurteilte, gegen das es keine Berufung gab.

Er schlief, den Mund geöffnet, unter seinen

Decken begraben, in seiner Wiege, neben meinem Bett, in dem ich nicht zu schlafen vermochte!

Wie habe ich es vollbracht, was ich getan habe? Weiß ich es denn? Welche Kraft hat mich getrieben, welche böse Macht hielt mich in Banden? Oh, die Versuchung des Verbrechens kam über mich, ohne daß ich ihr Nahen gespürt hätte. Ich erinnere mich nur, daß mein Herz entsetzlich pochte. Es pochte so stark, daß ich es wie Hammerschläge hinter der Mauer hörte. Nur daran erinnere ich mich! Mein Herz pochte! In meinem Kopf war eine seltsame Wirrnis, ein Tumult, eine Flucht jeglicher Vernunft, jeglicher Kaltblütigkeit. Ich befand mich in einer jener Stunden von Benommenheit, von Sinnestäuschung, da der Mensch nicht mehr das Bewußtsein seiner Handlungen, nicht mehr die Lenkung seines Willens besitzt.

Behutsam hob ich die Decken auf, die den Körper meines Kindes verhüllten; ich warf sie neben der Wiege auf den Boden, und da sah ich den Kleinen ganz nackt. Er erwachte nicht. Und nun ging ich zum Fenster, ganz leise, ganz leise; und ich öffnete es.

Ein Hauch eisiger Luft drang wie ein Mörder ein, so kalt, daß ich davor zurückschreckte. Und die beiden Kerzen flackerten. Ich blieb am Fenster stehn, wagte nicht, mich umzudrehen, als wollte ich nicht sehen, was hinter mir vorging; und unablässig spürte ich über meine Stirne, meine Wangen, meine Hände die tödliche Luft streichen, die noch immer eindrang. Das dauerte lange Zeit.

Ich dachte nicht, ich überlegte nicht. Plötzlich ließ ein leichtes Husten mich zu furchtbarem Grauen von den Füßen bis zum Kopf erbeben, in einem Grauen, das ich noch jetzt in den Haarwurzeln spüre. Und dann schloß ich, wie vom Wahnsinn geschüttelt, mit jäher Geste die beiden Fensterflügel, drehte mich um und eilte zur Wiege.

Der Kleine schlief noch immer, den Mund geöffnet, ganz nackt. Ich berührte seine Beine, sie waren eiskalt, und ich deckte sie zu.

Plötzlich wurde mein Herz weich, wollte brechen, quoll von Mitleid, von Zärtlichkeit, von Liebe zu diesem armen, unschuldigen Wesen, das ich zu töten beabsichtigt hatte. Lange küßte ich seine feinen Haare; und dann setzte ich mich wieder vor das Feuer.

Betäubt, bedrängt dachte ich daran, was ich getan hatte, fragte mich, woher diese Stürme der Seele kommen, darin der Mensch jede Vorstellung der Dinge, jede Herrschaft über sich selbst verliert und wie in einem tollen Rauschzustand handelt, ohne zu wissen, was er tut, ohne zu wissen, wohin er treibt, wie ein Schiff in einem Orkan.

Das Kind hustete noch einmal, und mir war als zerrisse mein Herz. Wenn es sterben sollte mein Gott, mein Gott, was würde dann aus mir?

Ich stand auf, um den Kleinen zu betrachten und, eine Kerze in der Hand, beugte ich mich über ihn. Ich sah ihn gleichmäßig atmen, und schon beruhigte ich mich, als er nun zum drittenmal hustete; und da spürte ich eine solche Erschütterung, wich so brüsk zurück, wie man von dem Anblick von etwas Entsetzlichem überwältigt wird, und ich ließ die Kerze fallen.

Ich bückte mich nach ihr, und als ich mich wieder aufrichtete, merkte ich, daß meine Schläfen von Schweiß benetzt waren, von jenem gleichzeitig heißen und eisigen Schweiß, den seelische Ängste hervorrufen, als ob etwas von dem furchtbaren moralischen Leiden, jener ungeheuerlichen Marter, die tatsächlich brennend wie Feuer und kalt wie Eis ist, durch die Knochen und die Haut des Schädels durchbräche.

Und bis zum Morgen blieb ich über meinen Sohn gebeugt, beruhigte mich, wenn er längere Zeit still blieb, und empfand unsägliche Schmerzen, wenn ein schwaches Husten sich seinem Mund entrang.

Er wachte mit roten Augen, belegtem Hals auf und sah krank aus.

Sobald meine Aufwärterin kam, schickte ich sie schnell zum Arzt. Nach einer Stunde kam er, und nachdem er das Kind untersucht hatte, fragte er:

‹Hat er sich nicht erkältet?›

Ich begann zu zittern, wie nur ganz alte Leute zittern, und ich stammelte:

‹Nein, nein, ich glaube nicht.›

Und dann fragte ich:

‹Was ist es denn? Ist es ernst?›

‹Das weiß ich noch nicht›, war die Antwort. ‹Ich komme heute abend wieder.›

Er kam abends. Mein Sohn hatte fast den ganzen Tag in einer unüberwindlichen Abgeschlagenheit verbracht und hustete von Zeit zu Zeit.

Nachts trat eine Lungenentzündung ein.

Und das dauerte zehn Tage. Ich vermag nicht auszusprechen, was ich in diesen endlosen Stunden gelitten habe, die den Morgen vom Abend und den Abend vom Morgen trennen.

Er starb.

....

Und seither... seit diesem Augenblick habe ich keine Stunde, nein, keine einzige Stunde verbracht, ohne daß diese grausame, brennende Erinnerung, diese Erinnerung, die nagt, die gleichsam den Geist würgt und zerfetzt, sich nicht in mir geregt hätte wie ein wildes Tier, das im Grunde meiner Seele eingeschlossen war.

Oh, hätte ich doch wahnsinnig werden können... !»

Der Notar Poirel de la Voulte nahm die Brille mit einer Geste ab, die ihm vertraut war, wenn er die Klauseln eines Kontraktes vorgelesen hatte; und die drei Erben des Toten sahen einander an, ohne ein Wort zu sagen, blaß, regungslos.

Nach einer Minute ergriff der Notar abermals das Wort.

«Das muß vernichtet werden!»

Die beiden andern senkten zustimmend den Kopf. Er zündete eine Kerze an, trennte sorgfältig die Seiten, die das gefährliche Geständnis enthielten, von den Seiten, auf denen sich die Verfügungen über das Vermögen befanden, dann hob er sie an die Flamme und warf sie in den Kamin.

Und sie beobachteten, wie die weißen Blätter sich verzehrten. Bald waren es schwarze Häuflein. Und da man noch einige Buchstaben wahrnahm, die sich von dem Weiß abhoben, zertrat die Tochter mit ihrem Absatz die leichte Schicht brennenden Papiers und vermischte sie mit alter Asche.

Dann blieben sie noch, alle drei, eine Weile beisammen und betrachteten die Überreste, als fürchteten sie, das verbrannte Geheimnis könnte aus dem Kamin entfliehen.

Kein Mensch war über die Heirat von Maître Simon Lebrument mit Jeanne Cordier erstaunt. Maître Lebrument hatte soeben die Notarpraxis von Maître Papillon gekauft; natürlich brauchte er Geld, um sie zu bezahlen, und Jeanne Cordier besaß eine Mitgift von dreihunderttausend Francs in Banknoten und Wertpapieren, die auf den Träger lauteten.

Maître Lebrument war ein gutaussehender junger Mann, er besaß einen gewissen Chic, den Chic eines Notars, einen provinziellen Chic, aber immerhin Chic, und das war in Boutigny-le-Rebours ein rarer Artikel.

Jeanne Cordier besaß Anmut und Frische, eine ein wenig linkische Anmut und eine ein wenig aufgeputzte Frische; doch alles in allem war sie ein schönes, begehrenswertes, verlockendes Mädchen.

Bei der Hochzeitsfeier war ganz Boutigny außer Rand und Band.

Man war voll Bewunderung für das junge Paar, das sein Glück in der ehelichen Wohnung verbarg und entschlossen war, erst nach einigen Tagen des vertraulichen Beisammenseins eine kleine Reise nach Paris zu unternehmen.

Das Beisammensein verlief ganz entzückend, denn Maître Lebrument hatte für die ersten Beziehungen mit seiner Frau eine Geschicklichkeit, ein Zartgefühl, eine Sicherheit mitgebracht, die höchst bemerkenswert waren. Seine Devise war: «Wer zu warten weiß, dem trifft alles zur rechten Zeit ein!» Und er wußte gleichzeitig geduldig und energisch zu sein. So war denn der Erfolg schnell und vollkommen.

Nach vier Tagen betete Madame Lebrument ihren Gatten an. Sie konnte nicht ohne ihn leben, er mußte den ganzen Tag bei ihr sein, damit sie ihn liebkosen, umarmen, ihm Hände, Bart, Nase streicheln konnte. Sie setzte sich ihm auf die Knie, nahm ihn bei den Ohren und sagte: «Mund auf, Augen zu!» Er öffnete vertrauensvoll den Mund, schloß die Augen zur Hälfte, und dann empfing er einen guten, zärtlichen, langen Kuß, bei dem ihm ein Schauer über den Rücken lief. Und auch er, er hatte gar nicht genug Liebkosungen, nicht genug Lippen, nicht genug Hände, nicht genug von seiner ganzen Persönlichkeit, um seine Frau vom Morgen bis zum Abend und vom Abend bis zum Morgen zu beglücken.

Sobald die erste Woche abgelaufen war, sagte er zu seiner jungen Gefährtin:

«Wenn du willst, fahren wir nächsten Dienstag nach Paris. Wir werden uns dort wie die Verliebten benehmen, die nicht verheiratet sind, wir gehen in Restaurants, ins Theater, in Konzertcafés, überall, überall.»

Sie hüpfte vor Freude.

«O ja, ja! Fahren wir so bald wie möglich!»

«Und dann», fuhr er fort, «da man nichts vergessen darf, verständige deinen Vater, daß er die Mitgift bereithalten soll. Ich nehme sie mit und werde bei der gleichen Gelegenheit Maître Papillon auszahlen.»

«Morgen sage ich es ihm», versprach sie.

Und er nahm sie in seine Arme, um das kleine Liebesspiel wiederzubeginnen, das ihr seit acht Tagen so sehr gefiel.

Am folgenden Dienstag begleiteten Vater und Mutter ihre Tochter und den Schwiegersohn zum Bahnhof, die nach der Hauptstadt fuhren.

Der Schwiegervater meinte:

«Ich schwöre Ihnen, daß es unvorsichtig ist, so viel Geld in der Aktentasche bei sich zu haben.»

Und der junge Notar lächelte.

«Nur keine Sorgen, Schwiegerpapa. An solche Dinge bin ich gewöhnt. Sie müssen begreifen, daß es mir bei meinem Beruf manchmal begegnet, daß ich ungefähr eine Million bei mir habe. Auf diese Art vermeiden wir wenigstens eine Menge Formalitäten, eine Menge Verzögerungen. Haben Sie keine Angst!»

Der Bahnbeamte rief:

«Die Reisenden nach Paris – einsteigen!»

Sie stürzten sich in einen Wagon, wo schon zwei alte Damen saßen.

Lebrument flüsterte seiner Frau ins Ohr:

«Das ist unangenehm! Ich werde nicht rauchen können.»

Ganz leise erwiderte sie:

«Mir ist es auch unangenehm. Aber nicht deiner Zigarette wegen.»

Der Zug pfiff und setzte sich in Bewegung. Die Reise dauerte eine Stunde, und das junge Paar redete nur wenig, denn die beiden alten Damen schliefen nicht.

Sobald sie im Hof der Gare Saint-Lazare waren, sagte Maître Lebrument zu seiner Frau:

«Wenn's dir recht ist, mein Schatz, gehen wir erst auf den Boulevard zu Mittag essen, dann kommen wir gemütlich wieder hierher, holen unser Gepäck und fahren damit ins Hotel.»

Damit war sie sogleich einverstanden.

«Ja, ja, gehen wir ins Restaurant! Ist es weit?»

«Ja, es ist schon ein wenig weit, aber wir nehmen eben den Omnibus.»

Sie war erstaunt.

«Warum nehmen wir nicht einen Fiaker?»

Da begann er sie lächelnd zu schelten.

«Das ist deine Sparsamkeit? Einen Fiaker für einen Weg von fünf Minuten, sechs Sous die Minute! Du versagst dir aber gar nichts.»

«Ja, das ist wahr.» Sie war ein wenig verwirrt.

Ein mächtiger Omnibus fuhr im Trab seiner drei Pferde vorbei.

«Kutscher! Heh, Kutscher!» rief Lebrument.

Der schwere Wagen machte halt. Und der junge Notar schob seine Frau hinein und sagte schnell:

«Geh du nur ins Innere des Wagens. Ich steige auf das Verdeck hinauf, um vor dem Mittagessen wenigstens eine Zigarette zu rauchen.»

Sie hatte keine Zeit, eine Antwort zu geben; der Kondukteur, der sie beim Arm gepackt hatte, um ihr beim Aufsteigen zu helfen, stieß sie rasch in den Wagen, und sie sank verängstigt auf eine Bank und sah verdutzt durch die Scheibe die Füße ihres Gatten, der auf das Verdeck des Wagens stieg.

Reglos blieb sie zwischen einem dicken Herrn, der nach seiner Pfeife, und einer alten Frau, die nach ihrem Hund roch.

Alle andern Passagiere, stumm aneinandergereiht – ein Ladenschwengel, eine Arbeiterin, ein Sergeant der Infanterie, ein Herr mit goldgefaßter Brille und einem Seidenhut, dessen breite Ränder gebogen waren wie Dachrinnen, zwei Damen, die wichtig und verdrossen dreinschauten, als wollten sie durch ihre Haltung bekunden: Wir sind wohl hier, aber wir sind Besseres wert, zwei Nonnen, ein Mädchen ohne Hut, ein Leichenbitter – sie wirkten wie aus einer Sammlung von Karikaturen, aus einem Abnormitätenmuseum, aus einer Serie von Verzerrungen menschlicher Gesichter, jenen komischen Figuren gleich, nach denen man auf Jahrmärkten Bälle schleudert.

Das Rumpeln des Wagens ließ ihre Köpfe ein wenig wackeln, schüttelte sie, bis die schlaffe Haut der Wangen zitterte; und die Drehung der Räder verblödete sie, bis sie völlig idiotisch und eingeschlafen wirkten.

Die junge Frau rührte sich nicht.

Warum ist er nicht bei mir geblieben? dachte

sie. Ein unbestimmter Kummer bedrückte sie. Auf diese Zigarette hätte er doch wirklich verzichten können.

Die Nonnen gaben ein Zeichen, der Wagen solle anhalten, und dann stiegen sie, eine hinter der andern, aus und verbreiteten den faden Geruch alter Kleider.

Der Wagen setzte seine Fahrt fort, um abermals anzuhalten, und gerötet, atemlos stieg eine Köchin ein. Sie setzte sich und stellte ihren Einkaufskorb auf die Knie. Ein starker Geruch von Spülwasser durchdrang den Omnibus.

Es ist weiter, als ich glaubte, dachte Jeanne.

Der Leichenbitter verzog sich und wurde durch einen Kutscher ersetzt, der nach dem Stall roch. Das Mädchen ohne Hut hatte als Nachfolger einen Dienstmann, dessen Füßen der Duft seiner vielen Laufereien entströmte.

Die Frau des Notars fühlte sich nicht wohl, war angewidert, bereit zu weinen, ohne zu wissen, warum.

Andere Passagiere stiegen aus, andere stiegen ein. Noch immer rollte der Omnibus durch die endlosen Straßen, blieb bei Haltestellen stehn, fuhr weiter.

Wie weit das ist! dachte Jeanne. Hoffentlich ist er nicht abgelenkt worden, ist er nicht eingeschlafen! Seit einigen Tagen hat er sich doch übermüdet!

Nach und nach verzogen sich alle Passagiere. Sie blieb allein, ganz allein. Der Kondukteur rief: «Vaugirard!»

Da sie sich nicht rührte, wiederholte er:

«Vaugirard!»

Sie sah ihn an, begriff, daß dieses Wort sich an sie richtete, da sie ja keine Nachbarn mehr hatte. Zum drittenmal sagte der Mann:

«Vaugirard!»

Da fragte sie:

«Wo sind wir?»

Rauh erwiderte er:

«In Vaugirard sind wir, zum Teufel! Jetzt habe ich es zwanzigmal gerufen.»

«Ist das weit vom Boulevard?»

«Von welchem Boulevard?»

«Ja, aber vom Boulevard des Italiens.»

«An dem sind wir schon lange vorüber!»

«Ach! Wollen Sie, bitte, meinen Mann verständigen?»

«Ihren Mann? Wo denn?»

«Oben auf dem Verdeck natürlich!»

«Auf dem Verdeck? Da ist schon längst kein Mensch mehr.»

Sie hob erschrocken die Hand.

«Wie? Aber das ist ja nicht möglich! Er ist doch mit mir eingestiegen. Schauen Sie noch einmal nach; er muß oben sein!»

Der Kondukteur wurde grob.

«Genug geschwatzt, Kleine! Ein Mann verloren, zehn andere aufgeschnappt. Machen Sie, daß Sie weiterkommen. Fertig! Auf der Straße werden Sie schon einen andern finden.»

Die Tränen stiegen ihr in die Augen. Nachdrücklich sagte sie:

«Aber, Herr Kondukteur, Sie irren sich. Ich versichere Ihnen, daß Sie sich irren. Er hatte eine dicke Aktentasche unter dem Arm.»

Der Kondukteur begann zu lachen.

«Eine dicke Aktentasche? Ja, ja, der ist bei der Madeleine ausgestiegen. Na, jedenfalls – der hat Sie schön sitzen gelassen, hahaha.»

Der Omnibus war stehngeblieben. Sie stieg aus und blickte, instinktiv, nach dem Dach des Wagens. Es war vollkommen verlassen.

Da begann sie zu weinen, und ganz laut, ohne zu bedenken, daß man sie hörte, daß man sie sah, sagte sie:

«Was soll jetzt aus mir werden?»

Der Inspektor kam heran.

«Was gibt's denn?»

Der Kondukteur erwiderte spöttisch:

«Da ist eine Dame, die ihr Gatte unterwegs sitzen gelassen hat.»

Der Inspektor meinte:

«Schon gut, schon gut. Kümmern Sie sich um Ihre Sachen!»

Und damit wandte er sich ab.

Nun machte sie sich auf den Weg, immer geradeaus, viel zu verängstigt, viel zu verwirrt, um zu begreifen, was ihr zugestoßen war. Wo sollte sie hin? Was war mit ihr geschehen? Woher rührten ein solcher Irrtum, eine solche Vergeßlichkeit, eine solche Unachtsamkeit, eine so unglaubliche Zerstreutheit?

Sie hatte zwei Francs in der Tasche. An wen

sollte sie sich wenden? Und mit einem Male erwachte die Erinnerung an ihren Cousin Barral, den stellvertretenden Bürochef im Marineministerium.

Sie besaß noch genau das nötige Geld, um die Fahrt mit dem Fiaker zu bezahlen; sie ließ sich zu Barral führen. Und sie kam gerade zurecht, als er ins Ministerium gehn wollte. Ganz wie Lebrument trug auch er eine dicke Aktentasche unter dem Arm.

Sie sprang aus ihrem Wagen.

«Henry!» rief sie.

Er blieb verdutzt stehn.

«Jeanne... du hier? Was machst du da? Woher kommst du?»

Die Augen voll Tränen, stotterte sie:

«Mein Mann ist eben verlorengegangen.»

«Verloren? Wo denn?»

«Auf einem Omnibus.»

«Auf einem Omnibus...? Wie das?»

Schluchzend erzählte sie ihm ihr Abenteuer.

Er lauschte, überlegte; dann fragte er:

«Und heute früh war er ganz klar im Kopf?»

«Ja.»

«Schön. Hatte er viel Geld bei sich?»

«Ja; meine Mitgift.»

«Was? Deine Mitgift? Die ganze Mitgift?»

«Die ganze Mitgift... um das Notariat zu bezahlen.»

«Ja, dann, meine liebe Cousine, dürfte dein Gatte in dieser Stunde schon unterwegs nach Belgien sein.»

Sie begriff noch nicht. Sie stammelte:

«Mein Mann... sagst du...»

«Ich sage, daß er dein... dein Kapital gestohlen hat... und das ist alles.»

Sie blieb stehn, der Hals schnürte sich ihr zu, sie flüsterte:

«Dann... dann... ist er... ist er ein Schuft!»

Von der Aufregung überwältigt, sank sie schluchzend an die Weste ihres Cousins.

Da die Leute neugierig stehnblieben, schob er Jeanne sanft in das Haustor, umfaßte sie und half ihr die Treppe hinauf.

Und als seine Wirtschafterin verblüfft die Türe öffnete, trug er ihr auf:

«Sophie, laufen Sie ins Restaurant und holen Sie ein Mittagessen für zwei Personen. Ich gehe heute nicht ins Ministerium.»

Es gab kein Geräusch im Walde, nur das leichte Knistern des Schnees, der auf die Bäume fiel. Er fiel seit Mittag, ein kleiner, feiner Schnee, der die Äste mit einem eisigen Moos bestäubte, der über die roten Blätter des Unterholzes ein leichtes, silbernes Dach schichtete, über die Wege einen ungeheuren, weichen, weißen Teppich breitete und das grenzenlose Schweigen dieses Ozeans von Bäumen noch dichter werden ließ.

Vor der Türe des Försterhauses stand eine junge Frau mit bloßen Armen und spaltete mit ihrem Beil Holz auf einem Block. Sie war groß, mager und kräftig, ein Kind der Wälder, Tochter und Frau von Forstleuten.

Aus dem Innern des Hauses rief eine Stimme: «Wir sind heute abend allein, Berthine, komm herein, es wird Nacht, vielleicht streichen draußen Preußen oder Wölfe herum!»

Die Holzhackerin hieb einen Stumpf mit mächtigen Schlägen entzwei, und jedesmal, wenn ihre Arme sich hoben, straffte sich ihre Brust.

«Ich bin fertig, Mama», antwortete sie. «Da bin ich schon, da bin ich schon, nur keine Angst; es ist noch ganz hell!»

Dann brachte sie ihr Reisig und ihre Scheiter ins Haus und schichtete sie längs des Kamins auf, ging nochmals hinaus, um die Läden zu schließen, mächtige Läden aus stärkstem Eichenholz, und als sie zurückkam, schob sie die schweren Riegel vor die Türe.

Ihre Mutter spann am Feuer, eine alte, verrunzelte Frau, die die Jahre ängstlich gemacht hatten.

«Ich mag es nicht sehr», sagte sie, «wenn der Vater draußen ist. Zwei Frauen – das hat nicht viel Kraft.»

Doch die Junge antwortete:

«Ach, einen Wolf oder einen Preußen kann ich auch noch umbringen!»

Und sie wies mit einem Blick nach dem schweren Revolver, der über dem Kamin hing.

Bei Beginn der preußischen Invasion war ihr Mann zur Armee eingezogen worden, und die beiden Frauen waren allein mit dem Vater zurückgeblieben, dem alten Jagdhüter Nicolas Pichon, genannt «die Stelze», der sich hartnäckig geweigert hatte, sein Haus zu verlassen und in die Stadt zu übersiedeln.

Die nächste Stadt, das war Rethel, die alte Festung oben auf dem Felsen. Man war dort patriotisch, und die Bürger hatten beschlossen, den Eindringlingen Widerstand zu leisten, sich in ihre Mauern einzusperren und, der Tradition des Gemeinwesens entsprechend, auch eine Belagerung zu erdulden. Schon zweimal, unter Heinrich IV. und unter Ludwig XIV., hatten die Einwohner von Rethel sich durch heldenhafte Verteidigung ausgezeichnet. Das würden sie, zum Teufel! auch diesmal tun, oder man mochte sie in ihren Mauern verbrennen.

So hatten sie denn Kanonen und Gewehre gekauft, eine Miliz ausgerüstet, Bataillone und Kompanien gebildet und exerzierten jeden Tag auf der Place d'Armes. Alle, Bäcker, Krämer, Metzger, Notare, Advokaten, Schreiner, Buchhändler, sogar Apotheker, führten, einer nach dem andern, ihre Manöver aus, unter dem Befehl Lavignes, eines frühern Unteroffiziers bei den Dragonern, der jetzt Kurzwarenhändler war; denn er hatte die Tochter des Herrn Ravaudan senior geheiratet und dessen Laden geerbt.

Er hatte sich den Rang des Platzkommandanten verliehen, und da die jungen Leute zur Armee eingerückt waren, hatte er alle übrigen einberufen, und sie rüsteten sich jetzt zum Widerstand. Die Dicken gingen nur noch im Laufschritt durch die Straßen, um ihren kurzen Atem zu verlängern und ihr Fett zum Schmelzen zu bringen; die Schwachen trugen schwere Lasten, um ihre Muskeln zu stärken.

Und so erwartete man die Preußen. Doch die Preußen zeigten sich nicht. Sie waren aber durchaus nicht weit; denn schon zweimal waren ihre Aufklärer durch den Wald bis zum Forsthaus Nicolas Pichons, genannt «die Stelze», vorgestoßen.

Der alte Waldhüter, der noch immer lief wie ein Fuchs, war in die Stadt gegangen, um die Bürger zu warnen. Man hatte die Kanonen gerichtet, doch der Feind ließ sich nicht blicken.

Das Haus Pichons im Wald von Aveline war der äußerste Posten. Zweimal wöchentlich kam der Waldhüter in die Stadt, um seine Einkäufe zu erledigen und den Städtern die neuesten Nachrichten von der Umwelt zu bringen.

Gerade heute war er fort, um zu melden, daß eine kleine Abteilung deutscher Infanterie gegen zwei Uhr nachmittags bei ihm gewesen und sogleich wieder abmarschiert sei. Der Unteroffizier, der sie befehligte, sprach französisch.

Als der Alte fortging, nahm er seine beiden Hunde mit, zwei Köter mit Rachen wie Löwen; denn er hatte Angst vor den Wölfen, die anfingen wild zu werden. Den Frauen schärfte er ein, sich im Haus zu verbarrikadieren, sobald es einnachtete.

Die Junge hatte vor gar nichts Angst, doch die Alte zitterte und wiederholte dauernd:

«Das wird schlecht enden, diese ganze Geschichte; ihr werdet sehen, daß das schlecht endet.»

An diesem Abend war sie noch unruhiger als gewöhnlich.

«Weißt du, wann der Vater heimkommt?» fragte sie.

«Ach, nicht vor elf; bestimmt nicht. Wenn er beim Kommandanten zu Abend ißt, dann wird es immer spät.»

Und sie hängte den Topf über das Feuer, um ihre Suppe zu kochen. Doch plötzlich blieb sie reglos stehen; ein undeutliches Geräusch war durch den Kamin zu ihr gedrungen.

Sie flüsterte:

«Da marschiert man im Wald, sieben oder acht Leute mindestens.»

Entsetzt ließ die Mutter ihr Spinnrad stehen und stotterte:

«Oh, mein Gott, und der Vater ist nicht da!»

Sie hatte kaum ausgesprochen, da ließen schon heftige Schläge die Türe erzittern.

Da die Frauen nicht antworteten, schrie jetzt eine gaumige Stimme:

«Aufgemacht!»

Dann wiederholte dieselbe Stimme nach einer Pause:

«Aufgemacht, oder ich schlage die Türe ein!»

Da ließ Berthine den schweren Revolver in die Tasche ihres Rocks gleiten, heftete ihr Ohr an die Türfüllung und fragte:

«Wer seid ihr?»

Die Stimme antwortete mit starkem Akzent:

«Ich bin die Abteilung von gestern.»

Die junge Frau fragte weiter:

«Was wollt ihr?»

«Ich habe mich seit heute morgen mit meinen Leuten im Wald verirrt. Aufgemacht, oder ich schlage die Türe ein.»

Die Försterin hatte keine Wahl; sie zog die starken Riegel zurück, öffnete die schwere Türe und sah im bleichen Schneeschatten sechs Männer, sechs preußische Soldaten, die selben, die am Tag vorher gekommen waren. In sehr entschlossenem Tone sagte sie:

«Und was sucht ihr hier so spät?»

Der Unteroffizier wiederholte:

«Ich habe mich verirrt, ganz und gar verirrt, ich habe das Haus wiedererkannt. Seit heute morgen habe ich nichts mehr gegessen und meine Abteilung auch nicht.»

Berthine erklärte:

«Ich bin nämlich heute abend mit meiner Mutter ganz allein im Haus.»

Der Soldat, der ein braver Mann zu sein schien, antwortete:

«Das tut nichts. Es geschieht euch nichts Böses, aber ihr werdet uns was zu essen geben. Wir fallen um vor Hunger und Müdigkeit.»

Die Försterin gab den Weg frei.

«Kommt herein», sagte sie.

Sie traten ein, vom Schnee bestäubt, auf den Pickelhauben lag es wie Schlagsahne, und so sahen sie aus wie Sahnenbaisers. Sie waren offenbar ganz entkräftet und erschöpft.

Die junge Frau wies auf die hölzernen Bänke zu beiden Seiten des großen Tisches.

«Setzt euch», sagte sie, «ich werde euch eine Suppe kochen. Ihr seht wahrhaftig genug hergenommen aus.»

Dann schloß sie die Riegel der Türe wieder.

Sie goß Wasser in ihren Topf, warf abermals Butter und Erdäpfel hinein, langte aus dem Kamin eine Speckseite herunter, schnitt die Hälfte ab und tat auch die in die Suppe.

Die sechs Männer folgten jeder ihrer Bewegungen mit den Blicken. In ihren Augen war der Hunger wach. Sie hatten Gewehre und Helme in eine Ecke gestellt und warteten nun, sittsam wie Kinder auf der Schulbank.

Die Mutter spann wieder, aber sie warf jeden Augenblick entsetzte Blicke auf die fremden Soldaten. Man hörte nichts als das leise Schnurren des Rädchens und das Knistern des Feuers und das Summen des Wassers, das zu kochen begann.

Doch plötzlich ließ ein seltsames Geräusch alle auffahren, etwas wie ein rauhes Schnaufen an der Türe, ein starkes, schnarchendes, tierisches Schnaufen.

Der deutsche Unteroffizier war zu den Gewehren gesprungen. Die Försterin hielt ihn mit einer Bewegung zurück und lächelte:

«Das sind die Wölfe. Sie sind wie ihr, sie streichen herum und haben Hunger.»

Der Mann war ungläubig und wollte sich selbst überzeugen, und als die Türe geöffnet wurde, sah er zwei große, graue Bestien, die in schnellem, ausgreifendem Trab das Weite suchten.

Er setzte sich wieder hin und brummte:

«Das hätte ich nicht geglaubt.»

Und er wartete, bis das Essen fertig wurde.

Sie schlürften gierig ihre Suppe, den Mund bis zu den Ohren aufgesperrt, um mehr schlukken zu können, die runden Augen öffneten sich zu gleicher Zeit wie die Kiefer, und aus der Kehle drang ein Gurgeln wie aus Regenrinnen.

Die beiden Frauen beobachteten das hastige Auf und Ab der großen, rotblonden Bärte, und die Erdäpfel schienen von dieser beweglichen Wolle eingesogen zu werden.

Doch da sie auch Durst hatten, stieg die Försterin in den Keller hinunter, um ihnen Most zu holen. Sie blieb lange unten; es war ein kleiner, gewölbter Keller, der während der Revolution, wie man sagte, als Gefängnis oder Versteck gedient hatte. Man stieg über eine Wendeltreppe hinunter, die auf dem Boden der Küche mit einer Falltüre verschlossen wurde.

Als Berthine wieder auftauchte, lachte sie; sie lachte ganz allein und auf eine recht hinterlistige Art. Und sie reichte den Deutschen den Krug.

Dann aß sie mit ihrer Mutter am andern Ende der Küche.

Die Soldaten waren mit ihrem Essen fertig geworden und schliefen alle sechs rund um den Tisch ein. Von Zeit zu Zeit fiel eine Stirn dumpf auf die Tischplatte; der Mann erwachte jäh und richtete sich auf.

Berthine sagte zum Unteroffizier:

«Legt euch doch ans Feuer, es ist Platz für sechs da. Und ich gehe mit meiner Mutter hinauf ins Zimmer.»

Und die beiden Frauen stiegen in den ersten Stock hinauf. Man hörte sie die Türe schließen, dann hörte man sie noch eine Weile gehen, und schließlich wurde es oben stumm.

Die Preußen streckten sich auf den Boden, die Füße am Feuer, den Kopf auf ihren zusammengerollten Mänteln, und bald schnarchten sie, alle sechs in sechs verschiedenen Tonarten, hell oder tief, aber dauernd und kräftig.

Sie schliefen gewiß schon seit längerer Zeit, als

ein Schuß knallte, und zwar so stark, als hätte ihn jemand gegen die Mauern des Hauses abgefeuert. Die Soldaten standen schnell auf. Doch da knallten noch zwei Schüsse und dann abermals drei.

Die Türe des ersten Stocks öffnete sich brüsk, und die Försterin erschien, barfuß, in Hemd und kurzem Unterrock, eine Kerze in der Hand und ganz verstört.

«Die Franzosen sind da», stieß sie hervor, «mindestens zweihundert Mann. Wenn sie euch hier finden, werden sie das Haus anzünden. Steigt schnell in den Keller hinunter und macht keinen Lärm. Wenn ihr Lärm macht, sind wir verloren.»

Der Unteroffizier flüsterte erschrocken:

«Wir gehen schon, wir gehen schon. Wo steigt man hinunter?»

Die junge Frau hob hastig die enge, viereckige Falltüre, und die sechs Männer stiegen über die kleine Wendeltreppe hinunter; rückwärtsgehend tasteten sie nach den Stufen und verschwanden, einer nach dem andern, im Boden.

Doch als die Spitze der letzten Pickelhaube verschwunden war, ließ Berthine das schwere Eichenbrett fallen, das fest war wie eine Mauer, hart wie Stahl, mit Scharnieren und einem Kerkerriegel versehen, drehte den Schlüssel zweimal gründlich im Schloß, und dann begann sie zu lachen, ein stummes, verzücktes Lachen, und eine närrische Lust packte sie, über den Köpfen ihrer Gefangenen zu tanzen.

Sie machten keinerlei Geräusch, sie waren da

drinnen eingesperrt wie in einer soliden Büchse, einer Büchse von Stein, und nur durch eine kleine, vergitterte Kellerluke erhielten sie frische Luft.

Alsbald zündete Berthine ihr Feuer wieder an, hängte ihren Topf darüber und kochte eine frische Suppe.

«Heute wird der Vater müde sein», murmelte sie.

Dann setzte sie sich nieder und wartete. Nur das schwingende Pendel der Uhr durchschnitt das Schweigen mit seinem regelmäßigen Ticktack.

Von Zeit zu Zeit warf die junge Frau einen Blick auf das Zifferblatt, einen ungeduldigen Blick, der zu sagen schien:

«Das geht nicht sehr schnell.»

Doch bald glaubte sie, unter ihren Füßen ein Flüstern zu hören. Ein leises Durcheinander von Worten drang durch die Deckenwölbung zu ihr. Die Preußen begannen zu wittern, daß sie sie überlistet hatte; der Unteroffizier stieg die Wendeltreppe hinauf und schlug mit der Faust an die Falltüre. Von neuem schrie er:

«Aufgemacht!»

Sie stand auf, trat näher und ahmte seine Aussprache nach:

«Was wollt ihr?»

«Aufgemacht!»

«Ich mache nicht auf!»

Der Mann wurde wütend.

«Machen Sie auf, oder ich zerschlage die Türe!»

Sie begann zu lachen:

«Zerschlag du nur, mein Lieber, zerschlag du nur, mein Lieber!»

Und er schlug mit dem Kolben seines Gewehrs gegen die Eichentüre, die sich über seinem Kopf geschlossen hatte. Doch sie hätte auch Katapultschüssen widerstanden.

Die Försterin hörte, wie er wieder hinunterstieg. Dann kamen die Soldaten, einer nach dem andern, versuchten ihre Kraft und prüften die Falltüre. Doch, da sie zweifellos erkannten, daß ihre Mühe vergeblich war, stiegen sie alle wieder in den Keller hinunter und hielten ein Palaver.

Die junge Frau hörte sie sprechen, dann öffnete sie die Haustüre und horchte in die Nacht hinaus.

Ein fernes Bellen drang bis zu ihr. Sie pfiff wie ein Jäger, und fast im gleichen Augenblick tauchten zwei riesige Hunde aus dem Schatten und sprangen an ihr in die Höhe. Sie packte sie am Hals und hielt sie fest, damit sie nicht wieder wegliefen. Und dann rief sie mit aller Kraft:

«Ohe, Vater!»

Eine Stimme antwortete noch ziemlich entfernt:

«Ohe, Berthine!»

Sie wartete einige Sekunden, dann rief sie abermals:

«Ohe, Vater!»

Die Stimme klang schon näher:

«Ohe, Berthine!»

Die Försterin rief:

«Geh nicht an der Kellerluke vorbei. Es sind Preußen im Keller!»

Und plötzlich trat eine große Männergestalt aus dem Wald und blieb zwischen zwei Stämmen stehen. Besorgt fragte er:

«Preußen im Keller? Was machen sie dort?»

Die junge Frau lachte laut:

«Es sind die von gestern. Sie haben sich im Wald verirrt, und ich habe sie im Keller kaltgestellt.»

Und sie erzählte die Geschichte, wie sie sie mit Revolverschüssen erschreckt und in den Keller gesperrt hatte.

Der Alte blieb ernst und fragte:

«Und was sollen wir jetzt, in der Nacht, mit ihnen anfangen?»

Sie antwortete:

«Geh Lavigne mit seiner Truppe holen. Er wird sie gefangennehmen. Das wird ein Spaß für ihn sein.»

Und der Vater lächelte:

«Ja, das wird einen Spaß geben.»

«Es ist Suppe da», sagte seine Tochter, «iß schnell und geh dann gleich!»

Der alte Waldhüter setzte sich an den Tisch, begann seine Suppe zu essen und vergaß auch nicht, vorher zwei volle Teller für seine Hunde auf den Boden zu stellen.

Die Preußen hatten sprechen gehört und verhielten sich still.

Die «Stelze» ging eine Viertelstunde später

wieder fort. Und Berthine, den Kopf in die Hände gestützt, wartete.

Jetzt begannen die Gefangenen wieder aufgeregt zu werden. Sie schrien, riefen, schlugen ohne Unterlaß mit wütenden Kolbenstößen gegen die unerschütterliche Falltüre des Kellers.

Dann schossen sie durch die Kellerluke, denn sie hofften ohne Zweifel, gehört zu werden, wenn zufällig eine deutsche Abteilung in der Nähe sein sollte.

Die Försterin blieb regungslos; doch dieser Lärm störte sie, reizte sie. Eine richtige Wut erwachte in ihr; sie hätte sie umbringen mögen, die Lumpen, um sie schweigen zu machen.

Ihre Ungeduld wuchs, und sie begann, die Uhr zu beobachten und die Minuten zu zählen.

Der Vater war seit anderthalb Stunden fort. Jetzt hatte er die Stadt erreicht. Sie sah ihn förmlich vor sich. Er erzählte die Geschichte Lavigne, der vor Erregung bleich wurde und seinem Dienstmädchen läutete: schnell seine Uniform und seine Waffen! Jetzt glaubte sie den Trommler durch die Straßen eilen zu sehen. In den Fenstern erschienen verstörte Gesichter. Die Bürgerwehr trat aus den Häusern, die Uniformen halb offen, atemlos; sie schnallten den Gürtel zu und zogen im Laufschritt zum Haus des Kommandanten.

Und dann begann die ganze Truppe, die «Stelze» voran, ihren Marsch durch Nacht und Schnee in den Wald.

Sie aber betrachtete die Uhr: In einer Stunde

können sie da sein. Eine nervöse Ungeduld hatte sich ihrer bemächtigt. Die Minuten schienen endlos zu sein. Wie lange das dauerte!

Endlich wies der Zeiger die Zeit, da die Truppe, ihrer Berechnung nach, ankommen mußte.

Und sie öffnete abermals die Türe, um sie kommen zu hören. Sie bemerkte einen Schatten, der sich vorsichtig näher schlich. Sie hatte Angst, stieß einen Schrei aus. Es war ihr Vater.

«Sie schicken mich, um zu sehen, ob sich nichts geändert hat», sagte er.

«Nein, nichts.»

Daraufhin ließ er einen schrillen, langen Pfiff in die Nacht gellen. Und bald sah man etwas Braunes, das langsam durch die Bäume daherkam: die Vorhut, bestehend aus zehn Mann.

Die «Stelze» wiederholte immer wieder:

«Geht nicht an der Kellerluke vorbei!»

Und die ersten zeigten den Nachrückenden die gefürchtete Kellerluke.

Endlich tauchte auch die Hauptmacht auf, alles in allem zweihundert Mann, und jeder hatte zweihundert Patronen.

Lavigne verteilte sie, zitternd vor Erregung, derart, daß sie das Haus völlig umzingelten und nur vor dem kleinen, schwarzen Loch, auf der Höhe des Erdbodens, einen breiten Raum frei ließen, durch das der Keller Luft erhielt.

Dann trat er ins Haus und erkundigte sich nach der Stärke und dem Verhalten des Feindes, der unterdessen so stumm geworden war, daß man glauben konnte, er sei verschwunden, zerschmolzen, durch das Fenster davongeflogen.

Lavigne klopfte mit dem Fuß auf die Falltüre und rief:

«Herr preußischer Offizier?»

Der Deutsche antwortete nicht.

Der Kommandant wiederholte:

«Herr preußischer Offizier?»

Es war umsonst. Zwanzig Minuten lang forderte er diesen schweigenden Offizier auf, sich mit Sack und Pack zu ergeben, und versprach ihm Schonung des Lebens und militärische Ehren für ihn und seine Leute. Doch er erhielt kein Zeichen von Zustimmung oder Feindseligkeit. Die Situation wurde schwierig.

Draußen traten die Soldaten der Bürgerwehr im Schnee von einem Fuß auf den andern, schlugen sich kräftig auf die Schultern, wie es die Kutscher tun, wenn sie sich wärmen wollen, betrachteten die Kellerluke, und, wie Schuljungen, lockte es sie immer mehr, daran vorüberzugehen.

Endlich wagte es einer von ihnen, ein gewisser Potdevin, der sehr geschmeidig war. Er nahm einen Anlauf und sprang wie ein Hirsch daran vorbei. Der Versuch glückte. Die Gefangenen schienen tot zu sein.

Eine Stimme rief:

«Ist ja keiner drin!»

Und ein zweiter Soldat durchquerte den freien Raum vor dem gefährlichen Loch. Von jetzt an wurde es ein Spiel. Jeden Augenblick nahm einer einen Anlauf und lief von einer Gruppe zur andern, wie es die Kinder beim Spiel machen, und hinter ihm flog der Schnee auf, so rasch warf er seine Beine. Um sich zu erwärmen, hatten sie große Reisigfeuer angezündet, und die beleuchteten die Gestalten der laufenden Bürgerwehrmänner, wenn sie eilig von einem Lager ins andere wechselten.

Jetzt rief einer:

«Du bist dran, Maloison!»

Maloison war ein dicker Bäcker, dessen Bauch eine ständige Quelle der Heiterkeit für seine Kameraden war.

Er zauderte. Man verspottete ihn. Da entschloß er sich denn und setzte sich in Bewegung, mit kurzen, regelmäßigen, keuchenden Laufschritten, die seinen Wanst kräftig erschütterten.

Die ganze Abteilung lachte Tränen. Um ihn zu ermutigen, schrien sie:

«Bravo, bravo, Maloison!»

Er hatte ungefähr zwei Drittel seines Wegs zurückgelegt, als eine lange, schnelle, rote Flamme aus dem Kellerfenster hervorzuckte. Ein Schuß knallte, und der dicke Bäcker fiel mit einem schrecklichen Schrei auf die Nase.

Kein Mensch rührte sich, um ihm zu helfen. Endlich sah man, wie er sich ächzend auf allen vieren durch den Schnee schleppte, und als er aus der Gefahrenzone war, verlor er die Besinnung.

Die Kugel saß im Fett des Schenkels, ganz hoch oben.

Nachdem die erste Überraschung und der

erste Schreck vorüber war, erhob sich von neuem ein Gelächter.

Doch da erschien der Kommandant Lavigne auf der Schwelle des Försterhauses. Er hatte sich seinen Angriffsplan zurechtgelegt. Mit dröhnender Stimme befahl er:

«Der Spengler Planchut und seine Arbeiter!»

Drei Männer traten vor.

«Nehmt die Dachrinnen vom Haus ab!»

Und in einer Viertelstunde brachten sie dem Kommandanten zwanzig Meter Dachrinnen.

Nun ließ er, unter tausend Vorsichtsmaßregeln, ein kleines, rundes Loch in die Falltüre bohren und eine Leitung von der Pumpe bis zu diesem Loch legen. Und dann erklärte er entzückt:

«Wir werden den Herren Deutschen etwas zu trinken anbieten.»

Ein frenetisches Hurra der Bewunderung erscholl, gefolgt von Freudengeheul und unbändigem Gelächter. Dann organisierte der Kommandant Arbeitsgruppen, die einander von fünf zu fünf Minuten ablösen sollten. Und nun befahl er:

«An die Pumpe!»

Und sobald der eiserne Schwengel in Bewegung gesetzt wurde, glitt ein leises Rauschen die Rinnen entlang und fiel bald von Stufe zu Stufe in den Keller, mit dem Murmeln eines Springbrunnens, dem Murmeln eines Felsens, den Goldfische umspielen.

Man wartete.

Eine Stunde verstrich, dann zwei, dann drei.

Fiebernd vor Aufregung ging der Kommandant in der Küche auf und ab, legte von Zeit zu Zeit sein Ohr an den Boden, suchte zu ergründen, was der Feind tat, und fragte sich, ob er bald kapitulieren würde.

Jetzt begann der Feind sich zu rühren. Man hörte ihn Fässer rücken, sprechen, plantschen.

Dann, gegen acht Uhr morgens, kam eine Stimme aus der Kellerluke:

«Ich möchte mit dem französischen Herrn Offizier sprechen.»

Lavigne antwortete vom Fenster des Hauses aus, ohne den Kopf allzuweit vorzustrecken:

«Ihr ergebt euch?»

«Ich ergebe mich.»

«Dann liefert eure Waffen aus!»

Und alsbald sah man, wie ein Gewehr aus dem Loch gestreckt wurde und in den Schnee fiel, dann zwei, drei, alle Gewehre. Und die gleiche Stimme erklärte:

«Ich habe keine mehr. Beeilt euch. Ich ertrinke.»

Der Kommandant befahl:

«Aufhören!»

Der Pumpenschwengel regte sich nicht mehr.

Und nachdem der Kommandant die Küche mit Soldaten gefüllt hatte, die, Gewehr bei Fuß, warteten, hob er vorsichtig die Falltüre.

Vier tropfende Köpfe wurden sichtbar, vier blonde Köpfe mit langen, fahlen Haaren, und dann sah man, einen nach dem andern, die sechs Deutschen schlotternd, triefend, bestürzt heraufsteigen.

Sie wurden ergriffen und gebunden. Und da man eine Überraschung fürchtete, marschierte man sofort in zwei Abteilungen ab; die eine eskortierte die Gefangenen, und in der Mitte der andern wurde Maloison auf einer Bahre getragen, die man aus ein paar Stangen und einer Matratze zurechtgemacht hatte.

So kehrten sie im Triumph nach Rethel zurück.

Der Kommandant Lavigne erhielt die Ehrenlegion, weil er eine preußische Vorhut gefangengenommen hatte, und der dicke Bäcker die Militärmedaille, weil er vor dem Feinde verwundet worden war.

DIE ANSCHAUUNGEN DES OBERSTEN LAPORTE

«Weiß Gott», sagte der Oberst Laporte, «ich bin alt, ich habe die Gicht, meine Beine sind steif wie Schlagbäume, und trotzdem, wenn eine Frau, eine hübsche Frau, von mir verlangen würde, ich solle mich durch ein Nadelöhr zwängen, ich glaube, ich würde durchspringen wie ein Clown durch den Reifen. Und so wird es bis zu meinem letzten Tag sein, ich habe das eben im Blut. Ich bin von jeher ein Weibernarr, einer aus der alten Schule. Eine Frau sehen, eine hübsche Frau – und es kribbelt mir bis in die Stiefelspitzen. So ist es nun einmal.

Und im übrigen sind wir hier in Frankreich alle einander darin ähnlich, meine Herren. Wir bleiben trotz allem Ritter, Ritter der Liebe und des Glücks, da man nun einmal den lieben Gott abgeschafft hat, dessen Leibgarde wir wahrhaftig gewesen sind.

Aber die Frau, sehen Sie, die Frau wird man uns nicht aus dem Herzen reißen. Da drinnen ist sie, da drinnen bleibt sie. Wir lieben sie, wir werden sie lieben, wir werden für sie jede Dummheit machen, solange es auf der Karte von Europa ein Frankreich gibt. Und selbst wenn man Frankreich verschwinden läßt, wird es immer Franzosen geben.

Unter den Augen einer Frau, einer hübschen Frau, bin ich zu allem fähig. Sacristi! Wenn ich spüre, wie ihr Blick in mich eindringt, ihr verteufelter Blick, der einem Feuer in die Adern jagt, dann muß ich irgend etwas tun, mich schlagen, raufen, die Möbel zerbrechen, beweisen, daß ich der stärkste, der tapferste, der kühnste und der ergebenste von allen Männern bin.

Aber ich bin nicht der einzige, nein, wahrhaftig nicht; die ganze französische Armee ist wie ich, das schwöre ich Ihnen. Vom Pioupiou bis zu den Generälen marschieren wir vorwärts und bis ans Ende, wenn es um eine Frau geht, um eine hübsche Frau. Denken Sie bloß daran, was Jeanne d'Arc uns hat vollbringen lassen. Ich halte die Wette – wenn eine Frau, eine hübsche Frau, am Tag vor Sedan den Befehl übernommen hätte, als der Marschall MacMahon verwundet worden war, wir hätten die preußischen Linien durchbrochen, zum Teufel! und Schnaps aus ihren Kanonen getrunken!

Was wir in Paris gebraucht hätten, war auch kein Trochu, sondern die heilige Genoveva.

Da erinnere ich mich gerade an eine kleine Geschichte aus dem Krieg, die beweist, was wir imstande sind, wenn eine Frau uns zusieht.

Ich war damals Hauptmann, gewöhnlicher Hauptmann, und ich befehligte eine Aufklärerpatrouille, die sich inmitten eines von den Preußen besetzten Gebietes zurückzog. Wir waren umzingelt, gehetzt, gejagt, abgestumpft und dazu halb tot vor Erschöpfung und Hunger.

Nun, wir mußten noch vor dem nächsten Morgen Bar-sur-Tain erreichen, sonst waren wir erledigt, erwischt und massakriert. Wie wir dem bisher entgangen waren? Das weiß ich selber nicht. Wir hatten also in der Nacht zwölf Meilen zu machen, durch den Schnee und unter dem Schnee und mit leerem Magen. Ich dachte bei mir: Es ist zu Ende; niemals werden meine armen Burschen ankommen.

Seit gestern hatten wir nichts mehr gegessen. Den ganzen Tag hielten wir uns in einer Scheune versteckt, drängten uns aneinander, um weniger zu frieren, waren unfähig zu sprechen oder uns zu rühren, dösten, schliefen ruckweise, stoßweise, wie man eben schläft, wenn die Erschöpfung einen übermannt.

Um fünf Uhr wurde es Nacht, eine fahle Schneenacht. Ich rüttelte meine Leute wach. Viele wollten nicht mehr aufstehen, sie konnten sich nicht bewegen, sich nicht aufrecht halten; Kälte und alles übrige hatten sie abgestumpft.

Vor uns lag die Ebene, eine Bestie von einer ganz nackten Ebene, und der Schnee fiel in dichten Flocken. Das fiel und fiel wie ein Vorhang, diese weißen Flocken, die alles unter einem schweren, frostigen, dicken, toten Mantel verhüllten, einer Wollmatratze aus Eis. Es war, als ob das Ende der Welt nahe wäre.

‹Vorwärts, Kinder!›

Sie sahen sich das an, diesen weißen Staub, der von dort oben herunterfiel, und sie schienen zu denken:

Schluß damit! Ebensogut können wir hier krepieren!

Da zog ich meinen Revolver:

‹Den ersten, der sich drückt, schieß' ich nieder!›

Und da begannen sie zu marschieren, ganz langsam, wie Leute, deren Beine unbrauchbar geworden sind.

Ich schickte vier als Aufklärer, die dreihundert Meter vor uns marschieren sollten, die übrigen folgten in regellosem Haufen, je nach dem Grad der Erschöpfung und der Länge der Schritte, zu denen sie noch fähig waren. Die Kräftigsten ließ ich als letzte marschieren und befahl ihnen, Nachzügler mit Bajonettstichen anzuspornen; in den... Rücken.

Der Schnee schien uns lebendig zu begraben; er bestäubte die Kappen und die Mäntel, ohne zu schmelzen, und wir sahen wie Geister aus, wie jämmerliche Gespenster gefallener Soldaten.

Niemals kommen wir da heraus, sagte ich mir, wenn nicht ein Wunder geschieht.

Hin und wieder mußte man ein paar Minuten haltmachen, der Soldaten wegen, die nicht folgen konnten. Dann hörte man nichts als jenes unbestimmbare Gleiten des Schnees, das unfaßbare Geräusch all dieser Flocken, die sich fingen und mischten.

Einige von meinen Leuten schüttelten den Schnee ab, andere rührten sich nicht.

Dann befahl ich wieder aufzubrechen. Die Gewehre wurden geschultert, und schlaff und erschöpft wanderte man weiter.

Plötzlich duckten sich die Aufklärer. Irgend etwas beunruhigte sie. Sie hatten vor uns sprechen gehört. Ich schickte sechs Mann und einen Sergeanten aus. Und dann wartete ich.

Ein spitzer Schrei, ein Frauenschrei durchschnitt mit einem Mal die lastende Stille des Schnees, und nach wenigen Minuten brachte man zwei Gefangene ein, einen alten Mann und ein junges Mädchen.

Leise fragte ich sie aus. Sie flohen vor den Preußen, die abends ihr Haus besetzt hatten und betrunken waren. Der Vater hatte Angst um seine Tochter, und ohne die Dienstboten zu verständigen, waren sie miteinander nachts fortgeschlichen.

Ich erkannte sogleich, daß es Leute aus Bürgerkreisen waren, vielleicht auch aus höhern Ständen.

‹Sie werden uns begleiten›, sagte ich ihnen.

Wir marschierten weiter. Da der alte Mann sich in der Gegend gut auskannte, führte er uns.

Es hörte auf zu schneien; die Sterne flimmerten, und die Kälte wurde furchtbar.

Das junge Mädchen hing am Arm ihres Vaters und ging in stockendem Schritt, in einem Schritt äußerster Not. Mehrmals flüsterte sie: ‹Ich spüre meine Füße nicht mehr›, und ich litt heftiger als sie darunter, daß ich zusehen mußte, wie die arme, kleine Frau sich so durch den Schnee schleppte.

Sie blieb stehen.

‹Vater›, sagte sie, ‹ich bin so matt, daß ich nicht weiter kann.›

Der Alte wollte sie tragen, aber er konnte sie nicht einmal aufheben, und sie brach mit einem tiefen Seufzer zusammen.

Wir bildeten einen Kreis um die beiden. Was mich anlangt, ich trat von einem Fuß auf den andern, wußte nicht, was ich tun sollte, und konnte mich doch nicht entschließen, diesen Mann und dieses Kind im Stich zu lassen.

Mit einem Mal rief einer meiner Leute, ein Pariser, der den Spitznamen ‹Pratique›, der Praktikus, trug:

‹Los, Kameraden, wir müssen eben das Fräulein tragen, oder wir sind, hol's der Teufel, keine Franzosen mehr!›

Weiß Gott, ich glaube, daß ich vor Freude geflucht habe.

‹Gott's Blut, Kinder, das ist nett von euch. Und ich trage mit!›

Linkerhand waren die Bäume eines kleinen Wäldchens im Dunst undeutlich sichtbar geworden. Einige Mann gingen hin und kehrten bald mit Zweigen zurück, die sie zu einer Bahre zusammengebunden hatten.

‹Und wer gibt seinen Mantel her?› schrie Pratique; ‹es ist für ein schönes Mädchen, Kinder!›

Und zehn Mäntel fielen auf den Schnee. Im Nu war das junge Mädchen in die warmen Mäntel gewickelt, und sechs Schultern trugen die Bahre. Ich hatte mich als erster auf die rechte

Seite gestellt und war, wahrhaftigen Gott, zufrieden, daß ich auch meinen Teil tragen durfte.

Man marschierte weiter, als ob man ein Glas Wein getrunken hätte, heiterer, lebhafter. Sogar Scherze hörte ich um mich her. Es genügt eine Frau, sehen Sie wohl, um die Franzosen zu elektrisieren. Die Soldaten marschierten beinahe wieder in Reih und Glied; sie waren belebt und erwärmt. Ein alter Franctireur, der hinter der Bahre ging und nur darauf wartete, den ersten Kameraden abzulösen, der müde werden sollte, sagte laut genug, daß ich es hören konnte, zu seinem Nebenmann:

‹Ich bin nicht mehr jung; aber, verflucht nochmal, die Weiber, es gibt doch nichts, was einem so das Herz im Leib erwärmt.›

Bis drei Uhr morgens wurde so, fast ohne Halt, weitermarschiert. Dann duckten sich unsere Aufklärer plötzlich wieder, die ganze Abteilung warf sich alsbald in den Schnee und war nur noch ein unbestimmter Schatten auf dem Boden.

Ich gab leise Befehle und hörte hinter mir das trockene, metallische Klappern der Verschlüsse, die geladen wurden.

Denn dort drüben, mitten in der Ebene, bewegte sich etwas Seltsames. Man hätte es für ein ungeheures Tier halten können, das lief, sich bald wie eine Schlange streckte, bald zu einer Kugel zusammenballte, bald nach rechts, bald nach links plötzlich Sprünge machte, stehnblieb und wieder weiterzog.

Mit einem Mal näherte sich dieses ungewisse Etwas, und ich sah in vollem Trab, einen hinter dem andern, zwölf versprengte Ulanen, die ihre Straße suchten.

Jetzt waren sie so nahe, daß ich das rauhe Schnaufen der Pferde, das Rasseln der Waffen, das Knarren der Sättel deutlich hören konnte.

Ich rief:

‹Feuer!›

Und fünfzig Schüsse zerstörten die Stille der Nacht. Dann knallten noch vier oder fünf Schüsse und schließlich ein einziger Schuß ganz allein, und als der Pulverrauch sich verzogen hatte, sah man, daß die zwölf Mann und neun Pferde gefallen waren. Drei Pferde flohen in wütendem Galopp, und das eine schleppte die Leiche seines Reiters nach, die mit dem Fuß im Bügel hing und heftig auf- und niedersprang.

Ein Soldat hinter mir lachte ein schreckliches Lachen. Ein anderer sagte:

‹Da gibt's Witwen!›

Er war vielleicht selbst verheiratet. Ein dritter fügte hinzu:

‹Dazu braucht's gar nicht viel Zeit!›

Aus der Bahre streckte sich ein Kopf heraus.

‹Was geschieht hier›, sagte sie, ‹schlägt man sich?›

Ich antwortete:

‹Es ist nichts, Fräulein, wir haben nur gerade ein Dutzend Preußen erledigt.›

Sie murmelte:

‹Arme Leute!›

Aber da sie fror, verschwand sie gleich wieder unter den Mänteln.

Wir brachen auf. Lange marschierten wir. Endlich wurde der Himmel blaß, der Schnee hell, glitzernd, leuchtend, und ein rosiger Schein verbreitete sich im Osten.

Eine ferne Stimme schrie:

‹Wer ist da?›

Die ganze Abteilung blieb stehen, und ich ging voraus, um mich zu erkennen zu geben.

Wir waren bei den französischen Linien angekommen.

Als meine Leute an dem Posten vorbeizogen, fragte ein Major zu Pferd, dem ich eben meine Meldung gemacht hatte und der jetzt die Bahre sah, mit lauter Stimme:

‹Was habt ihr denn da drinnen?›

Sogleich erschien ein kleiner, blonder Kopf, zerrauft und lächelnd, und antwortete:

‹Ich bin es, Herr Major.›

Unter der Mannschaft erhob sich ein Gelächter, und in alle Herzen zog die Freude ein.

Und ‹Pratique›, der neben der Bahre marschierte, schwenkte seine Kappe und schrie:

‹Vive la France!›

Und, ich weiß nicht warum, ich war ganz erschüttert, so nett und galant fand ich das.

Mir schien es, als hätten wir soeben das Land gerettet, als hätten wir etwas getan, was andere Männer nun einmal nicht getan hätten, etwas ganz Einfaches und wahrhaft Patriotisches.

Dieses kleine Gesicht aber, sehen Sie, das werde

ich niemals vergessen, und wenn ich meine Ansicht über die Abschaffung der Trommler und Spielleute abzugeben hätte, dann würde ich vorschlagen, sie bei jedem Regiment durch ein hübsches Mädchen zu ersetzen. Das wäre noch mehr wert als die Marseillaise. Verflucht nochmal, wie das die Truppe aufpulvern würde, so eine Madonna, eine lebendige Madonna, neben dem Obersten zu sehen.»

Er schwieg eine Weile, dann hob er den Kopf und sagte mit dem Ton tiefster Überzeugung:

«Mag sein, wie es will; wir haben eben die Frauen gern, wir Franzosen!»

Man sprach von allerlei glücklichen Abenteuern, und jeder wußte seltsame Geschichten zu erzählen: erstaunliche, köstliche Begegnungen im Zug, in einem Hotel, im Ausland, auf einem Strand. Die Badeorte waren, nach Ansicht von Roger des Annettes, ganz besonders günstig für die Liebe.

Gontran, der sich stumm verhielt, wurde gefragt.

«Immer noch ist es Paris», sagte er, «wo man's am besten trifft. Mit der Frau ist es wie mit den Nippsachen; wir schätzen sie an jenen Orten mehr, wo wir gar nicht erwarten, auf sie zu stoßen. Seltenheiten aber, wirkliche Seltenheiten findet man nur in Paris.»

Er schwieg einige Sekunden, und dann fuhr er fort:

«Herrgott! Wie entzückend das ist! Geht einmal an einem Frühlingsmorgen durch unsere Straßen! Wie Blumen scheinen sie aufzublühen, die kleinen Frauen, die längs der Häuser trippeln. Ach, dieses reizende, reizende, reizende Schauspiel! Man riecht am Rand des Trottoirs die Veilchen; die Veilchen, die auf Karren von den Verkäuferinnen langsam vorübergerollt werden.

Es ist heiter in der Stadt; und man beobachtet die Frauen. O du guter Himmel, wie verführerisch sie sind in ihren hellen Kleidern, diesen leichten Kleidern, welche die Haut sehen lassen. Man bummelt, die Nase im Wind, mit regem Geist; man bummelt, man wittert, man späht. Es ist, weiß Gott, ein Vergnügen, an solchen Morgen!

Man sieht sie von weitem, man unterscheidet sie in der Menge, man erkennt sie auf hundert Schritt, jene, die uns in nächster Nähe gefallen wird. An der Blume auf ihrem Hut, an der Bewegung ihres Kopfes, an ihrem Gang ahnt man sie. Sie kommt. Man sagt sich: Aufgepaßt! Das ist die Richtige! Und man überholt sie und verzehrt sie mit den Augen.

Ist es ein Mädchen, das für sein Geschäft Besorgungen macht, eine junge Frau, die aus der Kirche kommt oder die zu ihrem Geliebten geht? Was liegt daran? Unter der durchsichtigen Bluse rundet sich die Brust. Wenn man nur den Finger darauf tun könnte! Den Finger oder die Lippe! Der Blick ist schüchtern oder keck, der Kopf braun oder blond. Was liegt daran? Streift man sie bloß, diese Frau, so spürt man ein Erschauern über dem Rücken. Und wie man sie bis zum Abend begehrt, sie, der man auf solche Art begegnet ist! Gewiß, ich habe die Erinnerung an zwanzig dieser Geschöpfe bewahrt, die ich einmal oder zehnmal so erblickt habe und in die ich toll verliebt gewesen wäre, wenn ich sie näher gekannt hätte.

Aber ach! Sie, die man hingebungsvoll lieben

würde, man kennt sie nie. Habt ihr das schon bemerkt? Es ist recht komisch. Man bemerkt von Zeit zu Zeit Frauen, deren bloßer Anblick uns vor Verlangen toll macht. Doch man bemerkt sie nur, mehr nicht. Ich – wenn ich an all die wundervollen Wesen denke, die ich auf den Pariser Straßen gestreift habe, dann gerate ich in eine Wut, daß ich mich am liebsten aufhängen würde. Wo sind sie? Wer sind sie? Wo könnte man sie wiederfinden? Sie wiedersehen? Ein Sprichwort sagt, daß man häufig an seinem Glück vorbeigeht. Nun, ich bin überzeugt, daß ich mehr als einmal an jener vorbeigegangen bin, die mich mit dem Köder ihres frischen Fleisches wie einen Hänfling gefangen hätte.»

Roger des Annettes hatte lächelnd zugehört. Und dann erwiderte er:

«Ich kenne das ebensogut wie du. Hört nur, was mir zugestoßen ist. Es mag fünf Jahre her sein, als ich auf dem Pont de la Concorde zum erstenmal einer großen, ein wenig üppigen jungen Frau begegnet bin, die mir einen Eindruck... ja, einen erstaunlichen Eindruck gemacht hat. Sie war brünett, eine wohlgerundete Brünette mit schimmerndem Haar, das die Stirn verdeckte, und Brauen, welche die beiden Augen unter dem großen Bogen von einer Schläfe zur andern vereinten. Ein Schnurrbartanflug auf den Lippen ließ einen träumen... träumen... wie man von geliebten Wäldern träumt, wenn man auf einem Tisch einen Blumenstrauß sieht. Sie hatte eine Wespentaille, eine stark vorgewölbte Brust, gleichsam eine Herausforderung, dargeboten wie eine Versuchung. Ihr Auge war ein Tintenklecks auf weißem Email. Es war kein Auge, es war ein tiefes schwarzes Loch, das sich in ihrem Kopf öffnete, in dieser Frau, durch das ich in sie blickte, in sie eindrang. O dieser seltsame, undurchsichtige, leere, gedankenlose und doch so schöne Blick!

Ich stellte mir vor, daß sie eine Jüdin war. Ich folgte ihr. Viele Männer drehten sich um. Sie wiegte sich beim Gehn, nicht eben anmutig, aber aufreizend. Auf der Place de la Concorde nahm sie einen Fiaker. Und ich blieb wie ein Tier neben dem Obelisk stehn, ich war vom stärksten Begehren gepackt, das sich je meiner bemächtigt hatte.

Mindestens drei Monate dachte ich daran, dann vergaß ich es.

Sechs Monate später begegnete ich ihr wieder; in der Rue de la Paix. Und als ich sie sah, spürte ich im Herzen eine Erschütterung, wie wenn man auf eine einst wahnsinnig geliebte Mätresse stößt. Ich blieb stehn, um sie kommen zu sehen. Als sie an mir vorbeiging, mich beinahe streifte, war mir's, als befände ich mich vor der Öffnung eines Hochofens. Dann, als sie sich entfernt hatte, überkam mich das Gefühl eines frischen Windhauchs, der über mein Gesicht wehte. Ich folgte ihr nicht. Ich hatte Angst, eine Dummheit zu begehn, Angst vor mir selber.

Manchmal suchte sie meine Träume heim. Du kennst wohl solche Besessenheiten!

Ein Jahr lang blieb ich, ohne sie wiederzufinden; dann, eines Abends, bei Sonnenuntergang, anfangs Mai, erkannte ich sie wieder, als sie vor mir die Champs-Elysées hinaufging.

Vor dem Feuervorhang des Himmels zeichnete sich der Arc de l'Etoile ab. Ein goldener Staub, ein Dunst von rötlicher Helle schwebte, es war einer jener köstlichen Abende, zu denen Paris sich verklärt.

Ich folgte ihr mit dem wilden Verlangen, sie zu sprechen, vor ihr niederzuknien, ihr all die Empfindungen zu gestehn, die mir die Kehle zuschnürten.

Zweimal überholte ich sie, um wieder an ihr vorüberzugehn. Zweimal spürte ich abermals, wenn ich auf sie zuging, jene brennende Glut, die mich in der Rue de la Paix angehaucht hatte.

Sie musterte mich. Dann sah ich sie in ein Haus der Rue de Presbourg eintreten. Zwei Stunden wartete ich unter einem Türbogen. Sie kam nicht wieder. Da entschloß ich mich, den Concierge auszufragen. Er sah drein, als verstünde er mich nicht. ‹Das muß ein Besuch sein›, sagte er.

Und wieder vergingen acht Monate, ohne daß ich sie wiedersah. Nun, eines Januarmorgens, bei sibirischer Kälte, ging ich über den Boulevard Malesherbes, ging sehr rasch, um mich zu erwärmen, als ich an einer Straßenecke so heftig gegen eine Frau stieß, daß sie ein Päckchen fallen ließ.

Ich wollte mich entschuldigen. Sie war es!

Zunächst war ich völlig verblödet, so hatte mich diese Begegnung ergriffen; dann gab ich ihr das Päckchen, das sie mir aus der Hand nahm, und sagte brüsk:

‹Ich bin verzweifelt und entzückt darüber, Madame, daß ich derart auf sie gestoßen bin. Zwei Jahre ist es jetzt her, daß ich Sie kenne, daß ich Sie bewundere, daß ich den glühenden Wunsch habe, Ihnen vorgestellt zu werden. Und es ist mir nicht gelungen, zu erfahren, wer Sie sind, noch wo Sie wohnen. Verzeihen Sie diese Worte, schreiben Sie sie dem leidenschaftlichen Wunsch zu, zur Zahl jener zu gehören, die das Recht haben, Sie zu grüßen. Dieses Gefühl kann Sie doch nicht verletzen, nicht wahr? Sie kennen mich nicht. Nun, ich bin Baron Roger des Annettes. Erkundigen Sie sich, und man wird Ihnen sagen, daß man mich empfangen kann. Und wenn Sie meinem Wunsch jetzt widerstehn, so machen Sie mich zu einem unendlich unglücklichen Menschen. Ich bitte Sie, seien Sie gütig, nennen Sie mir ein Mittel, damit ich Sie sehen kann.›

Sie musterte mich starr mit ihren seltsamen, toten Augen, und dann erwiderte sie lächelnd:

‹Geben Sie mir Ihre Adresse. Ich komme zu Ihnen.›

Ich war derart fassungslos, daß man es mir anmerken mußte. Doch ich brauche nie sehr lang, um mich von solchen Überraschungen zu erholen, und ich beeilte mich, ihr eine Karte zu geben, die sie mit rascher Geste, mit einer an geheime Briefchen gewohnten Hand in die Tasche gleiten ließ.

Kühner geworden, stotterte ich:

‹Wann sehe ich Sie?›

Sie zauderte, als hätte sie eine komplizierte Rechnung anzustellen, suchte zweifellos, sich, Stunde um Stunde, daran zu erinnern, wie ihre Zeit besetzt war; und dann flüsterte sie:

‹Sonntagvormittag. Wollen Sie?›

‹Das glaub' ich wohl, daß ich will!›

Und sie entfernte sich, nachdem sie mich mit ihrem lastenden Blick abgeschätzt, beurteilt, gewogen, analysiert hatte, diesem unbestimmten Blick, der etwas auf der Haut zu hinterlassen schien, eine Art Leim, als würfe man auf die Menschen eine jener dicken Flüssigkeiten, deren sich die Tintenfische bedienen, um das Wasser zu verdunkeln und ihre Beute einzuschläfern.

Ich weihte mich bis zum Sonntag einer schrecklichen geistigen Anstrengung, um zu erraten, wer sie war, und um mir selber eine Regel für mein Verhalten zurechtzulegen.

Sollte ich sie bezahlen? Und wie?

Ich beschloß, ein Schmuckstück zu kaufen, ein wirklich hübsches Schmuckstück, das ich in seinem Etui auf den Kamin legte.

Und nachdem ich schlecht geschlafen hatte, wartete ich.

Sie kam gegen zehn Uhr, sehr ruhig, sehr gelassen, und streckte mir die Hand entgegen, als hätte sie mich schon lange gekannt. Ich bot ihr einen Stuhl an, befreite sie von ihrem Hut, ihrem

Schleier, ihrem Pelz, ihrem Muff. Und dann begann ich, nicht ohne eine gewisse Verlegenheit, galanter zu werden, denn ich hatte nicht viel Zeit zu verlieren.

Sie ließ sich übrigens keineswegs bitten, und wir hatten keine zwanzig Worte gewechselt, als ich begann, sie zu entkleiden. Sie vollendete übrigens selber diese heikle Tätigkeit, die mir nie völlig gelingen will. Ich steche mich an Nadeln, ich knüpfe die Bänder zu unauflöslichen Knoten, statt sie zu lockern. Ich bringe alles durcheinander, ich verwechsle alles, ich verzögere alles, und ich verliere den Kopf.

Ach, mein lieber Freund, kennst du im Leben reizvollere Augenblicke als jene, da man aus einer gewissen Zurückhaltung, um die Schamhaftigkeit – denn die haben sie alle – nicht zu verletzen, in einiger Entfernung die Frau beobachtet, die sich für einen aller ihrer raschelnden Stoffe entledigt, die, einer nach dem andern, rund um ihre Füße fallen?

Und was gibt es Entzückenderes als ihre Bewegungen, wenn sie die weichen Kleidungsstücke lösen, die leer und kraftlos zu Boden sinken, als wären sie eben gestorben? Wie stolz, wie packend ist es, das Erscheinen des Fleischs, der nackten Arme und der Brust, wenn das Mieder gefallen, und wie verstörend die Umrisse des unter dem letzten Schleier erahnten Körpers!

Doch da, plötzlich, nahm ich etwas Überraschendes wahr, einen schwarzen Fleck zwischen den Schultern; denn sie wandte mir den

Rücken zu. Einen großen, sehr schwarzen, hervortretenden Fleck. Ich hatte übrigens versprochen, nicht hinzuschauen.

Was war das? Ich konnte ja nicht zweifeln, denn die Erinnerung an den sichtbaren Anflug auf der Oberlippe, die über den Augen zusammengewachsenen Brauen, und das Haarvlies, das sich wie ein Helm über ihrem Kopf erhob, hätten mich auf diese Überraschung vorbereiten sollen.

Dennoch war ich ganz benommen und plötzlich von Visionen und seltsamen Erinnerungen geplagt. Mir schien es, als erschaute ich eine der Zauberinnen aus ‹Tausend und einer Nacht›, eines jener gefährlichen, heimtückischen Geschöpfe, deren Sendung es ist, die Männer in unbekannte Abgründe zu ziehen. Ich dachte an Salomon, der die Königin von Saba über einen Spiegel schreiten ließ, um sich zu vergewissern, daß sie keine gespaltenen Füße hatte.

Und... und als die Minute gekommen war, da ich ihr mein Liebeslied singen sollte, entdeckte ich, daß ich keine Stimme mehr hatte, nicht einmal einen Zwirnfaden, mein Lieber. Oder, Verzeihung – ich hatte die Stimme eines päpstlichen Sängers, worüber sie zuerst erstaunt war und dann gründlich verärgert, denn während sie sich anzog, sagte sie energisch:

‹Es war recht überflüssig, mich zu bemühen!›

Ich wollte sie dazu bringen, den Ring anzunehmen, den ich für sie gekauft hatte, doch sie erwiderte derart von oben herab: ‹Wofür halten

Sie mich, Monsieur?›, daß ich vor solcher Häufung von Demütigungen bis über die Ohren rot wurde. Und sie verschwand, ohne auch nur ein Wort hinzuzufügen.

So, das wäre mein ganzes Abenteuer. Was aber das Schlimmste ist – jetzt bin ich verliebt in sie, bis zum Wahnsinn verliebt.

Ich kann keine Frau mehr sehen, ohne an sie zu denken. Alle anderen stoßen mich ab, widern mich an, es sei denn, daß sie ihr ähnlich sind. Ich kann keinen Kuß auf eine Wange drücken, ohne ihre Wange neben jener zu sehen, die ich küsse, und ohne furchtbar unter dem unbefriedigten Verlangen zu leiden, das mich foltert.

Bei all meinen Rendezvous ist sie dabei, bei all meinen zärtlichen Ergüssen, die sie mir verdirbt, die sie mir verekelt. Immer ist sie da, angekleidet oder nackt, wie meine wirkliche Mätresse; sie ist da, neben ihr, aufrecht oder liegend, aber ungreifbar. Und jetzt glaube ich, daß sie wirklich eine verhexte Frau war, die zwischen den Schultern einen geheimnisvollen Talisman trug.

Wer ist sie? Noch weiß ich es nicht. Ich habe sie wiederum zweimal getroffen. Ich habe sie gegrüßt. Sie hat meinen Gruß nicht erwidert, sie hat getan, als kenne sie mich überhaupt nicht. Wer ist sie? Eine Asiatin vielleicht? Zweifellos eine orientalische Jüdin? Ja, eine Jüdin! Ich bilde mir ein, daß sie eine Jüdin ist. Warum aber? Ja, warum? Ich weiß es nicht.»

I

Ich saß auf der Mole des kleinen Hafens Obernon, um Antibes bei Sonnenuntergang zu betrachten. Ich hatte nie etwas so Erstaunliches, so Schönes erblickt.

Die kleine Stadt, eingeschlossen in ihre schweren, von Vauban erbauten Kriegsmauern, rückte in der Mitte des riesigen Golfs von Nizza ins offene Meer vor. Die hohe Woge der Weite brach sich an ihrem Fuß, säumte sie mit einer Blume aus Schaum; und man sah oberhalb der Wälle die Häuser übereinanderklettern bis zu den beiden Türmen, die sich in den Himmel recken wie die zwei Spitzen eines antiken Helms. Und diese beiden Türme zeichneten sich gegen das milchige Weiß der Alpen, gegen die gewaltige, ferne Schneemauer ab, die den ganzen Horizont versperrte.

Zwischen dem weißen Schaum am Fuß der Mauern und dem weißen Schnee am Rand des Himmels bot die leuchtende, auf dem bläulichen Grund der Vorberge ragende kleine Stadt den Strahlen der untergehenden Sonne eine Pyramide von Häusern mit rötlichem Dach, deren Fassaden weiß waren und doch so verschiedenartig, daß sie sämtliche Nuancen aufzuweisen schienen.

Und der Himmel über den Alpen war selbst von einem beinahe weißen Blau, als hätte der Schnee auf ihn abgefärbt; einige silberne Wolken schwebten um die blassen Gipfel. Und auf der andern Seite des Golfes streckte sich Nizza, am Gestade des Meeres gelagert, wie eine weiße Schnur zwischen Wasser und Gebirge. Zwei große lateinische Segel, von einer kräftigen Brise getrieben, schienen über die Fluten zu laufen. Und entzückt betrachtete ich all das.

Es war eines jener so süß, so selten, so köstlich zu erschauenden Dinge, daß sie in den Menschen eindringen, unvergeßlich wie die Erinnerung an das Glück. Man lebt, man denkt, man leidet, man ist bewegt, man liebt durch den Blick. Wer durch das Auge zu empfinden weiß, der erlebt, bei der Betrachtung der Dinge und der Wesen, den gleichen jähen, verfeinerten, tiefen Genuß wie der Mensch mit dem scharfen, nervösen Ohr, dem die Musik das Herz zerreißt.

Ich sagte zu meinem Gefährten, Martini, einem reinblütigen Meridionalen: «Das ist gewiß eines der seltensten Schauspiele, die ich bewundern durfte.

Ich habe gesehen, wie der Mont-Saint-Michel, das ungeheure, granitene Schmuckstück, bei Sonnenaufgang aus dem Sand auftauchte.

Ich habe in der Sahara den See Raianechergui gesehen, der fünfzig Kilometer lang unter einem Mond glänzte, leuchtend wie unsere Sonnen, und zu ihm hinauf einen weißen Dunst ausatmete, dem Dampf der Milch gleich.

Ich habe auf den Liparischen Inseln den phantastischen Schwefelkrater des Volcanello gesehen, eine riesige Blume, die raucht und brennt, eine unermeßliche gelbe Blume, über das weite Meer gebreitet, und deren Stengel ein Vulkan ist.

Nun, ich habe nichts Erstaunlicheres gesehen als Antibes, wie es sich bei Sonnenuntergang vor den Alpen erhebt.

Und ich weiß nicht, warum Erinnerungen an die Vorzeit mich bedrängen, Verse Homers mir in den Kopf kommen; es ist eine Stadt des alten Ostens, es ist eine Stadt der Odyssee, es ist Troja, obgleich Troja fern vom Meere lag.»

Martini zog den Reiseführer Sarty aus der Tasche und las: «Diese Stadt war ursprünglich eine von den Phokäern aus Marseille etwa im Jahre 340 vor Christi Geburt gegründete Kolonie. Von ihnen erhielt sie den griechischen Namen Antipolis, das heißt ‹Gegen-Stadt›, eine Stadt gegenüber einer andern, weil es tatsächlich Nizza gegenüber liegt, einer andern Marseiller Kolonie.

Nach der Besiegung der Gallier machten die Römer aus Antibes eine Bezirkshauptstadt; seine Bewohner genossen die Rechte der römischen Bürgerschaft.

Durch ein Epigramm Martials wissen wir, daß zu seiner Zeit...»

Er fuhr fort, aber ich unterbrach ihn. «Mir bedeutet es wenig, was Antibes gewesen ist. Ich sage Ihnen, daß ich eine Stadt der Odyssee vor

Augen habe. Küste Asiens oder Küste Europas, sie gleichen einander auf beiden Gestaden; und an der andern Küste des Mittelmeers gibt es keine, die, wie diese hier, in mir die Erinnerung an heroische Zeiten weckt.»

Ein Geräusch von Schritten ließ mich den Kopf wenden; eine große, brünette Frau ging über den Weg, der längs des Meers zum Kap führt.

Martini flüsterte in seiner südfranzösischen Aussprache: «Das ist Madame Parisse, verstehen Sie?»

Nein, ich verstand nicht, doch dieser hingeworfene Name, der Name des Schäfers von Troja, bekräftigte mich in meinem Traum.

Dennoch fragte ich: «Wer ist das, Madame Parisse?»

Er war sichtlich verblüfft darüber, daß ich diese Geschichte nicht kannte.

Ich konnte nur bestätigen, daß ich nichts davon wußte; und ich beobachtete die Frau, die, ohne uns zu sehen, weiterging, verträumt, mit langsamem, gewichtigem Schritt, wie zweifellos die Damen der Antike gewandelt waren. Sie mochte etwa fünfunddreißig Jahre sein und blieb schön, sehr schön, wenn auch schon ein wenig füllig.

Und Martini berichtete mir folgende Geschichte.

II

Madame Parisse, vorher Demoiselle Combelombe, hatte ein Jahr vor dem Krieg von 1870 Monsieur Parisse geheiratet, einen Staatsbeamten. Sie war damals ein schönes junges Mädchen, ebenso schlank, ebenso heiter, wie sie jetzt rundlich und traurig geworden ist.

Freudlos hatte sie die Werbung des Monsieur Parisse angenommen, eines jener kleinen, dickbäuchigen, kurzbeinigen Männer, die in einer immer zu weiten Hose dahertrotten.

Nach dem Krieg wurde Antibes von einem einzigen Bataillon Linientruppen besetzt, dessen Kommandant Jean de Carmelin war, ein junger Offizier, der während des Feldzugs ausgezeichnet wurde und eben erst die vier Galons des Majors erlangt hatte.

Da er sich in dieser Festung, in diesem erstickenden Nest, das in seinem doppelten Gürtel riesiger Wälle eingefriedet war, sehr langweilte, erging der Major sich häufig auf dem Kap, einer Art Park oder Pinienhain, von allen Winden des offenen Meers durchweht.

Dort begegnete er Madame Parisse, die an Sommerabenden gleichfalls hierherkam, um die frische Luft unter den Bäumen einzuatmen. Wie sie begannen, einander zu lieben? Weiß man es? Sie trafen einander, sie sahen einander, und wenn sie einander nicht mehr sahen, so dachten sie ohne Zweifel aneinander. Das Bild der jungen Frau mit den braunen Augen, den schwarzen

Haaren, dem blassen Teint, das Bild dieser schönen, frischen Südländerin, die beim Lachen ihre Zähne zeigte, blieb vor den Augen des Offiziers, der seinen Spaziergang fortsetzte und seine Zigarre kaute, statt sie zu rauchen. Und das Bild des Majors in seinem engen Uniformrock, mit der roten Hose und den goldenen Litzen, dessen blonder Schnurrbart sich auf der Lippe kräuselte, mußte abends vor den Augen von Madame Parisse vorüberziehen, wenn ihr Gatte, schlecht rasiert und schlecht angezogen, kurzbeinig und dickbäuchig zum Abendessen heimkam.

Da sie einander begegneten, lächelten sie vielleicht, wenn sie einander sahen. Und weil sie einander wiedersahen, glaubten sie, einander zu kennen. Er hat sie bestimmt gegrüßt. Sie war überrascht und neigte den Kopf, so wenig, so wenig, gerade nur soviel, wie erforderlich war, um nicht unhöflich zu sein. Doch nach vierzehn Tagen erwiderte sie seinen Gruß schon von weitem, noch bevor sie Seite an Seite waren.

Er sprach zu ihr. Worüber? Zweifellos vom Sonnenuntergang. Und sie bewunderten ihn gemeinsam, betrachteten ihn allerdings häufiger im Grunde ihrer Augen als an dem Horizont. Und alle Abende, zwei Wochen lang war dies der banale, aber hartnäckige Vorwand zu einer Unterhaltung von wenigen Minuten.

Dann wagten sie, einige Schritte miteinander zu gehen, und sprachen von allerlei; doch ihre Augen sagten einander schon tausend vertrautere Dinge, jene reizenden, geheimen Dinge, de ren Widerschein man in der Süße, in der Regung des Blicks sieht, und die das Herz pochen lassen, denn mehr als ein Geständnis verraten sie der Seele.

Dann muß er wohl ihre Hand ergriffen und jene Worte gestammelt haben, welche die Frau ahnt, ohne daß sie sie zu hören scheint.

Und sie waren sich einig, daß sie einander liebten, ohne daß sie es sich durch irgendeine sinnliche oder brutale Handlung bewiesen hätten.

In dieser Etappe zärtlicher Beziehung wäre sie endlos lange verharrt, er aber wollte weitergehn. Und jeden Tag drängte er sie heftiger, sich seinem glühenden Verlangen zu ergeben.

Sie leistete Widerstand, wollte nicht, schien entschlossen, nicht zu weichen.

Eines Abends aber sagte sie ihm leichthin: «Mein Mann ist eben nach Marseille gefahren. Er bleibt vier Tage dort.»

Jean de Carmelin warf sich ihr zu Füßen, flehte sie an, ihm noch am selben Abend gegen zehn Uhr die Türe zu öffnen. Doch sie wollte nichts hören und entfernte sich anscheinend erzürnt.

Der Major war den ganzen Abend schlechter Laune; und am nächsten Tag ging er vom frühen Morgen an auf die Wälle von dem Übungsplatz der Trommler zum Exerzierplatz und warf bei Offizieren und Mannschaften mit Strafen um sich, wie man Steine in eine Menge wirft.

Doch als er zum Mittagessen heimkam, fand er unter seiner Serviette in einem Umschlag die vier Worte: *Heute abend zehn Uhr*. Und ganz ohne

Grund gab er dem Kellner, der ihn bediente, fünf Francs Trinkgeld.

Der Tag schien ihm sehr lang. Zum Teil verbrachte er ihn damit, sich herzurichten und mit Parfum zu bespritzen.

Als er sich aber zu Tisch setzte, um zu Abend zu essen, brachte man ihm einen andern Umschlag. Und darin fand er das Telegramm: *Meine Liebe, Geschäfte erledigt, komme abends mit dem Neun-Uhr-Zug, Parisse.*

Der Major stieß einen so kräftigen Fluch aus, daß der Kellner die Suppenschüssel auf den Boden fallen ließ.

Was sollte er tun? Gewiß, er wollte sie noch an diesem Abend erobern, mochte es kosten, was es wollte. Und er würde sie erobern. Mit allen Mitteln würde er es tun, sollte er auch den Gatten festnehmen und einsperren lassen! Plötzlich blitzte eine tolle Idee ihm durch den Kopf. Er verlangte ein Blatt Papier und schrieb:

Madame,

er wird heute abend nicht heimkehren, das schwöre ich Ihnen, und ich werde um zehn dort sein, Sie wissen schon, wo. Fürchten Sie nichts, ich bürge für alles, auf meine Offiziersehre. *Jean de Carmelin*

Und nachdem er diesen Brief einem Boten gegeben hatte, speiste er in aller Ruhe.

Gegen acht ließ er Hauptmann Gribois rufen seinen ranghöchsten Untergebenen, und zwischen den Fingern die zerknitterte Depesche Monsieur Parisses rollend, sagte er zu ihm:

«Hauptmann, ich habe da eben ein besonders wichtiges Telegramm erhalten, dessen Inhalt ich Ihnen nicht mitteilen darf. Sie werden sofort die Tore der Stadt schließen und bewachen lassen, so daß kein Mensch, Sie verstehen, kein Mensch vor sechs Uhr morgens die Stadt betreten oder verlassen kann. Sie lassen auch Patrouillen durch die Straßen streifen. Die Einwohner haben um neun Uhr in ihren Häusern zu sein. Wer nach dieser Stunde im Freien angetroffen wird, muß mit Gewalt in seine Wohnung geführt werden. Wenn Ihre Leute mich nachts treffen sollten, so haben sie sich auf der Stelle zu entfernen und zu tun, als würden sie mich nicht erkennen. Sie haben verstanden?»

«Ja, Herr Major.»

«Ich mache Sie für die genaue Ausführung dieser Befehle verantwortlich, mein lieber Hauptmann.»

«Ja, Herr Major.»

«Wollen Sie ein Glas Chartreuse?»

«Gern, Herr Major.»

Sie stießen miteinander an und tranken den gelben Likör, und dann verzog sich Hauptmann Gribois.

III

Der Zug von Marseille fuhr genau um neun Uhr im Bahnhof ein, setzte zwei Reisende auf dem Bahnsteig ab und dampfte nach Nizza weiter.

Der eine war groß und mager, Monsieur

Saribe, ein Ölhändler, der andere dick und klein, Monsieur Parisse.

Sie machten sich, Seite an Seite, auf den Weg, ihre Reisetasche in der Hand, um die einen Kilometer entfernte Stadt zu erreichen.

Doch als sie zum Hafentor kamen, kreuzten die Wachen ihre Bajonette und befahlen ihnen, sich zu entfernen.

Verdutzt, verblüfft, ganz benommen vor Staunen traten sie zur Seite und überlegten; dann, nachdem sie Rat gehalten hatten, kamen sie behutsam näher, um zu verhandeln, und nannten ihre Namen.

Doch die Soldaten mußten strenge Befehle haben, denn sie drohten zu schießen; und die beiden Reisenden flüchteten entsetzt im Laufschritt. Die Reisetaschen, die sie behinderten, ließen sie liegen.

Sie machten die Runde um die Wälle und kamen zum Tor der Straße von Cannes. Doch es war ebenfalls geschlossen und von einer drohenden Wache behütet. Die Herren Saribe und Parisse beharrten, als vorsichtige Männer, nicht länger und kehrten zum Bahnhof zurück, um dort eine Unterkunft zu suchen, denn die Runde um die Befestigungen war nach Sonnenuntergang nicht sicher.

Der diensthabende Beamte war verschlafen und überrascht, gestattete ihnen aber, im Wartesaal bis Tagesanbruch zu bleiben.

So saßen sie denn nebeneinander auf dem mit grünem Samt bezogenen Diwan, ohne Beleuchtung, und waren viel zu verängstigt, um ans Schlafen zu denken.

Und so dauerte die Nacht für sie sehr lang.

Gegen halb sieben erfuhren sie, daß die Tore wieder offen waren und man endlich nach Antibes gehn konnte.

Sie machten sich auf den Weg, fanden aber die zurückgelassenen Handtaschen nicht mehr vor.

Als sie, noch immer ein wenig unruhig, durch das Stadttor gingen, kam Major de Carmelin selbst mit finsterm Blick und gesträubtem Schnurrbart, um sie zu identifizieren und zu verhören.

Dann grüßte er sie höflich und entschuldigte sich, weil er ihnen eine unangenehme Nacht bereitet hatte. Er habe aber Befehle ausführen müssen.

In Antibes war man sehr besorgt. Die einen sprachen von einem überraschenden Handstreich, den die Italiener erwogen hätten, die andern von einer Landung des kaiserlichen Prinzen, andere wieder glaubten an eine orleanistische Verschwörung. Erst später erriet man die Wahrheit, als man erfuhr, das Bataillon des Majors sei in eine entfernte Garnison versetzt und Monsieur de Carmelin streng bestraft worden.

IV

Martini war verstummt. Madame Parisse kam zurück, sie hatte ihren Spaziergang beendet.

Ernst ging sie an mir vorüber, die Blicke nach den Alpen gerichtet, deren Gipfel jetzt in den letzten Sonnenstrahlen rosig glänzten.

Ich hatte Lust, sie zu grüßen, die traurige, arme Frau, die immer an jene schon so ferne Liebesnacht denken mußte und an den kühnen Mann, der es gewagt hatte, um einen Kuß von ihr eine Stadt in Belagerungszustand zu versetzen und seine ganze Zukunft zu gefährden.

Heute hatte er sie zweifellos vergessen, es sei denn, daß er, nach einigen Gläsern, diesen verwegenen, komischen und zärtlichen Streich erzählte.

Hatte sie ihn wiedergesehen? Liebte sie ihn noch? Und ich dachte: Das ist doch wahrhaftig ein modernes, groteskes und dennoch heroisches Liebesabenteuer! Der Homer, der diese Helena besänge und das Erlebnis ihres Menelaus, müßte die Seele eines Kolportageschriftstellers haben. Und trotzdem ist er mutig, kühn, schön, stark wie Achilles und listenreicher als Odysseus, der Held dieser Verlassenen!

Monsieur Panard war ein vorsichtiger Mann, der vor allem im Leben Angst hatte. Er hatte Angst vor Dachziegeln, vor Stürzen, vor Fiakern, vor Eisenbahnen, vor allen möglichen Unfällen, vor allem aber vor Krankheiten.

Mit außerordentlicher Voraussicht hatte er begriffen, wie sehr unser Dasein ununterbrochen von allem bedroht ist, was uns umgibt. Der Anblick einer Stufe ließ ihn an verrenkte Füße, an gebrochene Arme und Beine denken, der Anblick einer Fensterscheibe an entsetzliche Verwundungen durch Glassplitter, der Anblick einer Katze an ausgekratzte Augen. Und so lebte er mit peinlicher Vorsicht, mit wohlbedachter, geduldiger, allumfassender Vorsicht.

Zu seiner Frau, einer braven Frau, die sich seinen fixen Ideen fügte, sagte er: «Bedenk doch, meine Gute, wie wenig es bedarf, um einen Menschen zum Krüppel zu machen oder ganz zu vernichten! Es ist schrecklich, wenn man daran denkt! Gesund geht man aus dem Haus, überquert eine Straße, ein Wagen kommt und überfährt einen. Oder man hält sich fünf Minuten lang in einem Haustor auf, um mit einem Freund zu reden, und spürt den leisen Luftzug nicht, der einem über den Rücken streicht und einem eine Lungenentzündung verschafft. Und das genügt. Da ist's um einen geschehen!»

Ganz besonders interessierte ihn die Spalte «Allgemeiner Gesundheitszustand» in den Zeitungen; er kannte die normale Zahl der Todesfälle in gewöhnlichen Zeiten, je nach der Jahreszeit, kannte den Ablauf und die Launen von Epidemien, ihre Symptome, ihre wahrscheinliche Dauer, wußte, wie man ihnen vorbeugte, sie verhinderte, sie behandelte. Er besaß eine medizinische Bibliothek mit allen Werken, darin die Krankenpflege auch dem großen Publikum von praktischen Ärzten zugänglich gemacht wurde.

Er hatte an die Kampferbehandlung Raspails geglaubt, an die dosimetrische Medizin, an die Metallotherapie, an die Elektrizität, an die Massage, an sämtliche Systeme, die man sechs Monate lang für unfehlbar gegen alle Krankheiten hält. Derzeit hatte sein Vertrauen sich ein wenig abgeschwächt, und er dachte als kluger Mann, das beste Mittel, Krankheiten zu vermeiden, sei, vor ihnen zu fliehen.

Nun, zu Beginn des verflossenen Winters erfuhr Panard durch seine Zeitung, daß Paris unter einer leichten Epidemie eines typhösen Fiebers leide; im Nu packte ihn eine Unruhe, die sehr schnell zu einer Besessenheit wurde. Jeden Morgen kaufte er zwei oder drei Zeitungen, um aus ihren widersprechenden Mitteilungen einen Durchschnitt zu berechnen. Und bald war er davon überzeugt, daß sein Viertel ganz besonders stark heimgesucht wurde.

Da ging er denn zu seinem Arzt, um sich Rat

zu holen. Was sollte er tun? Bleiben oder verreisen? Aus den ausweichenden Antworten des Arztes folgerte Panard, daß eine Gefahr vorhanden war, und er beschloß zu verreisen. Er kehrte heim, um mit seiner Frau zu überlegen. Wohin sollten sie fahren?

Er fragte: «Glaubst du, meine Liebe, daß Pau für uns das Richtige wäre?»

Sie hatte Lust, Nizza zu sehen, und so erwiderte sie: «Dort soll es, wegen der Nähe der Pyrenäen, ziemlich kalt sein. Cannes ist bestimmt gesünder. Die Prinzen von Orleans gehen doch dorthin.»

Diese Erwägung überzeugte ihren Gatten. Dennoch zauderte er noch eine Weile.

«Ja, aber am Mittelmeer herrscht seit zwei Jahren die Cholera!»

«Ach, mein Lieber, aber nie im Winter! Bedenk doch, daß sich an dieser Küste die ganze Welt ein Stelldichein gibt!»

«Ja, das stimmt schon. Nimm jedenfalls Desinfektionsmittel mit und achte darauf, meine Reiseapotheke nachzufüllen.»

Eines Montagmorgens fuhren sie ab. Als sie am Bahnhof ankamen, gab Madame Panard ihrem Gatten seine höchstpersönliche Handtasche.

«Da», sagte sie, «alles ,was du für deine Gesundheit brauchst, ist in schönster Ordnung darin.»

«Vielen Dank, meine Liebe.»

Und sie stiegen in den Zug.

Nachdem sie zahlreiche Bücher über die Kurorte am Mittelmeer gelesen hatten, Werke, die von den Ärzten sämtlicher Städte und Dörfer der Küste verfaßt waren, und darin jeder seinen Ort auf Kosten der andern in den Himmel hob, entschloß sich Panard, der von einer Verlegenheit in die nächste, schlimmere gefallen war, endlich für Saint-Raphael, und zwar aus dem einzigen Grund, weil er unter den Namen der beachtenswertesten Villenbesitzer die von mehreren Professoren der Pariser Medizinischen Fakultät gefunden hatte.

Wenn diese Männer dort wohnten, mußte der Ort doch bestimmt gesund sein!

Er stieg also in Saint-Raphael aus und begab sich unverzüglich in ein Hotel, dessen Namen er in dem zuverlässigsten Führer durch die Winterkurorte der Riviera gelesen hatte.

Schon bedrängten ihn neue Sorgen. Was kann weniger sicher sein als ein Hotel, zumal in dieser von Lungenkranken heimgesuchten Gegend? Wie viele Kranke, was für Kranke hatten auf diesen Matratzen geschlafen, unter diesen Decken, auf diesen Kissen? Und hatten in der Wolle, in den Federn, in der Wäsche tausend unsichtbare Keime hinterlassen, die ihrer Haut, ihrem Atem, ihrem Fieber entstammten? Wie sollte er es wagen, sich in diese verdächtigen Betten zu legen, unter dem Albdruck zu schlafen, da nur wenige Tage vorher auf diesem selben Lager ein Mensch mit dem Tod gekämpft hatte?

Da kam ihm eine erleuchtende Idee. Er würde ein Nordzimmer verlangen, ein Zimmer, das völlig gegen Norden lag, ohne einen Sonnenstrahl. Da konnte man gewiß sein, daß nie ein Kranker darin gewohnt hätte.

Man öffnete ihm somit einen großen, eiskalten Raum, der ihm, auf den ersten Blick, jegliche Sicherheit zu bieten schien, so kalt und unwohnlich wirkte das Zimmer.

Er ließ ein Feuer anzünden. Und dann wurden seine Koffer hinaufgeschafft.

Mit schnellen Schritten ging er auf und ab; der Gedanke an die Möglichkeit eines Schnupfens beunruhigte ihn. Und er sagte zu seiner Frau:

«Siehst du, meine Gute, die Gefahr dieser Orte ist, daß man in frischen, selten bewohnten Zimmern untergebracht wird. Wie leicht kann man sich da allerlei Schmerzen holen. Sei so gut und pack unsere Koffer aus.»

So begann sie denn, die Koffer auszupacken und Schränke und Kommoden zu füllen, als Panard plötzlich stehnblieb und kräftig schnupperte wie ein Hund, der ein Wild wittert.

Und mit einem Mal sagte er:

«Ja, man riecht doch aber... man riecht geradezu den Kranken hier... man riecht das Medikament... ich bin gewiß, daß man das Medikament riecht... bestimmt war in diesem Zimmer ein... ein... ein Lungenkranker! Riechst du es denn nicht, meine Liebe?»

Madame Panard schnupperte auch, und sie erwiderte:

«Ja, das riecht ein wenig nach... nach... ich

erkenne den Geruch nicht genau, aber nach einem Medikament riecht es.»

Er stürzte sich auf die Glocke, und als der Kellner erschien, befahl er:

«Rufen Sie, bitte, sofort den Wirt!»

Der Wirt kam fast unverzüglich und grüßte, ein Lächeln auf den Lippen.

Panard sah ihm tief in die Augen und fragte brüsk:

«Wer war der letzte Gast, der hier gewohnt hat?»

Der Wirt war zunächst überrascht und bemühte sich, die Absicht, den Gedanken oder den Argwohn seines Gastes zu verstehn, und dann, da er doch schließlich antworten mußte und da seit mehreren Monaten niemand in diesem Zimmer übernachtet hatte, sagte er:

«Das war der Graf de la Roche-Limonière.»

«Ein Franzose?»

«Nein, Monsieur, ein... ein Belgier.»

«So, so! Und war er gesund?»

«Ja, das heißt, nein. Als er herkam, war er sehr leidend. Aber er ist völlig geheilt abgereist.»

«So? Und woran litt er denn?»

«An Schmerzen.»

«Was für Schmerzen?»

«Schmerzen... Schmerzen in der Leber.»

«Sehr gut, Monsieur, ich danke Ihnen. Ich hatte vor, einige Zeit hier zu bleiben, aber jetzt habe ich meinen Entschluß geändert. Ich reise auf der Stelle mit meiner Frau ab.»

«Aber... Monsieur...»

«Geben Sie sich keine Mühe, Monsieur. Wir reisen. Schicken Sie mir die Rechnung. Omnibus, Zimmer, Bedienung.»

Der Wirt zog sich bestürzt zurück. Panard aber sagte zu seiner Frau:

«Haha! Was, meine Gute? Den habe ich erwischt! Hast du gesehen, wie er gezaudert hat? Schmerzen... Schmerzen... Schmerzen in der Leber... das lasse ich mir nicht aufbinden... Schmerzen in der Leber!»

In Cannes kamen Monsieur und Madame Panard abends an, aßen und gingen gleich schlafen.

Doch kaum waren sie im Bett, als Panard rief:

«Heh! Der Geruch! Riechst du's diesmal auch? Aber... aber... das ist ja Karbolsäure, meine Gute! Man hat dieses Zimmer desinfiziert!»

Sofort sprang er aus dem Bett, zog sich rasch an, doch da es zu spät war, um jemanden zu rufen, entschloß er sich eben, die Nacht in einem Fauteuil zu verbringen. Trotz allen Beschwörungen ihres Mannes weigerte Madame Panard sich, seinem Beispiel zu folgen. Sie blieb unter ihrer Decke und schlief den Schlaf der Gerechten, während ihn die Seiten schmerzten und er murrte:

«Was für ein Land! Was für ein schreckliches Land! Nichts als Kranke gibt es in den Hotels!»

Bei Morgengrauen wurde der Wirt gerufen.

«Wer war der letzte Gast, der in diesem Zimmer gewohnt hat?»

«Der Großherzog von Baden und Magdeburg, Monsieur, ein Cousin des Kaisers von... von... Rußland.»

«Ah! Und er war gesund?»

«Ganz gesund, Monsieur!»

«Wirklich vollkommen gesund?»

«Vollkommen gesund.»

«Das genügt mir, Herr Wirt. Meine Frau und ich fahren mittags nach Nizza.»

«Wie es Ihnen beliebt, Monsieur.»

Und der Wirt verzog sich wütend, während Panard zu seiner Frau sagte:

«So ein Schwindler! Er will nicht einmal zugeben, daß sein Großherzog krank war! Krank! Ja, ja, krank! Ich bürge dir dafür, daß er schon tot ist, der Kerl! Sag, spürst du die Karbolsäure? Spürst du sie?»

«Ja, mein Lieber.»

«Was für Gauner, diese Wirte! Nicht einmal krank, sein Cousin des Zaren! Was für Gauner!»

Sie nahmen den Zug um ein Uhr dreißig. Der Geruch folgte ihnen in den Wagon.

Höchst beunruhigt murmelte Panard: «Man riecht es überall. Das muß eine allgemeine hygienische Maßnahme in der Gegend sein. Wahrscheinlich bespült man die Straßen, die Fußböden, die Wagons auf Geheiß der Ärzte und der Behörden mit Karbolsäure.»

Doch als sie im Hotel in Nizza waren, wurde der Geruch unerträglich.

Panard irrte, fassungslos, durch das Zimmer, öffnete die Schubladen, musterte die dunkelsten

Winkel, suchte tief in den Möbeln. Im Spiegelschrank entdeckte er eine alte Zeitung, warf zufällig einen Blick hinein und las:

«Böswillige Gerüchte, die man über den Gesundheitszustand unserer Stadt ausgestreut hat, sind vollkommen unbegründet. Weder in Nizza noch in der Umgebung ist auch nur ein einziger Fall von Cholera gemeldet worden.»

Er sprang auf und schrie:

«Madame Panard... Madame Panard... es ist die Cholera... die Cholera... die Cholera! Ich hatte es ja gewußt... pack gar nicht aus... wir kehren auf der Stelle nach Paris zurück... auf der Stelle!»

Eine Stunde später saßen sie abermals im Zug, umhüllt von einem erstickenden Karbolgeruch.

Sobald sie daheim waren, hielt Panard es für richtig, ein paar Tropfen eines kräftigen Mittels gegen die Cholera zu nehmen, und er öffnete den Koffer, der seine Medikamente enthielt. Ein greulicher Dunst stieg daraus hervor. Seine Flasche mit Karbolsäure war zerbrochen, und die Flüssigkeit hatte den ganzen Inhalt des Koffers verbrannt.

Da brach seine Frau in ein schallendes Gelächter aus.

«Hahaha! Ach, mein Freund... da hast du sie... da hast du sie! Deine Cholera...!»

Ich sollte meinen Freund Simon Radevin wiedersehen, dem ich seit fünfzehn Jahren nicht mehr begegnet war.

Damals war er mein bester Freund gewesen, der Freund meines Denkens, er, mit dem man lange, ruhige, heitere Abende verbringt, er, dem man die intimen Regungen des Herzens gesteht, für den man, im traulichen Gespräch, die seltenen, verfeinerten, scharfsinnigen, köstlichen Ideen aufbringt, aus der Zuneigung selbst geboren, die den Geist anregt und ihn belebt.

Viele Jahre hindurch hatten wir einander nie verlassen. Wir hatten so sehr mitsammen gelebt, Reisen gemacht, gesonnen, geträumt, die selben Dinge mit der selben Liebe geliebt, die selben Bücher bewundert, die selben Werke begriffen, in den selben Gefühlen gezittert und so häufig über die selben Menschen gelacht, daß wir nur einen Blick wechseln mußten, um einander völlig zu verstehn.

Dann hatte er geheiratet. Mit einem Male hatte er eine Provinzlerin geehelicht, die auf der Suche nach einem Bräutigam nach Paris gekommen war. Wie hatte diese kleine, magere, fade Blondine mit den unbeholfenen Händen, mit den hellen, leeren Augen, der frischen, dummen Stimme, hunderttausend heiratsfähigen Puppen gleich, den intelligenten, kultivierten Burschen einzufangen vermocht? Kann man diese Dinge begreifen? Zweifellos hatte er das Glück erhofft, das simple, sanfte, dauernde Glück in den Armen einer braven, zärtlichen, treuen Frau. Und das hatte er in dem durchscheinenden Blick dieses Gänschens mit den fahlen Haaren zu erblicken geglaubt.

Er hatte nicht bedacht, daß der tätige, eifrige, vitale Mann, sobald er die blödsinnige Wirklichkeit begriffen hat, alles satt bekommt, es sei denn, daß er selber derart verblödet, um nichts mehr zu verstehn.

Wie würde ich ihn wiederfinden? Immer noch lebendig, geistreich, heiter, voller Enthusiasmus oder von dem Provinzleben eingelullt? In fünfzehn Jahren kann ein Mensch sich verändern!

Der Zug hielt bei einer kleinen Station. Als ich aus dem Wagen stieg, eilte ein dicker, sehr dicker Mann mit roten Backen, mit vorgewölbtem Bauch, die Arme weit offen auf mich zu und rief: «Georges!» Ich umarmte ihn, aber ich hatte ihn nicht wiedererkannt. Dann murmelte ich verdutzt: «Herrgott, magerer bist du nicht geworden!» Er lachte. «Was willst du», erwiderte er. «Das gute Leben, die gute Küche, die guten Nächte. Essen und schlafen, das ist mein Dasein!»

Ich betrachtete ihn, ich suchte in diesem breiten Gesicht die geliebten Züge. Nur das Auge hatte sich nicht verändert; doch den Blick fand ich nicht wieder, und ich sagte mir: Wenn es wahr ist, daß der Blick das Denken widerspiegelt, so ist das Denken in diesem Kopf nicht mehr das von einst, das ich so gut gekannt hatte!

Dennoch leuchtete das Auge, von Freude und Freundschaft erfüllt; aber es besaß nicht mehr jene intelligente Helle, die, ebenso wie das Wort, den Wert eines Geistes ausdrückt.

Plötzlich sagte Simon:

«Ach, das sind meine beiden ältesten!»

Ein Mädchen von vierzehn Jahren, fast schon Frau, und ein Knabe von dreizehn in der Schultracht kamen schüchtern und linkisch näher.

«Das sind deine Kinder?» fragte ich halblaut.

«Ja, natürlich!» lachte er.

«Wieviel hast du denn?»

«Fünf! Drei sind zu Hause geblieben.»

Das hatte er gleichsam stolz, zufrieden, beinahe triumphierend erklärt. Und ich fühlte mich von tiefem Mitleid gepackt, darein sich eine unbestimmte Verachtung für diesen dünkelhaften Zuchtbullen mischte, der seine Nächte damit verbrachte, in seinem Provinzhaus zwischen Schlaf und Schlaf Kinder zu zeugen wie ein Kaninchen in seinem Stall.

Ich stieg in einen Wagen, den er selber lenkte, und nun fuhren wir quer durch den Ort, einen tristen, schläfrigen, öden Ort, wo sich auf den Straßen nichts rührte, von ein paar Hunden und zwei oder drei Dienstmädchen abgesehen. Von Zeit zu Zeit zog ein Kaufmann in der Türe seines Ladens den Hut; Simon erwiderte den Gruß und nannte mir den Mann, zweifellos, um mir zu beweisen, daß er alle Einwohner bei Namen kannte. Mir fiel ein, daß er an ein Abgeordnetenmandat denken mochte, diesen Traum aller in der Provinz Vergrabenen.

Die Stadt hatten wir rasch durchquert, und nun fuhr der Wagen in einen Garten ein, der sich zum Park aufplustern wollte, und dann hielten wir vor einem Haus mit Türmchen, das gern als Schloß gewirkt hätte.

«Das ist meine Höhle», sagte Simon, der offenbar ein Kompliment erwartete.

«Ganz entzückend», sagte ich.

Auf der Anfahrt erschien eine Dame, zum Empfang des Besuchs hergerichtet, die Haare zum Empfang des Besuchs frisiert, die Gemeinplätze gebrauchsfertig zum Empfang des Besuchs. Das war nicht die fade blonde Kleine, die ich vor fünfzehn Jahren in der Kirche gesehen hatte, sondern eine wohlgerundete Dame mit Löckchen und Falbeln, eine jener Damen ohne Alter, ohne Charakter, ohne Eleganz, ohne Geist, ohne das alles, was eine Frau ausmacht. Das war nichts als eine Mutter, eine dicke, banale Mutter, die Legehenne, die menschliche Glucke, die gebiert, ohne eine andere Erfüllung ihrer Seele als ihre Kinder und ihr Kochbuch.

Sie hieß mich willkommen, und ich trat in das Vorzimmer, wo drei Knirpse der Größe nach angereiht standen, anscheinend wie eine Parade von Feuerwehrleuten vor einem Bürgermeister.

«Aha, das sind die andern», sagte ich.

Strahlend stellte Simon sie vor: «Jean, Sophie und Gontran.»

Die Türe zum Salon war offen. Ich trat ein und gewahrte tief in einem Lehnstuhl etwas, das zitterte, einen Mann, einen alten, gelähmten Mann.

Madame Radevin kam näher.

«Das ist mein Großvater, Monsieur. Er ist siebenundachtzig Jahre alt.»

Dann schrie sie dem greisen Zitterer ins Ohr: «Das ist ein Freund von Simon, Großpapa.» Der Stammvater bemühte sich, mich zu begrüßen, schwenkte die Hand und brachte ein «Ouah, ouah, ouah» hervor. «Sie sind zu gütig, Monsieur», entgegnete ich und fiel in einen Stuhl.

Simon war uns nachgekommen. Er lachte.

«Hahaha! Du hast die Bekanntschaft des Großpapas gemacht! Er ist unbezahlbar, der Alte! Er ist der Hauptspaß der Kinder. Verfressen, daß er bei allen Mahlzeiten krepieren könnte. Du kannst dir nicht vorstellen, was der hinunterschlingen würde, wenn man ihn ließe. Aber du wirst sehen, du wirst sehen. Er kokettiert mit den Nachspeisen, als ob es junge Mädchen wären. Komischeres hast du noch nie erlebt. Gleich wirst du's sehen.»

Dann führte man mich in mein Zimmer, damit ich mich vorbereiten könnte, denn die Stunde des Abendessens war nahe. Auf der Treppe hörte ich ein lautes Getrappel, und ich drehte mich um. Alle Kinder folgten mir als

Prozession hinter ihrem Vater, zweifellos, um mir eine Ehre zu erweisen.

Mein Zimmer schaute auf die Ebene, eine endlose Ebene, völlig nackt, ein Ozean von Gräsern, von Weizen, von Hafer, ohne eine Baumgruppe, ohne Hügel, ein packendes, trauriges Bild des Lebens, das man in diesem Haus führen mußte.

Eine Glocke tönte. Sie rief zum Abendessen. Ich ging hinunter.

Madame Radevin nahm mit feierlicher Miene meinen Arm, und wir gingen in das Eßzimmer. Ein Diener rollte den Lehnstuhl des Alten herein, der, kaum vor seinem Teller angelangt, einen lüsternen, neugierigen Blick auf den Nachtisch warf und seinen wackligen Kopf mühsam von einer Schüssel zur andern wandte.

Da rieb Simon sich die Hände. «Jetzt wirst du was zu lachen haben!» sagte er. Und alle Kinder begriffen, daß man mir das Schauspiel des verfressenen Großvaters bieten wollte, begannen zu lachen, während ihre Mutter nur lächelte und die Achseln zuckte.

Radevin formte die Hände zum Sprachrohr und schrie dem Alten zu:

«Heute abend haben wir eine Reisecreme!»

Das runzlige Gesicht des Alten erhellte sich, und er zitterte am ganzen Körper noch stärker, um zu zeigen, daß er verstanden hatte, und daß er zufrieden war.

Und das Essen begann.

«Sieh nur», flüsterte Simon. Der Großvater

machte sich nichts aus Suppe und wollte keine essen. Seiner Gesundheit wegen wurde er dazu gezwungen; und der Diener schob ihm gewaltsam den vollen Löffel in den Mund, während der Greis heftig pustete, um die Suppe nicht zu schlucken, die auf diese Art wie ein Springbrunnen über den Tisch und über seine Nachbarn spritzte.

Die Kinder krümmten sich vor Lachen, und ihr Vater war sehr zufrieden und sagte immer wieder: «Ist er nicht komisch, der Alte?»

Und während der ganzen Mahlzeit beschäftigte man sich nur mit ihm. Mit den Blicken verschlang er die Schüsseln, die auf den Tisch gestellt wurden; und mit seiner heftig bebenden Hand versuchte er sie zu erwischen und zu sich zu ziehen. Man stellte sie beinahe in seine Reichweite, um seine vergeblichen Anstrengungen zu beobachten, sein zitterndes Verlangen nach ihnen, den verzweifelten Ruf seines ganzes Wesens, seines Auges, seines Mundes, seiner Nase, die sie witterte. Und er sabberte vor Gier auf seine Serviette und stieß ein undeutliches Knurren aus. Und die ganze Familie ergötzte sich an dieser greulichen, grotesken Folter.

Dann legte man ihm ein ganz kleines Stück auf seinen Teller, das er mit fiebriger Gier verzehrte, um schnell etwas anderes zu bekommen.

Als die Reiscreme aufgetragen wurde, verfiel er beinahe in Zuckungen. Er stöhnte vor Verlangen.

Gontran schrie ihm zu: «Sie haben zu viel gegessen; Sie kriegen nichts davon!» Und man tat, als wollte man ihm nichts geben.

Da begann er zu weinen. Er zitterte nur um so stärker und weinte, während alle Kinder sich höchlichst amüsierten.

Endlich erhielt er sein Teil, ein ganz kleines Teilchen; und während er den ersten Bissen aß, machte er mit seiner Kehle ein komisches, glucksendes Geräusch und eine Halsbewegung wie Enten, die ein zu großes Stück schlucken.

Als er fertig war, fing er wieder an zu zittern, um noch etwas mehr zu bekommen.

Vor dieser ergreifenden und lächerlichen Tantalusqual von Mitleid gepackt, bat ich für ihn: «So gib ihm doch noch ein wenig Reiscreme!»

«O nein, mein Lieber», erwiderte Simon. «Wenn er in seinem Alter zu viel essen würde, könnte ihm das schaden.»

Ich verstummte; ich dachte über diese Antwort nach. O Moral, o Logik, o Weisheit! In seinem Alter! Man beraubte ihn also des einzigen Vergnügens, das er noch genießen konnte, aus Sorge um seine Gesundheit! Seine Gesundheit. Was sollte er damit anfangen, dieses gelähmte, zitternde Restchen Menschheit? Man schonte seine Tage, wie man sagt? Seine Tage? Wieviel Tage? Zehn, zwanzig, fünfzig oder hundert? Wozu? Für ihn? Oder um der Familie noch länger dieses Schauspiel ohnmächtiger Gefräßigkeit aufzusparen?

Er hatte nichts mehr in diesem Leben zu tun; nichts mehr. Eine einzige Sehnsucht blieb ihm noch, eine einzige Freude. Warum gönnte man sie ihm nicht in aller Fülle, diese letzte Freude, warum gönnte man sie ihm nicht, bis er daran starb?

Dann, nach einer langen Kartenpartie, ging ich in mein Zimmer, um mich schlafen zu legen. Ich war traurig, traurig, traurig!

Und ich trat ans Fenster. Man hörte nichts als ein sehr leichtes, sehr leises, sehr reizendes Gezwitscher irgendwo in einem Baum. Dieser Vogel mußte so, mit leiser Stimme, in der Nacht singen, um sein Weibchen zu wiegen, das über den Eiern schlummerte.

Und ich dachte an die fünf Kinder meines armen Freundes, der jetzt an der Seite seiner häßlichen Frau schnarchen mochte.

8. Mai. – Welch ein wunderbarer Tag! Ich habe den ganzen Morgen ausgestreckt auf dem Gras vor meinem Hause verbracht, unter der riesigen Platane, die es deckt, schützt und vollständig beschattet. Ich liebe dieses Land und ich lebe gern darin, weil ich hier meine Wurzeln habe, jene tiefen, zarten Wurzeln, die einen Menschen an den Boden binden, auf dem seine Ahnen geboren wurden und starben, diese Wurzeln, die ihn mit dem verknüpfen, was man denkt und was man ißt, mit den Bräuchen wie mit den Speisen, mit den örtlichen Redensarten, mit dem Tonfall der Bauern, mit den Gerüchen der Erde, der Dörfer, ja der Luft.

Ich liebe mein Haus, darin ich herangewachsen bin. Von meinen Fenstern sehe ich die Seine, die längs meines Gartens fließt, hinter der Straße, beinahe bei mir, die große, breite Seine, die von Rouen nach Le Havre strömt, bedeckt mit den vorüberfahrenden Schiffen.

Zur Linken, dort unten Rouen, die ausgedehnte Stadt mit den blauen Dächern, unter dem spitzigen Volk gotischer Kirchtürme. Sie sind zahllos, zierlich oder breit, beherrscht von der metallenen Turmspitze der Kathedrale, und voll mit Glocken, die in die blaue Luft schöner Morgen läuten und bis zu mir ihr sanftes, fernes Dröhnen senden, ihren ehernen Klang, den die Brise mir zuträgt, bald stärker, bald schwächer, je nachdem, ob sie wach wird oder sich legt.

Wie angenehm war es an diesem Morgen!

Gegen elf passierte eine lange Kette von Schiffen, gezogen von einem fliegengroßen Schlepper, der vor Mühe keuchte und einen dichten Dampf ausspie, vor meinem Gitter.

Hinter zwei englischen Schonern, deren rote Wimpel vor dem Himmel flatterten, kam ein prachtvoller brasilianischer Dreimaster, schneeweiß, wundervoll sauber und schimmernd. Ich grüßte es, warum, weiß ich nicht, solche Freude bereitete mir der Anblick dieses Schiffes.

12. Mai. – Seit einigen Tagen habe ich ein wenig Fieber; ich fühle mich nicht wohl, oder vielmehr, ich fühle mich bedrückt.

Woher kommen diese geheimnisvollen Einflüsse, die unser Glück in Entmutigung und unser Vertrauen in Beklemmung verwandeln? Man möchte sagen, daß die Luft, die unsichtbare Luft voll ist von unerkennbaren Mächten, deren mysteriöse Nachbarschaft wir erleiden. Ich wache auf, von Fröhlichkeit erfüllt, in der Kehle die Lust zu singen. Warum? Ich gehe den Fluß entlang; und mit einem Mal, nach einem kurzen Spaziergang, kehre ich verzweifelt zurück, als erwartete mich daheim irgendein Unglück. Warum? Hat ein Frösteln, das meine Haut überlief, meine Nerven erschütterte, meine Seele verdunkelt? Ist es die Form der Wolken oder die

Farbe des Tages, die wechselvolle Farbe der Dinge, die an meinen Augen vorüberziehen, was mein Denken verstört hat? Weiß man es? Alles, was uns umgibt, alles, was wir schauen, ohne es zu betrachten, alles, was wir streifen, ohne es zu kennen, alles, was wir berühren, ohne es zu greifen, alles, was uns begegnet, ohne daß wir es unterscheiden, hat auf uns, auf unsere Organe und durch sie auf unsere Gedanken, ja, auf unser Herz überraschende, unerklärliche Wirkungen.

Wie tief ist dieses Mysterium des Unsichtbaren! Wir vermögen es nicht mit unseren jämmerlichen Sinnen zu ergründen, nicht mit unseren Augen, die weder das allzu Kleine noch das allzu Große, weder das allzu Nahe noch das allzu Ferne wahrzunehmen vermögen, weder die Bewohner eines Sterns noch die Bewohner eines Wassertropfens... nicht mit unseren Ohren, die uns täuschen, denn sie übermitteln uns die Schwingungen der Luft als klingende Töne. Sie sind Feen, die dieses Wunder vollbringen, Bewegung in Geräusch zu verwandeln und durch diese Umwandlung die Musik entstehn lassen, welche das stumme Erzittern der Natur zum Singen reizt... nicht mit unserem Geruchsinn, der schwächer ist als der eines Hundes... nicht mit unserem Geschmack, der kaum das Alter eines Weins zu erkennen vermag!

Ach, wenn wir andere Organe hätten, die zu unseren Gunsten andere Wunder vollbrächten, welche Dinge könnten wir noch rund um uns entdecken!

16. Mai. – Ich bin krank, ja, wirklich krank! Und so gut ging es mir im vergangenen Monat! Ich habe Fieber, ein grausames Fieber, oder eher eine fieberhafte Nervosität, die meine Seele ebenso leiden macht wie meinen Körper. Ununterbrochen habe ich das schreckliche Gefühl einer drohenden Gefahr, jene Angst vor einem Unheil, das bevorsteht, oder vor dem Tode, der sich naht, jenes Vorgefühl, zweifellos der Vorbote eines unbekannten Übels, das im Blut und im Fleisch keimt.

18. Mai. – Ich habe meinen Arzt um Rat befragt, denn ich konnte nicht mehr schlafen. Er fand den Puls beschleunigt, die Pupille erweitert, die Nerven gereizt, doch kein beunruhigendes Symptom. Ich soll mich einer Kur mit Duschen unterziehen und Brom trinken.

25. Mai. – Keine Veränderung! Mein Zustand ist wirklich seltsam. Je näher der Abend rückt, desto mehr packt mich eine unbegreifliche Unruhe, als bärge die Nacht eine entsetzliche Bedrohung für mich. Ich esse schnell zu Abend, dann versuche ich zu lesen; doch ich erfasse die Worte nicht, ich unterscheide kaum die Buchstaben. Und da gehe ich in meinem Salon auf und ab, unter dem Druck einer wirren, unwiderstehlichen Angst, der Angst vor dem Schlaf und der Angst vor dem Bett.

Gegen zehn Uhr steige ich in mein Zimmer hinauf. Kaum eingetreten, drehe ich den Schlüssel zweimal im Schloß und schiebe den Riegel vor; ich habe Angst... wovor? Bis jetzt hatte ich mich vor gar nichts gefürchtet... ich öffne meine Schränke, ich schaue unter das Bett; ich lausche... worauf? Ist es nicht merkwürdig, daß ein einfaches Unbehagen, vielleicht eine Kreislaufstörung, die Reizung eines Nervenstrangs, ein wenig Kongestion, eine ganz kleine Störung in dem so unvollkommenen, so heiklen Funktionieren unserer Lebensmaschine aus dem heitersten Menschen einen Melancholiker, aus dem tapfersten einen Feigling machen kann? Dann lege ich mich nieder, und ich erwarte den Schlaf, wie man den Henker erwartet. Ich erwarte ihn mit einem Grauen vor seiner Ankunft, und mein Herz pocht, und meine Beine schlottern; und mein ganzer Körper erzittert in der Wärme der Decken bis zu dem Augenblick, da ich plötzlich in die Ruhe versinke, wie man, um sich darin zu ertränken, in einen Pfuhl stehenden Wassers versänke. Ich spüre ihn nicht kommen wie einst, diesen niederträchtigen Schlummer, der sich in meiner Nähe verbirgt, der mich bespitzelt, der meinen Kopf packen, meine Augen schließen, mich vernichten wird.

Ich schlafe – lange – zwei oder drei Stunden – und dann bedrängt mich ein Traum – nein – ein Albdruck. Ich fühle sehr wohl, daß ich liege, daß ich schlafe... ich spüre es, und ich weiß es... und ich spüre auch, daß irgendwer sich mir naht, mich beobachtet, mich betastet, auf mein Bett steigt, auf meiner Brust kniet, meinen Hals mit seinen

Händen packt und zuschnürt... zuschnürt... mit all seiner Kraft... um mich zu erdrosseln.

Und ich, ich wehre mich, von jener greulichen Ohnmacht gehemmt, die uns in den Träumen lähmt; ich möchte schreien – ich kann nicht – ich versuche, mich mit furchtbaren Anstrengungen, keuchend, umzudrehen, dieses Wesen abzuschütteln, das mich erdrückt, das mich erwürgt – ich kann nicht!

Und plötzlich wache ich auf, wahnsinnig, schweißgebadet. Ich zünde eine Kerze an. Ich bin allein.

Nach dieser Krise, die sich jede Nacht wiederholt, schlafe ich endlich ruhig bis zum Morgen.

2. Juni. – Mein Zustand hat sich noch verschlimmert. Was habe ich nur? Das Brom wirkt nicht; die Duschen wirken nicht. Vorhin unternahm ich, um meinen schon so schlaffen Körper zu ermüden, eine Wanderung im Wald von Roumare. Zuerst glaubte ich, die frische, leichte, milde, vom Duft von Gras und Blattwerk erfüllte Luft gösse mir neues Blut in die Adern, neue Energie ins Herz. Ich schlug einen breiten Jagdweg ein, dann bog ich durch eine schmale Allee gegen La Bouille ab, zwischen zwei Armeen von überhohen Bäumen, die zwischen dem Himmel und mir ein grünes, dichtes, beinahe schwarzes Dach wölbten.

Plötzlich ergriff mich ein Schauder, nicht etwa ein Frösteln, sondern ein seltsamer Schauder der Angst.

Ich beschleunigte meinen Schritt, beunruhigt, weil ich allein in diesem Wald war, grundlos, töricht verängstigt durch die tiefe Einsamkeit. Mit einem Mal war es mir, als würde ich verfolgt, als ginge man hinter mir her, ganz nahe, in Reichweite.

Jäh wandte ich mich um. Ich war allein. Ich sah hinter mir nur die grade, breite Allee, leer, hoch, beängstigend leer; und auf der andern Seite dehnte sie sich auch, so weit der Blick reichte, ganz genau so, erschreckend.

Ich schloß die Augen. Warum? Und ich begann mich auf meinem Absatz zu drehen, sehr schnell, wie ein Kreisel. Beinahe wäre ich gefallen. Ich öffnete die Augen wieder, die Bäume tanzten, die Erde schwankte, ich mußte mich setzen. Dann... ah... ich wußte nicht mehr, aus welcher Richtung ich gekommen war. Eine seltsame Idee! Seltsam! Ich wußte gar nichts mehr. Ich wandte mich nach der rechten Seite und gelangte abermals auf den Weg, der mich in die Mitte des Waldes geführt hatte.

3. Juni. – Die Nacht war schrecklich. Ich werde mich für einige Wochen verziehen. Eine kleine Reise wird mich zweifellos wieder in Ordnung bringen.

2. Juli. – Ich kehre zurück. Ich bin geheilt. Zudem habe ich einen wunderschönen Ausflug gemacht. Ich habe den Mont Saint-Michel besichtigt, den ich noch nicht kannte.

Welch ein Anblick, wenn man, wie ich, gegen Ende des Tages von Avranches kommt! Die Stadt liegt auf einem Hügel, und man führte mich in die öffentlichen Anlagen am Ende der Stadt. Ich stieß einen Schrei des Entzückens aus. Eine unermeßliche Bucht dehnte sich vor mir, so weit man schauen konnte, zwischen zwei auseinanderstrebenden Küsten, die sich in der Ferne im Dunst verlieren. Und inmitten dieser riesigen gelblichen Bucht, unter einem Himmel voll Gold und Helle erhob sich düster und spitz ein merkwürdiger Berg mitten aus dem Sand. Die Sonne war gerade untergegangen, und vor dem noch immer in Flammen stehenden Horizont zeichnete sich das Profil jenes phantastischen Felsens ab, der auf seiner Spitze ein phantastisches Denkmal trägt.

Sobald der Morgen graute, ging ich darauf zu. Es war Ebbe wie am Abend zuvor, und ich sah, je näher ich kam, desto erstaunlicher das Kloster vor mir aufragen. Nach mehreren Marschstunden erreichte ich den gewaltigen Block aus Steinen, der die kleine, von der großen Kirche überhöhte Stadt trägt. Nachdem ich die schmale steile Gasse erklommen hatte, betrat ich die wunderbarste gotische, für Gott auf Erden errichtete Wohnstätte, weitläufig wie eine Stadt, voll mit niedrigen, unter den Wölbungen gleichsam erdrückten Sälen und hohen Galerien, getragen von zierlichen Säulen. Ich trat in dies riesige granitene Spielzeug, das leicht wie eine Spitze ist und von Türmen und Türmchen gekrönt darin Wendeltreppen aufsteigen, und die in den blauen Himmel der Tage, in den schwarzen Himmel der Nächte ihre bizarren von Spukgestalten umstarrten Köpfe erheben, von Teufeln, von phantastischen Tieren, von ungeheuerlichen Blumen, und die durch schlanke, gezierte Bögen miteinander verbunden sind.

Als ich auf dem Gipfel stand, sagte ich zu dem Mönch, der mich begleitete: «Mein Vater, wie wohl Sie sich hier fühlen müssen!»

Er erwiderte: «Es gibt viel Wind, Monsieur»; und dann begannen wir zu plaudern und sahen das Meer steigen, das über den Sand eilte und ihn mit einem stählernen Küraß bedeckte.

Und der Mönch erzählte mir Geschichten, all die alten Geschichten dieses Ortes, Legenden, immer noch Legenden.

Eine von ihnen machte mir großen Eindruck. Die Leute in der Gegend und die vom Felsen behaupten, man höre nachts auf dem Sand sprechen, und dann höre man zwei Ziegen meckern, die eine mit starker, die andere mit schwacher Stimme. Die Ungläubigen erklären, das sei das Gekreisch der Seevögel, das manchmal einem Meckern, manchmal menschlichem Klagen gleiche; doch verspätet heimkommende Fischer schwören, sie hätten zwischen zwei Fluten, rund um die fern von der Welt aufgebaute Stadt, durch die Dünen schweifend einen alten Schäfer angetroffen, dessen vom Mantel bedeckten Kopf man niemals sieht und der einen Bock mit Männerantlitz und eine Ziege mit Frauenantlitz vor sich her treibt; beide hätten langes, weißes Haar sprächen ununterbrochen, zankten sich in eine unbekannten Sprache; dann hörten sie zu schreien auf, um mit aller Kraft zu meckern.

Ich sagte zu dem Mönch: «Glauben Si das?»

Er murmelte: «Ich weiß nicht.»

Ich fuhr fort: «Wenn es auf der Erde ander Geschöpfe gäbe als uns, wie sollten wir sie nich schon seit langem kennen? Wie hätten Sie, Si selber sie nicht gesehen? Wie hätte ich sie nich erblickt?»

Er erwiderte: «Sehen wir auch nur den hun derttausendsten Teil dessen, was es gibt? Neh men Sie nur einmal den Wind, der die größt Naturkraft ist, Menschen umwirft, Gebäude ein stürzen läßt, Bäume entwurzelt, das Meer zu Wasserbergen aufpeitscht, die Klippen zerbrich mächtige Wogen über die großen Schiffe schleu dert, den Wind, der tötet, der pfeift, der stöhn der brüllt – haben Sie ihn gesehen und könne Sie ihn sehen? Und dennoch gibt es ihn!»

Vor dieser einfachen Überlegung verstummt ich. Dieser Mann war ein Weiser oder vielleich ein Dummkopf. Das hätte ich nicht mit Siche heit sagen können; doch ich schwieg. Was er d sagte, das hatte ich selber häufig gedacht.

3. Juli. – Ich habe schlecht geschlafen; be stimmt, es muß hier ein fiebererzeugender Ein fluß wirksam sein, denn mein Kutscher leide unter dem gleichen Übel wie ich. Als ich gester heimkehrte, fiel mir seine merkwürdige Blässe auf. Ich fragte ihn:

«Was haben Sie denn, Jean?»

«Ich kann mich nicht mehr ausruhen, Monsieur; diese Nächte sind's, die mir meine Tage auffressen. Seit Monsieur abgereist ist, hat mich das wie eine Behexung gepackt.»

Meine andern Dienstleute sind immerhin wohl; aber ich habe große Angst, daß es auch mich packen wird.

4. Juli. – Ja, es hat mich gepackt. Meine früheren Albträume kehren wieder. Diese Nacht habe ich gespürt, wie jemand auf mir hockte, seinen Mund auf dem meinen, und zwischen meinen Lippen mein Leben trank. Ja, er saugte in meiner Brust, wie es ein Blutegel getan hätte. Dann erhob er sich gesättigt, und ich bin erwacht, derart gefoltert, zerbrochen, vernichtet, daß ich mich nicht mehr rühren konnte. Wenn das noch einige Tage dauert, reise ich bestimmt wieder ab.

5. Juli. – Habe ich den Verstand verloren? Was sich letzte Nacht ereignet hat, was ich gesehen habe, ist so seltsam, daß mein Kopf schwindelt, wenn ich daran denke!

Wie ich es jetzt jeden Abend tue, hatte ich meine Türe abgesperrt; dann, da ich Durst hatte, trank ich ein halbes Glas Wasser, und zufällig bemerkte ich, daß meine Karaffe bis zu dem kristallenen Pfropfen gefüllt war.

Dann legte ich mich nieder, und ich versank in einen meiner gräßlichen Träume, daraus ich nach etwa zwei Stunden durch eine noch schrecklichere Erschütterung gerissen wurde.

Stellt euch einen Mann vor, der schläft, den man ermordet und der mit einem Messer in der Lunge erwacht; der blutüberströmt röchelt, der nicht mehr atmen kann, der sterben wird, und der nicht begreift – so war es.

Bevor ich endlich wieder zur Besinnung gekommen war, verspürte ich von neuem Durst; ich zündete eine Kerze an und ging zu dem Tisch, auf dem meine Karaffe stand. Ich hob sie, neigte sie über mein Glas; nichts floß heraus. Sie war leer, sie war vollständig leer! Zunächst verstand ich gar nichts; dann, mit einem Male, fühlte ich einen so furchtbaren Schock, daß ich mich setzen mußte, oder vielmehr, daß ich auf einen Stuhl sank. Dann richtete ich mich jäh wieder auf, um mich umzusehen. Und dann setzte ich mich wieder, völlig benommen und verängstigt, vor den durchscheinenden Kristall. Mit starren Augen beobachtete ich ihn, versuchte zu erraten. Meine Hände zitterten. Man hatte also dieses Wasser getrunken! Wer? Ich? Ohne Zweifel ich! Nur ich konnte es gewesen sein. So war ich denn ein Nachtwandler, lebte, ohne es zu wissen, jenes geheimnisvolle Doppelleben, das den Zweifel weckt, ob zwei Wesen in uns sind, oder ob ein Fremder, unerkennbar und unsichtbar, minutenlang, während unsere Seele betäubt ist, unsern gefangenen Körper belebt, der jenem an dern gehorcht wie uns selbst, mehr als uns selbst.

Ah! Wer wird meine grauenhafte Angst begreifen? Wer wird die Aufregung eines Menschen begreifen, der vollsinnig, hellwach, bei klarer Vernunft ist und entsetzt durch das Glas einer Karaffe schaut, weil, während er schlief, ein wenig Wasser verschwunden ist? Und so bleibe ich bis zum Tagesanbruch und wage nicht, wieder zu Bett zu gehn.

6. Juli. – Ich werde verrückt. Diese Nacht hat man abermals meine Karaffe leer getrunken – oder vielmehr ich selber habe sie ausgetrunken.

War ich es aber? War ich es? Wer wäre es? Wer? O mein Gott! Ich werde verrückt. Wer wird mich retten?

10. Juli. – Ich habe überraschende Versuche angestellt.

Ja, wirklich, ich bin verrückt. Und dennoch.

Am 6. Juli, bevor ich schlafen ging, habe ich auf meinen Tisch Wein, Milch, Wasser, Brot und Erdbeeren gestellt.

Man hat alles Wasser und ein wenig Milch getrunken. Ich habe getrunken! Den Wein, die Erdbeeren hat man nicht berührt.

Am 7. Juli habe ich meinen Versuch wiederholt. Mit dem gleichen Ergebnis.

Am 8. Juli habe ich Wasser und Milch fortgelassen. Es wurde nichts berührt.

Am 9. Juli schließlich habe ich wieder nur

Wasser und Milch auf meinen Tisch gestellt und war sorgsam darauf bedacht, die Flaschen in weiße Musselintücher zu wickeln und die Pfropfen festzubinden. Dann habe ich meine Lippen, meinen Bart, meine Hände mit Bleistift eingerieben. Und dann habe ich mich niedergelegt.

Der unbesiegliche Schlaf hatte mich gepackt, bald gefolgt von dem grausamen Erwachen. Ich hatte mich nicht gerührt; meine Decken waren fleckenlos. Ich stürzte mich zum Tisch. Die Tücher um die Karaffen waren weiß und rein. Ich löste, angstbebend, die Schnüre. Man hatte das ganze Wasser ausgetrunken! Man hatte die ganze Milch ausgetrunken. Mein Gott...

Ich fahre unverzüglich nach Paris.

12. Juli. – Paris. Ich habe wohl in den letzten Tagen den Kopf verloren! Ich muß das Spielwerk meiner überreizten Phantasie gewesen sein, es sei denn, ich wäre wirklich ein Nachtwandler, oder ich wäre einem jener Einflüsse erlegen, die man festgestellt, aber bisher nicht aufgeklärt hat und die man Suggestionen nennt. In jedem Fall rührte mein Erregungszustand an den Wahnsinn, und vierundzwanzig Stunden in Paris haben genügt, um mich wieder ins Gleichgewicht zu bringen.

Gestern, nach Besorgungen und Besuchen, die mir neue, belebende Luft in die Seele gossen, beendete ich meinen Abend im Théâtre-Français. Man spielte dort ein Stück vom jüngeren Alexandre Dumas; und dieser lebhafte, kräftige

Witz vervollkommnete meine Heilung. Gewiß, die Einsamkeit ist für rege Geistigkeit gefährlich. Wir bedürfen einer Umgebung von Menschen, die denken, die reden. Sind wir lange allein, so bevölkern wir die Leere mit Gespenstern.

Sehr wohlgelaunt bin ich über die Boulevards ins Hotel zurückgekehrt. Mitten im Gedränge dachte ich, nicht ohne Ironie, an meine Schrecknisse, an meine Vermutungen der verflossenen Woche, denn ich hatte geglaubt, ja, ich hatte geglaubt, daß ein unsichtbares Wesen unter meinem Dach hauste. Wie schwach ist doch unser Kopf, wie leicht erschrickt er, wird wirr, sobald eine unverständliche Kleinigkeit uns zustößt!

Statt uns mit den einfachen Worten zufriedenzugeben: «Ich verstehe nicht, weil die Ursache sich mir entzieht», stellen wir uns alsbald erschreckende Mysterien und übernatürliche Kräfte vor.

14. Juli. – Fest der Republik. Ich bin durch die Straßen geschlendert. Die Knallfrösche, die Fahnen bereiteten mir ein kindliches Vergnügen. Und dennoch ist es sehr töricht, an einem bestimmten Tag, auf Befehl der Regierung fröhlich zu sein. Das Volk ist ein alberner Haufen, bald von blöder Geduld, bald von wildem Trotz erfüllt. Man sagt ihm: «Amüsier dich!» Und es amüsiert sich. Man sagt ihm: «Geh und kämpf gegen deinen Nachbarn!» Und es kämpft. Man sagt ihm: «Wähle für den Kaiser!» Und es wählt für den Kaiser. Dann sagt man ihm: «Wähle für die Republik!» Und es wählt für die Republik. Jene, die herrschen, sind gleichfalls Dummköpfe; doch statt Menschen zu gehorchen, gehorchen sie Prinzipien, die nicht anders als albern, unfruchtbar und falsch sein können, gerade dadurch, daß sie Prinzipien sind, das heißt Ideen, die als sicher und unabänderlich gelten, und das in dieser Welt, wo man nichts mit Sicherheit behaupten kann, da doch das Licht eine Einbildung ist, das Geräusch eine Einbildung ist.

16. Juli. – Gestern habe ich Dinge gesehen, die mich sehr aufgerührt haben.

Ich war zu Tisch bei meiner Cousine, Madame Sablé, deren Mann die 76. Jäger in Limoges kommandiert. Ich war mit zwei jungen Frauen bei ihr, deren eine einen Arzt geheiratet hat, Doktor Parent, der sich viel mit Nervenkrankheiten und außerordentlichen Erscheinungen beschäftigt, die derzeit der Anlaß für Experimente mit Hypnose und Suggestion sind.

Er erzählte uns ausführlich von den erstaunlichen Ergebnissen, welche englische Wissenschaftler und die Ärzte der Schule von Nancy erzielt haben.

Die Tatsachen, die er vorbrachte, erschienen mir so bizarr, daß ich sogleich aus meiner Ungläubigkeit kein Hehl machte.

«Wir sind», behauptete er, «an der Schwelle, eines der wichtigsten Geheimnisse der Natur zu entdecken, ich will sagen, eines ihrer wichtigsten

Geheimnisse auf der Erde; denn auf den Sternen dort oben hat sie bestimmt noch wichtigere. Seit der Mensch denkt, seitdem er seine Gedanken aussprechen und niederschreiben kann, fühlt er sich von einem für seine groben, unvollkommenen Sinne undurchdringlichen Mysterium gestreift, und er versucht, der Ohnmacht seiner Sinnesorgane durch die Anstrengung seines Geistes nachzuhelfen. Als diese Einsicht noch im Rohzustand verharrte, hat die Bedrängung durch unsichtbare Phänomene die Formen einer gewöhnlichen Beängstigung angenommen. Daraus sind die volkstümlichen Vorstellungen vom Übernatürlichen entstanden, die Sagen von schweifenden Geistern, von Feen, von Gnomen, von Gespenstern, ich möchte sogar sagen die Legende von Gott, denn unsere Vorstellungen vom Schöpfer, welcher Religion sie auch entstammen mögen, sind doch die unerheblichsten, die dümmsten, die unannehmbarsten, die dem verängstigten Hirn der Wesen entsprossen sind. Nichts wahrer als Voltaires Wort: ‹Gott hat den Menschen nach seinem Bilde geschaffen, aber der Mensch hat es ihm wahrhaftig vergolten.›

Doch seit ein wenig mehr als einem Jahrhundert scheint man etwas Neues zu spüren. Mesmer und einige andere haben uns auf einen unerwarteten Weg gelenkt, und wir sind, vor allem seit vier oder fünf Jahren, zu wirklich überraschenden Resultaten gelangt.»

Meine ebenfalls sehr ungläubige Cousine lächelte. Und Doktor Parent sagte zu ihr: «Wollen

Sie, daß ich versuche, Sie einzuschläfern, Madame?»

«Ja, gern!»

Sie setzte sich auf einen Fauteuil, und er begann sie fest, eindringlich anzusehen. Ich selber empfand plötzlich eine gewisse Verstörung, mein Herz pochte, meine Kehle schnürte sich zu. Ich sah, wie die Augen meiner Cousine schwer wurden, wie ihr Mund sich verzerrte, ihre Brust keuchte.

Nach zehn Minuten war sie eingeschlafen.

«Setzen Sie sich hinter sie», gebot der Arzt.

Und ich setzte mich hinter sie. Er legte ihr eine Visitenkarte zwischen die Hände und sagte: «Das ist ein Spiegel. Was sehen Sie darin?»

Sie erwiderte:

«Ich sehe meinen Cousin.»

«Was tut er?»

«Er dreht sich den Schnurrbart.»

«Und jetzt?»

«Er zieht eine Photographie aus der Tasche.»

«Was ist das für eine Photographie?»

«Seine eigene.»

Es war richtig! Und diese Photographie war mir an diesem Abend ins Hotel geliefert worden.

«Wie ist er auf diesem Bild?»

«Er steht und hat seinen Hut in der Hand.»

Sie sah also auf dieser Karte, diesem weißen Stück Pappendeckel, wie sie in einem Spiegel gesehen hätte!

Die jungen Frauen stießen entsetzt hervor: «Genug! Genug! Genug!»

Doch der Arzt befahl: «Sie werden morgen um acht Uhr aufstehn; dann gehen Sie ins Hotel zu Ihrem Cousin und bitten ihn, Ihnen fünftausend Francs zu leihen, die Ihr Mann von Ihnen verlangt und die er bei seiner nächsten Reise von Ihnen fordern wird.»

Dann weckte er sie.

Als ich ins Hotel zurückkehrte, dachte ich an diese merkwürdige Séance, und Zweifel stiegen in mir auf, nicht an der unbedingten, über jeden Verdacht erhabenen Gutgläubigkeit meiner Cousine, die ich seit meiner Kindheit wie eine Schwester kannte, sondern an einem möglichen Kniff des Doktors. Verbarg er etwa in der Hand einen Spiegel, den er der eingeschläferten jungen Frau gleichzeitig mit der Visitenkarte zeigte? Berufsmäßige Taschenspieler bringen noch ganz andere Dinge fertig.

Ich ging also ins Hotel und legte mich schlafen.

Nun, am nächsten Morgen, um halb neun, wurde ich von meinem Diener geweckt, der mir meldete:

«Madame Sablé ist da und möchte den Herrn sofort sprechen.»

Rasch zog ich mich an und empfing sie.

Sie setzte sich, recht verstört, mit niedergeschlagenen Augen und ohne den Schleier zu heben, und sagte zu mir:

«Mein lieber Cousin, ich muß einen großen Dienst von Ihnen erbitten.»

«Welchen Dienst, liebe Cousine?»

«Es ist mir sehr peinlich, Ihnen das zu sagen,

und doch muß es sein. Ich brauche, ich brauche unbedingt fünftausend Francs.»

«Aber ich bitte Sie! Sie?»

«Ja, oder vielmehr mein Mann, der mich beauftragt hat, das Geld aufzubringen.»

Ich war so verblüfft, daß ich meine Antworten nur stottern konnte. Ich fragte mich, ob sie sich nicht wirklich im Einverständnis mit dem Doktor über mich lustig gemacht hatte, ob das nicht einfach ein vorbereiteter und sehr gut gespielter Streich gewesen war.

Doch als ich sie aufmerksam betrachtete, zerstreuten sich alle meine Zweifel. Sie zitterte vor Angst, so peinlich war ihr dieser Schritt, und ich begriff, daß ihr ein Ausbruch von Tränen in die Kehle stieg.

Ich wußte, daß sie sehr reich war, und so fuhr ich fort:

«Wie? Ihr Gatte hat keine fünftausend Francs zur Verfügung? Ich bitte Sie, überlegen Sie doch! Sind Sie auch gewiß, daß er Sie beauftragt hat, das Geld von mir zu erbitten?»

Sie zauderte einige Sekunden, als unternähme sie eine große Anstrengung, um in ihrer Erinnerung zu suchen, und dann erwiderte sie:

«Ja... ja... ich bin dessen gewiß.»

«Hat er Ihnen geschrieben?»

Abermals zauderte sie und dachte nach. Ich ahnte die folternde Qual ihres Geistes. Sie wußte es nicht. Sie wußte nur, daß sie sich bei mir fünftausend Francs für ihren Mann ausborgen sollte. Und darum wagte sie zu lügen.

«Ja, er hat mir geschrieben.»

«Wann denn? Gestern haben Sie mir nichts davon gesagt.»

«Ich habe seinen Brief heute früh erhalten.»

«Können Sie mir ihn zeigen?»

«Nein... nein... nein... er hat vertrauliche Dinge enthalten... allzu persönliche... ich habe ihn... ich habe ihn verbrannt.»

«Ihr Mann macht also Schulden!»

Noch immer zauderte sie, dann kam es halblaut:

«Ich weiß nicht.»

Brüsk erklärte ich:

«Ich kann nämlich in diesem Augenblick nicht über fünftausend Francs verfügen, meine liebe Cousine.»

Sie stieß einen Schrei aus, gleichsam einen Schmerzensschrei.

«Oh! Oh! Ich bitte Sie, ich bitte Sie, beschaffen Sie das Geld!»

Sie war sehr erregt, faltete die Hände, als wollte sie zu mir beten! Ich hörte, wie der Ton ihrer Stimme sich veränderte; sie schluchzte, sie stammelte, gequält, beherrscht von dem unwiderstehlichen Befehl, den sie empfangen hatte.

«Oh! Oh! Ich flehe Sie an... wenn Sie wüßten, wie ich leide... ich brauche das Geld noch heute.»

Ich hatte Mitleid mit ihr.

«Sie bekommen es später. Ich schwöre es Ihnen.»

«Danke, danke!» rief sie. «Wie gut Sie sind!»

Ich fuhr fort: «Sie erinnern sich an das, was sich gestern bei Ihnen zugetragen hat?»

«Ja.»

«Sie erinnern sich daran, daß Doktor Parent Sie eingeschläfert hat?»

«Ja.»

«So. Nun, er hat Ihnen sicher befohlen, heute zu mir zu kommen und sich fünftausend Francs auszuleihen. Und in diesem Augenblick gehorchen Sie seinem Befehl.»

Sie überlegte sekundenlang, und dann erwiderte sie:

«Wenn es doch mein Mann ist, der das Geld haben will!»

Eine Stunde lang versuchte ich sie zu überzeugen, doch es gelang mir nicht.

Nachdem sie gegangen war, eilte ich zu dem Arzt. Er wollte gerade fort, und nun hörte er mich lächelnd an. Dann sagte er:

«Glauben Sie jetzt?»

«Ich muß wohl.»

«Gehen wir zu Ihrer Cousine!»

Sie döste, von Müdigkeit übermannt, auf einem Diwan. Der Arzt nahm ihren Puls, beobachtete sie eine Weile, eine Hand zu ihren Augen gehoben, die sie unter der Gewalt dieser unwiderstehlichen magnetischen Kraft nach und nach schloß.

Sobald sie eingeschläfert war, sagte der Arzt:

«Ihr Mann braucht die fünftausend Francs nicht mehr. Sie werden also vergessen, daß Sie Ihren Cousin gebeten haben, Ihnen das Geld zu leihen, und wenn er zu Ihnen davon spricht, werden Sie nichts verstehn.»

Dann weckte er sie. Ich zog meine Brieftasche.

«Hier, meine liebe Cousine; das, worum Sie mich heute morgen ersucht haben.»

Sie war so überrascht, daß ich nicht wagte, darauf zu beharren. Immerhin versuchte ich, ihre Erinnerung zu beleben, doch sie stellte alles heftig in Abrede, glaubte, daß ich mich über sie lustig machte, ja, schließlich wäre sie mir beinahe böse gewesen.

So! Ich komme eben wieder in mein Hotel, aber ich konnte nicht zu Mittag essen, so sehr hat dieses Erlebnis mich erschüttert.

19. Juli. – Viele Leute, denen ich mein Abenteuer erzählte, haben sich über mich lustig gemacht. Ich weiß nicht mehr, was ich denken soll. Der Weise sagt: Vielleicht?

21. Juli. – Ich habe in Bougival zu Abend gegessen, und dann war ich beim Ball der Bootsleute. Ja, wahrhaftig, alles hängt von Ort und Umgebung ab. Auf der Ile de la Grenouillère an das Überirdische zu glauben, wäre der Gipfel der Verrücktheit... doch hoch oben auf dem Mont Saint-Michel...? Doch in Indien...? Wir stehen geradezu erschreckend unter dem Einfluß dessen, was uns umgibt. Nächste Woche werde ich heimkehren.

30. Juli. – Ich bin seit gestern wieder in meinem Hause. Alles geht gut.

2. August. – Nichts Neues. Das Wetter ist herrlich. Ich verbringe meine Tage damit, die Seine zu betrachten, die vor mir vorüberfließt.

4. August. – Zänkereien unter meinen Dienstleuten. Sie behaupten, es würden nachts in den Schränken Gläser zerbrochen. Der Kammerdiener beschuldigt die Köchin, die Köchin beschuldigt die Wäscherin, die Wäscherin beschuldigt die beiden andern. Wer ist wirklich der Schuldige? Man müßte sehr schlau sein, um es zu wissen.

6. August. – Diesmal bin ich nicht wahnsinnig. Ich habe gesehen ... ich habe gesehen ... ich habe gesehen ... ich kann nicht länger zweifeln ... ich habe gesehen! Noch fröstelt es mich bis in die Nägel ... noch habe ich die Angst bis ins Mark ... ich habe gesehen ... !

Zwei Stunden lang erging ich mich bei hellem Sonnenschein zwischen meinen Rosenbeeten ... in der Allee der Herbstrosen, die zu blühen beginnen.

Als ich haltmachte, um einen «Schlachtriesen» zu betrachten, der drei prachtvolle Blüten trug, sah ich, sah ich deutlich, in nächster Nähe, wie der Stengel einer dieser Rosen sich senkte, als hätte eine unsichtbare Hand ihn gebogen, wie dieser Stengel brach, als hätte die Hand ihn gepflückt. Dann hob sich die Blume in dem Bogen, den ein Arm beschrieben hätte, der sie zu einem Mund führte, und sie blieb in der durchsichtigen Luft schweben, ganz allein, reglos, ein grauenhafter roter Fleck drei Schritte vor meinen Augen.

Ganz außer mir stürzte ich mich auf sie, um nach ihr zu greifen! Ich fand nichts; sie war verschwunden. Da packte mich eine heftige Wut gegen mich selber. Es ist doch einem vernünftigen, ernsthaften Mann nicht erlaubt, solche Wahnvorstellungen zu haben!

War es aber eine Wahnvorstellung? Ich drehte mich um, wollte den Stiel suchen, und da fand ich ihn sogleich auf dem Strauch, frisch abgebrochen, zwischen den beiden andern Rosen, die an dem Ast geblieben waren.

Zutiefst erschüttert ging ich ins Haus; denn jetzt bin ich gewiß, ebenso gewiß wie des Wechsels von Tagen und Nächten, daß neben mir ein unsichtbares Wesen vorhanden ist, das sich von Milch und Wasser nährt, das Dinge berühren kann, sie ergreifen, ihre Lage verändern, kurz, mit einer stofflichen Natur begabt, wenn auch für unsere Sinne unwahrnehmbar, und das, wie ich, unter meinem Dache haust...

7. August. – Ich habe ruhig geschlafen. Es hat von meiner Karaffe getrunken, nicht aber meinen Schlaf gestört.

Ich frage mich, ob ich wahnsinnig bin. Als ich vorhin bei heller Sonne den Fluß entlang spazierenging, kamen mir Zweifel an meinem Verstand, nicht unklare Zweifel, wie ich sie bisher gehegt hatte, sondern ganz präzise, eindeutige Zweifel. Ich habe Wahnsinnige gesehen; ich habe solche gekannt, die in allen Dingen des Lebens vernünftig, klug, ja geradezu hellsichtig waren. Bis auf einen Punkt! Sie redeten von allem mit Klarheit, Geschmeidigkeit, Tiefe, und plötzlich, wenn ihr Denken an die Klippe ihres Wahnsinns stieß, zerriß es sich in Stücke, zerstreute sich und versank in jenem erschreckenden, wütenden Ozean, voll von tosenden Wellen, von Nebeln, von Stürmen, den man den Wahnsinn nennt.

Gewiß, ich würde mich für wahnsinnig, unbedingt wahnsinnig halten, wenn ich nicht bewußt wäre, wenn ich meinen Zustand nicht genau kennen würde, wenn ich ihn nicht mit einer Analyse von vollkommener Klarheit ausloten würde. Ich wäre also, alles in allem, nur ein von Wahnvorstellungen geplagter vernünftiger Mensch. Eine unbekannte Störung wäre in meinem Gehirn aufgetreten, eine jener Störungen, welche die Physiologen heute festzulegen und zu bestimmen versuchen. Und diese Störung hätte in meinem Geist, in der Ordnung und der Logik meiner Gedanken einen tiefen Spalt gerissen. Ähnliche Phänomene treten im Traum auf, der uns durch die unwahrscheinlichste Sinnestäuschung führt, ohne daß wir überrascht wären, weil eben der Kontrollapparat, weil die Fähigkeit der Überprüfung eingeschläfert ist, während die Vorstellungskraft wach ist und arbeitet. Könnte es sich nicht so verhalten, daß eine der unmerkbaren Tasten der Gehirnklaviatur bei mir gelähmt ist? Menschen verlieren infolge von Unfällen die Erinnerung an Eigennamen, an Wörter, an Zahlen oder nur an Daten. Die örtliche Zuständigkeit aller Parzellen des Denkens ist heute nachgewiesen. Was wäre also daran erstaunlich, daß meine Fähigkeit, die Unwirklichkeit gewisser Wahnvorstellungen unter Kontrolle zu halten, derzeit bei mir gelähmt ist!

An all das dachte ich, während ich den Fluß entlang ging. Die Sonne bedeckte das Wasser mit ihrer Helle, die Erde wurde unter ihren Strahlen köstlich, mein Blick war von Liebe zum Leben, zu den Schwalben erfüllt, deren Behendigkeit eine Freude für meine Augen ist, für die Pflanzen des Ufers, deren Rauschen meine Ohren beglückt.

Nach und nach aber durchdrang mich ein nicht zu erklärendes Unbehagen. Eine Kraft, so schien es mir, eine geheime Kraft bemächtigte sich meiner, hielt mich an, hinderte mich weiterzugehn, rief mich zurück. Ich empfand jenes schmerzliche Bedürfnis heimzukehren, das einen bedrückt, wenn man in seiner Wohnung einen geliebten Kranken zurückgelassen hat und man eine Verschlechterung seines Übels ahnt.

So kehrte ich denn, gegen meinen Willen, zurück, überzeugt, im Hause würde mich eine schlechte Nachricht, ein Brief oder eine Depesche erwarten. Nichts von alldem; und so war ich überraschter, beunruhigter, als hätte ich abermals eine phantastische Vision erblickt.

8. August. – Ich habe gestern einen furchtbaren Abend verbracht. Es tritt nicht in Erscheinung, aber ich spüre es in meiner Nähe, wie es mich belauert, mich beobachtet, mich durchdringt, mich beherrscht und auf diese Art, dadurch daß es sich verbirgt, noch beängstigender ist, als gäbe es durch übernatürliche Phänomene sein unsichtbares, ständiges Vorhandensein kund.

Dennoch habe ich geschlafen.

9. August. – Nichts, aber ich habe Angst.

10. August. – Nichts; was aber wird morgen geschehen?

11. August. – Noch immer nichts; ich kann mit dieser Angst und diesen Gedanken, die sich in meiner Seele festgesetzt haben, nicht zu Hause bleiben; ich werde abreisen.

12. August. – Zehn Uhr abends. Den ganzen Tag wollte ich fort, doch ich vermochte es nicht. Ich wollte jene leichte, einfache Handlung des freien Willens vollbringen – ausgehn – in meinen Wagen steigen, um nach Rouen zu fahren – ich konnte nicht. Warum?

13. August. – Wenn man von bestimmten Krankheiten gepackt wird, so scheinen alle

Sprungfedern des physischen Seins zerbrochen, alle Energien vernichtet, alle Muskeln erschlafft, die Knochen weich geworden wie das Fleisch und das Fleisch flüssig wie Wasser. Das empfinde ich in meinem moralischen Wesen auf seltsame und unerträgliche Art. Ich habe keine Kraft, keinen Mut, keine Selbstbeherrschung mehr, nicht einmal die Macht, meinen Willen in die Tat umzusetzen. Ich vermag nicht mehr zu wollen; doch ein anderer will für mich. Und ich gehorche.

14. August. – Ich bin verloren. Irgendwer besitzt meine Seele und beherrscht sie. Irgendwer befiehlt mir alle meine Handlungen, alle meine Schritte, alle meine Gedanken. Ich bin nichts mehr in mir, nichts als ein sklavischer Zuschauer und entsetzt über alle die Dinge, die ich tue. Ich möchte ausgehn. Ich kann nicht. Er will nicht; und ich bleibe benommen, zitternd in dem Fauteuil sitzen, in den er mich gebannt hat. Ich wünsche nur, mich aufzurichten, aufzustehn, um zu glauben, daß ich noch Herr meiner selbst bin. Ich kann es nicht. Ich bin an meinen Stuhl geschmiedet; und mein Stuhl haftet am Boden, so daß keine Kraft uns heben könnte.

Dann, mit einem Mal muß ich, muß ich, muß ich bis ans Ende meines Gartens gehn, muß Erdbeeren pflücken, muß sie essen. Mein Gott! Mein Gott! Mein Gott! Gibt es einen Gott? Wenn es dich gibt, befreie mich, rette mich, steh mir bei! Verzeihung! Mitleid! Erbarmen! Rette mich!

O welch ein Leiden, welche Marter, welches Grauen!

15. August. – Gewiß, so war meine arme Cousine besessen und beherrscht, als sie kam, um sich von mir fünftausend Francs auszuborgen. Sie erduldete einen fremden, in sie eingedrungenen Willen, als wäre er eine andere Seele, eine andere schmarotzende, beherrschende Seele. Soll das das Ende der Welt sein?

Doch jener, der mich beherrscht, wer ist er, dieser Unsichtbare? Dieser Unerkennbare, dieser Vagabund von einem übernatürlichen Geschlecht?

So gibt es sie also, die Unsichtbaren! Wie kommt es denn, daß sie sich seit dem Urbeginn der Welt noch nicht deutlich kundgegeben haben, wie sie es für mich tun? Ich habe niemals etwas gelesen, das dem gleicht, was sich in meiner Wohnstätte ereignet hat. Wenn ich sie nur verlassen könnte, wenn ich davongehn könnte, fliehen und nicht wiederkommen! Ich wäre gerettet! Doch ich kann nicht.

16. August. – Heute konnte ich für zwei Stunden entrinnen, wie ein Gefangener, der die Türe seiner Zelle zufällig offen findet. Plötzlich spürte ich, daß ich frei und daß er fern war. Ich habe befohlen, unverzüglich anzuspannen, und ich fuhr nach Rouen. O welche Freude, einem Mann, der gehorcht, sagen zu können: «Fahren Sie nach Rouen!»

Vor der Bibliothek habe ich den Wagen anhalten lassen, und dort bat ich, mir das große Werk von Dr. Hermann Herestauß über die unbekannten Bewohner der alten und der modernen Welt zu leihen.

Dann, im Augenblick, als ich in den Wagen stieg, wollte ich sagen: Zum Bahnhof! Und ich habe geschrien – nicht gesagt, sondern geschrien – und das mit einer so lauten Stimme, daß die Vorübergehenden sich umdrehten: «Nach Hause!» Und ich bin, toll vor Angst, in die Kissen meines Wagens gefallen. Er hatte mich wiedergefunden und wieder in Besitz genommen.

17. August. – Ah! Was für eine Nacht! Was für eine Nacht! Und dennoch scheint es mir, daß ich mich freuen sollte. Bis ein Uhr morgens habe ich gelesen. Hermann Herestauß, Doktor der Philosophie und der Theologie, hat die Geschichte und die Kundgebungen all der unsichtbaren Wesen erzählt, die den Menschen umschweifen oder von ihm geträumt werden. Er hat ihren Ursprung, ihr Gebiet, ihre Macht geschildert. Doch keines von ihnen gleicht dem Wesen, das mich bedrängt. Man könnte meinen, daß der Mensch, seit er denkt, ein neues Wesen geahnt und gefürchtet hat, ein Wesen, stärker als er, sein Nachfolger auf dieser Welt, und daß er, das Wesen in seiner Nähe spürend und doch ohne die Natur dieses seines Herrn erkennen zu können, in seiner Angst dieses ganze phantastische

Volk geheimer Geschöpfe geschaffen hat, unbestimmbare, aus der Furcht geborene Phantome.

Als ich denn bis ein Uhr morgens gelesen hatte, setzte ich mich nachher ans offene Fenster, um meine Stirne und mein Denken im leisen Windhauch des Dunkels zu erfrischen.

Es war angenehm, es war lau! Wie hätte ich früher so eine Nacht geliebt!

Kein Mond. Die Sterne auf dem Grund des schwarzen Himmels ein Zittern, ein Flimmern. Wer bewohnt diese Welten? Welche Formen, welche Lebewesen, welche Tiere, welche Pflanzen sind dort oben? Jene, die in diesen fernen Welten denken, was wissen sie mehr als wir? Was vermögen sie mehr als wir? Was sehen sie, das wir nicht kennen? Wird nicht einer von ihnen dieses oder jenes Tages den Raum durchqueren, auf unserer Erde erscheinen, um sie zu erobern, wie einst die Normannen das Meer durchquerten, um schwächere Völker zu versklaven?

Wir sind so jämmerlich, so entwaffnet, so unwissend, so klein, wir, auf diesem Schlammkügelchen, das, aufgelöst, in einem Wassertropfen kreist.

Es war beruhigend, so im frischen Nachtwind zu träumen.

Nun, nachdem ich etwa vierzig Minuten geschlafen hatte, öffnete ich die Augen wieder, ohne eine Bewegung zu machen, geweckt von einer unbestimmten, wirren, bizarren Erregung. Zunächst sah ich nichts; dann plötzlich schien es mir, daß ein Blatt des Buchs, das offen auf meinem Tisch lag, sich ganz allein umgewandt hatte. Kein Windhauch war durch das Fenster eingedrungen. Ich war überrascht und wartete. Nach etwa vierzig Minuten sah ich, sah ich, ja, sah ich mit eigenen Augen, wie ein zweites Blatt sich hob und auf das andere senkte, als hätte ein Finger es umgeschlagen. Mein Fauteuil war leer, schien leer; doch ich begriff, daß Er da war, auf meinem Platz saß, und daß Er las. Mit wildem Sprung, mit dem Sprung eines gereizten Tieres, das seinen Bändiger zerreißen will, stürmte ich durch das Zimmer, um Ihn zu packen, um Ihn zu würgen, um Ihn zu töten. Doch mein Fauteuil, noch bevor ich ihn erreicht hatte, stürzte um, als flöhe jemand vor mir... mein Tisch zitterte, meine Lampe fiel und erlosch, und mein Fenster schloß sich, als hätte ein überraschter Übeltäter die Flügel mit beiden Händen gefaßt und sich hinausgeschwungen.

Er war also geflohen; Er hatte Angst, Angst vor mir – Er!

Ja, dann... dann... morgen... oder später... an irgendeinem Tage könnte ich Ihn also mit meinen Fäusten halten und gegen den Boden schmettern! Kommt es nicht auch vor, daß manchmal die Hunde ihren Herrn beißen und erwürgen?

18. August. – Ich habe den ganzen Tag nachgedacht. O ja, ich werde Ihm gehorchen, Seinem Antrieb folgen, alles, was Er will, erfüllen, demütig, unterwürfig, feig sein. Er ist der Stärkere. Doch es naht eine Stunde...

19. August. – Ich weiß... ich weiß... ich weiß alles! In der Zeitschrift der Wissenschaftlichen Welt habe ich folgendes gelesen:

«Eine recht seltsame Nachricht erreicht uns aus Rio de Janeiro. Ein Wahnsinn, eine Wahnsinnsepidemie, jenen ansteckenden Wahnanfällen vergleichbar, welche im Mittelalter die europäischen Völker befielen, wütet derzeit in der Provinz São Paulo. Die Bewohner verlassen, völlig benommen, ihre Häuser, fliehen aus ihren Dörfern, bestellen nicht mehr ihre Äcker und behaupten, sie wären verfolgt, besessen, beherrscht wie menschliches Vieh von unsichtbaren, aber greifbaren Wesen, einer Art Vampyren, die sich nachtsüber von ihrem Leben nährten, die zudem Wasser und Milch tränken, anscheinend ohne irgendein anderes Nahrungsmittel zu berühren.

Professor Don Pedro Henriquez hat sich, von mehreren Ärzten begleitet, in die Provinz São Paulo begeben, um an Ort und Stelle Ursprung und Erscheinungen dieses erstaunlichen Wahnsinns zu studieren und dem Kaiser jene Maßnahmen vorzuschlagen, die er für die geeignetsten ansieht, um die von Sinnen geratene Bevölkerung wieder zur Vernunft zu bringen.»

Ah! Ich erinnere mich, ich erinnere mich an den prächtigen brasilianischen Dreimaster, der am 8. Mai vor meinen Fenstern die Seine hinauffuhr! So schön fand ich ihn, so weiß, so heiter!

Das Wesen war darauf, es kam von dort drüben, wo seine Rasse entstanden ist! Und es hat mich erblickt! Es hat meine Wohnstatt gesehen, die auch weiß schimmerte, und es ist vom Schiff ans Ufer gesprungen! O mein Gott!

Jetzt weiß ich, jetzt ahne ich. Die Herrschaft des Menschen ist zu Ende.

Er ist gekommen. Er, den das erste Grauen der naiven Völker gefürchtet hat! Er, den die besorgten Geistlichen bannten, den die Zauberer in dunklen Nächten riefen, ohne Ihn noch erscheinen zu sehen. Er, dem das Vorgefühl der zeitweiligen Herren der Welt allerlei ungeheuerliche oder anmutige Gestalten liehen, Gnomen, Gespenster, Genien, Feen, Kobolde. Nach den grobschlächtigen Vorstellungen des primitiven Entsetzens haben weitsichtigere Menschen Ihn klarer geahnt. Mesmer hatte Ihn geahnt, und die Ärzte haben schon seit zehn Jahren auf klarere Art die Natur seiner Kraft entdeckt, bevor Er sie selber noch ausgeübt hatte. Sie haben mit dieser Waffe des neuen Herrn gespielt, der Herrschaft eines geheimnisvollen Willens über die zur Sklavin gewordene menschliche Seele. Sie haben das Magnetismus, Hypnotismus, Suggestion genannt... was weiß ich davon? Ich habe sie gesehen; wie unvorsichtige Kinder haben sie sich mit dieser furchtbaren Macht amüsiert! Wehe uns! Wehe dem Menschen! Er ist gekommen, der... der... wie heißt Er? Der... ja... Er ruft es... ich lausche... ich kann nicht... wiederhole es... der... Horla... ich habe es gehört... der Horla... Er ist es... der Horla... Er ist gekommen!

Ja, der Geier hat die Taube gefressen, der Wolf hat das Lamm gefressen, der Löwe hat den Büffel mit den spitzen Hörnern zerrissen, der Mensch hat den Löwen getötet, mit dem Pfeil, mit dem Schwert, mit dem Pulver. Doch der Horla wird aus dem Menschen machen, was wir aus dem Pferd, dem Rind gemacht haben – seine Sache, seinen Knecht und seine Nahrung. Durch die bloße Kraft seines Willens. Wehe uns!

Und dennoch wehrt das Tier sich manchmal und tötet den, der es gebändigt hat... auch ich will es... ich werde es vermögen... doch ich muß Ihn kennen, Ihn berühren, Ihn sehen! Die Gelehrten sagen, daß das Auge des Tieres, anders als unseres, nicht wie unseres unterscheidet... Und mein Auge, mein eigenes Auge vermag den neuen Kömmling nicht zu erkennen, der mich unterdrückt.

Warum? Oh, jetzt erinnere ich mich an die Worte des Mönchs vom Mont Saint-Michel. «Sehen wir auch nur den hunderttausendsten Teil dessen, was es gibt? Nehmen Sie nur einmal den Wind, der die größte Naturkraft ist, Menschen umwirft, Gebäude einstürzen läßt, Bäume entwurzelt, das Meer zu Wasserbergen aufpeitscht, die Klippen zerbricht, mächtige Wogen über die großen Schiffe schleudert, den Wind, der tötet, der pfeift, der stöhnt, der brüllt – haben Sie ihn gesehen, und können Sie ihn sehen? Und dennoch gibt es ihn!»

Und ich dachte noch: Mein Auge ist so schwach, so unvollkommen, daß es nicht einmal die harten Körper erkennt, wenn sie durchsichtig sind wie Glas... Wenn ein Spiegel ohne Belag mir den Weg versperrt, werfe ich mich dagegen, wie der in einem Zimmer eingesperrte Vogel sich den Kopf an den Scheiben zerbricht. Tausend Dinge täuschen das Auge, führen es irre. Was ist da weiter erstaunlich daran, daß es einen neuen Körper nicht wahrzunehmen vermag, den das Licht durchdringt?

Ein neues Wesen! Warum nicht? Bestimmt mußte es kommen! Warum sollten wir die letzten sein? Wir erkennen es nicht, ebensowenig wie alle andern, die vor uns geschaffen wurden?! Darum, weil seine Natur vollkommener ist, sein Körper feiner und vollendeter als unserer, weil unserer so schwach, so ungeschickt erdacht, mit stets ermüdeten Organen ausgestattet ist, die immer unter Zwang sind wie allzu komplizierte Federn, weil der unsere, der wie eine Pflanze und wie ein Tier lebt, mühsam ernährt von Luft, Pflanze und Fleisch, eine tierische Maschine, Beute von Krankheiten, von Entartungen, von Fäulnis, engbrüstig, schlecht reguliert, naiv und bizarr, mit Erfindungskunst falsch gemacht, ein grobes, heikles Werk, der Entwurf eines Wesens, das intelligent und großartig werden könnte.

Wir sind ein paar Geschöpfe, so wenige auf dieser Welt, von der Auster bis zum Menschen. Warum nicht eines mehr, wenn einmal die Periode beendet ist, welche die aufeinanderfolgenden Erscheinungen all der verschiedenen Arten trennt?

Warum nicht eines mehr? Warum nicht auch andere Bäume mit riesigen, leuchtenden, ganze Gebiete durchduftenden Bäumen? Warum nicht andere Elemente als Feuer, Luft, Erde und Wasser? Es sind ihrer vier, nicht mehr als vier, diese Nährväter der Wesen. Wie kläglich! Warum sind sie nicht vierzig, vierhundert, viertausend? Wie armselig, kleinlich, jämmerlich das alles ist! Geizig zugeteilt, schwunglos erfunden, schwerfällig ausgeführt! Ach, der Elefant, das Flußpferd, welche Anmut! Das Kamel, welche Eleganz!

Doch der Schmetterling, werdet ihr sagen! Eine Blume, die fliegt! Ich träume von einem, der groß wäre wie hundert Welten, mit Flügeln, für deren Form, Schönheit, Farbe, Bewegung ich keinen Ausdruck finden kann. Doch ich sehe ihn... er fliegt von Stern zu Stern, erfrischt sie, durchduftet sie mit dem harmonischen, leichten Hauch seines Flugs. Und die Völker dort oben sehen ihn entzückt, begeistert vorüberfliegen...

Was habe ich denn? Er ist es, Er, der Horla, der mich besessen hält, der mir diese Torheiten eingibt. Er ist in mir, Er wird zu meiner Seele; ich werde Ihn töten!

19. August. – Ich werde Ihn töten. Ich habe Ihn gesehen. Gestern abend habe ich mich an meinen Tisch gesetzt und getan, als schriebe ich mit der größten Aufmerksamkeit. Ich wußte wohl, Er würde kommen, um mich streichen, ganz nahe, so nahe, daß ich Ihn vielleicht berühren, Ihn packen könnte. Und dann... dann hätte ich die Kraft der Verzweifelten; ich hätte meine Hände, meine Knie, meine Brust, meine Stirne, meine Zähne, um Ihn zu erwürgen, zu zerschmettern, zu beißen, zu zerfetzen.

Und ich belauerte Ihn mit allen meinen überreizten Organen.

Ich hatte meine beiden Lampen angezündet und die acht Kerzen auf dem Kaminsims, als könnte ich Ihn in dieser Helle entdecken.

Mir gegenüber mein Bett, ein altes Eichenbett mit Säulen; zur Rechten der Kamin, zur Linken die sorgsam geschlossene Türe, nachdem ich sie lange offenstehn gelassen hatte, um Ihn anzulocken. Hinter mir ein sehr hoher Schrank mit einem Spiegel, dessen ich mich jeden Tag bediente, um mich zu rasieren, um mich anzuziehen, und in dem ich mich gewohnheitsmäßig jedesmal betrachtete, wenn ich daran vorüberging.

Nun, ich tat, als schriebe ich, um Ihn zu täuschen, denn auch Er belauerte mich; und plötzlich spürte ich, war ich sicher, daß Er über meine Schulter las, daß Er da war und mein Ohr streifte.

Ich richtete mich auf, die Hände ausgestreckt, drehte mich so schnell um, daß ich beinahe gefallen wäre. Nun...? Man sah den Spiegel wie am hellichten Tage, aber mich sah ich nicht darin...! Der Spiegel war leer, klar, tief, schimmernd! Aber mein Bild war nicht darin... und ich stand ihm doch gegenüber! Ich sah das große Glas deutlich von oben bis unten. Und ich betrachtete es mit weit aufgerissenen Augen. Und ich wagte nicht näherzutreten, ich wagte nicht, auch nur die geringste Bewegung zu machen, spürte aber, daß Er da war und daß Er auch diesmal entrinnen würde, Er, dessen unwahrnehmbarer Körper mein Spiegelbild verschlungen hatte.

Welche Angst stand ich aus! Dann, mit einem Male, begann ich mich im Grunde des Spiegels in einem Dunst zu sehen, in einem Dunst wie durch eine Wasserschicht hindurch. Und ich hatte den Eindruck, daß dieses Wasser langsam von links nach rechts glitt und mein Bild von Sekunde zu Sekunde deutlicher werden ließ. Es war wie das Ende einer Sonnenfinsternis. Das, was mich verdeckte, besaß anscheinend keine fest abgegrenzten Konturen, sondern eine Art durchscheinender Undurchsichtigkeit, die sich nach und nach klärte.

Schließlich konnte ich mich voll erkennen, wie ich das jeden Tag tue, wenn ich mich im Spiegel betrachte.

Ich hatte Ihn gesehen! Davon ist mir das Grauen geblieben, das mich noch immer erbeben läßt.

20. August. – Ihn töten? Wie? Da ich Ihn doch nicht fassen kann! Gift? Er sähe doch, wie ich mit dem Wasser mische! Und hätte unser Gift eine Wirkung auf seinen unsichtbaren Körper? Nein... nein... ganz ohne Zweifel... Was also? Was...?

21. August. – Ich habe einen Schlosser aus Rouen kommen lassen und ihn beauftragt, für mein Zimmer eiserne Jalousien zu machen, wie man sie in Paris aus Angst vor Dieben im Erdgeschoß gewisser Hotels hat. Er macht mir auch so eine Türe. Ich habe mich als Feigling offenbart, aber das ist mir gleich.

10. September. – Rouen, Hotel Continental. Es ist geschehen... es ist geschehen... ist Er aber tot? Meine Seele ist von dem, was ich gesehen habe, zutiefst erschüttert.

Gestern also hat der Schlosser die Jalousien und die Türe aus Eisen eingesetzt; bis Mitternacht habe ich alles offen gelassen, obgleich es anfing kalt zu werden.

Plötzlich spürte ich, daß Er da war, und eine Freude, eine wahnsinnige Freude packte mich. Ich bin langsam aufgestanden, ich bin nach rechts, nach links gegangen; lange Zeit, damit Er nichts ahnen konnte. Dann habe ich die Schuhe ausgezogen und nachlässig die Pantoffeln angezogen; dann habe ich die eisernen Jalousien geschlossen, ging mit gelassenen Schritten zu der Türe und sperrte sie ab. Dann kehrte ich nochmals zum Fenster zurück und brachte dort ein Vorhängeschloß an, dessen Schlüssel ich in die Tasche steckte.

Plötzlich begriff ich, daß Er sich rund um mich erregte, daß nun Er Angst hatte, daß Er mir befahl, ihm zu öffnen. Beinahe hätte ich nachgegeben. Doch nein, ich gab nicht nach, sondern ich lehnte mich an die Türe, die ich just so weit öffnete, daß ich, rückwärts gehend, hinaus konnte. Und da ich sehr groß bin, stieß mein Kopf an die Oberschwelle. Ich war überzeugt, daß Er nicht entrinnen konnte, und ich sperrte Ihn ein. Ganz allein! Ganz allein! O diese Freude! Ich hatte Ihn! Nun eilte ich die Treppe hinunter. In meinem Salon, unter meinem Zimmer, nahm ich meine zwei Lampen und goß das ganze Petroleum auf den Teppich, auf die Möbel, überallhin. Dann legte ich Feuer und floh, nachdem ich noch die große Haustüre doppelt verriegelt hatte.

Und ich versteckte mich am Ende meines Gartens in einem Lorbeergebüsch. Wie lang das dauerte! Wie lang das dauerte! Alles ist schwarz, stumm, reglos; kein Windhauch, kein Stern, nur Wolkengebirge, die man nicht sah, die aber so schwer, so schwer auf meiner Seele lasteten.

Ich beobachtete mein Haus, und ich wartete. Wie lang das dauerte! Schon glaubte ich, das Feuer sei von selbst erloschen oder Er habe es gelöscht, als eines der Fenster im Erdgeschoß unter dem Druck des Brandes zersprang und eine Flamme, eine große Flamme, rot und gelb, lang, lässig, kosend die weiße Mauer emporstieg und sie bis zum Dach küßte. Ein Licht überlief die Bäume, die Zweige, die Blätter und dazu ein

Schauder, ein Schauder der Angst. Die Vögel erwachten, ein Hund begann zu heulen, ich hatte den Eindruck, als höbe sich der Tag. Alsbald zersprangen noch zwei andere Fenster, und ich sah, daß der ganze untere Teil meiner Heimstatt nichts mehr war als ein erschreckend glühendes Kohlenbecken. Doch ein Schrei, ein furchtbarer Schrei, spitz, zerreißend, ein Frauenschrei drang in die Nacht, und zwei Mansarden öffneten sich! Ich hatte meine Dienstleute vergessen! Ich sah ihre entsetzten Gesichter, ihre Arme, die sie reckten...

Da, völlig benommen vor Grauen, begann ich nach dem Dorf zu laufen und brüllte: «Zu Hilfe! Zu Hilfe! Feuer! Feuer!» Ich begegnete Leuten, die bereits auf dem Weg waren, und ich kehrte mit ihnen zurück, um zu sehen.

Jetzt war das Haus nur noch ein greulicher, ein großartiger Scheiterhaufen, ein ungeheurer Scheiterhaufen, der die ganze Gegend erhellte, ein Scheiterhaufen, darin Menschen verbrannten, darin auch Er verbrannte. Er, Er, mein Gefangener, das neue Wesen, der neue Herr, der Horla!

Plötzlich stürzte das ganze Dach zwischen den Mauern ein, und ein Vulkan von Flammen loderte zum Himmel. Durch alle die Fenster, die sich zu diesem Hochofen öffneten, sah ich den Herd des Feuers, und ich dachte, daß Er dort war, in diesem Brand. Tot!

Tot? Vielleicht... Sein Leib? War sein Leib, den das Tageslicht durchdrang, nicht unzerstörbar gegenüber den Mitteln, die unsere Leiber zerstören?

Wenn Er nicht tot war? Nur die Zeit hat vielleicht Macht über das unsichtbare, bedrohliche Wesen. Warum sollte dieser durchsichtige Leib, dieser nicht wahrnehmbare Leib, dieser Leib des Geistes auch die Krankheiten, die Wunden, die Gebrechen, die vorzeitige Vernichtung fürchten?

Die vorzeitige Vernichtung? Von ihr stammt alles menschliche Grauen! Nach dem Menschen der Horla. – Nach ihm, der jeden Tag, jede Stunde, jede Minute, durch jeden Zufall sterben kann, ist Er gekommen, der nicht vor seinem Tag, seiner Stunde, seiner Minute stirbt, weil Er die Grenze seines Daseins erreicht hat!

«Nein... nein... da ist kein Zweifel möglich, da ist kein Zweifel möglich... Er ist nicht tot... ja, dann... dann muß ich mich töten, ich...!

Der Quartiermeister Varajou hatte acht Tage Urlaub erhalten, die er bei seiner Schwester, Madame Padoie, zu verbringen gedachte. Varajou, der in Rennes in Garnison war und dort ein lustiges Leben führte, auf dem trockenen saß und mit seiner Familie nicht besonders gut stand, hatte seiner Schwester geschrieben, er könnte ihr eine Ferienwoche widmen. Nicht daß er Madame Padoie, eine moralpredigende, frömmelnde, ewig gereizte kleine Frau, besonders liebte, aber er brauchte Geld, dringend Geld, und da erinnerte er sich, daß von allen seinen Verwandten die Padoies die einzigen waren, die er nie geplündert hatte.

Papa Varajou, früher Gärtner in Angers, hatte sich von den Geschäften zurückgezogen. Seinem nichtsnutzigen Sohn hatte er seine Börse verschlossen, ja, er hatte ihn seit zwei Jahren kaum je gesehen. Seine Tochter hatte Padoie geheiratet, früher Beamter im Finanzamt und eben jetzt zum Steuereinnehmer in Vannes ernannt.

Als Varajou aus dem Zug stieg, ließ er sich zu dem Haus seines Schwagers führen. Er fand ihn im Büro in eifrigem Gespräch mit bretonischen Bauern aus der Umgebung. Padoie stand auf, reichte über den mit Akten überladenen Schreibtisch hinweg dem Schwager die Hand und sagte: «Nehmen Sie Platz; sofort stehe ich Ihnen zur Verfügung.» Dann setzte er sich wieder und fuhr in seinem Gespräch fort.

Die Bauern begriffen seine Auseinandersetzung durchaus nicht, ebensowenig begriff der Steuereinnehmer ihre Erwägung; er sprach französisch, die andern sprachen bretonisch, und der Angestellte, der den Dolmetsch machte, verstand anscheinend keine der beiden Parteien.

Es dauerte lang, sehr lang. Varajou betrachtete seinen Schwager und dachte: Was für ein Esel! Padoie mochte ungefähr fünfzig Jahre alt sein; er war groß, mager, knochig, schwerfällig, hatte dichte Brauen, die sich über seinen Augen zu haarigen Bogen wölbten. Auf dem Kopf saß eine Samtmütze, mit einer goldenen Troddel geschmückt, und er schaute schlaff drein, wie er alles tat. Seine Redeweise, seine Bewegungen, sein Denken, alles war schlaff. Und Varajou wiederholte bei sich: Was für ein Esel!

Er selber dagegen gehörte zu jenen lärmenden Großmäulern, für die das Leben keine größeren Lustbarkeiten kennt als das Kaffeehaus und die Dirnen. Jenseits dieser beiden Pole des Daseins begriff er überhaupt nichts. Geschwätzig, laut, voll Verachtung für alle Welt, blickte er von der Höhe seiner Unbildung geringschätzig auf das ganze Universum herab. Sagte er etwa «Zum Donnerwetter noch einmal, da geht's lustig zu!» so hatte er ganz gewiß dem höchsten Grad von Bewunderung Ausdruck gegeben, dessen sein Geist fähig war.

Endlich war Padoie seine Bauern losgeworden

«Geht's gut?» fragte er.

«Wie Sie sehen, nicht schlecht. Und Ihnen?»

«Ganz leidlich, danke. Es war sehr nett, daß Sie daran gedacht haben, uns zu besuchen.»

«Oh, ich habe schon seit langem daran gedacht. Aber Sie wissen ja, beim Militär hat man nicht viel freie Zeit.»

«Ja, ja, ich weiß; nun, jedenfalls ist es sehr nett.»

«Und Josephine geht's auch gut?»

«Ja, danke. Sie werden sie gleich begrüßen können.»

«Wo ist sie denn?»

«Sie macht ein paar Besuche; wir haben hier Bekannte. Es ist eine sehr vornehme Stadt.»

«Das habe ich mir gedacht.»

Doch schon öffnete sich die Türe, und Madame Padoie erschien. Ohne besondere Herzlichkeit ging sie auf ihren Bruder zu, reichte ihm die Wange und fragte:

«Bist du schon lange hier?»

«Nein, kaum eine halbe Stunde.»

«So? Ich glaubte, der Zug würde Verspätung haben. Komm doch in den Salon!»

Sie gingen in das Nebenzimmer und überließen Padoie seinen Rechnungen und seinen Steuerpflichtigen.

Sobald sie allein waren, begann sie:

«Ich habe ja schöne Geschichten von dir gehört.»

«Was denn?»

«Du führst dich anscheinend wie ein liederlicher Kerl auf, betrinkst dich, machst Schulden.»

Er blickte höchst erstaunt.

«Ich? Nie im Leben!»

«Ach, leugne nicht erst; ich weiß es.»

Noch immer versuchte er, sich zu verteidigen, aber sie schloß ihm mit einer so heftigen Strafpredigt den Mund, daß ihm nichts übrigblieb, als zu schweigen.

Dann fuhr sie fort:

«Wir essen um sechs Uhr. Bis zum Essen bist du frei. Ich kann dir nicht Gesellschaft leisten, weil ich noch eine Menge zu tun habe.»

Allein geblieben, schwankte er, ob er schlafen oder spazierengehn sollte. Er betrachtete erst die Türe, die zu seinem Zimmer, und dann die Türe, die auf die Straße führte. Und er entschloß sich für die Straße.

So ging er denn aus und schlenderte lässig durch die traurige bretonische Stadt, die so verschlafen, so ruhig, so tot am Ufer ihres Binnenmeers lag, das man den Morbihan nennt. Der Säbel schlug ihm an die Waden. Er beschaute die grauen Häuschen, die seltenen Vorübergehenden, die leeren Schaufenster und brummte: «Gar nicht lustig, gar nichts los in diesem Vannes. Ein alberner Einfall, hierherzufahren!»

Er kam an den tristen Hafen, ging über einen einsamen, verlassenen Boulevard zurück und war noch vor fünf wieder daheim. Da warf er sich denn auf das Bett, um bis zum Essen zu dösen.

Das Dienstmädchen weckte ihn mit einem Klopfen.

«Es ist aufgetragen, Monsieur.»

Er ging hinunter.

In dem feuchten Eßzimmer, wo die Tapete sich in der Nähe des Fußbodens von der Wand löste, wartete eine Suppenschüssel auf einem runden Tisch ohne Tischtuch, der überdies noch drei trübselige Teller trug.

Gleichzeitig mit Varajou trat das Ehepaar Padoie ein.

Man setzte sich, dann schlugen Gattin und Gatte ein kleines Zeichen des Kreuzes über ihrer Magengrube, und dann teilte Padoie die Suppe aus, die fette Suppe. Es war der Tag des Siedfleischs.

Nach der Suppe kam das Fleisch, allzusehr gekochtes, zerfallendes Fleisch, das sich auf dem Teller auflöste. Der Unteroffizier kaute es langsam, angewidert, müde, wütend.

Madame Padoie sagte zu ihrem Mann:

«Du gehst heute abend zum Ersten Präsidenten?»

«Ja, meine Liebe.»

«Bleib nicht zu lang. Du machst dich immer müde, wenn du ausgehst. Mit deiner schwachen Gesundheit bist du nicht für Festlichkeiten geschaffen.»

Dann erzählte sie von dem geselligen Leben in Vannes, von der gewählten Gesellschaft, in der Padoies, dank ihrer religiösen Gesinnung, mit großer Achtung empfangen wurden.

Und dann wurde zu Ehren des Gastes eine Schüssel Aufschnitt mit Erdäpfelpüree aufgetragen.

Kein Käse. Damit war es zu Ende. Kein Kaffee.

Als Varajou begriff, daß er den Abend allein mit seiner Schwester verbringen sollte, ihre Vorwürfe über sich ergehn lassen, ihre Strafpredigten anhören, ohne auch nur ein kleines Glas, um die Mahnungen leichter zu schlucken, da spürte er, daß er diese Folter nicht ertragen könnte, und er erklärte, er müsse zur Gendarmerie gehn, um etwas auf seinem Urlaubsschein in Ordnung bringen zu lassen.

Und um sieben Uhr verzog er sich.

Kaum auf der Straße, begann er sich zu schütteln wie ein Hund, der aus dem Wasser kommt. Er knurrte: «Verdammt noch einmal und noch einmal und noch einmal! Was ist das für eine Plage!»

Und er machte sich auf die Suche nach einem Kaffeehaus, dem besten Kaffeehaus der Stadt. Er fand es auf einem Platz hinter zwei Gaslaternen. Drin saßen fünf oder sechs Männer, nicht sehr geräuschvolle Kleinbürger an kleinen Tischen, tranken und unterhielten sich halblaut, während zwei Billardspieler um das grüne Tuch kreisten, darauf die Kugeln rollten und aneinanderprallten.

Man hörte ihre Stimmen zählen: «Achtzehn – neunzehn – kein Glück – ah, ein guter Stoß! Gut gespielt – elf – Sie hätten sie von der andern

Seite her nehmen müssen – zwanzig – zwölf – was? Hab' ich nicht recht gehabt?»

Varajou bestellte: «Eine kleine Tasse und eine Karaffe Cognac. Vom besten!»

Dann setzte er sich und wartete, bis man ihm etwas brachte.

Er war gewöhnt, seine freien Abende mit seinen Kameraden bei Lärm und Pfeifenrauch zu verbringen. Diese Stille, diese Ruhe erbitterten ihn. Er begann zu trinken; erst den Kaffee, dann seine Karaffe Cognac und dann eine zweite, die er bestellte. Jetzt hatte er Lust, sich zu amüsieren, zu schreien, zu singen, irgendwen zu verprügeln.

Er sagte sich: Herrgott, jetzt bin ich in Stimmung. Das muß doch gefeiert werden! Und ihm kam der Gedanke, zu Mädchen zu gehn, um doch seinen Spaß zu haben.

Er rief den Kellner.

«Heh, Sie dort!»

«Ja, Monsieur?»

«Sagen Sie einmal, wo kann man sich hier unterhalten?»

Vor dieser Frage war der Kellner völlig benommen.

«Ich weiß nicht, Monsieur. Hier!»

«Was? Hier? Was nennst du denn ‹sich unterhalten›?»

«Das weiß ich nicht, Monsieur, ein gutes Glas Bier trinken oder einen guten Wein.»

«Geh doch, du Maulesel! Und die Damen? Was fängst du mit ihnen an?»

«Die Damen?»

«Ja natürlich! die Damen!»

Der Kellner näherte sich, senkte die Stimme.

«Sie wollen wissen, wo das Haus ist?»

«Ja, zum Teufel!»

«Sie nehmen die zweite Straße links und dann die erste rechts. Auf Nummer 15.»

«Danke, mein Guter. Da hast du was!»

«Vielen Dank, Monsieur.»

Und Varajou verließ das Lokal. «Zweite links, erste rechts», wiederholte er. «Nummer 15.» Doch nach einigen Sekunden dachte er: Zweite links – ja – aber wenn man aus dem Kaffeehaus kommt, muß man da nach links oder nach rechts gehn? So was, man wird schon sehen.

Und er ging weiter, bog in die zweite Straße links ein, dann in die erste rechts und suchte die Nummer 15. Es war ein recht stattliches Haus, wo man im ersten Stock hinter den geschlossenen Läden beleuchtete Fenster sah. Das Eingangstor stand offen, und in der Vorhalle brannte eine Lampe. Der Unteroffizier dachte:

Hier muß es sein!

Er trat ein, und da niemand sich zeigte, rief er:

«He! Holla!»

Ein kleines Dienstmädchen erschien und blieb verdutzt stehn, als sie einen Soldaten sah.

«Guten Abend, mein Kind», sagte er. «Sind die Damen oben?»

«Ja, Monsieur.»

«Im Salon?»

«Ja, Monsieur.»
«Die Türe gegenüber?»
«Ja, Monsieur.»

Er stieg die Treppe hinauf, öffnete eine Türe und erblickte in einem von zwei Lampen, einem Lüster und zwei Kerzenleuchtern hell erleuchteten Zimmer vier dekolletierte Damen, die anscheinend jemanden erwarteten.

Drei von ihnen, die jüngeren, blieben ein wenig geziert auf granatfarbenen Samtstühlen sitzen, während die älteste, etwa fünfundvierzig Jahre alt, Blumen in einer Vase herrichtete; sie war sehr dick, trug ein Kleid aus grüner Seide, das wie die Hülle einer riesigen Blume ihre rosenroten, gepuderten, mächtigen Arme und die Brust sehen ließ.

Der Unteroffizier grüßte.

«Guten Abend, die Damen!»

Die Alte wandte sich um, schien überrascht zu sein, neigte aber den Kopf.

«Guten Abend, Monsieur.»

Er setzte sich.

Doch als er merkte, daß man ihn anscheinend nicht mit Begeisterung empfing, meinte er, daß in diesem Haus zweifellos nur Offiziere Einlaß fanden, und dieser Gedanke beunruhigte ihn. Dann aber dachte er: Pah! Wenn einer kommt, wird man ja sehen! Und er fragte:

«Geht's gut?»

Die dicke Dame, offenbar die Wirtin des Hauses, erwiderte:

«Sehr gut. Danke.»

Dann fiel ihm nichts mehr ein, und alle blieben stumm.

Schließlich aber schämte er sich seiner Schüchternheit und lachte verlegen.

«Na? Gibt's keinen Spaß heute? Ich zahle eine Flasche Wein!»

Kaum hatte er geendet, als die Türe sich abermals öffnete und Padoie, in schwarzer Gala, eintrat.

Da brach Varajou in ein schallendes Gelächter aus, sprang auf, packte seinen Schwager und tanzte mit ihm rund um den Salon. Und dazu brüllte er: «Padoie ist da... Padoie ist da... Padoie ist da!»

Dann ließ er den völlig verblüfften Steuereinnehmer los und schrie ihm ins Gesicht:

«Hahaha! Der Lump! Der Lump! So treibst du deine Späße? Ach, dieser Lump! Und meine Schwester? Die läßt du schön daheim, was?»

Und im Gedanken an alle Vorteile dieser unverhofften Begegnung, an eine erzwungene Anleihe, an die unvermeidliche Erpressung warf er sich längelang auf das Sofa und lachte so laut, daß das ganze Möbelstück krachte.

Die drei jungen Damen erhoben sich im Nu und verschwanden, während die Alte, einer Ohnmacht nahe, bis zur Türe zurückwich.

Und zwei Herren traten ein, beide im Frack, beide die Ehrenlegion im Knopfloch. Padoie stürzte sich auf sie zu.

«O Herr Präsident... er ist wahnsinnig... er ist wahnsinnig... man hat ihn uns zur Nachkur geschickt... Sie sehen ja selbst, daß er wahnsinnig ist!»

Varajou hatte sich aufgerichtet, erfaßte gar nichts, ahnte aber sofort, daß er irgendeine ungeheuerliche Dummheit begangen hatte. Dann stand er auf und wandte sich zu seinem Schwager.

«Wo sind wir denn hier?» fragte er.

Doch Padoie, von jäher Wut gepackt, stammelte:

«Wo... wo... wo wir sind...? Unglücksmensch! Schweinkerl! Halunke...! Wo wir sind...? Bei dem Ersten Präsidenten... bei Herrn Präsidenten de Mortemain... de Mortemain... de... de... de... Mortemain... Ah! Du Schuft... du Schuft... du Schuft...!»

Jean de Valnoix ist ein Freund, den ich von Zeit zu Zeit besuche. Er bewohnt ein kleines Herrenhaus am Ufer eines Flusses, in einem Wald. Dort hatte er sich niedergelassen, nachdem er fünfzehn Jahre lang in Paris ein wüstes Leben geführt hatte. Mit einem Mal war er von den Vergnügungen, den Soupers, den Männern, den Frauen, den Karten und allem übersättigt, und so zog er sich auf das Gut zurück, wo er auf die Welt gekommen war.

Wir sind zwei oder drei, die hin und wieder vierzehn Tage oder drei Wochen bei ihm verbringen. Er ist sicher begeistert, uns wiederzusehen, wenn wir ankommen, und entzückt, wieder allein zu sein, wenn wir abreisen.

So fuhr ich denn vorige Woche zu ihm, und er empfing mich mit offenen Armen. Wir verbrachten die Stunden bald gemeinsam, bald allein. Im allgemeinen liest er tagsüber und ich arbeite; und abends plaudern wir bis um Mitternacht.

Nun, letzten Dienstag, nach einem erstickend heißen Tag, hatten wir uns gegen neun Uhr abends hingesetzt und sahen das Wasser des Flusses zu unseren Füßen vorüberströmen; und wir tauschten sehr vage Gedanken über die Sterne aus, die in der Strömung badeten und vor uns zu schwimmen schienen. Wir tauschten sehr vage, sehr wirre, sehr kurze Gedanken aus, denn unsere Geister sind ja sehr begrenzt, sehr schwach, sehr machtlos. Mich rührte der Gedanke an die Sonne, die im Großen Bären stirbt. Man sieht sie nur in klaren Nächten, so sehr verblaßt sie. Wenn der Himmel ein wenig dunstig ist, so verschwindet sie im Sterben. Wir dachten an die Wesen, die jene Welten bewohnen, an ihre unvorstellbaren Formen, an ihre unerratbaren Fähigkeiten, an ihre unbekannten Organe, an die Tiere, die Pflanzen, an all die Gattungen, an all die Naturreiche, an all die Geschöpfe, an all die Stoffe, die der Traum des Menschen nicht einmal ahnen kann.

Plötzlich rief eine Stimme aus der Ferne:

«Monsieur, Monsieur!»

«Hier, Baptiste», erwiderte Jean.

Und als der Diener uns gefunden hatte, meldete er:

«Monsieurs Zigeunerin ist da.»

Mein Freund begann zu lachen, ein bei ihm seltenes schallendes Gelächter, und dann fragte er:

«Wir haben also heute den 19. Juli?»

«Ja, gewiß, Monsieur.»

«Schön, schön. Sagen Sie ihr, daß sie warten soll. Geben Sie ihr etwas zu essen. In zehn Minuten komme ich.»

Nachdem der Diener verschwunden war, nahm mein Freund meinen Arm.

«Gehen wir langsam», sagte er, «und ich werde dir diese Geschichte erzählen.»

Sieben Jahre ist es jetzt her, es war das Jahr, als ich hierher zog. Da ging ich eines Abends aus, um durch den Wald zu streifen. Es war schön wie heute, und ich ging langsam unter den mächtigen Bäumen, betrachtete zwischen dem Blattwerk die Sterne, atmete und trank mit voller Brust die frische Ruhe von Nacht und Wald.

Ich hatte Paris für immer verlassen. Ich war müde, müde, mehr angewidert, als ich sagen kann, von all den Albernheiten, all den Erbärmlichkeiten, all den Unsauberkeiten, die ich mitangesehen und an denen ich fünfzehn Jahre lang teilgenommen hatte.

Ich ging weit, sehr weit in diesen tiefen Wald hinein, auf einem Hohlweg, der zum Dorf Crouzille führt, das fünfzehn Kilometer von hier entfernt ist.

Plötzlich blieb mein Hund Bock, ein großer Hühnerhund, der mich nie verläßt, stehn und begann zu knurren. Ich glaubte, es müsse ein Fuchs, ein Wolf, ein Wildschwein in der Nähe sein, und ich ging behutsam, auf den Fußspitzen weiter, um kein Geräusch zu verursachen; doch mit einem Mal hörte ich Schreie, menschliche, klagende, erstickte, herzzerreißende Schreie.

Kein Zweifel, hier, im Gebüsch, wurde jemand ermordet! Und ich begann zu laufen, in der rechten Hand einen schweren Eichenstock, eine wahre Keule.

Ich näherte mich dem Ort des Stöhnens, das jetzt deutlicher, aber seltsam dumpf zu mir drang. Man hätte meinen können, es käme aus einem Haus, aus einer Kohlenbrennerhütte vielleicht. Bock lief drei Schritte vor mir her, blieb stehn, lief weiter, sehr aufgeregt und beständig knurrend. Da sperrte uns jählings ein anderer Hund, eine große, schwarze Bestie mit glühenden Augen, den Weg. Ich sah ganz deutlich die weißen Fänge, die in seinem Maul zu leuchten schienen.

Mit erhobenem Stock eilte ich auf ihn zu, doch schon hatte Bock ihn angesprungen, und die beiden Tiere wälzten sich auf dem Boden, jedes die Zähne in den Hals des andern geschlagen. Ich hastete vorüber und wäre beinahe über ein Pferd gefallen, das auf dem Weg lag. Als ich sehr erstaunt stehnblieb, um das Tier näher zu besehen, erblickte ich vor mir einen Wagen oder vielmehr ein rollendes Haus, einen jener Wohnwagen von Gauklern oder Marktgängern, die in unserer Gegend von einem Markt zum andern ziehen.

Von dorther tönten die Schreie, furchtbar, ununterbrochen. Da die Türe auf der andern Seite war, eilte ich um den Karren herum, sprang rasch die drei hölzernen Stufen hinauf, bereit, mich auf den Übeltäter zu stürzen.

Was ich erblickte, schien mir so seltsam, daß ich zunächst gar nichts begriff. Ein Mann, auf den Knien, betete wohl, während in dem Bett, das sich in diesem Käfig befand, etwas völlig Unerkennbares lag, ein halbnacktes Geschöpf, verkrümmt, verzerrt, dessen Gesicht ich nicht sehen konnte, und das sich wälzte und brüllte.

Es war eine Frau in Kindesnöten.

Sobald ich erkannt hatte, was für ein Ereignis es war, das diese Klagen verursachte, machte ich mich bemerkbar, und der Mann, ein völlig außer sich geratener Marseiller, flehte mich an, ihn zu retten, sie zu retten, und verhieß mir in einer Redeflut eine unwahrscheinliche Dankbarkeit. Ich hatte nie eine Geburt mitangesehen, nie einem weiblichen Wesen dabei geholfen, weder Frau noch Hündin noch Katze, und das erklärte ich unumwunden. Und hilflos betrachtete ich, was da im Bett so entsetzlich schrie.

Dann, als ich meine Kaltblütigkeit wiedergefunden hatte, fragte ich den niedergeschmetterten Mann, warum er nicht bis zum nächsten Dorf fuhr. Sein Pferd war in einer Furche gestürzt, mußte sich das Bein gebrochen haben und konnte sich nicht mehr erheben.

«Schön, mein guter Mann», sagte ich zu ihm, «wir sind ja zu zweit, und wir werden Ihre Frau bis zu meinem Haus ziehen.»

Doch das Gebrüll der Hunde zwang uns ins Freie, und wir mußten sie mit Stockschlägen voneinander trennen, auf die Gefahr hin, sie zu erschlagen. Dann fiel mir ein, sie mit uns anzuspannen, den einen rechts, den andern links von unseren Beinen, um uns zu helfen. Binnen zehn Minuten war alles bereit, und der Wagen setzte sich langsam in Bewegung und rüttelte die arme Frau mit dem zerrissenen Leib über die tiefen Furchen hinüber.

War das eine Straße, mein Lieber! Keuchend,

röchelnd, schweißgebadet, rutschend, manchmal auch fallend, kamen wir vom Fleck, während unsere armen Hunde, wie Blasebälge pustend, zwischen unseren Beinen liefen.

Drei Stunden brauchten wir, um das Schloß zu erreichen. Als wir vor dem Tor ankamen, hatte das Geschrei im Wagen aufgehört. Mutter und Kind befanden sich wohl.

Man legte sie in ein gutes Bett, dann ließ ich anspannen, um einen Arzt zu holen, während der Marseiller, beruhigt, getröstet, triumphierend, fraß, was nur in ihn hineinging, und sich vollsoff, um die glückliche Geburt zu feiern.

Es war eine Tochter.

Ich behielt die Leute acht Tage bei mir. Die Mutter, Mademoiselle Elmire, war eine tüchtige Hellseherin, die mir ein endloses Leben und Glückseligkeiten sonder Zahl verhieß.

Im nächsten Jahr, genau am gleichen Tag, gegen Einbruch der Nacht kam der Diener, der mich vorhin gerufen hat, nach Tisch ins Rauchzimmer und sagte: «Es ist die Zigeunerin vom vorigen Jahr; sie will sich bei Monsieur bedanken.»

Ich ließ sie eintreten und war verblüfft, als ich neben ihr einen großen Burschen, fett und blond, erblickte, einen Kerl aus dem Norden, der als Haupt der Familie das Wort ergriff und mich begrüßte. Er hatte erfahren, wie gütig ich gegen Mademoiselle Elmire gewesen war, und da hatte er diesen Jahrestag nicht vorübergehn lassen wollen, ohne mir den Dank der Familie auszusprechen.

Ich ließ ihnen in der Küche ein Abendessen auftragen und behielt sie für die Nacht bei mir. Am nächsten Tag zogen sie weiter.

Und nun kommt die arme Frau Jahr für Jahr am gleichen Tag mit dem Kind, einem prächtigen Mädchen, und jedesmal mit einem neuen... Gebieter. Ein einziger, ein Auvergnat, der sich in seiner eigenartigen Aussprache bei mir bedankte, kam zwei Jahre hintereinander. Die Kleine sagt zu allen Papa, wie man bei uns «Monsieur» sagt.

Wir kamen zum Schloß und sahen vor der Auffahrt undeutlich drei Gestalten stehn, die uns erwarteten.

Die größte von ihnen machte vier Schritte und grüßte feierlich.

«Herr Graf, wir sind an diesem Tag gekommen, müssen Sie wissen, um Ihnen unsere Dankbarkeit zu bezeugen.»

Es war ein Belgier.

Nach ihm sprach die Kleine mit jener eingelernten, künstlichen Stimme von Kindern, die etwas hersagen müssen.

Ich spielte den Unschuldigen, nahm Mademoiselle Elmire beiseite, und nach einigen Redensarten fragte ich sie:

«Ist das der Vater Ihres Kindes?»

«Ach nein, Monsieur.»

«Und der Vater – ist er tot?»

«O nein, Monsieur. Wir treffen uns noch manchmal. Er ist Gendarm.»

«Ach was! Dann war also nicht der Marseiller der erste? Der bei der Entbindung?»

«Nein, nein, Monsieur. Der war ein Halunke, der mir alle meine Ersparnisse gestohlen hat.»

«Und der Gendarm, der richtige Vater, kennt er sein Kind?»

«Ja, gewiß, Monsieur, und er hat es sogar sehr lieb; aber er kann sich nicht darum kümmern, weil er doch von seiner Frau noch andere Kinder hat.»

«Ach, Milial!» sagte jemand neben mir.

Ich betrachtete den Mann, der da genannt wurde, denn schon seit langem hatte es mich gelockt, diesen Don Juan kennenzulernen.

Er war nicht mehr jung. Die grauen Haare, von einem uneinheitlichen Grau, erinnerten ein wenig an jene Pelzmützen, mit denen manche Völker des Nordens den Kopf bedecken, und sein feiner Bart, der, ziemlich lang, bis auf die Brust fiel, hatte auch etwas von einem Pelzwerk. Er plauderte mit einer Frau, beugte sich zu ihr, sprach mit leiser Stimme und sah sie mit einem sanften, von Huldigung und Liebkosung erfüllten Blick an.

Ich kannte sein Leben oder wenigstens das, was man davon wußte. Er war häufig bis zum Wahnsinn geliebt worden; und es hatte Dramen gegeben, in die sein Name gemischt worden war. Man redete von ihm als von einem sehr verführerischen, fast unwiderstehlichen Mann. Sobald ich die Frauen fragte, die sein Lob am lautesten sangen, um zu erfahren, woher ihm diese Macht kam, erwiderten sie immer, nachdem sie einige Minuten überlegt hatten:

«Ich weiß nicht… es ist sein Charme.»

Gewiß, schön war er nicht. Er besaß nichts von jener Eleganz, mit denen wir die Eroberer weiblicher Herzen begabt glauben. Ich fragte mich voll Interesse, wo eigentlich sein Zauber verborgen war. Im Geist? Man hatte mir niemals ein gutes Wort von ihm zitiert oder seine Intelligenz gerühmt. Im Blick? Vielleicht. Oder in der Stimme? Die Stimme mancher Menschen hat eine sinnliche, unwiderstehliche Anmut, die Lockung köstlicher Speisen. Man hungert danach, sie zu hören, und der Klang ihrer Worte zieht in uns ein wie ein Leckerbissen.

Ein Freund ging vorüber. Ich fragte ihn:

«Du kennst Milial?»

«Ja.»

«Mach mich doch mit ihm bekannt!»

Eine Minute später wechselten wir einen Händedruck und unterhielten uns zwanglos. Was er sagte, war richtig, hörte sich angenehm an, enthielt aber keine Offenbarungen. Die Stimme war tatsächlich schön, sanft, schmeichelnd, musikalisch; doch ich hatte schon pakkendere, aufwühlendere gehört. Man lauschte ihr mit Vergnügen, wie wenn man eine reizende Quelle sprudeln hören würde. Keine geistige Anstrengung war erforderlich, um ihm zu folgen, keine Anspielung erregte die Neugierde, keine Erwartung hielt das Interesse wach. Seine Unterhaltung war eher ruhevoll und entzündete in uns weder ein lebhaftes Verlangen zu antworten und zu widersprechen noch begeisterte Zustimmung.

Es war übrigens ebenso leicht, ihm zu erwidern wie ihm zuzuhören. Die Antwort kam ganz von selbst auf die Lippen, sobald er zu sprechen aufgehört hatte, und die Sätze glitten auf ihn zu, als hätte das, was er gesagt hatte, sie ganz natürlich dem Mund entlockt.

Bald kam mir ein seltsamer Gedanke. Ich kannte ihn seit einer Viertelstunde, und es war mir, als wäre er einer meiner alten Freunde, als wäre alles an ihm mir seit langem vertraut. Seine Gestalt, seine Gesten, seine Stimme, seine Ideen.

Ganz plötzlich, nach kurzem Gespräch, hatte ich den Eindruck, daß er sich gleichsam in meinem Innern wohnlich eingerichtet hatte. Alle Türen zwischen uns waren offen, und vielleicht hätte ich ihm, wenn er es verlangt hätte, alles über mich selbst erzählt, was man gewöhnlich nur seinen ältesten Kameraden preisgibt.

Gewiß, dahinter steckte ein Geheimnis. Jene geschlossenen Schranken zwischen allen Wesen, jene Schranken, welche die Zeit, eine nach der andern, niederreißt, sobald die Sympathie, eine Geschmacksverwandtschaft, eine gleiche geistige Kultur und ständige Beziehungen sie nach und nach gelockert hat, schienen zwischen ihm und mir nicht vorhanden zu sein, und ohne Zweifel auch zwischen ihm und allen, Männern und Frauen, die der Zufall über seinen Weg führte.

Nach einer halben Stunde trennten wir uns, einig im Wunsch, einander häufig wiederzusehen, und er gab mir seine Adresse und lud mich für den übernächsten Tag zum Mittagessen ein.

Ich hatte die vereinbarte Stunde vergessen und kam zu früh; er war noch nicht zu Hause.

Ein korrekter, stummer Diener öffnete vor mir einen schönen, ein wenig dunklen, intimen, gepflegten Salon. Ich fühlte mich dort sogleich heimisch. Wie oft habe ich den Einfluß von Wohnungen auf den Charakter und auf den Geist festgestellt! Es gibt Zimmer, in denen man sich immer albern vorkommt, andere, darin man, im Gegenteil, einen Aufschwung in sich fühlt. Die einen, mögen sie auch hell, weiß und goldgeschmückt sein, machen traurig, andere stimmen heiter, auch wenn sie mit ruhigen Stoffen bespannt sind. Unser Auge hat, wie unser Herz, seinen Haß und seine Zärtlichkeit, die es uns keineswegs bekanntgibt, die es aber insgeheim, verstohlen in unsere Stimmung eindringen läßt. Der Zusammenklang von Möbeln, von Wänden, der Stil einer Gesamtheit wirken im Nu auf unser geistiges Wesen, wie die Luft der Wälder, des Meeres oder des Gebirges unser körperliches Wesen wandelt.

Ich setzte mich auf einen Diwan, der unter den Kissen verschwand, und ich spürte, wie ich mit einem Mal von diesen kleinen, seidebezogenen Daunensäckchen gestützt, getragen, umhüllt wurde, als wären die Form und der Platz meines Körpers diesem Möbel im voraus eingeprägt worden.

Dann sah ich mich um. Nichts Auffallendes fand sich im Zimmer. Überall schöne, bescheidene Dinge, einfache, aber seltene Möbel, orientalische Vorhänge, die nicht aus dem Warenhaus zu stammen schienen, sondern aus dem Innern eines Harems, und mir gegenüber das Porträt einer Frau. Es war ein Porträt von mittlerer Größe, das den Kopf, den Oberkörper und die Hände sehen ließ, die ein Buch hielten. Sie war jung, statt eines Hutes trug sie ihr Haar in der Mitte gescheitelt, und sie lächelte ein wenig traurig. Kam es daher, daß sie keinen Hut trug oder durch den Eindruck ihrer so ungezwungenen Haltung, jedenfalls glaubte ich noch nie ein Frauenporträt an seinem Platz so heimisch gefunden zu haben wie dieses Porträt in dieser Wohnung. Fast alle, die ich kenne, sind auf Repräsentation bedacht, sei es, daß die Dame festlich gekleidet ist, eine auffallende Frisur hat, sichtlich sehr gut weiß, daß sie vor dem Maler posiert und nachher vor allen, die sie sehen, sei es, daß sie in einem sehr gut gewählten Négligé eine schmachtend gelöste Haltung annimmt.

Die einen stehen aufrecht, majestätisch, im vollen Glanz ihrer Schönheit mit jener Erhabenheit, die sie im Alltagsleben nicht lange bewahren konnten. Andere zieren sich in der Reglosigkeit der Leinwand; und alle haben irgendeine Kleinigkeit, eine Blume oder ein Schmuckstück, eine Falte des Kleides oder der Lippen an sich, von denen man spürt, daß der Maler sie, der Wirkung wegen, zugefügt hat. Ob sie einen Hut, ob sie Spitzen auf dem Kopf tragen oder bloß ihr Haar, man ahnt in ihnen ein gewisses Etwas, das nicht ganz natürlich ist. Was? Man weiß es nicht, da man sie nicht gekannt hat, aber man spürt es. Es ist, als wären sie irgendwo zu Besuch, bei Leuten, denen sie gefallen, denen sie sich mit all ihren Vorzügen zeigen wollen; und sie haben ihre Haltung, bald die bescheidene, bald die hoffärtige, genau studiert.

Was aber sollte man von dieser hier sagen? Sie war bei sich daheim und allein. Ja, sie war allein, denn sie lächelte, wie man lächelt, wenn man einsam an etwas Trauriges, Gutes denkt, und nicht wie man lächelt, wenn man beobachtet wird. Sie war so allein und so heimisch, daß sie rund um sich in dieser großen Wohnung die Leere schuf, die absolute Leere. Allein bewohnte sie diese Wohnung, füllte sie, beseelte sie. Mochten auch viele Menschen hier eintreten, mochten alle diese Menschen sprechen, lachen, ja sogar singen, sie wäre darin immer allein, mit einem einsamen Lächeln, und allein würde sie es mit dem Blick ihres Bildes lebendig machen.

Ja, auch er war etwas Einziges, dieser Blick. Er fiel unmittelbar auf mich, liebkosend und fest, ohne mich zu sehen. Alle Porträts wissen, daß sie betrachtet werden, und sie erwidern mit den Augen, mit Augen, die sehen, die denken, die uns folgen, ohne uns freizugeben, von unserem Eintritt bis zu unserem Verlassen der Wohnung, die sie bewohnen.

Dieses Bild hier sah mich nicht, sah nichts, mochte sein Blick auch geradeaus auf mich gerichtet sein. Ich gedachte des erstaunlichen Verses von Baudelaire: *Und deine Augen lockend wie die eines Porträts.*

Ja, sie lockten mich wirklich und geradezu unwiderstehlich, weckten in mir eine seltsame, mächtige, neue Wirrung, diese gemalten Augen, die gelebt hatten oder vielleicht noch immer lebten. O welch ein Reiz, unendlich und sänftigend wie eine Brise, die vorüberweht, verführerisch wie ein Himmel, der im Lila, Rosa und Blau des Sonnenuntergangs stirbt, ein wenig schwermütig wie die Nacht, die dahinter aufzieht, strömte aus diesem dunklen Rahmen und aus diesen undurchdringlichen Augen! Diese Augen, diese mit einigen Pinselstrichen geschaffenen Augen verbargen in sich das Mysterium dessen, was zu sein scheint und doch nicht ist, dessen, was in dem Blick einer Frau aufstrahlen kann, dessen, was in uns die Liebe keimen läßt.

Die Türe öffnete sich. Milial trat ein. Er entschuldigte sich seiner Verspätung wegen. Ich entschuldigte mich, weil ich zu früh gekommen war. Und dann sagte ich zu ihm:

«Ist es indiskret, wenn ich Sie frage, wer diese Frau ist?»

«Das ist meine Mutter», erwiderte er. «Sie ist ganz jung gestorben.»

Und jetzt begriff ich, woher die unerklärliche Verführungskraft dieses Mannes stammte!

HAUTOT, VATER UND SOHN

I

Vor dem Tor der Wohnstatt, halb Bauernhaus, halb Herrenhaus, einem jener Landsitze, die früher beinahe Schlösser waren und jetzt von reichen Farmern bewohnt werden, bellten und jaulten die an die Apfelbäume des Hofs angebundenen Hunde beim Anblick der Jagdtaschen, die der Heger und einige Burschen trugen. In der großen Wohnküche saßen Hautot Vater, Hautot Sohn, der Steuereinnehmer Bermont und der Notar Mondaru beim Frühstück und tranken ein Glas, bevor sie auf die Jagd gingen, denn es war der Tag der Eröffnung.

Hautot Vater, stolz auf alles, was er besaß, rühmte im voraus das Wild, das seine Gäste auf seinem Gebiet antreffen würden. Er war ein hochgewachsener Normanne, einer jener kräftigen, vollblütigen, knochigen Männer, die einen Wagen mit Äpfeln auf ihre Schultern heben können. Halb Bauer, halb Gutsherr, wohlhabend, geachtet, einflußreich, selbstherrlich, hatte er seinen Sohn César bis zur dritten Klasse in die Schule geschickt, damit der Junge sich doch eine gewisse Bildung aneignete; dann aber hatte er diesen Studien ein Ende gesetzt, aus Angst, sein Sohn könnte ein Herr werden, dem der Ackerboden gleichgültig wäre.

César Hautot, fast ebenso groß wie sein Vater, aber magerer, war ein braver, guter Sohn, mit allem zufrieden, voller Bewunderung und Achtung für Vater Hautot, und dessen Willen und Meinung durchaus ergeben.

Der Steuereinnehmer Bermont, ein dicker kleiner Mann, auf dessen roten Backen sich dünne Netze violetter Äderchen abzeichneten wie gewundene Nebenflüsse der Ströme auf den Landkarten, fragte:

«Und Hasen... gibt's auch Hasen?»

«Soviel Sie wollen», erwiderte Vater Hautot. «Besonders im Brunnengräberboden.»

«Und wo fangen wir an?» fragte der Notar, ein Lebemann, dick und fahl, dessen Wanst in einen funkelnagelneuen Jagdanzug eingezwängt war, den er erst letzte Woche in Rouen gekauft hatte.

«Na ja, gerade dort! Wir jagen die Rebhühner in die Ebene, und dann machen wir uns über sie her.»

Und Vater Hautot stand auf. Alle folgten seinem Beispiel, holten die Flinten aus der Ecke, prüften die Verschlüsse, stampften auf den Boden, um sich in ihren ein wenig harten, noch nicht von der Wärme des Blutes geschmeidigen Stiefeln heimisch zu fühlen; und dann traten sie aus dem Haus. Und die Hunde richteten sich am Ende ihrer Leinen auf, stießen ein Geheul aus und peitschten die Luft mit ihren Vorderpfoten.

Man machte sich auf den Weg nach dem Brunnengräberboden. Das war ein Tal oder vielmehr eine ausgedehnte Welle von schlechtem

Boden, der aus diesem Grund auch nicht bebaut wurde, durchfurcht von Schluchten, mit Heidekraut bedeckt, ein idealer Zufluchtsort für das Wild.

Die Jäger verteilten sich. Vater Hautot nahm den rechten Flügel, der Sohn Hautot den linken, und die beiden Gäste hielten die Mitte. Der Heger und die Träger der Jagdtaschen folgten. Das war der feierliche Augenblick, da man den ersten Schuß erwartet, da das Herz ein wenig pocht, während der nervöse Finger immer wieder nach dem Hahn tastet.

Plötzlich knallte er, der Schuß! Vater Hautot hatte geschossen. Alle blieben stehn und sahen ein Rebhuhn, das sich von dem eiligst flüchtenden Schwarm löste und in eine Schlucht unter dichtem Gebüsch fiel. Der aufgeregte Jäger begann zu laufen, sprang, riß die Dornen aus, die ihn hemmten und verschwand gleichfalls, auf der Suche nach seiner Beute, in der Schlucht.

Fast im gleichen Augenblick tönte noch ein Schuß.

«Haha, der Lump!» rief Bermont. «Er wird dort unten einen Hasen erwischt haben!»

Sie warteten, die Augen auf das Buschwerk gerichtet, das ihre Blicke nicht durchdringen konnten.

Der Notar rundete die Hände zum Sprachrohr und schrie: «Haben Sie sie?» Vater Hautot antwortete nicht. Da wandte César sich zu dem Heger: «Geh ihm doch helfen, Joseph! Wir müssen in der Reihe bleiben. Wir warten.»

Und Joseph, ein stämmiger alter Mann, hager, knochig, dessen Gelenke sich sämtlich zu Knoten geformt hatten, ging mit ruhigem Schritt, stieg in die Schlucht hinunter, suchte, behutsam wie ein Fuchs, die brauchbaren Tritte. Doch dann, plötzlich, schrie er:

«Kommt! Kommt! Ein Unglück ist geschehen!»

Alle liefen und stürzten sich ins Gesträuch. Vater Hautot war auf die Seite gefallen, ohnmächtig und hielt mit beiden Händen seinen Bauch, aus dem, durch die Leinenjacke hindurch, die die Kugel zerrissen hatte, das Blut in langem Rinnsal auf das Gras floß. Er hatte sein Gewehr losgelassen, um das in Reichweite seiner Hände liegende Rebhuhn zu fassen, dabei war das Gewehr auf den Boden gefallen, und der zweite Schuß war losgegangen und hatte ihm das Eingeweide zerfetzt. Sie zogen ihn aus der Schlucht, entkleideten ihn, und da wurde eine furchtbare Wunde sichtbar, aus der die Därme herausdrängten. Nachdem man ihn, so gut es eben ging, verbunden hatte, wurde er nach Hause gebracht, und nun wartete man auf den Arzt, den man, gleichzeitig mit dem Geistlichen, gerufen hatte.

Als der Arzt kam, wiegte er ernst den Kopf, wandte sich zum Sohn Hautot, der auf einem Stuhl schluchzte, und sagte:

«Mein armer Junge! Das sieht nicht gut aus!»

Doch als der Verband angelegt war, bewegte der Verwundete die Finger, öffnete den Mund, dann die Augen, warf wirre, verstörte Blicke um sich, als wollte er sich erinnern, begreifen, und dann murmelte er:

«Verdammt! Mit mir ist's aus!»

Der Arzt nahm seine Hand.

«Aber nein, aber nein! Nur ein paar Tage Ruhe! Es wird schon nichts weiter sein.»

Doch Hautot begann abermals:

«Mit mir ist's aus. Mein Bauch ist aufgerissen. Das weiß ich wohl.» Und dann plötzlich: «Ich möchte mit meinem Sohn reden, wenn noch Zeit ist.»

Der Sohn Hautot konnte sein Schluchzen nicht überwinden und wiederholte wie ein kleiner Junge:

«Papa... Papa... armer Papa!»

Doch sein Vater sagte mit festerer Stimme:

«Wein jetzt nicht! Das ist nicht der rechte Augenblick. Ich habe mit dir zu reden. Komm her, ganz nahe, es ist rasch erledigt, und dann werde ich ruhiger sein. Ihr andern – eine Minute, wenn's gefällig ist.»

Alle zogen sich zurück und ließen Vater und Sohn allein.

«Hör, Junge», sagte der Vater, «du bist jetzt vierundzwanzig, und da kann man doch mit dir reden. Und dann gar so viel Geheimnis ist ja nicht dabei, wie wir immer tun. Du weißt ja, daß deine Mutter seit sieben Jahren tot ist, nicht wahr? Und daß ich nur fünfundvierzig Jahre alt bin, weil ich doch mit neunzehn geheiratet habe. Stimmt's?»

«Ja, das stimmt», stammelte der Sohn.

«Deine Mutter ist also seit sieben Jahren tot, und ich bin Witwer geblieben. Na ja, und da kann ein Mann wie ich nicht mit siebenunddreißig Witwer bleiben. Stimmt's?»

«Ja, das stimmt», erwiderte der Sohn.

Der Vater fuhr keuchend, blaß, die Züge verzerrt, fort:

«Herrgott, wie das weh tut! Na, du verstehst also. Der Mann ist nicht geschaffen, allein zu leben, aber ich wollte deiner Mutter keine Nachfolgerin geben. Das hatte ich ihr nämlich versprochen. Also... du verstehst?»

«Ja, Vater.»

«Da habe ich mir also eine Kleine in Rouen zugelegt, Rue de l'Eperlan Nummer achtzehn, dritter Stock, zweite Türe – ich sage dir das alles, vergiß es nicht – aber eine Kleine, die schrecklich nett zu mir gewesen ist, liebevoll, zärtlich, eine richtige Frau eben. Du verstehst, mein Junge?»

«Ja, Vater.»

«Wenn ich jetzt also fort muß, schulde ich ihr etwas, aber etwas Richtiges, was sie sicherstellt. Du verstehst, mein Junge?»

«Ja, Vater.»

«Ich sage dir – sie ist ein braves Mädchen, ein durch und durch braves Mädchen, und ohne dich, ohne die Erinnerung an deine Mutter und dann ohne das Haus, in dem wir alle drei gelebt haben, hätte ich sie hierhergebracht und dann geheiratet, ja, wahrhaftig... hör... hör... mein Junge... ich hätte ein Testament machen können, aber ich hab's nicht gemacht. Ich hab's nicht gewollt, weil man solche Geschichten... Geschichten wie die da nicht niederschreiben soll. Das schadet den legitimen Erben zu sehr... und dann bringt's alles durcheinander... ruiniert alle Welt. Weißt du, das Stempelpapier, das braucht man nicht, benütz es nie! Wenn ich reich bin, so darum, weil ich's mein ganzes Leben lang nicht benützt habe. Du verstehst, mein Sohn?»

«Ja, Vater.»

«Hör also... hör gut zu... ich habe kein Testament gemacht... ich hab's nicht gewollt... und dann kenne ich dich doch, du hast ein gutes Herz... du bist nicht knickrig, nicht kleinlich. Ich habe mir gesagt, wenn ich dir, sobald es mit mir zu Ende geht, alles erzähle und dich bitte, die Kleine nicht zu vergessen: Caroline Donet, Rue de l'Eperlan achtzehn, dritter Stock, zweite Türe, vergiß das nicht. Und dann, hör weiter. Geh sofort hin, wenn ich nicht mehr da bin – und dann richte es so ein, daß sie sich nicht über mich zu beklagen hat. Du hast genug. Du kannst es. Ich hinterlasse dir reichlich... hör... während der Woche triffst du sie nicht. Sie arbeitet bei Madame Moreau in der Rue Beauvoisine. Geh Donnerstag hin. Das ist der Tag, an dem sie mich erwartet. Das ist mein Tag... seit sechs Jahren. Arme Kleine, wie wird sie weinen! Ich sage dir das alles, weil ich dich gut kenne, mein Sohn. Das sind Dinge, die man nicht in der Öffentlichkeit erzählt, nicht dem Notar, nicht dem Pfarrer. Man macht das, alle Welt weiß es, aber man redet nicht davon, wenn's nicht nötig ist. Also keinen Fremden ins Geheimnis, niemanden als die Familie, denn die Familie, das sind alle in einem. Du verstehst?»

«Ja, Vater.»

«Du versprichst mir's?»

«Ja, Vater.»

«Du schwörst?»

«Ja, Vater.»

«Ich bitte dich, ich flehe dich an, Sohn, vergiß es nicht. Ich halte sehr darauf.»

«Nein, Vater.»

«Und du gehst selber. Ich will, daß du selber alles in Ordnung bringst.»

«Ja, Vater.»

«Und dann wirst du sehen... du wirst sehen, was sie dir erklären wird. Ich, ich kann nichts mehr sagen. Ist's beschworen?»

«Ja, Vater.»

«Es ist gut, mein Sohn. Umarme mich. Leb wohl. Mit mir geht's zu Ende. Das ist einmal sicher. Sag ihnen, daß sie hereinkommen können.»

Der Sohn Hautot umarmte jammernd seinen Vater, und dann öffnete er, immer gehorsam, die Türe, und der Geistliche erschien im weißen Chorhemd, das heilige Öl in den Händen.

Doch der Sterbende hatte die Augen geschlossen und wollte sie nicht mehr öffnen, er wollte nicht antworten, er wollte nicht einmal durch ein Zeichen erkennen lassen, daß er begriff.

Er hatte genug geredet, der arme Mann, er

konnte nicht mehr. Zudem fühlte er jetzt, daß sein Herz ruhig war, und er wollte in Frieden sterben. Was brauchte er dem Abgesandten Gottes zu beichten, da er doch eben schon seinem Sohn gebeichtet hatte, der zur Familie gehörte?

Er erhielt die Letzte Ölung, wurde absolviert, inmitten von Freunden und Dienstleuten, die in die Knie gesunken waren, doch keine Regung in seinem Gesicht verriet, daß er noch lebte.

Gegen Mitternacht starb er, nach vier Stunden voller Zuckungen, die merken ließen, wie furchtbar er litt.

II

Dienstag war es, als man ihn bestattete, da die Jagd doch am Sonntag eröffnet worden war. César Hautot geleitete seinen Vater zum Friedhof, kehrte heim und verbrachte den Rest des Tages damit zu weinen. In der folgenden Nacht schlief er kaum, und als er erwachte, war er so traurig, daß er sich fragte, wie er überhaupt weiterleben sollte.

Abends dachte er immerhin daran, daß er, um dem Letzten Willen seines Vaters zu gehorchen, am nächsten Tag nach Rouen fahren und diese Caroline Donet aufsuchen mußte, die in der Rue d'Eperlan Nummer achtzehn, im dritten Stock, zweite Türe wohnte. Ganz leise, wie man ein Gebet herunterleiert, hatte er den Namen und die Adresse zahllose Male wiederholt, um sie ja nicht zu vergessen, und schließlich schnurrte er sie vor sich hin und konnte gar nicht aufhören oder an etwas anderes denken, so sehr waren seine Zunge und sein Hirn von diesen Worten besessen.

Am nächsten Morgen, um acht Uhr, ließ er denn Graindorge vor den leichten zweirädrigen Wagen spannen und fuhr, im kräftigen Trab des schweren normannischen Pferdes, über die Hauptstraße von Ainville nach Rouen. Er hatte seinen langen schwarzen Rock angezogen, auf dem Kopf seinen großen Seidenhut und an den Beinen die Hose mit Stegen. In Anbetracht der Umstände hatte er über seinen Galaanzug nicht den blauen Kittel anziehen wollen, der sich im Wind bauscht, das Tuch vor Staub und Flecken schützt und den man bei der Ankunft, sobald man aus dem Wagen steigt, ausziehen kann.

Als es zehn schlug, fuhr er in Rouen ein, machte, wie immer, bei dem Waisenhaus, in der Rue des Trois-Mares halt, ließ die Umarmungen des Hausvaters und der Hausmutter über sich ergehn und auch ihrer fünf Söhne, denn man kannte die traurige Nachricht bereits; dann mußte er den Unglücksfall in allen Einzelheiten schildern, was ihm Tränen entlockte, mußte sich den Freundlichkeiten all dieser Menschen entziehen, die ihn umdrängten, weil sie wußten, daß er reich war, ja, er mußte sogar die Einladung zum Mittagessen ablehnen, was sie kränkte.

Nachdem er seinen Hut abgestaubt, seinen Rock gebürstet, seine Schuhe abgewischt hatte, machte er sich auf die Suche nach der Rue de l'Eperlan, ohne daß er gewagt hätte, sich bei jemandem zu erkundigen. Er fürchtete, man könnte ihn erkennen und einen Argwohn fassen.

Da er die Straße nicht fand, hielt er schließlich einen Geistlichen an, und im Vertrauen auf die berufsmäßige Verschwiegenheit des Gottesmannes erkundigte er sich bei ihm.

Er hatte keine hundert Schritte zu gehn, es war just die zweite Straße rechts.

Und nun zauderte er. Bis zu diesem Augenblick hatte er blindlings dem Willen des Verstorbenen gehorcht. Jetzt fühlte er sich aufgewühlt, verwirrt, erniedrigt bei dem Gedanken, er, der Sohn, sollte dieser Frau gegenübertreten, die doch die Mätresse seines Vaters gewesen war. Die ganze Moral, die im Grunde unserer Gefühle durch Jahrhunderte ererbter Lehren in uns aufgespeichert liegt, all das, was er seit dem Katechismus über die Geschöpfe gelernt hatte, die einen schlechten Lebenswandel führen, die instinktive Verachtung, die jeder Mann gegen sie in sich trägt, selbst wenn er eines von ihnen heiratet, all seine beschränkte, bäuerliche Ehrbarkeit, all das regte sich in ihm, hemmte ihn, bewirkte, daß er vor Scham errötete.

Dann aber dachte er: Ich habe es dem Vater versprochen. Das muß ich halten! Und er stieß die angelehnte Türe des Hauses auf, das durch die Nummer achtzehn gekennzeichnet war, entdeckte eine finstere Treppe, stieg drei Stockwerke hinauf, erblickte eine Türe, dann eine zweite, sah eine Glockenschnur und zog daran.

Das Klingling, das in dem Raum dahinter ertönte, jagte ihm einen Schauder durch den Leib. Die Türe öffnete sich, und er sah sich einer sehr gut gekleideten jungen Dame gegenüber, brünett, rosig, die ihn aus verblüfften Augen ansah.

Er wußte nicht, was er sagen sollte, und sie, die ja nichts ahnte und den Vater erwartete, forderte ihn nicht auf, einzutreten. So betrachteten sie einander etwa eine halbe Minute. Endlich fragte sie:

«Sie wünschen, Monsieur?»

Er murmelte: «Ich bin Hautot, der Sohn.»

Sie fuhr zusammen, erblaßte und stammelte, als kennte sie ihn seit langem: «Monsieur César?»

«Ja.»

«Und...?»

«Ich habe mit Ihnen meines Vaters wegen zu reden.»

«Mein Gott!» stieß sie hervor, und dann wich sie zurück, damit er eintreten konnte. Er schloß die Türe und folgte der jungen Dame.

Da bemerkte er einen Knaben von vier oder fünf Jahren, der mit einer Katze spielte; er saß auf dem Boden vor einem Herd, von dem der Rauch warmgehaltener Schüsseln aufstieg.

«Setzen Sie sich doch», sagte sie.

Er setzte sich. «Nun, und?» fragte sie.

Er wagte nicht mehr zu sprechen; er hatte die Augen auf den Tisch in der Mitte des Zimmers gerichtet; es war für drei Personen gedeckt, für zwei Erwachsene und ein Kind. Er betrachtete den Lehnstuhl, der mit der Lehne zum Feuer stand, den Teller, die Serviette, die Gläser, die angefangene Rotweinflasche und die noch unberührte Weißweinflasche. Das war der Platz seines Vaters, dieser Stuhl am Feuer! Ihn hatte man erwartet. Sein Brot war es, das der Sohn erblickte, das er neben der Gabel erkannte, denn die Kruste war der schlechten Zähne von Vater Hautot wegen abgeschnitten. Dann hob er die Augen und sah an der Wand das Bild, die große Photographie, die im Jahr der Ausstellung in Paris aufgenommen worden war, die gleiche Photographie, die über dem Bett im Schlafzimmer in Ainville hing.

Die junge Frau sagte: «Nun, Monsieur César?»

Er sah sie an. Die Beängstigung hatte sie erbleichen lassen, und sie wartete, die Hände vor Furcht zitternd.

Und da wagte er es:

«Nun, Mamsell, Papa ist am Sonntagmorgen bei der Eröffnung der Jagd gestorben.»

Sie war so überwältigt, daß sie sich nicht rührte. Nach einigen stummen Sekunden flüsterte sie fast unhörbar:

«Oh! Nicht möglich!»

Dann aber, plötzlich, traten ihr die Tränen in die Augen, sie hob die Hände vor das Gesicht und begann zu schluchzen.

Da wandte der Kleine den Kopf, und als er seine Mutter weinen sah, brüllte er. Er begriff, daß dieser jähe Kummer durch diesen unbekannten Mann verursacht wurde, stürzte sich auf César, packte dessen Hose mit einer Hand und schlug mit aller Kraft auf Césars Schenkel.

Und César stand verloren, gerührt zwischen dieser Frau, die seinen Vater beweinte, und diesem Kind, das seine Mutter verteidigte. Schon spürte er sich selber von dem Gefühl übermannt, seine Augen schwollen vor Kummer, und um seine Haltung wiederzugewinnen, begann er zu reden:

«Ja», sagte er, «das Unglück hat sich am Sonntagmorgen, so um acht Uhr zugetragen...» Und nun berichtete er, als würde sie ihm zuhören, ließ auch keine Einzelheit aus, erzählte mit der Genauigkeit des Bauern die unerheblichsten Kleinigkeiten. Und das Kind schlug ihn noch immer und versetzte ihm jetzt Fußtritte in die Knöchel.

Als er bei dem Zeitpunkt angelangt war, da Vater Hautot von ihr gesprochen hatte, hörte sie ihren Namen, ließ die Hände vom Gesicht sinken und bat:

«Verzeihung, ich konnte Ihnen nicht folgen, und ich möchte doch wissen... wenn es Ihnen nichts ausmacht, erzählen Sie es mir doch noch einmal!»

Er fing mit den gleichen Worten an: «Das Unglück hat sich am Sonntagmorgen so um acht Uhr zugetragen...»

Alles berichtete er, langfädig, mit Unterbrechungen, mit Absätzen, mit den Erwägungen, die ihm von Zeit zu Zeit gekommen waren. Sie lauschte begierig, begriff mit ihrer weiblich-nervösen Empfindsamkeit alle Vorgänge, die er erzählte, bebte vor Grauen und rief manchmal: «O mein Gott!» Der Kleine sah, daß sie sich beruhigt hatte, und so hörte er auf, César zu schlagen. Er griff nach der Hand seiner Mutter und lauschte auch, als hätte er etwas verstanden.

Als der Sohn Hautot mit seiner Schilderung fertig war, sagte er:

«Jetzt wollen wir beide uns auseinandersetzen, wie er es gewünscht hatte. Hören Sie, ich bin wohlhabend, er hat mir viel hinterlassen. Und ich will nicht, daß Sie sich zu beklagen haben...»

Doch lebhaft unterbrach sie ihn.

«O Monsieur César, Monsieur César, nicht heute! Mein Herz ist zerrissen... ein andres Mal... ein andres Mal... nein, nicht heute... wenn ich etwas annehme, hören Sie, ...ist es nicht für mich... nein, nein, nein, das schwöre ich Ihnen. Es ist für den Kleinen. Und man würde das Geld übrigens auf seinen Namen anlegen.»

Da erst stieg César eine Ahnung auf, und er stammelte:

«Also... das ist sein Kind... der Kleine?»

«Ja, natürlich», erwiderte sie.

Und mit wirren, heftigen, peinlichen Gefühlen musterte der Sohn Hautot seinen Bruder.

Nach langem Schweigen, denn nun weinte sie wieder, fuhr César sehr verlegen fort:

«Ja, Mamsell Donet, dann werde ich jetzt wohl gehn müssen. Wann sollen wir darüber reden?»

«O nein!» rief sie. «Gehen Sie nicht! Gehen Sie nicht! Lassen Sie mich nicht ganz allein mit Emile. Ich würde vor Gram sterben. Ich habe ja keinen Menschen mehr, niemanden als meinen Kleinen. Ach, was für ein Jammer, was für ein

Jammer, Monsieur César! Hier, setzen Sie sich. Sie müssen noch mit mir sprechen. Sie müssen mir erzählen, was er drüben die ganze Woche getan hat.»

Und an Gehorsam gewöhnt, setzte sich César.

Sie rückte für sich einen zweiten Stuhl an das Feuer, wo die Speisen noch immer warmgehalten wurden, nahm Emile auf die Knie, und fragte César nach tausend Dingen über seinen Vater, nach vertraulichen Dingen, an denen man merkte, an denen er, ohne nachzudenken, spürte, daß sie Vater Hautot mit ihrem ganzen armen Frauenherzen geliebt hatte.

Und durch die natürliche Verkettung seiner nicht sehr zahlreichen Gedanken kam er wieder auf den Unglücksfall zurück und fing an, ihn abermals mit den selben Einzelheiten zu erzählen.

Als er sagte: «Er hatte ein Loch im Bauch, so groß, daß man beide Fäuste hätte hineinstecken können», stieß sie einen Schrei aus, und die Tränen strömten abermals aus ihren Augen. Und davon angesteckt, begann auch César zu weinen, und da Tränen immer alle Fasern des Herzens aufrühren, beugte er sich zu Emile, dessen Stirn in seiner Nähe war, und küßte ihn.

Die Mutter holte Atem.

«Armes Kind», flüsterte sie. «Jetzt ist er eine Waise!»

«Ich auch», sagte César.

Und dann wurde es still.

Doch mit einem Mal erwachte der praktische

Hausfraueninstinkt, gewohnt an alles zu denken, in der jungen Frau.

«Sie haben vielleicht heute noch nichts zu sich genommen, Monsieur César?»

«Nein, Mamsell.»

«Ja, da müssen Sie doch hungrig sein! Sie essen etwas bei mir.»

«Vielen Dank», erwiderte er, «aber ich habe keinen Hunger. Ich bin zu traurig.»

«Ja, aber leben muß man, auch wenn es schmerzt. Das werden Sie mir nicht ablehnen. Und dann bleiben Sie noch etwas länger. Ich weiß gar nicht, was aus mir werden soll, wenn Sie fort sind.»

Nach kurzem Widerstand fügte er sich, setzte sich, mit dem Rücken zum Fenster, ihr gegenüber, und er aß einen Teller Kutteln, die im Herd brutzelten, und trank dazu ein Glas Rotwein. Aber er ließ nicht zu, daß sie den Weißwein öffnete.

Mehrmals wischte er dem Kleinen, der sein Kinn mit Saft beschmiert hatte, den Mund ab.

Als er aufstand, um sich zu verabschieden, fragte er:

«Wann soll ich wiederkommen, um mit Ihnen das Geschäftliche zu besprechen, Mamsell Donet?»

«Wenn es Ihnen nichts ausmacht, am nächsten Donnerstag, Monsieur César. So verliere ich keine Zeit. Die Donnerstage habe ich immer frei.»

«Gut, mir paßt es. Nächsten Donnerstag.»

«Und Sie kommen zum Mittagessen, nicht wahr?»

«Das... das kann ich nicht versprechen.»

«Aber ja, es redet sich so viel besser beim Essen. Man hat auch mehr Zeit.»

«Gut denn. Um Mittag also.»

Er gab dem kleinen Emile einen Kuß, schüttelte Mademoiselle Donet die Hand und ging.

III

Die Woche verstrich langsam für César Hautot. Er war nie allein gewesen, und diese Einsamkeit fand er unerträglich. Bisher hatte er neben seinem Vater gelebt wie dessen Schatten, war mit ihm auf die Felder gegangen, hatte die Ausführung aller Anordnungen überwacht, und war er kurze Zeit von ihm getrennt, so fanden sie sich beim Abendessen wieder. Sie verbrachten die Abende damit, einander gegenüber ihre Pfeifen zu rauchen, über Pferde, Kühe oder Schafe zu reden; und der Händedruck am Morgen war gleichsam der Austausch einer tiefen, vertrauten Zärtlichkeit.

Jetzt war César allein. Er strich zwischen den herbstlichen Feldern umher und erwartete immer, am Ende einer Wiese die breitschultrige Gestalt seines Vaters auftauchen und gestikulieren zu sehen. Um die Stunden totzuschlagen, ging er zu den Nachbarn und erzählte allen, die es noch nicht gehört hatten, den Unglücksfall, manchmal auch jenen, die schon alles wußten. Dann, mit Beschäftigungen und Gedanken fertig, setzte er sich an den Rand einer Straße und fragte sich, ob dieses Leben noch lange dauern würde.

Häufig dachte er an Mademoiselle Donet. Sie hatte ihm gefallen. Er hatte nichts an ihr auszusetzen gefunden, sie war ein braves, sanftes Mädchen, ganz wie sein Vater gesagt hatte. Und ein braves Mädchen, ja, das war sie ganz bestimmt! Er hatte beschlossen, die Sache großzügig zu regeln, ihr eine Rente von zweitausend Francs zu geben und das Kapital auf den Namen des Kindes schreiben zu lassen. Es bereitete ihm sogar ein gewisses Vergnügen, wenn er daran dachte, daß er sie am nächsten Donnerstag wiedersehen und das mit ihr in Ordnung bringen würde. Und dann beschäftigte ihn der Gedanke an den kleinen Jungen, den fünfjährigen, der der Sohn von Vater Hautot war; das war ihm ein wenig ärgerlich, doch gleichzeitig wärmte es ihn. Es war gewissermaßen eine Familie, die er da in diesem verheimlichten Kind hatte, das nie Hautot heißen würde, eine Familie, die er, ganz nach seinem Belieben, übernehmen oder beiseite schieben konnte, die ihn aber an seinen Vater erinnerte.

Als er denn am Donnerstagmorgen, vom dröhnenden Trab Graindorges gezogen, auf der Straße nach Rouen war, fühlte er, wie sein Herz leicht war, leichter, ruhevoller als je nach dem Unglücksfall.

Er trat in die Wohnung Mademoiselle Donets, sah den Tisch gedeckt wie in der Woche vorher, nur mit dem Unterschied, daß die Rinde nicht vom Brot weggeschnitten worden war.

Er schüttelte der jungen Frau die Hand, küßte Emile auf die Wangen und setzte sich, ein wenig wie bei sich daheim, doch immer noch mit schwerem Herzen. Mademoiselle Donet wirkte ein wenig magerer, ein wenig blasser. Sie hatte wohl noch viel weinen müssen! Jetzt war sie vor ihm leicht verlegen, als hätte sie das begriffen, was sie in der Woche vorher, unter dem Schicksalsschlag, nicht empfunden hatte, und sie behandelte ihn mit übertriebener Rücksicht, einer schmerzlichen Demut und mit rührender Aufmerksamkeit, als wollte sie ihm mit dieser Aufmerksamkeit die Güte vergelten, die er ihr bewiesen hatte. Sie aßen gemütlich miteinander und sprachen von den Geschäften, die ihn hergeführt hatten. So viel Geld wollte sie nicht annehmen. Das war zu viel, viel zuviel. Sie verdiente genug für ihren Lebensunterhalt, aber sie wünschte nur, daß Emile ein paar Sou haben sollte, wenn er erwachsen war. César aber gab nicht nach, ja er fügte noch ein Geschenk von tausend Francs für sie, für ihre Trauer hinzu.

Nachdem er seinen Kaffee getrunken hatte, fragte sie:

«Rauchen Sie?»

«Ja... ich habe meine Pfeife.»

Er griff in die Tasche. Ach, verflucht, er hatte sie vergessen! Schon wollte seine Stimmung umschlagen, doch da bot sie ihm eine Pfeife des Vaters an, die in einem Schrank eingesperrt war. Er war einverstanden, nahm die Pfeife, erkannte sie, schnupperte daran, erklärte gerührt, wie gut sie war, stopfte sie und zündete sie an. Dann setzte er Emile rittlings auf sein Knie und ließ ihn reiten, während sie den Tisch abräumte und das benützte Geschirr unten ins Büfett versorgte, um es zu waschen, wenn er fort wäre.

Gegen drei Uhr stand er auf, ungern und bei dem Gedanken, daß er nun fort müßte, sehr mißgestimmt.

«Ja, nun, Mamsell Donet», sagte er, «ich wünsche Ihnen einen guten Abend und habe mich sehr gefreut, Sie kennenzulernen.»

Sie blieb vor ihm stehn, errötend, bewegt, sah ihn an und dachte an den Vater.

«Werden wir uns denn nicht mehr wiedersehen?» fragte sie.

Und er erwiderte einfach:

«Aber ja, Mamsell, wenn's Ihnen Vergnügen macht.»

«Natürlich, Monsieur César. Also nächsten Donnerstag! Paßt es Ihnen?

«Ja, Mamsell Donet...»

«Aber Sie kommen zum Mittagessen?»

«Nun... wenn Sie so freundlich sein wollen, da sag' ich nicht nein.»

«Abgemacht, Monsieur César. Nächsten Donnerstag, zum Mittagessen wie heute.»

«Donnerstag mittag, Mamsell Donet!»

I

Mein Gott! Mein Gott! So werde ich denn niederschreiben, was mir widerfahren ist! Werde ich es aber vermögen? Werde ich es wagen? Es ist so seltsam, so unerklärlich, so unbegreiflich, so verrückt!

Wäre ich dessen, was ich gesehen habe, nicht gewiß, gewiß, daß in meinen Überlegungen kein Versagen war, kein Irrtum in meinen Feststellungen, keine Lücke in der unbeugsamen Folge meiner Beobachtungen, so würde ich einfach an eine Sinnestäuschung glauben, mich für das Spielwerk einer merkwürdigen Vision halten. Und am Ende – wer weiß?

Ich bin heute in einem Irrenhaus; aber ich habe mich freiwillig hinbegeben, aus Vorsicht, aus Angst. Ein einziger Mensch kennt meine Geschichte, der Arzt hier. Ich werde sie niederschreiben. Warum, weiß ich eigentlich nicht. Um mich ihrer zu entledigen, denn ich spüre sie in mir wie einen unerträglichen Albdruck.

Und so lautet sie:

Ich bin immer ein Eigenbrötler gewesen, ein Träumer, gewissermaßen ein abgesonderter, wohlwollender, genügsamer Philosoph, ohne

Bitterkeit gegen die Menschen, ohne Groll gegen den Himmel. Infolge einer gewissen Verlegenheit, welche die Anwesenheit anderer Menschen in mir erweckt, habe ich immer allein gelebt. Wie ist das zu erklären? Ich könnte es nicht. Ich weigere mich durchaus nicht, Menschen zu sehen, mit Freunden zu plaudern, zu speisen; doch sobald ich sie längere Zeit in meiner Nähe spüre, mögen es auch die vertrautesten Freunde sein, machen sie mich müde, erschöpfen sie mich, machen sie mich nervös, und ich fühle ein wachsendes, quälendes Verlangen, sie fortgehn zu sehen oder selber fortzugehen, um allein zu sein.

Dieses Verlangen ist mehr als ein Bedürfnis, es ist eine unwiderstehliche Notwendigkeit. Und wenn die Anwesenheit der Menschen, mit denen ich beisammen bin, fortdauern sollte, wenn ich gezwungen wäre, ihre Gespräche längere Zeit zu hören, ihnen zu lauschen, so würde mir zweifellos etwas zustoßen. Was? Wer weiß es? Vielleicht eine einfache Ohnmacht; ja, wahrscheinlich!

Ich bin so gern allein, daß ich nicht einmal ertragen kann, wenn andere Menschen unter meinem Dach schlafen; ich kann nicht in Paris wohnen, weil ich dort unendlich leide. Ich sterbe gleichsam moralisch und fühle mich durch diese unübersehbare Menschenmenge, die dort wimmelt, die rund um mich lebt, auch wenn sie schläft, in meinem Körper wie in meinen Nerven gefoltert. Ja, der Schlaf der andern ist mir noch peinlicher als ihr Reden. Und ich kann mich niemals ausruhen, wenn ich hinter einer Mauer Geschöpfe weiß, wenn ich sie fühle, deren Denken durch diese regelmäßigen Unterbrechungen ausgeschaltet ist.

Warum bin ich so? Wer weiß? Der Grund ist vielleicht ganz einfach: Ich werde sehr rasch alles dessen, was sich nicht in mir selber abspielt, müde. Und es gibt viele Menschen in meiner Lage.

Wir sind zwei Menschenarten auf der Erde. Jene, die ein Bedürfnis nach den andern haben, die bei den andern Zerstreuung, Beschäftigung, Ruhe finden, und welche die Einsamkeit quält, erschöpft, aufzehrt wie das Ersteigen eines furchtbaren Gletschers oder eine Wanderung quer durch die Wüste, und jene, die sich, im Gegenteil, in Gesellschaft anderer müde, gelangweilt, verlegen, wie zerschlagen fühlen, während die Absonderung ihnen Frieden schenkt, sie in der Unabhängigkeit und der freien Phantasie ihrer Gedanken gleichsam in Ruhe badet.

Alles in allem ist das eine normale seelische Erscheinung. Die einen sind geschaffen, um nach außen hin, die andern, um nach innen zu leben. Bei mir dauert die Aufmerksamkeit für alles Äußerliche nur sehr kurz, und sobald sie ihre Grenzen erreicht hat, spüre ich in meinem ganzen Körper, in meinem ganzen Denken ein unerträgliches Mißbehagen.

Daraus hat sich ergeben, daß ich mich an unbeseelte Dinge anschließe, mich sehr an sie angeschlossen habe, die für mich die Bedeutung von Lebewesen gewinnen, und daß mein Haus zu einer Welt geworden ist, geworden war, darin ich inmitten von Dingen, von Möbeln, von vertrauten Antiquitäten, die meinen Augen sympathisch sind wie Gesichter, ein einsames und tätiges Leben führte. Ich hatte mein Haus nach und nach damit angefüllt, ich hatte es damit geschmückt, und ich fühlte mich dort zufrieden, angenehm, glücklich wie in den Armen einer liebenswürdigen Frau, deren gewohnte Zärtlichkeit zu Beruhigung und süßem Bedürfnis geworden ist.

Ich hatte das Haus in einem schönen Garten bauen lassen, der es von den Straßen absonderte, und vor den Toren einer Stadt, in der ich bei Gelegenheit die Anregungen einer Gesellschaft finden konnte, nach denen es mich hin und wieder verlangte. Alle meine Dienstleute schliefen in einem Haus, das in einiger Entfernung am Ende des Gemüsegartens stand und das von einer großen Mauer umgeben war. Die dunkle Hülle der Nächte, in der Stille meiner verlorenen, versteckten, im Blattwerk der großen Bäume versunkenen Behausung war für mich so beruhigend, so wohltätig, daß ich jeden Abend stundenlang zauderte, ins Bett zu gehn, weil ich diese Ruhe noch länger genießen wollte.

An jenem Abend hatte man im Theater der Stadt Ernest Reyers Oper «Sigurd» gespielt. Es war das erste Mal, daß ich dieses schöne Musikdrama hörte, und es bereitete mir ein lebhaftes Vergnügen.

Mit fröhlichem Schritt kehrte ich zu Fuß zurück, den Kopf erfüllt von tönenden Wendungen, den Blick erfreut von reizvollen Bildern. Es war schwarz, schwarz, aber so schwarz, daß ich die Hauptstraße kaum erkannte und mehrmals beinahe in den Graben gefallen wäre. Von der Stadtmauer bis zu mir ist es etwa ein Kilometer, vielleicht etwas mehr, somit ein bequemer Spaziergang von zwanzig Minuten. Es war ein Uhr morgens, ein Uhr oder halb zwei; vor mir erhellte der Himmel sich ein wenig, und die Mondsichel tauchte auf, die traurige Sichel des letzten Viertels. Die Sichel des ersten Viertels, die um vier oder fünf Uhr abends aufgeht, ist hell, heiter, versilbert, jene aber, die sich nach Mitternacht erhebt, ist rötlich, düster, beunruhigend; es ist der wahre Halbmond des Sabbat. Alle Nachtschwärmer haben das bemerken müssen. Die erste Sichel wirft, sei sie auch fadendünn, ein fröhliches Licht, das das Herz erfreut und klare Schatten auf den Boden zeichnet; die letzte verbreitet mit Mühe ein sterbendes, so trübes Licht, daß es fast überhaupt keine Schatten erzeugt.

Von weitem gewahrte ich die dunkle Masse meines Gartens, und ich weiß nicht, woher mich, bei dem Gedanken, dort einzutreten, ein gewisses Unbehagen anwandelte. Ich verzögerte meine Schritte. Es war sehr mild. Das dichte Gehölz der Bäume wirkte wie ein Grab, darin mein Haus bestattet war.

Ich öffnete das Tor und kam in die lange Sykomorenallee, die, gewölbt wie ein hoher

Tunnel, zwischen undurchsichtigem Buschwerk, das den Rasen umschließt, darauf Blumenkörbe, unter den verblassenden Schatten, ovale Flecke mit undeutlichen Farbtönen werfen, zum Hause führt.

Während ich mich dem Haus näherte, ergriff mich eine seltsame Verwirrung. Ich blieb stehn. Es war nichts zu hören. Kein Hauch wehte durch die Blätter. Was habe ich nur? dachte ich. Seit zehn Jahren war ich so heimgekommen, ohne daß je auch nur die geringste Unruhe mich gestreift hätte. Ich hatte keine Angst. Nachts habe ich niemals Angst. Der Anblick eines Menschen, eines Landstreichers, eines Diebs hätte mich nur in Wut gebracht, und ohne zu zaudern wäre ich ihm an die Kehle gesprungen. Zudem war ich bewaffnet. Ich hatte meinen Revolver. Doch ich rührte ihn nicht an, denn ich wollte dem Einfluß der Angst, die in mir keimte, Widerstand leisten.

Was war es? Ein Vorgefühl? Das geheimnisvolle Vorgefühl, das sich der Sinne der Menschen bemächtigt, wenn ihnen bevorsteht, das Unerklärliche zu schauen? Vielleicht! Wer weiß?

Je näher ich kam, desto mehr spürte ich das Erschauern auf der Haut, und als ich vor der Mauer mit den geschlossenen Läden stand, fühlte ich, daß ich noch einige Minuten warten müsse, bevor ich die Türe öffnete und eintrat. So setzte ich mich denn auf eine Bank, unter den Fenstern meines Salons. Da blieb ich, leicht zitternd, sitzen, den Kopf an die Mauer gelehnt, die

Augen auf den Schatten des Blattwerks gerichtet. Während dieser ersten Augenblicke bemerkte ich nichts Ungewöhnliches rund um mich. In den Ohren hatte ich ein gewisses Rauschen, doch das geschieht mir häufig. Manchmal glaube ich Züge vorüberfahren, Glocken läuten, eine Menschenmenge ziehen zu hören.

Bald aber wurden diese Geräusche deutlicher, präziser, erkennbarer. Ich hatte mich getäuscht. Das war nicht das gewöhnliche Rauschen in meinen Adern, das in meinen Ohren summte, nein, es war ein ganz besonderes, sehr wirres Geräusch, das – kein Zweifel daran war möglich – aus dem Innern meines Hauses drang.

Durch die Mauer hindurch bemerkte ich den ständigen Lärm oder vielmehr eine Bewegung als einen Lärm, ein unbestimmtes Hin und Her von Dingen, als hätte man meine Möbel geschüttelt, umgestellt, sachte geschleppt.

Noch ziemlich lange zweifelte ich an der Zuverlässigkeit meines Gehörs. Doch als ich an einen Laden drückte, um diese seltsame Unruhe in meinem Haus besser überprüfen zu können, da war ich überzeugt, da war ich gewiß, daß sich bei mir etwas Anormales, etwas Unbegreifliches abspielte. Ich hatte keine Angst, aber ich war... wie soll ich es ausdrücken?... fassungslos vor Verwunderung. Ich hatte meinen Revolver nicht schußbereit gemacht – ich ahnte sehr wohl, daß ich seiner nicht bedürfen würde. Ich wartete.

Ich wartete lange, vermochte mich zu nichts

zu entschließen; mein Geist war ganz klar, aber wahnsinnig beunruhigt. Ich wartete, aufrecht stehend, lauschte beständig dem Lärm, der wuchs, der hin und wieder zu heftigem Drängen ausartete, der sich zu einem Grollen von Ungeduld, von Wut, von geheimnisvollem Aufruhr zu steigern schien.

Dann, plötzlich, schämte ich mich meiner Feigheit. Ich griff nach meinem Schlüsselbund, wählte den passenden Schlüssel, steckte ihn in das Schloß, drehte ihn zweimal, stieß mit aller Kraft die Türe auf, so daß der Flügel an die Mauer schlug.

Dieser Schlag tönte wie ein Gewehrschuß, und Krachen antwortete in meinem Haus von oben bis hinunter, ein gewaltiger Tumult... Das war so brüsk, so furchtbar, so betäubend, daß ich einige Schritte zurückwich, und daß ich, obgleich ich es noch immer für unnütz hielt, meinen Revolver aus der Tasche zog.

Noch immer wartete ich. Aber nicht lange! Jetzt hörte ich ein außerordentliches Stapfen auf den Stufen meiner Treppe, auf dem Parkett, auf den Teppichen, ein Stapfen, doch nicht von Stiefeln, von Menschenschuhen, sondern von Krücken, hölzernen Krücken und eisernen Krücken, die klirrten wie Zimbeln. Und plötzlich erschaute ich auf der Schwelle meiner Türe einen Lehnstuhl, meinen großen Lehnstuhl, darin ich zu lesen pflege und der jetzt herausgewackelt kam. Er entfernte sich durch den Garten. Andere folgten ihm, die Stühle aus meinem

Salon, dann die Diwans, niedrige Diwans, die auf ihren kurzen Beinen wie Krokodile davonhumpelten, dann kamen alle meine Stühle wie Ziegen einhergehüpft, die kleinen Taburetts, die hoppelten wie Kaninchen.

Was war das für eine Aufregung! Ich schob mich in ein Gebüsch, wo ich niederkauerte und beständig diesen Vorbeimarsch meiner Möbel mit ansah, denn sie verzogen sich alle, eines nach dem andern, schnell oder langsam, je nach Größe und Gewicht. Mein Flügel, mein großer Flügel kam im hitzigen Galopp eines Pferdes vorüber, in den Flanken ein tönendes Summen, die kleinsten Gegenstände glitten über den Sand wie Ameisen, die Bürsten, die Kristallsachen, die Schalen, darin das Mondlicht spielte wie das Phosphoreszieren von Glühwürmern. Die Stoffe krochen, entfalteten sich wie Lachen, etwa wie die Mollusken im Meer. Ich sah meinen Schreibtisch auftauchen, ein seltenes Stück aus dem vorigen Jahrhundert. Er enthielt alle Briefe, die ich erhalten habe, die ganze Geschichte meines Herzens, eine alte Geschichte, unter der ich so sehr gelitten hatte. Und auch Photographien waren in seinen Schubladen.

Mit einem Mal hatte ich keine Angst mehr, ich stürzte mich auf ihn und packte ihn, wie man einen Dieb packt, wie man eine Frau packt, die flieht; doch er bewegte sich in unwiderstehlichem Lauf, und trotz meinen Anstrengungen, trotz meiner Wut, vermochte ich seine Geschwindigkeit nicht zu hemmen. Während ich verzweifelt dieser entsetzlichen Kraft Widerstand leistete, fiel ich im Kampf gegen ihn zu Boden. Da rollte er mich, schleifte er mich über den Sand, und schon begannen die Möbel, die ihm folgten, über mich hinwegzumarschieren, traten mir auf die Beine, quetschten mich wund; und als ich den Schreibtisch losgelassen hatte, stampften die anderen über meinen Körper wie eine Kavallerieattacke über einen abgeworfenen Soldaten.

Vor Entsetzen völlig irr, konnte ich mich endlich aus der großen Allee fortschleppen und abermals im Gehölz verstecken, um die kleinsten, die winzigsten, die bescheidensten, die für mich unwichtigsten Gegenstände verschwinden zu sehen, die mir gehört hatten.

Dann hörte ich von weitem, in meinem Haus, das derzeit widerhallte wie leere Häuser, einen gewaltigen Lärm von Türen, die zuschlugen. Sie krachten von oben bis unten im ganzen Gebäude, bis auch die des Vorzimmers, die ich, töricht, selber diesem Auszug geöffnet hatte, sich am Ende als letzte schloß.

Auch ich floh, eilte auf die Stadt zu, und meine Kaltblütigkeit gewann ich erst in den Straßen wieder, als ich Nachzüglern begegnete. Ich wollte an der Türe eines Hotels läuten, in dem ich bekannt war. Mit den Händen hatte ich meine Kleider ausgeklopft, um den Staub daraus zu entfernen, und ich erzählte, ich hätte meinen Schlüsselbund verloren, an dem auch der Schlüssel zum Gemüsegarten befestigt war, wo meine

Dienstleute in einem abgesonderten Haus schliefen, hinter der Umfassungsmauer, die mein Obst und mein Gemüse vor Plünderern schützte.

Bis zu den Augen versank ich in dem Bett, das man mir gab. Doch ich konnte nicht schlafen, und dem Pochen meines Herzens lauschend, erwartete ich den Tag. Ich hatte angeordnet, man solle am frühen Morgen meine Dienstleute verständigen, und um sieben Uhr klopfte mein Kammerdiener an die Türe.

Seine Züge verrieten größte Bestürzung.

«Nachts ist ein großes Unglück geschehen, Monsieur.»

«Was denn?»

«Man hat die ganze Einrichtung des Hauses gestohlen; bis zu den kleinsten Gegenständen.»

Diese Nachricht machte mir ein Vergnügen. Warum? Wer weiß? Ich wußte mich völlig zu beherrschen, war gewiß, daß ich mich verstellen konnte, keinem Menschen etwas von dem sagen würde, was ich gesehen hatte, es wie ein gräßliches Geheimnis in meinem Bewußtsein verstecken, eingraben würde. Und ich erwiderte:

«Das dürften die selben Leute sein, die mir die Schlüssel gestohlen haben. Man muß sogleich die Polizei verständigen. Ich stehe auf und bin in einigen Minuten bei Ihnen.»

Die Untersuchung dauerte fünf Monate. Man entdeckte nichts, man fand nicht das kleinste von meinen Einrichtungsgegenständen, nicht die leiseste Spur der Diebe. Und der Teufel soll mich holen – hätte ich gesagt, was ich wußte... hätte ich es gesagt ... man hätte mich eingesperrt und nicht die Diebe; den Menschen, der so etwas zu sehen vermocht hatte!

Aber ich wußte zu schweigen. Doch mein Haus richtete ich nicht wieder ein. Es war völlig unnütz. Es hätte abermals angefangen. Und ich wollte nicht in das Haus zurück, ich habe es nicht wieder bezogen. Ich habe es nicht wiedergesehen.

Ich fuhr nach Paris, ging in ein Hotel, zog Ärzte meiner Nerven wegen zu Rate, die mich seit jener kläglichen Nacht sehr beunruhigten.

Sie empfahlen mir zu reisen. Ich folgte ihrem Rat.

II

Den Anfang machte ich mit einer Fahrt nach Italien. Die Sonne tat mir gut. Sechs Monate lang schweifte ich von Genua nach Venedig, von Venedig nach Florenz, von Florenz nach Rom, von Rom nach Neapel. Dann reiste ich durch Sizilien, diese herrliche Insel, gleich wunderbar in ihrer Landschaft wie in den Denkmälern, die aus der Zeit der Griechen und der Normannen übriggeblieben sind. Ich setzte nach Afrika hinüber, durchquerte friedlich die große, gelbe, stille Wüste, darin Kamele, Gazellen, arabische Nomaden streifen, wo in der leichten, durchsichtigen Luft weder in der Nacht noch am Tag eine Plage ihr Unwesen treibt.

Über Marseille kehrte ich nach Frankreich zurück, und trotz der provenzalischen Heiterkeit stimmte das gedämpfte Licht des Himmels mich traurig. Ich empfand, bei der Rückkehr nach dem Kontinent, das seltsame Gefühl eines Kranken, der sich genesen glaubt und den ein dumpfer Schmerz wissen läßt, daß der Herd des Übels nicht erloschen ist.

Dann fuhr ich wieder nach Paris. Nach einem Monat langweilte ich mich. Es war im Herbst, und ich wollte noch vor Beginn des Winters einen Ausflug durch die Normandie machen, die ich nicht kannte.

Natürlich fing ich in Rouen an, und acht Tage lang bummelte ich zerstreut, entzückt, begeistert in dieser mittelalterlichen Stadt, in diesem erstaunlichen Museum großartiger gotischer Denkmäler.

Nun, eines Spätnachmittags, gegen vier Uhr, als ich in eine unwahrscheinliche Gasse einbog, durch die ein tintenschwarzes Gewässer, genannt «Eau de Robec», rinnt, war meine Aufmerksamkeit auf die merkwürdige, altertümliche Fassade der Häuser gerichtet, wurde aber plötzlich durch den Anblick einer Reihe Antiquitätenläden abgelenkt, die Türe an Türe aufeinander folgten.

Ja, sie hatten ihren Platz gut gewählt, diese schmutzigen Trödler, in dem phantastischen Gäßchen, oberhalb des unheimlichen Wasserlaufs und unter den spitzen Dächern von Schiefer oder Ziegeln, auf denen noch die Windfahnen vergangener Zeiten knarrten.

Im Grunde der schwarzen Läden sah man ein Gedränge von geschnitzten Truhen, sah man Fayencen von Rouen, Nevers, Moustiers, bemalte Statuen, andere aus Eichenholz, Christusse, Jungfrauen, Heilige, Kirchenschmuck, Meßgewänder, Chorröcke, sogar heilige Kelche und ein altes Tabernakel aus vergoldetem Holz, daraus Gott fortgezogen war. Ach, diese seltsamen Höhlen in diesen hohen Häusern, in diesen großen Häusern, die vom Keller bis zum Dachboden mit allerlei Gegenständen abgefüllt sind, deren Dasein scheinbar beendet war, die ihre natürlichen Besitzer, ihr Jahrhundert, ihre Zeit, ihre Moden überlebt hatten, um von den neuen Generationen als Kuriositäten gekauft zu werden.

Meine Liebe für Antiquitäten erwachte in diesem Viertel der Antiquitätenhändler. Ich ging von Laden zu Laden, überquerte mit zwei Schritten die Stege aus vier vermodernden Brettern, die man über das übelriechende Rinnsal des Eau de Robec gelegt hatte.

Um Himmels willen! Welch ein Schlag! Einer meiner schönsten Schränke tauchte vor mir am Rande eines mit allerlei Kram angefüllten Gewölbes auf, das in Katakomben zu führen schien. An allen Gliedern zitternd, derart zitternd, daß ich nicht wagte, den Schrank zu berühren, trat ich näher. Ich hob die Hand, ich zauderte. Ja, er war es; ein Schrank Ludwig XIII., ein einzigartiges Stück, das jeder wiedererkennen mußte, der es auch nur ein einziges Mal gesehen hatte.

Plötzlich warf ich meinen Blick weiter hinein, in die dunkelsten Tiefen des Gewölbes, und erblickte drei meiner Lehnstühle, mit Gobelinstoff bespannt, und dahinter meine zwei Tische Heinrich II., die so selten sind, daß man eigens aus Paris kam, um sie zu besichtigen.

Stellt euch meinen Seelenzustand vor! Stellt ihn euch vor!

Und ich trat näher, gehemmt, fassungslos vor Erregung, und doch trat ich näher, denn ich bin tapfer – ich trat näher, wie ein Ritter aus düstern Epochen in eine Zauberhöhle eindrang. Von Schritt zu Schritt fand ich alles wieder, was mir gehört hatte, meine Lüster, meine Bücher, meine Bilder, meine Stoffe, meine Waffen, alles, bis auf den mit meinen Briefen angefüllten Schreibtisch, den ich nicht bemerkte.

Ich ging weiter, stieg zu dunklen Galerien hinab, um dann in die obern Stockwerke zu steigen. Ich war allein. Ich rief, doch man gab mir keine Antwort. Ich war allein; niemand war da, in diesem weitläufigen Haus, das gewunden war wie ein Labyrinth.

Es wurde dunkel, und ich mußte mich im Finstern auf einen meiner Stühle setzen, denn ich wollte mich nicht entfernen. Von Zeit zu Zeit rief ich: «Holla! Holla! Ist da jemand?»

Bestimmt saß ich seit mehr als einer Stunde da, als ich Schritte vernahm, leichte, langsame Schritte, wo, weiß ich nicht. Beinahe wäre ich davongelaufen; doch ich raffte mich zusammen, rief abermals und sah ein Licht im Nebenraum.

«Wer ist da?» fragte eine Stimme.

Ich erwiderte: «Ein Kunde.»

Die Antwort war: «Es ist recht spät, um so in einen Laden einzudringen.»

«Ich warte seit mehr als einer Stunde auf Sie», erklärte ich.

«Sie könnten morgen wiederkommen.»

«Morgen bin ich nicht mehr in Rouen.»

Ich wagte nicht, mich zu rühren, und er kam nicht. Ich sah immer noch den Schimmer seines Lichtes, das einen Wandbehang erhellte, darauf zwei Engel über den Toten auf einem Schlachtfeld flogen. Auch dieser Wandbehang gehörte mir.

«Nun?» sagte ich. «Kommen Sie?»

«Ich erwarte Sie», antwortete er.

Da stand ich auf und ging zu ihm.

Inmitten eines großen Zimmers war ein ganz kleiner Mann, ganz klein und sehr dick, dick wie eine gespenstische Erscheinung, eine abscheuliche Gestalt.

Er hatte einen spärlichen Bart mit ungleichen, dünngesäten, gelblichen Haaren, und auf dem Kopf überhaupt kein Haar. Gar kein Haar? Als er seine Kerze in die Höhe hielt, um mich zu mustern, wirkte sein Schädel in diesem geräumigen, mit alten Möbeln gefüllten Zimmer wie ein kleiner Mond. Das Gesicht war runzlig und gedunsen, die Augen unsichtbar.

Ich erstand drei Stühle, die mir gehörten, und bezahlte sofort einen sehr beträchtlichen Preis. Als Adresse gab ich nur meine Zimmernummer im Hotel an. Die Stühle sollten mir am nächsten Tag vor neun Uhr geliefert werden.

Dann verabschiedete ich mich. Mit großer Höflichkeit geleitete er mich bis zu seiner Türe.

Nun begab ich mich zum Polizeichef, dem ich den Diebstahl meiner Möbel und die Entdeckung erzählte, die ich eben gemacht hatte.

Unverzüglich holte er telegraphisch Auskünfte bei dem Gericht ein, das den Diebstahl untersucht hatte. Ich möge doch die Antwort abwarten. Eine Stunde später traf sie ein und war für mich völlig befriedigend.

«Ich werde den Mann verhaften lassen und sogleich verhören, denn er könnte einen Verdacht gefaßt haben und alles verschwinden lassen, was Ihnen gehört. Gehen Sie essen und kommen Sie in zwei Stunden wieder. Und dann werde ich ihn in Ihrer Gegenwart noch einmal verhören.»

«Sehr gern. Und ich danke Ihnen von ganzem Herzen.»

Ich ging in mein Hotel und aß besser, als ich geglaubt hätte. Jetzt war ich doch recht zufrieden. Man hatte ihn gefaßt!

Zwei Stunden später kehrte ich zu dem Polizeichef zurück, der mich schon erwartete.

«Nun, Monsieur», begann er, als er mich sah. «Man hat Ihren Mann nicht gefunden. Meine Agenten haben ihn nicht festnehmen können.»

«Ah!» Ich glaubte einer Ohnmacht nahezusein.

«Ja, aber», fragte ich, «sein Haus haben Sie doch gefunden?»

«Ja, gewiß. Es wird sogar bis zu seiner Rückkehr sehr streng überwacht werden. Er aber – er ist verschwunden.»

«Verschwunden?»

«Verschwunden. Gewöhnlich verbringt er seine Abende bei seiner Nachbarin, der Witwe Bidoin. Sie ist auch Antiquitätenhändlerin; eine komische Hexe übrigens. Sie hat ihn heute abend nicht gesehen und kann auch gar keine Auskunft geben. Wir müssen bis morgen warten.»

Ich ging. Wie unheimlich, beunruhigend, verwunschen schienen mir die Gäßchen von Rouen zu sein!

Ich schlief schlecht, hatte beständig Albträume.

Da ich weder Unruhe noch Drängen verraten wollte, wartete ich die zehnte Morgenstunde ab, bevor ich zur Polizei ging.

Der Händler war nicht wieder zum Vorschein gekommen. Sein Laden blieb geschlossen.

Der Polizeichef sagte: «Ich habe alle nötigen Schritte unternehmen lassen. Das Gericht ist verständigt, wir werden zusammen zu dem Laden gehn und ihn öffnen lassen. Und Sie werden mir zeigen, was Ihnen gehört.»

Ein Wagen führte uns hin. Zwei Polizisten standen mit einem Schlosser vor der Ladentüre, die aufgebrochen wurde.

Als ich eintrat, sah ich weder meinen Schrank noch meine Lehnstühle noch meine Tische, nichts, nichts von dem, was in meinem Haus gewesen war, während ich am Vorabend keinen Schritt machen konnte, ohne auf eines meiner Besitztümer zu stoßen.

Der Polizeichef war überrascht und musterte mich zunächst mißtrauisch.

«Mein Gott», sagte ich, «das Verschwinden meiner Möbel fällt seltsam mit dem Verschwinden des Händlers zusammen.»

Er lächelte.

«Das ist richtig. Sie hatten unrecht, gestern Ihre Stühle zu kaufen und zu bezahlen. Das hat seinen Argwohn geweckt.

«Was mir unbegreiflich erscheint», meinte ich, «ist, daß alle Plätze, die von meinen Möbeln eingenommen wurden, jetzt von andern besetzt sind.»

«Ja, er hat doch die ganze Nacht gehabt», sagte der Polizeichef. «Und Helfershelfer zweifellos auch. Dieses Haus wird mit den benachbarten verbunden sein. Nur keine Angst, Monsieur, ich werde mich dieser Geschichte sehr energisch annehmen. Der Gauner wird uns nicht lange entrinnen, da wir doch seine Höhle bewachen.»

Ach, mein Herz, mein Herz, mein armes Herz, wie es pochte!

Ich blieb vierzehn Tage in Rouen. Der Mann tauchte nicht wieder auf. Zum Teufel auch! Dieser Mann – wer hätte ihn in Verlegenheit bringen, wer ihn erwischen können?

Am sechzehnten Tag aber erhielt ich mit der Frühpost von meinem Gärtner, der mein geplündertes, leergebliebenes Haus hütete, den folgenden erstaunlichen Brief:

Monsieur,

ich habe die Ehre, Monsieur mitzuteilen, daß sich in der letzten Nacht etwas begeben hat, das kein Mensch begreift, und die Polizei nicht besser als wir. Alle Möbel sind wiedergekommen, alle, ohne Ausnahme, alle bis auf die allerkleinsten Stücke. Das Haus ist jetzt genau so, wie es vor dem Diebstahl gewesen war. Man könnte den Kopf darüber verlieren. Das hat sich in der Nacht von Freitag auf Samstag zugetragen. Die Wege sind aufgerissen, als hätte man alles vom Gartentor bis zur Haustüre geschleppt. Genau so war es auch am Tag, nachdem die Möbel verschwunden waren.

Wir erwarten Monsieur, als dessen ganz ergebener Diener ich zeichne *Raudin Philippe*

Nein, nein, nein! Ich kehre nicht zurück!

Ich brachte den Brief dem Polizeichef von Rouen.

«Das ist eine sehr geschickte Wiedergutmachung. Stellen wir uns ahnungslos. Einen dieser Tage werden wir den Kerl schon erwischen.»

Doch man hat ihn nicht erwischt. Nein. Sie haben ihn nicht erwischt, und jetzt habe ich Angst vor ihm, als wäre er ein wildes Tier, das man auf mich losgelassen hätte.

Unauffindbar! Er ist unauffindbar, dieses Ungeheuer mit dem Mondschädel! Man wird ihn nie erwischen. Er wird nicht mehr in seinen Laden zurückkehren. Was liegt ihm daran? Nur ich allein könnte ihm begegnen, und ich will nicht.

Ich will nicht! Ich will nicht! Ich will nicht!

Und wenn er wiederkommt, wenn er seinen Laden wieder bezieht, wer könnte ihm beweisen, daß meine Möbel bei ihm gewesen sind? Er hat nur meine Aussage gegen sich, und ich spüre deutlich, daß sie verdächtig geworden ist.

Nein! Nein! Dieses Dasein ist nicht mehr möglich. Und ich könnte das Geheimnis nicht bewahren, das Geheimnis dessen, was ich gesehen habe. Ich könnte nicht weiterleben wie alle Welt, in der Angst, daß solche Dinge sich wiederholen könnten.

Ich ging zu dem Arzt, der dieses Irrenhaus leitet, und ihm habe ich alles erzählt.

Nachdem er mich lange ausgefragt hatte, sagte er:

«Wären Sie damit einverstanden, einige Zeit hier zu bleiben?»

«Sehr gern, Doktor.»

«Sind Sie vermögend?»

«Ja, Doktor.»

«Wollen Sie einen völlig abgesonderten Pavillon bewohnen?»

«Ja, Doktor.»

«Wollen Sie Freunde empfangen?»

«Nein, nein! Keinen Menschen. Der Kerl aus Rouen könnte es wagen, mich aus Rache bis hierher zu verfolgen.»

Und so bin ich seit drei Monaten allein, ganz allein. Ich bin ungefähr wieder ruhig. Ich habe nur eine einzige Angst. Wenn der Antiquitätenhändler wahnsinnig würde... und wenn man ihn in dieses Haus brächte... selbst die Gefängnisse sind nicht sicher...

NACHWORT

Eine Anekdote berichtet recht glaubhaft und charakteristisch davon, wie Gustave Flaubert seinen Freund und Schüler Guy de Maupassant heranbilden wollte. Maupassant brachte ihm seine ersten Versuche, die bei aller Begabung noch große Weitschweifigkeit und erheblichen Mangel an Präzision aufwiesen. Flaubert las und sagte dann zu dem jungen Mann:

«Zerreiß das und komm mit mir, mein Lieber!»

Er führte Maupassant ins Freie, machte vor einem Baum halt und empfahl:

«Sieh dir jetzt diesen Baum genau an und schildre nur das, was du siehst!»

Die Befolgung dieses Rates allein hätte aus Maupassant kaum einen guten Naturwissenschaftler und ganz gewiß nicht den Künstler werden lassen, zu dem er heranwuchs. Ein Element aber seiner Künstlerschaft mag dadurch zur Entwicklung gekommen sein – jene grandiose Nüchternheit, für die es im Französischen das Wort *sobre* gibt, an dessen Übersetzung wir immer wieder scheitern. Sauber – klanglich am nächsten – knapp, fettlos, streng, gemessen, sparsam. Das alles und noch sehr viel mehr ist darin enthalten, wenn wir es auf Maupassants Erzählerkunst anwenden.

Denn er bleibt nicht bei der Betrachtung von Stamm und Zweigen, Blättern und Blüten stehn, und was er in ihnen sieht, ist das, was hinter der Erscheinungsform verborgen liegt, das Gleichnishafte alles Vergänglichen.

Über Bücher, die er liest, schreibt er am 9. März 1882 unter dem Titel *En lisant* im «Gaulois»:

«In einem Buch muß ich blutfrisches Menschentum finden, die Gestalten müssen meine Nachbarn, müssen von meinem Schlag sein, müssen die Freuden und Leiden erleben, die mir bekannt sind, müssen ein wenig von mir selber haben; müssen mich dazu bringen, daß ich, während des Lesens, gewissermaßen einen ständigen Vergleich anstelle...»

Und eben das verlangt er auch von seinen eigenen Büchern. Maupassant, einer der drei oder vier großen Meister der Novelle in der Weltliteratur, weiß aus dem Leben, aus dessen Gestalten und Geschehnissen das Wesentliche zu filtern und es dann in der höheren Wirklichkeit der Kunst so zu formen, daß nichts an seinen Menschen abstrakt bleibt, daß sie als Individuen wie als Vertreter ihrer Herkunft, Zeit und Umgebung in Lebensfülle vor uns stehen.

«Kunst ist Abbreviatur», sagt Gerhart Hauptmann, und man könnte meinen, er habe diese Erkenntnis aus der Lektüre von Maupassants Novellen geschöpft, denn es gibt in der Literatur manches große Beispiel des Gegenteils, und die Zeitlupenaufnahme, die den Sprung eines Rehs zehnfach verlängert, ist recht symbolisch dafür, daß auch seelische Vorgänge von ungreifbarer Schnelligkeit für den Schriftsteller vor der Zeitlupe seines innern Gesichts und Gehörs sich als langer, komplizierter Ablauf mit vielfach verwurzelten Ursachen und weitverzweigten Notwendigkeiten darstellen.

Auch das ist selbstverständlich bei Maupassant vorhanden; kein Fältchen in den Seelen seiner Gestalten ist ihm verborgen, aber seine Kunst ist es – wie überhaupt die Kunst großer Novellisten – die Schicksale seiner Menschen in fünf, sieben, zehn Seiten zusammenzufassen. Welch eine Fülle der Gesichte dringt aus diesen Dutzenden von Novellen auf uns ein! Von jenem ersten großen Wurf angefangen, der, besser unübersetzt bleibend, «Boule de Suif» heißt, und nach dem Flaubert ihn als Meister aus der Lehre entläßt – «*Oui, jeune homme! Ni plus, ni moins, cela est d'un maître*» –, reiht sich ein Werk an das andere, bis in der kurzen Spanne seines Lebens das Weite Land, als das Arthur Schnitzler die Menschenseele bezeichnet, in hundert Spielarten, Besonderheiten, Gemeinsamkeiten abgeschritten und erkundet vor uns liegt.

Seine Stoffe – wenn man die fragwürdige Zweiteilung von Stoff und Form vorübergehend gelten lassen will – entstammen dem französischen Leben aller Schichten und Daseinskreise, das Pflaster der Stadt, zumeist, aber durchaus nicht immer, Paris, trug ebenso köstliche Blüten wie der Boden der Normandie oder des Midi, Heiterkeit und Tragik begegnen einander, sind ineinander verschlungen. «Jagdgeschichten», «Tiergeschichten», «Kriegsgeschichten», «Liebesgeschichten» könnte eine oberflächliche Einteilung etwa heißen. Die vornehme Gesellschaft, der er selber als Sproß eines alten lothringischen Geschlechts angehört, das den Titel «Marquis» abgelegt hatte und sich mit dem einfachen «de» begnügt, ist ihm ebenso vertraut wie das Leben der Bauern, vor allem der normannischen Bauern, für die er ein geradezu hingebungsvolles Verständnis hat. Seine Tätigkeit in einem Ministerium – «ein guter Beamter, schreibt aber einen schlechten Stil», fand ein Vorgesetzter – bringt es mit sich, daß verhältnismäßig viele Geschichten im Beamtenmilieu spielen, deren beste wohl in unseren beiden Bänden zu finden sein dürften. Auch die Geistlichen spielen in Maupassants Novellen die große Rolle, die sie im französischen Leben spielen; hin und wieder behandelt er sie mit viel Respekt, hin und wieder macht er sich über sie lustig, wie er ja auch den Freidenker Sosthène verspottet, der schließlich in die Frömmigkeit flüchtet.

Seltsam genug, gar für einen Franzosen, ist es, daß die Theateratmosphäre ihn kaum je angeregt hat. Auch über die Grenzen Frankreichs führt sein Weg ihn bei aller Reiselust nur selten, etwa nach Nordafrika oder nach Italien, obgleich er gerade für dieses Land die tiefste Liebe empfindet. Aber darin war er der echte Franzose, denn man traf außerhalb Frankreichs noch vor gar nicht langer Zeit kaum französische Touristen. Sie haben ja das Meer daheim, sie haben Berge und Seen und Kunstschätze, und schließlich sagen sie: «Anderswo ernährt man sich, in Frankreich ißt man.»

Und Maupassant bedurfte keiner Anregungen von außen. Für ihn ist auch das Leben des Kleinbürgers ein unvergleichlich ergiebiges Feld. Und die kaum gewollte Buntheit der Sammlungen in seinen Büchern kommt seinem Wesen näher, gerade weil sie den Ton nicht auf rein stoffliche Gemeinschaft dieser oder jener Berufsgruppen oder Gesellschaftsschichten legt, sondern auf die tiefere seelische Gemeinschaft, die seine Novellen umschließt, aus welcher Sphäre sie auch kommen mögen. Bei all ihrer Komik oder Tragik, bei der Spannung und Entspannung, die sie uns reichlich bieten, sind sie vor allem eines – Kunstwerke, empfangen und geschaffen in Geist und Herz eines Schriftstellers, hinter dessen künstlerisch unbedingter Erbarmungslosigkeit das große Erbarmen mit der Not von Mensch und Tier zu spüren ist.

Warum just diese «Weitere fünfzig Novellen» ausgewählt wurden, bedarf wohl keiner Rechtfertigung. Wie im ersten Band von fünfzig Novellen, neben den berühmtesten, wie «*Boule de Suif*» und «Die kleine Roque», andere vielleicht weniger bekannte, aber nicht weniger wertvolle enthalten waren, so bringt dieser Band neben dem «Horla» und dem «Haus Tellier» eine Fülle von Kraft und erstaunlicher Abwechslung. Maupassant hat eben immer ins volle Menschenleben gegriffen, und wo er es gepackt hat, ist es interessant. Und darum kann man das auch mit seinen Novellen machen.

Ein Biograph Maupassants, Edouard Maynial, schreibt über Maupassants leidenschaftlichen Willen, sein Werk und sein Privatleben voneinander getrennt zu halten – einen Willen, den wahrhaftig nicht alle französischen Schriftsteller, auch nicht alle deutschen übrigens, mit ihm teilten:

«Wenige Schriftsteller haben eine größere Sorgfalt daran gewendet, ihr Dasein vor indiskreter Neugierde zu verbergen, und eine größere Angst davor, sich selber in ihren Werken erraten zu lassen. So strenge Unpersönlichkeit war für Maupassant wie für seinen Lehrer Flaubert nicht nur die Grundanschauung seiner Ästhetik, das unwandelbare Gesetz, ja, die Vorbedingung der Kunst, sie war mehr noch eine natürliche, unverbrüchliche Anlage seines Charakters. Nicht der Literatur gehörte sein ganzes Leben. Zwischen dem Leben und der Literatur hatte er eine scharfe Grenze gezogen und wollte sie genau beobachtet wissen. Sein Credo war, daß der Schriftsteller dem Publikum nur seine Bücher schulde, und ihn empörte der Gedanke an die posthume Veröffentlichung nicht von ihm selber herausgegebener Schriften oder seiner Privatkorrespondenz. Als man die Briefe Flauberts veröffentlichte, beklagte er lebhaft, daß er sich dem nicht widersetzen konnte, was er als eine Entweihung ansah. Er machte mehreren Freunden gegenüber kein Hehl aus seiner Mißbilligung, und diese Freunde hatten die Erinnerung daran bewahrt. Einige achteten seinen ausdrücklich bekundeten Willen und vernichteten nach seinem Tode die Briefe, die sie von ihm besaßen.

Trotzdem ließ er sich bewegen, eine Studie über

Flaubert zu schreiben, die, seiner Weisung gemäß, als Vorwort der Briefe an George Sand erscheinen sollte. Er tat es mit pietätvoller Zurückhaltung und verweilte in der Lebensbeschreibung seines Meisters nur bei biographischen Einzelheiten von besonderer Wichtigkeit; und er bemühte sich zumal, Legenden zu zerstören oder Irrtümer richtigzustellen, die über Lehre und Methode des großen Schriftstellers im Umlauf waren.

Als aber ein Verleger sich einfallen ließ, Maupassants Bild einem seiner Bücher beizufügen, erklärte er:

«Ich habe es mir zum ehernen Gesetz gemacht, nie mein Bild veröffentlichen zu lassen, wenn ich es verhindern kann. Ausnahmen sind nur durch eine Überrumpelung möglich gewesen. Unsere Werke gehören dem Publikum, nicht unsere Gesichter.»

Seltsam ist es, daß gerade die Franzosen Maupassants Bedeutung zu unterschätzen scheinen. Wohl gibt es eine Gesellschaft der Freunde Maupassants, doch man stößt sich an vorgeblichen oder wahren stilistischen Schwächen und erkennt vielfach nicht, daß er mit seinen Novellen zur Weltliteratur gehört und vor ihm vielleicht Tschechow zu nennen ist, neben ihm aber kein anderer Autor dieser schwierigen literarischen Form. So trägt denn auch der hervorragende Kenner und Deuter von Maupassants Werk, er, dem die ausgezeichnete Ausgabe der gesamten Novellen zu verdanken ist, den nicht gerade urfranzösischen Namen Albert-Marie Schmidt, war also – denn er ist vor wenigen Jahren gestorben – wahrscheinlich ein Elsässer. Immerhin gibt es eine Reihe Biographien, eine Reihe, die auch heute noch fortgesetzt wird.

In andern Ländern ist und bleibt Maupassant sozusagen immer aktuell, es gibt englische und italienische Gesamtausgaben seiner Novellen, «Bel-ami» wurde verfilmt, ebenso eine ganze Anzahl der Novellen wie etwa «*La Maison Tellier*», gerade diese Geschichte allerdings nicht ganz ohne gewisse Zugeständnisse an verschiedene Empfindlichkeiten. Aus «*Les Bijoux*», das in unserem ersten Band unter dem Namen «Die Schmuckstücke» enthalten ist, hat der deutsche Regisseur Käutner einen sehr erfolgreichen Film geformt, der allerdings mit Maupassants Text allzu frei umgeht. Und aus dem Tugendpreisträger der Madame Hussong wurde nicht nur ein Film, sondern auch, von Benjamin Britten, eine Oper gemacht.

«*La Maison Tellier*» blieb in Frankreich trotz dem heiklen Stoff unangefochten, doch sonst konnte man dort auch sehr sittenstreng sein. Louis-Napoléon, der es in seinem Privatleben mit der Moral nicht allzu genau nahm – von politischer Moral lieber ganz zu schweigen –, fand Manets «Frühstück im Grünen» ein sittenverderbendes Werk. Alexander Dumas' «Kameliendame» wurde als unmoralisch verboten, obgleich man kaum ein moralisierenderes Theaterstück finden kann, und nur der Protektion des Herzogs von Morny, Louis-Napoléons Halbbruder, hatte Dumas es zu verdanken, daß die «Kameliendame» ihren Siegeszug antreten durfte, die in Frankreich wohl noch heute eine Festspeise großer Schauspielerinnen ist und mit Greta Garbo die Welt eroberte.

Nicht vergessen sei der Prozess, den Gustave Flaubert wegen der «Madame Bovary» zu erdulden hatte. Und im Jahre 1880 wurden auch gegen Maupassant gerichtliche Schritte wegen «Verletzung der Sittlichkeit und der öffentlichen Moral» eingeleitet, die aber keine Folgen hatten. Noch zu Beginn dieses Jahrhunderts war ja Maupassant der Schrecken von Eltern und Erziehern. Die jungen Mädchen durften nichts von ihm gelesen haben; ob sie es insgeheim nicht doch taten, bleibe dahingestellt.

Und dabei war Maupassant im Grunde ein unbestechlicher Kritiker alles dessen, was falsch und schief im menschlichen Leben ist und vor allem in dessen gesellschaftlichen Erscheinungsformen. Ein Schriftsteller, keineswegs geringer zu schätzen als Flaubert, erkannte, was aus Flauberts Schüler werden mußte: «Maupassant ist ein Mensch, dessen Vision in die stillen Tiefen des menschlichen Wesens eingedrungen ist und der von dieser Stelle aus den Kampf der Menschheit deutet.»

Dieses Urteil fällte Leo Tolstoj über Guy de Maupassant; Tolstoj war nicht immer ein zuverlässiger Beurteiler, gewiß, denn er wollte geradezu beweisen, daß Shakespeare kaum ein drittklassiger Autor war. Und dennoch ist er einer der größten Erzähler, und seine Worte über Maupassant sind um so gewichtiger, als Tolstoj zweifellos ein Moralist war und auch in dem als unsittlich verschrienen Maupassant den Moralisten erkannte.

n.o.s.

INHALT